Meera Kean

NO TE ENAMORES DE MIA

El papel utilizado para la impresión de este libro ha sido fabricado a partir de madera
procedente de bosques y plantaciones gestionadas con los más altos estándares ambientales,
garantizando una explotación de los recursos sostenible con el medio ambiente y beneficiosa para las personas.

No te enamores de Mía

Primera edición en España: julio de 2023
Primera edición en México: julio de 2023

D. R. © 2021, Meera Kean

D. R. © 2023, Penguin Random House Grupo Editorial, S. A. U.
Travessera de Gràcia, 47-49, 08021, Barcelona

D. R. © 2023, derechos de edición mundiales en lengua castellana:
Penguin Random House Grupo Editorial, S. A. de C. V.
Blvd. Miguel de Cervantes Saavedra núm. 301, 1er piso,
colonia Granada, alcaldía Miguel Hidalgo, C. P. 11520,
Ciudad de México

penguinlibros.com

ISBN: 978-607-383-348-6

Impreso en México – *Printed in Mexico*

Este es el segundo libro de la bilogía
No te enamores. Es necesario haber leído
No te enamores de Nika para poder entender la historia.

Advertencia:
este libro incluye contenido sensible relacionado
con pensamientos suicidas, violencia de género
y relaciones de maltrato, así como contenido sexual explícito.

Desde el primer día en que la vi, lo supe. Y aun así lo ignoré.

Siempre me ha resultado inquietante la manera en que el destino nos engaña para que estemos cerca de lo que sabemos que es mejor mantener lejos.

Cuando entendí que no debía enamorarme de Mia, fue el mismo momento en que descubrí que ya lo estaba. Ni siquiera me avisé. Mi cerebro no disparó una advertencia, no dijo nada porque quería arrastrarme con él.

Quise estar cerca de ella desde que escuché su voz. Fue cuando la vi hablar con amor a su hermana y, entonces, encontré lo que no sabía que necesitaba. Mia me hizo pensar que no era como mi padre, que podía ser el Nika que yo escogiera. Sin saberlo, me guio en un viaje en el que entendí que era mi elección, no del destino ni la genética ni…

Mi garganta se selló cuando vi a Aksel entrar en la azotea, sigiloso, con el busto de mármol en la mano. Traté de mostrarme impasible porque fue suficiente que nuestras miradas se cruzaran para saber lo que debíamos hacer.

Nikolai no había notado lo que sucedía, estaba absorto en el miedo de Amaia. Se concentró en apuntarle con la pistola, no en lo que sucedía a su espalda ni en que yo me movía hacia ella despacio para protegerla.

Una bala, solo le quedaba una.

—Todo va a salir bien, Mia.

Puede que fuera tarde para mí, pero no para Amaia.

—Te juro que vas a salir viva de aquí. Confía en mí.

Capítulo 1

Diez meses antes

Aquel lugar olía peor que el sótano del tío Ibsen.

La casa llevaba décadas cerrada y abandonada, la hiedra trepaba por la fachada e impedía que la humedad escapara de sus paredes. La misma que había calado y hecho explotar el ladrillo deteriorado en el interior de la mansión.

El sistema eléctrico no servía y, por muchas vueltas que di buscando los interruptores, terminé perdiéndome en la planta baja. Los escalones crujían y cuando di el primer paso, un par de murciélagos salieron volando de una esquina y huyeron por un balcón sin puertas.

Estaba en una pocilga que a la luz del día se veía todavía peor.

En el último piso solo había una habitación. Estaba bajo la torre más alta y tenía un espacioso baño, así que decidí quedarme con esa. Puede que Aksel protestara, pero mi madre me dejaría salirme con la mía.

Forcé la puerta sellada de la habitación que comunicaba con la azotea. Tuve miedo de romperla, pero por suerte no pasó. Salí al exterior y fue cuando noté lo denso que era el aire dentro de la casa, la falta de oxígeno.

Rebusqué en mi bolsillo hasta dar con el tabaco y me senté en la barandilla de piedra. Dejé que las piernas colgaran por el borde y encendí un cigarrillo para darle una calada con la que había fantaseado durante el viaje.

El aire de la madrugada era exquisito. El cielo azul oscuro estaba plagado de estrellas, jamás había visto tal espectáculo. El campo tenía su atractivo, así como el paisaje desolado y el vacío que se extendía bajo mis pies.

La hierba de los terrenos que rodeaban la casa se movía al ritmo de la suave brisa. Estaba tan alta que lucía como el océano o un gigantesco colchón.

«¿Qué pasaría si salto?».

La caída sería larga y yo terminaría contra el suelo. No sería difícil, solo tendría que acercarme al borde y ceder ante mi peso. La idea resultaba más satisfactoria que el humo que me inundaba los pulmones.

Después de haber atravesado una ventana y haber caído de un primer piso, la altura no me daba miedo. Lo peor había sido salir vivo del accidente, la recuperación de los huesos rotos, el dolor y la incapacidad durante meses.

Si me lanzaba, mi cuerpo quedaría destrozado con pocas posibilidades de sobrevivir. Eso hacía que fuera más tentador.

Me acomodé y balanceé mi peso para apoyar los codos sobre las rodillas, sin dejar de mirar abajo. Si relajaba la tensión de las piernas, me caería.

Sonreí al recordar las estupideces que te salían si, en una rápida búsqueda, tecleabas: «Razones para no suicidarse».

«No estás solo».

«Queda mucho por vivir».

«Mereces otra oportunidad».

«No podrás volver a hacer lo que te gusta».

«Todo mejora».

«No aporta soluciones, solo es el final».

Ninguna servía, no para mí. Al contrario, eran razones para tener más ganas de hacerlo.

Yo no estaba solo, pero quería estarlo. No me interesaba ver lo que quedaba por vivir. Las oportunidades estaban muertas y no había nada que me gustara hacer. Y era estúpido repetir esa mentira de que mi situación fuera a mejorar.

Cuando decían que suicidarse no aportaba y era solo el final… Lo que yo deseaba era eso, un final, uno que no tuviera secuela. Tenía mil razones para dejarme caer y una sola por la que no lo hacía: mi familia.

Si me permitía poner un final a la tortura, ellos se quedarían con un par de manos menos para salir adelante, y ya tenía suficiente con saber que habíamos perdido a Emma por mi culpa. Era mi deber ocupar ese espacio.

Volví a concentrarme en el paisaje. La vista habría sido perfecta de no ser por la moderna casa de la propiedad vecina.

—¿Qué mierda…? —murmuré con el cigarrillo entre los dientes.

Había una chica asomándose por una de las ventanas del primer piso. Tenía el torso totalmente fuera y miraba en mi dirección. La noche era oscura, pero su figura era muy clara. Antes de que pudiera reaccionar o saludar por compromiso, desapareció.

Resoplé y me deshice del cigarrillo. La idea de tener vecinos no me agradaba, pero escapaba a mi control. Lo mejor sería dormir un poco, alejarme de las alturas y aceptar que Soleil era nuestro nuevo hogar.

Capítulo 2

La mansión estaba hecha pedazos. Me pasé dos días rondando para poner en funcionamiento el sistema eléctrico. Tuve tiempo para valorar si resultaría más barato construir una casa o reparar la que teníamos.

No había goteras, sino agujeros en los techos. Los baños comenzarían a filtrarse cuando se usaran y, para reparar las paredes, tendríamos que tratarlas a fondo. Con parchear los daños no sería suficiente. La madera era buena, no estaba apolillada, pero en muchos lugares el agua había ganado la batalla. Además, faltaban hojas de ventanas y puertas, o estaban hechas pedazos si las había.

El lugar había sido asaltado por gentuza que encontraba entretenido romper espejos y dibujar penes en las paredes, puede que para compensar algún complejo. Lo único decente era la escalera de caracol que se encontraba en medio de la casa; estaba forrada de azulejos desde la planta baja hasta el último piso.

Mi madre y Aksel llegaron el jueves por la noche y tuve que recibirlos a oscuras. No había ni una bombilla viva en toda la casa.

—¿Estás bien? —preguntó ella, abrazándome con fuerza.

Era inevitable que temiera por mí cuando nos separábamos, a mí me sucedía lo mismo, aunque fuera por pocos días.

—Todo lo bien que esta pocilga te permite estar —me burlé y sentí la calma extenderse por mi cuerpo cuando la tuve a salvo entre mis brazos.

Aksel me dio unas palmaditas en la espalda.

—Hemos traído velas —dijo—. No te atrevas a decir que es poco.

—No iba a hacerlo —mentí y oculté la sonrisa.

Que hubiesen llegado sanos y salvos era suficiente para ponerme de buen humor.

—¿Has comido? —preguntó mi madre, palpándome el pecho—. ¿Todo bien con tu corazón?

Entorné los ojos. Llevaba años haciendo la misma pregunta, incluso si pasábamos dos horas separados.

—No he comido nada en cuatro días, me estoy muriendo de hambre y me han dado tres infartos.

—No juegues con eso —me reprendió y me dio un golpe en el brazo—. No es gracioso.

—¿Cómo se llega a la cocina? —preguntó mi hermano.

—Te vas a desmayar cuando la veas.

Los guie por los espacios oscuros que para ellos eran desconocidos, pero fue imposible usar la cocina para desempacar la comida que habían traído. Ocupamos el comedor, era el lugar más limpio hasta ese momento, al menos la punta de la mesa en la que nos acomodamos estaba despejada. No traían mucho, pero estaban igual de hambrientos que yo y abrimos un par de latas de frijoles y otras de carne.

—He encontrado tres colchones —dije sin parar de comer—. También hay sábanas en buenas condiciones en uno de los armarios.

—Es más de lo que podemos pedir —dijo mi madre—. Las cajas que dejamos en casa del tío Ibsen no llegarán hasta la semana que viene.

—¿Han traído ropa?

—Por supuesto. Mañana tendrán algo limpio para ir a matricularse en el instituto.

Dejé caer la cuchara dentro de mi lata de frijoles.

—¿Instituto?

Aksel bajó la mirada y se concentró en comer.

—Sí, el instituto.

—Dijimos que solo Aksel iría.

—Tú lo dijiste —especificó nuestra madre—. Yo insistí en que terminaras el último curso.

—No vamos a discutir esto.

Ella frunció los labios como cada vez que la conversación salía a flote.

—No es una discusión, es algo que debes hacer.

—No voy a perder tiempo entre niños para ir a unas clases que me sé de memoria —rebatí—. Ya perdí un año y sé todo lo que necesito saber. No hay ninguna diferencia.

—La diferencia es el título para optar a la universidad.

Regresé a la comida.

—No pienso ir a la universidad y lo sabes.

—Tu hermano sí.

—Aksel tiene que ir, yo no —aclaré—. Necesito un trabajo porque esta casa no se arreglará sola, no puedo perder el tiempo en clases tontas.

—Yo conseguiré un trabajo —insistió mi madre.

—No.

—¿Por qué no?

Tragué en seco y miré a Aksel, que negó imperceptiblemente.

No podía decirle que trabajar no era una opción por su alcoholismo. Cada vez que tenía un bajón emocional, terminaba bebiendo a escondidas y poniendo su vida en peligro. La verdad la lastimaría y, en vez de ayudar, la hundiría más. Lo sabía por experiencia. Además, Aksel ignoraba que su última recaída había sido un mes antes, no un año como le hacíamos creer. En la mente de mi hermano, nuestra madre estaba progresando, cuando la realidad era que seguía igual, quizás peor. Mis pocas esperanzas descansaban en aquel pueblo, en el cambio de lugar.

—Claro que puedes trabajar —dije para bajar el tono de la conversación—, pero sería mejor si ambos lo hiciéramos, ¿no te parece?

—Puedes trabajar a media jornada y graduarte —propuso con una sonrisa—. Me harías muy feliz.

—¿Y quién reparará la casa?

—Sabes que te ayudaré —intervino Aksel, poniéndose de su lado—. No lo uses como excusa.

—No lo necesito. No quiero ir a un instituto cutre.

—Pero si te gradúas, podrás…

—Madre, no te voy a dejar sola y no voy a ir a la universidad —zanjé—. Acéptalo de una vez.

Se cruzó de brazos.

—Lo aceptaré si terminas el instituto.

—No tienes que…

—Nika, sigo siendo tu madre —interrumpió, severa—. Quiero que te gradúes, exijo que lo hagas. Si después no quieres ir a la universidad, lo entenderé.

Cerré los ojos para tomármelo con calma. Hacerla enojar no era un movimiento inteligente.

—Como quieras, pero no creo que podamos ir mañana, no tenemos documentos.

—Lo tenemos todo listo —dijo Aksel, cosa que me tomó por sorpresa.

Nuestra madre rebuscó en la mochila que traía con ella, sacó un sobre negro y lo deslizó por la mesa. Inspeccioné el contenido bajo la escasa luz de las velas. Todo lo necesario para empezar de cero estaba ahí, como el tío Ibsen había prometido: certificados de nacimiento con los años alterados para borrar el tiempo que llevábamos escondidos, documentos de identidad, boletines de notas y cartas de recomendación. Todo era falso. Sí, nuestros nombres figuraban, pero el apellido era Bakker, no Holten.

—Parecen de verdad —concluí—. ¿Crees que los aceptarán fuera de este pueblucho?

—Creo que los aceptarán en cualquier lugar —aseguró Aksel.

Mi madre puso una mano sobre la mía.

—Todo saldrá bien. Será diferente, ya lo verás.

Las ojeras estaban ahí, jamás dejaban su rostro, pero la mirada era de esperanza, tenía ganas de vivir.

—Un nuevo comienzo —murmuré.

—Lo prometo, cariño.

Me apretó la mano con fuerza y deseé que fuera posible.

—Si hacemos esto —dije en voz más baja—, deberíamos establecer un par de reglas.

Intercambiaron una mirada.

—Primero, nada de relacionarse con la gente del pueblo.

—Nika, por favor, no empieces —protestó mi hermano—. Llevamos casi un año sin hablar con nadie por culpa de tu paranoia.

—Si nos acercamos demasiado, podrían descubrir la verdad y nadie quiere que eso suceda.

—Huimos, tenemos otro apellido, no hay rastro que seguir. No ha pasado nada en estos meses, no tiene por qué pasar.

—¿Por eso tienes tantas ganas de entrar a ese instituto? ¿No te preocupa lo que pasaría si saben quiénes somos y por qué estamos aquí?

—Nadie se tiene que enterar —recalcó Aksel.

—¿Tan necesitado estás de hacer amigos que quieres arriesgarte?

—¡Nika! —me regañó nuestra madre, que hasta el momento se había mantenido de espectadora en el partido de réplicas.

—Sabes que tengo razón —dije con los ojos clavados en ella—. Cuanto más cerca estés de la gente, más posibilidades hay de que algo salga a la luz. No queremos que él nos encuentre.

—Quizás, en vez de ocultarnos, deberíamos contarle la verdad a la policía —concluyó Aksel.

La sensación de una fuerza invisible presionándome la garganta me impidió respirar con normalidad. Mi madre se tensó y su mano, que seguía sobre la mía, tembló ligeramente.

—No vamos a decirle nada a nadie —dije entre dientes—, mucho menos a la policía. ¿Queda claro?

Aksel bajó la vista y supe que no estaba de acuerdo. No me importaba lo que pensara. No tenía que explicarle las razones que había detrás de esa decisión.

—Estoy de acuerdo —dijo ella—. Nada de hablar con extraños, solo lo necesario. Si preguntan, contaremos la historia que hemos practicado y la repetiremos hasta la saciedad.

—Y entre nosotros debería ser igual.

—¿Qué quieres decir? —preguntó Aksel.

—Si queremos que nos crean, empezaremos por creerlo nosotros. A partir de hoy, no hablaremos de él y, si lo hacemos, será un difunto. Vamos a hacer como si nunca hubiese sucedido, convirtamos la mentira en verdad.

Fingiría estar bien y ser normal si de esa forma los ayudaba, por difícil que resultara. A fin de cuentas, llevaba la mitad de mi vida fingiendo.

• • •

Aksel se pasó el día siguiente en el maldito instituto y mi madre en el pueblo. Me dediqué a las goteras que seguían apareciendo por culpa de las lluvias nocturnas y, tras una larga jornada, me di una ducha para sacarme el agotamiento de encima.

Iba bajando la escalera cuando me percaté de un extraño movimiento en el patio trasero de la casa vecina. Pegué la frente al cristal de la ventana del tercer piso. Había dos chicas que aparentaban mi edad. Una le acertó a la otra en la nuca con una bola de barro y la hizo caer de lado. Rio tan alto que se escuchó hasta en la mansión.

Tuve que reírme en voz baja cuando la lanzadora intentó volver a atacar y se resbaló. Chilló al tiempo que se caía de culo.

Seguí mi camino. Al entrar en la cocina, localicé a Aksel limpiando la mesa y a nuestra madre ordenando sábanas. Le bloqueé el paso porque apenas podía cargar el cesto de la ropa.

—¿A dónde vas con eso?

—Me gustaría quemarlo todo por lo viejo que está —intentó bromear—, pero voy a lavarlo.

—Suéltalo. Me ocuparé de hacerlo mañana. Deberías organizar mi ropa, sabes que soy un desastre.

Me mostró una de sus angelicales sonrisas. Tenía mejor semblante y eso me tranquilizaba. Me pellizcó el moflete y dejó el pesado cesto a un lado antes de perderse hacia el comedor.

—No puedes engañarla toda la vida con que no sabes recoger tu ropa. —Aksel alzó la vista de su labor—. Algún día se dará cuenta de que nunca has doblado tus cinco sudaderas para quitarle tareas y no hacerla sentir inútil.

—Tengo más de cinco y, mientras no lo note, todo está bien.

Me fijé en las manzanas verdes del frutero. No había comido nada desde el desayuno.

—¿Qué vamos a cenar? —pregunté.

—Todavía no he preparado nada.

Le sonreí de medio lado.

—Eres el puto amo de la hipocresía, Aksy-Boo.

Me lanzó el cepillo con el que limpiaba. Lo intercepté con facilidad y se lo devolví.

—Vete a la mierda.

—¿Qué pasa, Aksy-Boo? —Le regalé mi mejor puchero—. ¿He descubierto que te has ofrecido a cocinar porque también te gusta quitarle labores?

Tolerar bromas no era lo suyo, en cambio, hacerlas sí era mi entretenimiento favorito. La segunda vez lanzó el cepillo con más fuerza y solo pude esquivarlo en el último momento.

—Vete a la mierda —repitió.

—Bien. —Seguir molestándolo con el nombre que usaba su antigua novia no era una buena idea. Agarré una manzana y le di vueltas en mi mano—. Quiero mi comida cuando regrese, es el pago por todas las ventanas que he quitado mientras estabas en el instituto.

—¿A dónde vas?

—A conocer la propiedad —dije con la mente en la pelea de barro.

—Vas a ver a la vecina que estabas acosando el día que llegaste —dijo leyendo mis intenciones, como siempre.

—No entiendo cómo puede considerarse acosar el hecho de que ella estuviera en la ventana de su casa cuando yo salí a fumar.

—Es amiga de mi compañera de dibujo y la vi de lejos hoy, cuando tomó el autobús. —Me señaló con dedo acusador—. Te vas a meter en problemas por ella.

—¿De qué hablas?

Esa vez me lanzó un vaso de plástico que desvíe con facilidad.

—Es tu tipo y acordamos que no te ibas a meter en problemas por chicas.

—¿Qué significa que es mi tipo?

—Bajita y con ojos enormes.

—Menuda mierda de tipo tengo —bromeé—. Según tú, me gustan los gnomos.

—Deja de decir estupideces —se quejó sin borrar la sonrisa—. Va en serio. No te metas con la vecina, otra vez no.

Alcé una mano y dejé la palma expuesta, con la otra sobre mi corazón para fingir que prestaba juramento.

—Palabra de gnomo, Aksy-Boo.

Salí por el porche lateral y rodeé la mansión. Las palabras de Aksel solo hicieron que me carcomiera la curiosidad.

La propiedad vecina era moderna y blanca. El jardín, salvo allá donde había barro, estaba perfecto. Todo desentonaba con la deteriorada mansión.

Ya no se escuchaban los chillidos de las chicas. Una descansaba arrodillada como una niña pequeña, chapoteando en el barro. La de pelo corto se limpiaba con el chorro de agua. Era la chica de la ventana, estaba seguro.

Me detuve a una distancia prudencial y la vi sacudir la cabeza y dar un par de saltos en el sitio para deshacerse de la suciedad. No me habían visto y, cuando abrió los ojos, se sobresaltó y estuvo a punto de caer hacia atrás.

Unos enormes orbes azul marino me devolvieron la mirada. Brillaban demasiado y estaban adornados por largas pestañas. Su expresión curiosa me impactó casi tanto como sus delicados rasgos. Parecía una diminuta muñeca de porcelana, de las que se decoran a mano y es imposible pagar con un sueldo normal.

El pelo mojado se le pegaba a los lados del rostro. El flequillo, corto y desordenado, le caía sobre la frente. Todavía llevaba barro en la mejilla derecha.

—Tú debes de ser Nikolai —dijo la amiga, que estaba a unos metros por detrás, también cubierta de barro—. Tu hermano me habló de ti, vamos a clase juntos.

Ni siquiera me molesté en saludarla. Mientras tanto, mi vecina no había despegado los ojos de mí y, cuando volví a centrar mi atención en ella, me soltó:

—¿Qué miras?

«Joder. Su voz».

Habría apostado a que tenía cualquier tono de voz menos ese. Era grave y bajo, se escuchaba sensual en sus labios, demasiado.

La observé de arriba abajo. Era pequeña, bonita y malhumorada. Un gnomo mandón, mi tipo, como diría Aksel.

Su camiseta estaba empapada, transparente. Aparté la vista para concentrarme en su rostro y no ver lo que no debía. Mi sonrisa fue involuntaria.

—Admiro la vista —dije, la señalé con la manzana antes de darle un mordisco y girar sobre mis pies para alejarme por el mismo camino.

Quizás Soleil no sería tan aburrido.

Capítulo 3

Cuando vi el edificio de ladrillo rojo, estuve a punto de salir a toda velocidad en dirección contraria. Ocupaba una manzana, tenía dos pisos y una entrada digna de una película juvenil de mediados de los años noventa. Parecía sacado de mis peores pesadillas y eso que era experto en ellas.

Fue peor cuando crucé las puertas de entrada y me encontré el pasillo central inundado de adolescentes que se cambiaban de clase.

«Puto momento en el que cedí a las presiones de mi madre».

Me acerqué a la oficina que había junto a la entrada con el formulario de inscripción en la mano cuando una mujer me interceptó.

—Debes de ser uno de los nuevos estudiantes —dijo con una sonrisa amable.

No debía de pasar de los treinta años y el pelo castaño claro descansaba sobre sus hombros. Asentí, resignado, y le di el formulario.

—Nikolai Bakker. —Me estremecí al escuchar mi nombre completo y, estaba a punto de corregirla, cuando extendió la mano para saludarme—. Soy la señorita Morel, profesora de Filosofía y consejera escolar.

Me limité a asentir y a estrechar su mano.

—Gracias a los datos que me facilitó Aksel, he organizado tu horario. Puedes pasar a buscarlo por mi oficina. Si no me equivoco, ahora tienes clase conmigo y no me gusta que la gente llegue tarde. —Sonrió tras lo que debía de ser una advertencia amable y miró el reloj—. Me preocupa que acabes de llegar y que perdieras casi toda la mañana. —Esperó una justificación y, al no obtenerla, continuó—: ¿Puedes decirme por qué?

—Estaba en una entrevista de trabajo. —Odiaba dar explicaciones—. Necesito trabajar después de clase y los fines de semana para ayudar a mi madre.

—Me parece muy bien que la ayudes, pero no creo que para un adolescente que debe centrarse en sus es…

—No tiene de qué preocuparse, señorita Morel —la interrumpí—. Mi madre no me obliga a trabajar, sino a venir aquí. Tampoco se inquiete por mis notas, estarán por encima de las de su mejor alumno. Siempre obtengo sobresalientes.

Frunció los labios. Mi sinceridad le impactó. Las personas te invitan a valorar tus cualidades, pero les incomoda cuando expresas lo capaz que eres. Hizo un gesto con la mano para que la siguiera.

—No es de mi incumbencia lo que hagas en tu tiempo libre mientras no afecte al rendimiento académico.

De ahí pasó a hablar sobre las materias electivas que debía tomar, los horarios y las reglas del instituto. Intenté no mirar a otro lado que no fuera su rostro para evitar las miradas curiosas.

—Y debes pasar a verme no solo por el horario, también para que revisemos tu solicitud para la universidad —concluyó tras el largo discurso.

—No iré a la universidad.

Juntó las cejas con expresión confusa.

—Si lo dices por el precio, hay muchas opciones que…

Siguió explicando lo de las becas y subvenciones del gobierno mientras subíamos la escalera. Cada opción sonaba tan insignificante como las paredes azul cielo del pasillo del primer piso o los estudiantes que murmuraban a nuestro alrededor.

Estaba a punto de repetir que no me interesaba la universidad cuando doblamos una esquina y la vi. Con el pelo negro azabache al nivel de la barbilla frente a un chico al que a duras penas le llegaba al hombro: era mi vecina.

No mantenían una conversación agradable y le pellizcó el cuello al chico antes de entrar al aula que había a su derecha. El agredido maldijo y la llamó sin éxito. Contuve la risa cuando alcanzamos al chico, que se quejaba del dolor.

—¿Todo bien, Charles? —preguntó la profesora.

—Por supuesto, señorita Morel —mintió. Se acomodó la chaqueta del equipo deportivo para cubrir lo que reconocí como un chupetón.

—¿Ha pasado algo con Mia?

«Mia. Mia. Mia. Un nombre corto».

—Todo está bien —repitió.

—Nada de conflictos de pareja en medio del pasillo —le advirtió ella.

No pude evitar analizar al novio del gnomo malhumorado. Pelo descuidado y clásico aspecto de chico popular. La enana no tenía mal gusto.

—¿Qué te parece, Nikolai?

La mención del nombre volvió a golpearme.

—¿Qué me parece qué?

—Charles es el capitán del equipo de fútbol —explicó—. Le decía que, como jugabas en tu antiguo instituto, quizás te interesaría hacer las pruebas para entrar en el equipo.

Miré a Charles, que tampoco parecía satisfecho con lo que proponía la profesora.

—¿Fútbol?

Asintió.

—Si tu desempeño es bueno, podrías optar a una beca deportiva.

—Valoraré lo de entrar en el equipo —mentí para no alargar la tortura.

El tal Charles extendió la mano para saludar.

—Charles Renauld.

—Nika Bakker —me presenté con mi falso apellido.

—Si te animas, las pruebas son el próximo mes.

No respondí y la profesora le ordenó que se retirara a clase porque estaba a punto de comenzar el turno.

Me pareció extraño que una chica pellizcara el chupetón que su novio llevaba en el cuello. Era algo que me interesaba saber y que, dado que la suerte parecía acompañarme, podría averiguar. La señorita Morel me guio al aula en que había entrado mi malhumorada vecina. Estaríamos en esa misma clase.

Contuve la sonrisa cuando entramos y todos se quedaron en silencio, la curiosidad flotaba entre las cuatro paredes. La profesora me presentó y me invitó a ocupar un lugar en la fila más cercana a la ventana. No necesité mirar alrededor para saber dónde estaba ella. El único flequillo demasiado corto y algo torcido era el suyo; estaba sentada cerca de la puerta y en el tercer pupitre de la fila más lejana a la mía.

No presté demasiada atención a las palabras de la profesora sobre el curso, los temas que daríamos y quién sabe cuánto más.

Tenía novio, algo que no había pensado el día que la conocí en el patio de su casa. Si estaba comprometida, quedaba fuera de los límites, pero eso no quería decir que no pudiera molestarla. Solo tenía que encontrar cómo.

Maquiné durante un buen rato la mejor manera de hacerlo y, cuando la profesora comenzó a hablar de igualdad de género, supe que mi momento había llegado. Estaba convencido de que la haría explotar si usaba las palabras correctas.

• • •

Aparqué frente al instituto y, cuando me bajé de la moto, alguien me golpeó la nuca con tanta fuerza que casi me fui de cara contra el casco que acababa de quitarme.

—¿Qué coño le has hecho a la vecina? —preguntó Aksel, a quien casi le doy un codazo por la brusca manera en que se me había acercado.

—No vuelvas a aparecer por mi espalda —le advertí.

—¿Es verdad que tienes un vídeo de ella sin ropa?

—¡¿Qué?!

—Un vídeo de…

—¡Claro que no! ¿Quién ha dicho eso?

—Es una de las diez historias que llevo escuchando toda la tarde.

Estallé en carcajadas y Aksel intentó volver a golpearme.

—¿De verdad dicen eso?

—Lo sabrías si no hubieses faltado a clase —me regañó.

—Tenía asuntos que atender.

—Puedes guardarte el misterio para los ligues. Sé que intentas conseguir un trabajo, aunque mamá dijo que esperaras hasta el fin de semana.

—Si lo sabes, ¿para qué preguntas? —Le lancé el casco y lo atrapó con facilidad—. Espérame diez minutos.

—¿A dónde vas?

—Tengo que ver a la profesora de Filosofía, necesito recoger mi horario —dije sin mirar atrás y crucé la calle en dirección al instituto.

—Nika —llamó—. ¿De verdad no tienes ningún vídeo de ella?

Regresé sobre mis pasos para que los chismosos que iban saliendo no me escucharan.

—No. Solo dije que le había visto las tetas —expliqué en voz baja al estar frente a él—. Quería molestarla, eso es todo.

Torció la boca en un gesto desaprobatorio.

—¿Te lo has inventado para molestarla?

—No, se las vi de verdad.

—Tienes que ser imbécil —masculló.

—¿Quieres detalles? —bromeé.

—Eres un pervertido.

—Fue una broma, Aksy-Boo —lo calmé y le di un golpecito en el hombro—. Si tuviera detalles, no te los daría.

No me creía, pero daba igual lo que pensara. Lo único que me importaba en ese momento era recoger mi horario en la oficina de la consejera escolar y regresar a la mansión.

La verdad era que no me había fijado en sus pechos, no había visto nada de ella que no fuera su rostro. Por mucho que intentara recordar el momento, solo visualizaba unos enormes ojos color azul marino. Después de nuestro enfrentamiento en clase de Filosofía, tenía otro recuerdo: su cara de vergüenza y la facilidad con que se dejó provocar.

Puede que no consiguiera un trabajo, pero solo por haberla sacado de sus casillas podría decir que había sido un buen día.

—Chico nuevo —llamó alguien a mi espalda cuando estaba a punto de llegar a la escalera que conducía al primer piso.

Cerca de las taquillas había dos chicas; una morena de pelo rizado junto a otra pelirroja, que se acercó y me sonrió.

—Soy Sarah —se presentó antes de señalar a su amiga—. Ella es Chloe.

—Nika Bakker —dije, acostumbrándome a usar mi nuevo apellido—, y tengo algo de prisa.

—Solo queríamos darte la bienvenida y saber si ibas a ir a la fiesta que están organizando los chicos del equipo.

Valoré mis palabras para no quedar como un antipático ante la primera persona que, en vez de mirarme de reojo y murmurar, había tenido la cortesía de presentarse.

—No me gustan las fiestas y tengo el fin de semana ocupado.

Sarah acortó la distancia entre nosotros.

—Quizás, si vas con nosotras, te empiezan a gustar.

La manera en que lo dijo me resultó graciosa.

—Puede ser —dije viendo de reojo a la morena que seguía junto a las taquillas—. ¿Hablamos mañana y me cuentas más de esa fiesta?

—Seguro.

Me besó en la mejilla y arrastró a Chloe en dirección contraria.

Mientras subía la escalera, fui consciente de que había pasado diez meses en un pueblo olvidado entre las montañas, sin interactuar con más personas que mi madre, mi hermano y el tío Ibsen. Haber estado escondidos durante tanto tiempo me había hecho perder la habilidad de captar a la primera cuándo alguien estaba coqueteando.

Tuve que preguntar al encargado de mantenimiento para llegar a la oficina de la señorita Morel. La puerta estaba cerrada y, por costumbre, me acerqué con sigilo a escuchar si había alguien dentro.

—Quiero estudiar Finanzas…

Sí, había alguien y esa voz la conocía. La había escuchado otras dos veces. Grave. Se podía considerar inusual para una chica. Era mi vecina una vez más, aunque me perdí el resto de la oración por lo bajo que hablaba.

—Mia, siempre has estado muy segura de tu vocación —escuché decir a la señorita Morel—. Eres de las pocas en tu curso que no me ha dado problemas.

—Pero no me servirá de nada estudiarlo.

—Porque dejar Soleil es tu prioridad, no estudiar lo que te gusta.

Agucé el oído para no perder palabra.

—Si le preocupa que mis padres no lo sepan, se lo diré esta semana —continuó la chica—. Completo el formulario y fingimos que no ha pasado nada.

Un tema interesante. Mi vecina le ocultaba algo sobre su carrera universitaria a sus padres. La profesora trataba, con bastante insistencia, de convencerla para escoger lo que le gustaba. No mencionó qué, pero le sugirió que optara por ambas opciones para que no se arrepintiera en lo que quedaba de curso escolar.

—Agradezco su ayuda, señorita Morel, pero ya tomé una decisión —concluyó la chica a punto de meter la pata.

Decidí que era el momento de abrir la puerta y asomarme para decir que no fuera estúpida, que se lo pensara dos veces antes de estudiar algo tan aburrido como Finanzas. Seguro que se enfadaba conmigo por hablar de lo que no me importaba, sería una satisfacción extra si la molestaba por segunda vez en el día.

Pude ver su espalda cuando me asomé, pero la señorita Morel se paró de un salto para impedir que entrara.

—Ahora no —murmuró—. Espera un minuto.

Cerré la puerta y me alejé. Era mejor pasar a por mi horario al día siguiente si no quería dejar a Aksel como un vegetal en la entrada del instituto.

Capítulo 4

A pesar de estar acostumbrado a la vida de una gran ciudad como Prakt, me había pasado casi un año en un lugar donde lo único que se podía hacer era monitorear cuánta nieve caía por la noche. Los primeros días en Soleil resultaron movidos en comparación con los últimos meses.

Al ser un pueblo pequeño, las noticias volaban. Todos se conocían desde niños y desde hacía generaciones, así que tener material nuevo para hablar era adictivo. Mi familia era el último y delicioso chisme con que deleitaban el paladar.

Se acercaron tantas personas a saludar e intentar entablar conversación que perdí la cuenta. La única que no me incomodaba era Sarah, la pelirroja de mi curso que había conocido el primer día. Iba de frente y al grano. No estaba interesada en agradarme ni en darse importancia por estar al lado del recién llegado.

Se plantó frente a mí cuando cerré mi taquilla. El pasillo se iba vaciando tras el final de jornada.

—¿Qué tal tu día? —preguntó.

—No muy distinto al anterior. —Cerré la mochila y me la colgué al hombro.

—Ya te acostumbrarás. —Sonrió, coqueta, y se acercó para que la conversación fuera más íntima—. Estaba pensando en algo a lo que no me has respondido en la comida.

Solía comer en las gradas del campo de fútbol y ella se sentaba conmigo.

—Hay muchas cosas que no te he contestado —me burlé—. Preguntas demasiado.

—Algún día tendrás que contestar algo o seguirán inventando chismes.

—No me importa lo que otros digan de mí.

—¿No te molesta si dicen que follamos en el laboratorio de Química que está clausurado?

Alcé la vista.

—¿En serio?

Asintió.

—No solo conmigo. Ya tienes una lista de ligues.

Me encogí de hombros.

—Al menos se divierten.

Sarah sonrió y su nariz cubierta de pecas se movió haciendo que luciera más bonita.

—Yo preferiría que no fueran chismes.

Me agradaba su sinceridad, sin segundas intenciones, y su confianza, así que le seguí el juego.

—¿Preferirías que mi lista fuera real?

Negó antes de mostrar una llave entre su dedo índice y pulgar.

—Me gustaría que el chisme de que tú y yo follamos en el laboratorio de Química fuera cierto.

Me concentré en la llave de color cobre.

—¿De dónde has sacado eso?

—Le hice una copia a la llave del profesor Lyon. La guardo desde hace un año.

El Nika del pasado habría aceptado al instante su invitación. No sabía qué me frenaba a hacerlo, así que me acerqué a ella para hablar en voz baja.

—Vamos a hacer una cosa. —Tomé la llave de su mano porque resultaba atractivo tenerla—. Hoy tengo que irme, pero el próximo fin de semana hay una fiesta, ¿no es cierto? —Asintió—. Quizás podemos ir juntos.

—¿Es una invitación?

Iba a responder que ni yo sabía si podría ir cuando vi a mi vecina. Dobló por el pasillo y venía hacia nosotros con la castaña de la pelea de barro, que no paraba de hablar sin dejar de comer patatas de un paquete gigante. Las acompañaba un moreno fornido que reconocí de alguna clase, pero no recordaba cuál.

—¿Ya conoces a Dax? —preguntó Sarah, que confundió el lugar donde estaban mis ojos.

—¿Quién?

Me tomó por despistado y llamó al tal Dax, que resultó ser el moreno. El chico se acercó y sus compañeras siguieron de largo sin dirigirnos la mirada.

—Dax, te presento a Nika —dijo la pelirroja.

Era casi de mi estatura y tenía buena complexión. Me ofreció su mano a modo de saludo y la estreché por compromiso.

—Me han hablado de ti —dijo, divertido—. Charles comentó que quizás te unías al equipo.

—No sé qué le hizo pensar eso.

Me miró de arriba abajo como si pudiera quitarme la ropa con la mirada para evaluar lo que había debajo.

—Tienes que estar en el equipo —concluyó—. Sería un desperdicio. —Miró a la pelirroja—. Creo que me lo llevo, Sarita. Nika y yo tenemos que hablar de temas que detestas.

No esperó mi aprobación ni la de Sarah y me pasó un brazo sobre los hombros para obligarme a caminar a su lado.

—Escucha esto, Nika —continuó como si nada—. Este es mi último año en la liga juvenil y no he podido ganar ni una sola vez ese maldito campeonato. ¿Has jugado antes al fútbol?

—En el equipo de mi...

—Entonces eres el indicado —interrumpió—. Tienes estatura y músculos.

Amasó mi brazo y la situación se volvió algo... extraña.

—¿Tomas confianza demasiado rápido o es impresión mía? —dije sin apartarlo.

—¿Te molesta, niño bonito?

—Al contrario. —Pasé una mano por su cintura.

Dax paró en seco.

—Disculpa por bromear. No te estaba coqueteando. Yo no, tú...

—Tranquilo —me burlé—. Solo quería que me soltaras. No eres mi tipo —añadí al guiñarle un ojo.

Bufó.

—Muy listo, niño bonito, pero estaba hablando de algo delicado.

—¿Vas a pagarme por entrar al equipo de fútbol? —pregunté para que terminara el discurso de una vez.

—No, pero voy a insistir mucho porque me da la sensación de que eres lo mejor de por aquí.

Me pareció que era ese tipo de persona amable y tenaz que me haría la vida imposible.

—No sabes cómo juego.

—Aprenderás rápido —aseguró, volviendo a pasarme el brazo por los hombros—. Lo único que necesitas para entrar, es la revisión médica completa y hacer algo decente en las pruebas, lo cual será fácil con los payasos que se van a presentar.

—¿Revisión médica?

—Sí, el entrenador se lo está pidiendo a todos este año.

Había valorado entrar en el equipo. Aunque lo negara, me haría bien, pero un chequeo médico no era algo a lo que me quisiera someter.

Estaba a punto de inventar una excusa cuando apareció Aksel.

—Veo que ya se conocieron —dijo a modo de saludo al unirse a nuestro paso mientras bajábamos la escalerilla de salida que daba a la calle principal—. Le he hablado a Dax de tus habilidades en el campo.

El moreno sonrió, avergonzado. A eso se debía su confianza en mi capacidad como jugador.

—Gracias por contarle mi vida a tu nuevo amigo —dije. Fingí que era una broma entre hermanos, pero le dirigí una mirada que lo decía todo por tener la lengua tan larga.

—Te vendrá bien practicar un deporte y lo sabes —rebatió, copiando el tono y la mirada.

Dax puso una mano sobre el hombro de cada uno y miró a Aksel.

—Lo convenceremos, pero tengo que irme antes de que el autobús me deje aquí.

—Espera, voy con ustedes —dijo Aksel.

—¿Irás en el autobús? —pregunté sin entender—. ¿Ha pasado algo?

Negó.

—Tienes que ir a buscar a mamá.

—¿A dónde? ¿Por qué? Se supone que estaba en casa.

Dax entendió que era una conversación privada, por lo que se alejó a la fila de alumnos que subían al autobús escolar.

—Ha venido al pueblo a buscar trabajo.

Los músculos de los brazos se me tensaron.

—¿Por qué no me lo ha dicho?

Aksel puso los ojos en blanco.

—Nika, no hagas un drama. Tiene que salir. No puedes pretender que se pase la vida encerrada.

Me mordí la lengua con tal de no empezar una discusión.

—¿Dónde está?

—Le dije que te enviara la dirección. —Se alejó caminando de espaldas—. Vayan con cuidado.

No respondí a su gesto de despedida y me concentré en la ubicación que mi madre me había enviado veinte minutos antes. No estaba muy lejos del instituto y en segundos estuve en camino.

Aksel no entendía mi miedo. Sí, debía salir de casa, integrarse a la sociedad e intentar rehabilitarse, pero no era tan sencillo. Padecía una enfermedad. Podía mejorar, poner de su parte y mantenerse alejada de la bebida, pero exponerse sin estar preparada era lo que detonaba sus crisis y la necesidad de volver al alcohol para callar el dolor.

Aksel creía saberlo todo, pero era ajeno a la realidad.

Desde la muerte de Emma, nuestra hermana, yo había descubierto que Nikolai no solo bebía y se peleaba con mi madre, sino que la golpeaba y ella lo escondía para protegernos. Descubrí que el alcohol había ocupado parte de su vida y empezaba a volverse un problema.

Fue el momento que la venda cayó de mis ojos y me di cuenta de que llevaba demasiado tiempo caminando por la oscuridad.

Una parte de mí quiso decirle la verdad a mi hermano y pedirle ayuda porque no sabía cómo lidiar con la situación, pero otra me obligaba a callar. Emma había muerto porque yo había sido un irresponsable y mi madre se había hundido en la depresión. Él era un niño, igual que yo, pero bastaba con que uno arrastrara la culpa y la preocupación.

Lo protegimos, lo alejamos de los problemas y tratamos de mantenerlo a salvo de Nikolai, pero eventualmente todo explotó y la oscuridad llegó a él.

Era consciente de que Nikolai nos pegaba y de que nuestra madre era alcohólica. Lo supo y lo presenció durante años, en especial cuando yo me interpuse entre ellos en aquella discusión. Caí por una ventana y aterricé en el jardín. Estuve a punto de perder la movilidad del brazo derecho y no me importó, era mil veces mejor que yo sufriera a que lo hiciera él.

La segunda vez que vio algo alarmante fue antes de que escapáramos de Prakt, cuando mi madre intentó defenderme mientras él me daba una paliza. Le rompió las costillas y nos dejó tirados en el suelo para desaparecer sin mirar atrás.

Sí, Aksel sabía del alcoholismo de nuestra madre y que ponía su vida en peligro al quedarse inconsciente y borracha, pero sabía muy poco del resto, solo un vistazo de nuestra realidad. Me alegraba que tuviera esperanzas, que fuera más… normal. No tenía claro cuánto daño le habíamos hecho con tanta protección.

La opresión que sentía en el pecho hacía que me resultara difícil respirar y me deshice del casco en busca de oxígeno cuando aparqué. El corazón empezó a bombear demasiado fuerte y el sudor de mis manos humedeció el manillar.

Me mordí la lengua hasta saborear la sangre para tranquilizarme cuando vi a mi madre saliendo de uno de los negocios de la derecha. Me abrazó con fuerza y conté hasta diez antes de dejar que me viera a la cara.

—¿Estás bien? —quise saber mientras le brindaba mi mejor sonrisa ensayada.

—De maravilla.

La emoción en su voz fue un golpe de paz. Señaló el lugar de donde había salido y reconocí un pequeño negocio. En los cristales esmerilados rezaba: «Marianne Favreau», y debajo indicaba que era el consultorio de una psiquiatra.

—¿Qué hacías aquí?

Miré a todos lados de la concurrida calle, buscándolo. Pensar de más en Nikolai me hacía verlo en las esquinas, acechando. No quería imaginar qué haría si veía a mi madre cerca de un psicólogo o un psiquiatra.

—Nika —llamó ella y me tocó el rostro para que la mirara—. Todo está bien.

Había notado mi reacción exagerada. Me regañé por no poder esconder el miedo y la paranoia. Me aclaré la garganta.

—Aksel me dijo que habías venido a buscar trabajo. —Señalé el lugar con la barbilla—. ¿Por qué estás aquí?

—Ya tengo un empleo. Seré la asistente de la doctora Favreau. Tengo asegurado un contrato de un año mientras su actual asistente está de baja por maternidad. El sueldo es bueno, el trabajo es cómodo, la doctora es una excelente persona y es nuestra vecina.

—¿La de la casa moderna?

Era una pregunta tonta porque no teníamos más vecinos.

—Sí, y he aprovechado para invitarlos a cenar mañana en la mansión. —Me palmeó la mejilla con cariño—. Tenemos mucho que hacer.

• • •

—Quita esa cara —demandó Aksel al bajar la escalera y encontrarme en el viejo sofá del segundo recibidor.

—¿Cómo quieres que esté?

—Son los vecinos, no la policía.

—Como si es el presidente o un par de mendigos —mascullé—. Son extraños.

—Y yo los he invitado —intervino nuestra madre al llegar desde el comedor con su mejor vestido—. No seas tan gruñón —continuó, mientras me arreglaba el cuello de la sudadera y evaluaba mi ropa—. Tú compórtate e intenta verlos como los vecinos. No son un peligro.

—Quedamos en…

—No son un peligro —repitió—. Es simple protocolo para integrarnos. No hacerlo sería sospechoso e igual de problemático.

Estuve a punto de rebatir cuando se escucharon pasos en la escalerilla. Mi madre se acicaló, emocionada, y fue hacia el recibidor principal.

—No arruines la noche —murmuró Aksel avanzando a mi lado.

—No seré yo quien la arruine. Sabes que esto es una mala idea.

—Está feliz —murmuró antes de que la puerta se abriera—. Solo deja que lo disfrute.

—Eso es precisamente lo que me preocupa.

Un pico de felicidad iba seguido de una caída muy dura y mi miedo se materializó cuando la familia vecina atravesó el umbral. Eran un hombre, una mujer de aspecto alegre y Mia, a la que conocía bien. Lo que no esperaba era la niña pequeña de quizás diez años. Su pelo era color miel, lo llevaba por debajo de los hombros, y tenía unos ojos del mismo color, un vestido de flores y unas zapatillas rojas. Bajó la mirada, cohibida por mi inspección.

—Bienvenidos —dijo nuestra madre y nos pasó un brazo por la cintura a mi hermano y a mí—. Oficialmente presentados. —Nos miró con una sonrisa poco común—. Estos son mis hijos: Aksel y Nika.

Verla feliz era tan extraño que me tragué el miedo, las réplicas y el dolor. Saludé a nuestros vecinos con un asentimiento de la cabeza.

—A nosotros nos tocaron… Diría princesas y sería una mentira —dijo la señora Favreau, igual de emocionada—. Esta es Mia. Se llama Amaia, pero odia su nombre.

Me llamó la atención escuchar que no le gustaba un nombre tan bonito, que además le iba bien, más acorde con… No estaba seguro con qué. Era interesante aquel diminutivo. Mia, no Amaia, como yo, que había escogido la manera en que quería que me llamaran porque no soportaba tener el mismo nombre que él.

Amaia se sorprendió cuando mi madre la abrazó antes de girarse hacia la más pequeña.

—¿Y usted, señorita?

Su voz temblorosa confirmó que había pensado lo mismo que yo al verla entrar, le recordó a…

—Ella es Emma —dijo la señora Favreau.

Se me cortó la respiración y algo se atoró en mi garganta.

—Emma —repitió mi madre. La sangre se me heló al escuchar aquel nombre de sus labios. Escondía las manos detrás de la espalda para que nadie se las viera temblar—. Es… Es un nombre precioso.

La niña dio las gracias con la vista en sus zapatos, pero yo no pude soportarlo. Salí del recibidor dejando las voces atrás y buscando el silencio de la cocina. Sin embargo, este jamás llegó porque las voces del pasado arañaron su camino hacia el presente.

—*Nikol, juega conmigo* —*pidió la pequeña Emma. Me había bautizado con el nombre que más fácil le resultaba pronunciar.*

—*Estoy haciendo algo importante.*

—*Oír música* —*reprochó.*

—*Eso es algo importante.* —*Le sonreí y le pellizqué la mejilla—. Ve a jugar a tu habitación.*

Hizo un puchero.

—*Hace frío.*

—*Juega en el pasillo.*

—*Mamá dice que no puedo.*

—*Tranquila, cerré el paso a la escalera, no es peligroso.* —*Le acomodé la coleta—. Puedes jugar en el pasillo y hacer el desastre que quieras, yo recogeré después.*

—¿De verdad? —preguntó, emocionada.

—Lo prometo.

Sí, recogí los juguetes, pero no para que pudiera jugar con ellos otro día, sino para donarlos a la iglesia más cercana porque esa fue la última conversación que tuve con mi hermana pequeña.

No supe cómo, pero sosteniéndome de la pared, atormentado por el pasado, logré llegar a la cocina y me dejé caer en el suelo. Encendí un cigarrillo a pesar de mis manos temblorosas.

«El nombre de mi hermana. Emma. El mismo nombre. Emma. La sonrisa de Emma. La voz de Emma».

Me presioné los ojos con las palmas de las manos hasta que dolió. Fue imposible mantenerme sentado, el cuerpo me saltaba por dentro y tuve que levantarme para caminar de un lado al otro, con el cigarrillo en la mano, que se quemaba solo porque yo no tenía el control para llevarlo a mis labios.

«No puedes permitir que el pasado gane».

Respiré agitado, la inocente voz de mi hermana muerta resonaba en mis oídos y se mezclaba con la de los vecinos que estaban en el comedor.

—Nika, cariño, ¿estás bien?

Mi madre apareció y, con ella, mi coraza. Una gota de sudor se deslizó por mi sien, pero logré dedicarle una sonrisa. Apagué el cigarrillo y me acerqué a ella para evaluar su expresión, las consecuencias.

—Me han dado ganas de fumar. No quería hacerlo delante de las visitas —mentí—. ¿Tú estás bien? El nombre de…

—No lo sabía —susurró—, pero estoy bien.

Sus ojos mentían, estaba haciendo lo mismo que yo: fingir que no pasaba nada para proteger al otro. Toda nuestra vida era puro teatro.

—Te dije que no era buena idea invitarlos. Llevarte bien con los vecinos no puede estar por encima de tu salud.

—Es solo una niña —aseguró—. No es nuestra Emma y lo sé, tampoco puedo dejar que me afecte solo por existir.

Me palmeó la mejilla y volvió a sonreír.

—Relájate y disfruta de la cena, por favor.

Por ella haría lo que fuera, así que construí mi propia pared para regresar al comedor. Guardé en mi pecho lo que sentía al tener a una niña tan cerca, una con el mismo nombre de mi hermana.

Dolía, pero llevaba años lidiando con la culpa. El tiempo te hace experto en enterrar el dolor para dejar que carcoma mientras muestras una sonrisa y pretendes que todo está bien. Mi madre hizo lo mismo y se concentró en atender a Mary y Louis Favreau, que resultaron agradables y conversadores.

Amaia no dejaba de mirar el teléfono y se sentó delante de mí, entre su hermana y su madre. Me ignoró como había hecho desde nuestro encuentro en clase de Filosofía.

Estaba algo disperso mientras servían la sopa, conversaban de la llegada a Soleil y mi madre contó que Aksel y ella habían llegado a finales de la semana pasada, pero que yo estaba en la mansión desde antes.

—Llegué en la madrugada del martes —confirmé.

Sentí los ojos de Amaia caer sobre mí y nuestras miradas se encontraron. Debió de recordarlo, pues me había visto. Alguien al borde, al vacío, pensando en saltar como la más hermosa de las posibilidades, pero ella no conocía esos pensamientos, solo veía al tipo insoportable que la había avergonzado días atrás.

Apartó la vista para mirar su teléfono. Arrugó el ceño ante el mensaje que leyó.

—Mia —dijo su hermana en voz baja mientras el resto de la mesa continuaba la conversación.

La niña le mostró la cuchara.

—¿Tengo que darte de comer? —bromeó la pelinegra en un susurro.

—¿Son tentáculos? —preguntó la niña y me fijé en mi cubierto para entender de qué hablaba.

En la parte inferior, había una cara con dos rostros que miraban en direcciones opuestas. De la cabeza se escurrían unos tentáculos que abrazaban el mango del cubierto hasta desaparecer.

La chica asintió y la más pequeña torció los labios.

—Es porque el artista se aburrió de las cabezas comunes. —Amaia soltó una risa baja y musical.

Me quedé ensimismado en ella, en la mirada cargada de amor que le dedicaba a su hermana pequeña. Una mezcla de tristeza y admiración se arremolinó en mi pecho. Por un instante quise ser ella, tener a mi Emma y poder hablarle de aquella manera.

—Más o menos —dijo Amaia con aquella voz grave que me había dejado sin palabras el día en que nos habíamos conocido. Cargada de cariño sonaba aún mejor—. Digamos que quien lo hizo no tenía una profesora que le hiciera mirar un modelo para dejarse llevar.

Controlé una sonrisa, resultaba gracioso verlas. Amaia se percató de que tenía mi atención y sus ojos se clavaron en mí por segunda vez. Me sostuvo la mirada por unos escasos segundos.

Intenté comer y mantenerme al tanto de la conversación de mi madre con los Favreau, pero Amaia era más interesante. Estaba absorto en la manera en que su pelo caía a los lados de su rostro y en su pálida piel.

La estaba mirando tan fijamente que no me di cuenta de que habían empezado a hablar de ella. Al parecer, mi vecina estaba obsesionada con la mansión desde pequeña. Su madre se dedicó a explicar que gracias a ella habían declarado el lugar patrimonio de Soleil y pusieron alarmas para evitar que entraran extraños. Amaia se hundió de vergüenza en su asiento. Su cara estaba tan roja que parecía a punto de estallar.

—Y de ahí viene la obsesión con estudiar Historia del Arte —concluyó su madre.

La conversación que había escuchado en la oficina de la señorita Morel cobró sentido. Amaia había elegido dos carreras universitarias y les había soltado una mentira a sus padres. Me preguntaba cuál era la razón y cómo reaccionaría al enterarse de que yo lo sabía todo.

—¿Historia del Arte? —dije, modulando mi voz para ocultar la diversión—. Jamás pensé que una chica como tú estaría interesada en esa carrera.

Celebré mi elección de palabras cuando su mandíbula se tensó. Tener su atención era lo único emocionante en aquella cena.

—¿Una chica como yo?

—No te lo tomes mal, pero en las pocas clases que tenemos juntos, te imaginé estudiando algo distinto. Quizás Contabilidad y Finanzas.

Su madre desestimó la opción, contó lo mala que era en Matemáticas y la conversación se desvió. No pude evitar sonreír al ver que se ponía blanca como un papel al darse cuenta de que yo conocía su secreto.

Iba a añadir algo más que la incomodara cuando su teléfono vibró con un mensaje y su boca quedó abierta mientras miraba a la pantalla. Le costó recomponerse y, cuando fue consciente de que la estaba mirando, el fuego hirvió en sus ojos. Alzó una ceja y me encantó el desafío. Meterme con ella se convertiría en mi pasatiempo favorito.

—¿Por qué miras así a mi hermana? —intervino Emma con tono mandón. Me sorprendió, igual que al resto de los presentes, que se enfocaron en nosotros.

—Estaba recordando un debate que tuvimos en clase de Filosofía —le expliqué a la niña, que pasó la mirada del uno al otro.

—¿Qué debate? —preguntó.

—A ella no le gustó un ejemplo que puse.

Miré fugazmente a Amaia, que no parecía tan valiente como unos segundos antes.

—¿Qué ejemplo?

—Mejor que ella lo cuente, ¿no?

Todos esperaban la continuación de la historia y dudaba que Amaia pudiera articular una palabra. Su mejor opción era excusarse con ir al baño, pero no parecía ducha en el arte de evitar una conversación o mentir.

—Hora del postre —intervino Aksel.

Me lanzó una mirada asesina mientras se ponía de pie. Le acababa de dar vía libre a Amaia para salir corriendo a la cocina detrás de mi madre con la excusa de echarle una mano. Tapé mi boca para no reír en voz alta.

—Tiene novio, ¿sabes? —dijo la pequeña Emma.

Me agradaban sus malas pulgas.

—¿En serio? —ironicé—. No lo sabía.

—Sí, y está muy enamorada de él —agregó al tiempo que el teléfono de Amaia, que seguía sobre la mesa, vibraba anunciando la entrada de un mensaje.

La niña lo agarró sin temor. Estaba a punto de decir lo mal que estaba invadir la privacidad de su hermana cuando me mostró la pantalla con cara de suficiencia.

—¡Ves! Tiene novio y lo quiere mucho.

En la vista previa se leía un mensaje de Charles y solo contenía dos palabras: «Te extraño».

—Deja a mi hermana tranquila —amenazó antes de poner el teléfono en el mismo lugar.

Fueron las dos palabras del mensaje las que me hicieron ser consciente de la realidad. Cada vez que Amaia aparecía, mi cerebro mandaba una notificación, como si la hora de divertirse hubiese llegado, y no podía permitirlo. Por muy entretenido que fuera incordiarla, tenía novio y me conocía. Sabía muy bien por qué me empeñaba llamar su atención, me atraía.

La ignoré el resto de la cena y me escabullí a mi habitación en cuanto fue posible. No me agradaba relacionarme con los vecinos y no podía evitar que mi madre los invitara ni tampoco que Aksel hiciera amigos.

Amaia era la muestra de que, como ellos, yo necesitaba interactuar con otras personas. Era un error pensar así y temía las consecuencias de dejarnos llevar, de creer que éramos normales y que el pasado no estaba ahí esperando el momento justo para darnos caza.

Mientras más pensaba, más fumaba y me agobiaba en la azotea. Cuando las manos comenzaron a temblarme, tuve que bajar para despejar la mente. Iba hacia la cocina a por un vaso de agua cuando escuché unas voces provenientes del porche lateral.

—Te sorprendería lo que puede hacer —dijo mi hermano.

—Prefiero no saberlo —replicó Amaia con aspereza y no pude evitar acercarme para escuchar más.

—Perdónalo —dijo Aksel y supuse que hablaban de mí—. No se le da bien relacionarse con desconocidos, no de la manera convencional.

Hubo un corto silencio en el que ella suspiró.

—Al menos, la mala educación no viene de familia —concluyó con diplomacia.

Me gustó comprobar que no le agradaba, era mejor que ser invisible. Encendí el cigarrillo que llevaba entre los labios y salí al porche como si nada. Amaia apartó la mirada al verme, no le hacía gracia mi presencia.

—Me voy a casa —dijo al instante—. Gracias por la compañía y la cena, Aksel.

Sabía que no debía dejarme llevar. Me había pasado una hora convenciéndome de que tenía que tomar distancia, pero por buscarle las cosquillas una vez más no pasaría nada.

—Hablando de mala educación y se va cuando llega alguien. —Se detuvo en la escalerilla al escucharme—. No vale presumir de modales si no das el ejemplo, pequeña Amaia.

Bufó y no miró atrás mientras se dirigía a su casa.

—¿Por qué te empeñas en molestarla? —preguntó mi hermano cuando nos quedamos solos.

Me encogí de hombros mientras observaba su diminuta figura alejarse.

—Cuando más rápido se enojan las personas, más entretenido es verlas explotar.

—¿Sabes que ser un imbécil no hará que le gustes?

—¿Quién ha dicho que es lo que busco? —Aksel desestimó mis palabras al resoplar—. No quiero gustarle —aseguré—. Tiene novio y sabes que no me acerco a personas comprometidas.

Entornó los ojos.

—¿Novio?

—Para ser tu amiguita no sabes mucho de ella —alardeé—. Su novio es el capitán del equipo de fútbol.

—La novia de ese chico es rubia. Los conocí ayer cuando me encontré con Dax después de clase.

Algo no cuadraba. Observé la luz de una de las ventanas de la casa vecina. Tendría que averiguar un poco antes de sacar conclusiones apresuradas.

Capítulo 5

Sus labios eran suaves y se movían al ritmo preciso sobre los míos. El sonido de la fiesta en el piso de abajo no permitía que me concentrara. Sarah detuvo el beso para mirarme a los ojos.

—¿Se puede saber dónde estás?

—Sentado en un escritorio contigo enfrente en la habitación del hermano de capitán del equipo de fútbol.

—Muy gracioso —se burló—. Estás aquí, pero no estás.

Mentir no era una opción.

—Estoy distraído, es todo.

—Eso quiere decir que no vamos a follar.

—¿Te decepciono si digo que no?

Se encogió de hombros y se sentó a mi lado.

—Te tenía ganas, pero supongo que no pasará.

Miré al techo y respiré para no agobiarme. No iba a decirle que estaba en la fiesta de Charles porque Aksel y mi madre insistieron hasta la saciedad. Tampoco que mi mente estaba a kilómetros de distancia, en la mansión, donde había dejado a mi madre sola durante la noche por primera vez en varios meses.

—Podemos salir otro día —ofrecí a modo de excusa.

—No me gusta perder el tiempo. —Se acomodó la melena color fuego por detrás del hombro—. Sé cuándo alguien busca lo mismo que yo y tú no estás interesado en mí.

Me froté la cara con las manos.

—Créeme, no tiene nada que ver contigo.

—Eso lo sé —dijo con una sonrisa y se puso de pie de un salto—. El problema eres tú.

No me había equivocado con Sarah. Era lista.

—¿Cómo lo sabes?

—Eres nuevo y guapo —enumeró mientras recorría la habitación e inspeccionaba la colección de vinilos que había en un estante—. Si quisieras acostarte con medio pueblo, ya lo habrías hecho. Está claro que tu cabeza está en otro lado o en alguien más.

—Mi mente está en el pasado —murmuré.

Sentí el peso de su mirada durante unos largos minutos.

—Casi me engañas, Nika Bakker. No eres el *fuckboy* que todos creían. Bufé.

—Ya fui un estúpido por mucho tiempo. No tengo ganas de seguir siéndolo, no de la misma manera.

Sarah regresó sobre sus pasos y se detuvo entre mis piernas abiertas, que colgaban del escritorio. Había un toque de malicia en su expresión.

—Si quieres portarte como un chico ejemplar, me alegra. Además, me viene como anillo al dedo. Necesito un favor y no tengo amigos que puedan cumplir con lo que me hace falta, mis pocas opciones son imbéciles o cobardes.

Ladeé la cabeza y chasqueé la lengua.

—Como no vamos a follar, ¿tengo que hacerte un favor?

—Eres muy listo. —Sonrió sin remordimiento.

Se me escapó una carcajada.

—Cederé al chantaje porque me caes bien.

—Le caigo bien a todo el mundo —bromeó.

La tomé de la barbilla para que fuera al grano.

—¿Qué quieres?

—Tengo una amiga que necesita ayuda —explicó—. Te la presenté el día que nos conocimos, estaba conmigo en el pasillo. Una vez comió con nosotros en las gradas.

—¿Chloe? ¿Qué pasa con ella?

Su rostro perdió la acostumbrada alegría y se nubló de preocupación.

—Salió de una relación muy… desagradable. —Torció los labios—. Cuando alguien está en un lugar así, no ve la luz por mucho que intentes mostrársela. Le costó dos años darse cuenta de que estaba con un manipulador que se aprovechaba de ella y separarse del asqueroso de Alexandre.

—¿Y?

—Ahora está saliendo con una chica y, si Alexandre se entera, no reaccionará bien.

No necesité detalles para entender la situación. Gracias al resentimiento en el tono de Sarah, podía imaginarme lo que Chloe había pasado y necesitaba poco más para sentir ganas de aplastar a quien diera una diminuta muestra de ser un abusador en potencia.

—Puedo darle una advertencia para que la deje en paz.

—No. Eso sería generar otro conflicto y Chloe no necesita más presión. —Tragó saliva—. Ella no puede enfrentarlo si está muerta de miedo, necesita tiempo y yo necesito que tú finjas salir con ella.

—¿Cómo?

—Alexandre es machista y homófobo. —Señaló con la mano la puerta cerrada, se refería a la fiesta que se celebraba bajo nuestros pies—. Si la ve con una chica, le hará la vida imposible. Pero tú eres nuevo, no sabe de lo que eres capaz y… —Me observó de arriba abajo—. Eres alto y tienes cara de pegarle a quien no te caiga bien.

—¿Por qué no habla con sus padres?

—No es fácil decirle a tu familia que aguantaste golpes durante un año antes de deshacerte de un hijo de puta. Tampoco están preparados para aceptar que ahora está enamorada de una chica. —Puso los ojos en blanco—. Su familia se pondrá como loca.

Era fácil hablar desde fuera sobre una situación tan compleja. Entendía a Chloe sin conocer la historia por su propia boca.

Me acerqué a la puerta y la música de la planta baja inundó la habitación cuando la abrí. Sarah parecía decepcionada, pero no insistió ni dio muestra de querer hacerlo mientras me seguía por el pasillo.

—Pensaré lo de ayudarte —dije al llegar a lo alto de la escalera.

No le dejé tiempo para que me diera las gracias y me aparté para que pasara delante de mí.

—Tu falda es un desastre —me burlé mientras bajábamos.

Me miró por encima del hombro.

—Tu pelo está peor que mi falda —contraatacó.

Mientras intentaba arreglarlo, vi quiénes entraban por la puerta. Dax encabezaba el grupo. Lo seguían Amaia y Sophie, la hija del dueño de la carpintería, a la que había conocido días antes cuando fui con Aksel a comprar madera para reparar las ventanas. Me hizo gracia que mi vecina pusiera los ojos en blanco al verme y arrastrara a su amiga lejos de nosotros.

—Dime que lo has pensado y vas a hacer las pruebas para entrar en el equipo —dijo Dax al saludarme.

—La respuesta sigue siendo la misma.

—Bien, este es mi último intento para convencerte, lo prometo. —Me tomó de los hombros para que lo mirara—. Cuando entras en el equipo, empiezas a tener beneficios, recibirás mucho más de lo que crees. Es un intercambio justo.

«Un intercambio. Ayuda a cambio de información».

Algo hizo clic en mi cerebro y me giré para ver a la pelirroja. Seguía a nuestro lado a pesar de tener la vista perdida en la amplia sala de estar que servía como pista de baile.

—Ayudaré a tu amiga —le dije y al momento tuve su atención—, pero dile que quiero algo a cambio.

—Hecho —aceptó con una sonrisa y no dudó en desaparecer, seguramente para buscar a Chloe.

—¿De qué hablan?

—Asuntos de chicas —dije, incluyéndome entre ellas. Entonces, le pasé un brazo por los hombros a Dax—. Me estabas hablando de las ventajas del equipo.

Dax vio su momento de persuadirme y acepté presentarme a las pruebas cuando dijo que nos daban un par de tardes libres en las que podía aprovechar para trabajar una vez consiguiera empleo. El moreno estaba emocionado.y me llevó con sus amigos, todos futbolistas.

La fiesta era demasiado ruidosa y lo único entretenido medía un metro cincuenta y tenía el flequillo torcido. Sin embargo, cuando aparecía me ignoraba hasta tal punto que comencé a pensar que la única manera de hacerme notar era poniéndola en ridículo.

Por esa razón la seguí a la cocina cuando desapareció entre la multitud de bailarines sudorosos. La localicé antes de que pudiera alcanzar una botella de vodka y llegué un segundo antes para arrebatársela de la mano.

—Las niñas pequeñas no deberían beber tanto.

Abrí la botella y le di un trago. No me preocupaba su expresión, que era digna de fotografía y no ocultaba que mi atrevimiento la había insultado. Alzó la mano esperando a que le pasara la botella.

—¿Piensas bebértela entera? —preguntó.

—No.

—¿Me la puedes dar?

—¿Por qué haría eso?

Puso los ojos en blanco y no pude evitar fijarme en la fina blusa que llevaba. Estaba hermosa, mucho más que otras veces.

—¿Se puede saber de qué te ríes?

No me había dado cuenta de que estaba sonriendo.

—Es entretenido ver enojada a alguien tan pequeña.

—Si crees que este es el circo, te has equivocado de lugar —replicó—. No soy un payaso, y dame la botella.

Intentó tomarla y la saqué de su alcance.

—Ya te lo he dicho, las niñas no deberían beber.

Su respiración tembló y el estallido llegó antes de lo que había previsto.

—¡¿Cuál es tu puto problema?!

Se acercó a mí con las mejillas encendidas, se le veía que tenía ganas de pelear.

—¿Besas a mami con esa boca? —pregunté, fingiendo que me sentía insultado.

—¡Vete a la mierda!

—De acuerdo, pero me voy con la botella.

Bloqueó mi paso, acortando la distancia que había entre nuestros cuerpos. Empezábamos a llamar la atención de los curiosos.

—Dámela.

—¿Qué quieres que te dé? —dije, imaginando algo totalmente distinto.

—La botella, idiota.

Señalé a nuestro alrededor con el dedo índice.

—Hay más por ahí. —Le guiñé un ojo—. Esta es mía.

—Me la has quitado de la mano.

—La tomé antes que tú. Por lógica, es mía.

—No dice tu nombre y lo hiciste a propósito.

Puse mi mejor cara de inocencia.

—¿Qué cosa?

—Quitármela —masculló.

—¿Quién lo dijo?

—¡Yo, que lo vi! —Plantó un manotazo sobre la encimera—. No entiendo por qué siempre apareces para molestar.

Tuve que reírme en voz alta.

—Para ser tan pequeña, crees que demasiadas cosas giran a tu alrededor.

—¡Ah! Entonces ¿no has venido hasta aquí para quitarme la botella, tampoco quisiste dejarme en ridículo en la cena o pusiste ejemplos fuera de lugar en Filosofía para que se rieran de mí?

—Espera. —Me acerqué a su rostro para hablar más bajo, aunque era consciente de que nuestros espectadores me escucharían—. ¿Esto es porque te vi las tetas?

—¡Sabes que no es por eso! —estalló.

Nuestro espectáculo estaba en su máximo esplendor y solo necesitaba el cierre del último acto.

—Entonces, ¿no te avergüenza que te las viera? —provoqué.

—¡Claro que no, descerebrado! —dijo sin controlar sus palabras—. ¡Deja de hacerte el interesante! ¡Me da igual lo que vieras! Me gustan mis tetas y estoy orgullosa de ellas. No me importaría enseñárselas a cualquiera.

Me relamí los labios.

—Me alegra que lo dejes claro —susurré tan bajo que solo ella pudo escucharlo.

Su rostro se descompuso al ver que había tantas personas a nuestro alrededor. Traté de irme para disfrutar de mi victoria y lo impidió.

—Dame la botella —demandó a escasos centímetros de mi cara.

Tenía que mirar hacia abajo para mantener el contacto visual y un agradable cosquilleo se extendió por mi estómago cuando acorté la distancia que había entre nuestros rostros. Era hermosa, pequeña y cada vez me recordaba menos a un gnomo.

—Los premios hay que ganarlos con esfuerzo —murmuré.

Me subí a la encimera para dejar la botella sobre el armario más alto. Bajé con facilidad y pasé por su lado. Sentí una extraña y deliciosa sensación cuando mi brazo rozó el suyo. Me incliné para susurrarle al oído:

—Ve a buscarla, Pulgarcita.

Me observó con ojos cargados de odio antes de valorar la tarea bajo los chillidos emocionados de la multitud. Dudó por unos segundos, en los que no hizo más que mirarme, puede que para alimentar su valentía con el odio que sentía por mí.

Me contuve de animarla como el resto de la cocina cuando trepó a pesar de su estatura. Mientras lo hacía, me acerqué para evitar que aterrizara en el suelo si la incursión no salía bien. Dax hizo lo mismo, pero Amaia lo logró y no pude evitar sonreír cuando me miró desde lo más alto, con la botella en la mano y un brillo inusual en sus ojos.

Di media vuelta entre los vítores y atravesé el comedor pensando que la idea de venir a la fiesta no había sido tan mala. Si había otra y ella estaba, no dudaría en…

Pegué un salto hacia atrás cuando alguien se interpuso en mi camino en medio del comedor. Estaba oscuro y lleno de gente, me costó identificar a la chica que estaba frente a mí.

—Hola, Nika —dijo Chloe con nerviosismo—. Sarah ha dicho que me ayudarías.

Miré alrededor y no la vi por ningún lado.

—¿Te ha dicho que quería algo a cambio?

—Te pagaré lo que sea, tú abrázame, ¿vale?

No me dio tiempo a contestar y pasó sus brazos por mi cintura. Estaba helada, temblando, y le correspondí por temor a que se desplomara.

La guie hasta una esquina al límite entre el comedor y la concurrida pista de baile. Le apoyé la espalda en la pared y me separé un poco. Sus ojos estaban llenos de lágrimas. Me acerqué lo máximo posible para que nadie pudiera ver el estado en que se encontraba.

—Te pagaré lo que sea por…

—No he dicho que quisiera dinero —la interrumpí—. ¿Ese tipo está cerca?

Asintió.

—Con sus amigos, en la otra esquina —susurró y miré con cuidado por encima de mi hombro—. El rubio del *piercing* en la ceja es Alexandre. Es mayor que nosotros.

Lo identifiqué, junto a otros dos chicos, bajo la penumbra de la habitación llena de fiesteros.

—Está con Adrien y Raphael —explicó—. Los dos son del equipo de fútbol.

Seguía igual de asustada a pesar de tenerme como barrera humana.

—Escucha bien. —Me acerqué a su rostro, me quedé en una posición tal que los tres chicos tuvieran una vista decente de nuestro íntimo intercambio—. A partir de ahora, irás conmigo a donde sea y te llevaré todos los días a tu casa si hace falta. ¿Quedó claro?

Asintió repetidas veces.

—Ese no te toca ni un pelo —aseguré.

Por un segundo, vi a mi madre en sus ojos brillantes. Estaba a punto de abrazarla cuando alguien se chocó conmigo y un líquido helado me empapó la espalda, bajó por el pantalón y me humedeció los zapatos.

Entre los que chillaban a mi alrededor encontré a Amaia. Tenía una sonrisa forzada y un vaso en la mano derecha.

—Lo siento mucho —gritó por encima de la música—. No te he visto.

—No me has visto —repetí con ironía, mientras un escalofrío me recorría la columna vertebral.

—No, pero de todos modos te estaba buscando. —Dio un paso hacia mí y me tomó del cuello de la camisa—. Te has olvidado la botella en la cocina, he venido a traértela.

Vació el segundo vaso sobre mi pecho. No solo llevaba vodka, sino cubitos de hielo que me congelaron hasta la ropa interior. Antes de que pudiera reaccionar, me lanzó el vaso a la cara y salió corriendo.

No pude moverme. Chloe me miró, consternada, como todos los que nos rodeaban.

—¿Qué ha sido eso? —preguntó.

Reí en voz baja al verme la ropa.

—Supongo que una venganza bien cobrada.

Capítulo 6

Chloe se quedó con Sarah una vez nos aseguramos de que su exnovio había entendido que no estaba sola y le convenía mantenerse alejado. Amaia contribuyó sin saberlo a que todos se fijaran en Chloe y en mí después de bañarme en vodka. Nuestra supuesta relación, del tipo que fuera, se convirtió en el cotilleo de la fiesta.

No iba a quejarme. Me lo merecía, pero tenía la ropa empapada y podía ir por ahí sin camisa, pero no sin pantalón. Subí al primer piso, al baño del final del pasillo. Asumí que estaba vacío por la puerta entreabierta, pero escuché unas voces: dos chicas.

—Lo que no entiendo es por qué dices que sí a todo lo que te pide —dijo una.

—Dijiste que fue divertido —rebatió la segunda—. ¿Ahora te molesta?

—Vicky, ¿estás escuchándote?

—A Charles le gustó y a ti también.

—¿Y qué hay de ti?

—Rosie, te estoy proponiendo que volvamos a hacer un trío con Charles, no que me des lecciones para entender lo que siento.

—Me estás diciendo que nos acostemos con él porque te lo pidió, no porque tengas ganas de hacerlo —reprochó la tal Rosie.

—No me molesta hacerlo.

—Vicky, eso es una estupidez. No es algo que hagas porque no te molesta, se supone que debes… desearlo.

—Es solo por diversión —insistió la que se llamaba Vicky.

—No, es para satisfacer el morbo de tu estúpido novio y no estoy dispuesta a que vuelva a pasar.

Charles tenía una vida movida si estaba con tres a la vez. Me preguntaba si todas sabían la verdad.

—Está bien —aceptó la chica que insistía en el trío—. No quiero pelearme contigo. Vamos a olvidar esto y ayúdame a encontrar a Charles.

Escuché sus pasos y me alejé de la puerta.

—Vicky, tienes que dejar de perseguirlo. Me irrita que seas tan intensa con ese…

Una castaña de ojos marrones salió al pasillo y se cayó de golpe al verme apoyado en la pared opuesta. Sus ojos bajaron por mi torso desnudo e hizo una mueca graciosa al darme una media sonrisa.

—Linda tableta, niño nuevo —dijo antes de arrastrar a su amiga hacia la escalera.

Me metí en el baño y me deshice del pantalón. Traté de quitarle el vodka, pero el olor persistió. Arreglar lo de la camisa era un desperdicio de tiempo, pues estaba empapada y no podía pasar otra media hora secándola. Además, alguien había tocado a la puerta, así que la exprimí hasta que me di por vencido. Tendría que pasar el resto de la fiesta sin ella.

Dejé todo en su lugar, saqué la caja de cigarrillos, que por suerte había sobrevivido a la agresión, y me llevé uno a los labios. Al acercarme a la puerta, cuando estaba a punto de encenderlo, escuché voces provenientes del pasillo. Pensé que eran personas haciendo fila y protestando por mi demora.

—Tienes razón —dijo un chico—, me equivoqué, pero no te fui infiel. No sé cómo puedes pensarlo si todos sabían que llevaba milenios detrás de ti.

Con el corto vistazo que pude echar antes de volver a cerrar la puerta del baño supe que era Charles, el capitán del equipo de fútbol. Sabía más de su vida amorosa que de la historia de Soleil. No tenía ni idea de en qué momento me había convertido en esa persona que espiaba a adolescentes detrás de las puertas.

—No puedes dudar de lo que siento —continuó él con la que debía de ser una voz sincera y cargada de emociones—, lo demostré cada hora que estuvimos juntos. —Aguanté para no soltar una carcajada—. Puedo meter la pata mil veces, pero no así y al final del día sabes que siempre estaré pensando en ti.

Nadie podía decir tales estupideces y no estar mintiendo. Me pregunté a cuál de sus amantes le estaría declarando amor eterno. Espié por la rendija que se formaba al separar un poco la puerta del marco y la diversión se esfumó. Reconocí a Amaia de espaldas. Charles estaba muy cerca y ella no daba muestras de incomodidad.

Era evidente que se iban a besar, ella lo iba a permitir. Las ganas de salir al pasillo e interrumpir se volvieron sofocantes. Estaba a punto de hacerlo de la manera más casual posible cuando se separaron de un salto y miraron al otro lado del corredor.

En ese momento, ya no espiaba desde el baño, tenía la cabeza apoyada al marco de la puerta y vi a las dos chicas: eran las mismas que habían estado conversando en el baño antes de que yo entrara. La rubia estaba tan pálida que podría haberse desmayado, pero no dijo ni una palabra, dio media vuelta y se fue.

—¡Son unos cretinos! —les gritó la otra a Charles y Amaia antes de seguir a su amiga.

Charles maldijo por lo bajo y se paralizó al ver que yo estaba a pocos metros, pero no dijo nada. Se centró en Amaia, que seguía ajena a mi presencia.

—Ve tras ella —dijo la pelinegra sin dudarlo cuando él le preguntó, sin palabras, qué debía hacer—. Es tu novia. Le debes una explicación.

Volvió a maldecir y obedeció.

Amaia se masajeó las sienes repetidas veces.

—Y yo pensaba que Soleil sería aburrido —dije con total sinceridad porque tanto chisme empezaba a darme dolor de cabeza—. Cuánto drama en una noche.

Se dio la vuelta con las manos en la cabeza, las mismas que le cayeron a los lados del cuerpo cuando me vio. Disfruté como sus ojos me inspeccionaron mientras le daba una calada al cigarrillo. No me atreví a moverme porque quería captar cada una de sus reacciones al bajar la vista, detallando mi pecho desnudo y terminando en mi abdomen bajo. Sus mejillas tomaron un suave color rosa y me miró a la cara al percatarse de lo que hacía.

—¿Entretenida con algo, enana?

La expresión de odio cubrió su vergüenza.

—¿Me persigues o me lo imagino? —ironizó.

—No tengo tiempo para eso.

—Entonces, ¿por qué apareces a dondequiera que vaya?

—Estaba quitándome el vodka con que me has bañado —le recordé—. En cualquier caso, tú me persigues.

Retrocedió. Sus ojos se movieron por el estrecho pasillo buscando una vía de escape.

—No pienso tenerte en cuenta lo que has hecho —la tranquilicé—. Estamos empatados.

—¿Empatados?

Por un instante imaginé que la cargaba, atravesaba la fiesta con ella chillando sobre mi hombro y la lanzaba a la piscina. Iniciaría una guerra, lo cual me habría encantado, pero era un error.

—Te debía una por Filosofía —dije para borrar mis malas ideas.

—Creo que me debes más de una —puntualizó con aquella voz mandona que empezaba a resultar atractiva.

—Puede ser, pero te ofrezco paz. —Pasé por su lado y supe que me seguía con la mirada—. Deberías aceptarla.

Fue difícil no echar un vistazo hacia atrás para provocarla antes de marcharme.

Tenía que centrarme y llevaba demasiado tiempo lejos de Chloe y Sarah, cosa que no era nada inteligente si había un abusador rondándolas. Di vueltas por la fiesta y me sorprendió encontrar a la morena en el patio trasero, sentada en el borde de la piscina, con las piernas en el agua. Cuando le pregunté por su amiga, me dio una respuesta que no había pedido:

—Alexandre ya se ha ido.

Miré a nuestro alrededor. Había un grupo de fiesteros no muy lejos, acaparando las tumbonas, y otro cerca de la puerta trasera que daba a la cocina.

—¿Estás segura? —pregunté al tomar asiento a su lado, pero manteniendo la distancia de la piscina.

—Hay una fiesta clandestina al norte —explicó en voz baja, con la vista fija en las ondas que provocaba el movimiento de sus pies en el agua.

—De todos modos, te llevaré a casa. —Le pasé un brazo por los hombros para reconfortarla y se tensó—. Relájate. Se supone que debemos parecer… pareja o tener algo que mantenga a tu ex y sus amiguitos alejados, ¿no es cierto?

Se estremeció con la brisa fría.

—Lo sé —murmuró y sus ojos se fueron al grupo de las tumbonas.

Una rubia de pelo corto nos miraba de reojo.

—¿Es tu novia? —Asintió—. ¿Sabe lo que me pediste que hiciera?

—Sí, pero no le gusta la idea. Cree que debería denunciar a Alexandre y ya, no entiende lo difícil que es.

Miré a la rubia, que fingía disfrutar en su grupo de amigas, pero no nos quitaba ojo de encima.

—Tranquila, lo entenderá, puede que necesite tiempo. Déjale claro lo que sientes y que esto —añadí, señalándonos— es un teatro. Evitarán conflictos innecesarios si no hay celos de por medio.

Me dirigió una tímida sonrisa.

—Lo haré.

Se acomodó bajo mi brazo y su cuerpo se relajó.

—Dijiste que querías algo a cambio de la ayuda. —Ladeó la cabeza para mirarme—. ¿Qué es?

—Información —dije como si no fuera nada del otro mundo.

—¿Sobre qué?

Me encogí de hombros.

—Soy nuevo y aquí hablan demasiado. Me pierdo la mitad de los chismes.

—Consejo número uno —dijo sin apartar la vista—: no te creas todo lo que escuchas. Soleil es el lugar menos indicado para encontrar la verdad, en especial dentro del instituto.

—Para eso te tengo a ti, para aclarar mis dudas.

Entrecerró los ojos.

—¿Solo quieres eso? ¿Información?

—¿Te parece poco? ¿Quieres que pida dinero?

Negó repetidas veces y se le escapó una risa baja.

—Pregunta lo que quieras.

Me lamí los labios mientras me tomaba unos segundos para pensar.

—Charles…, el capitán del equipo. ¿Qué pasa con su novia?

—¿Victoria?

La rubia.

—¿Tiene más de una novia? —pregunté.

—No, pero la historia es bastante larga. ¿Tanto te interesa?

—No tienes ni idea —confesé con la mente en cierta enana.

Arrugó las cejas.

—¿Te gusta Victoria?

—No, me gusta Charles.

—¿De verdad?

Quité el brazo de sus hombros.

—Este es el pago por mis servicios de novio falso —advertí—. Tu trabajo es responder preguntas, no hacerlas.

Sacó los pies de la piscina. Ambos nos giramos para quedar frente a frente. Se aclaró la garganta.

—Creo que esto empieza cuando Charles y Victoria era niños. Crecieron juntos, sus familias son cercanas, eran los mejores amigos y Victoria siempre estuvo enamorada de él.

—¿Se hicieron novios?

—No. Cuando entramos al instituto, todos esperaban que pasara, pero a Charles no le gustaba Victoria. Dicen que la rechazó, pero nunca dejaron de ser amigos.

Tenía que aceptar que los chismes de pueblo tenían un encanto excepcional.

—No fueron novios, no de manera oficial —continuó—. Pero todos saben que perdieron la virginidad juntos.

—¿Cómo saben eso?

Chloe hizo una mueca de desagrado.

—Porque los chicos del equipo hablan mucho y creo que a Charles se le fue la lengua.

Acababa de encontrar la primera razón por la que Charles no me agradaba nada. Crucé los brazos.

—Y ahora, ¿tienen algo?

Chloe presionó los labios y miró hacia la casa, donde la fiesta seguía su acalorado ritmo.

—Sí, pero es reciente —concluyó—. Charles estaba con Mia.

—¿Quién es Mia?

—La pequeña de pelo negro y corto. Es tu vecina.

Me pilló por sorpresa. La llamaban así y lo había olvidado.

—La persiguió durante dos cursos y ella pasaba de él olímpicamente —explicó—. Era extraño ver que Victoria lo seguía a él y él, a Mia.

—¿Y?

Apoyó los codos en las rodillas y la cabeza entre las manos.

—En algún momento, Mia aceptó salir con él y meses después se hicieron novios.

—¿Ya no lo son?

Negó y me gustó obtener la respuesta que tanto buscaba.

—Le puso los cuernos a Mia con Victoria o algo parecido. Al final del curso pasado, se separaron cuando el chisme se esparció y Charles la dejó.

—¿Él a ella?

Chloe se removió en el lugar.

—Te dije que debes creer la mitad de lo que escuches y eso me incluye a mí —recalcó—. Esta es la historia que conozco y no sé cuánta verdad o mentira hay en ella.

—Escuchar con cuidado. Entendido.

No parecía cómoda al hablar de otras personas, pero de todos modos pensaba sacarle toda la información posible que incluyera a mi vecina.

—Mia le perdonó los cuernos a Charles o eso pareció. Estuvieron juntos un tiempo mientras el rumor avanzaba, pero en la fiesta de fin de curso, Mia no apareció y yo vi a Charles muy acaramelado con Victoria. Así siguieron el resto de las vacaciones y Mia no fue ni a una sola fiesta, ni siquiera la vimos por el pueblo, desapareció del mapa.

Analicé las suaves facciones de Chloe, que esperaba más preguntas.

—Entonces, Mia y Charles son el pasado y Victoria es la novia oficial.

—Sí, pero todos dicen que Charles y Mia todavía tienen algo. —Se encogió de hombros—. Yo no los he visto juntos.

Yo sí y su hermana me había mostrado un mensaje que lo demostraba.

—¿Crees que es verdad?

Sopesó su respuesta.

—No conozco a Mia, pero sí a Charles. A él nunca le gustó Victoria. Lo que hiciera con ella no lo sé y, si le puso los cuernos a Mia, tampoco. Solo estoy repitiendo información. Lo que sé es que a él le gustaba mucho Mia. Se comportaba distinto y me resultó extraño que le fuera infiel, también que la dejara por Victoria. Hay algo en esa historia que no cuadra, pero la verdad solo la tienen ellos.

Me estiré en el lugar y cambié de posición porque tenía las piernas adormecidas de estar sentado en el suelo.

—Empiezo a dudar de que este trato sea justo —me quejé.

—Fuiste tú quien puso las condiciones —advirtió para que no me echara atrás.

—Pues no me estás dando nada que valga la pena.

Hizo un puchero.

—Bien, te diré lo que creo que pasará, pero son solo suposiciones —advirtió—. Charles seguirá jugando con las dos, pero terminará volviendo con Mia y ella lo aceptará.

No podía decir que conociera al gnomo, pero con el mal humor que cargaba no me daba la impresión de alguien que perdonara con tanta facilidad. Era capaz de identificar a un imbécil cuando lo veía, a mí me caló desde el primer momento.

—¿Por qué crees que volverán? —quise saber.

—Fue su primer novio, su primera vez, y algunas nos volvemos tontas por eso —dijo, avergonzada—. Fue lo que me pasó con Alexandre y mira cómo ha terminado. No importa que Charles sea un degenerado, existe la posibilidad de que ella lo perdone.

Esperaba que Chloe estuviera equivocada. En cualquier caso, ya sabía que su relación con Charles no era un noviazgo en toda la regla y, si no estaba comprometida, yo podría… acercarme.

Me puse de pie y le ofrecí la mano para hiciera lo mismo.

—Creo que es mejor que demos una vuelta para que nos vean juntos.

Aceptó la ayuda tras echar una ojeada a donde estaba su novia. Volví a pasarle un brazo por los hombros mientras caminábamos por el costado de la casa. Chloe me miró por más tiempo del que se consideraría normal, incluso si fingía estar embelesada para que nos vieran como pareja o ligue de la noche.

—No voy a ser tu novio de verdad. Ni lo intentes.

—¿La que te gusta es Mia? —preguntó sin darle importancia a mi burla.

Mantuve la vista al frente.

—Dejemos algo claro… En esta relación tú respondes y yo pregunto, no al revés.

En ese momento, divisé a mi hermano en uno de los bancos que había cerca de la entrada de la casa, me hacía señas para que le prestara atención. Amaia y Sophie intentaban sostener a un borracho Dax que había perdido el conocimiento y estaba a punto de caerse de cara contra el vómito que manchaba el césped.

Mi cerebro funcionó a toda velocidad, calculando si sería conveniente que Amaia me viera con Chloe. Valoré qué pensaría, las oportunidades que podría arrebatarme y la razón por la que querría tenerlas. A lo mejor, si me mostraba como un mujeriego, salía corriendo en dirección contraria, pero eso ya era lo que todos creían.

—Es demasiado obvio —murmuró Chloe al seguir la dirección de mi mirada—. La que te gusta es Mia.

La miré y sonrió.

—Pero tú no se lo dirás a nadie.

Asintió repetidas veces, divertida.

—Más discreta que un muerto.

Capítulo 7

Dax debió de beberse hasta el agua de los floreros para perder el conocimiento y vomitar de la manera en que lo hizo. Entre Aksel y yo lo limpiamos y lo subimos al coche para dejar la fiesta atrás.

Tuve que conducir, por eso me necesitaban: ninguno de ellos sabía. Traté de molestarlos con el tema, pero Amaia, como de costumbre, se sintió atacada y decidí no hablar más del asunto.

La carretera estaba vacía, el aire fresco entraba por la ventanilla y solo los balbuceos de nuestro borracho perturbaban el silencio, algo que a mi vecina parecía no agradarle. Iba a mi lado, en el asiento del copiloto, y vi cuando alargó la mano hacia la radio. El simple gesto me cortó la respiración, me paralizó y no pude evitar que la encendiera. Las notas de una versión de «Wicked Game» hecha por London Grammar sonaron. Amaia subió el volumen y, antes de que la cantante pudiera decir las primeras palabras, apagué la radio.

—¿Qué haces? —protestó ella.

El corazón me latía desbocado, las voces del pasado luchaban por abrirse camino al presente.

—Me molesta la música —dije a secas.

—Y yo quiero escucharla.

La tomé de la muñeca cuando quiso encender el reproductor por segunda vez. Forcejeó y la apresé con fuerza.

—Estoy conduciendo y me molesta la música —masculló.

—Nika —advirtió mi hermano desde el asiento trasero e intercambiamos una mirada por el retrovisor.

No iba a hacerle caso a esas amenazas silenciosas detrás de mi nombre cuando usaba ese tono. Él no sabía que estaba temblando por dentro, esforzándome para que la mano con que sostenía a Amaia no delatara mis nervios. Una gota de sudor se me deslizó por la nuca y sentí como me bajaba por la espalda. No podía permitir que ninguno de ellos se diera cuenta.

—Yo conduzco porque ustedes no saben y no se pone música —espeté y dejé libre la muñeca de Amaia sin delicadeza alguna—. Son las reglas.

—Pues si no hay música, tampoco deberías fumar —rebatió ella—. Me molesta.

—Me gusta fumar.

—Y a mí, escuchar música.

—Pues te aguantas.

Centrarme en una discusión era lo único que podía obligarme a ignorar la tensión en mi cuerpo y lo fría que se había tornado la brisa nocturna que me arañaba la piel de los brazos.

—¡Te has fumado tres en el camino! —reclamó—. ¿No puedes parar? ¡Me tienes mareada!

—¿Puedes tú parar de respirar?

—¿Tengo que responder a esa tontería?

La miré a los ojos, intentando concentrarme en ella, en el presente.

—Tú respiras y yo fumo —gruñí.

—¡Nika, basta de…!

—¡Paren de gritar! —vociferó Dax y Aksel no pudo continuar su regaño.

Traté de ignorar la conversación que le siguió. No había manera de explicarles que, si ponía música, era posible que perdieran al conductor. A veces me mareaba, otras empezaban las palpitaciones, el sudor en las manos o el temblor.

Aksel y mi madre no sabían lo que me sucedía en ocasiones al escuchar música desde la muerte de Emma, menos lo iba a confesar delante de tres extraños…

Llegamos a la mansión en tiempo récord gracias a mi nulo respeto por el límite de velocidad. La noche nos habría separado de no ser porque Amaia, al bajar del coche, se percató de que se había dejado el abrigo en casa de Charles y las llaves de su casa estaban dentro del bolsillo.

No tenían otra opción que dormir en nuestra casa. Cargué a Dax hasta el segundo piso, a la habitación de mi hermano. Lo dejamos en el colchón y soltó un montón de agradecimientos tontos antes de acurrucarse en posición fetal y ponerse a roncar bajito. Mientras Aksel y Sophie lo arropaban, me di cuenta de que Amaia no había entrado.

Descendí al recibidor y miré a todos lados en busca de una señal suya. Bajé la escalerilla de la entrada, preocupado por lo que había sucedido en el coche. Mi reacción no había estado bien, pero fue lo mejor que pude dar ante una situación que me hacía perder el control.

Apenas había dado unos pasos fuera de la mansión cuando la vi aparecer de la nada, caminando por un sendero oculto por la hierba alta y que conectaba su casa y la mía.

—¿Y Dax? —preguntó sin mirarme.

—Durmiendo como un bebé. —Me acoplé a su paso—. ¿Por qué te has quedado fuera?

—Le he pasado una nota a mi madre por debajo de la puerta para que supiera dónde estábamos.

—Una nota, no un mensaje de texto. ¿Con qué papel?

—Un mensaje la habría despertado y… ¿Por qué tantas preguntas? ¿Eres policía?

—No, pero este es un lugar peligroso —dije, bromeando—, hay que tener cuidado.

Se detuvo un escalón por encima de mí y aun así era más pequeña que yo.

—¿Peligroso? Aquí solo estamos nosotros. Lo más peligroso que encontrarás será un mapache o una ardilla gorda.

No pude evitar reírme, estaba adorable cuando se enojaba.

—En la oscuridad suceden muchas cosas —dije para asustarla.

—En la de tu cabeza hueca quizás —rebatió sin pizca de miedo y tuve que bloquear la puerta para que no me dejara fuera de la casa.

—¿Por qué eres tan arisca? Recuerdo haberte ofrecido una tregua.

—No recuerdo que la respetaras en el coche —dijo, molesta y con toda razón; por un momento, no había sido ni amable ni racional—. ¿Podemos entrar? —pidió, removiéndose en el lugar—. Me estoy muriendo de frío.

La blusa de finos tirantes dejaba expuestos sus hombros.

—Se nota —dije al ver su piel de gallina.

Cruzó los brazos sobre su pecho.

—Idiota —me insultó de la nada y me golpeó el hombro al entrar en la mansión.

Aguanté las ganas de reír y la seguí.

—Me gritas, me insultas y además no me agradeces por haberles salvado el culo.

Giró sobre sus pies y me enfrentó con el rostro crispado.

—Has hablado de lo que no te importa en el coche.

—Trataba de entablar conversación porque las princesitas no saben conducir.

—No te metas con Sophie. —Esa vez no se vio tierna, sino cortante y resuelta.

—Solo quería saber cómo pensaba trasladarse de un lugar a otro si no conducía —dije, midiendo mis palabras.

—No lo quiere hacer porque su madre murió en un accidente. —Su dedo en mi pecho se sintió como un golpe y no por la fuerza que su diminuta mano podría ejercer, sino por la sorpresa—. Se salió de la carretera cuando Sophie tenía siete años. Le aterra conducir. —Algo invisible selló mi garganta y me impidió articular palabra—. Espero que no vayas por ahí contándoselo a quien te encuentres. Deberías pensar dos veces antes de bromear si no sabes por lo que están pasando las personas que te rodean.

Creía que había sido grosero en el coche solo por la música, pero en ese instante comprendí que lo había sido desde antes. Puede que estuviera jugando con fuego, que hacerla enojar fuera divertido para mí, una manera de llamar su atención, pero estaba lográndolo de la manera equivocada.

—Lo siento… Yo… No sabía.

Poco más podía decir. No era del tipo que inventaba justificaciones, no sabía hacerlo. Me había equivocado y yo solo conocía una manera de enmendar mis errores: brindando ayuda.

—Te daré algo de vestir para que duerman cómodas.

No parecía contenta por tener que seguirme, pero no protestó. Caminó detrás de mí en silencio sepulcral. Apenas hacía ruido al moverse, era inquietante y curioso a la vez, porque yo siempre pisaba los escalones dañados y la madera crujía bajo mis pies. Tampoco se mostró incómoda por la oscuridad o las sombras que provocaba la luz que se colaba por las ventanas rotas.

Llegamos al último piso y fui a donde colgaba mi ropa. Al volverme hacia ella, la encontré recorriendo la habitación con los ojos muy abiertos y tragué con dificultad.

Mi espacio en aquella casa no era más que un colchón viejo en el suelo, sábanas remendadas, un escritorio, una silla, la percha que había improvisado con un par de tuberías viejas y tres cajas que estaban junto a la puerta. Ella debía de estar acostumbrada a lugares mejores.

Me acerqué y le ofrecí la ropa.

—Creo que servirá.

Por alguna razón, le costó centrarse en lo que le decía y aceptar mis sudaderas.

—¿Dónde vamos a dormir? —preguntó.

—Abajo, al final del pasillo a la derecha.

—¿Junto a la escalera de caracol?

—De verdad conoces la casa —musité.

Iba a preguntarle por qué le gustaba tanto el lugar, pero me dio la espalda y salió de la habitación. Le di alcance en lo más alto de la escalera.

—Te acompaño. Está oscuro, no tienes que ir sola.

Me miró y su expresión marcó la distancia que quería mantener respecto a mí, y no solo la física.

—No me hace falta protección —zanjó—. Mientras tú vivías en la gran ciudad y aprendías a conducir, yo jugaba en esta casa y créeme, no hay monstruos escondidos. No ha muerto nadie por cruzar un pasillo oscuro o bajar una escalera.

Su rostro se nubló y sus palabras resonaron en mi mente.

Nadie ha muerto.

Nadie ha muerto por atravesar un pasillo oscuro o bajar una escalera.

Nadie necesitaba protección…, mi protección. Yo no podía salvar a quien lo necesitaba.

Monstruos escondidos.

Nadie ha muerto.

Sí, alguien había muerto.

El corazón me empezó a latir más fuerte de lo debido. Golpeaba contra las costillas y resonaba en mis oídos. Me recordaba a algo, a objetos golpeando contra una pared, a gritos, a llanto.

Los auriculares se me habían caído al suelo cuando lo escuché. La puerta había golpeado la pared por la fuerza con que la abrí y, una vez en el pasillo, lo vi. Él lanzaba los juguetes de la pequeña Emma y ella caminaba hacia atrás para alejarse de mi padre, que no paraba de gritar.

—¿Pasa algo? —preguntó una voz que al principio no reconocí.

Los sonidos se detuvieron y me percaté de que no eran reales, sino recuerdos. Alcé la vista y vi a Aksel en la puerta de mi dormitorio, la que daba a la azotea. Me miré las manos temblorosas, había un cigarrillo en una de ellas y yo estaba en el suelo, con la espalda pagada a la barandilla de piedra y las rodillas flexionadas para proteger mi torso.

No tenía ningún recuerdo, no sabía qué había pasado. Un momento estaba frente a Amaia y al siguiente todo se había vuelto negro. No tenía claro qué había hecho, cómo había entrado a mi habitación, salido a la azotea y encendido un cigarrillo. Tampoco sabía cuándo me había deshecho de los zapatos.

Miré el cigarro que se quemaba solo. No me lo había fumado, solo lo había encendido. Estaba a punto de terminarse. ¿Siete minutos? ¿Diez? No podía haber pasado más que eso en la oscuridad, ajeno a lo que sucedía.

«¿Le he hecho algo a Amaia?».

Ella estaba en lo alto de la escalera, frente a mí, un desliz y se podía haber caído de espaldas. Puede que la hubiera lastimado. Aksel se veía preocupado de verdad. Si le hubiese hecho daño a ella, él estaría al tanto, habría movimiento en la casa, todos gritarían y Amaia…

Estaba hiperventilando y mi cuerpo temblaba, se retorcía por segundos, como una corriente eléctrica.

—Nika —volvió a llamar mi hermano—. ¿Pasa algo?

Controlé lo que sucedía en mi interior y apagué el cigarrillo en el suelo. Los golpes de los juguetes seguían resonando de fondo dentro de mi cabeza.

—Nada —mentí—. Solo estoy cansado.

Me levanté y usé la otra puerta de la azotea, la que daba a aquella escalera de caracol forrada de azulejos. No podría acostarme junto a él y fingir que dormía.

Tuve que sostenerme a la pared debido al mareo. Se me resbaló la mano por el sudor y casi pierdo el equilibrio. Se me pasó por la cabeza la idea de ser yo quien se cayera, no por la escalera, sino por el medio de la espiral, por el hueco que no paraba hasta tres pisos más abajo. Solo tenía que acercarme, inclinarme y dejar que la gravedad hiciera el resto del trabajo.

Me golpeé la frente para apartar esas ideas. Necesitaba ver a mi madre, vigilar su sueño, calmarme con el ritmo de su respiración y recordar que debía quedarme con ellos.

Llegué al primer piso mientras las paredes giraban a mi alrededor y me dirigí a su habitación. La calma que buscaba no fue lo que encontré al abrir la puerta sin hacer ruido. No estaba en la cama y eso me asustó, pero no tanto como verla en el escritorio, sentada, con el cuerpo inclinado y la cabeza ladeada, descansando sobre la madera. El vómito manchaba su camisón y se deslizaba hasta el suelo.

El corazón volvió a desbocarse dentro de mi pecho, pero esa vez nada se volvió borroso.

«No, no, no».

Me abalancé sobre ella. La llamé tratando de controlar el volumen de mi voz para que nadie se enterara. Todo era mi culpa, no debería haberla dejado sola, todo era mi culpa. No respondía, no la sentía respirar. Con las manos temblorosas, le aparté el pelo enmarañado y manchado de vómito.

Encontré su pulso débil al tocar el lugar correcto en el cuello y noté su lenta respiración. Estaba inconsciente, nada más. Se me escapó un suspiro y la tensión de mis hombros desapareció. Una vez más teníamos suerte, pero cada vez que bebía jugaba con ella. Un mes, no había tardado ni un mes en volver a beber desde que habíamos llegado a Soleil.

Vi la botella de licor cerca de su mano, los bolígrafos y los cuadernos. Siempre que bebía empezaba a escribir. Era de las personas que caían como una roca tras beber y si se acostaba a dormir lo hacía boca arriba. Siempre vomitaba cuando estaba inconsciente y, en esa posición, había estado a punto de ahogarse tantas veces que ya había perdido la cuenta.

Tragué saliva y respiré hondo. Llorar o lamentarme no era un lujo que me pudiera permitir en ese momento. Le pasé las manos por debajo de los brazos y la elevé. Desde esa posición, pude cargarla al baño.

Me deshice de su ropa. Su cuerpo pesaba y, al mismo tiempo, parecía más débil que nunca. Aquellos eran los únicos momentos en que mi madre se veía como se sentía. Solo inconsciente y perdida mostraba la verdadera cara de su inmenso dolor.

Intenté mantener la compostura mientras la duchaba con agua tibia, tratando de no fijarme en las cicatrices de su espalda o en los seis puntos marcados en su piel, de cuando tuvieron que coserle una herida en la nuca. Deseaba borrar lo que cargaba y poder llevarlo yo, las marcas visibles e invisibles.

Me costó secarla y vestirla para dejarla en la cama, así como reunir fuerzas para seguir porque debía dejarlo todo en su lugar. Recogí su escritorio, vacié la botella de licor, limpié el vómito y el baño, deseché la ropa y volví a su lado.

De pie, junto a la cama, no podía hacer más que mirarla. Intenté calmarme, controlar lo que bullía en mi interior y hacía que mis ojos escocieran. Quise ver lo positivo, que no había estado a punto de ahogarse con su vómito, que no se golpeó y que yo había llegado a tiempo. Podría haber sido peor.

Lo único en lo que podía pensar era en la procedencia de la botella y cómo la había ocultado. No había manera de controlar cada uno de sus pasos. Si no lo había logrado en la casa del tío Ibsen, donde apenas salíamos a la calle del pequeño pueblo, menos iba a conseguirlo allí. La mansión era demasiado grande, no la conocía bien. Yo tenía que ir a ese maldito instituto y tendría que trabajar, ella también lo haría. Era inevitable que recayera.

Contuve las lágrimas una vez más, pero empezó a balbucear entre sueños. Lo que al principio fueron solo sonidos se convirtieron en un llamado, un nombre: Emma. Mencionó tantas veces a mi hermana que las rodillas me fallaron y caí frente a ella.

Hundí la cara en el borde del colchón para que la sábana acallara mi llanto y secara las lágrimas antes de que pudieran correr por mis mejillas. Cada mención de su nombre venía acompañada de un toque de acero candente en mi pecho, del recuerdo de su risa, de su pelo platino o de la curiosa manera en que arrugaba la nariz al sonreír.

Sentía unas garras que me destrozaban mientras se abrían camino al exterior. Eran los monstruos buscando el oxígeno que no le daban mis pulmones porque yo apenas podía respirar.

Tomé la mano de mi madre en busca de su compañía y, aunque la encontré fría y sin la capacidad de devolverme el apretón, fue un alivio, lo que necesitaba para no seguir llorando. Me contuve porque ella estaba ahí, con nuestra suerte o desgracia, pero lo estaba. Mientras ella o Aksel respiraran, yo tenía que hacerlo.

Sostuve su mano entre las mías y alcé la vista. Me tragué por segunda vez todo lo que sucedía, viendo su rostro calmado, sus labios ya inmóviles al caer en un sueño profundo. Me quedé de rodillas, vigilando, comprobando que su pulso estuviera estable.

Tenía ganas de gritar y de dejar salir el dolor, pero no permitiría que Aksel se enterara, mucho menos cuando sus amigos dormían en el piso de arriba. Nadie tenía que verla así ni saber lo que le sucedía, era un castigo que debía enfrentar solo.

Ella había resistido en silencio los maltratos de mi padre cuando estaba criando a una niña pequeña y dos chicos ajenos a los problemas económicos por los que pasaba la familia. Soportó a un maltratador, a un borracho, todo para ser un escudo y dejarnos crecer en paz.

Era mi turno de no permitir que ellos conocieran mi dolor y se sintieran en la obligación de ayudarme, para que no se enteraran de los deseos que tenía de acabar con mi vida y olvidar el pasado. Si lo hacía, estaría lastimándolos y eso solo pondría más peso a mi lado de la balanza, la cual ya estaba bastante inclinada.

A veces pensaba que, si no terminaba con mi vida, tanto peso acabaría por hacerme lo que le hizo a él. Cada día temía despertarme siendo como mi padre. Al igual que Nikolai Holten, yo podía pasar de ser un hombre de bien a ser un desalmado. Solo por eso dudaba de si quedarme con ellos era más útil que dejarlos de una vez por todas.

Me acomodé en el suelo, apoyando la espalda en la cama, muy cerca de mi madre para escuchar su respiración.

«¿Y si un día me levanto siendo alguien totalmente distinto?».

La pregunta se repetía en mi mente mientras el segundero del antiguo reloj de mesa marcaba el paso del tiempo. Unos minutos antes, cuando Amaia había mencionado algo sobre la escalera y el peligro, no recordaba sus palabras exactas, todo se había vuelto negro. En un abrir y cerrar de ojos, estuve en otro lugar, sintiendo algo distinto.

«¿Y si es eso lo que le pasaba a él?».

Puede que poco a poco perdiera la noción de la realidad, que me hundiera en niebla oscura y cegadora, que abriera los ojos solo de vez en cuando hasta no pudiera volver a hacerlo. Dejaría de ser Nika para convertirme en Nikolai, una versión de mi padre. Lo tenía en la sangre, venía conmigo. Era consciente de lo inevitable como lo era de la luz que poco a poco iba tiñendo la habitación con el amanecer.

No podía moverme ni soltar la mano de mi madre. Se me habían escapado algunas lágrimas, que se habían secado por sí solas. Tenía las piernas agarrotadas de haber pasado dos horas en la misma posición.

Cuando la alarma sonó, eran las ocho de la mañana. Me moví rápido, pero no pude apagarla antes de que ella abriera los ojos y me encontrara a su lado.

—Nika, ¿qué…?

Al intentar incorporarse, el dolor de cabeza se lo impidió. Se agarró la frente, se cubrió los ojos y se quejó en voz baja. Un segundo después, me miró entre los dedos y entendió lo que había sucedido.

Lo que vino después fue como un *déjà vu*.

No me miraría a los ojos por la vergüenza y la culpa. Tenía que ayudarla a moverse y encargarme de darle las pastillas que la ayudarían con el dolor de cabeza. Después debatiríamos quién prepararía algo de comer, porque yo era pésimo en la cocina y ella quería encargarse cuando apenas podía alzar los brazos o mantenerse estable en la silla.

Terminaría preparando huevos revueltos, un plato difícil de quemar, y zumo de lo que tuviéramos a mano. Ella comería sin protestar, aunque supiera mal, y obedecería cuando le ofreciera agua para que se hidratara hasta que sus labios adquirieran color.

El ritual era tan conocido que podría hacerlo con los ojos cerrados. No era algo de lo que sentirse orgulloso. Hubiera preferido no tener esa costumbre, no conocer esa experiencia, que ella estuviera sana y que Emma estuviera con nosotros. Deseaba todo lo que no podía tener.

La última parte de la rutina era la peor. Nos envolvió su silencio, mis pensamientos y la misma sensación desagradable de siempre. No había nada de qué hablar, solo un tema.

Le comenté que había más personas en la casa para abrir la conversación y asintió levemente con la cabeza, sin mirarme a los ojos.

El silencio volvió y fue hora de dar el primer paso.

—¿De dónde salió esa botella? —pregunté en voz baja.

No respondió, se hundió más en el lugar y tomé asiento frente a ella en la mesa central de la cocina.

—¿De dónde sacaste la botella, madre?

—No hablemos de esto —murmuró.

—¿Dónde la compraste?

—No volverá a…

—No te atrevas a decir eso —interrumpí—. Te lo suplico.

Se tapó la cara con ambas manos y el gesto rompió lo que quedaba de mi corazón.

—La compré en el pueblo.

—¿Por qué?

—No… —Las palabras se le escapaban—. No iba a bebérmela.

—Entonces, ¿para qué la compraste? —insistí.

—Fue… Era solo por si…

—¿Por qué lo hiciste, madre?

Me vio con ojos llenos de lágrimas.

—Lo necesitaba —confesó—. Lo siento…, lo necesitaba.

—Dijiste que te sentías bien. —Contuve la respiración para que no me temblara—. ¿Me mentiste?

—No quería preocuparte.

—Estoy cansado de decir que tienes que contarme las cosas. Te he dicho mil veces que me digas cuándo estás mal para quedarme a tu lado siempre que lo necesites.

—No hacía falta.

—Ayer dijiste que estabas bien. Me quería quedar y me obligaste a acompañar a Aksel a esa estúpida fiesta.

—Era para que…

—¿Vas a decirme que era para que yo me despejara? —No respondió—. ¿Vas a mentir o vas a aceptar que querías quedarte sola para volver a beber?

—Eso no fue lo que hice.

Cerré los ojos y tuve que ponerme de pie para respirar mejor. La opresión en el pecho empezaba a molestarme.

—Hiciste que me fuera con Aksel para beber —le reproché sin mirarla—. Lo hiciste a propósito.

—Me sentía mal, Nika. Entiéndeme, lo necesitaba —se lamentó y giré bruscamente para encararla, pero seguía con la vista en su plato vacío.

—¿Por qué no me lo dijiste?

—No quiero seguir siendo un estorbo. ¿Crees que no lo veo todos los días? —Se cubrió la boca con la mano y cerró los ojos con fuerza durante unos segundos para contener su dolor—. Soy una carga.

—Eres nuestra madre —dije, no podía creer lo que escuchaba—. Jamás serás una carga.

—Se supone que yo debería ayudarlos y…

—Se supone que somos una familia —zanjé, perdiendo la paciencia—. Se supone que vinimos aquí huyendo de la mierda que teníamos en Prakt.

Caminé de un lado a otro para calmarme y no dio resultado, así que me acerqué y quedé frente a ella, con las manos apoyadas en la mesa.

—Aceptamos la ayuda del tío Ibsen para empezar de cero —mascullé.

—Y es lo que estamos haciendo —se defendió, ahogando mi autocontrol.

—¿Qué estamos haciendo? —Clavé los dedos en la mesa y me lastimé las uñas—. ¿Empezar de cero o lo mismo que hicimos durante casi un año en la casa del tío?

—Tenemos una vida normal —dijo con los labios temblorosos.

—No, no la tenemos —me desesperé—. Estamos viviendo en la misma situación en la que te emborrachas a escondidas, pones tu vida en riesgo y ambos le ocultamos a Aksel lo que sucede.

—No es verdad, ahora tengo un trabajo.

—Eso no cambia nada, sigues bebiendo y no me dejas ayudarte.

—No es lo…

—Es lo mismo y dijiste que no lo sería.

—Nika, por favor, no…

—¡¿Por favor qué, madre?! —estallé, pateando la silla de madera a mi lado—. ¡¿No te das cuenta?! ¿No ves lo que está pasando?

—No le digas…

—¿A Aksel? ¿Qué crees que dirá Aksel si se entera?

—Él… Solo… —empezó a contestar bajito, pero la interrumpí.

—Dirá lo mismo que yo.

—No le cuentes…

Su voz se cortó y verla me destrozó el alma. Me odié por gritarle, por hacer lo mismo que él, por hacerla sentir peor. Me odié por haber sido tan estúpido, por no haberme percatado de que estaba mal a pesar de que decía lo contrario, por no haberme quedado el día anterior para acompañarla y evitar que bebiera.

Estaba de manos atadas en aquella situación a la que no le veía salida.

—Da igual si se lo digo o no —dije, entre dientes—. Este es otro puto problema y es de todos. Dijiste que…

—Sé lo que dije, entiende…

—¿Qué quieres que entienda? ¡Nos mentiste! —Las palabras me quemaban y no las podía controlar—. Podríamos haber ido a otro lugar, pero dijiste que aquí sería distinto.

No podía más y volví a caminar de un lado a otro. Me arañé el cuero cabelludo con las uñas de tanto aplastarme el pelo para apagar mis pensamientos, para no gritar todo lo que sentía.

—¡Es lo mismo! —estallé sin poder controlar lo que se acumulaba en mi pecho.

El calor subió y la cocina se nubló. Cuando volví a ser consciente de lo que sucedía a mi alrededor, me dolía la mano derecha. Los nudillos me quemaban, estaban en carne viva, y el ladrillo expuesto en la pared de la cocina había soltado fragmentos que acabaron en el suelo.

Di dos pasos atrás al darme cuenta de lo que acababa de pasar. Una vez más, ciego de rabia, no lograba recordar lo que había hecho, si le había dado tres o diez puñetazos a la pared. A diferencia de otras ocasiones, no presencié los golpes como espectador, fuera de un cuerpo que no podía controlar. Me perdí como la noche anterior y eso me aterró porque podía haberle pegado a ella o a quien estuviera cerca… como hacía él.

—Nika, cálmate —dijo mi madre detrás de mí. Por el sonido de la silla supe que se había levantado e intentaría acercarse y poner la culpa de todo sobre sus hombros—. No puedes ponerte así, menos en tu estado —continuó, aterrada—. Por favor, perdóname, sabes que…

—¡Basta!

No podía seguir allí sabiendo que ella podría ser la próxima en salir lastimada por culpa de mi ira. Giré y mi cuerpo tembló ante la visión de sus ojos llenos de lágrimas, asustados por mi salud más que por la suya.

Retrocedí varios pasos.

—A veces creo que habría sido mejor si me hubiese muerto el día que él me lanzó por la ventana.

No había ni una pizca de mentira en ello y ver que escucharlo la destrozaba me impidió seguir allí. Salí de la cocina con ganas de correr o volar, pero era incapaz de hacerlo, como todo... incapaz. Apresuré el paso hacia la puerta principal, pero frené en seco cuando percibí movimiento desde la escalera.

Amaia estaba ahí, en lo alto del descansillo que había entre un piso y otro. Llevaba mi sudadera y el pelo tan revuelto que parecía otra persona. Dijo algo que no entendí y la ignoré. No quería saber nada de ella ni de nadie.

Una persona como yo debería estar encerrada para que el resto del mundo estuviera seguro. No quería hablar ni pensar, lo único que tenía ganas de hacer era montarme en la moto e interponerme en el camino del primer camión que se cruzara.

Capítulo 8

Como era domingo, no había ningún camión en el carril contrario de aquel pueblo de interior. Cuando un coche apareció en el horizonte mientras conducía a toda velocidad, mantuve la mente fría. Si escogía interponerme en su camino para acabar con mi vida, arruinaría la de otras personas. No quería agregar peso a la lista de castigos que recibiría después de la muerte, si es que existía algo o alguien que los impartiera.

Conduje sin saber a dónde iba. Di muchísimas vueltas hasta que se hizo de noche y me paré en medio de la nada. Le grité al vacío hasta que perdí la voz y me di cuenta de que, hiciera lo que hiciera, siempre tendría que volver a casa. Llegué de madrugada, todo estaba en silencio y nadie me esperaba, cosa que agradecí.

Habría preferido aislarme y concentrarme en buscar un trabajo para ocupar la mente, pero el instituto era obligatorio. Al día siguiente, evité a mi madre; en cambio, con Aksel la historia era distinta. Íbamos juntos en la moto y no pude huir de él todo el día.

Me abordó en medio del pasillo central mientras vaciaba mi mochila en la taquilla.

—¿Crees que podemos hablar de tu payasada de ayer o seguirás dándome la espalda y huyendo?

—¿Qué pasó? —dije, fingiendo que la garganta no me dolía.

—Desapareciste —murmuró para que los estudiantes que pasaban cerca no lo escucharan—. Me levanté y no estabas. Mi madre se pasó el día nerviosa porque no sabía qué hacías y no contestabas el teléfono. ¿Te parece normal?

—Estaba ocupado.

—¿Con qué? Estás actuando como un niño —me recriminó cuando me abstuve de contestar—. Sabes cómo se pone cuando desapareces. ¿Quieres que tenga una recaída?

Tensé la mandíbula para no decir lo que no debía.

—Responde —exigió—. ¿Eso es lo que quieres? Lleva un año sobria y todavía no está bien. ¿Así la ayudas?

—Estaba ocupado —repetí, acomodando los libros en el primer nivel de la taquilla.

—Ocupado consiguiendo trabajo un domingo, ¿no? —soltó con sarcasmo.

—Tengo vida fuera de eso.

—Estabas con una de esas chicas, ¿no es cierto?

Prefería que pensara eso a que supiera la verdad.

—No te tiene que interesar lo que haga o deje de hacer con mi vida.

—Me interesa si los jueguitos, el ligue de la semana y tus desapariciones afectan a mi madre.

Lo enfrenté porque el énfasis en las últimas palabras me hizo contraer los brazos, fue una reacción inconsciente que me asustó por lo que había pasado el día anterior.

—También es la mía —puntualicé.

—Pues parece que lo olvidas cuando te esfumas por pensar con la polla en vez de con la cabeza.

Cerré la mano con fuerza, haciendo que las bisagras de la puerta de la taquilla rechinaran y un latigazo de dolor se disparó a mis nudillos lastimados. Aparté la mirada y me concentré en los libros de Filosofía.

—No estaba con nadie —dije.

—Entonces, ¿qué estabas haciendo?

Aksel pensaba que yo seguía siendo la misma persona que había sobrevivido a la muerte de Emma. Creía que era el chico que había tenido una etapa rebelde en la que había barrido a todo el que mostró interés en él porque era una manera de sentir algo o alguien cerca. Tampoco conocía a la persona que había entendido lo que hacía y se había detenido, quien había prometido dedicarse a proteger a su familia cuando descubrió que su vida no valía nada, que el sexo o las noches de fiesta no cambiarían eso. Pero tampoco me interesaba desmentirle ni cambiar su opinión sobre mí.

—¿No vas a responder? —insistió al presenciar mi prolongado silencio, el que mantuve hasta que se dio por vencido—. ¡Como quieras!

Se alejó y tomé un segundo para cerrar los ojos, relajarme y centrarme en los libros y las clases. Estaba agotado de ocultar verdades. Ya no tenía claro por qué debía sentirme mal, si por ser un bruto con mi madre o por mentirle a Aksel. Por desear desaparecer y abandonarlos o por estar destruido y no tener ni ganas de levantar un brazo.

Cerré la taquilla, dispuesto a dirigirme a la siguiente clase cuando vi la conmoción a mi derecha. Los estudiantes se acercaban como hormigas a la miel y se congregaban alrededor de algo. Estuve seguro de que eran personas discutiendo debido a las voces que se alzaban por encima del murmullo.

Nadie intervenía y varios tenían teléfonos en la mano, como si se tratara de un espectáculo divertido y no de dos chicas gritándose. Atravesé la multitud de curiosos hasta dar con el foco del conflicto.

—Eres muy arrastrada si Charles te dejó y sigues persiguiéndolo.

—Investiga antes de hablar, listilla —rebatió otra voz conocida, aunque seguía sin ver quiénes estaban involucradas—. Si quieres saber quién persigue a quién…

—¿Qué haces, Rosie? —Una rubia intervino y entró en el círculo que se había formado alrededor de la discusión.

—Aclarando un par de temas con la loca.

—¿Loca? ¿Tú has venido a insultarme y yo soy la loca?

La rubia era la novia de Charles, Victoria, y Amaia estaba entre ella y la otra chica que había visto en el baño de la fiesta, Rosie. Supuse que lo que tenía delante eran las consecuencias de lo que había visto en el primer piso, ese beso que no sucedió porque lo habían interrumpido.

—¡Eres una descarada! —gritó la de pelo castaño—. Deberías ir al loquero a ver si te arreglas la autoestima y lo de ser tan golfa.

—¡Rosie, cállate! —pidió la rubia.

—Cierto, lo había olvidado —soltó la otra con falsa diversión—. Mia tiene a la loquera en casa. Dile a mami que te dé unas pastillas a ver si aprendes a no besar a novios ajenos.

La expresión en el rostro de Amaia se tornó vacía y supe lo que iba a pasar.

Empujé al chico que había a mi lado, el cual no paraba de grabar el enfrentamiento, y atrapé a Amaia por la cintura antes de que se lanzara encima de la otra chica. Fue fácil alejarla, mientras la rubia se encargaba de controlar a su amiga. Amaia no pesaba nada. Por mucho que pataleara y maldijera, no podría escaparse de mis brazos.

—¿Se puede saber qué pasa aquí? —intervino con voz autoritaria el que debía de ser un profesor.

Llevaba un bigote poblado y una camisa ancha a juego con el pantalón.

Solté a Amaia para que su interés por una pelea física no quedara en evidencia. Pero ya era tarde, el hombre la había visto.

—Explíquese, señorita Favreau —exigió.

Mi vecina temblaba y no le quitaba la vista de encima a la castaña. Parecía calcular el mejor momento para volver a atacar.

—Mia no sabe reconocer sus errores —dijo la otra chica y la rubia la mandó callar.

Como no le había respondido al profesor, la situación dejaba mal parada a Amaia.

—Quien calla otorga —dijo el profesor, arribando a sus propias conclusiones—. Cuando termine el turno de clase, vaya a mi oficina, Favreau, así aprenderá a no agredir a sus compañeras.

—Disculpe, profesor. —No me pude contener—. Amaia no ha atacado de la nada, estaban provocándola.

El hombre observó de arriba abajo.

—¿Usted estudia aquí? —preguntó con la misma autoridad que un miembro de la policía en un interrogatorio.

—Por supuesto.

—¿Apellido?

—Bakker y lo que…

—¿Nikolai o Aksel?

—Nika.

—Escuche bien, Nikolai. —El nombre me revolvió las entrañas—. No hay justificación para la agresión física.

—Ella no la ha tocado —recalqué.

—Porque usted la detuvo.

—Estaba ofendiéndola, todos lo han escuchado. —Miré alrededor con ganas de arrebatar el teléfono más cercano, pero no había ninguno a la vista. Señalé a las dos chicas que estaban frente a nosotros—. Si su amiga no lo hubiese impedido, ella también la habría agredido.

—Y tú ¿eres su abogado? —se burló la castaña.

—¡Basta! —gritó el profesor por encima de las risas del público—. Favreau, a mi oficina después de clase.

—¿Esta es la puta mierda que promueve este instituto? —pregunté con la mirada clavada en el hombre, que echaba chispas por los ojos ante mi atrevimiento—. ¿Castigar a uno y no evaluar lo que ha pasado?

—¡Aquí la única puta es Mia! —soltó Rosie.

Una ola de risas nos rodeó y ahogó la petición que le hacía Victoria a su amiga para que se callara. Me pegué a Mia para que no se abalanzara sobre la castaña.

—¡Son unos insolentes! —bramó el profesor—. Bakker y Favreau, nos vemos después de clase en el laboratorio de Química. —Señaló a las chicas—. Ustedes dos, lo mismo. El resto, a clase si no quieren un reporte.

Maldije, consciente de que sería imposible razonar con él y caminé hacia la salida. No me detuve hasta que no llegué al parque que había frente al instituto. Lancé la mochila al primer banco que encontré y le di una patada, aunque luego terminé quejándome por el dolor que sentía en el pie.

Caí sentado, con los codos apoyados en las rodillas, y me presioné la cabeza hasta que dolió. Estuve mirando a la nada durante mucho tiempo, no supe cuánto.

Escuché el timbre de inicio y final del almuerzo. Vi a algunos salir y entrar, gente pasear por el parque, coches yendo y viniendo. Me dejé consumir, recriminándome haber metido la nariz donde no debía. Por no darle la espalda a un problema había conseguido uno extra y los problemas era de lo poco que me sobraba.

La tarde pasó frente a mis ojos sin que hiciera otra cosa más que fumar hasta que me quedé sin cigarrillos. En una hora terminaría la jornada escolar. Falté a clases, no comí y me sentía peor que por la mañana.

Me revolví el pelo por la frustración y decidí que no podía quedarme de brazos cruzados. Necesitaba librarme de aquel castigo.

Me levanté, respiré hondo y entré al instituto en busca del profesor. Tuve que hacerle una descripción certera a la recepcionista para saber dónde encontrar la oficina de Lyon, el hijo de puta al que le pude poner nombre.

Apenas toqué la puerta, escuché su voz preguntando qué necesitaba, no invitando a pasar. Alzó una ceja cuando asomé la cabeza en su pulcra oficina.

—Dije que al final de clases en el laboratorio, Bakker. No tiene usted nada que hacer aquí.

Cerré la puerta a mi espalda sin esperar invitación al espacio donde solo había un escritorio, una pared repleta de archiveros metálicos de los que se usaban veinte años atrás y una estantería en el lado opuesto.

—Necesito conversar con usted —insistí.

—No hay nada que hablar sobre el incidente.

No dudé en avanzar hasta estar de pie junto a la silla que debía ocupar la persona que se sentara frente a él, al otro lado del escritorio, aunque dudaba que alguien se atreviera a plantarse ante la mirada asesina que me dedicó.

—¿Está sordo? —Marcaba con fuerza las palabras para dejar claro quién tenía el control de la situación—. No hay nada que hablar de su castigo.

—Necesito que me escuche. —Me tragué mi orgullo—. Es un asunto personal.

El hombre valoró mi postura antes de ceder e invitarme a tomar asiento con un resignado gesto de la mano. Bajó la vista para seguir calificando los trabajos que tenía enfrente.

—Tiene dos minutos, Nikolai —dijo con tono aburrido.

Me controlé para no corregirlo. Seguiría llamándome por aquel nombre.

—El castigo es injusto —dije en voz baja y clara.

—No lo es.

—Intenté evitar un problema en el cual una chica estaba atacando a otra.

—¿Ha venido a mi oficina a hacer de abogado? —preguntó sin mirarme—. Creía que lo que quería decir era algo personal.

No tenía sentido intentar que razonara.

—No puedo tener un castigo por la tarde —dije sin preámbulos.

—¿Por qué?

—Cámbielo por otra hora, no puedo después de clases —dije en un último intento por no decir la razón real, por no compartir mi vida con un extraño.

—¿Quiere que le ponga un castigo en horario escolar?

—Me da igual.

—Pues a mí no, Nikolai. Los castigos son en su tiempo libre, no cuando debe estar recibiendo clases. Tampoco a la hora que le resulte cómodo al infractor.

Su bolígrafo no dejaba de rozar el papel mientras tachaba errores y dejaba anotaciones en tinta roja.

—Estoy ocupado en las tardes, profesor.

—Sí, está castigado bajo mi supervisión durante las próximas semanas.

Controlé las ganas de insultarlo.

—El único trabajo a tiempo parcial en el que me podrían aceptar es después de clases.

—Usted no tiene que trabajar.

Mis nudillos quemaron cuando cerré las manos en puño sobre mis rodillas.

—Tengo que hacerlo o nos moriremos de hambre —dije, cortante—. El sueldo de mi madre no alcanzará y mi hermano tiene que estudiar.

Alzó la vista por primera vez desde que me había invitado a tomar asiento. Meditó durante unos segundos antes de hablar:

—Puede buscar un trabajo después de las seis de la tarde.

—No hay trabajos que empiecen el turno a esa hora. Se supone que hoy iría a la entrevista para el único en que me aceptarían a partir de las cinco, pero si…

—Lo siento, Nikolai. —Sonó sincero, le bajó un nivel al tono prepotente con el que hablaba—. Entiendo la situación, pero tendrá que cumplir el castigo.

Por más que insistiera, la respuesta sería la misma y no estaba en mis planes seguir degradándome.

—Perfecto —dije al ponerme de pie.

—Preséntese al castigo —dijo cuando estaba a punto de cruzar la puerta para desaparecer—. Si no lo hace, yo mismo me encargaré de que lo expulsen de manera automática.

—Quizás eso sea una buena idea —dije en voz baja.

—No, Nikolai, no lo es. —Lo observé por encima del hombro—. Si lo expulsan, no podré ayudarlo en nada —agregó con seriedad—. Cumpla el castigo y podremos hablar de cambiar su horario para que pueda salir antes y conseguir un trabajo a tiempo parcial.

No respondí y cerré la puerta con más fuerza de la debida para descargar mi frustración.

«A la mierda el instituto».

Salí del edificio en dirección al restaurante donde me iban a contratar para fregar platos. Sin aquellas estúpidas clases, podría pedir un empleo a jornada completa y dejaría de perder el tiempo para conseguir lo que más necesitábamos: dinero.

Con cada zancada que daba, mi madre pasaba frente a mis ojos. Su cuerpo débil al despertarse el día anterior y el dolor que había en su voz al decir que era una carga para nosotros. La veía inconsciente en el escritorio, dormida en el suelo como la vez anterior, ahogándose en su propio vómito como hacía cinco meses y convulsionando como hacía siete.

«¿Cuándo acabará?».

Podría enojarme con ella y con lo que sufríamos, pero jamás dejaría de ser la mujer más valiente que había conocido. Cuando éramos niños y el mundo se derrumbaba, era puro amor para nosotros tres mientras que mi padre solo tenía odio y amenazas para ella.

La veía suplicarme que al menos terminara el instituto porque quería verme recibir ese cutre diploma. Para mí solo era un papel, pero para ella significaba mucho. Fue el pensamiento de perderla y no darle esa alegría lo que me hizo cambiar de opinión. Si tenía que aguantar, lo haría. Existían otras maneras de ganar dinero y solo debía encontrarlas.

Tuve que apresurarme para regresar a tiempo. La cabeza me dolía cuando llegué al laboratorio de Química y me encontré al profesor junto a las tres chicas. Lyon se mostró satisfecho al verme, pero fue un gesto fugaz que enseguida reemplazó por una expresión neutra con la que nos explicó que las próximas semanas serían un infierno.

No solo quería que limpiáramos el lugar abandonado y más húmedo que la peor de las habitaciones de la mansión, sino que tendríamos que pintar hasta las ventanas y reparar los muebles para dejar el laboratorio de Química listo para usarse.

La reparación de lugares cayéndose a pedazos comenzaba a ser un castigo de otra vida, el maldito karma. No entendía qué más me quedaba por pagar cuando ya tenía una existencia de mierda.

Mientras el profesor hablaba sobre cerrar a las seis y que el castigo se extendiera durante más de un mes, yo solo podía calcular a qué hora regresaría a casa y el poco tiempo que me quedaría para ayudar a mi madre en algo o reparar la mansión.

Por si fuera poco, al desaparecer Lyon las chicas volvieron a discutir. La tal Rosie no soltaba el tema de Charles. Le reclamaba a Amaia por besarlo, algo que no había sucedido, cuando no era ni siquiera su novio y se escudaba en su derecho a ofenderla por el sufrimiento de Victoria, su amiga.

Tuve ganas de preguntar si lo hacía por eso o porque ella también se lo había follado.

Perdería muchas horas en aquel lugar a lo largo de la semana, sin trabajo y sin posibilidad de conseguir uno, con niñas pequeñas chillando frente a mí como si lo más importante en la vida fuera un imbécil que estaba jugando con todas. Una punzada me taladraba la sien cuando exploté:

—¡Cállense de una puta vez!

Me miraron asustadas y contuvieron la respiración sin mover ni un músculo durante varios segundos.

—Deberíamos ponernos a trabajar —murmuró Victoria, la única sensata de las tres—. Esto no tiene sentido.

—Para las voces de mando, rubita —advertí—. Vamos a estar aquí mucho tiempo y, a diferencia de ustedes, tengo incontables asuntos que atender fuera del instituto. Arreglen sus conflictos porque no pienso aguantarlos cada tarde.

Rosie me miró con el desafío implícito, mientras que Victoria no despegaba la mirada del suelo.

—Nika tiene razón —dijo Amaia. Me pilló por sorpresa que usara mi nombre y estuviera de acuerdo.

—Si están esperando que nos demos un apretón de manos, yo paso —dijo la castaña.

—Contigo no tengo nada que hablar —rebatió mi vecina y se giró hacia Victoria.

La enana tenía carácter y era problema de ellas arreglarse. A mí me daba igual cómo lo hicieran mientras se callaran de una puta vez.

Me alejé, pero no me perdí ninguna palabra porque aquella conversación me ayudó a entender algunas cosas. Amaia explicó que entre Charles y ella ya no había nada. Al principio yo creía que mentía, pero luego mi opinión cambió. Hablaba con seguridad, le costaba, pero estaba dispuesta a exponer todo con tal de aclarar lo que sucedía.

Amaia no maquilló la verdad cuando la rubia le preguntó por el beso que estuvo a punto de suceder y le mostró evidencias de que era Charles quien seguía contactándola e insistiendo.

No podía quitarle los ojos de encima a la pequeña de pelo negro. Estaba incómoda, no disfrutaba de su posición ni tampoco del dolor de Victoria y, sobre todo, no vi pizca de resentimiento hacia ella. No le guardaba rencor y si había dolor allí era por la traición de quien sí le debía respeto: Charles, su exnovio.

Verla con tal determinación me gustó, me hizo olvidar mis preocupaciones por un momento. Admiré a la chica que tenía enfrente y no por lo hermosa que era, sino por su valentía.

—Supongo que eso es todo —dije cuando llegaron a un entendido y así aparté a Amaia de mi radar, fingiendo que su historia me daba igual—. Espero no oír un drama más, me dan dolor de cabeza. Localicen lo que pueda romperse y sáquenlo de aquí.

Me acerqué a la mesa más próxima para clasificar basura y, por suerte, las chicas obedecieron sin rechistar. Comencé a separar probetas rotas de las intactas, reservándolas en una caja.

—Hola —dijo la conocida voz de Amaia al pararse al otro lado de la mesa.

No respondí, pero que quisiera hablar me reconfortó. Quise creer que me daría las gracias por haber intervenido en la pelea. Por un segundo sentí la necesidad de saber que había hecho algo bien.

—Nika —insistió.

Habría deseado mostrar indiferencia, pero me di cuenta de que era la segunda vez que la escuchaba pronunciar mi nombre. Por eso me había sorprendido minutos antes, no porque ella estuviera de acuerdo conmigo en vez de abrir una pelea como siempre. Usó mi nombre y se escuchaba bien en sus labios, con su voz, la forma en que…

—¿Algo que decir? —pregunté para no dejarme llevar por pensamientos errados.

—Yo…

—Mia —la llamó Victoria al otro lado de la sala e interrumpió lo que estaba a punto de decir—. Cuando has dicho que Charles nos ha usado…

—Dejémoslo ahí —le pidió ella, pero la rubia negó varias veces.

—Lamento haber tenido algo con él mientras estaba contigo. —La vergüenza no le permitía alzar la vista—. Sé que ustedes rompieron porque nos vieron en las gradas, pero llevábamos semanas siendo más que amigos.

La mano que Amaia mantenía sobre la mesa tembló. No dudó en esconderla.

—Gracias por contármelo —dijo para zanjar la conversación.

No supe si las otras dos captaron el esfuerzo sobrehumano que hizo para que la voz no se le quebrara y esconder la sorpresa de que no hubiese sido un engaño aislado, sino uno que había durado un largo tiempo a sus espaldas.

—Él siempre te quiso —agregó Victoria—. Yo sabía en lo que me estaba metiendo. Siento haberte lastimado.

Los hombros de Amaia se tensaron y escuché que, bajo la mesa, se arañaba la tela de su pantalón, donde mantenía las manos fuera de la vista para no delatar lo que sentía. Le costó aceptar que no podría responder a esas últimas palabras, hasta el asentimiento que dio fue forzado. Cuando me miró, le brillaban los ojos y las lágrimas estaban a punto de rodar por sus mejillas.

Había visto decisión y sinceridad en ellos unos minutos antes, pero en ese instante predominaba el dolor. No era solo la traición, había más detrás de esas lágrimas y lo entendí. El ser humano no puede apagar sus sentimientos de un momento a otro, necesita mil razones para cambiarlos y, aun así, toma demasiado tiempo… Muchos somos incapaces de eliminarlos por completo, de impedir que nos hagan sufrir hasta el último día. Amaia no era distinta y puede que a pesar de todo quisiera volver a él, a quien la lastimó, a la persona por la que todavía sentía algo.

Mirarla con otros ojos era un error. No tenía por qué añadir a otro imbécil a la lista de personas que la rodeaban.

—Organiza o no terminaremos ni en Navidad —dije de mala gana cuando se pasó más de un minuto sin decir nada.

Salí al pasillo con la primera caja y no miré atrás. Lo mejor era alejarme de ella antes de que terminara jodiéndole la vida como a todo el que tenía cerca.

Capítulo 9

Después de la muerte de Emma mi vida empezó a regirse por números y fechas.

«¿Cuánto dinero falta?».

«¿Cuándo hay que pagar las facturas?».

«¿Cuántos trabajos puedo tener al mismo tiempo que voy al instituto?».

«¿Cuándo fue la última vez que él vino a casa borracho?».

«¿Cuántos días faltan para que aparezca?».

«¿Cuándo fue la última vez que encontré a mi madre borracha?».

Pasaron dos semanas desde su recaída. Con cada día me sentía más tenso, pensaba cuánto faltaba para la próxima. La vigilaba por las noches, dormía en su puerta y volvía a mi habitación cuando faltaba poco para el amanecer.

Estaba animada con el nuevo trabajo, la abstinencia solo la había afectado con fuertes dolores de cabeza en esa ocasión. Se veía feliz, delante de Aksel actuaba como si no pasara nada, algo que siempre hacíamos. La calma aparente era cuestión de números.

Yo no sabía cómo resistir la situación. Dormía poco y mal, pero al menos no tenía pesadillas. Iba al instituto y perdía mi día hasta las seis de la tarde en aquel ridículo castigo encerrado en un cutre laboratorio con tres chicas. Que entre ellas estuviera Amaia, hacía que fuera más difícil ignorarla.

Al día siguiente de la pelea, quiso darme las gracias por haber evitado que se metiera en peores problemas. Traté por todos los medios de que entendiera que no debía estar cerca de mí. Ni siquiera quería que nos lleváramos bien porque era consciente de que me gustaba.

Ya tenía la experiencia de haberme liado con una vecina, no iba a meter la pata otra vez. Lo mejor era que la mantuviera lejos de mi vista y que ella, en algún momento, volviera con Charles. Así la vida de aquel pueblo seguiría como siempre y yo podría fingir que no existía. Se me daba bien, pero de vez en cuando era complicado.

Me escogieron para entrar en el equipo de fútbol con solo correr por el campo dos veces. Era bueno tener un ejercicio físico que me mantuviera en forma, algo que los doctores habían recomendado. El agotamiento de los primeros días me dejaba inservible para trabajar en casa cuando llegaba después de los castigos.

Al finalizar uno de los entrenamientos semanales, tenía tanta hambre que me mareé. No estaba en forma y necesitaba alimentarme mejor si quería seguir el ritmo. Me salvé de un desmayo gracias a la bebida que me regaló Dax.

—¡Buen trabajo! —Me palmeó la espalda varias veces para animarme.

—Estoy destrozado. —No reconocía mi voz—. Llevo casi un año sin correr y siento que me muero.

Chistó para restarle importancia.

—Un mes más y estarás listo. Tú recuerda hacerte los exámenes que dijo el entrenador o no te incluirá en la plantilla oficial —me advirtió antes de unirse a uno de sus amigos.

Había alargado lo suficiente la maldita evaluación médica y enfrentarme al entrenador para que entendiera con lo que estaría lidiando en su equipo si me aceptaba.

Vacié una botella de agua sobre mi cabeza. El calor era sofocante y, si hubiese tenido fuerza, habría corrido a la ducha. Iba a apresurarme cuando una pareja conversando al borde del campo llamó mi atención.

Identificar a Amaia era fácil y estaba acompañada. Al darme cuenta de que se trataba de Charles, aparté la mirada y seguí mi camino. Lo único que esperaba si volvían a ser pareja era que el cretino, como lo llamaba la insoportable de Rosie, aprendiera a ser fiel.

Estaba a dos metros de la entrada de los vestuarios cuando Chloe apareció corriendo. Estaba agitada y sudando, miraba a todos lados. Se me pasó por la cabeza que alguien la estaba persiguiendo.

—¿Ha pasado algo? —La tomé de los hombros—. ¿Tu ex ha aparecido?

—Estaba en la entrada cuando iba a salir. Creo que me está esperando, Nika —gimoteó—. Creo que ha venido a por mí.

Su pecho subía y bajaba a toda velocidad, le costaba tragar cuando su respiración era tan irregular. Me masajeé la frente. Su situación no pintaba bien y yo no podía ser su guardaespaldas eternamente, el tiempo no me alcanzaba por mucho que quisiera.

—¿De verdad no quieres denunciarlo? —Abrió demasiado los ojos—. Es mejor hacerlo antes de que pase a mayores, créeme. Puedo ir contigo a la comisaría.

—Sí quiero hacerlo, pero no ahora —confesó mientras se frotaba las palmas de las manos contra la falda, no sabía si para secarse el sudor o solo por nervios—. Necesito esperar hasta después de Halloween o no sé… —murmuró—. No tengo pruebas, solo mi palabra y antes tengo que contarles a mis padres lo de mi novia y…

Tomé sus manos y la abracé.

—Tranquila. —Se acurrucó en mi pecho y se le escapó un sollozo—. Dame veinte minutos y salimos juntos. Podemos comer y conversar; además, me prometiste presentarme a tu novia.

Tenía una hora libre antes del castigo, me daba tiempo a acompañarla. La dejé llorar por lo bajo hasta que sus brazos dejaron de apretarme con fuerza.

—Siento meterte en problemas —susurró mientras se secaba las lágrimas.

No respondí. No podía decirle que sí, que era un problema más, pero que la ayudaría siempre que pudiera porque me recordaba a mi madre. Chloe era una buena chica que había sufrido malas experiencias y estaba asustada.

En momentos como ese, tenía ganas de estrujar el cuello del tal Alexandre. Conocía a los monstruos de su calaña. No pude deshacerme del mío, hui de él, y sentía la necesidad de hacer que ella pudiera librarse del suyo.

Un par de miembros del equipo pasaron a nuestro lado y la saludaron antes de entrar al vestuario. Chloe se estremeció.

—¿Pasa algo con ellos? —pregunté.

—Son Adrien y Raphael. Siguen a Alexandre a todos lados. —Se mordisqueó las uñas sin apartar la vista de la puerta que acababa de cerrarse—. A veces creo que me vigilan porque él los manda.

Entendí por qué me habían resultado conocidos cuando me los habían presentado. Eran los dos que acompañaban a Alexandre aquella noche en la fiesta.

—¿Crees que de verdad te espían?

—Puede ser paranoia, no lo dudo, pero ellos también le tienen miedo. Harían lo que Alexandre les pidiera, lo que fuera.

Bufé e intenté aclararme las ideas.

—Tú espérame aquí, ¿sí? Saldré lo antes posible.

Asintió y me apresuré a los vestuarios. Ignoré las bromas y el bullicio. Me estaba deshaciendo de las zapatillas cuando alguien me llamó. Un chico alto y de pelo castaño estaba en las taquillas a mi espalda, un poco más lejos. Era uno de los amigos de Alexandre y a su lado estaba el otro.

—Mi nombre es Adrien —dijo el castaño y luego señaló al rubio—. Este es Raphael.

—Un placer —dije sin ganas de fingir que me caían bien.

—¿Es cierto que estás saliendo con Chloe?

—Sí. —Lo miré de reojo mientras sacaba la ropa limpia de mi mochila—. ¿Preguntas por algo en específico?

Adrien se rio por lo bajo y le dio un codazo a Raphael.

—Era la chica de un amigo, pero creíamos que estaba metida con una tipa. —La elección de palabras me molestó—. Supongo que no es cierto si está contigo.

—Supones demasiado —murmuré al ponerme de pie y dirigirme a las duchas.

—Oye —me llamó Raphael—. ¿Es cierto que le viste las tetas a Mia o es un invento?

Frené cuando pasaban a su lado. Tuve ganas de estampar su cabeza contra la taquilla de metal y dejar allí la marca para que cada vez que pasará fuera un recordatorio de lo que no debía decir.

—Es mentira —masculle—, pero si las hubiese visto, puedes estar seguro de que no se lo diría a nadie.

Seguí mi camino e ignoré el silencio en que se quedaron tras mi respuesta. Me colé en un cubículo vacío para ducharme con agua helada. Quería que se me quitaran las ganas de golpear a alguien y funcionó, en cierta forma, porque pude centrarme en Chloe y en que me estaba esperando.

Al salir recogí mi mochila, guardé lo necesario y estaba a punto de irme cuando me di cuenta de que me faltaban los anillos. Volví sobre mis pasos y, al entrar a las duchas, en ese momento casi vacías, el sonido del agua se mezcló con la voz de Adrien:

—Se le ha subido la popularidad a la cabeza. —Rio con quien supuse que era Raphael desde el pasillo contiguo—. No sabe que ser nuevo y popular tiene una fecha límite.

No me importó que estuvieran hablando de mí. Recogí los anillos para desaparecer sin que supieran de mi presencia.

—Tanta seriedad para no querer contar cómo son las tetas de Mia —se mofó Raphael.

—Como si Charles no nos hubiese dado los detalles. Tiene las mejores tetas del instituto.

Se rieron y apreté tan fuerte el picaporte de la puerta que crujió. Aparté la mano por miedo a haberlo roto.

Controlé mis ganas hacerlo callar. Tenía que salir de allí porque no iba a escuchar nada agradable y no podía meterme en más problemas.

—¿Viste a Charles hablando con ella? —preguntó Raphael.

—Era de esperar.

Adrien bufó.

—Ya ha dejado a Victoria —dijo Raphael—. Vas tarde con Mia.

—No logrará que la tonta de Mia vuelva con él tan rápido —aseguró Adrien—. Tengo tiempo suficiente para follármela antes de que vuelvan.

—Como si te fuera a dar entrada así de fácil.

—Ya está usada. Las chicas se vuelven fáciles cuando el primero las deja por otra. —Adrien hablaba con tanta confianza que se me revolvió el estómago—. Están más sensibles y puede que busquen venganza. Me da igual cuál sea su razón.

—Prefiero a Sophie —opinó Raphael—. Mia es muy pequeña. Quizás se rompe cuando estén follando.

Adrien rio de nuevo al tiempo que una de las duchas se cerraba.

—Ya te diré si se rompe o no —se mofó.

Me escondí en el primer cubículo para seguir escuchando sin que me vieran.

—Te aconsejo tantear a Sophie —continuó—. Es otra niña mimada y le va lo de serle fiel a Julien, aunque él seguro ya ha arrasado con media facultad.

—Mejor sigo intentándolo con Rosie —dijo Raphael—. En la próxima fiesta será más fácil si le doy suficiente alcohol.

—Victoria y ella siempre han sido alcanzables. Por eso Charles la tuvo comiendo de su mano y usándola cuando le daba la gana.

—No entiendo por qué dejó a Mia si podía tenerlas a las dos.

—Porque yo me encargué de que todos se enteraran de lo de Charles y Victoria, quería que llegara a oídos de Mia —dijo Adrien—. ¿Crees que de otra forma habrían roto? Esa niña no veía lo cuernos que llevaba ni mirándose al espejo. Es linda, pero tonta.

Cada vez que Adrien hablaba, tenía que controlar las ganas de salir y tirarme encima de él.

—¿De verdad hiciste eso? —preguntó Raphael.

—Necesitaba una oportunidad con Mia y no iba a poder tenerla si estaba con Charles. Pensé que la vería en las vacaciones, pero no sale de su casa ni a tomar el sol y el tiempo se me acaba.

Iban por el pasillo que llevaba a la salida.

—¿Te das cuenta de todo lo que hay que hacer para follar? —dijo Raphael mientras pasaban cerca de mi escondite.

—Si lo supieran, no nos lo pondrían tan difícil —se burló Adrien.

El sonido de la puerta al cerrarse avivó lo que había ido subiendo por mi pecho hasta abrasarme la garganta. Sentía el palpitar en la sien que me sacudía la cabeza y conocía la sensación, así como el lugar al que me llevaría.

Apreté los puños a los lados de mi cuerpo y los anillos que llevaba en cada dedo se enterraron en mi piel. Estaba sudando a pesar de la ducha que me acababa de dar… Iba a matarlos y no tenía miedo de que todo se volviera oscuro esa vez, de perder el control.

Lo último que escuché en mi cabeza mientras salía al vestuario fue la conocida y desdeñosa voz de mi padre repitiendo:

«No lo olvides, Nikolai. Tú y yo somos iguales».

• • •

—¡Suéltalo, Nika!

Los gritos y empujones me devolvieron a la realidad.

Adrien estaba en el suelo y yo encima, dispuesto a partirle la cara. Alguien había logrado apresarme un brazo contra el pecho y tiraba en dirección contraria para que le soltara la camiseta de Adrien. A la vez, a este lo arrastraban otros dos que intentaban alejarlo de mí.

En medio del caos pude ver su cara. Había logrado atinarle un golpe, seguro que era la razón por la que se había caído al suelo. Le sangraba la nariz y tenía la mirada perdida.

—¡Suéltalo, Nika! —repitió la misma voz que reconocí como la de Dax y reaccioné.

Solté la camiseta a la que me aferraba con la esperanza de seguir golpeando al cabrón de Adrien y permití que Dax me llevara lejos de la pelea hasta que se encerró conmigo en las duchas. No se atrevió a soltarme, su fuerza descomunal me mantenía preso entre sus brazos.

—¿Vas a calmarte? —preguntó, aunque no había necesidad de ello porque mi cuerpo estaba quieto.

No respondí y me empujó lejos de la puerta para bloquearla con su cuerpo.

Me froté la cara con fuerza. Me pitaban los oídos, estaba tenso, alerta, listo para más pelea, y la sangre me corría por el cuerpo a toda velocidad.

—¿Qué demonios ha sido eso? —preguntó Dax, caminando de un lado a otro mientras yo me apoyaba en la pared y me deslizaba hasta sentarme en el frío suelo—. ¿Te ha hecho algo? ¿Por qué lo has golpeado así?

Me dolía la mano derecha, apenas la pude abrir y flexionar los dedos para comprobar que los huesos estaban en su lugar.

Lo había golpeado una vez, solo una, y repetir en mi memoria el momento en que mi puño hizo contacto con su cara fue tan satisfactorio que no pude pensar en nada más. No escuchaba a Dax, que seguía haciendo preguntas mientras mi cuerpo se relajaba.

Como en todos mis episodios de ira, las sensaciones se iban igual que habían llegado, en un abrir y cerrar de ojos. No solo me sentía bajo control, sino que tenía la sensación de haber liberado todos mis problemas desde que habíamos llegado a Soleil.

—¡Nika! —gritó Dax—. ¿Me estás escuchando?

Vi el miedo en sus ojos. Me estaba riendo por lo bajo, pero era algo involuntario.

—No —confesé y me llené los pulmones de aire limpio y reparador—. No te estoy escuchando.

—¿Sabes los problemas en los que puedes meterte por esto?

Me puse de pie cuando todavía mis brazos cosquilleaban por el chute de adrenalina.

—No. Ni me importa.

Me observó confundido. Seguía bloqueando la puerta y sin entender mi reacción. No podía culparlo, no había manera de explicar lo liberador que había sido infligir dolor en alguien que se lo merecía.

—Y tampoco voy a salir corriendo a patear a ese imbécil —añadí con calma—. Por hoy ya ha tenido suficiente.

Un chico entró a las duchas y escuché el bullicio que venía de los vestuarios.

—Nadie se ha enterado —dijo.

—¿Ni el entrenador? —preguntó Dax y el otro negó—. Bien, podemos solucionarlo nosotros.

—¿Solucionarlo nosotros?

Dax se giró para mirarme.

—Lo que acaba de pasar implica una suspensión de varias semanas —dijo muy serio—. Si un miembro del equipo es expulsado, perderemos horas de entrenamiento.

—¿Y?

—Quizás para ti esto es un juego —dijo con seriedad—, pero para otros en el equipo significa mucho y un par están optando a becas de deporte. Si te suspenden, es un castigo para todos.

—Ningún profesor se ha enterado. —Avancé hacia la puerta al recordar que tenía prisa cuando había regresado a por mis anillos y que Chloe me esperaba—. Tengo que irme y no hay ningún problema, déjame salir.

Dax impidió que me acercara a la puerta.

—Hay un problema y tienen que solucionarlo. —Miró al chico que seguía en la puerta—. ¿Adrien está dispuesto a hablar?

—Ha perdido el conocimiento, pero ya puede mantenerse sentado sin ayuda.

Controlé la risa que se me atoró en la garganta.

—Salimos en un minuto.

El chico evaluó mi actitud. Puede que pensara que atacaría a Dax. Podía imaginar cómo me había abalanzado sobre Adrien si ambos me miraban con esa expresión, la de un miedo irracional, como si yo fuera un animal salvaje, un monstruo… No estaban muy lejos de la verdad.

—¿Estás seguro? —preguntó.

—Convencido, Paul —dijo Dax y el otro obedeció.

Ladeé la cabeza y observé al moreno que estaba frente a mí.

—¿Quieres que salga a arreglar las cosas con ese imbécil?

—Vas a hacerlo porque no podemos tener un equipo donde los miembros se lleven mal —advirtió.

—No quiero tener nada que ver con él.

—Si estás en el equipo, tienes que asumir que esas son las reglas. —Cruzó los brazos sobre el pecho—. Da igual si nos peleamos. Hoy lo conversan a solas y se arreglan. Mañana es un día nuevo. No son ni los primeros ni los últimos en pasar por esto.

Reí por lo bajo.

—¿Quieres que haga las paces con ese tipo?

—Es lo que harás.

Dax era digno de ser un líder. Me agradaba y no iba a enfrentarme a alguien que merecía respeto.

—Tú ganas, pero solo si él pone de su parte.

Se tomó su tiempo para estar seguro de mi sinceridad y relajarse.

—¿Qué ha hecho para que le golpearas? —insistió.

—Créeme, no quieres saberlo.

Me detuvo antes de que pudiera cruzar la puerta.

—Quiero saber.

Si Dax se enteraba de lo que había escuchado, sería el siguiente en golpear a Adrien o crearía otro conflicto en el equipo. Yo me ocuparía de dejar los puntos claros con el infeliz.

—Eso es entre él y yo.

No volvió a preguntar y salimos a los vestuarios. Todos se agrupaban alrededor de Adrien, que estaba sentado en un banquillo con una bolsa de hielo sobre la parte izquierda de la cara. Encontré el rostro conmocionado de Chloe, que debía de haber entrado al escuchar el altercado.

—Los dos saben cómo funciona lo que va a pasar ahora —dijo Dax sin titubeos—. Todos fuera.

—No creo que deban quedarse solos —objetó Charles, que estaba detrás de Adrien, mirándome con gesto desafiante.

Le sonreí de medio lado y eso frenó su valentía.

—Se quedan solos y lo solucionan —repitió Dax, que tenía más porte y carácter de capitán.

Un par de jugadores dudaron, se miraron entre sí, pero bajo la orden del moreno salieron hasta dejar a Adrien sentado en el mismo lugar y mirando a cualquier lugar menos a mí. El silencio nos envolvió. Me habría gustado aprovechar y golpearlo, no por impulso ni por descargar problemas que nada se relacionaban con él, sino por darle su merecido.

—¿Sabes que si hablas en las duchas cualquiera puede escuchar?

Me observó fijamente, aterrado a pesar de la distancia que nos separaba.

—¿Esto ha sido por decir que se te había subido la popularidad a la cabeza?

Sacó la bolsa de hielo y se señaló la mitad de la cara inflamada, con el ojo pequeño y enrojecido.

—No.

—Entonces, ¿te gusta golpear sin razón? —dijo con sarcasmo.

Crucé las manos a mi espalda para mantenerme sereno. No quería perder tiempo y esa era una batalla que ganaría con las palabras correctas, no con más golpes.

—Dejemos algo claro, Adrien. —Avancé un paso—. No me caes bien. Ni tú ni Raphael ni el hijo de puta de Alexandre, que golpeaba a Chloe y ahora la acosa.

—¿Esto es por esa…?

—Vuelve a hablar mal de alguien delante de mí y te parto una pierna. —Di otros dos pasos y se revolvió en el sitio—. Vuelve a vigilar o hacer sentir incómoda a Chloe y te parto las dos. Vuelve a hablar de Victoria o de Rosie como si fueran objetos que se pueden usar y voy a golpear esa carita bonita hasta que tu mami no pueda reconocer lo que parió.

Adrien iba abriendo más los ojos con cada paso que daba hacia él.

—Vuelve a hablar de Sophie y desearás no haber nacido —continué al detenerme frente a él—. Acércate a Mia y te mato.

—Tú…

Doblé la espalda hasta que mis ojos quedaron a la altura de los suyos.

—¿Tienes idea de por qué tuvimos que venirnos a vivir a este asqueroso pueblo? ¿Sabes por qué estuve un año entero suspendido del instituto?

Tragó saliva y negó.

—Créeme, tampoco lo quieres saber, Adriancito.

Me erguí en toda mi estatura y le di espacio para respirar.

—Aquí no ha pasado nada —agregué—. Mañana te saludaré y tú harás lo mismo. Nadie sabrá por qué te he golpeado. Si quieres decir que he pedido disculpas, hazlo, pero lo que acabamos de hablar no sale de aquí. ¿Quedó claro? —Su labio tembló cuando quiso contestar y no pudo—. ¿Quedó claro? —insistí.

—Sí —aceptó y falló al querer mostrase seguro.

—Perfecto. —Sonreí—. Ya te he dado una lista y puedes advertirle a Alexandre que se mantenga lejos de Chloe.

Le di unas palmaditas en el hombro al pasar por su lado y se estremeció.

—Ponte hielo, compañero —dije al llegar a la puerta—. No queremos que ese ojo empeore.

Salí del vestuario con la mochila al hombro y me encontré a todos esperando. Se miraron sorprendidos cuando les dediqué una sonrisa.

—Nos vemos mañana —dije sin preocupación alguna y le hice un gesto con la mano a Chloe para que se acercara.

Las miradas curiosas pesaban sobre mi espalda cuando la morena se unió a mi paso y no preguntó nada mientras nos alejábamos. Lo agradecí, pues habría arruinado mi buen humor.

No estaba feliz porque hubiese dejado al niñato estúpido cagado en su pantalón, sino porque había encontrado muchas razones para evitar que Charles volviera a engañar a Amaia, acercarse a ella o exponer su intimidad. No iba a permitir que ninguno de esos hijos de puta estuviera a más de un metro de las chicas que conocía.

Capítulo 10

Una justificación. No podía mentirme, eso era.

Mi cerebro había estado buscando una excusa para acortar la distancia que había entre Amaia y yo. La creé al darme cuenta de que ella todavía sentía algo por Charles, pero si él era un cretino, no me parecía correcto dejarla volver a un lugar donde le harían daño. Lo haría por cualquier persona, era sentido común, solidaridad, empatía… Pero a quién quería engañar: me estaba justificando porque deseaba estar cerca de ella.

Había un pequeño detalle que solucionar si quería que Amaia volviera a mirarme a la cara. La había ignorado y, a esas alturas, me pagaba con la misma moneda. Necesitaba retornar a su radar y para eso tenía un plan.

A la hora de salida, le pedí a Aksel que tomara la moto y no le di explicaciones cuando preguntó. Por primera vez, agradecí estar castigado en el laboratorio de Química, pues era mi mejor oportunidad para abordarla. Victoria y Rosie estaban organizando uno de los archiveros cuando llegué. Amaia estaba de espaldas a la puerta, concentrada en clasificar una pila de libros en dos cajas.

Me acerqué para hacer lo mismo. Vestía un pantalón holgado de mezclilla y una camiseta blanca que cubría con una camisa de cuadros que era tres veces más grande que ella y que casi le llegaba a la rodilla. Llevaba los auriculares y la música a un volumen preocupante.

Amontoné libros en dos pilas y los fui colocando en las cajas a nuestros pies. Cuando las otras dos chicas salieron para ir al almacén que se encontraba al final del pasillo, vi mi oportunidad de tantear el terreno. Dejé un libro en la caja equivocada y le quité uno de los auriculares. Se sobresaltó al darse cuenta de que yo había tirado del cable.

—Si te pones los dos, no escuchas cuando te hablan —dije al tener su atención.

Miró a todos lados, confundida.

—Estás haciéndolo mal. —Señalé el libro de la caja—. Se supone que estamos organizando.

Abrió mucho los ojos al darse cuenta del supuesto error y, sin decir palabra, lo puso en su lugar. No me volvió a mirar y se dispuso a colocarse el auricular de nuevo.

—Escuchar música tan alta es peligroso —dije antes de que pudiera hacerlo.

Debía de pensar que estaba loco. Un día no le hablaba y al siguiente le advertía sobre su futura sordera.

—No está alta —murmuró.

—La oigo desde aquí. —Me toqué la oreja—. Te vas a quedar sorda, si es que no lo estás ya.

—Es para que se escuche mejor.

—Por estar más alta no se oye mejor. Además, tus auriculares son malísimos.

Se encogió de hombros y volvió a organizar los libros.

—Yo los escucho genial.

—Ecualizan el sonido para moldear tu experiencia. Están hechos para que se escuche bonito y esa marca… no es buena en eso.

Se giró hacia mí.

—No tengo ni la menor idea de qué hablas.

Enredé el índice en el cable de sus auriculares y el teléfono salió con facilidad del bolsillo trasero de su pantalón.

—Interesante elección musical —me burlé al ver que escuchaba «Sweet but Psycho» de Ava Max.

—Está en aleatorio —refunfuñó.

Controlé mi sonrisa, bajé el volumen hasta la mitad y le devolví el teléfono. Primero miró la pantalla y arrugó las cejas. Se colocó el auricular que le había quitado.

—No escucho nada —protestó con el rostro descompuesto y no lo pude evitar, se me escapó una carcajada.

—Es cuestión de costumbre —dije al ver de reojo que Victoria y Rosie volvían—. Inténtalo y verás que se escucha mejor. Confía en mí.

Ya no estábamos solos y ella también regresó a su tarea, pero la vi sonreír de medio lado. Eso me dio algo de esperanza, solo necesitaba paciencia.

El resto de la tarde avanzó como las demás, en silencio y adelantando a toda máquina. Nadie quería alargar el castigo. Aprovechamos cada segundo hasta que el profesor Lyon apareció a la seis de la tarde y nos echó del laboratorio.

Ese día desaparecí el primero y la esperé pacientemente en el pasillo. Fue la última en despedirse del profesor y en salir con la mochila al hombro. Me aclaré la garganta para que me viera caminar hacia ella.

—¿Necesitas algo? —preguntó cuando me uní a su paso y caminamos juntos.

—El otro día dijiste que podía irme contigo —dije con voz inocente—. ¿La oferta sigue en pie?

Abrió y cerró la boca varias veces con la vista al frente hasta que presionó sus labios con fuerza y asintió.

—Por supuesto, somos vecinos.

Creí que tendríamos algo de tiempo a solas mientras esperábamos a su madre, pero mi plan falló. El coche nos estaba esperando cuando salimos del instituto. No me quedó más remedio que improvisar.

Lo único que se me ocurrió mientras le abría la puerta y me miró como si no creyera lo que sus ojos veían, fue que necesitaba su número de teléfono y obtenerlo revisando el de Aksel no era legal. Necesitaba que ella me lo diera.

Cuando su madre me saludó al sentarme en el asiento trasero, supe exactamente lo que debía hacer. Ella, sin saberlo, me ayudaría a conseguir el número de su hija.

• • •

Halloween se acercaba y una semana antes era el cumpleaños de Aksel.

Por suerte, la vida en el laboratorio había mejorado desde que Amaia y yo hablábamos. También desde que la obstinada de Rosie y ella sellaron la paz con *brownies*. Durante la última semana, nos comportamos como cuatro personas normales y las invité a la fiesta que mi madre estaba organizando para Aksel.

El viernes, Lyon nos dejó salir antes al dar por finalizado nuestro castigo y tuve tiempo de visitar al entrenador para llevarle los malditos exámenes médicos. Era un tema delicado y, aunque llevaba días con el papeleo en la mochila, intentaba evitarlo, pues sabía qué conversación vendría después.

No estaba acostumbrado a hablar de mi enfermedad y a él no podía mentirle si quería estar en el equipo, algo que realmente deseaba. El ejercicio físico me ayudaba. Ya llevaba unas semanas entrenando y el cuerpo lo empezaba a agradecer.

Toqué la puerta de la pequeña oficina del entrenador y al instante me dejó pasar. Era un hombre alto y fornido que había dedicado su vida al deporte.

—¿Traes los resultados de la revisión médica? —preguntó, invitándome a sentarme en un pequeño sofá mientras él se acomodaba en una silla frente a mí.

Le pasé los papeles que al momento se dedicó a hojear.

El lugar no tenía nada que ver con las oficinas del resto de los profesores. Había guantes de béisbol, pelotas pinchadas y raquetas, entre varios artilugios deportivos. El entrenador no era la persona más ordenada de Soleil.

—¿Dextrocardia? —dijo y supe que había llegado a la evaluación cardiológica—. ¿Puedes traducir lo que dice aquí?

Respiré hondo.

—Mi corazón está al revés —resumí.

—¿Cómo?

—No es una condición común —expliqué—. Es genético y sucede durante el desarrollo embrionario al… ¿uno por ciento de la población? Es muy raro. Mi corazón, en vez de apuntar a la izquierda, está apuntado a la derecha.

El gesto que hice con mis dedos sobre el pecho lo dejó más claro. El hombre abrió y cerró la boca varias veces hasta darse por vencido. Bajó la vista a los exámenes.

—¿No trae consecuencias?

—En muchos casos sí, en otros no.

—¿En tu familia alguien más lo padece?

Negué.

—Nadie que conozcamos.

—Te lo diagnosticaron de pequeño y no han podido rastrear la…

—No me lo diagnosticaron de niño —interrumpí—. Lo descubrieron de casualidad en unos exámenes que tuvieron que hacerme cuando estuve varios meses hospitalizado.

—¿Hospitalizado?

Al entrenador terminaría dándole un infarto por mi culpa.

—Me caí por una ventana y aterricé en el jardín trasero. El brazo casi se me queda inservible. —Le mostré el que llevaba tatuado—. Las costillas rotas fueron la causa de más estudios para asegurarse de que mis órganos estaban bien y fue entonces cuando lo descubrieron.

Me miró fijamente, como si tratara de ordenar sus pensamientos.

—¿Padecías una enfermedad congénita y no presentabas síntomas?

—No los presenté hasta que me dijeron que la tenía. —Reí por lo bajo—. Todo es psicológico.

—Nika, no creo que practicar un deporte así sea buena idea para…

—Llevo años sabiendo esto —intervine. Las personas solían asustarse ante lo desconocido—. No estoy incapacitado por tener el corazón en el lugar incorrecto —bromeé para que no se lo tomara como si el papel dijera que me quedaban seis meses de vida—. Es normal que la dextrocardia venga asociada a otros problemas: órganos invertidos o el propio corazón con todo fuera de lugar. Digamos que, en mi caso, lo demás está donde debe. Es como si una mano invisible lo hubiese rotado mientras me estaba formando. El resto funciona bien.

—Pero dijiste que has mostrado síntomas.

—Después de la caída presenté hipertensión arterial y estuve medicado durante un año, pero mejoré.

El entrenador volvió a alternar entre los papeles y yo.

—No creo que sea inteligente que practiques un deporte que le exija tanto a tu corazón.

—Todo lo contrario. Me recomendaron hacerlo. Después de recuperarme por completo fue cuando empecé con el fútbol —expliqué—. Mi cardiólogo monitoreó los avances y vio la mejora de mi rendimiento cardiaco, aunque vivía quejándose de que fumara.

—¡¿Fumas?!

—Entrenador, ese es el menor de mis problemas. —Contuve la sonrisa—. Tengo el corazón apuntando al lado contrario y altas posibilidades de que, si un día decide fallar, no pueda sobrevivir sin un trasplante, lo cual sería bastante complejo dado que todas las conexiones aquí dentro están fuera de lugar —agregué, señalándome el pecho.

Le iba a hacer perder la cabeza si seguía hablando de mi condición como si fuera una broma. Su gesto me decía que comenzaba a preocuparse por mi estabilidad mental.

—El fútbol me sienta bien —aseguré—. Ahí tiene mi historia clínica y el doctor que me evaluó en Soleil está de acuerdo con que lo practique mientras me haga revisiones cada seis meses y no sienta nada fuera de lo común.

Guardé silencio mientras se aseguraba de que los exámenes decían lo que acababa de comentar. Terminó por hacer un gesto que me invitaba a salir de la oficina y me acompañó. No habló mientras avanzábamos por el pasillo y meditaba la situación.

—¿Estás seguro de que no te sienta mal? —insistió.

—Convencido.

—No te molestará que corrobore esto con el cardiólogo que te vio, ¿verdad?

—Para nada. Seguro que le explicará lo mismo, pero no entenderá nada de lo que le diga. Las movidas del corazón tienen nombres raros.

Logré que se riera y el ambiente se había calmado cuando salimos por la puerta trasera del instituto, la que daba al aparcamiento.

—Todo en orden con el resto de los exámenes médicos. —Estrechó mi mano y le correspondí—. Me alegra que seas parte del equipo.

Bajó la escalerilla y saludó a una chica que estaba sentada en el escalón más bajo: Amaia.

—¿Qué haces aquí? —pregunté al pararme a su lado.

Alzó la vista tan rápido que tuvo que sobarse el cuello por el tirón.

—Espero a mi madre.

Pocas palabras, muy pocas para ser ella. Miró el teléfono e hice lo mismo con el mío.

—Falta casi una hora para que pase a recogerte.

—No me queda otra, no quiero gastar dinero en un taxi.

Cortante, sin explicaciones.

—Yo te llevo. —Frunció el ceño y tuve que señalar al otro lado del aparcamiento para que entendiera—. He arreglado la moto, Amaia.

Nunca había estado rota. Se la daba a Aksel para tener una justificación y pedirle que su madre y ella me llevaran a casa, pero no podía jugar la misma carta siempre. Mi hermano empezaba a hacer preguntas porque rara vez le daba la moto con tanta facilidad.

Amaia negó con la cabeza.

—No hace falta, pero gracias.

—¿Te da miedo? —bromeé.

—No.

Sonó como una mentira.

—No puedo creer que le tengas miedo a las motos. ¿Mami y papi te han prohibido subir a una?

Apartó la vista y se concentró en el suelo.

—No tengo ganas de entretenerte.

La derrota en su voz y la manera en que giraba el teléfono en la mano me preocupó. Me senté a su lado.

—Te pasa algo, ¿no es cierto?

Se mordió el labio.

—¿Se nota?

Volví a mirar el teléfono, que no paraba de dar vueltas. Me dieron ganas de apresar su muñeca para detenerla.

—Nunca te había visto tan nerviosa y digamos que has estado bastante alterada a mi alrededor —me limité a decir, apuntando a su mano derecha.

Protegió el teléfono entre sus manos y exhaló un largo suspiro.

—Se me olvidó el abrigo de mamá en casa de Charles el día de la fiesta.

—Fue hace un mes.

—Quiere que hablemos, que sea en privado y…

—Te ha dicho que vayas a su casa si querías recuperarlo —concluí cuando sus palabras lo pusieron todo en su lugar.

Se revolvió el pelo hasta que se le volvió un nido de pájaros.

—Tendré que pedirle a mamá que me lleve y la meteré en un drama estúpido —se lamentó.

—¿No quieres que tu madre lo sepa?

—No tengo nada que ocultar, pero no quiero llenarle la cabeza de tonterías. —Suspiró, cerró los ojos y se masajeó las sienes—. Mamá se pasa el día escuchando los problemas de otros. Siento que es darle más trabajo.

—Tiene sentido —murmuré.

Hizo un puchero. Descansó la mejilla sobre las rodillas que tenía recogidas y pegadas a su pecho, ya que estaba sentada casi al nivel del suelo. Me miró con sus enormes ojos azules, llenos de culpa.

—¿No suena tonto? —preguntó, avergonzada.

Recorrí su rostro. Amaia tenía buen corazón. Sí, era mimada y algo egoísta, pero la preocupación por su madre o el no querer despertarlos aquel día cuando no tenía llaves para entrar a su casa demostraban que sí le preocupaban las personas que la rodeaban y eso era… lindo.

—Para nada —dije. Me gustó descubrir algo nuevo de ella—. Suena muy considerado.

No aparté la vista de su perfil cuando miró al frente.

—Quiero recuperar el abrigo sin involucrar a más personas —musitó.

—No lo hagas —dije sin dudar—. Yo te llevo.

Se enderezó con un movimiento brusco.

—¿Tú?

Cualquiera podría decir que la había insultado.

—¿Algún problema?

Juntó los labios y al rato respondió:

—He dicho que no quería involucrar a mi madre, no que necesitara ayuda para lidiar con Charles.

—Y yo he dicho que te llevaría. No voy como guardaespaldas. Te sabes defender sola —murmuré sin mirarla—, lo he comprobado.

Valoró sus alternativas durante un par de minutos. Entrecerró los ojos.

—¿Tienes un casco para mí?

Me puse de pie y le ofrecí una mano.

—¿Vienes o no, Amaia?

Capítulo 11

Siete minutos era lo que tardaba en fumarme un cigarrillo y el tiempo que pensaba darle al hijo de puta de Charles para retener a Mia. Escogí creer en ella cuando dijo que no quería estar allí y que no pensaba alargar la estancia.

Mi cerebro no paraba de maquinar distintas razones por las que ella quería mantener la distancia con su ex. Podía jurar que todavía sentía algo por él, lo había visto en sus ojos cuando Victoria había confirmado que él había sido infiel.

Puede que quisiera castigarlo por lo sucedido, que evitara dejarse llevar por lo que sentía, o que siguiera molesta, estuviera valorando perdonarlo… Las posibilidades eran infinitas y lo que yo deseaba era que se mantuviera a kilómetros de él, pero no podía controlar lo que ella hacía, solo observar.

Había pensado en decirle lo que sabía, lo que había escuchado en las duchas. Si conocía la verdad, quizás mantuviera a Charles, Adrien y Raphael lejos, pero temía que no me creyera. Hacía menos de dos meses que me conocía y nuestra interacción no había sido la mejor, confianza no era algo que se pudiera mencionar entre nosotros. Además…, si le contaba la historia, no podría dejar a un lado la pelea ni evitar quedar como el violento que golpea y amenaza a un compañero. Era la peor carta de presentación. Pensaría lo peor de mí y con razón… No era eso lo que quería.

Charles abrió la puerta con una sonrisa que se borró al verme al borde de la carretera. Intercambiaron unas palabras y miraron hacia donde yo estaba. Saludé con un movimiento de la mano y aparté la mirada cuando él se acercó demasiado a Amaia para hablarle.

Traté de no apresurarme con el cigarrillo para cumplir la promesa que me había hecho de darles tiempo. La última calada se sintió mejor que nunca y pude acercarme por el camino de piedra hacia la moderna y limpia casa de Charles, que se calló abruptamente al verme llegar.

Le costó estrecharme la mano cuando lo saludé. Me observó con recelo. Esperaba que la pelea con su amiguito lo hubiese asustado lo suficiente para mantenerse a raya.

—Estábamos terminando de hablar —mintió Amaia.

—Sé que tienen asuntos pendientes, pero es el cumpleaños de mi hermano —dije, amable, usando la excusa perfecta.

—Y no queremos llegar más tarde de lo que ya vamos —estuvo de acuerdo ella.

—¿Tienes el abrigo de tu madre?

Era obvio que no, pero fingir que Charles no estaba presente y presionarlo para que soltara la prenda de una vez por todas era entretenido y efectivo, pues un minuto después apareció con el rehén. Lo intercepté cuando iba a dárselo a Amaia, solo por molestar.

—Gracias por entenderlo —agregué a modo de despedida—. ¿Nos vamos, Amaia?

Ella tenía cara de haber estado esperando esas palabras para retirarse. No dijo adiós. Dio la espalda y estaba camino de la carretera cuando estreché la mano de Charles con una falsa cordialidad y la alcancé.

La ayudé a ponerse el abrigo de su madre para que se protegiera del frío, no me puede resistir. Miré a su ex, que todavía estaba en la puerta de la casa, y no parecía nada contento con nuestra cercanía. Subir a la moto y desaparecer bajo su atenta mirada fue reconfortante. Mantuve la sonrisa mientras atravesábamos el pueblo y lo imaginaba berrear ante la idea de haber perdido un juguete. Porque eso hacían los niños y así veía él a Amaia, como a un objeto.

Estaba a punto de subir la velocidad al salir a la carretera que nos llevaría a casa, pero no pude seguir ignorando la inadecuada manera en que Amaia se sujetaba a mi sudadera. Me detuve en la cuneta y se asustó cuando apagué el motor y la miré por encima del hombro. Bajo el casco, donde el flequillo se mantenía aplastado y torcido sobre sus ojos, me miraba como si estuviera a punto de decirle que el vehículo iba a explotar y no nos daría tiempo a correr.

—Es la primera vez que montas en moto, ¿cierto?

Tragó con dificultad.

—Pensé que era obvio.

Parecía una niña pequeña y era divertido verla perder su valentía.

—Tienes que aguantarte o, aunque lleves casco, terminarás golpeándote cuando te caigas.

Puso las manos sobre mi cintura como si la explicación la asustara más. Tuve que reír en voz alta.

—¿Qué? —preguntó, confundida.

—Eres muy graciosa, Pulgarcita —acepté al dejar salir la parte más sana de mí.

Le pasé la mano por debajo de las rodillas, asegurándome de no hacerle daño, y la acerqué a mi espalda hasta sentir el calor de su cuerpo. Sus manos estaban heladas cuando hice que entrelazara los dedos para que se sujetara a mi cintura.

—Vamos a ir más rápido —dije con una sonrisa en los labios al ver el rubor en sus mejillas—. Sostente o tu madre me matará.

Arranqué sin decir más y me abrazó con fuerza. Sus piernas me apretaban para sostenerse con todo lo que podía. No llegué al límite de velocidad para que estuviera cómoda y no se asustara más. Poco a poco se fue relajando.

Sus manos se acomodaron en mi cintura y su cuerpo se amoldó a mí. Cuando recostó la cabeza en mi espalada, el corazón me revoloteó en el pecho.

Centré mi atención en la carretera y no pude evitar contagiarme con la calma que desprendía. El calor que emanaba hacía que me olvidara de dónde estaba y, más que conducir, sentí que volaba.

Quizás era la necesidad de evadir mi asquerosa realidad, pero Amaia me transmitía una paz indescriptible. Solo conducir con ella tan cerca me hacía pensar que era posible ser otra persona y que tenía la oportunidad de acercarme a ella, de incordiarla y bromear de una manera distinta, más cercana, una que no me hiciera quedar como un imbécil.

Días atrás me detestaba por cómo me había comportado y yo no había previsto las consecuencias de aquello. Jamás creí que estuviera a mi alcance, que deseara con tantas ganas saber si ella sentía una pizca de atracción por mí, si tenía esperanza a pesar de todo lo que había sucedido entre nosotros.

Llegamos a la mansión y aparqué cuando ya era de noche. El ruido del motor nos dejó en completo silencio. No me moví y ella tampoco. Dudé por un segundo que estuviese durmiendo. La miré de reojo, tenía los ojos cerrados y la expresión relajada. Parpadeó varias veces y miró alrededor algo desorientada.

—¿Te vas a quedar ahí? —bromeé.

—Creo que me ha entrado sueño.

Suprimió un bostezo y trató de bajarse por sus propios medios. Los pies no le llegaban al suelo y no iba a lograrlo, así que desmonté con cuidado para que se mantuviera sobre la moto y la alcé. No pesaba nada, era como una pluma y fue fácil dejarla frente a mí. Las puntas de los dedos me picaban tras retirar las manos de su cintura.

—Gracias —murmuró.

Era hermosa, puede que demasiado para su propio bien… o para mi capacidad de fingir desinterés. No dejaba de mirarme y lo peor eran la intensidad y el brillo de sus ojos. Nos separaba un escueto paso que deseaba acortar para rogarle que me dejara besarla.

«Joder, Nika, hace dos semanas no le hablabas. No te querrá tocar ni con un palo».

—Creo que deberíamos entrar —dije para detener mis pensamientos.

Bordeamos la casa e ignoré su atenta mirada con tal de mantener la mente en blanco. Sostuve la puerta para que pasara y no se movió, miraba del recibidor a mí y luego a su espalda.

—Iré a casa. —Su voz tembló—. Tengo que decirle a mamá dónde estoy.

Parecía nerviosa. No había razón para estarlo, así que decidí animarla. Deseaba aprovechar cada segundo de la noche para tenerla cerca. Si hubiera sido por mí, habríamos seguido encima de la moto hasta que nos hubiéramos quedado sin combustible en medio de la nada.

—Mándale un mensaje —propuse.

—Es mejor si la veo.

La tomé del brazo para obligarla a entrar porque estaba usando tontas excusas. Le quité la mochila y la dejé junto a la mía en la mesa de la entrada.

—¿Tienes tu teléfono? —pregunté y, cuando me lo confirmó, cerré la puerta—. Con un mensaje basta. Tu madre no es de las que hace inspección en la puerta y Aksel está esperándonos.

La tomé de los hombros antes de que pudiera protestar y caminó delante de mí por el pasillo. Sentí que se me clavaban agujas en las yemas de los dedos al tocarla por segunda vez, daba igual que el abrigo le cubriera la piel.

—Necesito cambiarme —insistió—. Todos van a estar presentables.

—Yo también acabo de llegar —dije para calmarla.

—Pero estás en tu casa.

—Al lado de la tuya, es lo mismo —me burlé.

Entramos al comedor y Rosie protestó por lo que habíamos tardado, al tiempo que el resto celebraba nuestra llegada.

—¡Ves! —masculló para que nadie se diera cuenta de nuestra conversación—. Todos están decentes. Necesito cambiarme.

No pude controlarlo y me acerqué a ella. El olor de su perfume me atontó.

—Tú siempre estás perfecta —murmuré tan cerca que su pelo me rozó la nariz.

Le guiñé un ojo y me alejé para felicitar a Aksel mientras Mia se mezclaba con el resto.

No podía hablarle tan cerca ni tocarla sin saber que ella lo deseaba, y mucho menos besarla sin su consentimiento. No quería pasar del idiota que le hacía quedar en ridículo frente a toda la clase a ser el vecino acosador. La respuesta a mis problemas era muy sencilla. Tenía saber qué sentía ella y hasta dónde podía llegar. Lograría de alguna manera que nos quedáramos a solas para averiguarlo, pero sería después.

Nuestra madre había organizado la fiesta. Aksel le permitió hacer lo que deseara con tal de verla feliz, a pesar de que las celebraciones en las que era el centro de atención no fueran sus preferidas. Tuvimos un pastel enorme que ella había horneado esa mañana y hasta pidió que cantáramos «Cumpleaños feliz» dos veces para tener más fotos. Intentaba llenar los años en que no habíamos podido hacer nada para festejar.

No éramos muchos: Sophie y Dax, un par de compañeros del equipo de fútbol que me caían muy bien: Arthur y Paul. Además, estaban Victoria y Rosie, que se habían integrado con facilidad, y la castaña empezaba a ser soportable a pesar de su asombrosa facilidad para insultarme y protestar.

Amaia iba y venía, hablando y comiendo más de lo que hubiese imaginado que alguien podía consumir sin explotar. Un par de veces la atrapé observándome de reojo. Parecía nerviosa. No tenía claro si era porque yo también la miraba de vez en cuando, lo cual podía hacerla sentir incómoda, o porque le gustaba que lo hiciera. Prefería que fuera la segunda opción y, como no estaba seguro, lo mejor era alejarme lo máximo posible.

A las nueve mi madre dejó que la fiesta siguiera sin ella. Me aseguré de que estuviera cómoda en su habitación antes de sacar las cervezas y el alcohol, algo que haría desaparecer una vez terminara la pequeña fiesta.

Ella sabía que beberíamos, lo permitió y dijo que no pasara nada, que disfrutáramos. De todos modos, yo estaría pendiente de cada movimiento en la casa y a dónde iba a parar hasta la última gota de alcohol.

Me serví un vaso de agua para tener algo en la mano y salí a fumar al porche lateral. Dejé el bullicioso comedor donde se dividían en pequeños grupos y conversaban por lo bajo.

Las noches en Soleil eran fresca, me gustaban. Lo mejor era el cielo estrellado. Estar en medio de la nada empezaba a tener un lado agradable.

Escuché unos pasos a mi espalda que me indicaron que alguien se acercaba. También sentí su perfume, no lo olvidaría jamás después de tenerla tan cerca al hablarle al oído. Se detuvo a mi lado y se apoyó en la barandilla de piedra.

—Creí que te molestaba el olor a cigarrillo —dije, moviendo el que llevaba entre los dedos, para buscar conversación.

—En un coche. Nunca dije que me molestara en un espacio abierto.

—La única manera de comunicarse no es con palabras. —Lo dije porque su mentira era demasiado obvia y porque quizás no era capaz de decirle que me gustaba o preguntarle qué sentía ella, pero tenía otras herramientas—. Una suerte para las personas como yo —concluí con algo de esperanza.

Arrugó la nariz.

—Has acertado, me molesta todo el tiempo.

Supuse que quería decir que estaba a mi lado porque lo deseaba, a pesar del olor a cigarrillo. Bebió de su cerveza para ocupar sus temblorosas manos.

—¿Cómo fue el encuentro con el ex tóxico? —pregunté. Necesitaba obtener algunas respuestas antes de mover ficha y me intrigaba saber de lo que habían conversado.

—¿Por qué dices que es tóxico? —dijo de mala gana.

Me encogí de hombros.

—Sé calcular a las personas con mirarlas.

—Parece que te has dejado llevar por las habladurías de instituto —murmuró.

—Créeme… Si fuera así, estaría diciendo algo muy distinto.

Recordé la conversación con Chloe. Estaba escogiendo creer lo que Amaia decía, no lo que otros hablaban.

—Entonces —dije para que la conversación no quedara a medias—, ¿todo aclarado con Charles?

—Si puedes leer a las personas con mirarlas, deberías estar al tanto de que entre él y yo no hay nada que aclarar. Somos historia desde el curso pasado.

La respuesta me gustó.

—Pero ahora es distinto —insistí—. No está con la rubita.

Puso mala cara. Podría decirme que no me inmiscuyera en su vida, hubiera sido entendible. En cambio, se aclaró la garganta antes de hablar con seriedad.

—No me van las reconciliaciones —declaró.

No sonreír fue imposible. Cada vez encontraba más detalles que me atraían de ella. No le hacía falta ayuda de nadie para lidiar con Charles o cualquiera de esos imbéciles, pues dudaba que cayera en sus juegos.

—Me gusta oír eso, va muy bien con tu personalidad.

Terminé mi vaso de agua de un trago y aproveché el movimiento para acercarme.

—¿Mi personalidad? —preguntó.

—Como un gato. Como la sal, ¿recuerdas?

—Ya sé que no es un cumplido.

Había sido una insinuación de lo mucho que me gustaba, pero era obvio que aquel día en detención no lo había captado, cuando me ofrecieron *brownies* y me negué diciendo que prefería lo salado.

—Depende. —Tendría que ser más obvio si quería hacerle entender que me acordaba de ella hasta cuando veía sal—. Puede serlo.

—Prefiero pretender que no lo he escuchado a romperme la cabeza intentando entenderlo. Contigo nunca se sabe.

Empezaba a conocerme y eso me hizo sonreír. Lo hacía mucho a su alrededor y no estaba acostumbrado.

Algo hizo clic dentro de mi cabeza.

Había dicho que no le iban las reconciliaciones. La miré de reojo y no parecía dispuesta a continuar la conversación. A lo mejor estaba allí por cualquier razón, no por estar a mi lado. Quizás me lo estaba imaginando todo.

—Lo de no perdonar a tu ex —dije para sondear el terreno—, ¿quiere decir que eres rencorosa?

—Nunca he dicho que no lo haya perdonado. Me refería a que no creo en reconciliaciones después de lo que hizo. —Hacía girar la botella de cerveza entre las manos—. Una vez la cagan, la han cagado para siempre —concluyó.

Le dediqué un puchero y se mostró sorprendida.

—Quiere decir que estarás molesta conmigo toda la vida —bromeé para pedir una disculpa si era lo que hacía falta—. ¿Por eso siempre estás a la defensiva?

—No estoy enojada contigo.

—Supuse que sí, por lo de Filosofía y la fiesta —tanteé—. He estado pensando cómo enmendar mis errores para ganarme tu perdón.

No contestó y supe que no mentía; no estaba enojada, más bien nerviosa, como en la moto, en la fiesta… Quería saber qué la hacía, en ocasiones, comportarse de esa manera. ¿Yo? ¿Estar solos?

—Por cierto…, gracias —dijo de la nada y supe que era para llenar el silencio, cambiar de tema—. Por lo de hoy. Gracias.

—¿Por ayudarte con el tóxico? —pregunté para asegurarme que hablábamos de lo mismo.

Bufó.

—Odio esa palabra, las personas la usan a la ligera.

Le dediqué una reverencia para pedirle perdón y puso los ojos en blanco.

—Te agradezco que hayas notado que me pasaba algo —especificó—. Por preguntar…, por llevarme a su casa.

Sus palabras fueron una caricia que me invitó a acortar la distancia que nos separaba.

—Eso suena bien. —Alzó la mirada para mantener el contacto visual—. Había olvidado qué se siente cuando te dan las gracias.

El olor de su perfume se arremolinó entre nosotros. Lo aspiré despacio.

—Será porque no haces mucho por lo que…

—Es porque prefiero que me den las gracias con acciones —la corté.

Su respiración tembló y me deleité con las bonitas pecas que le salpicaban las mejillas. No las había visto antes. Sus ojos viajaron por mi rostro en una inspección similar y se posaron en mi boca.

—No… No tengo idea de… de cómo pagar el favor —balbuceó sin apenas mover los húmedos labios que me invitaban a acercarme.

—Se me están ocurriendo un par de formas.

Me incliné, despacio, evaluando su reacción. Le acaricié el dorso de la mano que mantenía inmóvil al lado de su cuerpo. Luego me detuve lo suficientemente cerca para que leyera mis intenciones y fuera ella quien decidiera besarme si lo deseaba.

El calor de su aliento me embotó los sentidos. Me moría por besarla, no quería extender más la tortura. Pensaba en pedirle que me dejara hacerlo para sellar un trato que empezaba a asustarme, pues temía por lo que iba a sentir al rozarle los labios.

—¡Mia! ¡Tu teléfono estaba sonando! —gritó la voz de Aksel antes de aparecer en el porche y hacer que Amaia se alejara justo a tiempo cual gato asustado.

—No… No es el mío —tartamudeó, sacando el suyo del bolsillo.

—Creímos que era tuyo —dijo mi hermano con falsa preocupación, examinaba el teléfono que tenía entre sus manos.

—Voy a por una cerveza —dijo la chica de la nada y ambos miramos su bebida que descansaba sobre la barandilla.

—Tu cerveza está casi entera —dije, controlando una sonrisa.

Era pésima con las excusas. Abrió y cerró la boca un par de veces sin encontrar palabras. Hice un esfuerzo para no reírme a carcajadas.

—Está caliente, iré a por otra —dijo sin más, bajando la cabeza para que el pelo le cubriera el rostro.

La seguí con la vista mientras se perdía en el interior de la casa, corriendo y sin mirar atrás. Tenía una sonrisa de estúpido cuando mis ojos chocaron con los de Aksel.

—¿Se puede saber qué hacías?

Se guardó el teléfono en el bolsillo y me crucé de brazos.

—Preguntaría si nos has interrumpido a propósito si no fuera tan evidente.

—¿Vas a hacerlo de nuevo? —insistió sin molestarse siquiera en negar lo que acababa de hacer.

No tenía ganas de que me quitara el buen humor, así que intenté bordearlo e ignorar su pregunta. Me cerró el paso.

—Quiero subir a mi habitación, Aksy-Boo. ¿Puedes quitarte de mi camino?

—Estoy hablando en serio —me enfrentó—. ¿Qué estás haciendo con Mia?

—¿Cuál es tu problema?

—No quiero que la lastimes y ya sé que pasaste quién sabe cuánto tiempo ignorándola. ¿Ahora eres su amigo?

—No es algo que te importe.

—Me importa y mucho.

Su respuesta me golpeó con una posibilidad que no había tenido en cuenta.

—¿Te gusta? —quise saber—. ¿Es por eso?

—Si te dijera que sí, ¿te alejarías de ella?

Me rechinaron los dientes y lo observé durante unos segundos antes de apartarlo e irme. No iba a contestar, porque la respuesta debía ser que sí y mi cerebro, instintivamente, había gritado un rotundo no.

Capítulo 12

Pasó una semana desde que casi nos habíamos besado en el porche de la mansión.

Ese día, omitiendo el enfrentamiento con Aksel, terminé feliz. Tenía una sonrisa mientras miraba el techo de la habitación de mi madre, porque esa noche había dormido con ella para sentirme más tranquilo.

No había sido solo yo. Mia también quería y me habría besado de no ser por la interrupción de Aksel.

Creí que nuestra relación, si es que se le podía llamar así, de amistad cambiaría después de aquello. Estaba claro que nos gustábamos, que queríamos más que un par de enfrentamientos o un viaje a casa de su exnovio, pero me equivoqué.

Todo cambió para mal.

Ya no estábamos castigados, el momento de la semana que habíamos compartido de manera obligatoria había llegado a su fin. Cuando intenté acercarme a ella después de la clase de Filosofía, fue muy rápida al salir antes de que pudiera alcanzarla. Ese día pensé que había sido una coincidencia o que estaba apresurada; sin embargo, el miércoles, en Literatura, me dejó con la palabra en la boca y salió huyendo de nuevo.

Tuve miedo de que estuviera arrepentida y quisiera olvidar lo que había pasado. Me evitaba de la manera más infantil, al verme corría en dirección contraria. En una ocasión, se escondió en el baño de chicos porque era su mejor opción. Fue gracioso verla escapar a toda la velocidad que le permitían las piernas al percatarse de su error.

El día de Halloween se convirtió en mi única oportunidad para acercarme durante la feria que organizaban en el pueblo. Mi madre estaba emocionada y Aksel, como siempre, no perdía ni un segundo si se trataba de estar rodeado de personas. En cuanto a mí…, yo solo quería verla.

Después de días deseando hablarle, lo logré fuera de su casa, antes de que partiéramos hacia el pueblo. Le costó conversar y no reír mientras intercambiamos cortas palabras. Sin embargo, con cada segundo que pasaba a su lado, yo sentía que la electricidad y la atracción que había entre nosotros crecía.

«¿Por qué está nerviosa?».

«¿Ha pensado en ese momento tanto como yo?».

«¿Por qué huye de mí?».

«Quiero besarla».

Intenté actuar con normalidad en el trayecto al pueblo cuando fuimos hombro con hombro en el asiento trasero del coche de su madre, que conversaba con la mía. Ambas eran ajenas al nerviosismo que sentía Amaia a mi lado, a nuestras manos a unos centímetros de tocarse y a mis ganas de hacer aquellas preguntas que me rondaban la cabeza para no seguir imaginando que ella deseaba lo mismo que yo. Necesitaba saberlo, asegurarme para actuar y saciar las ganas que tenía de tener su cuerpo entre mis brazos, de probar sus labios y el sabor de su boca. Necesitaba que el delicioso olor de su perfume me embriagara mientras devoraba su cuello, su cuerpo, todo de ella.

Frené mis pensamientos y quise hablarle cuando llegamos al aparcamiento del recinto ferial, pero en vez de aceptar mi mano para bajar, cargó una caja y salió disparada por la otra puerta sin mirar atrás.

No iba a dar nada por sentado, pero ella era muy obvia y fácil de leer. Estaba nerviosa porque no sabía cómo enfrentarse a lo que había sucedido. Me dije que tenía toda la noche para descubrir cuáles eran sus verdaderos sentimientos.

Mientras caminábamos hacia la feria, la señora Favreau le explicó a mi madre que ir de caseta en caseta pidiendo dulces era una costumbre en Soleil desde que ella era pequeña.

Aksel se había pasado la última semana llegando tarde a casa porque tenía un trabajo en grupo con su clase de Arte para la feria, pero solo entendí lo que habían estado haciendo al ver las casetas más grandes. Habían decorado la parte frontal con unas enormes planchas de cartón que simulaban el exterior de una casa. Todas eran distintas y estaban intercaladas entre las típicas atracciones de feria, era como una ciudad en miniatura decorada para Halloween.

Si no tenías cuidado, te enredabas con las falsas telarañas que colgaban de las guirnaldas que zigzagueaban de un lado al otro en las callejuelas. Había calabazas con expresiones malvadas de distintos tamaños, algunas te las encontrabas por las esquinas cuando doblabas de un camino a otro. Escondían altavoces que dejaban salir gritos o sonidos terroríficos a intervalos, los cuales pillaban desprevenidos a los transeúntes.

Una de esas veces fue mi madre la que gritó horrorizada, pero después sonrió como hacía mucho no la veía hacerlo. No le importaba que el gentío fuera asfixiante, las conversaciones en voz alta o los vítores cuando alguien ganaba en uno de los juegos que se acomodaban en los quioscos. Me hizo muy feliz verla así.

El único inconveniente fue cuando, después de jugar a la mitad de los entretenimientos, mi hermano mencionó la hora a la que nos iríamos. Mi madre insistió en que nos quedáramos para aprovechar la feria hasta el día siguiente, como harían la mayoría de los jóvenes.

Me negué al recordar lo que había pasado la última vez que estuvimos de fiesta. Sin embargo, Aksel, que no sabía nada de lo sucedido, no estuvo de acuerdo porque quería quedarse. No faltó mucho para que empezáramos una disputa, pero ella logró suavizar la tensión y hacer que siguiéramos caminando.

Mi hermano dejó muy claro que se quedaría y que yo podía hacer lo que quisiera, lo cual me pareció perfecto. Minutos después, mi madre me apartó y me prometió mil veces que no quería beber, que estaba bien y que no pasaría nada. Me suplicó que me quedara con Aksel para cuidarlo, mi papel de siempre, porque ella no me necesitaba y mi hermano se merecía pasar una noche con sus amigos.

Había revisado hasta el último rincón de la mansión esa misma mañana sin encontrar ni rastro de alcohol. Me tranquilizaba saberlo y me dolía ver la tristeza en sus ojos. Quería que confiara en ella, vernos disfrutar, no ser una carga.

Cedí para que Aksel no se percatara de nuestros cuchicheos y acordamos que se iría a medianoche. Antes, me dejaría revisarla de la cabeza a los pies, como a un hijo que fumaba a escondidas para atraparlo con el tabaco en el fondo de la mochila. Aceptó sin protestar y volvimos a fingir que no pasaba nada para seguir disfrutando de la feria.

Dos calles más arriba nos encontramos a Chloe con el pelo más rizado que nunca, unas lentillas blancas, una capa negra y traje de látex a juego, tan ceñido al cuerpo que no supe cómo había entrado en él.

—¿De qué demonios vas? —pregunté tras decirle a mi familia que los alcanzaba en un momento.

—Soy Storm de los X-Men —dijo como si la pregunta la ofendiera, mientras enroscaba su brazo al mío—. ¿No es evidente?

—No, y tu ropa parece a punto de estallar.

Puso los ojos en blanco.

—¿Alguien te ha dicho que para ser un buen chico eres irritante?

—Me suena, pero sin la parte de ser un buen chico —dije, pensando en Amaia.

—¿Problemas en el paraíso? —se burló.

—Si quieres hablar de problemas, empezamos con los tuyos y esta falsa relación —dije, señalándonos.

Arrugó el ceño.

—De eso quería hablarte.

Caminamos entre la gente sin prestarle atención a lo que sucedía a nuestro alrededor.

—Soy todo oídos, pero dudo que vayas a decir lo que quiero escuchar.

—¿Y eso qué es?

—Que denunciarás al hijo de puta de tu ex, le dirás la verdad a tus padres y les presentarás a tu novia.

—Le diré la verdad a mis padres —enumeró—, denunciaré a Alexandre y les presentaré a mi novia.

Me detuve en seco para mirarla.

—¿Es en serio?

—Sí —murmuró—, pero necesito tu ayuda.

Las palabras de admiración se me quedaron en la garganta.

—Lo que quieras. Sabes que aquí estoy.

—Perfecto. —Contuvo la respiración y se lo pensó antes de continuar—. Necesito que te hagas pasar por mi novio en una comida familiar.

Me atraganté con mi propia saliva. Tosí tanto que Chloe se vio obligada a comprarme una botella de agua para que me recompusiera.

—¿Por qué tendría que hacer eso?

Puso los ojos en blanco.

—Mi familia es un caos y solo se reúne cuando hay algo importante que anunciar —dijo, frustrada—. Mamá y papá no hablan desde que se separaron, ni siquiera si la conversación es sobre una de sus tres hijas.

Me crucé de brazos.

—Sigo sin entrar en la ecuación.

—Te necesito porque la excusa que usé para reunirlos a ellos y a los abuelos es presentarles a mi novio.

—¿Estás bromeando?

—No podía decirles que iba a presentarles a mi novia, se morirían.

—¿Crees que no pasará cuando lleves a tu falso novio y una semana después llegues con una novia?

—Pienso decirlo en la comida y que ella esté esperando para conocerlos. Tú serás la carnada para que no salgan corriendo y lleguen a la mesa —explicó como si fuera sencillo—. Una vez se sienten, ninguno podrá levantarse, así es mi familia.

Me froté la cara. Me imaginé la escena y me arrepentí de haberle dicho que podía contar conmigo. La farsa había llegado demasiado lejos.

—No creo que sea la mejor manera de…

—Lo sé, pero si vas a lanzarte al vacío, es mejor hacerlo de una y sin paracaídas —aseguró—. Voy a contarles lo que deben saber, solo necesito apoyo.

—¿No puede Sarah acompañarte?

Esconderse bajo la mesa no sería suficiente si todo salía mal, prefería ahorrarme el mal trago.

—Podría pedírselo, pero tú me entiendes mejor. —Desarmó todas mis excusas—. No sabes lo que agradezco el apoyo, no estaría haciendo esto si no fuera por ti. No me avergüenza aceptar que no soy lo suficientemente fuerte como para hacerlo sola.

Era imposible negarse.

—La confianza de esta relación falsa da asco —protesté.

Saltó de emoción.

—Entonces, ¿tenemos un trato?

Entrecerré los ojos.

—Me siento explotado —dije, retomando nuestro camino por una de las atestadas calles—. Esta vez pienso cobrarte de verdad.

—Habla —aceptó—. Hago lo que sea con tal de que estés en la comida con mis padres.

—¿Podemos quedarnos a dormir en tu casa?

—¿Tu hermano y tú? —Asentí y bufó como si fuera lo más sencillo del universo—. Es poco comparado con…

Chloe se paralizó entre la gente. Seguí su mirada y comprendí el terror en ella al localizar a Adrien y Raphael, pues ambos iban siguiendo a quien debía de ser Alexandre.

—Vamos por este lado.

Impedí que tomara el desvío más cercano y huyera.

—Si vas a contarlo, es mejor dejar de esconderte.

—Yo no… Él…

—Mírame. —Obedeció—. No puedes demostrar que le temes, eso es lo que quiere, lo que busca. Mientras lo des, estarás satisfaciendo su necesidad de sentirse más valioso por aplastar a otros, porque al final eso es lo que les pasa a los tipos como Alexandre. En el fondo, se consideran tan poca cosa que necesitan hacer de menos al resto con tal de sentirse mejor.

No parecía convencida y, cuando quise continuar nuestro camino sin importar que nos cruzáramos con él, se resistió.

—Nika…

—Hoy estoy aquí. La semana que viene les contarás la verdad a tus padres y, en el futuro, podrás enfrentarlo sola. —La seguridad en mi voz hizo que sus hombros se relajaran—. Empieza por algo pequeño.

Asintió y se aferró a mi brazo para seguir caminando. Los chicos se detuvieron en un quiosco de lanzamiento de dardos. Podríamos haber pasado desapercibidos, pero Alexandre recorrió los alrededores y terminó con los ojos sobre nosotros, como si lo hubiera guiado el destino. Chloe se tensó y la miré fugazmente para decirle sin palabras que podía estar tranquila. Sabía cómo manejar a Alexandre, no solo físicamente.

Lidiar con los demonios ajenos siempre es más fácil que enfrentarse a los propios.

No intenté que nos perdiéramos entre la multitud ni mantener las distancias con el trío que estaba concentrado en nosotros. Avancé como si no estuviera sucediendo nada.

Raphael le dijo algo al oído del cabecilla y sus ojos pasaron de la morena a los míos. No bajé la vista ni hice gesto alguno.

Las uñas de Chloe iban clavadas en mi piel y, cuando pasamos cerca, le guiñé un ojo a Alexandre para que fuera consciente de que estaba dispuesto a enfrentarlo si se atrevía a hacer algo. También podría creer que me estaba insinuando, daba igual. Seguro que cualquiera de las dos cosas era suficiente para hacerle enfadar.

Me concentré en sostener a Chloe, que parecía de mantequilla, como si estuviera a punto de desmallarse. Necesitó diez minutos de conversación y una bebida para relajarse. Aceptó seguir disfrutando de la feria con Sarah y que nos viéramos bajo la noria con el grupo de amigos que teníamos en común: los que había identificado como personas decentes dentro del equipo de fútbol y un par de chicas que iban a su clase. Esperaba que Amaia se animara a ir con Dax.

Encontré a mi familia en un puesto de chucherías y mi madre me compró una piruleta. Ignoré a mi hermano, que seguía de mal humor por la discusión que habíamos tenido sobre si quedarnos o irnos, a pesar de que todo se había solucionado. A veces era como un niño pequeño.

La medianoche y el espectáculo de fuegos artificiales se acercaban. Seguimos a la multitud que se movía hacia la noria por las pequeñas calles y creí que la suerte empezaba a tocar a mi puerta cuando nos cruzamos con Sophie, la mejor amiga de Amaia. Pasó por nuestro lado con el teléfono pegado al oído, hablando a toda velocidad y no escuchó que Aksel la llamó.

Diez metros más adelante, fuera de una de las casetas que simulaba una casa con forma de seta de techo rojo y lunares blancos, estaba ella, de puntillas, buscando a su amiga. Sus ojos se encontraron con los míos mientras mi madre se acercaba a saludarla. Al instante desvió la mirada y se concentró en el resto de mi familia.

Mantuvieron una corta conversación y examiné su atuendo: pantalón ancho de mezclilla clara, la camiseta blanca de pequeñas flores a juego con la diadema decorada con más flores de papel.

—Vamos, Nika —llamó Aksel.

Ni me molesté en mirarlo, solo hice un gesto con la mano y aseguré que no tardaría, aunque no estuviera seguro de ello. Me había quedado hipnotizado por el rostro de la chica que estaba frente a mí y habría sido capaz de quedarme toda la noche mirándola.

—¿Se te ha perdido algo? —preguntó con una ceja alzada.

Contenía la sonrisa y eso me daba más que esperanzas: me daba valor.

—Ya entiendo de qué vas disfrazada —dije por sacar conversación.

—¿Sí?

—He estado toda la noche dándole vueltas.

La había tenido en mi mente por otras razones, pero quería decirlo y esa era una buena excusa.

—¿Has estado toda la noche pensando en mí?

—Sí. ¿Te gusta saberlo?

—Me preocupa —dijo y, para mi sorpresa, me quitó la piruleta que no recordaba tener.

Se la metió en la boca y tragué saliva cuando la deslizó por sus labios para humedecerlos. Si la besaba, encontraría el delicioso sabor a fresa…

Lo que se me había ocurrido decir para ponerla nerviosa o provocarla desapareció de mi mente. Me dieron ganas de pedir permiso para hacer realidad ese beso y lo que había imaginado en el coche. No me importaba si estábamos en una calle rodeados de personas, podíamos encontrar un mejor lugar.

—¿Te preocupa que piense en ti?

Era imposible despegar la vista de sus labios.

—Creía que eran las mujeres quienes pensaban demasiado —me provocó.

—Como si tú no hubieses pensado en mí —me burlé.

Dio un paso. Me gustaba aquella versión arriesgada, la manera en que alzó la vista para no cortar la conexión de nuestras miradas.

—Te equivocas —murmuró.

—¿No has pensado en mí en toda la semana? Qué decepcionante.

Le quité la piruleta porque no aguantaba la distracción.

—La has mordido —le reproché esperando una explicación cuando vi el caramelo partido.

—No se puede estar eternamente con un dulce.

Sus palabras trajeron pensamientos nada sanos a mi mente. Para empezar, cuánto tiempo podría besarla sin aburrirme y, para terminar, lo que disfrutaría al estar varias horas haciendo cosas con ella que no incluyeran nada de ropa.

—Tendrás que aprender a ser paciente, pero eso se gana con práctica. —Me acerqué más—. De momento, me preocupa que pagues tus deudas. Ahora tenemos que añadir algo más.

Moví la piruleta delante de sus ojos.

Se encogió de hombros, desinteresada, fingiendo que la cercanía no le importaba cuando su respiración había variado con cada uno de mis movimientos.

—Si quieres otra, te la puedo reemplazar.

Su olor nubló mis pensamientos coherentes.

—No, Amaia. Lo que quiero no es una piruleta.

Me acerqué con toda la delicadeza del mundo y posé los labios sobre los suyos, aunque lo que deseaba era devorarla. Lo hice controlando mis instintos para darle la oportunidad de alejarse, de detenerme y llamarme idiota. No lo hizo. Por el contrario, se pegó a mí en aquel suave roce y me atreví a acariciarle la espalda, enredé una mano en su pelo y el olor a coco de su champú nos envolvió.

Necesitaba probar el sabor de su boca, pero se separó.

Sus pequeñas manos estaban sobre mi pecho, donde pegó la vista con los ojos muy abiertos, sorprendida. Lo noté y entendí su reacción ante mi corazón desbocado.

La calle estaba vacía, los fuegos artificiales montaban un festival de colores y estallidos desde la noria, pero yo solo la veía a ella. Mi corazón, lo que peor funcionaba en mí, latía a toda velocidad por la chica que tenía enfrente. Era una señal de que algún día dejaría de funcionar porque su tiempo útil era limitado. Era esa parte defectuosa de mí gritando que había encontrado algo, a alguien, que lo haría bombear a toda su capacidad, sin miedo a detenerse en el intento.

Mi corazón me decía que la quería para él y yo la quería para mí.

Tomé su boca sin dudar, adentrándome en busca de su lengua, del sabor que ansiaba. Fui violento, nada delicado, algo que la tomó por sorpresa. Pero antes de que pudiera retroceder, ella había hundido los dedos en mi pelo, apretaba con fuerza para que no me separara y se acomodó al beso con facilidad.

La alcé abrazándola por la cintura y empujé la falsa puerta de cartón para quedar en la intimidad de la caseta, hasta que su trasero se chocó con una mesa.

Mordió y chupó mis labios, invitándome a más, desesperándome. No estaba dispuesto a soltarla, a dejar de sentir su diminuto cuerpo contra el mío. La apresaría hasta que uno de los dos se diera por vencido. Pero por la manera en que me besaba, no creía que ella fuera a hacerlo.

—¡Truco o trato! —dijeron tres vocecitas al unísono.

Las palabras me sacaron del trance. Me alejé un paso y apenas podía respirar, mucho menos articular palabra.

—¡Truco o trato! —repitieron los niños desde el exterior.

Recordé las palabras de Chloe: «*Si vas a lanzarte al vacío, es mejor hacerlo de una y sin paracaídas*».

Acababa de hacerlo sin dudar. La había besado.

El corazón me iba a la misma velocidad desesperada que un momento antes. Mi cuerpo temblaba, batallando entre ignorar a los niños y volver a besarla, a pesar del dolor que sentía en el pecho, o salir corriendo porque había perdido el control, el dominio de mi cuerpo y mis deseos.

Me alejé un paso, otro y otro, sin poder descifrar la expresión de su rostro, si era sorpresa o miedo. Temía desplomarme frente a ella y no entender lo que me llenaba hasta dejarme sin aliento cuando imaginaba volver a tenerla entre mis brazos.

Sin que pudiera controlarlo, salí de la caseta. No vi a los niños, tampoco era consciente de cómo caminaba o a dónde iba.

«¿Qué demonios me pasa?».

Capítulo 13

Un beso no hacía eso. No te ponía a temblar ni provocaba que tu interior vibrara y tampoco te dejaba sin aliento hasta el punto de temer por tu integridad física. Solo con rozar sus labios había sentido una extraña conexión, una súbita necesidad de arrancarle la ropa y hacerla mía. Fue distinto a un beso con alguien que solo te atrae físicamente, fue…

Sí, me moría por besarla desde hacía mucho tiempo, pero la manera en la que sucedió lo había cambiado todo. No lo entendía, no me entendía, y mi corazón seguía sin calmarse por muchas vueltas que diera para evitar llegar a la noria y al bullicio de la celebración.

Lo sorprendente era que el desbocado palpitar no resultaba doloroso ni incómodo en mi pecho. Era una sensación nueva, tanto como lo que en ese momento experimentaba al pensar en Mia.

Tenía miedo porque las ganas de volver a la caseta y besarla no eran normales. Mis pies me forzaban a regresar, pero temía no saber qué haría al estar frente a ella, si me paralizaría o volvería a huir. Le temía a lo que estaba sintiendo y fue el miedo lo que me obligó a llegar a la noria y localizar a mi familia con tal de ignorar lo que me pasaba.

El espectáculo de fuegos artificiales había terminado y algunos empezaban a retirarse para dejar la feria a los que querían continuar la celebración de otra forma.

Me quedé con Aksel bajo la noria, temeroso de que Amaia apareciera y yo no supiera cómo actuar a su alrededor, cómo justificar mi desaparición, así que era preferible no verla. No obstante, cuando Dax me dijo que Sophie y ella se habían ido, no fue alivio lo que sentí, sino decepción.

Sobreviví en modo zombi toda la noche, ahogándome en un razonamiento lógico: un beso era un simple roce de labios, no algo similar a la explosión de fuegos artificiales. Culpaba al momento, a lo que el sonido de la pirotecnia podía haber provocado mientras estaba con ella.

Ignoré a todos hasta que se dieron por vencidos y me dejaron sentado en un banco mientras disfrutaban de la música que alguien ponía por un altavoz oculto en una calabaza de Halloween. Aksel fue el único que no se acercó para animarme.

Le pasaba algo, pero se atascaba en su interior y lo soltaría en algún momento. Puede que explotara cuando estuviéramos a solas al día siguiente. No me importaba, tenía más problemas en mi cabeza.

La fiesta se extendió hasta las cuatro de la madrugada, cuando Chloe se acercó para decir que debíamos irnos. De su hombro se sostenía una Sarah borracha que intentaba decir que podía seguir bailando, pero apenas coordinaba las palabras mientras caminábamos hacia su casa.

Chloe vivía dos calles más abajo. Hicimos el camino en silencio, ella bostezando constantemente, mi hermano con la misma expresión contraída y yo cansado, pero tan agitado a nivel emocional que no conciliaría el sueño de ninguna manera.

No me preocupé por mirar la cama ni la habitación que Chloe nos ofreció. Se despidió y nos deseó buenas noches antes de desaparecer y yo me fui a la ventana para mirar el color del cielo, mientras calculaba cuánto tiempo faltaba para el amanecer. Pediría un taxi en cuanto fuera posible y estaríamos de vuelta en la mansión, así eliminaría una de mis preocupaciones.

—Aprovecha y duerme un par de horas —le dije a Aksel sin apartar la vista del oscuro horizonte.

—Si lo que quieres es irte con Chloe, adelante. ¿Desde cuándo has disimulado para follarte a alguien?

—Nunca lo hago y no se me ha perdido nada en la habitación de Chloe —murmuré.

—Soy tu hermano, conmigo no puedes fingir ser el Nika al que todos adoran.

Fue el tono despectivo en su voz lo que hizo que me girara.

—¿De qué hablas?

—De que Nika siempre sabe construir la fachada que gusta, la perfecta —escupió. Llevaba bastante tiempo guardándose esa opinión, no venía de la discusión que habíamos tenido en la feria—. Eres como esas casetas de la feria, un frente falso para cada persona. Uno para nuestra madre, uno para mí, otro para Chloe y todas las chicas con las que juegas.

Se mantenía al pie de la cama, con las manos cerradas en puños a los lados de su cuerpo, listo para enfrentarse un conflicto que solo existía en su cabeza.

—¿Esto es por Amaia? —pregunté, pues no encontraba otra razón.

—Claro que es por ella.

La bilis me quemó la garganta.

—¿De verdad te gusta o haces esto para montar un espectáculo?

Su mandíbula se tensó.

—No me gusta, pero es mi amiga y no voy a dejar que juegues con ella.

Tuve que reírme. Por un momento dudé si era por el alivio de que no sintiera nada por ella o porque las posibilidades de jugar con Amaia cada vez estaban más lejos, si es que algún momento habían existido.

—No estoy jugando con ella —dije sin ganas de discutir.

—¿Por eso sales con Chloe y la pelirroja mientras juegas a ignorarla y a darle atención?

Apoyé la espalda en el marco de la ventana y miré al techo.

—Eso no es lo que estoy haciendo.

—Te he visto orquestarlo cientos de veces —insistió—. Reconozco tus estrategias y me parece muy bajo por tu parte que sigas haciéndolo.

Me mordí el interior de las mejillas para no soltar lo que tenía ganas de decirle.

—No tienes ni idea de lo que estás hablando —mascullé con los ojos cerrados para no perder la calma.

—¿Crees que no veo venir lo mismo que pasó con Siala?

Mi cuerpo reaccionó por voluntad propia, estuve encima de Aksel en un abrir y cerrar de ojos.

—Sabes muy bien que no planeé lo de Siala. No fue mi culpa, jamás quise lastimarla.

—Pues no vayas por el mismo camino —dijo sin retroceder a pesar de la aspereza en mi voz—. No dejes que se repita. No vuelvas a meterte con una de mis amigas para joderle la vida y no hacerte responsable luego.

—Eso no es lo que está sucediendo con Amaia.

—Por ahora, pero ¿qué pasará cuando extiendas el jueguito?

Siempre iba a juzgarme sin saber, a llegar a conclusiones sin tomarse tiempo para preguntar o saber qué sentía yo.

—Vi esto con Siala. Vi que se enamoró de ti y tú le dijiste que no podías darle nada más porque no te interesaba. ¡La usaste!

Controlé mi respiración para no mandarlo callar.

—Eso no es cierto —dije en voz baja—. Puede que lo de Siala se descontrolara, que fuera un error que no supe manejar, pero jamás usaría a nadie.

Me dedicó una sonrisa sarcástica.

—¿Cómo le llamas a follar con alguien que está enamorada de ti para quitarte las ganas y no hablarle al día siguiente?

Cerré los ojos con tal de no responder. No sabía ni la mitad de lo que había sucedido con Siala y tampoco iba a contárselo. Prefería seguir siendo el villano de la historia, así tendría a quien culpar por haber perdido a su amiga.

Volví a la ventana.

—¿Me vas a ignorar?

Quedó a mi espalda, tan cerca que el olor a alcohol me tocó la nariz. No estaba borracho, ninguno de los dos acostumbraba a beber y el día que lo hacíamos era con mucho control, pero el efecto, por mínimo que fuera, estaba ahí.

—¿Vas a hacer lo de siempre? —insistió—. ¿Te harás el misterioso reservado al que le importa una mierda lo que pasa a su alrededor y no te enfrentarás a las cagadas que te mandas por dondequiera que vayas? Hasta hace un año era la ventana de Siala por la que te colabas cada vez que querías follar —continuó—. Ahora es Chloe la que debe de estar esperando en su habitación, creyendo que la tomarás en serio por acostarse contigo. ¿Despúes será Mia?

Se acercó a mi lado. El tono arrogante de su voz me empujaba al límite.

—¿Te divierte jugar con las personas mientras te escudas en tu sinceridad con respecto a lo que buscas o es que llevas en la sangre lo de ser un degenerado?

Mi mano, como mi cuerpo un momento antes, se movió por propia voluntad y le estrujó el cuello de la camisa. Coloqué su cara a la altura de la mía. Quise estamparle la cabeza contra la ventana y hacer estallar el cristal.

«Hay cosas en esta vida que solo se aprenden con golpes, Nikolai».

Fue el asco que me provocó recordar las palabras de mi padre lo que me hizo reaccionar y soltarlo. Le di un empujón para alejarlo de mí y asegurarme de que estaba a salvo. Era mi hermano, daba igual lo que estuviera diciendo, seguía siendo Aksel.

No se inmutó ante mi fugaz explosión. Me tembló el brazo y odié aquellos impulsos. Tenía razón, llevaba en la sangre ser un abusador, era hijo de uno.

—No tienes ni idea de lo que estás hablando —murmuré y volví a mirar al cielo.

Me golpeó el hombro para provocarme, pero un estallido de ira fue suficiente para recordarme lo peligroso que yo era, para hundirme en lo más oscuro del hoyo que tan bien conocía, por el que subía y bajaba cada día y del que jamás escaparía.

—Si no tengo la razón, explícalo —exigió—. ¡Dime qué estás haciendo esta vez para joder a las pocas personas que aprecio!

—No estoy haciendo nada.

—Entonces, ¿por qué te pasas el tiempo con dos chicas distintas y una es mi amiga?

—¡No tengo nada con Chloe! —solté para que me dejara en paz—. No estoy saliendo con ella. La estoy ayudando con su ex, que le pegaba y ahora la acosa. También la ayudo con su familia porque no sabe que está saliendo con una chica. ¿Contento?

Me miró y abrió la boca para decir algo. No salió nada y le costó unos minutos recomponerse.

—¿Y Mia?

Aparté la mirada.

—No tengo que darte explicaciones de mi vida.

—Aléjate de ella —demandó.

—¿Por qué tendría que hacer eso?

—¿De verdad quieres que lo diga?

—Adelante.

—Vas a romperle el corazón —soltó de mala manera—. Sabes que es cierto porque Nika vive dominado por sus emociones. Eres el chico malo y misterioso, el hijo de puta, el amable, el frío, el salvador. Nunca eres la misma persona y, por alguna razón, las chicas se enamoran de ti. —Chasqueó la lengua—. ¿Qué harás cuando eso pase? ¿Le dirás que no quieres nada serio, pero que es bienvenida a tu cama cuando le apetezca?

—Nunca… Nunca he hecho eso.

La voz me tembló.

—Entonces, será tu novia, ¿no? —preguntó con sarcasmo.

Comprendí lo que pasaría si seguía cerca de Amaia. Ella o yo, cualquiera de los dos, caería, se enamoraría. Temía ser yo y no saber manejarlo ni entenderlo ni reconocer lo que se sentía. Temía encontrarme con sentimientos tan confusos como los que había experimentado al besarla.

Alguien como yo solo podía traer problemas y Aksel tenía razón.

Era un prófugo con identidad falsa. Vivía deseando acabar con mi vida y la única razón por la que no lo hacía era para proteger y ayudar a mi familia. Sin embargo, ni siquiera eso hacía bien: mi madre había recaído por dejarla sola y mi hermano tenía una terrible opinión de mí. Sufrimiento y oscuridad, eso era lo que podía darle a quien tuviera cerca.

Había dejado a Amaia en la tienda, había huido como siempre porque yo era como él, un cobarde.

Quizás no era un abusador con todas las letras, no hasta el momento, pero era como mi padre y no podía evitarlo. Lo que sí estaba seguro de que no iba a permitir era que alguien sufriera las consecuencias, ni dentro ni fuera de mi familia.

Si algún día estaba seguro de que estaba transformándome en él, acabaría con mi vida. Aksel y mi madre no se merecían otro carcelero. Amaia tampoco.

—Puedes estar tranquilo —murmuré—. No pienso lastimar a tu amiga ni tampoco seguiré cerca de ella.

Su silencio me indicó que valoraba mi sinceridad.

—Espero que de verdad lo hagas, Nikolai —dijo al cabo del rato, me dañó que usara el nombre completo—. Mia no merece que la hagan sufrir.

Tampoco merecía que Charles o Adrien la usaran y se suponía que yo quería velar por eso, pero había olvidado que también debía protegerla de mí... Mi oscuridad, mi pasado y mis demonios serían capaces de destruirla de la peor manera.

No podía ni soñar con enamorarme de Mia.

Capítulo 14

El lunes de madrugada ya estábamos despiertos. El día anterior no había alcanzado para impermeabilizar el ala norte de la mansión y había que terminar antes de que empezaran las lluvias fuertes. Era difícil avanzar cuando Aksel no me dirigía la palabra a menos que fuera para pelear por algo que salía mal, lo que fuera.

—Desayunen rápido —dijo mi madre cuando entramos en la cocina, recién duchados.

Nos sirvió un cuenco de avena con leche a cada uno y tomó el suyo para sentarse a la mesa y comer juntos.

—Hoy tomarán el autobús.

—¿Qué?

Mi cubierto golpeó contra la madera al escaparse de mis dedos. Aksel rechistó y ella señaló la ventana por donde se veía la llovizna caer.

—Mientras llueva, nada de motos en la carretera —recordó ella y tragó el primer bocado—. Coman antes de que se enfríe.

No tenía hambre. Jugueteé con el engrudo. Si iba a comer un par de bocados, lo prefería frío y desde el día anterior había perdido el apetito.

—Hay algo que quiero decirles —comentó ella cuando la avena terminaba de deslizarse por mi cuchara y caía en el cuenco, que seguía intacto.

La miramos para que continuara.

—Hice algo sin consultarles y quiero que lo sepan porque no es una decisión que pueda tomar sola. —Me tensé al escuchar las palabras, pero no quise adelantarme. Respiró hondo—. Hablé con la doctora Favreau de mi… mi problema con el alcohol.

El estómago se me revolvió y supe que sería imposible probar la avena.

—Dijo que estaba dispuesta a ayudarme —continuó con la vista hacia abajo—, pero ustedes deben asistir a terapia conmigo.

No podía quitar los ojos de su rostro. Se negaba a verme porque sabía cuál sería mi respuesta.

—Me alegra mucho que lo hicieras, madre. —Aksel tomó su mano como si el apoyo fuera lo necesario ante una situación así, como si ese fuera el único de nuestros problemas.

—Gracias, cariño, fue…

—Sabes que esta es la peor idea que has tenido en tu vida —la interrumpí sin medir mis palabras.

Me miraron y leí el temor en los ojos de mi madre. Odiaba ver esa expresión en ella, pero no podía mentirle, no esa vez.

—¿Me explicas por qué es mala idea que reconozca su problema y pida ayuda a una profesional? —preguntó Aksel en el tono altanero que ya se había vuelto una costumbre.

—No pienso contestarte. —Vi el calor subir a sus ojos cuando le respondí con la misma nota despectiva que él había usado conmigo toda la mañana—. Llevas días comportándote como un niño pequeño y te trataré como tal. —Lo ignoré y me dirigí a mi madre—. Sabes lo que implica ir a terapia con…

Aksel se puso de pie. Fue un movimiento tan repentino que la silla cayó al suelo haciendo un ruido seco que rebotó en las paredes de la cocina.

—No sé cómo te llenas la boca llamándome niño cuando no hay ni un solo día en que te comportes como un adulto.

—Siéntate y escucha antes de tener una rabieta —advertí con voz serena.

—¿Estás mandándome callar? —preguntó—. ¿Qué será lo próximo? ¿Obligarme a estar sentado con las palmas hacia arriba y mirando al plato? —Sus palabras me golpearon como una bola de demolición—. Cada día te pareces más a él.

—¡Basta! —intervino nuestra madre. Me colocó la mano sobre el pecho e impidió que me pusiera de pie—. No he hablado de esto para que pelearan, sino para conversar —suplicó con voz queda y pasando la mirada del uno al otro—. Por favor, no se peleen.

Aksel se sentó y cambió su actitud. Mi mano derecha seguía temblando bajo la mesa con ganas de asestarle un golpe a algo. Prefería que no fuera a mi hermano, pero estaba seguro de que pensaría en él al descargar mi ira.

—Quiero hacer esto y no puedo sola. —Nos tomó una mano a cada uno—. Ahora mismo no tenemos ni el tiempo ni la disposición para valorarlo, pero esta noche hablaremos con calma. ¿Les parece bien?

Asentimos a regañadientes, sin dejar de amenazarnos con la mirada. No toqué la comida, solo revolví la avena hasta que mi madre se entretuvo y la tiré a la basura.

La hora a la que pasaba el maldito autobús se acercaba. Aksel buscó el único paraguas que teníamos y que nuestra madre nos indicó que compartiéramos al despedirnos. Apenas cerró la puerta, me separé de mi hermano y me puse la capucha de la sudadera para protegerme de las finas gotas de lluvia.

—¿Por qué tienes que ser tan duro con ella? —preguntó Aksel con un tono relajado, tratando de ser el hermano razonable que conocía.

—No puedo creer que no entiendas por qué es un error —murmuré.

—Pedir ayuda a un psiquiatra no es un error —continuó—. Quiere superar un problema. Creo que lleva tiempo suficiente sin beber como para confiar en ella.

—No vamos a ir a terapia con nadie. —Busqué el paquete de cigarrillos en la mochila y saqué uno—. Fin de la historia.

De reojo vi que su rostro se tensaba y todo rastro de raciocinio se perdía.

—Lo ha pasado muy mal para tener que aceptar tus desplantes cuando…

Ignoré el resto de su discurso.

Si vas con un profesional para solucionar un problema, debes ser sincero o no estás haciendo nada. Mi madre no diría la verdad porque no podíamos exponernos de esa manera. No podíamos abrir una ventana a quiénes éramos, dónde nos encontrábamos y por qué huíamos. Cuanto más sinceros fuéramos, más posibilidades habría de que él nos encontrara. Quería solucionar su problema de la manera equivocada, lo único que conseguiría sería volverse más vulnerable y ponerle un parche a una presa a punto de caerse a pedazos.

—¿Esperan el autobús? —dijo una voz grave y conocida que me sacó del lejano discurso de Aksel.

Era Amaia, con una camisa ancha de color azul y un paraguas rojo de lunares blancos. Me recordó a la decoración de la caseta donde la había encontrado la noche del sábado, donde nos habíamos besado. Me llevé el cigarrillo a los labios para desviar la atención y calmarme porque el corazón se me había disparado con solo verla.

—Nuestra madre no nos deja usar la moto si está lloviendo —comentó Aksel con una amabilidad que haría dudar a cualquiera de la fuerza con que se había enfrentado a mí durante el desayuno.

—Hola, Nika —saludó ella con los ojos sobre mí e hice lo único que se me ocurrió para transmitir el mensaje alto y claro.

Encendí el cigarrillo y me alejé sin ni siquiera evaluar su reacción. La ignoré y fingí que no escuchaba que hablaban de las celebraciones de Soleil y de las fechas de cumpleaños. Hice como si no viera que, de vez en cuando, me lanzaba una mirada fugaz y, al llegar el autobús, fui hasta los asientos del fondo con la esperanza de alejarme, pero se sentaron delante de mí.

Fue una tortura. Ellos conversaban animadamente y yo solo podía recordar sus suaves labios, el sabor de su boca, su cuerpo entre mis brazos. Aquel beso había sido el protagonista de mis pensamientos antes de dormir. Quería que me hablara a mí, no a Aksel. Lo envidié como nunca. Notaba una sensación asfixiante y primitiva.

Quise olvidar las razones por las que debía alejarme. Dudé, pero me recordé la conversación con mi hermano. Tenía que ignorarla, comportarme como un imbécil para que ella sacara las mismas conclusiones que Aksel: que la había usado. Pensé que así se alejaría, pero me equivoqué. Ese mismo lunes intentó acercarse y no le importó que la evadiera a toda costa, siguió intentándolo. El miércoles corrió detrás de mí al finalizar la clase de Literatura.

—¿Puedes parar? —pidió agitada, agarrándome del codo, con la mochila colgando de su brazo y un par de libros en la otra mano—. Necesito hablar contigo.

No me había preparado para una conversación.

—¿Sobre qué?

—Sobre el otro día —especificó.

—No sé de qué hablas.

Se acercó y la distancia tan corta hizo que me tensara.

—Lo que pasó en Halloween —murmuró—. Nos besamos el viernes.

—No sé de qué hablas —repetí.

Frunció el ceño y sus cejas dibujaron una curva inusual.

—¿Harás como que no pasó?

—¿Es necesario tener una conversación por algo tan irrelevante?

Presionó los labios y controló lo que estaba a punto de decir o la manera en que iba a hacerlo.

—Puede que tú beses a alguien distinto cada noche, no me parece mal, pero yo solo lo hago si… —Su voz se fue apagando y el final no fue más que un balbuceo.

Tomó aire con fuerza.

—Quiero aclarar… aclararlo —agregó.

Tenía que lastimarla para que se alejara, comportarme como un cretino y ser convincente.

—En mala hora dejé que esto se me fuera de las manos —murmuré.

—¿A qué te refieres? —preguntó.

—Al juego —dije, señalándonos—. Era diversión, un coqueteo, no tenía que pasar de ahí.

—¿Me estás diciendo que llevarnos bien era un juego? ¿Estás diciendo que esos días fueron…?

—¿Esperabas algo más? —la interrumpí con un toque de sarcasmo.

—No te estoy pidiendo que te cases conmigo —masculló—. Quiero saber si me besaste porque te gusto o solo por… por… ¿diversión?

La pregunta que quería responder, gritar. Volvería a besarla para contestarle sin palabras. Me habría dado igual hacerlo en medio del pasillo y sin previo aviso si no hubiera sido por la voz de Aksel al fondo de mi cabeza, los recuerdos de la discusión y la decisión que tomé.

—Se me descontroló. Estaba aburrido, este lugar es aburrido, y tú eras lo que más cerca tenía.

Sentí que me clavaban un puñal en la garganta cuando mi cerebro armó las siguientes palabras. Me costó tanto soltarlas que podría haberme ahogado en ellas:

—Y no, la respuesta es que no me gustas, ni siquiera para un beso.

Sus ojos brillaron demasiado por un segundo y supe que debía irme, estar frente a ella me hacía dudar.

—Al menos…

—Amaia, no tengo tiempo para tonterías de niña.

Me di la vuelta y me marché.

Después de eso no volví mirarla a la cara y me aseguré de desaparecer de cualquier lugar al que la veía entrar. Evité a Dax, que a veces estaba con ella. Era la única manera, estaba haciendo lo correcto, pero obrar bien y proteger a quien no merecía ser lastimada jamás me había quitado el sueño.

Las noches que siguieron pasé demasiado tiempo con la espalda pegada al colchón, absorto en el techo de vigas de madera, concentrado en encontrar formas ocultas en las sobras que proyectaban, pensando en ella. A veces miraba por la ventana de mi habitación al salón de su casa, en el primer piso, donde se tumbaba a leer.

El resto de mi vida tampoco estaba en su lugar. Cuando el universo conspira en tu contra, lo hace con ganas.

Le di mil razones a mi madre sobre lo peligroso que era ir a terapia para contar mentiras, pero ella insistió hasta que me vi obligado a aceptar. Me convertiría en el hijo que no quería apoyarla si seguía negándome.

Por la única razón que no me dejé caer en la cama para olvidarme del mundo fue el compromiso con Chloe, la temida cena. Me presenté a la hora acordada y, cuando estuve en la puerta, descubrí que habíamos cambiado de planes…, o más bien mi amiga lo había hecho.

—Nika, esta es Kiara —dijo, señalando a la chica rubia de cabello corto que había a su lado—. Kiara, ya sabes quién es Nika.

Miré la puerta de la casa, luego a las chicas. Se suponía que yo entraría primero y la verdadera novia después, no todos al mismo tiempo.

—Esto no fue lo que…

—No te preocupes —dijo Kiara como si me conociera de toda la vida, y me palmeó el hombro. No entendí cómo hacía para estar tan tranquila—. Confía en mí. Saldremos vivos de esto.

Chloe estaba tensa, se expondría a quién sabía qué reacción por parte de su familia cuando supieran la verdad y yo… Yo estaría en medio. Cruzar la puerta de la casa flanqueado por ellas fue como entrar a una cámara de tortura y, encima, de forma voluntaria.

La familia estaba en el salón: sus abuelos maternos en el sofá; las gemelas, que no debían de pasar de los siete años, jugando en el suelo; y sus padres, sentados lo más lejos posible y mirando en direcciones opuestas.

Chloe se aclaró la garganta.

—Ya ha llegado la visita —dijo—. Podemos pasar a comer.

Los ojos estuvieron sobre nosotros. La abuela, una mujer de rasgos duros y mirada perspicaz, nos analizó a los tres.

—¿Tu novio? —preguntó con un tono sorprendentemente dulce para la expresión que tenía.

—Nika —murmuró Chloe y entrelazó su brazo con el mío. Su determinación fallaba, lo único que esperaba era que no saliera corriendo—. Este es Nika.

Las hermanas de Chloe se pusieron de pie y corrieron hacia mí. Cada una me tomó de una mano y empezaron a hacer preguntas al unísono. No estaba seguro de si me enternecía o me aterraba que pudieran decir lo mismo sin ponerse de acuerdo, eran diminutas, hermosas e… idénticas. Tendría pesadillas esa noche.

—Yo soy Kiara —dijo la chica a mi lado cuando sintió que todos esperaban una presentación y que Chloe no era capaz de hacerla—. Soy… amiga de Chloe. Es… es un placer.

Nadie sonrió. Los padres me evaluaban desde que su hija había pronunciado mi nombre.

—¿Comemos? —insistió Chloe. Su mano se resbalaba por mi brazo debido al sudor.

La madre se levantó y puso en movimiento al resto de la familia con un gesto de la mano.

Llegamos al comedor, un espacio decorado con delicadeza y una mesa con comida bien servida que no supe si podría probar porque se avecinaba la tormenta. Al menos me distraían las preguntas de las gemelas. Tomaron asiento a mi lado y Chloe lo hizo al otro. Kiara estuvo frente a nosotros, junto al abuelo que no había dicho ni una palabra y no parecía interesado en hacerlo.

—Un placer conocerte, Nika —dijo el padre de mi amiga—. Al menos no eres como el otro, lleno de tatuajes.

Tragué con dificultad. La sudadera me tapaba los brazos, era otra de las peticiones de Chloe.

—Papá, no es necesario que seas tan…

—Es un gusto tenerte aquí —dijo la madre y no supe si lo hacía por amenizar la conversación o por llevarle la contraria a su exmarido—. Los tatuajes no dicen nada de una persona.

Ni se miraron y yo traté de sonreír.

—Más comer y menos charlar —dijo la abuela y empezó a servir la sopa, pero no iba ni por el tercer plato cuando su nieta se puso de pie para que le prestaran atención.

Temblaba de la cabeza a los pies. Me observó de reojo y traté de sonreír para darle fuerza, pero no me salió porque estaba igual de asustado que ella. Kiara, por su parte, le dedicó una mirada llena de ternura, que gritaba: «Tú puedes, estamos contigo, te amo». Era tal la sinceridad en su expresión que Chloe reunió valor.

—Tengo algo más que decirles. —Retorció las manos a los lados de su cuerpo—. Los traje aquí para que me dejaran hablar sin que las cosas se pusieran… feas. —Se mordió el labio—. La verdad es que a quien quiero presentarles es a… —Se le cortó la voz—. Mi novia… Kiara es mi novia.

El silencio fue aplastante. Hundí la cara entre las manos, preguntándome cómo era posible que Chloe hubiera llegado a la conclusión de que era una buena idea decir primero una cosa y, tres minutos después, otra.

—¿Novia? —preguntó la madre y la miré entre los dedos—. Si él es tu novio y ella tu novia, entonces…

—No —interrumpió Chloe con voz temblorosa—. Nika es mi amigo, Kiara es mi novia… Me… me gustan las chicas. Bueno…, también los chicos y no lo sabía hasta que… Ha sido muy difícil por ustedes, el instituto, el pueblo… Es que nos conocimos… Al principio no lo sabía… No tiene sentido explicarlo porque…

Tiré de su pantalón por debajo de la mesa. Hablaba tan rápido que no se le entendía. Logré que regresara a la realidad. Tomó aire con fuerza y lo sostuvo.

—Kiara —dijo—, Kiara es mi novia y quería que la conocieran porque formará parte de mi vida mientras ella quiera que yo forme parte de la suya.

Se sonrieron con cariño, aliviadas. Ya no importaban las personas que las rodeaban, como si el mundo fuera solo de ellas.

Las hermanas de Chloe fueron las primeras en reaccionar. De golpe, yo dejé de ser interesante y se sentaron junto a Kiara para atormentarla con las mismas preguntas con las que me habían avasallado a mí. Algo me decía, por la felicidad de ambas, que les agradaba más la nueva novia que yo.

El resto seguía inmóvil. Nadie se puso de pie, era como si sus sillas los apresaran y tampoco podían disimular la sorpresa y la confusión. La madre abrió y cerró la boca varias veces; el abuelo apartó la mirada, supuse que creyendo que así eliminaría lo que veía; y el padre sostenía el plato con un toque de enojo en el rostro. Valoré seriamente esconderme debajo de la mesa por miedo a que me golpeara un plato volador repleto de sopa hirviendo.

La abuela puso los ojos en blanco.

—Es una chica, no un extraterrestre —dijo como si nada—. Coman. No pasé dos horas cocinando para que todo se enfríe porque ustedes decidieron volverse estatuas.

Regresó a su sopa y tomó un sorbo.

—Gente tonta —murmuró para sí misma, pero todos lo escucharon—. Como si fuera tan distinto traer un chico o una chica a casa. —Miró a su hija, que tenía la vista fija en Kiara—. Mejor una novia que un exmarido con el que no puedes mantener una relación cordial. —Refunfuñó al volver al plato—. Exagerados.

Chloe sostuvo mi mano por debajo de la mesa, era un agradecimiento silencioso por acompañarla. Lo había hecho y se sentía orgullosa a pesar del miedo, lo vi en su rostro.

Después no hubo opción, había que comer. Fue la comida más incómoda y divertida que jamás hube presenciado y… salió bien. Estuve de regreso a casa cerca de las seis de la tarde, incluso estaba de mejor humor, algo inesperado y grato.

Al entrar supe que Aksel estaba en el taller del primer piso gracias al sonido de la música que llegaba hasta el recibidor. Subí la escalera de dos en dos y entré a la habitación para apagar el condenado tocadiscos. Me quité la sudadera sin mirar atrás y guardé el disco en su caja. Alguien había hurgado y arruinado el orden alfabético en que mantenía la pequeña colección.

—¿A qué hora llega mi madre? —pregunté.

—Hola, Nika —saludó Aksel, y no quise recordarle que yo había dejado de saludar porque él llevaba días sin hacerlo.

—¿Crees que debo ir a recogerla? —sopesé—. No quiero que venga sola en taxi.

—Viene con la señora Favreau.

—Tampoco me gusta que venga con esa gente. —Con las terapias gratuitas era más que suficiente—. No quiero que les deba más favores.

Acomodé las cajas hasta que quedaron en una pila perfectamente alineada.

—Creí que llegarías temprano —dijo Aksel mientras me ocupaba de la segunda montaña de vinilos.

—Me he retrasado.

—Pensé que sería rápido.

—¿Rápido? —Me reí por lo bajo al recordar a la abuela de Chloe, más concentrada en que los filetes le habían quedado poco hechos que en la orientación sexual de su nieta—. Te dije que tenía que pasar por casa de Chloe.

—Sigo sin entender a qué.

Resoplé por lo bajo. Esperaba que no le diera por volver a inventarse historias sobre mi relación con Chloe. Le había dicho la verdad y las razones por las que iba a ir una comida con su familia.

Me armé de paciencia por si tenía que volver a enfrentarlo y que me dejara en paz.

—¿Creíste que la dejaría sola después del sábado?

—Gracias a ella no dormimos en la calle.

—Tranquilo, hermanito, le di las gracias por habernos dejado dormir en su casa. Lo hice por los dos, puedes estar seguro de que quedó muy satisfecha.

Me giré con una sonrisa, dispuesto a contarle lo de la abuela de Chloe y su reacción. Un tema de conversación más ligero abriría el camino hacia una reconciliación. Estaba cansado de pelear con él y… Toda idea se escapó de mi cabeza al encontrar a Aksel parado junto a la mesa en la que reparábamos las ventanas. Al fondo estaba el escritorio en el que se sentaba a dibujar cuando tomaba un descanso y había alguien más: Amaia, con las manos cerradas en puños sobre los cuadernos que tenía frente a ella y los ojos llenos de rabia. No necesité escuchar su voz temblorosa preguntar por el baño para saber que después de aquella conversación me odiaría con todas sus fuerzas, era demasiado fácil de malinterpretar…

Miré a Aksel cuando nos quedamos a solas y me encontré aquellos ojos verdes idénticos a los de nuestra madre.

—¿Por qué haces esto?

—Ella tenía que saberlo —murmuró sin rastro de culpa.

—¿Saber qué? —mascullé mientras caminaba hacia él.

—Con quién se está metiendo. —No le intimidó que estuviera a unos centímetros de su rostro—. Si sigue creyendo que eres la persona que le has hecho creer que eres, jamás entenderá que no le convienes y terminará como Siala.

Mis dientes rechinaron y gruñí. No podía creer que mi hermano fuera capaz de hacer algo así, de manipularme para dejarme en la peor posición posible delante de ella.

Caminé de un lado a otro para calmarme y respirar con fuerza. Necesitaba alejarme de él para no tocarlo y desquitarme.

—Si tan alterado estás —dijo con sarcasmo, siguiéndome con la vista—, puedes regresar con cualquiera de tus ligues y ellas te calmarán.

—¡Eres un imbécil! —bramé al tiempo que barría todos los discos que acababa de ordenar, los cuales salieron disparados en todas direcciones—. ¡¿Qué ganas haciéndole creer una mentira?! —le reproché, señalando a la puerta por donde Amaia había salido.

—Puede que no tengas nada con Chloe, pero sí tienes otras, así la lastimarás igual.

Temblé de la cabeza a los pies.

—No sé de dónde te has sacado esa idea de mí, pero es evidente que te gusta creerla.

Cerré las manos con tanta fuerza que mis articulaciones crujieron.

—Recuerda, Nika, yo estuve ahí con lo de Siala —susurró—. No me puedes engañar.

Iba a golpearlo si seguía hablando y no quería. Bajé en busca de la moto para poner la mayor distancia posible entre nosotros antes de hacer algo de lo que me arrepintiera.

Amaia pensaba que después de besarla había pasado la noche con Chloe, que tenía algo más con ella. Había pasado de ser un cretino a ser un completo hijo de puta.

Capítulo 15

Me dejé caer en uno de los bancos del parque central del pueblo tras salir de otra entrevista de trabajo en la que, con amabilidad, me explicaron que no era posible contratar a alguien que solo estaba disponible después de las cinco de la tarde. Además, por asistir al instituto, las leyes de Soleil prohibían tener a un estudiante trabajando después de las ocho de la noche. No me aceptarían en ningún lado.

Encendí un cigarrillo sin ganas de subir a la moto y llegar a casa para hundirme en el silencio de mi habitación a pensar en lo único en que ocupaba mi mente desde la semana pasada: Amaia.

—¿Todo bien? —preguntó una voz conocida.

Encontré a Chloe con el pelo recogido en lo alto de su cabeza y la misma sonrisa inocente que le conocía.

—No sé para qué pregunto si es obvio que no. —Tomó asiento a mi lado.

—¿Qué haces aquí? —pregunté para desviar la atención del intercambio hacia ella y que no hiciera más preguntas.

—He venido con Kiara a por un helado. —Señaló a la rubia, estaba en la fila de la heladería, cruzando la calle.

Le di la última calada a mi cigarrillo.

—Me alegra que todo saliera bien.

Se rascó la barbilla y torció los labios.

—Papá sigue procesándolo. Todavía hay cosas que pulir y el ambiente en casa es raro, pero se siente bien no tener secretos.

Traté de sonreír sin éxito.

—¿Vas a contarme qué te pasa?

—La denuncia a Alexandre, ¿la pondrás esta semana?

—No me evadas, Nika. —Imitó mi pose y apoyó los codos en las rodillas, inclinándose hasta que estuvimos a la misma altura—. No todo puede ser sobre mí. ¿Qué ha pasado?

Observé sus ojos cafés por un largo rato. Lo único que podía pensar era en la expresión de odio que apareció en el rostro de Amaia.

—¿Qué haces cuando sabes que vas a hacerle daño a alguien si estás a su alrededor?

Ni exteriorizando el dolor que la pregunta cargaba me sentí mejor.

—¿Quieres hacerle daño?

—No.

—Entonces…, ¿por qué tendrías miedo a dañar a alguien si no es lo que quieres hacer?

—Porque soy el tipo de persona que lastima a todo el mundo.

—A mí me has ayudado.

Negué varias veces.

—Me refiero a cuando estoy demasiado tiempo cerca de alguien.

Recordé cuando hablé con ella en la escalera de la mansión y todo se volvió oscuro, así como la pelea en el vestuario, la manera en que perdía el control y las consecuencias que podía tener.

—Me refiero —murmuré— a cuando a las personas les toca ver más que la parte buena de mí, mis cargas.

Me observó durante un rato antes de preguntar:

—¿Es Mia?

—¿Importa quién sea? —Ladeé la cabeza para mirarla—. El problema es el mismo.

Sonrió fugazmente y asintió.

—Tienes miedo a lastimarla.

—Lo haré.

—¿Por qué?

—No sé lidiar conmigo mismo, ¿cómo podría hacerlo alguien más?

—Queriendo.

—No sabes de lo que hablas. —Me incorporé y entrelacé las manos detrás de la nuca al apoyarme en el respaldo—. Tú solo has visto al Nika que yo he querido que veas.

—Puede ser, pero lo único que hace falta para no dañar a alguien es no querer hacerlo —dijo con calma—. Si algo me ha enseñado todo esto es que la vida es más sencilla de lo que creemos, nosotros somos los que la complicamos.

Tenía sentido si no añadías el pasado que yo arrastraba. No era solo cuestión de ganas, había más.

Un movimiento a lo lejos desvió mi atención. Kiara, desde la heladería, me saludaba con una sonrisa e hice lo mismo. Señaló a Chloe y luego a la entrada del lugar.

—Creo que ya es su turno —dije, apuntando a la rubia.

Chloe se puso de pie. Parecía preocupada.

—¿No quieres pasar un rato con nosotras?

—Odio el helado —mentí. Me encantaba.

—Puedes comer otra cosa.

Negué y supo que debía darse por vencida. Dejó un beso en mi mejilla y un suspiro de resignación. Se alejó, pero no había dado ni el tercer paso y ya estaba de regreso. Se acuclilló frente a mí para quedar cara a cara.

—Haz lo que quieras, pero antes de pensar en el daño que puedes o no hacerle a Mia por estar cerca, valora si es esa la verdadera razón por la que quieres alejarla.

—¿A qué te refieres?

—Creo que ahora mismo tienes más miedo por ti que por ella. Si fuera miedo a dañarla, no estarías pensándolo tanto ni tampoco buscando alternativas. Te alejarías y ya —dijo con la expresión de una madre que intenta explicarle algo a un niño pequeño—. Temes más a salir lastimado que a lastimarla.

—Eso no tiene sentido.

—Lo tiene porque lastimarla está en tus manos, pero salir lastimado es algo que no puedes controlar y jamás podrás.

Su sonrisa fue un golpe de realidad y su beso en mi frente como un chasquido para que terminara de despertar. Cuando desapareció, necesité subir a la moto y pensar durante el trayecto a casa. Sus palabras solo me daban una excusa para acercarme a Amaia, pero a la vez estaba Aksel, repitiendo que me alejara de ella. Parecía una batalla conmigo mismo.

Analicé los pros y los contras durante el trayecto. Si temía a salir lastimado, como decía Chloe, o a joderle la vida a Amaia, había algo con lo que sería imposible vivir: saber que me odiaba.

Podría pasar dos semanas o un mes buscando razones para mantener la distancia, castigándome con las palabras de Aksel para recordar que era la mejor decisión, pero me conocía. Esa fuerza de voluntad tenía fecha límite. Volvería a acercarme, intentaría remendar el desastre, retomar lo que había empezado en esa caseta la noche de Halloween.

Mientras reducía la velocidad para doblar por el camino que daba al garaje de la mansión, ya estaba ideando cómo conversar con ella sin que tuviéramos público. No podía hacer como la vez anterior: volver a hablarle y fingir que no la había ignorado durante semanas.

Cuando entré en la casa vi una oportunidad. Su mochila y la de Sophie se encontraban en la mesa que había junto a la puerta. Debían de estar estudiando en el taller.

Me dirigí a la cocina pensando en qué decirle cuando la tuviera enfrente, si es que lo lograba; fue entonces cuando unas voces llamaron mi atención. Provenían de la habitación que habíamos encontrado sellada al llegar, donde estaba el viejo piano, las cajas repletas de papeles que había mandado el tío Ibsen y todo tipo de baratijas que nuestra madre quería vender o desechar.

—¿Cuánto crees que cuesta arreglar este lugar? —preguntó Sophie.

—Depende de hasta qué punto quieran arreglar —contestó Amaia.

—Para que no se caiga a pedazos.

—Mucho dinero —aseguró mi vecina.

Avancé con sigilo para escuchar mejor.

—Si no tienen dónde vivir, tendrán que hacerlo aquí de todas formas —murmuró Sophie con pesar.

—El juego de té es bueno —dijo Amaia—. La vajilla en la que comimos el día de la cena era mejor.

—No les alcanzará con un sueldo de asistente —continuó Sophie con preocupación—. Si Aksel y Nika son los que reparan y estudian, no tendrán tiempo para un trabajo extra.

Estaba en lo cierto, lo cual me recordó la fallida entrevista de trabajo. Apoyé la espalda en la pared porque quería seguir escuchando, pero estaba agotado.

—Quizás podemos ayudar en algo —dijo Sophie.

—No tenemos dinero.

—Lo que hemos hecho hoy cuenta como ayudar.

Tuve que sonreír por el tono en que hablaban. No me gustaba pedir ayuda ni tampoco soportaba saber que la necesitábamos. Sin embargo, que mi hermano tuviera amigas que se preocupaban por él era… reconfortante.

—Podemos decirle a Aksel que cuente con nosotras siempre que lo necesite —dijo Amaia y, por un instante, quise ser yo a quien quisiera ayudar, no a él.

Se quedaron en silencio, solo se oía el sonido de la loza rozando la una con la otra. Supuse que curioseaban lo que contenía la caja en que yo mismo había guardado el juego de té para transportarlo. No recordaba que siguiera en esa habitación.

—Es hermosa. ¿Has visto los detalles pintados a mano? —preguntó Sophie.

—Me encantan —susurró Amaia con lo que percibí como anhelo—. Mataría por algo así.

—Para no usarlo —se burló la otra.

—Para tenerlo en una vitrina en mi habitación, así lo miraría antes de dormir y al despertarme.

Controlé la risa cuando escuché el largo suspiro de mi vecina.

—Tienes problemas serios —concluyó la otra chica.

Yo habría dicho lo mismo.

—Bien, has llegado antes. —Di un respingo al escuchar a Aksel, que venía del comedor—. Te toca limpiar.

Las chicas salieron al pasillo y Sophie me saludó con una amplia sonrisa. Amaia fingió que no había llegado nadie y se fueron sin decir nada más.

Entré a la vacía habitación. La mesa estaba ocupada por docenas de cajas repletas de papeles viejos y vi el juego de té junto a la puerta, abierto, con par de piezas fuera de su envoltorio. Deslicé el índice por uno de los platos y sentí el relieve de las delicadas y coloridas flores pintadas a mano.

Imaginé que me presentaba en su casa con ese regalo, podría ser la disculpa perfecta, pero se sentía mal. Lo que había hecho no se arreglaba con algo material, sino con una explicación sincera que no podía darle. Si le contaba la historia desde el inicio, tendría que incluir qué sentía por ella, algo que seguía sin entender, a Aksel y el miedo que tenía de verla lastimada. Eso llevaría a Siala, a mi pasado, a mi hermana, a mi padre, a la huida de Prakt…

Tendría que improvisar sobre la marcha cuando estuviéramos a solas y decidí que aprovecharía el tiempo mientras limpiaba. La tenía a un piso de distancia, a unos metros. No podía llamarla delante de mi hermano y Sophie, Aksel sabría de mis intenciones y me enfrentaría, o peor, armaría otro complot para que ella me odiara más.

Poco a poco volvíamos a ser los hermanos de siempre, no nos habíamos peleado de nuevo y la tensión se iba diluyendo. No iba a dar razones para seguir en guerra, a nuestra madre no le hacía bien y a mí tampoco.

Tenía que esperar a que Amaia estuviera sola, abordarla cuando fuera a salir de la casa, si es que nadie la acompañaba.

Esperé apoyado en el marco de la puerta que daba al porche. Quedaba lejos de la entrada principal, pero me daba una vista clara del pie de la escalera y me ocultaba de quien estuviera bajando.

Sophie se fue primero, corrió hacia un coche que la esperaba en la carretera. Supuse que era su padre y agradecí a mi suerte cuando Amaia bajó quince minutos después, sola, tarareando una canción y con un cuaderno en la mano. Se entretuvo guardándolo en su mochila y eso me dio tiempo a llegar al recibidor antes de que se fuera.

—Amaia.

La mención de su nombre la inmovilizó con la mano en el picaporte, la mochila al hombro y el pelo danzando por la corriente de aire que se colaba por la ventana.

—¿Crees que podemos hablar? —pregunté con voz clara.

Sus hombros subieron y bajaron un par de veces.

—Prometo que serán unos minutos —añadí ante su prolongado silencio.

Giró sobre sus talones. Amaia era volátil y fácil de leer, pero la expresión en su rostro era fría y calculadora. Contrastaba con el gesto obsceno e infantil que me dedicó al mostrar el dedo corazón de su mano derecha.

—No tengo nada que hablar contigo.

Se fue como si nada hubiese sucedido y me quedé con las palabras en la boca.

Amaia me ignoraba de todas las maneras posibles, desde mis mensajes hasta una mirada. El miércoles a primera hora, cuando la vi bajar del autobús a las puertas del instituto, se quedó conversando en el aparcamiento. Cuando se percató de mi presencia, cambió de lugar con Sophie para no verme.

No me iba a dar la oportunidad de hablar, tenía que crearla yo. Lo único que me tranquilizaba era saber que, hiciera lo que hiciera, no podía odiarme más de lo que ya lo hacía y que todo seguiría igual si no me arriesgaba. No tenía mucho que perder.

El mismo día, al acabar la sesión matutina, salí a comer con tal de alejarme del permanente bullicio que caracterizaba al instituto. Estaba atravesando el parque para llegar a la panadería cuando vi algo que al principio me costó entender.

Victoria iba hablando con un chico de pelo rizado y piel morena; estaba a unos diez metros, por uno de los caminos que surcaban el parque. Lo curioso fue que, por el mismo camino por donde yo iba, me encontré a Rosie escondida detrás de un arbusto.

Me acerqué sigilosamente para asustarla y traté de poner mi voz más aterradora para murmurar:

—¿Tu mejor amiga sabe que la vigilas?

—¡No se lo digas a Vicky! —Dio un brinco y se cayó de culo al ver que estaba tan cerca.

—¿La estabas vigilando? —Lo había dicho en broma, pensando que algo tramaban entre ellas.

—¡Cállate, chismoso! —Se negó a aceptar mi ayuda para ponerse de pie y me dio una patada en la rodilla antes de mirar a su espalda para comprobar si nos habían visto—. No estoy vigilando a nadie.

Tiró de mi brazo para que me agachara y quedamos ocultos detrás del arbusto.

—Si no la estás espiando —murmuré mientras Victoria y el chico seguían ajenos a lo que hacíamos a escasos metros—, ¿por qué estamos escondidos y hablando en voz baja?

Rosie abrió y cerró la boca varias veces.

—Está bien —aceptó—, estoy espiándolos.

—¿Por qué?

De nuevo lució nerviosa, como si no tuviera ni idea de qué responder.

—No me gusta ese chico. —Arrugó la nariz como si le hubiese puesto algo maloliente frente a la cara—. La conoció el sábado en la fiesta de Paul y ya la ha invitado a salir.

—¿Te molesta que inviten a salir a tu amiga?

—No, qué tontería. —La mezcla de un bufido y una risa se apagó al darse cuenta de que actuaba de manera extraña—. Es solo que resulta apresurado —concluyó, seria.

—¿Apresurado que un chico invite a salir a una chica días después de haberla conocido en una fiesta? —ironicé.

—Sí, es sospechoso.

—Que alguien invite a salir a tu amiga.

—¡No!

—Que una persona invite a salir a otra persona que le gusta —me burlé ante su cara de espanto.

—No entiendes nada. —Se puso de pie con brusquedad—. ¡Vete a la mierda!

Me dio otra patada en el trasero antes de irse en dirección contraria y perderse hacia el instituto. Tuve que reírme.

Mi teléfono vibró mientras retomaba el camino, era un mensaje de mi madre. Estaba a punto de leerlo cuando alguien me llamó por mi apellido. Era el profesor Lyon y pensé que me regañaría por salir del instituto, pero me abordó con una expresión amable.

—Me alegra verte —dijo, palmeándome el hombro y su bigote se torció con lo que supuse que era una sonrisa.

Llevaba una de sus anchas camisas de manga corta y un pantalón a juego, que siempre era un tono más oscuro. Los zapatos estaban tan lustrados que podría reflejarme en ellos.

—Iba a regresar al instituto para las clases de la tarde, no estoy…

—Tranquilo. —Rebuscó en su bolsillo sin darle importancia a mi justificación—. Hay algo que quería comentarte.

Extendió una tarjeta y la identifiqué como la del propietario de la carpintería, el padre de Sophie.

—Es un buen amigo y está buscando a alguien que trabaje por las tardes, a partir de las tres. Estoy seguro de que el pago será justo y te vendrá bien.

—Pero el instituto no termina hasta…

—Puedo hablar con el director y ajustaremos tu horario para que salgas un poco antes. No tendrás ni un turno libre y perderás un par de entrenamientos con el equipo, pero es lo que puedo ofrecerte.

Miré la tarjeta y luego al profesor, que siempre tenía una mirada dura y glaciar que intimidaba a todos. En ese momento parecía más humano, aunque no había perdido la perfecta postura de su espalda y los hombros bien posicionados. No podía creer que se hubiese acordado de mi problema.

—¿En serio?

—Dije que cumplieras el castigo y me dejaras ayudarte. —Palmeó mi hombro por segunda vez—. No dejes que pase de mañana, mi amigo tiene prisa. Y tampoco faltes a las clases de la tarde.

Quise darle las gracias o, al menos, asegurarle que regresaría a tiempo, pero no pude. Simplemente dejé que se fuera, no me creía que tuviera la oportunidad de conseguir un trabajo. Si sucedía, podría pedirle a mi madre que le regalara el juego de té a Amaia por su cumpleaños, pues yo conseguiría el dinero que nos iban a pagar por él. Sabía la fecha, el veintiocho de noviembre, lo había escuchado cuando conversaba con Aksel, y seguro que de mis manos no lo aceptaría jamás, pero si venía de mi familia…

Recordé que tenía un mensaje en el chat familiar y lo leí:

Madre: La hija menor de la doctora está enferma.

Saldremos temprano del trabajo.

Madre: Estaré en casa.

Madre: Los amo.

Leí más de diez veces y dejé que mi imaginación volara. Recordé a la señora Favreau y la conversación el día que me acercaron a casa, las vueltas que di para conseguir el número de Amaia. Su esposo quería cambiar las lunas de la tienda que tenía en el centro de Soleil, la conocía bien.

Tenía una idea para tener a Amaia frente a mí y que pudiéramos hablar. Si jugaba bien mis cartas, aquel día terminaría o bien perdonándome o bien odiándome a muerte.

Capítulo 16

Empecé por hacerle creer que quería hablar con ella para ayudar a su padre con el cambio de las lunas de la tienda. Después insistí en que me acompañara. Tuve que presionarla hasta que accedió a regañadientes.

Tenderle una trampa me pareció brillante y divertido…, al principio. Mientras me llevaba por el pueblo hacia la tienda, mientras yo medía el frente y conversaba con su padre y, finalmente, cuando se vio forzada a irse conmigo en la moto… comencé a dudar.

Cuanto más nos alejábamos del pueblo, más me preocupaba detenerme en medio de la nada para pedirle que hablara conmigo. Estaba metido hasta el cuello. Si me abofeteaba y me robaba la moto, sería comprensible.

Por la mañana me sentía muy seguro porque no tenía nada que perder y poner en marcha un plan no empeoraría mi situación, pero con cada minuto que pasaba durante la tarde, más se enojaba y veía menos oportunidades de que me perdonara. Me aterraba que decidiera odiarme de por vida y no volviera a mirarme a la cara.

Reduje la velocidad y me arrimé al borde de la carretera. No tenía un discurso preparado y lo dejé todo a la suerte.

—¿Pasa algo? —preguntó cuando apagué el motor.

—¿Puedes bajarte?

Me hizo caso. Su tono evidenciaba el miedo que le daba el vehículo. Algo me decía que no me lo robaría para escapar.

—No pasa nada. Solo quiero que hablemos.

Miró a ambos lados y entendió que estábamos en medio de la nada.

—Tengo que reconocerlo —dijo al quitarse el casco—, eres retorcido.

Me dedicó una mirada envenenada, como si quisiera sacarme los ojos y arañarme la cara.

—Amaia, es hablar —musité.

—Lo mismo que quería Charles: bajo sus términos.

—No es lo mismo.

—Me hizo ir a su casa. Tú me traes a un lugar donde tengo que hacer lo que quieres. No veo diferencia.

—A Charles le diste la oportunidad, a mí ni eso.

—¡Será porque no quiero! —estalló.

—Antes querías y yo…

—¡Me importa poco! —Se quitó la sudadera que tanto me había costado que aceptara antes de subir a la moto y me la tiró a la cara—. No me da la gana hablar contigo y no lo haré.

Se alejó sin pensárselo dos veces.

—¿Vas a caminar? —dije, viendo sus cortas piernas moverse lo más rápido posible.

—¿No me ves?

—Son casi cuarenta kilómetros.

—Vivo en Soleil, idiota, sé que son cuarenta kilómetros —chilló, moviendo los brazos sobre su cabeza y tuve que contener las ganas de reírme.

Mi penosa situación no era graciosa y jugar con ella tampoco, igual que dejar que caminara por la carretera con la fina ropa que llevaba. Si quería gritar, lo aguantaría, pero no me iría sin decir que había puesto todo de mi parte para que me perdonara.

Tomé tres flores silvestres de color amarillo que crecían al borde de la carretera y me las guardé en el bolsillo trasero del pantalón.

—Lo siento —dije al darle alcance tras una corta carrera.

—No me interesa —dijo de mala gana.

—¿Por qué no?

Frenó en seco y me encaró.

—Para empezar, por tu culpa tengo que caminar hasta mi casa.

—Solo quiero disculparme —insistí.

—¡No me importa! ¡No quiero! ¡¿No te enseñaron que no es no?! —Su voz se quebró al gritar—. Hace dos semanas, cuando dijiste que el juego se te había ido de las manos y no tenías nada que hablar, respeté tu decisión.

Se cruzó de brazos, agitada. Tenía razón, estaba obligándola a hacer algo que no quería. Había sido un completo imbécil cuando ella había tratado de solucionar la situación de la manera correcta. Me merecía una patada en los huevos como mínimo.

—También lo siento por eso —confesé.

—¿Qué sientes?

—Obligarte a que me llevaras a la tienda de tu padre y detenerme aquí para que me escucharas. Lo que pasó en Halloween…

—En Halloween no pasó nada —aclaró en tono cortante.

Me costó procesar sus palabras.

—¿Vas a evadirlo? —quise saber.

—Tú lo hiciste, ¿no? Aunque, ahora que lo pienso, fue peor. Primero jugaste conmigo porque estabas aburrido y después dejaste de hablarme.

No permití que siguiera caminando cuando lo intentó.

—Fue una estupidez. —Tragué en seco sin saber cómo explicar—. No estuve bien esos días… Fueron… complicados. No supe cómo enfrentar… No supe tener una conversación sobre el tema y quise evadirla. —Me costaba respirar.

Arrugó el entrecejo.

—Cuando tienes días complicados, ¿evitas a las personas que quieren hablar contigo?

—Lo siento —repetí. No podía hacer más que pedir disculpas—. No era una tontería que habláramos sobre…

—Ese día no pasó nada —zanjó—. Fue un beso. Las personas se besan todos los días y no por eso hay que debatirlo. Lo entendí muy bien, no te preocupes.

Era evidente que mi actitud tras lo que había sucedido le había afectado, tanto que sentí que toda posibilidad de acceder a ese camino avanzado que nos llevó a un beso había desaparecido. Estábamos en un punto tan frío o más que cuando nos habíamos conocido en el patio trasero de su casa.

—Está bien…, olvidémoslo. —No podía pedir más—. De todos modos, quiero disculparme por lo idiota que fui, no ese día, desde antes de Halloween.

—¿Estás pidiendo perdón por ser tú? —preguntó.

—¿Me estás llamando idiota?

—Ya lo he hecho antes, ¿te sorprende?

Me sorprendía la facilidad con que me insultaba y también la media sonrisa que se esforzaba por ocultar, una que me dio esperanza.

—¿Me perdonas?

—¿Me dejas ir a casa si te perdono?

—Te llevo a casa si me perdonas.

Torció los labios. La sonrisa había desaparecido.

—¿Me estás chantajeando?

—Te llevaré de todos modos, pero evitarías que te rogara en medio de la carretera.

Me miró de arriba abajo como si aquello fuera un insulto.

—No quiero que ruegues.

Intentó bordearme y se lo impedí.

—No es tan difícil, ¿sabes? —insistí porque ya no gritaba y eso me parecía un avance—. La gente se equivoca.

—Quítate.

Se movió a la derecha y yo a la izquierda para obstaculizarle el paso, luego al otro lado y así repetimos la danza hasta que se dio por vencida.

—¡Tú ganas! —Se apartó el pelo de la cara—. Perdonado.

—Estás mintiendo.

—¿Cómo lo sabes?

—Cada vez que mientes o escuchas algo que no te gusta, te muerdes el labio superior.

Maldijo por lo bajo y dejó de morderse el labio.

—No es cierto.

Estaba de brazos cruzados, las aletas nasales se le dilataban con cada respiración, pero su mirada se había suavizado. No estaba enojada, fingía estarlo.

—Estás mintiendo y eso me fuerza a jugar la última carta —murmuré.

—¿Qué…?

—Suplicar de verdad.

Hinqué una rodilla en el suelo y sus ojos se abrieron tanto que casi suelto una carcajada. Antes de que me pusiera de rodillas, se había cubierto la cara con las manos.

—¡Por favor, Nika, ponte de pie! —Su voz estaba ahogada por las palmas que le cubrían la boca—. ¡No se puede ser tan infantil! —protestó al tiempo que golpeaba con un pie el suelo como una niña pequeña.

—¿Es tan difícil perdonar a alguien? —supliqué sin poder reprimir una sonrisa.

Separó los dedos para verme, su cara estaba al rojo vivo. Compuse mi mejor expresión de arrepentimiento y se le escapó una carcajada que ahogó al volver a cubrir su rostro.

—Ponte de pie, por lo que más quieras —suplicó.

—Un perdón para un idiota, Mia —repetí, tomando una de las flores que tenía en el bolsillo y ofreciéndosela.

Se descubrió los ojos y se sorprendió al ver la flor. Miró al borde de la carretera y aproveché para ofrecerle una segunda, que la dejó desconcertada.

—¿De dónde las sacas? —preguntó antes de mirar a mi espalda y descubrir que tenía una tercera en el bolsillo.

Las agité frente a su rostro, que seguía de un suave color rosa.

—¿Un perdón?

Entrecerró los ojos y valoró la respuesta. Unas graciosas arrugas se formaban a los lados de su nariz cuando hacía eso y esperé en silencio con todas mis esperanzas puestas en tres flores silvestres.

—Has manipulado a medio Soleil para esto. ¿Cómo lo has hecho?

—¿De verdad quieres saberlo? —intenté sonar misterioso e interesante.

—Dime que mi hermana no está enferma por tu culpa y me quedo tranquila.

—Claro que no —dije, riendo—, solo me aproveché de las circunstancias.

Aceptó las flores, lo cual consideré otro avance.

—Te perdono si me explicas por qué te comportaste así.

Hizo girar las flores entre sus dedos y las acercó a su nariz. No despegó sus ojos azules de los míos a la espera de una respuesta. Los nervios me llevaron a querer ocupar las manos con un cigarrillo mientras me ponía en pie. No me dejó encenderlo, me lo quitó de los labios y repitió la acción cuando saqué un segundo.

—¿Haremos esto? —protesté.

—Estás pidiendo que te perdone —dijo muy seria—, yo te estoy pidiendo que respondas.

Era un trato justo, pero no tenía cómo contestar sin soltar un montón de mentiras.

—Mi vida no es sencilla. —Era mejor una respuesta abierta y real—. A veces hago lo que no debo e involucro a quienes no se lo merecen. Después me arrepiento y no sé cómo arreglarlo. No espero que lo entiendas, pero es lo único que puedo decir.

Temí que se negara a disculparme por el tiempo que tardó en responder.

—No es tan difícil de entender —murmuró para mi sorpresa y dejó en mi mano los dos cigarrillos que me había robado.

Me habría gustado decir más, poder ser sincero, pero era imposible. Además, estaba a punto de caer el sol y empezaba a bajar la temperatura. Si no se cubría con algo, enfermaría.

—Vámonos antes de que te congeles.

Encendí uno de los cigarrillos mientras caminábamos a paso lento hacia la moto. Avanzaba preguntándome si alguna vez podría tener un día normal, una semana, una vida… No, mejor dejarlo en el tiempo en que estuviera sobre la tierra, porque ese tampoco sería el convencional.

—No deberías fumar.

No había notado que me miraba con atención.

—Ahora que eres mi amiga, ¿me darás charlas para que cuide mi salud?

—¿Quién ha dicho que somos amigos? —De nuevo estaba a la defensiva.

—¿Somos algo más que eso? —me burlé.

Resopló y soltó un par de maldiciones que no entendí.

—En tus sueños.

—Eso duele —dije con fingido dolor.

—Es la verdad.

—Entonces —la provoqué—, ¿qué somos?

—Vecinos y compañeros de instituto. Eres el hermano de Aksel.

—Y mi hermano ¿es tu amigo?

—Sí.

Los celos me abrasaron por la seguridad de su respuesta. Me molestaba que Aksel fuera importante para ella y yo solo un idiota. Me esforcé por sonar indiferente:

—¿Se lo ha ganado?

—No es algo que se gane, solo sucede. No es una competición.

—¿Significa que tengo oportunidad de ser tu amigo?

Se detuvo y me miró.

—¿Qué demonios te pasa? Hace una semana ni me devolvías los buenos días y ahora me persigues, te disculpas ¿y quieres ser mi amigo? ¿Estás aburrido de nuevo?

No iba a olvidar mis palabras, la manera en que la había lastimado.

—No le des tantas vueltas… Soy un imbécil.

Puso los ojos en blanco.

—Pues bien. Si quieres que seamos amigos, trata de no usarme cuando te aburras, es de mala educación —concluyó antes de seguir caminando.

No podía ser la persona que un segundo le hablaba y al siguiente decidía que era mejor alejarse. Había conseguido su perdón. Ser su amigo no era lo único que deseaba, pero si era todo lo que estaba a mi alcance, lo tomaría.

—Lo prometo. —Me miró sin entender—. No volveré a lastimarte… de ninguna manera —aclaré.

Arrugó el entrecejo porque en ningún momento había dicho que la había lastimado, pero ambos lo sabíamos y era mi decisión no volver a hacerlo.

—Las promesas no son lo mío —murmuró—, ahórratelas.

—Para mí son importantes.

Por la manera en que me miró, supe que estaba escogiendo no creerme con tal de evitar una decepción.

—Ya veremos —concluyó. Luego se puso la sudadera y el casco para dar fin al intercambio.

En toda mi vida había hecho dos promesas. La primera fue en el entierro de mi hermana. No dejaría que ni mi hermano ni mi madre terminaran de la misma manera, daría mi vida antes de que él lograra matar a cualquier persona que amara. Aquella era la segunda promesa que hacía y también pensaba cumplirla a cualquier precio.

Capítulo 17

Esa noche, cuando le conté a mi familia que podría conseguir un trabajo, se mostraron emocionados. También les comenté la idea de regalarle a Amaia el juego de té y estuvieron de acuerdo. Puede que Aksel supiera que mi interés tenía una razón detrás, pero le gustó la idea, era consciente de que sería el mejor regalo de cumpleaños.

Mi hermano apareció al día siguiente en el comedor, vestido y preparado para salir antes de que amaneciera. No pidió permiso ni lo consultó con nosotros, dijo que también quería trabajar para aportar en la casa. No hubo manera de que cambiara de idea.

La decepción que me llevé al llegar a la carpintería y descubrir que habían contratado a alguien la tarde anterior fue peor de lo que habría imaginado. Daba por seguro el puesto y eso me demostró, una vez más, que era mejor ir sin expectativas para no sentir el peso de la derrota.

Mientras el padre de Sophie se disculpaba y prometía avisar si necesitaban trabajadores en el futuro, llegó su hija. Se puso al corriente de la situación con una avalancha de preguntas que mi hermano contestó con gusto, hablando de más, como siempre, soltando hasta lo que yo había propuesto regalarle a Amaia.

Los ojos de Sophie se iluminaron y me dedicó una sonrisa al escucharlo. Nos pidió que esperáramos y se fue con el teléfono en el oído para hablar en privado. Al volver, Aksel estaba en el baño y ella tenía un puesto de trabajo para los dos, cargando alimentos en los almacenes de su suegro. Vi mi oportunidad y la aparté para que nadie nos escuchara.

No quería que Aksel trabajara. Tenía que practicar para sus pruebas de aptitud, en la casa faltaba mucho por arreglar y no quería que mi madre estuviera sola hasta muy tarde. Logré convencerla de que dijera que solo había una plaza y prometió guardar el secreto, pues entendió mis razones.

—Eres mejor persona de lo que la mayoría piensa —dijo con cariño y sus palabras fueron un bálsamo en mi pecho.

Podía fingir que me daba lo mismo lo que otros pensaran de mí, incluso mi hermano, pero en fondo quería escuchar esas palabras más seguido. Me ayudaban a respirar con fuerza, a seguir adelante.

El lunes siguiente me presenté en la oficina de Lyon, que se mostró satisfecho de que hubiese conseguido un trabajo, aunque no fuera el esperado. No dudó en mover el papeleo y hablar con el director para cambiarme el horario. Al terminar el día, mis clases se concentraban, apiñadas, hasta las tres de la tarde, con un par de horas dedicadas a los entrenamientos.

Esa vez logré dar las gracias como era debido y Lyon resultó ser igual de malo aceptando agradecimientos que yo al darlos. Dijo que no desperdiciara su ayuda y que no me volviera a meter en problemas con el mismo tono severo que el día en que nos habíamos conocido. Supuse que se volvía a levantar la pared entre el profesor y el alumno.

Todo parecía ir bien y eso me daba miedo, sobre todo cuando avanzó la semana. Me di cuenta de que Historia del Arte, la asignatura optativa que había escogido a inicio de curso, era en el último turno de la mañana del viernes. Coincidiría con Amaia, algo que sabía porque le había prestado demasiada atención a su horario.

Me costó no sonreír cuando me miró con los ojos muy abiertos mientras el profesor me presentaba a la clase. La suerte me acompañaba porque el único lugar libre estaba detrás de ella. No pareció incómoda cuando pasé por su lado y le sonreí antes de tomar asiento.

No escuché ni una palabra de la clase. Me pasé toda la hora concentrado en su pelo. Había crecido y mantenía el corte irregular en la parte trasera, apostaba que se lo había hecho ella misma y no se había molestado en pedirle a nadie que lo arreglara. El negro azabache contrastaba con la pálida piel de su espalda. A esa distancia podía contar las diminutas pecas que tenía en los hombros.

El anuncio de final de sesión resonó por los pasillos y me incliné para hablarle a Amaia cuando el profesor permitió que saliéramos:

—Pensé que te molestaría que me cambiaran a esta clase.

Terminó de guardar los libros en su mochila.

—¿Por? —presionó los labios y se volvieron una línea—. Hasta hace unos días me ignorabas y no me afectó. Me da igual lo que pase con tu vida.

—Si fuera así, no te encargarías de recordármelo. —Su rostro palideció al escucharme—. ¿Te disgustó perder mi atención?

—Si vas a hablar estupideces, me voy.

La tomé de la muñeca, que descansaba sobre el respaldo de su silla antes de que pudiera marcharse.

—Era una broma. No te lo tomes tan a pecho.

Se mantuvo tensa durante unos segundos antes de alejar su mano.

—Deberías escoger mejor tus bromas —me reprochó.

Le sonreí porque odiaba verla tan a la defensiva.

—Si me conocieras bien, no te enfadarías.

—No me he enfadado —alegó con voz temblorosa.

—Mentir no es una de tus habilidades, queda claro.

Su rostro se contrajo.

—Tú no sabes nada de mí. ¿Podrías dejar de actuar como si lo supieras todo?

Me encogí de hombros.

—No te sientas atacada, solo estamos conversando. Los amigos conversan, ¿no?

—No creo que podamos ser amigos. —Nos señaló con el índice—. Lo único que haces es molestarme y evitar mis preguntas.

—Puedes preguntar lo que quieras. —No iba a responder, pero me intrigaba lo que quería saber—. Soy todo oídos.

Puso cara de no creerme, pero de todos modos preguntó:

—¿Por qué dejaste de hablarme?

—Eso ya lo respondí.

Al ver que no obtendría más del tema, continuó el interrogatorio:

—¿Por qué te han cambiado a esta clase?

—Tengo obligaciones por la tarde, esta es una de mis asignaturas optativas y es el turno que me han asignado.

Me observó con desconfianza.

—¿Y da la casualidad de que es el mío?

—Las casualidades no existen, pequeña Amaia.

Pensar que el destino nos juntaba era divertido.

—¿Has pedido estar en mi clase?

El tono de su voz resultó tan dulce que quise decirle que sí.

—Es tierno ver que asumes que todo se mueve a tu alrededor. —Sus mejillas tomaron un leve color rosa—. La única clase de la mañana es esta. Tranquila, no te estoy acosando.

Su cara pasó del bonito sonrosado al rojo carmesí, hasta su cuello y hombros cambiaron de color.

Me arrepentí de seguir molestándola cuando ella no captaba mis intenciones al hacerlo. Necesitaba aprender a demostrar que me gustaba sin hacerla quedar en ridículo cada dos minutos.

Se aclaró la garganta para disimular y seguir la conversación:

—Y… ¿qué harás por las tardes?

—Tengo asuntos que atender después del horario escolar.

—¿Asuntos?

—Cosas de chico, Amaia.

Empezaba a distinguir cuándo había un atisbo de incomodidad en su mirada. Tenía ganas de pegarme por algo de lo que acababa de decir, no supe identificar qué.

—¿Por qué estás tan interesada en lo que hago? —pregunté.

Forzó una sonrisa.

—Quería pedirte un favor. La semana que viene tenemos que recoger los programas de estudio.

Me sorprendió que hablara del tema.

—Lo sé, en la oficina que está al norte.

Se retorció las manos sobre el regazo.

—Solo Sophie, Aksel y tú saben lo de mi solicitud a la universidad.

—¿Qué solicitud?

La inseguridad desapareció y el brillo asesino volvió a su mirada.

—No te hagas el inocente. Sabes que he solicitado Contabilidad y Finanzas o no lo habrías mencionado en aquella cena.

—Culpable —acepté.

Resopló y el aire le despeinó el flequillo.

—¿Cómo lo supiste? —preguntó.

—¿Siempre eres tan preguntona?

—Responde —exigió.

—Tenía que ver a la señorita Morel el día que estabas rellenando el formulario.

—¿Te gusta escuchar detrás de las puertas?

—¿Me estás llamando cotilla?

En esa ocasión no se enfadó. Puede que empezara a entender que la mitad de lo que salía de mi boca cuando estaba con ella era un llamado de atención. Me sentía como un niño pequeño.

—Quería pedirte que me llevaras a recoger mis programas —continuó sin rodeos—. Dax no lo sabe y no es momento de contárselo. Está demasiado lejos, gastaría mucho en un taxi y no le puedo pedir a mamá que me lleve.

—Sería una buena solución a tu problema real —reflexioné.

—¿Mi problema real?

—No necesitas que te lleven a ningún lugar, necesitas contarles la verdad a tus padres. Los conflictos se cortan de raíz; si no, siguen creando conflictos.

Atrapó su labio inferior entre los dientes.

—Es cierto —murmuró—, pero ahora no voy a solucionarlo y quería saber si podías llevarme.

Era extraño que me pidiera ayuda después de todo lo que había pasado, no iba con su personalidad. Era orgullosa e intolerante.

—Según tú, no somos amigos. —Me crucé de brazos—. ¿Les pides favores a personas que no conoces bien?

—¿Puedes o no? —preguntó de mala gana y supuse que era porque en realidad no le quedaba otra opción.

—¿Qué día?

—De hecho, necesitaría ir el último día con tal de que no haya nadie. No quiero arriesgarme con los chismosos de Soleil.

—¿El viernes?

Lo único de mi semana que no había ido bien. Mi madre nos había confirmado que la semana siguiente empezaríamos con las sesiones de terapia y por eso había pedido libre cada viernes.

—Ese día no puedo —dije con las palabras justas.

—¿Alguna cita?

Puede que lo fuera, aunque una cita muy distinta a la que ella imaginaba.

—Tengo algo que hacer… con mi madre. —Miré por el ventanal que daba a la calle, por donde pasaban algunos coches—. Es importante para ella.

En otras circunstancias, habría sido muy fácil decir que iría a terapia, pero con las mentiras que cargaba a la espalda lo mejor era guardar silencio. El corazón empezó a latirme demasiado rápido al imaginarme en una habitación diminuta, con mi madre y Aksel, delante de la doctora Favreau, añadiendo más engaños a la lista. Otra farsa.

—Buscaré otra solución —dijo con una sonrisa que alivió mis palpitaciones—. Me voy, Sophie debe de estar esperándome.

Se puso de pie y la volví a tomar de la muñeca para impedir que se marchara.

No quería que se alejara ni tampoco perder la oportunidad de pasar tiempo con ella o ayudarla. Algo me decía que debía aprovechar mientras no me rechazara.

Me sentí egoísta, pero estaba decidido a dar lo mejor de mí para permanecer a su lado de la manera en que ella escogiera.

—Puedo llevarte el jueves.

Pediría permiso en el nuevo trabajo, trabajaría dos fines de semana si era necesario.

—Dijiste que estarías ocupado en las tardes.

—Puedo acomodar mi horario.

Una tímida sonrisa se dibujó en sus labios.

—Te lo agradecería mucho.

Le respondí el gesto porque a esa cita sí quería ir. Con ella no me sentiría incómodo ni asfixiado.

—Mañana puedo confirmarte la hora.

Asintió despacio. Sus dedos se movieron y me rozaron la mano. Me sorprendí, pues no recordaba que seguía sosteniéndole la muñeca. Iba a soltarla cuando se apoyó en la mesa y se inclinó hacia mí. Dejó un suave beso en mi mejilla. Del punto en que sus labios rozaron mi piel se extendió un cosquilleo que se concentró a la altura de mi estómago.

—Gracias —dijo antes de salir con paso apresurado.

«¿Cómo me muevo después de esto?».

Capítulo 18

Después de tanto trabajo para conseguir un empleo, la primera semana le pedí unas horas libres a mi jefe, todo por llevar a Amaia a recoger sus programas de estudio. Me lo concedió a cambio de trabajar el sábado a jornada completa, lo cual agradecí porque sería dinero extra. Algo me decía que aquella consideración era un privilegio porque me había recomendado Sophie, su nuera.

Acordé encontrarme con Amaia a la salida del instituto y, conforme se acercaba el jueves, más nervioso estaba. Era la primera vez que me sentía atraído por una chica de esa manera.

Los escenarios y temas de conversación pasaban por mi mente mientras conducía camino al instituto. Mis preguntas y sus respuestas se movían a la perfección en mi cabeza, aunque sabía por experiencia que no sucedería como me lo estaba imaginando.

La encontré sentada al pie de la escalera que daba a la salida trasera, junto al aparcamiento.

—Pensé que me dejarías tirada —dijo, extendiendo la mano para que le diera el casco cuando frené delante de ella.

No la había visto en todo el día. Llevaba el pelo recogido en una diminuta coleta que no podía contenerlo, iba despeinada. Reconocí las botas y los vaqueros de su habitual atuendo y una fina camiseta de manga corta, a pesar de que en Soleil empezaba a refrescar.

—¿Nunca usas abrigo?

—No. Siempre los olvido o los pierdo. —Torció la boca—. Ya lo sabes.

Impedí que se colocara el casco.

—Imaginé que no traerías. —Rebusqué en mi mochila—. Ponte esto. —Miró la sudadera que le ofrecía como si no entendiera la situación—. Está limpia si es lo que te preocupa.

—No es por eso, es que tengo dos en mi casa —dijo poniéndosela y terminando más despeinada—. Algún día tendré que devolvértelas.

—Interesante. Parece que quieres dejarme sin ropa, Pulgarcita.

Se puso tan roja como el ladrillo exterior del instituto y se aclaró la garganta.

—Vámonos o cerrarán —murmuró sin mirarme.

Una vez más, al subir a la moto, no se agarró correctamente y mantenía la distancia entre nuestros cuerpos como si pegarse a mí significara contraer una enfermedad.

—¿Tengo que recordarte lo que pasará si te caes?

Se tensó y al momento abrazó mi cintura. Sonreí al sentir la calidez de su cuerpo y me puse en marcha.

El trayecto duró casi una hora y, cuando llegamos, el lugar estaba vacío. No era más que una oficina en un edificio apartado al norte de la ciudad donde trabajaban dos mujeres. Nos miraron con mala cara al ver que las sorprendíamos saliendo diez minutos antes de la hora de cierre.

Reprendieron a Amaia por llegar tan tarde y noté lo que le incomodaba la situación, sobre todo cuando tuvo que explicar que estaba ahí para recoger los programas de dos carreras. La manera en que ocultaba el asunto me generaba más preguntas que me moría por hacer. Por muchas vueltas que le diera, no entendía por qué había tantos secretos en algo tan sencillo como no saber escoger entre dos carreras. A la mayoría le sucedía, era normal.

La mujer nos indicó que buscáramos en unos viejos archiveros las fichas que le correspondían a Amaia en cada universidad. Era un método obsoleto, como en las viejas bibliotecas. Consistía en encontrar su nombre en pequeños cajones marcados por las distintas carreras y repletos de tarjetas que venían con un código. De esa forma, la encargada podría buscar los expedientes en el almacén del fondo.

Bufé ante el cajón que le correspondía a Contabilidad y Finanzas mientras ella se ocupaba de encontrar su nombre en el de Historia del Arte.

—Si te molesta buscar, puedes esperar afuera.

No levantó la vista de las tarjetas que pasaba a toda velocidad.

—No es eso —aseguré. Al abrir mi cajón, me percaté de que ni siquiera estaban ordenadas alfabéticamente —. No entiendo cómo pueden usar un sistema tan viejo.

—¿Cómo hacen en Prakt?

—El programa te llega al correo.

—¿A tu casa?

—Al correo electrónico —dije sin creer que me lo preguntara.

Se encogió de hombros.

—Estás en un pueblo en medio del continente. —Me miró de reojo—. Aquí es distinto y los expedientes de cada estudiante se almacenan en papel durante muchos años.

—Menuda pérdida de tiempo —murmuré. Las empleadas no paraban de lanzarnos miradas envenenadas—. Y de dinero en empleos que no deberían existir.

—Cada cual obtiene un programa de estudios distinto —continuó—. Yo solicito una beca, mi examen es más complejo que el de otros y ellas deben garantizar que puedo optar a cada universidad según mi desempeño escolar.

—Esto no tiene ningún sentido, podría estar todo digitalizado y… ¿Qué haces? —pregunté cuando, tras cerrar el cajón en el que había estado buscando, se acercó al mío.

—Ya tengo una. —Mostró los datos anotados en una hoja de papel—. Necesito la otra y eres lento. Además, te quejas mucho.

Sonrió de medio lado y se puso a buscar de atrás hacia delante, sin prestarle atención a que acababa de invadir mi espacio personal. Pasaba las tarjetas entre sus dedos con extrema facilidad y su brazo casi rozaba el mío, que iba descubierto por la sudadera remangada.

Una exquisita sensación inundaba mi cuerpo cuando ella estaba cerca.

Mis manos se mantenían estáticas en las primeras tarjetas y ella se acercaba cada vez más sin darse cuenta. El olor de su perfume se arremolinó, trayendo recuerdos de la noche de Halloween. Me escocieron los dedos con las ansias de acomodarle el pelo detrás de la oreja para acercarme a susurrarle lo que estaba recordando y las ganas que tenía de repetirlo.

—¡Aquí está! —exclamó e hizo que despertara de la fantasía. Me miró con falso enojo—. Si hubiese sido por ti, nos hubiéramos quedado hasta mañana.

Apuntó los datos, ignorante del terrible error que yo había estado a punto de cometer. No podía perseguirla de aquella manera porque se consideraría acoso, ¿o no? La incomodaría y no de la manera divertida.

Por suerte, las mujeres encontraron los expedientes y veinte minutos después estábamos en la calle. El aire fresco y la distancia convencional me ayudaron a despejar la mente.

—¿Quieres un helado? —ofreció con la vista en un pequeño negocio que había en la acera opuesta.

Negué, aunque el helado fuera de mis placeres preferidos. No tenía dinero ni para pagar el mío.

—No me gusta —mentí.

—Yo invito, puede ser el pago por tus servicios.

—No me gusta —repetí.

Me daba pena que pagara el de ambos y subí a la moto para cortar la conversación.

—Eres raro. —Hizo una mueca graciosa—. ¿A quién no le gusta el helado?

—A mí.

Aparté la mirada y encendí el motor. No dijo nada, pero frunció el ceño ante mi hosca actitud. A veces no me daba cuenta del tono que usaba al hablar

cuando estaba frustrado. Me tranquilizó que, en vez de discutir, subiera al vehículo con más confianza y facilidad.

—Vamos a ir por la carretera secundaria —comenté mientras se ponía el
casco—. No queremos que tus padres se asomen por la ventana y se enteren de
que andas en la moto del vecino en vez de en casa de Sophie.

Sonrió como si no acabara de suceder algo muy incómodo con el helado y
abrazó mi cintura con naturalidad.

—Me parece genial. —La emoción en su voz fue inesperada—. ¿Conoces
el parque abandonado que está en esa vía? —Negué y me palmeó el abdomen—. Entonces deberías verlo, hace mucho que no paso por ahí.

El estómago me dio un vuelco. Eso significaba más tiempo juntos, no solo el
favor de llevarla a buscar lo que necesitaba. A lo mejor le agradaba mi compañía
a pesar de todo, así que no iba a negarme a ir a donde fuera si era con ella.

Emprendimos la marcha y el trayecto se me hizo corto a pesar de la distancia. El sol seguía en el horizonte cuando Amaia me pellizcó el costado y
señaló una entrada casi imperceptible que había a la derecha de la angosta
carretera.

Un arco devorado por plantas trepadoras daba entrada a un largo camino
de piedra que en su momento debía de haber estado decorado por la pérgola
que nos cubría y unas hermosas enredaderas que deberían haber creado un techo natural. En ese instante, parecía un túnel oscuro al infierno, cubierto de
moho y hierba seca.

Amaia protestó porque me adentré a baja velocidad en vez de detener la
moto y caminar, pero no paré hasta el final, en un extraño espacio circular
bordeado por bancos de piedra. Me recordó a un pequeño coliseo con los
asientos apuntando al centro, donde tendría lugar la representación de una
obra teatral o una pelea a muerte. Estaba claro que nadie había pasado por allí
desde hacía mucho.

Más plantas trepadoras se habían abierto camino cubriendo el suelo, los
bancos y lo que descubrí como una escalera.

—Ten cuidado —me advirtió cuando estaba a punto de bajar el primer
escalón—. Es peligroso por los desprendimientos de tierra.

—¿Los qué?

—La zona no es segura. —Señaló el suelo—. La escalera no debe usarse,
hay partes rotas y solo tu peso podría provocar un deslave.

Miré lo que señalaba y encontré los escalones desaparecidos internándose
en el bosque. Al observar con atención el bonito espacio circular me percaté de
las fallas. El suelo antiguo estaba quebrado y grandes grietas se escondían bajo
la maleza y las flores que brotaban de ellas. Había un par de bancos de mármol
partidos por la mitad.

—¿Qué demonios pasó aquí? —pregunté, caminando con cautela hacia la moto, tenía ganas de salir huyendo.

—No montes un drama —se burló, agarrando una rama del suelo y usándola como escoba improvisada para limpiar uno de los bancos—. Es una zona que ya no se usa, nadie viene porque en algún momento colapsará.

—Entonces, ¿qué hacemos aquí? —Dudaba que fuera seguro sentarse en el banco en que estaba.

—No pasa nada —aseguró, cruzando las piernas y adoptando una pose de mariposa—. Es un lugar que no existirá dentro de diez años, hay que disfrutarlo mientras se pueda.

—¿Te das cuenta de que estás sobre una grieta de casi diez centímetros y que la tierra que hay bajo nuestros pies podría fallar en cualquier momento?

Puso los ojos en blanco.

—He sido yo quien te ha explicado que eso podía pasar.

—Por la misma razón… ¿Cómo puedes estar ahí sentada tan tranquila?

Se encogió de hombros.

—Vale la pena arriesgarse. ¿No te gusta?

Los árboles rodeaban el lugar con las raíces expuestas a pesar de lo accidentado del terreno. Solo el túnel de entrada era oscuro y tenebroso. En el pequeño círculo caía la luz naranja del atardecer de una forma casi mágica debido a su posición estratégica. El sonido del agua, a los lejos, te zambullía en el ambiente, que invitaba a tumbarse en uno de los bancos y respirar el aire fresco en silencio. Era bonito y acogedor si olvidabas que podía ser una trampa mortal.

—¿Qué era esto?

—Es casi tan antiguo como tu casa. —Miró alrededor con una sonrisa—. Lo construyeron años después, es posible que lo hiciera alguien de tu familia.

No conocía nada de aquel pueblo ni de los ancestrales Bakker.

—Pues mi familia no sabía dónde construir parques para pasar el rato.

—No era solo eso. —Palmeó el espacio que quedaba a su lado para que me sentara—. El parque está abajo, cerca del río, en perfectas condiciones, pero no es posible acceder a él.

—¿Y esto qué es? —pregunté, señalando el círculo y caminando con cuidado hasta ella.

—Aquí se representaban obras de teatro. —Señaló los asientos y corroboró parte de mi teoría—. Debajo de esa mugre está uno de los mosaicos más espectaculares del continente —añadió, mirando a nuestros pies y haciendo un puchero—. Bueno, estaba.

—¿Cómo dejaron que se destruyera algo así?

—El ayuntamiento no quiere dedicar dinero a restaurar algo que está en medio de la nada —dijo tras un largo suspiro—. Supongo que solo a los tontos les importan estos lugares.

La mirada soñadora que le dedicó a la pérgola siniestra no tenía ningún sentido para mí.

—¿Te gusta esto? —Hizo un sonido afirmativo desde su garganta—. ¿Tanto como la mansión?

Con el segundo asentimiento, me perdí en las pecas que adornaban su mejilla y la bonita línea que dibujaba su perfil a contraluz.

—¿Por qué? —Me miró, confundida—. ¿Por qué te gustan los lugares así?

Arrugó la nariz, como si no lo considerara una pregunta normal. Cada vez se volvía más interesante y quería saber de ella hasta el mínimo detalle.

Se abrazó a sí misma antes de contestar:

—Crecí con una mansión en la propiedad vecina, no tenía amigos y los pocos conocidos estaban en el centro de Soleil. —Se mordió el labio superior y supe que lo hacía por incomodidad—. Nunca pude jugar como hacían los demás, me quedaba mi imaginación y poco más.

—¿Y Sophie?

—Nos conocimos en el instituto, a los doce años. Antes de eso estaba sola y Emma era un piojo —explicó con una media sonrisa—. Crecí creyendo que algún día podría ser dueña de la mansión, sería mi castillo. Quería repararla y vivir en ella para cumplir el sueño de ser una princesa.

El suave sonido de su risa me dejó sin aliento. La imaginaba corriendo por los pasillos de la mansión con el pelo largo balanceándose por su espalda. Por un segundo, deseé haber estado en su vida cuando ambos éramos igual de inocentes.

—¿Era solo por eso? —quise saber—. ¿Te gustan las cosas antiguas porque la mansión parecía un castillo y tú querías ser una princesa?

Apoyó la mejilla en su mano, en la misma pose de mariposa, y me observó con sus enormes ojos azules.

—Al principio, sí. —Suspiró—. Por desgracia, la mayoría de las chicas crecemos queriendo ser princesas. Imaginamos escenarios donde el príncipe azul nos salva de un terrible monstruo y es capaz de dar la vida por amor.

—¿No crees que nadie pueda dar su vida por amor?

—No creo en príncipes ni salvaciones —dijo con seguridad—. En la vida real, los príncipes terminan siendo monstruos. El caso es que no hizo falta ningún caballero andante para hacer que el ayuntamiento declarara patrimonio la mansión, solo necesité un abogado y la ayuda de mis padres.

Amaia era una caja de sorpresas. Cada vez que hablaba con ella, encontraba algún detalle nuevo que me atraía. Debía dejar de hacer preguntas. Cuanto más conociera de ella, peor sería.

—¿Por eso decidiste estudiar Historia del Arte? —continué.

—No lo decidí, simplemente me enamoré del arte.

—¿Y esa es la misma razón por la que estás valorando estudiar Contabilidad y Finanzas?

No respondió.

—Disculpa si te incomoda, pero las Matemáticas no pintan bien para una princesa enamorada de los mosaicos —añadí para relajar la situación.

Mantuvo la vista en el deteriorado suelo que se encontraba bajo mis pies.

—¿Se puede saber por qué una princesa haría una incursión a tierra de ciencias y números?

Me miró de reojo y entendió que no trataba de burlarme, era mi manera de ser. Por primera vez, no se puso a la defensiva. Me evaluó para saber si contestar o no, qué decir.

—Quiero ir a vivir a Prakt.

—¿Y?

—Estuve investigando y los historiadores de arte no tienen mucha demanda en una ciudad donde prima el movimiento artístico y el sector está sobresaturado.

—Es cierto, pero no quiere decir que tengas que estudiar otra cosa.

—No lo has entendido. —Desvió la mirada—. No es que quiera vivir en Prakt mientras estudio, es que no quiero volver a Soleil.

—¿Por eso quieres hacer Contabilidad? —Asintió—. ¿Vas a estudiar algo que no te gusta solo por conseguir un trabajo de oficina que odiarás? ¿Todo eso por vivir en la gran ciudad?

—¿Te parece muy tonto?

—No es eso. —Intenté encontrar una razón para que la necesidad de abandonar Soleil con tal desesperación tuviera sentido—. Sé que este no es el lugar de las oportunidades, pero sacrificar tanto por vivir en Prakt…

—No quiero ser una carga para mis padres toda la vida, quiero independencia y, si quiero vivir en Prakt, necesito un trabajo que lo permita.

—Puedes tenerlo sin ir a la escuela de los *nerds*.

—Llamar *nerds* a personas solo por ser buenos en Matemáticas es lo más estúpido que te he escuchado decir hasta ahora —protestó.

—Soy muy bueno en Matemáticas, Pulgarcita —aclaré—. Es una manera de hablar. Hace mucho que ser *nerd* no es un insulto, estás desactualizada.

Puso los ojos en blanco y evité sonreír porque empezaba a desesperarse.

—Solo quiero vivir en Prakt —zanjó como si fuera la explicación más elaborada del universo.

—¿Quieres la vida de la ciudad que nunca duerme? Que yo sepa no duermes, pero por leer, no por andar de fiesta.

—¿Tú cómo sabes eso? —preguntó, entrecerrando los ojos.

—La ventana de mi habitación tiene una vista privilegiada al salón donde lees en poses raras. —Se sonrojó—. Ya te dije que eres entretenida de observar.

Abrió y cerró la boca varias veces sin saber cómo reaccionar.

—Eso se llama acoso —sentenció al recuperar el habla—. No deberías aceptarlo con tanta facilidad.

—Sería peor no decir que lo hago.

Por alguna razón mis palabras hicieron que su cara se tornara roja y se puso en pie de un salto.

—Creo que mejor nos vamos. Le dije a Sophie que llegaría temprano.

No me opuse, aunque hubiese deseado pasar más tiempo juntos.

Atravesé el lugar en busca de la moto con cuidado de no pisar las peligrosas grietas.

—¿Sabes? —dije cuando se apoyó en mis hombros para subir al vehículo—. No voy a presionarte para saber la verdadera razón de tu huida a Prakt, pero hay algo que sé sin necesidad de explicaciones.

Su silencio me dijo que estaba dispuesta a escuchar.

—La vida es muy corta para no hacer algo que te gusta. No voy a juzgar tus razones secretas, pero sean cuales sean, ninguna vale la pena para olvidar lo que amaba la princesa del castillo.

Sonrió con dulzura.

—¿Cómo haces para ser tan idiota y a la vez tan bueno dando consejos?

Mi corazón se desbocó y que pasara las manos por mi cintura al montar no ayudó a calmarme. Hasta me gustaba cuando me llamaba idiota. Su pregunta se repitió en mi cabeza durante la media hora que se extendió el camino hasta casa de su amiga, frente a la que aparqué cuando ya era de noche.

Amaia me dio las gracias a toda velocidad y dejó un beso en mi mejilla. Apenas pude musitar un adiós en lo que se apresuraba a la entrada principal de la casa. Se giró antes de entrar.

—No olvides que el sábado es mi cumpleaños. Mamá los invitó a cenar.

Se veía hermosa con el pelo hecho un desastre, la mochila colgada de un hombro y mi sudadera. Le quedaba enorme y la cubría hasta las rodillas. Las mangas eran demasiado grandes para sus cortos brazos.

—Ahí estaré —aseguré, ganándome otra de sus sonrisas.

Me quedé como un tonto mirando la puerta cerrada y disfrutando del calor que palpitaba en mi mejilla. Me costó varios minutos rememorar las palabras que habíamos intercambiado en las últimas horas y procesar que el sábado era su cumpleaños, que nos volveríamos a ver, compartir y…

«Mierda».

Le había dicho que iría a la cena cuando era imposible, porque el sábado trabajaría hasta tarde.

Capítulo 19

Al final de la semana estaba tan cansado que no recordaba haberme sentido así en mis veinte años. Era demasiado entre los entrenamientos, las clases, el trabajo cada tarde y la terapia del viernes en la que, por suerte, no tuvimos que entrar al consultorio de la doctora Favreau y solo fuimos como apoyo.

Para cerrar con broche de oro, el sábado tuve doce horas de trabajo para reponer la falta del jueves y ganar algo de dinero extra. No me quejaba porque tenía lo que tanto deseaba: un empleo. Hasta que me acostumbrara al nuevo ritmo, me costaría no sentir que estaba a punto de quedarme dormido cada vez que pestañeaba.

Si no hubiera sido por la ducha que me había dado antes de tomar la carretera, habría tenido que quedarme a dormir en los almacenes. El aire frío de la noche era lo único que me mantenía despierto, junto con la esperanza de llegar a casa y lanzarme a la cama hasta que Aksel me levantara al día siguiente para reparar las puertas del primer piso.

Pasé el límite de velocidad cuando estaba cerca, pero divisé una figura corriendo por la carretera y solté el acelerador. Amaia se acercó y me interceptó antes de que entrara por el camino que daba al garaje de la mansión.

Se detuvo frente a mí cuando apagué el motor, iba agitada y sin zapatos.

—Estás descalza.

Se miró los pies.

—No me ha dado tiempo a ponerme zapatos —se excusó.

Me aseguré de que estaba bien, que no había ninguna herida en su cuerpo. Era media noche y había salido corriendo de su casa con un vestido fino, nada adecuado para alguien acostumbrado a la calidez de un pueblo como Soleil.

—¿Por? —pregunté.

—Necesitaba hablar contigo.

Esperé a que dijera algo. Movió los labios, pero no salió ningún sonido.

—No has venido a mi cena de cumpleaños —soltó, finalmente.

Quise que la tierra me tragara por haberlo olvidado en algún momento de mi agotadora jornada de trabajo. Al despertar, me había repetido que le mandaría un mensaje en el primer descanso, pero no tuve ninguno, solo diez minutos para comer algo y no había mirado el teléfono ni una vez.

—Felicidades. —No tenía ni idea de qué decir—. Lo siento, no he podido avisar de que…

—No te preocupes —interrumpió con una sonrisa—. Me ha gustado mucho el regalo.

Habría dado lo que fuera por ver cómo lo abría, su primera reacción… Aunque la imaginaba, protestando por lo caro que era y negándose a aceptarlo. Prefería la segunda, cuando se diera por vencida y su rostro se iluminara de alegría.

—Me alegro. Fue idea de Aksel y de mi madre, sabían que te gustaría.

La mentira se escapó de mi boca. Era vergonzoso aceptar que había sido yo el de la idea y todo lo que hice después para que ella tuviera el juego de té.

—Me habría gustado que estuvieras —dijo en voz baja y temí que se hubiese percatado de mi mentira—. Supongo que has estado muy ocupado.

—Bastante.

—¿Trabajando?

—No. Atendiendo unos… asuntos.

—¿Con Chloe? —preguntó, recelosa.

Aunque una parte de mí quería aclararle que no había nada entre Chloe y yo, la otra deseaba que esa fuera una muestra de celos.

—Varias cosas —concluí sin dar demasiada información.

Sus labios se tensaron y la actitud relajada desapareció.

—¿Por qué mientes?

—¿A qué te refieres? —Me enderecé y puse distancia.

—¿Por qué me dices que estabas con Chloe cuando no es verdad?

—Yo no he dicho que estuviera con ella.

Abrió demasiado los ojos, como si acabara de insultarla de la peor manera.

—Tampoco lo has negado.

—Ni lo he afirmado.

Me encogí de hombros y eso la exasperó más.

—De todos modos, mientes. No estabas resolviendo «asuntos». —Resopló y su flequillo se agitó con el aire que exhaló—. ¿Qué te cuesta decir la verdad?

Pestañeé varias veces hasta que lo entendí. Solo había una manera de que supiera la verdad.

—Sophie se ha ido de lengua.

—No.

Le había contado todo y me sentí un estúpido por haber confiado en ella.

—No puedo creer que confiara en ella —dije más para mí mismo.

—No la tomes con Sophie —replicó. Estaba dispuesta a defender a su amiga, pero era yo el que estaba enojado en ese momento.

—¿Le dijo también a Aksel lo del puesto de trabajo que ocultamos? —pregunté, señalando la mansión.

—Solo me lo ha dicho a mí —murmuró.

—Y no ha debido hacerlo.

—¿Te molesta tanto aceptar lo que has hecho? —Su rostro se contrajo y recuperó el valor para plantarme cara.

—Me molesta que no haya cumplido su palabra —aclaré—. No es mi amiga, pero le pedí que no te lo contara.

—Fue mi culpa.

—¿Qué?

Se mordió el labio.

—Yo he dicho que tú… Estaba enfadada. —Miró a los lados con tal de no verme a los ojos—. Me lo ha contado para defenderte.

Me estaba perdiendo algo, lo tenía al alcance de la mano, pero no podía agarrarlo.

—¿Qué has dicho de mí?

—Varias… cosas.

Su nerviosismo resultaba sospechoso.

—¿Por?

—Estaba enojada porque no has venido, me ha parecido… Me ha parecido maleducado por tu parte.

—¿Y? —presioné para saber en dónde terminaría su historia y deseaba que fuera donde estaba imaginando.

—He hablado mal de ti.

«Diste en el clavo, Nika. Le importa, le importas».

—¿Por qué estabas enfadada?

Haría que lo dijera. Si se sentía atraída por mí, si estaba confundida o lo que fuera.

—Ya he dicho que…

—No. ¿Por qué te ha molestado que no haya venido?

Escondió las manos a su espalda.

—Dijiste que vendrías —musitó.

—¿Por qué te molesta tanto que no lo hiciera?

«Le importa, le importas». Mi voz interior no dejaba de repetirlo.

Su pecho subió y bajó varias veces. Las farolas que iluminaban la carretera no me dejaban ver bien su cara, sobre todo al estar a contraluz, pero hubo un cambio de color en sus mejillas y en la manera en que le costaba respirar. No respondía y fueron los minutos que más esperanzas me dieron en aquellos días. Me había besado con ese mismo deseo el día de Halloween. La atracción no había desaparecido, estaba ahí, vibrando entre nosotros.

—¿Por qué mentiste? —preguntó.

—¿Por qué te interesa tanto?

Contuvo la respiración al verse acorralada.

—¿Por qué quisiste regalarme el juego de té?

Intenté no reírme.

—¿Vamos a hacer esto?

—¿El qué?

—Una guerra de preguntas.

Frunció los labios.

—No es mi culpa que no quieras responder.

—Yo he preguntado primero.

Descansé los brazos en el manillar y mis ojos se quedaron a la altura de los suyos.

—Es hora de responder, Pulgarcita, no de hacer más preguntas.

Tragó saliva y me clavó los ojos en los labios. Aguanté las ganas de tomarla del brazo y besarla de una vez.

—Dices que no soy tu amigo, pero le das demasiada importancia a alguien que no aprecias. ¿Por qué te ha molestado que no viniera?

Su respiración varió. Abrió y cerró la boca, un gesto tan propio que repetía en todas nuestras conversaciones, una muestra de su característica indecisión.

—Sigo esperando, pequeña Amaia.

No podía, pero estaba ahí, escrito en su rostro y…

Tomó mi cara entre sus delicadas manos y posó sus labios sobre los míos. La sorpresa me inmovilizó el cuerpo, solo podía pensar en lo frías que estaban sus palmas, lo que ardía mi piel bajo ellas y lo suaves que eran sus labios.

Se separó y las palabras se me atoraron en la garganta. Esperaba otra cosa, una confesión graciosa, puede que un balbuceo.

—Me gusta esa respuesta —dije al salir del shock.

No solo me gustaba, me encantaba, porque me daba vía libre a tomarla del brazo y hacer que se pegara a mi cuerpo. Atrapé sus labios y jadeó cuando la besé. Tomé el mando y exploré su boca, deleitándome con su dulce sabor y los movimientos cohibidos de su lengua.

Tenía una indescriptible capacidad para seguirme hasta ser ella quien guiara. Deslizó una mano por mi pecho para ascender, enredar los dedos en mi pelo y pegarme más a su cara. Su diminuto cuerpo hervía contra el mío y no era suficiente.

La tomé de las caderas y la dejé a horcajadas sobre mí. El vestido dejó expuestas sus lindas piernas y la acerqué más, pecho con pecho. Su rostro quedó a la altura del mío, sus labios gritaban por ser devorados.

—Me gusta tenerte así, Amaia.

Había olvidado el cansancio del día, solo tenía ojos y fuerzas para ella, por ella. Quería disfrutar de ese momento, se sentía triunfal y reconfortante.

Un relámpago atravesó el cielo e impidió que la besara cuando ambos miramos hacia arriba. Segundos después, un trueno retumbó y dio paso a unas gotas finas y heladas. Se estremeció entre mis brazos cuando la lluvia comenzó a caer.

—Tenemos que movernos. —Encendí el motor y me miró, asustada—. Sostente, Pulgarcita.

Me abrazó con fuerza al ver que no tenía opción y escondió su rostro en mi cuello. Aceleré lo máximo posible para acortar la distancia que nos separaba del garaje, pero de todos modos llegamos empapados. De poco sirvió que le diera mi sudadera para cubrirse mientras corríamos hasta refugiarnos en el porche lateral de la mansión. Me deshice de la camiseta y pude exprimirla antes de quitarme las botas.

Amaia estaba con aquel diminuto vestido amarillo pegado al cuerpo como si fuera una segunda piel.

—Deberías cambiarte, te vas a resfriar.

Tembló y le froté los brazos para proporcionarle algo de calor.

—Puedo darte ropa seca, vamos.

Dejó de tiritar y se alejó un corto paso.

—Creo que iré a casa.

Miré a nuestro alrededor. A duras penas se podía localizar la construcción vecina a través de la tupida cortina de agua.

—¿Bajo esta lluvia?

Forzó una sonrisa.

—No está lejos y ya estoy mojada —aseguró, disparando en mí una serie de pensamientos nada sanos y que no tenían que ver con el estado de su ropa.

—¿Qué? —preguntó ante mi sonrisa, estaba a punto de reírme en voz alta.

Negué, avergonzado.

—No te dejaré ir bajo una tormenta.

Fue entonces cuando miró a su alrededor y se sorprendió por el diluvio. Debía de estar sorda si no le molestaba el ruido.

Se giró para decir algo, pero sus ojos se perdieron en mi abdomen y fueron subiendo por mi pecho. Una agradable sensación se extendió en mi interior. Que sus mejillas adquirieran ese hermoso color carmesí al observarme era más que suficiente para avivar mis ganas de besarla.

—Correré hasta mi casa —dijo sin apartar la vista de mi cuerpo—. No es problema.

Un mechón de pelo estaba pegado a su mejilla y terminaba en la comisura de sus labios. Con delicadeza, lo atrapé para colocárselo detrás de la oreja.

—¿Tantas ganas tienes de irte? —pregunté, aunque supiera la respuesta, siempre sería ella quien debería aceptar quedarse.

Le acaricié el rostro y no dudó en apoyar la mejilla en mi mano.

—No. No tengo ganas de irme —susurró con la voz que me volvía loco y esa mirada que me robaba los pensamientos coherentes.

Abracé su cintura y la alcé hasta que quedó a mi altura. Junté nuestros labios para deleitarme en su suavidad. Besarla podía convertirse en mi único deseo. Sabía que no me cansaría y entendía lo complicado que resultaría controlarme para no hacerlo todo el tiempo una vez rota la barrera. Con cada roce y gemido, era más consciente de que, si alguna vez creí posible alejarme de ella, fue porque no nos habíamos besado así.

La cargué hasta la barandilla de piedra y me aseguré de que estuviera cómoda para posicionarme entre sus piernas. Sus manos recorrían mi pecho enviando deliciosas sensaciones a mi entrepierna.

La manera en que mordió mis labios me provocó más y deseé besar todo de ella. Saboreé su piel húmeda por la lluvia y le mordí el cuello, recreándome con sus bajos jadeos.

—Me encanta ese sonido —dije, volviendo a sus labios.

Le acaricié las piernas en busca de las caderas por debajo del vestido, entonces se tensó y me apartó.

—¡Espera!

Me percaté de lo agitados que estábamos y de lo rápido que había progresado un simple beso.

—Si no estás cómoda, podemos subir a mi habitación —propuse, pues entendía que debía de tener frío y que un porche no era el lugar más agradable para estar así de excitados.

—Yo… Yo, no…

No quería seguir, aunque la manera en que miraba mis labios dijera lo contrario o que su cuerpo me hubiese dado las señales correctas. Tomé su rostro entre mis manos. Eran sus palabras las que contaban y lo último que deseaba era que se sintiera presionada.

—¿Quieres que te acompañe a casa? —pregunté, cuando mi respiración volvió a la normalidad.

—Puedo ir sola.

Besé su mejilla y se estremeció, no supe si de la sorpresa o del frío. El viento agitaba la fina lluvia y empapaba el porche, a nosotros.

—Espera aquí —le pedí.

No tenía sentido darle ropa seca ni decirle que se cambiara. Lo mejor era que se diera un baño lo antes posible para que no pillara un resfriado.

Busqué a ciegas un paraguas mientras me concentraba en contar las ventanas que faltaban por reparar con tal de que mi erección desapareciera. Funcionó cuando iba por el número veintisiete y pude regresar al porche sin quedar expuesto.

Se mostró confundida al ver el paraguas, pero lo aceptó.

—Puedo acompañarte y…

—No es necesario —me interrumpió con una sonrisa forzada.

Pasó por mi lado a toda velocidad, estaba nerviosa, como si deseara huir. No entendí la razón por la que no se despedía mientras batallaba con las manos temblorosas para abrir el paraguas. Me senté en la barandilla y me aguanté la risa para no arruinar con burlas lo que había sucedido.

Me aclaré la garganta cuando estaba a punto de bajar el primer escalón.

—El lunes quiero de vuelta el paraguas.

Me fijé en cómo el vestido se pegaba a su silueta.

—Y… Amaia… —dije cuando volvió a poner atención en bajar la escalerilla—. Esta vez no seré tan idiota como para ignorarte.

• • •

Los días que siguieron a la noche bajo la lluvia fueron la evidencia de que nada resultaba como lo planeaba. Una vez más, había creído que la situación cambiaría y, al día siguiente, Amaia mandó a su hermanita a devolverme el paraguas. No solo eso, el lunes, en el autobús, no me miró y tuve que ir a la cafetería para coincidir con ella porque faltó a Filosofía, la clase que compartíamos por la mañana.

Estuvo nerviosa y evitó mi mirada al sentarse a la mesa. Quise pensar que no era porque se arrepentía, sino porque no sabía cómo enfrentarlo. Se pasó la mayor parte de la hora de la comida jugueteando con lo que había en su bandeja, mientras el resto de nuestros amigos conversaban sobre la fiesta de cumpleaños que tendría lugar el sábado en casa de Adrien.

A la primera oportunidad, Amaia desapareció con Sophie y valoré interrumpirlas, pero parecían hablar de algo importante. Fui paciente y las seguí para hallar la oportunidad de abordarla. La encontré cuando fue sola al baño y salió a la vez que sonaba el timbre que iniciaba la sesión de la tarde.

—Eres muy escurridiza, Pulgarcita.

La tomé del brazo e hice que caminara conmigo hacia el laboratorio de Química.

—¿Qué haces? —preguntó con voz aguda, mirando a su alrededor—. Tengo clase.

—Será un segundo.

—Llego tarde —masculló.

—Un poco más no hará daño. —Saqué la llave de mi bolsillo cuando estuvimos delante de la puerta—. Vigila que no venga nadie.

—¡¿De dónde has sacado esa llave?! —exclamó.

El cerrojo hizo un clic y la obligué a entrar para que nadie pudiera escucharnos. Cerré la puerta a mi espalda y vi su expresión de terror.

—¿Sabes que cuando haces algo indebido debes mantenerte en silencio? —me burlé.

—¿Estás loco? —Señaló mi mano—. ¿Cuándo has robado esa llave?

—No la he robado. Es la copia de una copia que me prestaron hace tiempo.

Su mandíbula se descolgó y se vio igual o más atractiva que de costumbre.

—Deberías deshacerte de ella si no quieres que te expulsen —reprendió.

—Hay cosas peores.

—¿Eres idiota? ¿En qué mundo vives que te pones en riesgo por tener la llave de un lugar restringido?

Me acerqué a ella sin pensarlo. Prefería que me insultara mientras la besaba. Deslicé la nariz por su mandíbula para deleitarme con su olor.

—Hay personas por las que vale la pena arriesgarse —susurré antes de besarla.

Lo hice con calma y profundidad, saboreando todo de ella. La había tomado por sorpresa y le quité la mochila. Hice lo mismo con la mía para estar cómodos, poder tomarla de la cintura y subirla a la mesa más cercana. Estuve entre sus piernas y sentí que ese era el lugar al que pertenecía, donde quería estar siempre que ella lo deseara.

La manera en que sus manos me acariciaban el rostro y me revolvían el pelo gritaban que ella se sentía igual. Me respondía con la misma desesperación, devorando mis labios, chupando y mordiendo.

Mi cuerpo reaccionaba a sus caricias y el contorno del suyo se convirtió en las curvas que mis manos se deleitaron en explorar. Su piel estaba hirviendo bajo tela. Le acaricié las piernas hasta llegar a sus caderas por debajo de la ropa.

—Me gusta este vestido —confesé, dando un suave mordisco bajo su oreja.

De la nada, se aferró a mi sudadera, tiró de ella para deslizarse y quedar al borde de la mesa con sus piernas rodeando mis caderas. Su sexo estuvo contra el bulto de mi pantalón. El jadeo que se le escapó hizo que un calambre me bajara al abdomen, estaba más excitado de lo que podía recordar. Quería arrancarle la ropa y deshacerme de la mía.

—Definitivamente, me encanta este vestido —murmuré sobre sus labios.

Apreté su trasero y moví las caderas solo un poco, el contacto fue exquisito y ambos dejamos escapar un sonido de placer. Me volvería loco si no iba con calma. Amaia era una droga.

Mis manos se movían por sí solas porque mi cerebro estaba concentrado en las mil maneras en que podía complacerla. Quería arrodillarme y devorarla, hacerla gemir por un orgasmo provocado solo por mi boca. Me apetecía deleitarla con mis dedos hasta que pidiera por mí, por tenerme dentro de ella.

Le acaricié las piernas y enredé las manos en su ropa interior para quitársela y cumplir la primera de mis fantasías, pero rompió nuestro beso y me alejó.

—¿Qué haces? —preguntó.

Los dos éramos un desastre, respirábamos con dificultad.

—Digo… Sé lo que haces —continuó, nerviosa, trayéndome a la realidad—. Estamos en el instituto, no podemos.

Tuve que sonreír y acercarme hasta que nuestras narices se rozaron.

—¿Es por eso? —susurré sobre sus labios.

—No voy a follar aquí —zanjó, desviando la mirada.

—Si lo que te preocupa es la protección, tengo condones —expliqué para que supiera que no era solo su responsabilidad y que yo siempre iba preparado.

—No… No es… —aseguró, mientras yo me deleitaba con el olor de su perfume.

—Entonces, ¿qué? —quise saber. Deslicé mi nariz por el arco de su mandíbula cuando alzó la barbilla dándome acceso.

—Estamos en el instituto —repitió—, nos pueden pillar.

Me reí por lo bajo al pasar mis labios por su cuello.

—Dime que no te excita. Dime que no te pondrá a mil saberlo mientras te follo encima de esta misma mesa.

Se tensó y mi miembro palpitó deseándola más que nunca. Su respiración volvió a ser irregular y le acaricié las piernas por debajo del vestido hasta abrazar su diminuta cintura. Sus suaves jadeos me guiaban y estaba a punto de besarla cuando volvió a alejarme.

—No puedo —dijo con voz temblorosa.

Me erguí y le di espacio.

—¿Tienes miedo?

Intenté no hacer un chiste sobre lo divertido que sería que nos atraparan haciéndolo.

—No quiero meterme en problemas —dijo sin más y la ayudé a bajar de la mesa.

—No sabía que eras tan responsable, Pulgarcita —bromeé para que se relajara.

No lo hizo, ni siquiera me miró. Se dirigió a su mochila, que había quedado olvidada en el suelo, y la vi huir.

La incertidumbre me invadió. Si seguía dudando de lo que ella deseaba de mí, terminaría por volverme loco. Ansiaba estar con ella, pero si Amaia no quería…

Siempre me habían gustado las cosas claras porque yo era así con todas las personas, pero con ella… Me asustaba preguntar lo que quería. Me aterraba ser rechazado porque ya estaba convencido de que jamás me había atraído alguien de aquella manera, pero tenía que hacerlo o viviría en la eterna incertidumbre.

Le sostuve la mano para impedir que abriera la puerta.

—Estabas huyendo.

Una desagradable punzada me atravesó el estómago, eran los nervios. Era un hecho, ambos lo sabíamos, no necesitaba ni un asentimiento.

—No quiero presionarte ni estar cerca si eso no es lo que deseas —confesé, sin saber qué demonios haría si me pedía distancia—. ¿De verdad quieres alejarte de mí?

Los segundos se sintieron eternos y pude contar las veces que tomó aire antes de contestar:

—No —dijo, aliviando la tensión en mi cuerpo—, no quiero huir de ti.

Sonreí, pero no me correspondió. Aun así, mágicamente, mientras ella salía del laboratorio a toda velocidad, me percaté de que eso era todo lo que necesitaba escuchar para sentirme en paz la próxima vez que nos viéramos.

Capítulo 20

Desde nuestra llegada a Soleil, había descubierto la facilidad con que los días se convertían en semanas y luego en meses. Diciembre comenzaba, un año más, algo que siempre veía como una desgracia, un trago amargo, una respiración profunda y mirar a mi madre y mi hermano para tomar fuerza y seguir. Esa vez era diferente y la razón tenía nombre, medía poco más de metro cincuenta y se ponía nerviosa cada vez que le guiñaba un ojo o le hablaba al oído.

Además, tenía un trabajo y todo estaba mejor... No recordaba que hubiera habido tanta paz a mi alrededor desde que tenía diez años. De no ser por las sesiones de terapia, la tranquilidad me habría asustado.

En la primera no entramos a la consulta, pero en la segunda estuvimos los tres en la oficina de la doctora Favreau para conversar. Fue incómodo escuchar a mi madre mezclando verdades y mentiras para responder a las preguntas.

La doctora le recetó unas pastillas que la ayudaban a dormir. Apenas se movía por la noche y al día siguiente amanecía renovada. Aunque era un tratamiento temporal, me dejaba confiar. No sentía la necesidad de pasar algunas noches despierto para estar seguro de que no se levantaría a buscar algo de alcohol escondido.

Por otro lado, sin ser un psiquiatra experto y sin los títulos que la doctora Favreau tenía expuestos a su espalda en la cómoda consulta, sabía que las terapias serían individuales en algún momento y tendría que enfrentarla, seguir la mentira. No me sentía preparado, no creía poder estarlo jamás.

Traté de no pensar en lo que vendría después. Quise concentrarme en el último mes del año, en que me sentía bien y quería, por una vez en la vida, tener vida normal, o al menos intentarlo.

Sophie, Dax y Charles cumplían años y tenían planeada una fiesta en casa de Adrien. La idea no me atraía, pero Amaia iría. No habíamos intercambiado una palabra desde el día en el laboratorio y era obvio que, si no creaba la oportunidad de estar cerca de ella, no sucedería.

Llegamos a casa del imbécil de Adrien cerca de las once de la noche, cuando no había aparecido ni la mitad del instituto. La mayoría de los invitados estaban reunidos en el salón del primer piso, donde había una mesa de billar y otra de juegos, un televisor que ocupaba media pared donde se podía ver una carrera virtual en la que Sophie llevaba la delantera, así como un bar con una vitrina cerrada con llave repleta de botellas caras.

Localicé a Amaia conversando con Charles, apoyados en la pequeña barra. Recordé la conversación con Chloe, lo que dijo sobre los sentimientos de ella y lo que podría pasar, que existía la posibilidad de que volvieran una vez pasara el tiempo. Ella le sonreía como si él jamás le hubiese sido infiel y fueran amigos de toda la vida.

Me concentré en las palabras que la misma Amaia había dicho una vez, que no creía en las reconciliaciones después de una traición de ese tipo. No estaba seguro de si era verdad o lo que quería creer, pero escogí sonreírle y apartar aquellos pensamientos cuando nuestras miradas se encontraron a través del salón.

Esperé paciente, conversando con Arthur, uno de los chicos del equipo. Tuve suerte de que alguien llamara a Charles desde el pasillo y Amaia se quedara sola, entretenida con su teléfono.

—Hola —dije al acercarme y estuvo a punto de soltar todo lo que tenía en las manos.

—Necesitas empezar a anunciarte —se quejó.

—No creo. Es más divertido verte saltar del susto.

Su pelo, en suaves ondas, parecía más corto y disimulaba el corte irregular. Llevaba algo de maquillaje, sus ojos resaltaban más y sus labios tenían un brillo sutil.

—Espero que no siempre te quieras burlar de tus amigos.

—Interesante, ahora soy tu amigo —dije para molestarla y centrarme en la conversación en vez de en su boca.

—En teoría —dijo con recelo.

—Me gusta saberlo.

Me acerqué a ella y sus hombros se encogieron, pero no retrocedió. Al contrario, inspeccionó mi rostro a falta de palabras hasta que decidió hablar.

—¿Buscas alcohol?

—No, he venido a verte. Pensé que era obvio.

Tragó con dificultad. Me había percatado de que cuando estaba nerviosa le incomodaban los silencios y yo la ponía nerviosa. No la había visto reaccionar de la misma forma con otras personas.

—¿Quieres vodka con naranja? —preguntó por decir algo.

—No mezclo bebidas.

Arrugó el ceño.

—Es lo mismo beber con zumo.

—No, Amaia. No estás viendo la cantidad que bebes y tu organismo lo recibe distinto. Terminarás borracha y no lo notarás.

—Yo no me emborracho —alegó con seguridad.

Apoyé los codos y la espalda en la barra, imitando su posición. Me encargué de que nuestros brazos se rozaran para acortar la distancia.

—Me gusta saberlo —murmuré, pensando en las ganas que tenía de besarla, cosa que no podría hacer si estaba borracha.

—No tienes ni idea de lo que es el espacio personal, ¿cierto? —preguntó al echarle una mirada fugaz a donde nuestros cuerpos se tocaban.

—¿Espacio qué? —bromeé al ladear la cabeza e inclinarme hacia ella.

No retrocedió. Probé a ir un poco más allá, tanto que tuvo que pestañear para enfocar mi rostro.

—¿Qué haces?

—Ver hasta dónde me dejas llegar.

Sostuvo la respiración y sus ojos se abrieron demasiado.

—Estamos en público, ¿sabes?

Estaba poniendo a prueba sus límites y temía que saliera corriendo, aunque hubiese sido algo entretenido de presenciar. Me alejé lo suficiente, pero le pasé una mano por detrás de su espalda.

—Tranquila, si no quieres que nadie se entere de lo que pasa entre nosotros, puedo guardar el secreto.

La mano le tembló cuando se llevó el vaso a los labios.

—Entre nosotros no está pasando nada —murmuró.

—Porque tú no has querido que pase.

Casi se atraganta con el corto sorbo que le dio a su bebida cuando le acaricié la espalda con el índice. Había colocado la mano en el lugar que me dejara tocarla sin que nadie se percatara. Podría no decir una palabra de lo que pasaba o pasaría entre nosotros, mentir si alguien preguntaba y llevarme el secreto a la tumba, pero no le mentiría a ella sobre lo que deseaba.

—Si fuera por mí —susurré—, estaríamos en un lugar privado.

La miré y se mojó los labios, un gesto inconsciente, lento, hechizante.

—Dime, Amaia, ¿quieres portarte mal esta noche?

Nos habíamos acercado tanto que habría podido contarle las pecas de las mejillas. Un cosquilleo se deslizó por mi abdomen, regalándome imágenes de diversos escenarios en los que la tenía desnuda para mí.

—Ni te imaginas lo que me gustaría estar haciendo ahora mismo —confesé.

Su expresión se tensó y el ambiente cambió en segundos cuando me dedicó aquella mirada glaciar con la que lograba intimidarme.

—¿Haciendo o haciéndome? —preguntó a la defensiva—. ¿Qué obsesión tienen los chicos con alardear sobre lo que van a hacerte?

Reemplacé la carcajada que mi interior quiso soltar por una risa baja que disimulé con algo de tos y me alejé un poco.

—No dije haciéndote, dije haciendo. Deberías escuchar mejor cuando te hablan. —Le toqué la barbilla—. No necesito anunciar lo que me gustaría hacerte y, si quieres saberlo, no tengo ningún problema con dejarme hacer.

El rubor que bajó por su cuello y le enrojeció los hombros hizo que me fijara en los finos tirantes que sostenían la blusa de seda. Se sentía casi tan suave como su piel y lo sabía porque con cada caricia secreta que dejaba en su espalda, rozaba la tela.

—¡Suéltame! —gritó una chica y nos sobresaltamos.

Se nos fue la vista hacia el pasillo, igual que al resto de los presentes. Los dos reconocimos la voz. Amaia fue más rápida que el resto. Se escurrió entre el tumulto de chismosos hasta que la perdí de vista.

Yo era más alto que la mayoría y me abrieron paso cuando pedí permiso, pero mi avance era lento y me costó llegar al frente. Rosie, el origen del grito, estaba en medio del círculo que se había formado alrededor de Raphael y ella. Victoria y Sophie la sostenían para que no se le echara encima y él mantenía una expresión divertida que no me hizo ninguna gracia.

—¿Desde cuándo tengo que soportar que insinúes que puedo acostarme contigo? —reclamó Rosie.

—¡Estaba bromeando! —se defendió él.

Ella se revolvió y sus amigas no le permitieron moverse.

—¡Ve a bromear con tu madre, bastardo!

Raphael puso los ojos en blanco y soltó un resoplido:

—No te molestes, Rosie. Todo el mundo sabe que lo haces con cualquiera.

—¿Qué está pasando? —intervino Adrien, que apareció de la nada.

—Dime tú qué está pasando —lo encaró Rosie—. Como le cuentas a tu amiguito que follamos, ahora se cree con derecho a invitarme a hacerlo con él.

Hubo un murmullo que revolvió a la multitud apiñada en el pasillo.

—Eres tan estúpida que ahora lo sabe todo el mundo. Y la verdad es que no lo vales —dijo Raphael con desagrado y le echó un vistazo a la castaña—. Ni siquiera estás tan buena como para perder el tiempo.

Hizo el amago de tocarle la barbilla para provocarla, pero Amaia se lo impidió. Se interpuso entre las tres chicas y el imbécil de Raphael sin calcular que a duras penas le llegaba a la barbilla.

—¿Quién te crees para hablarle así? —reclamó.

—Y tú ¿eres la enana salvadora?

La manera en que le habló fue como un golpe en el pecho para mí. Amaia, sin miedo, se le acercó, pero me interpuse entre ellos. Trazaría una línea invisible para que Raphael no volviera a respirar el mismo aire que ellas nunca más, y lo haría a golpes.

—Repite eso —exigí. Se me estaba nublando la visión e imaginaba que mi puño interceptaba su cara una y otra vez—. Repite lo que acabas de decir.

Raphael balbuceó y Adrien, que se había unido para alejar a su amigo de mí, intentó hablar.

—¡Cállate! —advertí—. Quiero que repita lo que dijo.

Lo aplastaría hasta que no pudiera moverse ni recordar su nombre. Quizás, si estrujaba su débil cuello durante el tiempo suficiente, lograría quebrarlo para que no pudiera volver a hablar así de otra persona.

Una mano me apretó el hombro y me trajo a la realidad. Me percaté de lo tenso que estaba, del silencio absoluto que reinaba en el pasillo. Encontré los ojos verdes de Aksel, eran el ancla que necesitaba para no dejar que la oscuridad me tragara.

—Nika, no pasa nada —habló con el tono que empleaba mi madre para calmarme—. Es solo un malentendido.

Respiré repetidas veces. Me hervía la sangre, pero no podía permitirlo, no quería dejarme llevar por ese instinto primario que me corría por las venas. Decidí tomar la decisión correcta, aunque no fuera la que deseaba. Miré a Raphael, que había pasado de ser el animador del circo a ser el pobre ratón asustado.

—Este y yo tendremos que hablar a solas —concluí. Le lancé una mirada a Adrien para que supiera que, si quería salvar su cuello y el de su amigo, lo mejor era que despejara el lugar y me dejara ajustar cuentas con él sin que nadie estuviera presente.

Capítulo 21

De alguna manera, mientras avanzaba por el pasillo detrás de Adrien y Raphael, logré calmarme e ignorar el impulso de estrellarles las cabezas para comprobar si tenía fuerza suficiente para dejarlos inconscientes de un solo golpe.

Adrien nos llevó hasta una habitación cerrada que resultó ser la de sus padres. Me entregó la llave antes de pedirnos que mantuviéramos la conversación en paz. Le cerré la puerta en la cara de imbécil que solo me recordaba que no le había pegado como se merecía y que tampoco podría hacerlo con Raphael.

Cuando me giré, me encontré al rubio igual de asustado que unos minutos antes.

—Lo que pasó con…

Atravesé la oscura habitación y, tras las gruesas cortinas de color rojo vino, encontré las puertas de cristal que daban a una terraza. Le hice un gesto para que saliera y poder conversar donde nadie escuchara lo que no debía.

—¿Me pegarás como hiciste con Adrien? —Intentaba sonar seguro y mantuvo la distancia una vez estuvimos en el exterior.

—Tú has tenido más suerte. —Me crují los nudillos y crucé los brazos—. A ti te dejaré explicar las razones por las que te comportas como un cretino.

Se atragantó con su propia saliva.

—No pasó nada, fue Rosie la que armó el escándalo.

—¿Vas a decir que ha sido su culpa lo que ha pasado? —Sonreí—. Mal comienzo.

—No sabía que decirle a una chica que te gustaría follar con ella era un insulto —expuso, envalentonándose—. No lo grité a los cuatro vientos, se lo dije al oído, ella se puso como loca y…

—Ella, la misma a la que querías emborrachar para follar… —Sus ojos, pequeños para el rostro cuadrado y de afiladas facciones, se abrieron demasiado—. Me imagino la manera en que le hiciste saber lo que querías.

—Tú… Tú…

—Sí, lo escuché todo ese día en las duchas.

—No quise ofenderte por…

—¿Crees que me molestó lo que hablaron de mí? —Reí por lo bajo—. Tienes que ser muy egocéntrico para pensar que me ofendería eso y no la manera en que hablaban de cómo usar a otras personas.

—Pero yo no…

—Me da igual las excusas que tengas porque sé perfectamente de lo que estás hecho —zanjé. Su voz me enojaba y no quería que la situación se me fuera de las manos—. Todos están cortados por la misma tijera. Tú, Adrien y el imbécil que siguen como si tuviera un caramelo pegado al culo.

Se estremeció.

—¿Hablas de Alexandre?

—Habló del que golpeaba a Chloe mientras estaban juntos, de ese.

—Esas son cosas de pareja que…

Di un paso hacia él y se calló.

—Te daré una lección de vida y tómalo como muestra de cortesía —dije sin alzar la voz, manteniendo la calma—. Si ves a una persona abusar de otra y te callas, eres, de cierto modo, culpable.

—Yo jamás…

—Esto no es sobre Chloe —aclaré—, pero créeme, eso tampoco quedará impune. De lo que estamos hablando es de Rosie y lo que acaba de pasar.

—Llevamos semanas hablando, pensé que ella también quería algo más —soltó de carrerilla, encogiéndose en el sitio—. Me equivoqué, eso es todo.

—Y como se negó, la pusiste en ridículo delante de medio instituto, ¿no?

Las justificaciones no aparecieron, aunque intentó inventarlas, de su boca no salió palabra alguna.

—Ella empezó —dijo, finalmente.

—Empezó rechazándote y eso es inaceptable para alguien como tú. —Su rostro se tensó por la ira contenida—. Deberías analizarte de vez en cuando, Raphael. Quizás encuentres, como el resto, las razones por las que resultas repulsivo. No es precisamente por tu aspecto.

—¿Qué quieres decir? —masculló.

—Que te alejes de Rosie y de Victoria, también de Chloe, Sophie y Mia —declaré sin responder a su pregunta, esa era una tarea para meditar con la almohada.

—No me he acercado a ninguna de ellas, no son mis amigas. Mia se metió en la discusión y estaba molesto, por eso le hablé así, nada más.

—¡Genial! —Aplaudí con una falsa sonrisa y el sonido hizo que el otro saltara en el sitio—. Así no te meterás en problemas. Dos conflictos solucionados, solo me falta uno.

—¿Qué quieres decir?

—Con Adrien y contigo ya está todo aclarado, saben cómo comportarse, solo me falta que Alexandre deje en paz a Chloe —expliqué, empleando un tono de voz que le dejara claro que no estaba jugando—. Voy a resolver el dichoso problema con tu otro amiguito de una vez.

—No conoces nada de Alexandre, no deberías…

Me incliné hacia él para hablar con voz baja, pero clara y cortante.

—Y ni tú ni él ni Adrien saben quién soy yo.

—¿Podemos dejar esto de una vez? —Bajó la mirada—. Ya te dije que lo de Rosie fue un malentendido y a Mia solo le he hablado así porque estaba alterado.

—Puedo imaginar lo que le dijiste a Rosie. Sé a lo que se dedican Adrien y tú.

—Ese día yo no dije nada.

—Ya sé que es Adrien quien quería follarse a Mia.

—Tampoco fue así lo… lo que…

—Lo escuché a la perfección —lo interrumpí, harto de sus balbuceos y de seguir hablando de lo mismo—. Tengo buena memoria, Raphael.

—Ya sabes que Adrien no va a acercarse a ellas.

—Pues ahora el trato se extiende para ti —advertí—. Si quieren ir pregonando a quiénes se follan a los cuatro vientos para después intercambiarlas, les conviene que yo no me entere.

—¿Vas a proteger a todas las chicas que tengas cerca? —Mi mano tembló, tenía ganas de olvidarlo todo y darle su merecido—. Si ellas quieren revolcarse con medio instituto, es su problema.

Me masajeé el puente de la nariz, contando hasta veinte con deliberada lentitud.

—Lo que ellas quieran hacer no es de mi incumbencia. —Modulé la voz para que no me temblara por la rabia—. «Sus cuerpos, su decisión». ¿Te suena familiar la consigna? —pregunté—. Lo que no quiero es que vayan contando historias de cómo y cuándo se las follaron. Si quieres una razón, puedo dártela: porque no me da la puta gana.

—Yo no estaba…

—Mantén la boca cerrada y compórtate para que podamos mantener la farsa.

Pasé por su lado y volví a la habitación.

—¿Te vas a quedar? —pregunté al ver que parecía una estatua en la terraza—. Tengo que devolver la llave.

Me siguió sin decir nada, pero lo tomé de la nuca antes de que pudiera dejar la habitación.

—Un último detalle —murmuré cerca de su oído—. Si esto se repite, te aseguro que la próxima vez no habrá nadie cerca para defenderte.

Presionó los labios con fuerza y creí vislumbrar lágrimas de frustración.

—¿Me estás amenazando? —preguntó.

—No, estoy diciendo lo que sucederá —aclaré antes de soltarlo para que se fuera.

No quería estar ahí, en el mismo espacio que Adrien y Raphael. Lo mejor era volver a casa y descansar. Si me seguía exponiendo a personas así no tendría el mismo autocontrol, pero no podía irme. Había venido con Aksel en la moto y no le arruinaría la noche.

Salí al jardín delantero con la idea de dar un paseo, sin casco, con el aire en mi rostro mientras subía la velocidad y recorría las afueras del pueblo. Pasé los coches mal aparcados y frené en seco al encontrar a dos chicas sentadas en la acera, entre mi moto y una camioneta.

—Nada de esto estaría pasando si no nos hubiésemos enrollado con Charles —se quejó Rosie y su voz se quebró, estaba llorando.

—Charles no se lo ha dicho a nadie —aseguró Victoria.

Conversaban en voz baja sin saber que yo estaba detrás de ellas.

—Si no lo dijo, ¿por qué sus amiguitos parecen carroñeros a nuestro alrededor?

—Basta —la cortó Victoria y se puso de pie—. Ya sé por dónde vas. Adrien es un imbécil, Raphael y Charles igual, pero estoy harta de que siempre saques el tema y termines culpándome.

—¿De quién es la culpa si fuiste tú la que propuso que folláramos con él? —reclamó la castaña.

—No te obligué a hacerlo —dijo la rubia con pesar, bajando el volumen de su voz—. Deja de culparme por todo cuando lo único que hago es estar a tu lado cuando me necesitas.

Victoria se dio media vuelta y me encontró a pocos metros. Se quedó con los pies clavados en el suelo, sus ojos grises estaban lívidos y el lugar al que pensaba retirarse, en el olvido.

—Tú…

—Soy sordo —dije para que supiera que sus asuntos no eran de mi incumbencia.

No pudo justificarse, tampoco tenía cómo ni debía hacerlo. No le quedaba más remedio que confiar en mi silencio. Relajó la expresión y se vio agotada, triste.

—Cuídala mientras voy a recoger nuestros abrigos y llega el taxi —murmuró para que su amiga no se enterara.

Rosie seguía en el bordillo. Cuando me senté a su lado, tenía la vista al frente y los ojos demasiado brillantes. No se preocupó por disimular el gesto de asco cuando se dio cuenta de que era yo.

—Victoria regresará enseguida —dije para que no pensara que mi presencia sería eterna.

—A lo mejor no regresa —masculló.

—Es tu amiga, va a regresar.

—Quizás ya se ha dado cuenta de que no la veo como a una amiga y no va a regresar. —Su voz tembló y de la nada enterró la cabeza entre las rodillas para empezar a sollozar.

Un segundo estaba conteniendo sus sentimientos, con mueca de disgusto al verme, y al siguiente lloraba sin consuelo. Me sorprendió, pero la manera en que defendía a Victoria, lo territorial y agresiva que era tras lo sucedido con Charles, el día que la atrapé espiando a su amiga en el parque… Las piezas encajaban.

Miré a nuestro alrededor y luego a su pelo, que le caía sobre las rodillas y ocultaba su rostro. No era un espectáculo, estábamos fuera de las miradas curiosas y nadie la vería llorando, pero me sentía observado, juzgado por no hacer nada. Las personas en ese estado eran un problema para alguien como yo, en especial Rosie, que acostumbraba a ser tan seca y distante. Abrazarla sería demasiado y darle unas palmaditas en el hombro sería algo indolente.

No paraba de balbucear e hice lo único que se me ocurrió, aunque no fuera la mejor de las ideas:

—¿Te gusta Victoria?

El llanto se detuvo a la misma velocidad que había aparecido, pero no movió ni un músculo.

—Rosie —insistí tras un minuto de silencio—, ¿te gusta Victoria?

Alzó la vista y me observó con el maquillaje corrido.

—Claro que no… ¿De qué hablas? —Intentó recomponerse—. ¿Crees que estoy llorando por eso? —Logró mostrar una sonrisa—. Es por el imbécil de Adrien, que cuenta lo que no debe y después tengo que aguantar las babosadas de sus amigos.

Asentí varias veces, pero ambos sabíamos la verdad.

—A partir de ahora, no tendrás que preocuparte por eso —dije para cambiar de tema—. Ninguno se acercará a ustedes.

—¿Cómo lo sabes?

—Me encargué de ponerle límites y digamos que son imbéciles, pero no tanto.

Rosie me evaluó durante un largo rato. Puede que quisiera darme las gracias por mi intervención en la discusión, pero esas palabras no parecían formar parte de su vocabulario. En eso nos parecíamos.

Se enderezó y fingió que se rascaba las mejillas, era un teatro para limpiarse las lágrimas.

—No se lo digas a nadie —me advirtió tras unos segundos, con su acostumbrado mal humor—. Lo haces y te castro.

—¿Qué cosa?

—Sobre Victoria.

—No tengo ni idea de lo que estás hablando.

Suspiró por lo bajo y volvió a restregarse los ojos. Estaba agotada, al borde de la desesperación.

—¿Cómo…?

La pregunta quedó en el aire.

—¿Cómo qué?

—¿Cómo entiendo lo que estoy sintiendo por ella?

Contemplaba al cielo como si la respuesta estuviera a punto de caer o se encontrara oculta en las estrellas.

—No soy el mejor para opinar.

Se giró para mirarme.

—¿Alguna vez te ha gustado alguien de tu mismo sexo… o una amiga?

Me encogí de hombros.

—La primera vez que me atrajo un chico se lo dije y pasamos la noche juntos —acepté sin darle vueltas—. Fue divertido para los dos y ahí se quedó.

—¿Era tu amigo?

Había sido en una fiesta cuando tenía dieciséis o diecisiete años.

—No, solo alguien que me gustó.

Entornó los ojos.

—No es lo mismo, no querías nada con él, solo era sexo y…

Dejó de hablar al ver a Victoria acercarse.

—No le digas nada —murmuró en tono amenazante antes de que la rubia nos diera alcance.

Su taxi estaba esperando y yo necesitaba salir de allí. Las seguí hasta que las dejaron en casa de Victoria y continué sin rumbo hacia una carretera desierta donde solo se escuchaba el silbido del aire.

Las ganas de irme fueron desapareciendo porque Amaia volvió a mi mente. Había algo en esa casa que valía la pena, que me haría olvidar lo que había pasado. Estaba dispuesto a todo por raspar segundos o minutos de su compañía.

Capítulo 22

No miré la hora, pero debían ser más de las dos de la madrugada cuando volví a casa de Adrien. Era de suponer por la euforia generalizada, los saltos que daban los fiesteros en la sala, los tumbos de otros por los pasillos y el olor a vómito del baño.

Localicé a Aksel en la cocina, estaba bebiendo con Sophie. Amaia no estaba por ninguna parte, así que subí al primer piso. Apareció de la nada, venía de la sala de juegos y se cubría los oídos debido a los gritos que daban los borrachos en esa parte de la casa.

—¿Dónde te has metido? —dijo cuando casi chocamos en lo alto de la escalera.

—¿Me estabas buscando?

Abrió demasiado los ojos.

—No, claro que no.

Mentía mal. Se sintió bien pensar que no era solo yo el interesado en verla.

—Pues yo a ti sí. Quiero enseñarte algo.

Le rocé la mano y al momento la apartó con el ceño fruncido, mirándome de arriba abajo.

—¿Qué ha pasado con Raphael?

—¿De eso quieres hablar? —me sorprendí.

—¿Te parece normal lo que sucedió?

—Sí, pero si tienes dudas, es mejor no conversar aquí. Dijiste que no querías que te vieran conmigo.

—No dije eso.

Me acerqué para provocarla. Me importaban poco Adrien, Raphael y el resto del mundo, había vuelto por ella.

—Interesante… —murmuré muy cerca de su rostro y su labio tembló—. Me parece muy bien que hablemos aquí.

Dio un paso atrás y miró alrededor con miedo a que alguien nos estuviera prestando atención. Los pocos que iban y venían se sujetaban a la pared para caminar, estaban en sus propios asuntos o, como un par de chicos que había a dos metros, se comían la boca hasta el punto de que me preocupó la capacidad pulmonar de ambos.

—¿A dónde quieres ir? —dijo en voz baja, dándose por vencida.

Sonreí y la llevé a la habitación de los padres de Adrien. Esa vez la vi con otros ojos: era un lugar cómodo y acogedor con una tenue luz que entraba por la puerta de la terraza.

—¿No le has devuelto la llave a Adrien? —preguntó con la vista fija en mi mano cuando cerré la puerta.

—¿Cómo sabes que la tenía?

Se aclaró la garganta.

—¿Para eso me has traído aquí? —me interrogó—. Se supone que sería yo quien haría preguntas.

—¿Hay algún momento en el que no hagas preguntas? —pregunté divertido.

Me apoyé en la pared y la observé de arriba abajo. No había forma de que un cuerpo tan pequeño contuviera tanta curiosidad.

—¿Puedes explicarme qué pasó antes?

No iba a dejarlo ir.

—Nada. No me gusta que las personas se pasen de listas, eso es todo. No me gustó lo que estaba pasando con Rosie, y menos que te hablara de mala manera.

—¿Por qué?

—Porque conozco a las personas como Raphael y Adrien. Si no los detienes a tiempo, le joden la vida a quienes tienen cerca.

Arrugó la nariz y me inspeccionó como si aquella mirada le permitiera escanearme para encontrar la verdad.

—¿Por eso lo amenazaste?

—¿Cómo lo sabes?

La conversación con Raphael no había salido de la terraza, de esa habitación, no se había expandido por la fiesta. La única forma de que…

—Nos has escuchado.

Cuando tragó con dificultad, supe que estaba en lo cierto.

—Una parte —refunfuñó.

Miré a todos lados en busca de un escondite.

—¿Estabas en la habitación?

Asintió levemente.

—¿Saliste corriendo? —supuse.

Sus aletas nasales se dilataron al tomar aire y contenerlo antes de responder:

—Me escondí debajo de la cama.

Me incliné para comprobar el espacio al que se refería y solté una carcajada. Verla enrojecer de vergüenza fue peor. No podía parar de reírme.

—¡No seas idiota y responde! —protestó al golpear mi brazo.

175

Respiré, contando mis inhalaciones para calmarme y componer el gesto antes de mirarla.

—¿Qué querías saber?

Todavía tenía los ojos cargados de lágrimas y sentía las mejillas húmedas del par que se me había escapado mientras reía.

—Por qué amenazas a Raphael y, ya que estamos, me cuentas qué pasó con Adrien en los vestuarios.

Pude controlar la risa dada la desagradable dirección que comenzaba a tomar el intercambio.

—Sabes de la pelea con Adrien.

—En Soleil se sabe todo. —Me crucé de brazos al escucharla y me imitó—. ¿Por qué lo golpeaste?

—¿Para qué quieres saberlo? —Me puse serio.

—Por lo visto tiene algo que ver conmigo.

Bufé. El recuerdo de la conversación en las duchas me revolvió el estómago. Decirle la verdad era algo que debería haber hecho semanas atrás, al menos lo necesario para que se mantuviera alejada. Esperaba que me creyera porque no pensaba seguir protegiéndolos.

—Ese imbécil estaba diciendo que era hora de conquistar a la pequeña Mia, ya que Charles se había aburrido de ti —mascullé.

—¿Lo golpeaste por eso? —Sonó sorprendida y me pregunté si le parecía poco, por menos le habría cruzado la cara a un desconocido.

—Lo golpeé por cómo hablaba de ti, de Sophie y de otras personas que conoces —expliqué, aunque quería gritarlo. El enojo estaba volviendo, algo que prefería evitar delante de ella—. No sé cuánto alardean sus noviecitos frente a sus amigos.

—Charles y Julien no hablarían de…

—No me importa. Está claro que quienes no sirven son Adrien y Raphael, por eso me encargué de que tuvieran cuidado con quién se metían.

—Creí escuchar que era la decisión de cada cual —parafraseó mi conversación con Raphael.

—Ellos saben a lo que me refiero —me limité a decir.

—¿A qué?

—Cosas de hombres, Amaia.

—Eso es lo más estúpido que he escuchado.

Quizás ella necesitaba saberlo todo, sin filtros, puede que así me creyera.

—Si te dijera que Adrien planeaba hacerte creer que le gustabas para follar porque, según él, tienes las mejores tetas del instituto, ¿qué te parecería? —Su rostro se deformó con una mueca de asco—. Esa fue la misma cara que puse cuando lo escuché.

Se abrazó a sí misma.

—¿Eso dijo?

—Una pequeña parte. A eso me refiero con «cosas de hombres». Es mi manera de expresar el concepto de lo que considero que nadie debería tener la desgracia de escuchar. —Me encogí de hombros—. Si quieres ponerle otro nombre, adelante.

Me observó durante unos largos segundos.

—¿Qué te importa?

Su pregunta me dejó sin palabras.

—Si ellos hablan de mí o de Sophie —explicó—, si hacen planes que jamás funcionarían con nosotras.

Estaba tenso por el rumbo que había ido tomando la conversación, tenía los brazos apretados contra el pecho. Respiré hondo y los dejé caer para relajarme.

—No me gusta que engañen a las personas que conozco.

—Que los chicos engañen a las chicas para llevarlas a la cama es tan cliché que todos están acostumbrados —rebatió.

—Normalizarlo no lo hace aceptable.

—Y tú no lo has hecho —ironizó.

Acorté la distancia que nos separaba y la cercanía le hizo enderezarse en el sitio. No se alejó, al contrario, fijó sus ojos en los míos sin dar muestra de temor. Me importaba poco la mala opinión que tuviera el mundo de mí, que me creyeran un patán, pero… no permitiría que ella pensara de la misma manera.

—No, Amaia —dije en voz muy baja—. Jamás le he mentido a alguien sobre mis sentimientos y mucho menos para tener sexo.

—Es difícil de creer después de haberte visto manipular a medio pueblo para obligarme a hablar contigo —murmuró. Sus palabras podrían haber sido un reclamo, pero la suavidad en su tono de voz y los ojos fijos en mis labios decían lo contrario.

—Mentirle a alguien sobre lo que sientes es muy distinto, más si vas a exponer lo que han hecho en la intimidad como si fuera un logro.

—Y tú no cuentas nada de lo que haces…, nada personal, nada de ti.

—Un defecto —acepté. Era consciente de que cada vez nuestros rostros estaban más cerca y deseaba acortar la distancia.

—Ni les mientes a las chicas con las que te ves.

—Una virtud.

—¿Por qué?

—¿Por qué mentir sobre lo que tengo ganas de hacer contigo? —murmuré y se le escapó un jadeo.

—¿Con… conmigo? —tartamudeó, embriagándome con el olor exquisito del vodka con naranja, el que deseaba probar.

—Para qué mentir, si tengo ganas de quitarte la ropa. —Le deslicé dos dedos por el brazo hasta llegar al hombro, disfrutando de la suavidad de su piel—. Para qué mentir sobre las ganas que tengo de besarte.

Sostuve su rostro entre mis manos. Me acerqué despacio, hasta respirar el dulce aroma debajo de su oreja y murmurar:

—Para qué ocultar… las ganas que tengo de follarte.

Deslicé los labios sobre su mejilla y se mordió el suyo para amortiguar un sonido que provenía de su pecho.

—Solo con ver esa cama, puedo imaginar todas las maneras en que podríamos usarla ahora mismo.

Quería que gimiera, jadeara o gritara, que no se controlara en ningún momento porque deseaba escuchar su voz cada segundo y en todas sus versiones.

—Dime, Pulgarcita, ¿quieres divertirte?

Necesitaba devorar sus labios de manera violenta, pero esperé a que fuera ella la que tomara la iniciativa con unas ganas que se sintieron como el reflejo de las mías. Enredé una mano en su suave pelo. Se deslizaba entre mis dedos, igual que mi lengua y la suya en un lento y devastador beso.

La tomé por las piernas y se sostuvo de mi cuello cuando la alcé para caminar hacia la cama. Sus pequeñas manos no carecían de fuerza para pegarme a su rostro; era intensa y decidida, feroz. Sentía el calor de su cuerpo elevándose, me quemaba cuando me senté al borde de la cama y estuvo a horcajadas sobre mí.

Detesté el pantalón que llevaba puesto, añoré el vestido de tela fina que me habría permitido enterrar los dedos en su trasero para pegarla a mi entrepierna. Movió las caderas de manera imperceptible al sentir lo excitado que estaba y le mordí el labio. No iba a desesperarme por lo duro que estaba o las ganas que tenía de estar en su interior, de sentir su pecho sudado rozando el mío, piel con piel. Primero iba a deleitarme con cada parte de ella.

Me besaba cada vez con más intensidad y, cuando no pudo continuar, su aliento agitado me acarició la piel mientras dejaba besos por la línea de mi mandíbula. Una suave mordida en mi cuello hizo que la dureza entre mis piernas se engrosara.

Aferré sus caderas, que en mis manos se hacían pequeñas, y subí las palmas hasta cerrarlas en su cintura e inmovilizarla contra mi cuerpo. Mis labios quedaron a unos milímetros de su oído.

—Quiero ir despacio, Amaia.

Gimió… Lo hizo por lo bajo, como si mis palabras la provocaran. Le acaricié la piel, suave y tibia. Ascendí por su espalda aprovechando para pegarla a mí y descubrí que no llevaba sujetador, algo que me hizo gruñir en sus labios.

Con una mano me ocupé de guiar su vaivén enloquecedor sobre mi erección. Con la otra palpé sus costillas hasta dar con uno de sus pechos.

Era perfecto, solo un poco más grande que mi mano, con un pezón firme producto de la excitación. Me empeñé en estimularlo cuando ella no necesitaba de mi guía para seguir frotándose contra mí. Se sorprendió al sentir el contacto.

—Tranquila. —Jugueteé con aquella zona sensible y logré que emitiera un sonido de satisfacción—. Solo tienes que relajarte.

Se sujetó de mis hombros y se dejó llevar sin dejar de moverse. Me apropié de sus pechos con ambas manos, guiándome por sus reacciones y por el descontrol de su cuerpo sobre el mío. Parecía una diosa cuando, sin dejar de jadear, tiró la cabeza hacia atrás y comenzó a moverse profundamente sobre mi entrepierna.

Sus manos viajaron por mi camisa para zafar los botones. Quería hacer lo mismo con su blusa para chuparle los pezones, morderlos y hacer que se corriera antes de que nos quedáramos desnudos al completo, porque así la quería, sin nada.

La mente no me jugaba buenas pasadas cuando sus manos bajaban por mi abdomen o cuando me imaginé con la cabeza entre sus piernas saboreando su sexo.

—Joder, Mia —murmuré. La erección me dolía por la tela dura de mi ropa, la suya, el peso de su cuerpo—. He dicho que quería ir despacio, pero otro día será.

Le di la vuelta hasta quedar sobre ella y capturé sus manos por encima de su cabeza para que no siguiera provocándome con sus deliciosas caricias. Busqué el primer botón del pantalón y se tensó. Se revolvió como si quisiera deshacerse de algo contagioso. En dos segundos, pasó de los jadeos y los besos ansiosos a sentarse al borde de la cama.

Me acomodé a su lado, asustado, inspeccionando su rostro para saber si la había lastimado sin darme cuenta.

—¿Pasa algo?

Respiraba con dificultad, mirando a los lados sin encontrar un lugar donde descansar la vista. Despacio, le toqué el hombro para no asustarla y fue peor. De un manotazo, me apartó y se puso de pie.

Se abrazó a sí misma.

—No me pasa nada.

—¿Estás bien? —pregunté, alzando la mano para que me brindara la suya si lo deseaba.

Dio un paso atrás, como si tocarme le produjera asco. No tenía sentido. Volví a revisarla de la cabeza a los pies y no encontré nada alarmante.

—¿Te he hecho daño?

—¿Tiene que pasar algo para no querer acostarme contigo? —espetó sin gota de tacto y con la voz temblorosa.

No quise que sus palabras me lastimaran, pero inevitablemente lo hicieron.

—No parecías estar a la fuerza hace un momento.

—¿Y por eso tendría que quitarme la ropa y hacer lo que quieras?

—No te estoy forzando —rebatí—. Pensaba que era lo que queríamos.

—Pues te equivocaste.

Me había dejado llevar por la manera en que ella respondía a mis caricias. Había confiado en que ambos deseábamos lo mismo y me equivocaba, a lo mejor no buscaba más que un entretenimiento... La idea de que quisiera darle celos a Charles aterrizó en mi mente e hizo que el cuerpo se me contrajera.

Le había creído, estaba seguro de que ella lo quería dejar atrás. Olvidé lo que había dicho Chloe y ni siquiera me percaté de que lo estaba defendiendo unos minutos antes, cuando lo expuse junto al resto de imbéciles del equipo. De seguro quería olvidarlo y no podía, seguía aferrada a su primer novio y yo era un pasatiempo o menos, por eso se retractó al ver que el juego se le iba de las manos... Yo le había mentido al decir que estaba jugando con ella, pero Amaia sí lo había hecho conmigo.

Lo más inteligente era ponerme de pie, decirle que todo estaba bien y que se mantuviera lejos de mí. Me encargaría de borrar las expectativas que había creado durante esos días y todo volvería a la normalidad, pero no pude.

—Esto es por lo que dicen de Charles, ¿cierto?

Arrugó el ceño y dio otro paso atrás.

—¿Qué?

—No me hagas decirlo —murmuré, entre dientes—. Odio los chismes de ese tipo.

Sentí algo nuevo y nada agradable: celos. No los que había experimentado por la relación de amistad que tenían Aksel y ella, sino unos más fuertes.

—Si quieres que entienda de lo que hablas, tendrás que contármelo —dijo con voz gélida.

Me comía por dentro saber que cualquier persona podría tener su atención menos yo. Si acaso tenía migajas por comportarme como un estúpido y hacerla enojar tantas veces. Las palabras me arañaron la garganta antes de salir:

—Dicen que, como tu primera vez fue con Charles, sigues enganchada a él y que no han vuelto porque lo de Victoria es muy reciente.

No me importó que el resentimiento marcara mi voz. El rostro de Amaia se descompuso, sus ojos brillaron más de lo normal mientras analizaba cada centímetro de mi cara.

—¿Por eso crees que no quiero follar contigo?

—Si es cierto, no me importa —solté—. Es tu puta vida, pero podías haber sido sincera y no hacerme creer que te interesaba.

Exhaló un suave suspiro y alzó la barbilla en señal de orgullo, buscando fuerza.

—Para más información, ya que te gusta escuchar habladurías, no fue Charles quien me dejó, lo dejé yo. Y si quieres detalles, nunca quise follar con él, por eso terminamos. Fue tan cretino que me chantajeó y dijo que no sentía nada por él, que por eso yo no quería hacerlo.

Habría preferido mil veces que me diera una cachetada.

Sus palabras se repitieron una y otra vez en mi cabeza. Pensé en la timidez de sus manos sobre mi cuerpo, la negación en varias ocasiones en las que podríamos haber llegado a más que un par de besos sin que nadie nos interrumpiera. Había pasado por alto todas las señales.

Charles, o lo que ella sintiera por él, no era el problema. Lo era aquel pueblo de chismosos y yo me sentía un imbécil por creer lo que decían. No supe cuántos insultos solté por lo bajo. Me masajeé la frente con tanta fuerza que la piel me ardió. Si había pasado del imbécil que la ignoraba al degenerado que la había besado y se había ido con otra…, ¿qué era en ese momento? Había llegado al límite.

—Por eso no quiero follar, contigo o con quien sea —agregó con la voz temblorosa—. Porque nunca lo he hecho.

Salió de la habitación e ignoró que la llamé. Le grité desde la puerta, pero ya se había perdido de vista. El pasillo estaba desolado y solo llegaba el sonido de la fiesta: música y gritos.

Me dejé caer al suelo, deslizando la espalda por la pared. Siempre me había considerado observador y era tan fácil leer a las personas, a Amaia, que no sabía mentir u ocultar sus sentimientos, en especial si algo le molestaba. Había confiado en esa capacidad y creía saber todo de su vida basándome en las habladurías que la misma Chloe me había dicho que no creyera.

No supe cuánto me costó ponerme de pie para salir a buscarla, puede que fuera al entender que no podía volver el tiempo atrás. Me aboroné la camisa mientras recorría la casa sin encontrarla. Tampoco vi a mi hermano ni a Sophie abajo y lo comprobé dos veces porque estaba lleno de personas, más que antes, no paraba de llegar gente.

Nadie sabía nada y los pocos que podían juntar dos palabras me dijeron que mirara en el jardín de la entrada. Fue allí donde la localicé. Estaba lejos, de espaldas a la puerta y rodeada de personas: Aksel, Sophie, un pelirrojo al que no conocía de nada y Dax.

Iba decidido a rogarle que me diera un minuto de su tiempo para explicar lo que había sucedido.

—¡¿Estás sordo?! —espetó Sophie cuando todavía me quedaban diez pasos para darles alcance y me paralicé.

Le gritaba al desconocido y no se veía nada contenta. Miró a Dax y le apuntó con un dedo acusador.

—Tú me tienes que llevar a casa de Mia. Lo vas a hacer en silencio o… —Miró a su alrededor hasta que sus ojos se encontraron con los míos—. O Nika me llevará en su moto —concluyó, logrando que todos se giraran a mirarme.

—Sophie, podemos…

Ignoró al pelirrojo y se encaminó hacia el que reconocí como el coche de Dax. Se tambaleó, pero llegó al vehículo sin ayuda y fue Amaia quien movilizó al resto. Me ignoró cuando la volví a llamar.

Me quedé con Aksel, que tenía cara de pocos amigos.

—¿Es el novio de Sophie? —pregunté mientras veía al chico, que no tuvo más opción que sentarse en el bordillo y ver a su posible exnovia alejarse.

Asintió en respuesta y se fue hacia la moto. Supe que era hora de irnos y en el frío de la noche seguimos el coche de Dax hasta llegar a la mansión. Aksel estaba de mal humor por razones que desconocía y, apenas llegamos, desapareció por el porche lateral.

Vigilé el vehículo que estaba aparcado frente a la casa de Amaia. Dax y ella conversaban al borde de la carretera. Me acerqué, despacio, para abordarla cuando él se fuera. Estaba a escasos metros cuando la pelinegra se quedó a solas. Alborotó su pelo mientras maldecía y refunfuñaba. Sus labios se volvieron una fina línea, cuando se giró y me vio.

—Y tú ¿qué haces aquí?

La dureza de sus palabras no me afectó, no esa vez. Estaba molesta. No sabía cómo comenzar a explicarle la situación, no lo había pensado.

Me interpuse en su camino cuando intentó huir. Resopló con los ojos cerrados.

—Sophie está arriba, puede que llorando —explicó con calma—, y acabo de lastimar a mi mejor amigo. No tengo tiempo para tus juegos. Quítate.

—Sé que ella te necesita. —No tenía ni idea de lo que había pasado, seguramente nada bueno—. Pero no quiero dejar las cosas como se han quedado en casa de Adrien.

Se cruzó de brazos e hizo un gesto con la cabeza para indicarme que continuara.

—No lo sabía —confesé como el estúpido que era.

—Pues ya lo sabes —dijo con falsa diversión.

—Me dejé llevar por lo que había escuchado y lo siento.

—Bienvenido a Soleil —continuó con sarcasmo—. Donde los chismes corren como el viento y nunca sabrás lo que es cierto o no.

—Si hubiese sabido que no habías estado con nadie, te habría tratado de otro modo.

—Gracias, muy considerado —se burló.

—Mia, por favor.

—¡Deja de montar numeritos, Nika! —Puso los ojos en blanco—. Hace un mes me dijiste que se te había ido el juego de las manos, sé lo que buscas y no quiero caer en lo mismo. Conmigo no puedes tener el tipo de diversión que quieres. Te aconsejo que aplaques el aburrimiento en otro lado, estoy convencida de que no será difícil.

Chocó mi hombro al pasar y me quedé con la vista clavada en el oscuro horizonte.

Capítulo 23

Los días después de la fiesta se transformaron en dos semanas. Llegamos a mitad de diciembre entre reparaciones en la mansión, trabajo y las sesiones de terapia cada viernes. Se resumían en mi madre conversando con la doctora Favreau, ya fuera a solas o con nosotros, pero en cada sesión se superponía una mentira con la otra y en algún momento todo aquello nos explotaría en la cara.

Ver a la doctora Favreau tampoco ayudaba porque me recordaba a su hija, que me ignoraba con la misma facilidad que a un mueble en el que odias sentarte. No quería verme y perseguirla habría sido un error. Necesitaba espacio para olvidar y ver lo sucedido de manera objetiva, no emocional. De paso, así yo ganaba tiempo para encontrar una manera de hacerla entender que estaba equivocada al pensar que solo quería sexo con ella.

En esos días decidí analizar cada una de nuestras conversaciones, buscando los momentos que había vivido y no había entendido: la manera en que saltaba como un gato ante cualquier posible amenaza, callaba la verdad sobre su falta de experiencia sexual y evadía la confrontación de un tema tan normal, la desconfianza de todo y todos.

Podía estar equivocado, creerme más inteligente que la media, pero algo había sucedido para que ella se comportara así. No iba a especular, no de nuevo. Si tenía la oportunidad, le preguntaría y la escucharía si ella quería contármelo… En ese momento no me daba ni los buenos días, menos compartiría algo personal.

Tuve paciencia y esperé hasta tener la oportunidad de hablarle. Llegó un día en el que terminé de trabajar temprano. Escuché que estaba en el segundo piso con Aksel en las sesiones de estudio secretas que planificaban cada semana.

Mi teléfono vibró en el bolsillo cuando dejé la mochila sobre la mesa de la cocina. Era mi madre.

—¿Todo bien? —pregunté al tomar la llamada.

—Sí, cariño. —Sonaba animada y eso me hizo sonreír—. ¿Sigues en el trabajo?

—Hemos terminado temprano.

—¿Crees que estarás libre para Navidad?

—Todos tendrán libre ese día. —Busqué una botella de agua y bebí un trago—. Tengo un jefe muy considerado. ¿Por qué tantas preguntas?

—Estamos invitados a una cena.

—¿Cena?

—Con los Favreau.

Mi rostro se iluminó con una sonrisa.

—¿En su casa?

—Sí, con la familia de Sophie y Dax.

—¿Tantas personas? —dudé.

Nunca había entrado en la casa vecina, no conocía sus dimensiones.

—Me habría gustado ofrecer la mansión, pero el lugar es un desastre.

Mi cerebro hizo cientos de conexiones que daban la oportunidad de tener a Amaia cerca y no podía desperdiciar lo que me caía del cielo.

—Di que podemos cenar aquí —propuse, tamborileando sobre la encimera—. Dile a la señora Favreau que estaremos más cómodos.

—Nika, el comedor da vergüenza —dijo en voz más baja y supuse que estaba cerca de la doctora Favreau.

—Lo arreglaremos para ese día —aseguré.

—Falta una semana. Hay que pintar y…

—Les pediremos ayuda a Amaia, Dax y Sophie —zanjé.

—¿Crees que da tiempo a que todo se vea decente para ese día?

—Estoy convencido —dije, uniendo la pequeña cadena de sucesos que pondrían a mi vecina al alcance de mi mano.

—Perfecto. Ofreceré nuestra casa, será mucho más cómodo.

Nos despedimos con un beso y, antes de guardar el teléfono, escuché la música baja que se filtraba al primer piso. La ignoré y me centré en mis planes.

Subí la escalera de caracol hasta el segundo piso y tuve la suerte de verla pasar. Me apresuré para alcanzarla y logré colarme en el baño antes de que cerrara la puerta.

—¿Qué haces? —chilló cuando nos quedamos a solas en el rectangular espacio.

—Meterme en el baño contigo —dije recostándome a la puerta y recordando lo hermosa que era. Llevaba días sin verla de cerca.

—Se supone que tienes trabajo —reclamó con las manos apoyadas en la cintura y los brazos en jarra.

—Me encanta que conozcas mis horarios —bromeé.

—Si los conozco es para no cruzarme contigo. ¿Te haces idea de por qué? —dijo, alzando una ceja en un gesto escéptico.

—Sigues molesta.

Frunció los labios y dio un paso atrás.

—No. Simplemente no quiero ver tu cara.

Era una terrible mentirosa y experta en huidas.

—Estás molesta y por eso no he querido atormentarte.

—Quiero irme de aquí.

—Estás enfadada porque crees que lo único que me interesa de ti es el sexo —dije cuando estaba a punto de girar el pomo de la puerta.

Miró en dirección contraria, de modo que el pelo le cubrió el perfil.

—Yo… Yo no estoy…

Me acerqué a ella para hablar más bajo. No quería que Aksel pasara cerca y nos escuchara.

—Lo estás. Crees que solo quería follar contigo.

Se enderezó sobre su corta estatura y cerró las manos en puños a los lados de su cuerpo. Mi sinceridad la hacía sentir incómoda, pero eso no impidió que me mirara directamente a los ojos, con el rubor cubriendo sus mejillas.

—Y según tú, no es verdad.

—Dije que quería que nos divirtiéramos, Amaia.

Tragó con dificultad y su expresión se relajó, al menos la tensión en la comisura de sus labios. No podía evitar que los ojos se me fueran a sus labios y es que poco a poco ambos habíamos acortado la distancia más de lo que se podría considerar normal.

—¿Cuál es la diferencia? —preguntó.

—Que, si no quieres, no tenemos que llegar hasta donde estás imaginando. —Me incliné hacia ella—. Quiero pasarlo bien contigo —confesé cuando el olor de su perfume me envolvió—. Me gusta tenerte cerca.

—Dijiste que no te gustaba ni para un beso. Dijiste que estabas aburrido y que se te había ido de las…

—Mentí.

—¿Cómo sé que ahora no lo estás haciendo?

Tenía mil razones para desconfiar. Si estaba ahí frente a ella, lo dejaría salir todo y no iba a pensar en lo que sucedería al día siguiente.

—Me gustas. —Pestañeó varias veces para procesar las dos palabras—. Me gustas desde antes de besarnos en Halloween, pero era mejor que no lo supieras. Era más seguro para ti.

El silencio fue demasiado largo para no preocuparme. Pensé que saldría corriendo si le decía que no solo me gustaba, sino que había algo en ella que me arrastraba a saltarme todas las reglas con tal de estar a su lado y que ni yo lo entendía.

—No soy buena compañía —dije para no mentirle, no con eso, ella tenía que saber que lo mejor era alejarse de mí.

—¿Ahora lo eres? —preguntó con el ceño fruncido.

—No, pero haré lo imposible para serlo.

—¿Por?

—Porque prometí no volver a lastimarte y ya lo hice sin darme cuenta. No dejaré que se repita.

Me escaneó en busca de mentiras y alzó la vista para mirarme a los ojos. Estábamos a escasos centímetros y me pregunté si ella tenía las mismas ganas de besarme.

—No voy a follar con nadie —dijo con voz decidida.

No me pude controlar. La tomé de la cintura y la hice retroceder hasta que su espalda chocó con el lavabo y presioné mi cuerpo contra el suyo. Contuvo la respiración por la sorpresa.

—No hay problema. —Sus ojos se centraron en mi boca—. Hay muchas maneras de divertirse sin tener lo que tú consideras como sexo.

Un bajo y suave jadeo se escapó de sus labios.

—Muchas maneras —repitió cuando mi mejilla rozó la suya y dejé un beso en la base de su oreja, donde el olor a ella era enloquecedor.

—Demasiadas. No hace falta llegar hasta ahí para pasarlo bien, no es lo único divertido.

—No… no entiendo.

Se le escapó un jadeo que me recordó a cómo se sentía su piel desnuda bajo mis manos.

Controlé mis pensamientos. No serviría de nada excitarme de más mientras teníamos aquella conversación.

—No todo es meterla y sacarla —bromeé y se puso tan roja como un tomate maduro—. Puedo enseñarte —le propuse con una sonrisa.

Se mordió el labio y me desconcentró una vez más.

—No voy a follar contigo. —No tuve claro si me lo repetía a mí o a sí misma—. Si estás jugando a conseguirlo, vas por mal camino.

Me incliné para hablarle más bajo y cerró los ojos. Esperaba a que la besara y me sentí tentado.

—Juguemos a algo más entretenido, pequeña Amaia —susurré—. Te dije que nunca miento sobre mis intenciones. El sexo no es solo lo que crees o lo que me interesa de ti. —Estaba dispuesto a ir a su ritmo, no sería un esfuerzo—. Dime que también me deseas cerca y tendremos un trato.

Su respiración agitada caía sobre mis labios y quedé esperando una respuesta que jamás llegó. Sus dedos seguían dibujando formas en mi nuca, los entrelazaba en mi pelo, y yo me encargaba de acariciar su espalda sin atreverme a hacer más.

—No puedo tomar tu silencio como un sí —aclaré, deslizando el pulgar sobre su labio inferior—. Necesito que respondas.

—Mia, ¿todo bien? —preguntó Aksel al otro lado de la puerta y Amaia se sobresaltó entre mis brazos.

Se veía tan graciosa cuando se asustaba que no me pude aguantar las ganas y acorté la distancia que quedaba entre nosotros para dejar un casto y fugaz beso en sus labios.

—¿Sí o no? —insistí.

Sonrió antes de darme un sí que me hizo imitarla, me llenó el pecho de una sensación cálida y reconfortante, desconocida.

Aksel tocó la puerta del baño por segunda vez.

—Di que no tardas.

—¡Enseguida salgo! —Su voz tembló.

Nuestras miradas se mantuvieron conectadas hasta que rio y ahogó el sonido con la mano. Intentó escapar cuando escuchamos los pasos de Aksel alejándose. La detuve para robarle otro corto beso y la espié mientras se alejaba en dirección al estudio, se iba arreglando la ropa y abanicando el rostro.

El corazón me bombeaba a toda velocidad. No eran nervios ni miedo, tampoco algo de lo que preocuparse. Era felicidad. Estar cerca de Amaia me hacía feliz.

Capítulo 24

El consultorio de la doctora Favreau era un espacio acogedor y bien decorado, diseñado para que las personas se sintieran a gusto al entrar, desde la pequeña sala de espera donde trabajaba mi madre hasta la cómoda oficina con todo lo necesario para atender a sus pacientes.

—Creo que podremos descansar hasta mediados de enero —dijo la doctora, regalándonos una de sus cálidas sonrisas—. Se acerca el final del año y unas vacaciones no vendrían mal.

Mi madre sonrió en respuesta.

—Sin embargo, el próximo año creo que implementaremos nuevas técnicas —anunció y los tres, sentados en el sofá frente al sillón que ella ocupaba, nos removimos en el lugar—. Quiero añadir sesiones individuales con los chicos.

Todos mis miedos se habían hecho realidad. Sabía que era paranoico, pero habría jurado que la mirada de la doctora Favreau se detuvo en mí por más tiempo de lo normal.

—No hay problema —dijo mi madre—. Los tres nos sentimos mucho mejor y estamos dispuestos a hacer lo que sea para seguir avanzando.

La doctora asintió con la cabeza y se volvió hacia Aksel.

—Me gustaría tener una conversación con Nika y tu madre, si no te molesta.

Mi hermano nos miró con expresión preocupada, pero aceptó y salió de la sala tras lanzarnos una mirada por encima del hombro. Los ojos azules de la doctora pasaron de mi madre a mí y la sensación de que era Amaia me inquietó.

—Voy a preguntarlo —dijo la mujer en el mismo tono comprensivo de cada consulta—, aunque creo conocer la respuesta. ¿Aksel sabe que has tenido más recaídas de las que has contado en las sesiones grupales?

Mi madre se encogió en el asiento. Habíamos contado la misma mentira que nos repetíamos, pero la doctora no era tonta. Con ver a mi madre y cómo hablaba, podía deducir que su última incursión con una botella de licor había sido meses antes y no un año.

—No se lo hemos contado —admitió ella, mirándome de reojo.

Mantuve la vista fija en la bola de cristal que descansaba sobre el escritorio.

—Le pedí a Nika que no lo hiciera —agregó ella para quitarme la culpa, algo imposible.

La doctora me dirigió otra de las miradas escrutadoras que no pude evadir.

—Entiendo tus razones, Anette, aunque no las considero correctas —comentó, dándole vueltas al bolígrafo que tenía entre sus dedos—. Me parece que deben contarle la verdad y no quiero que salga en sesiones futuras. Me gustaría que lo debatieran en privado. Lo que estamos haciendo aquí lleva esfuerzo y confianza. No avanzamos con mentiras para proteger a otros. Es hora de entender que Aksel es un adulto. No se enfrentará a la vida de la manera correcta si ustedes siguen levantando paredes protectoras a su alrededor.

La oficina quedó en silencio. Yo seguía con la vista en la bola de cristal y en el resto de los papeles que descansaban sobre el escritorio. Mi madre no se movía y no quería saber qué expresión tenía la doctora.

—Le contaré la verdad —aceptó mi madre, que intentó proyectar seguridad—. Lo haré antes de la próxima sesión.

—Estoy convencida de que Nika estará ahí para apoyarte. —Asentí sin mirarla—. Perfecto —agregó, cambiando el tono de voz y levantándose para ir a su escritorio—. Me parece que es hora de dar por terminada la consulta o jamás llegaremos a la cena que está preparando Louis.

—¿Cena? —pregunté en voz baja para no importunar a la doctora, que estaba pegada al teléfono conversando con quien supuse era su esposo.

—Nos han invitado a comer a casa de los Favreau —explicó mi madre—. Si no quieres, puedo ir con Aksel y…

—Para nada —la interrumpí, ocultando el revoltijo de emociones que se despertó en mi interior—. Me encantaría ir a cenar a casa de los Favreau.

• • •

Esa noche fue la primera vez que entré en casa de los vecinos. El lugar era igual de moderno y minimalista que el exterior. Nos recibieron paredes blancas, amplios ventanales, muebles de madera clara y diseño de alta calidad. Eran los cojines coloridos y los cuadros abstractos en las paredes los que le daban vida a los salones.

La familia había decorado la mesa del comedor para la ocasión. A la cabeza se sentaba la madre de Amaia y sus hijas a ambos lados. El señor Favreau, tomó un asiento cualquiera al terminar de servir.

Emma, la hermana de Amaia, no paraba de hablar con Aksel y de mostrarle sus cuadros. Era evidente su interés en mi hermano. Lo miraba con los ojos brillantes, deslumbrada, atenta a cada palabra que pronunciaba y era capaz de seguirle el ritmo con una fluida conversación sobre pintura renacentista. Puede que su hermana le diera lecciones de Historia del Arte.

Mi madre mantenía una animada conversación con Louis y Mary sobre la floristería que le encantaría abrir algún día en uno de los locales del pueblo y Amaia comía mirando a cualquier lugar, menos a mí. Nos sentábamos alejados y me evitaba a propósito, ya entendía que era vergüenza, no desinterés.

El día anterior se había comportado de una forma muy extraña en la cafetería y la había perseguido por los pasillos del instituto para entender la razón. Estaba celosa. Creía que yo estaba viendo a otras chicas, divirtiéndome de la misma manera en que ella y yo lo habíamos hecho en la azotea de la mansión después de la cena de Navidad.

Era entretenido que sintiera celos, se veía tierna. Podría haberle dicho la lista de razones por las que no tenía ni tendría ninguna relación de cualquier tipo con otra persona que no fuera ella, pero no quería asustarla.

Me aburrí de buscar su mirada mientras el resto comía y, por debajo de la mesa, usé mi teléfono.

Nika: ¿Seguirás ignorándome?

Arrugó la nariz cuando le llegó el mensaje y se disculpó por el sonido. Lo puso en silencio.

Pulgarcita: No te ignoro.

Nika: Entonces, ¿por qué no me miras?

Frunció los labios y me miró con gesto desafiante. Le guiñé un ojo para provocarla. Se sonrojó y apartó la mirada.

Mi teléfono vibró con otro mensaje.

Pulgarcita: Se van a dar cuenta.

Nika: ¿De qué?

Pulgarcita: De que estamos hablando en medio de la cena.

Nika: ¿Estás segura de que eso es lo que no quieres que descubran?

Pulgarcita: ¿A qué más debería temerle?

Nika: A que se enteren de lo mucho que gemiste mientras te masturbaba el otro día en la azotea.

Sus ojos se abrieron demasiado al leer el mensaje y se puso tan nerviosa que derramó el vaso de zumo de su madre. Por suerte, la cena había terminado y estaba casi vacío. El desastre no pasó a mayores, pero se empeñó en limpiar el mantel y en recoger la mesa con la cara tan roja como la blusa de satén que llevaba puesta.

Aksel accedió a la invitación de Emma para mostrarle su pequeño taller de dibujo en el primer piso. Mi madre y los Favreau se retiraron a la sala para seguir conversando. Me quedé solo en la mesa, sabiendo que precisamente por eso Amaia no regresaría de la cocina. Había rechazado mi ayuda para recoger juntos, por lo que me sorprendió cuando recibí un mensaje suyo.

Pulgarcita: Ve por el pasillo hasta el final.

Comprobé que nadie estuviera viéndome y seguí la indicación. Pasé la cocina y me encontré con un pasillo y dos puertas al fondo. Frente a una de ellas, estaba Amaia, moviéndose de un pie al otro, inquieta.

—¿Estás loco? —me reprochó cuando la alcancé—. ¡Se podían haber dado cuenta!

Sonreí.

—Estaban entretenidos.

—Podrías esperar a que no estuviera delante para mandar esos mensajes.

—No puedo controlarme —susurré, dando un paso hacia ella y haciendo que pegara la espalda a la puerta. Su perfume era exquisito—. Me vuelves loco, Amaia.

Tragó saliva y contuvo la respiración cuando me detuve a unos centímetros de su rostro.

—¿Eres un animal? ¿No puedes esperar a que estemos solos?

—Y tú ¿puedes tener paciencia y esperar a que estemos solos?

Entornó los ojos.

—Yo tengo autocontrol.

—¿Y por eso me has convocado en secreto al final de un pasillo oscuro?

—Se tensó, demostrando que su intención no era pelearse por los mensajes—. ¿Me tengo que creer que estamos aquí para hablar?

Deliberadamente, dejé que mi aliento cayera sobre su rostro en la última frase. Sus astutos ojos se dieron por vencidos antes de pasarme los brazos por encima de los hombros y atacar mis labios. Sus besos despertaban cada músculo de mi cuerpo.

Enredé los dedos en su pelo para impedir que se alejara y con la otra mano abrí la puerta que había a su espalda. Ella se ocupó de cerrarla, sin dejar de besarme, de enloquecerme con los roces decididos de su lengua.

La alcé hasta que sus piernas se enroscaron en mis caderas y de reojo vi un sofá, pero no tenía ni idea de dónde estábamos ni qué más había en la habitación. Me dejé caer con ella encima. Gimió cuando sintió la dureza en mi entrepierna.

—Nos pueden atrapar —dije para provocarla.

—No me importa —confesó, jadeando en mi boca.

Reí y apreté su cintura. La tela de nuestros pantalones nos separaba, pero la sensación fue exquisita y su grave gemido confirmó que ambos estábamos disfrutando.

Fue ella quien alzó las caderas y comenzó a moverse de forma deliciosa sobre mí. Gruñí de placer sin dejar de besarla y deslicé las manos dentro de su fina blusa.

—Amo que no tengas sujetadores.

Dibujé la línea bajo sus pechos con la punta de mis dedos y se estremeció.

—Sí tengo, pero no me gusta usarlos —replicó sin dejar de moverse sobre mí y acariciándome los brazos.

—No los uses nunca —supliqué, rozándole los pezones y estimulándolos despacio—. Si prefieres no usar ropa, mejor.

Su gemido se fue por encima de lo debido, así que tuve que taparle la boca y dejar sus pechos para ocuparme de guiar su movimiento sobre mi erección.

Eso la hizo gemir más y terminó mordiéndome la mano. Verla disfrutar conmigo era mejor de lo que alguna vez había imaginado, darle placer era algo de lo que no me aburriría.

—Deberías usar falda más seguido —murmuré antes de besarla.

—¿Para qué?

—Con falda ya estarías teniendo un orgasmo —aseguré, bajando por su cuello, chupando y mordiendo mientras ella arqueaba su cuerpo y me daba vía libre a sus pechos, que seguían cubiertos por la blusa.

Quise quitársela, pero un sonido en el pasillo nos congeló en el lugar. Miramos a la puerta con las respiraciones agitadas y el temor a ser descubiertos. Se escuchó una puerta cerrarse y la misma calma de antes.

—Creo que deberíamos salir —murmuró mientras se arreglaba el pelo.

Mi entrepierna no dejaba de palpitar y sabía que ella deseaba seguir, pero tenía razón. Era muy distinto jugar con fuego que meter las manos a la hoguera.

La ayudé a ponerse de pie. Estábamos en la oficina de su madre. Parecía una recreación cálida de su consultorio, y el sofá en el que nos habíamos manoseado era el que usaban los pacientes.

—¿Qué pasa? —preguntó Amaia al ver mi sonrisa contenida.

—A partir de ahora no podré evitar tener fantasías sexuales contigo cuando vea el sofá de un psicólogo.

Logré que sus mejillas volvieran a tomar ese tono rosado que las hacía resaltar.

—¿Podrías ser menos sincero? —La diversión en su voz me decía que tanto no le molestaba—. Ser tan directo no es bueno.

Me puse de pie y sus ojos fueron al bulto que había entre mis piernas. Se puso roja y apartó la mirada, pero yo no iba a cubrirme. Ella me ponía así y no me avergonzaba que lo supiera, al contrario. Me divertía su reacción y la evidente manera en que centró sus ojos en los míos con tal de ignorar mi erección.

—Ser directo es una de mis virtudes —aseguré, inclinándome a besarla— y dejarte con las ganas no es uno de mis defectos —añadí sobre sus labios mientras enroscaba las manos a mi cuello y me respondía dando unos pasos en dirección a la puerta.

—Me gusta saberlo —dijo sonriendo—, pero nos estamos arriesgando demasiado. Por hoy nos vamos a quedar con las ganas.

La empujé contra la puerta que estaba a punto de abrir para retenerla. La tomé del cuello y se mordió el labio cuando me pegué a ella para que sintiera lo duro que seguía.

—Pienso masturbarme pensando en ti cuando llegue a casa —confesé, mirándola a los ojos. Su jadeo me encendió más—. Si quieres, puedes probar y hacer lo mismo.

—¿Pensando en ti?

—Sería divertido saber cuándo lo vas a hacer por primera vez.

Un brillo juguetón recorrió su mirada.

—Quién ha dicho que sería la primera vez.

La sorpresa hizo que la soltara e intentó abrir la puerta. La cerré para que no se escapara.

—¿Me estás diciendo que te has masturbado pensando en mí?

Su sonrisa traviesa me dio ganas de pasar seguro y terminar lo que habíamos empezado. Con su delicada palma, acarició la piel expuesta por el botón de la camisa que ella misma había desabotonado sin que me diera cuenta.

—Nika —murmuró antes de alzar la vista despacio—, tú no eres el único que sabe divertirse.

Salió de la oficina y me dejó sin palabras.

Capítulo 25

El año se acababa y con él el tiempo para confesarle a Aksel lo que habíamos ocultado. Le recordaba a mi madre que debíamos hacerlo y ella respondía con cualquier excusa que le permitiera posponerlo hasta que llegó el último día del año.

Durante el desayuno, fue ella quien se armó de valor para tener la temida conversación. Entre tartamudeos y disculpas, expuso la verdad: no había dejado de beber y recayó incontables veces mientras vivíamos con el tío Ibsen, también a mediados de septiembre, cuando ya estábamos en la mansión.

Le habló de Nikolai, de lo que le hizo antes de la muerte de Emma, de los maltratos que recibíamos sin que él lo supiera, de las múltiples veces en que uno u otro lo alejaba antes de que estallara la peor parte de sus episodios violentos. Aksel había sufrido, pero ni la mitad que nosotros, y eso me hacía sentir tranquilo y culpable a la vez.

Mi hermano escuchó sin inmutarse y solo intervine un par de veces, cuando fue necesario. Esa mañana se terminaron los secretos entre los tres y yo no había previsto su reacción.

Se levantó de la mesa cuando la conversación terminó y se fue a su habitación, donde estuvo el resto del día. No comió ni dio señales de vida y mi madre lloró hasta entender que debíamos darle tiempo.

La ayudé a cocinar, aunque mis pobres habilidades fueran más un estorbo, y se le fue levantando el ánimo en el transcurso del día. Le serví de apoyo para preparar la cena de Nochevieja, nada que pudiera intervenir con el sabor de la comida. Cuando toqué la puerta de Aksel, no se molestó ni en contestar y nos vimos obligados a cenar sin él, en silencio.

Supuse que no lo veríamos en los días siguientes y que comería cuando nosotros estuviéramos durmiendo. Daba por hecho que lo más interesante de mi noche sería mandarle mensajes a Amaia hasta que Aksel apareció en el comedor, recién bañado y vestido, listo para salir.

—¿A qué hora nos vamos? —preguntó sin mirarnos, sentándose a varias sillas de distancia, a la altura del busto de mármol que adornaba el centro de mesa.

Miré a mi madre de reojo.

—¿A dónde?

—La fiesta de Paul, ¿recuerdas?

Había oído hablar de la celebración y sabía que Amaia iría.

—No vamos a ir a ninguna fiesta.

La mano de mi madre abrazó la mía sobre la mesa.

—Quizás no es mala idea —dijo con delicadeza y miró a Aksel a pesar de que él no se hubiera dignado a hacerlo—. Les vendría bien distraerse.

Lo decía por él y fue la tácita súplica de su mirada lo que me convenció. Ella estaba mejor, dormía mejor, las pastillas la adormecían por completo y no llegaría despierta a la medianoche. No le pasaría nada y lo que buscaba era que mi hermano se sintiera mejor, que no estuviera solo y encerrado.

—Ve encendiendo la moto —dije al ponerme de pie—, bajo en dos minutos.

Me vestí con la primera sudadera limpia que encontré y estuvimos camino al pueblo. Con sus indicaciones, llegamos a casa de Paul en menos de una hora y el cambio de año nos pilló en medio de la carretera. Me bastó con poner un pie en la entrada para comprender que la mayoría de los invitados estaban bebiendo desde muy temprano.

Unos se entretenían en la sala en lo que supuse que era un juego para seguir emborrachándose. Varios del equipo debatían sobre fútbol en la cocina, entre gritos y tragos. El resto estaba en el patio, en la amplia zona de parrilladas que tenía la familia ausente de Paul.

Fue inevitable, lo primero que vi fue a Amaia. Estaba con Sophie y Julien, su novio, el pelirrojo al que le había gritado aquella noche en la fiesta de Adrien. Se habían reconciliado, o eso demostraba el cariño que se profesaban en público.

Charles, a quien Rosie llamaba cretino o el Principito Valiente, los acompañaba. Compartían como si fuera una cita doble. Había cierta complicidad en el grupo y aparté la vista para no imaginarme más cosas de lo debido. Me limité a seguir a Aksel hasta la mesa donde se encontraban Dax y Sarah.

—Voy a buscar tragos —anunció mi hermano, y supe que estaría toda la noche buscando excusas para distraerse y estar alejado de mí.

Desde mi lugar, tenía una vista privilegiada de Amaia y sus amigos.

—Nika —dijo Sarah, salvándome de otra ola de pensamientos errados—, ¿puedes decirle a Dax que quite esa cara?

El moreno no apartaba la vista de su bebida.

—Daxy —dije en tono juguetón—, ¿qué pasa? ¿El vaso te está contando algo interesante?

—No ayudas, payaso —me reprochó ella—. Lo que le pasa se llama Sophie.

Sabía perfectamente que Dax sentía algo por Sophie, pero prefería fingir para respetar su privacidad. También estaba al tanto de que ella estaba enojada con él desde el día en que había traído a Julien desde Prakt sin consultarle.

Sarah miró por encima de su hombro y arrugó la nariz.

—Está como si nada con ese inútil y a ti ni te mira.

—Déjala en paz —murmuró Dax.

—A veces pienso que Sophie no es inocente, sino imbécil.

Dax se puso de pie tan rápido que la chica se asustó.

—¡Déjalo ir, Sarah!

Se alejó con el mal humor en las venas y nos dejó solos.

—No puedo creer que esté pasando esto —protestó la pelirroja antes de beber lo que le quedaba de cerveza.

—¿Qué?

—No finjas que no lo sabes. Le gusta Sophie.

—¿Tú lo sabías?

Puso los ojos en blanco.

—Todos lo saben menos ella.

—Complicada situación —murmuré mientras fingía que miraba a la pareja feliz, cuando en realidad estaba viendo a Amaia reírse a todo pulmón de algo que acababa de decir Charles.

—No confío en él —dijo Sarah, y estuve a punto de estar de acuerdo con ella hasta que me di cuenta de que no se refería a Charles, sino a Julien.

Me centré en nuestra conversación.

—¿Por qué lo dices?

—No lo sé. —Torció los labios en un gesto de desagrado—. Es el jugador estrella, el chico aplicado, ganador de una beca en una prestigiosa universidad y novio deslumbrante. Nadie es así de perfecto. La falta de defectos me perturba.

Tuve que reírme y aguantar una mirada envenenada.

—¿En eso te basas para no confiar en él?

—¿En quién? —quiso saber Aksel, que llegó con un par de tragos y tomó asiento a mi lado.

—Ríete todo lo que quieras, Bakker —canturreó ella sin contestar a mi hermano—, pero jamás te burles de mi intuición.

Se puso de pie, bordeó la mesa para terminar a nuestra espalda y pasarnos un brazo por encima de los hombros a Aksel y a mí. Se inclinó y su rostro quedó entre los nuestros.

—Me voy a la sala a terminar el primer día del año tan borracha que pierda las bragas —declaró con una sonrisa—. No olviden que siguen siendo los chicos más sexis de todo Soleil.

No le faltaba mucho para llegar al estado de embriaguez que deseaba. Estampó un beso en la mejilla de ambos y se fue, bailando al ritmo de la música que solo ella escuchaba.

—Tus amiguitas siempre están mal de la cabeza.

Bebió de su vaso y ni siquiera me miró.

—¿Has decidido que volverás a hablar? —pregunté—. ¿Lo harás para juzgar algo de lo que no tienes ni idea?

—No he dejado de hablar con nadie —se defendió.

—Son las primeras palabras que intercambiamos en el día.

Frunció los labios hasta que se volvieron una línea.

—¿Qué quieres que diga?

—¿Lo que sientes? ¿Lo que piensas después de lo que te contamos?

—¿Quieres que hable de lo estúpido que me siento? —Apuró la bebida como si fuera agua y no vodka—. Quizás prefieres que recuerde lo duro que fui contigo en tantas ocasiones por no tener ni idea de lo que estaba pasando a mi alrededor.

—Eso no tiene importancia.

—La tiene para mí. —Golpeó la mesa de madera con la mano abierta—. Te he reclamado y criticado sin razón desde que tengo memoria. Siento que he sido un inútil todos estos años, que...

—Hola, chicos.

Reconocí la voz de Amaia, parada al otro lado de la pequeña mesa. Su sonrisa desapareció al vernos y percibir la incomodidad que había en el ambiente.

—Acabo de interrumpir algo —dijo con la disculpa implícita.

—Para nada —mintió Aksel—. Iba a por otra bebida, ¿quieres una?

—Cero ánimos de beber.

Aksel se levantó y huyó de la conversación. Amaia ocupó su lugar.

—Lo siento —murmuró con la vista en mi hermano, que entró por la puerta de la cocina hacia la casa—. ¿Puedo ayudar en algo?

—Nada que no podamos resolver después.

Le sonreí para olvidar mis conflictos.

—Con los dolores de cabeza de mi hermano no puedes ayudar, pero a satisfacer mi curiosidad sí. Me gustaría mucho que respondieras una pregunta.

Entrecerró los ojos. Estaba buscando la trampa que jamás vería.

—¿Qué pregunta?

—¿Puedo saber por qué no me has felicitado por el Año Nuevo? —Se quedó sin palabras—. ¿Estabas muy entretenida con tus amigos?

—Tú has llegado el último —protestó ella—, se supone que deberías saludarme.

—¿Quién ha dicho eso?

—Las normas de educación.

—Mmm… A esa clase falté.

—Idiota —dijo entre risas.

Me encantaba verla reír.

—Entonces —hablé con ganas de seguir el juego hacia donde yo quería—, ¿estaban interesantes las bromas del Principito Valiente?

Controló la sonrisa. Apoyó el codo sobre la mesa y la barbilla en su mano.

—¿Estás celoso? —preguntó con un toque de diversión en la voz.

—¿Te refieres a celoso como tú el otro día? —pregunté para evadir la realidad.

Mi propósito era molestarla con su exnovio, no que se percatara de mis celos con tanta facilidad.

—Yo nunca me he puesto celosa —se defendió.

—¿Y qué fue lo que pasó cuando corriste por los pasillos y dijiste que podía divertirme con quien me diera la gana?

—Yo… —Se atragantó con su propia saliva y tosió para aclararse la voz—. Yo no dije eso.

—No con esas palabras, pero sabes que era lo que querías decir.

—¿Y? —rebatió con los nervios a flor de piel—. Tú acabas de ponerte celoso porque estaba hablando con Charles.

La situación resultaba más divertida de lo que había pensado.

—Vamos a hacer algo. Quedamos en que nadie estaba celoso. —Sus ojos se volvieron dos líneas oscuras al entrecerrarlos, algo que hacía cuando dudaba de mis buenas intenciones—. Los celos son aburridos —continué— y creo que dejé claro que no quiero divertirme con nadie más.

Trató de ocultar la sonrisa. Nuestros rostros se encontraban más cerca, pero estábamos en público. No podía apartar la mano de sus labios y besarla, mucho menos barrer la mesa y tumbarla allí para hacer todo lo que me habría gustado.

—Creo que, en vez de perder el tiempo, deberías estar poniendo en práctica el plan del que hablamos ayer —le recomendé para volver a terreno seguro.

Se mordió las uñas mientras miraba hacia Dax, que había regresado al patio y se mantenía alejado.

—¿Crees que se arreglarán si los encierro en una habitación?

—Si funciona con los neandertales del equipo, funcionará con ellos.

Respiró hondo y se puso de pie.

—Deséame suerte.

—No la necesitas.

—Idiota —murmuró en aquel tono juguetón que me encantaba.

Dio dos pasos en dirección a su amigo, pero regresó y se apoyó en la mesa. Acercó su mano a mi mejilla y la frotó con más fuerza de la necesaria.

—Tienes labial del beso de Sarah —señaló, mostrándome el dedo manchado de rojo. Siguió frotando mi piel hasta limpiarla—. Y, por cierto —susurró—, las bromas de Charles no son tan buenas, prefiero las tuyas.

Fue mi turno de reír.

—Solo las tuyas —aclaró antes de irse.

No hablaba de chistes. Era su manera de decir que, fuera lo que fuera, lo que hacíamos era exclusivo en ambos sentidos. Mientras la veía entrar a la casa con Dax, sentí la necesidad de pedirle que saliéramos juntos. No quería que nos escondiéramos para conversar o besarnos.

Ella no quería hacer alarde de lo que sucedía, me gustaba pensar que por la informalidad con que se dieron los acontecimientos. Los límites de lo que hacíamos estaban puestos, pero eso no evitaba que nos exploráramos de otras maneras ni que le pidiera ser mi novia.

«Novia. ¿En qué estás pensando, Nika?».

Era algo que me habría encantado probar con ella. No sabía qué hacía un novio. Ni siquiera sabía cómo tener una conversación sobre el tema. Me habría gustado imaginar posibles escenarios en los que le pedía algo tan delicado, pero llegaron Aksel, Paul y un par de chicos.

Tuve que prestar atención a lo que hablaban a mi alrededor para responder y participar, aunque lo único que hacía era contar el tiempo que tardaba Amaia en aparecer. No podía ser tan difícil encerrar a Dax y a Sophie en una habitación para que se reconciliaran.

Dije que iba al baño como excusa para husmear por la casa.

Definitivamente, no tenía valor para pedirle que fuera mi novia en una conversación fugaz. Necesitaba intimidad y valorar la mejor manera de hacerlo. Quizás podría invitarla a pasar la noche conmigo. El espacio perfecto para descubrir cómo demonios se le pedía a una chica que saliera contigo de forma oficial.

Localicé a Julien en la cocina con otros del equipo. No había ni rastro de Amaia ni de sus amigos. Cuando subía la escalera, ella apareció y le di alcance en el segundo piso, manteniéndome un escalón por debajo y logrando que estuviéramos casi a la misma altura.

—¿Funcionó?

Se apoyó en el pasamanos y ladeó la cabeza.

—No sé, ahora mismo deben de estar mirándose como tontos.

—Se arreglará.

Me observó en silencio como si eso le diera tranquilidad, algo que a mí me faltaba. Si quería que tuviéramos tiempo a solas, ese era el momento ideal para pedírselo.

—Por cierto —dije, no me creía que estuviera tan nervioso—. Quería proponerte algo.

—No pienso meterme a un cuarto asqueroso de esta casa —zanjó, como siempre, esperando lo peor.

—Ya sé que te dan asco las habitaciones de cualquier casa donde hagan una fiesta.

—A menos que esté limpia —puntualizó, severa.

Era demasiado mandona y cuadrada para ser una persona que tenía un aspecto tan tierno.

—También sé eso.

Deslicé dos dedos por el bajo de la fina blusa que llevaba.

—Lo que propongo incluye una habitación, pero no de esta casa.

Su vista estaba fija en mi mano mientras jugueteaba con su ropa.

—Mi habitación es muy limpia —insistí, por si no había quedado claro.

Abrió demasiado los ojos.

—Tu… tu habitación.

—Sí. La misma que está en esa despampanante mansión que tanto te gusta. A esa habitación me refiero.

Abrió la boca para decir algo y no pudo. Adoraba cuando se ponía nerviosa. Presionó los labios con fuerza hasta que pudo reaccionar.

—¿Cómo llegaríamos hasta allí?

—La fiesta está muriendo. —Le guiñé un ojo—. Cuando regresemos, quédate conmigo.

—¿Toda la noche?

Asentí. Podríamos tener una conversación seria sobre el tipo de relación que teníamos y hacer otras cosas… muchas cosas.

—¿Estás pidiendo que me quede a dormir contigo? —preguntó.

—No precisamente a dormir —aclaré, dejando que la yema de mis dedos acariciara la suave piel de su abdomen.

—No puedo pasar la noche fuera de casa.

—Regresa antes de que amanezca.

—Pero mi madre…

—Antes de que despierte.

Estaba corrompiéndola y no podía evitarlo.

—Cuando Dax te lleve, en vez de ir a tu casa, vienes a la mía —propuse.

—¿Y Aksel?

—Entras cuando no te vea. —Le acaricié la mejilla con la nariz y suspiró—. Prometo que valdrá la pena —murmuré.

No contestó, sus labios rozaron la comisura de los míos.

—Di que sí —supliqué.

No lo hizo, pero estaba a punto de besarme, ya podía imaginar el sabor de su boca cuando retrocedió. Me confundió su cambió de actitud y la seriedad. Iba a preguntar la razón, pero fue evidente cuando dos chicos aparecieron tomados de la mano. Entre risas, subieron la escalera y nos pasaron como si fuéramos fantasmas.

—¿Cómo es que siempre escuchas todo antes que yo?

No era la primera vez que no nos sorprendían gracias a ella.

—Cuando uno de tus sentidos falla —dijo, señalándose los ojos—, los demás se desarrollan. Tengo buen oído.

—Interesante —me burlé—. Pulgarcita tiene sentidos superdesarrollados. Puede que te conviertas en la heroína que necesita este aburrido pueblo.

—Idiota.

—La verdad es que con esa ceguera dudo que puedas ayudar a alguien en peligro, da igual lo bien que escuches.

Me dio un coscorrón que me dolió, pero me ahorré la protesta.

—Entonces —dije para retomar la conversación—, ¿jugamos al escondite hasta mi habitación en la torre más alta de la mansión Bakker?

Se mordió el labio y trató de componer la expresión para no delatar cuánto le divertía la idea.

—Solo esta vez.

El tono altanero de su voz no le pegaba nada, pero de igual forma pasó por mi lado con la barbilla en alto y me dejó con ansias de besarla.

—Eso no te lo crees ni tú, Pulgarcita —dije para provocarla, pero no logré que mirara atrás.

Conté los minutos para que Dax, que debía llevar a Amaia a su casa, y Aksel se aburrieran de la fiesta. Tardaron más de lo que me habría gustado y el viaje de regreso a casa por la oscura carretera se me hizo eterno.

Acompañé a Aksel en la cocina. Bebí agua para disimular mientras él asaltaba la nevera. Debía de estar muerto de hambre y, por todo lo que se sirvió en un plato, supe que tardaría en levantarse de la mesa. Le avisé a Amaia de que podía entrar a la mansión y la esperé en la puerta.

Estaba nerviosa y haciendo preguntas al entrar. La calmé y le indiqué que subiera sin mirar atrás. Los escalones crujían bajo nuestro peso, pero no sería suficiente para delatarnos. Amaia iba delante cuando se detuvo en seco. Le habría preguntado qué demonios pasaba cuando escuché la voz de Aksel pronunciar su nombre.

Cuando me paré junto a ella, no supe qué decir. Nos veíamos el uno al otro con la sorpresa escrita en nuestros rostros. Amaia parecía a punto de desmayarse y le temblaba el labio. Quizás estaba pensando en una de sus terribles justificaciones.

—¿Qué hace ella aquí? —preguntó Aksel.

No tenía explicación alguna. Solo se me ocurría decir tonterías para ganar tiempo, pero ella lo impidió cubriéndome la boca.

—¿Qué ha sido eso? —preguntó, mirando a todos lados.

—¿Qué ha sido qué? —Aksel me robó la pregunta.

—¿Por qué siempre escuchas antes que…?

Amaia volvió a taparme la boca y escuché el sonido al que se refería. Estaba lejos y era muy bajo como para oírlo si hablábamos a la vez.

Una desagradable sensación me golpeó el pecho. Era una tos… Alguien ahogándose…

«Mi madre».

Capítulo 26

Corrí por el pasillo, consciente de lo que encontraría. La experiencia no eliminaba el terror, lo hacía intolerable, volvía mis pies pesados y difíciles de mover mientras intentaba alcanzar la puerta de la habitación de mi madre.

Estaba en su cama, contrayéndose, haciendo sonidos extraños, ahogándose en su propio vómito. La sostuve entre mis brazos y la dejé en el suelo. Mis manos movían su cuerpo por instinto, repitiendo el ritual que había aprendido para salvarle la vida.

La llamé una y otra vez sin obtener respuesta. No dio signos de volver en sí a pesar de que al ponerla de lado expulsó vómito suficiente, el que debía de estar obstruyéndole las vías respiratorias.

«Ya déjala, Nikolai. Ella es feliz así».

Negué, apartando los recuerdos. La coloqué boca arriba, buscando su pulso y que el aire entrara en sus pulmones. No lo encontraba. Mis manos temblaron sin control. No estaba respirando…

«En el fondo lo sabes. Ella quiere morir. Como tú, tu hermana y todos en esta maldita familia».

No. Me negaba a escucharlo.

Presioné su pecho para que el corazón siguiera latiendo, era una maniobra que me había empeñado en aprender por miedo a que llegara ese día.

«¡Ella está respirando!».

Estaba mintiendo, engañándome. Quería que la dejara morir, pero no lo permitiría, lo había prometido, lo juré frente al diminuto ataúd de mi hermana. Él no volvería a lastimar así a nadie de mi familia, él no la mataría a ella… Yo la haría respirar.

—¡Tienes que quitarte, Nika! —gritó.

Nikolai me agarró del brazo para alejarme de ella, el estómago se me revolvió. No permitiría que me tocara, no de nuevo. Aproveché la cercanía, le torcí el brazo y lo tomé del cuello de la camisa. Lo mataría, lo haría pedazos.

—¡Cállate! Tengo que hacerla respirar —bramé para que supiera que no me intimidaba, ya no—. ¡Tiene que respirar!

—Está respirando, Nika… —dijo él. Le costaba articular las palabras y se mezcló con la tos de mi madre.

Miré por encima del hombro sin soltar a la alimaña que tenía entre mis manos y la vi respirar, inconsciente pero viva. Cuando volví a enfrentarme a Nikolai, ya no estaba. Aksel me devolvía la mirada con la cara roja, batallando para que el aire pasara a sus pulmones. Los estaba ahogando y el terror volvió.

Lo había confundido con mi padre porque una vez estuve en una situación similar. Temblé al pensar en lo que habría pasado si la tos de mi madre no me hubiera traído a la realidad.

Aksel tosió para aclararse la garganta y respiró con dificultad cuando lo dejé libre. Luego miré a mi madre, tranquila y dormida en el suelo. Inspeccioné el resto de la habitación para volver a la realidad, pues temía volver a confundirme. Mis ojos se clavaron en la puerta, en la chica que estaba ahí parada.

Amaia me miraba como jamás habría deseado que lo hiciera: con miedo. Acababa de ver al Nika violento y descontrolado, a mí con la actitud de mi padre, al monstruo, aquello en lo que me convertiría en algún momento, cuando no identificara los delirios.

—Ve a tu habitación, Nika —dijo mi hermano y aparté la vista de ella—. Vete —repitió—, yo me encargo.

Me habría negado, gritado y los habría expulsado de la habitación, pero no podía. Salí por la otra puerta, era incapaz de pasar junto a Amaia.

Mis piernas subieron la escalera y me llevaron al baño. Las manos se deshicieron de la ropa y el instinto me condujo a la ducha.

El agua debía de estar fría, no lo supe. La temperatura, el sonido, el aire que corría por la puerta abierta y salía por la ventana, tampoco. No sentía nada, solo vacío y silencio.

Jamás había revivido el pasado de aquella manera, mezclado con la realidad. Nunca había sentido su tacto, mucho menos lo había confundido con alguien más. Quizás estaba empezando a perder la cordura.

«¿Fue así para él cuando lo despidieron? ¿Se dio cuenta de lo que le sucedía como yo? ¿Intentó evitarlo y terminó vencido?».

Me dejé caer en la bañera y me abracé las piernas. Descansé la frente en las rodillas y me concentré en el sonido del agua cayendo sobre mi cabeza, deslizándose por mi espalda y rodando hasta el desagüe. Estuve tanto tiempo en la misma posición que mis piernas se entumecieron y los músculos de mis brazos terminaron agarrotados.

Sin secarme y solo cerrando la llave, me vestí con el viejo pijama lleno de agujeros que tenía junto a la puerta. Me senté en el colchón que descansaba sobre el suelo. Encorvé la columna hasta abrazarme a mí mismo.

Mi pelo goteaba sobre el suelo desgastado. A pesar de la oscuridad, veía las gotas, podía contarlas. El tiempo pasaba y no lo hacía en vano. Por primera vez, el miedo era real, tan palpable que no me dejaba pensar. Empezaba a convertirme en él y no sabía cuánto podría aguantar hasta que tuviera que ponerme un alto, terminar con mi vida para evitarlo y, si hacía eso…, ¿quién cuidaría de mi familia?

Si él los encontraba y yo no estaba para protegerlos…, ¿sería peor? ¿Podría luchar yo contra un futuro escrito? ¿Me temerían ellos tanto como le temíamos a Nikolai? Estaba convencido de que sí, lo había visto en los ojos de Amaia.

En ese momento lo sabía todo, casi todo, desde la situación de mi madre hasta mi verdadera naturaleza.

Aquel día en la carretera había prometido no lastimarla, ni hacerla sufrir ni ignorarla, no ser un idiota, no alejarme. Sería ella quien, con toda la razón, lo haría.

No podía culparla por sentir miedo. Seguramente estaba en su casa, aterrada, convencida de que acercarse a nosotros había sido su peor decisión. Nunca debería haberlo permitido. Aksel había tenido razón al querer construir una barrera entre nosotros. En ese momento, ella también sería consciente y la pequeña ilusión llegaría a su fin. La había perdido, como todo lo que me importaba.

—Nika.

Su voz me hizo alzar la vista y creí que estaba alucinando una vez más.

Avanzó despacio con las manos a su espalda. Me puse de pie y la alcancé, creyendo que se desvanecería, que sería otra alucinación, pero no fue así. Era real, estaba allí, no se había ido y deseé que jamás lo hiciera, que no me dejara. Haría lo que fuera por mantenerla a mi lado.

—Me alegra que no te hayas ido —confesé, recordando que, antes de aquel desastre, habíamos acordado pasar la noche juntos.

Tenía que cumplir lo prometido, al menos eso. Si le enseñaba lo bueno que podía ser por ella, podría convencerla de que no huyera, de que no todo estaba mal conmigo, de que había algo bueno.

—He venido a saber cómo estabas —murmuró.

—Bien —mentí, decidido a estarlo para ella.

Le acaricié el rostro y la pegué a mi cuerpo.

—Hace un momento no estabas bien —insistió.

—Estoy perfecto, Amaia. —La hice caminar de espalda hasta llegar al colchón—. No ha pasado nada.

Me agaché y le quité los zapatos para que se subiera a la cama. Iba a arreglarlo.

—¿Qué haces, Nika? —preguntó cuando dejé caer su abrigo y sus pálidos hombros estuvieron expuestos.

—Te dije que nos divertiríamos hoy. —Dejé un beso en el punto donde su oreja conectaba con el cuello—. Prometí que valdría la pena que te quedaras y cumpliré mi palabra.

Fui besando su piel, bajando hasta rozarle la clavícula, algo que le encantaba. La ayudé a ponerse de rodillas, nos quedamos el uno frente al otro, donde estuviéramos más cómodos para explorarnos…, para besarla. Me moría por besarla, me esforzaría para que jamás se olvidara de ese beso. Sin embargo, cuando atrapé sus labios, me apartó con fuerza. Ella no quería lo mismo, tenía las manos sobre mi pecho para mantener la distancia.

—No —zanjó, sin pizca de duda—. Ahora no.

Me sentí sucio, un abusador. La había besado y tocado sin su permiso, no había reparado en sus respuestas, en que me había tratado de alejar. ¿Qué tipo de persona era si me atrevía a eso?

Mi interior se quebró y los pedazos comenzaron a caer uno a uno. Mi cuerpo se volvió una carga para mi alma, si es que quedaba algo de ella. Nadie querría a alguien como yo y ni yo mismo le recomendaría que lo hicieran.

Le di espacio, tenía que dejarla ir, pero sus manos temblorosas se posaron sobre mis hombros y subieron por mi pelo mojado, acomodándolo, dejando suaves caricias. Sus pequeños dedos se deslizaron por mi piel, peinaron mis cejas y los ojos me escocieron.

—Tu madre está bien —murmuró—. Aksel la está cuidando.

—Yo sabía que pasaría. Al final siempre pasa. —Me senté sobre los talones y me quedé a la altura de su pecho. No, mi madre no estaba bien, no lo estaría nunca, porque yo me había confiado una vez más. Lo que estaba pasando era mi culpa.

Sus manos tomaron mi rostro y me obligó a mirarla.

—No —dijo con determinación y me di cuenta de que había estado hablando en voz alta—. Es una recaída. No es culpa de nadie. Mi madre…

—Ni tu madre puede arreglarlo. —Era muy inocente por pensar así, yo también lo había sido años atrás, al inicio de aquella larga tortura.

Algo hirviendo se deslizó por mi mejilla: una lágrima, luego otra y otra. Antes de que me diera cuenta, el rostro de Amaia estaba borroso y yo no podía parar de llorar.

—Es mi culpa. Si muere es mi culpa. Por no cuidar, por no estar pendiente. Yo tenía que estar aquí, aunque ella no lo pidiera.

Yo tendría que haber estado ahí para ella, esa noche y todas las noches que hiciera falta.

—No es tu culpa —dijo Amaia de la nada y me abrazó—. No lo es.

No logré entender por qué repetía que no era mi culpa cuando sí lo era, pero quería creerle, que ella tuviera razón. Deseé tener siempre la protección de sus brazos, que me dejara aferrarme a su diminuto cuerpo para que su calidez curara mis heridas. Que me ayudara a olvidar el pasado, a mirar el futuro, uno con ella a mi lado.

Me refugié en su cuello, llorando como jamás lo había hecho, dejando salir el dolor de tantos años.

Lloré por Emma, por la culpa que me atormentaba y el pequeño ataúd que todavía veía en mis pesadillas. Por los moretones de mi madre, por su sufrimiento y por la maldad con que mi padre la había destruido.

Lloré por Aksel y su inocencia que no pude resguardar, por lo mal hermano que había sido al ocultarle la verdad en vez de ayudarlo a entenderla.

Lloré en especial por lo que había sido mi familia. Por las celebraciones cuando éramos felices, los cumpleaños y las risas en la cena. Por mi padre, el que me enseñó a conducir con paciencia y dedicación, por el que lloró tras el nacimiento de Emma y nos abrazó en el pasillo del hospital.

Lloré por lo que la vida le había hecho y el monstruo en que se había convertido.

Lloré por ser como él y no merecer a la chica que me abrazaba y pronunciaba palabras reconfortantes. No las entendía, pero me hacían quedarme en sus brazos, en ese mundo y no en el oscuro lado que mi padre había dejado en mí.

Lloré hasta que todo se apagó y la única razón por la que no deseé que se apagara para siempre fue ella.

• • •

Mi habitación tenía un tono anaranjado cuando abrí los ojos e intenté acostumbrarme a la claridad. Al mirar a la derecha, Amaia seguía ahí. Estaba despierta y con la vista en mi brazo tatuado. Uno de sus dedos estaba a punto de tocarme la piel.

—Te has quedado —murmuré sin entender la razón.

La tomé por sorpresa.

—Deberías seguir descansando —señaló con voz ronca.

—Tú también. —Sus ojeras lo decían todo—. No has dormido nada, ¿cierto?

Negó y me acosté sobre mi brazo tatuado por miedo a que viera las cicatrices que escondía la tinta. Quedamos uno frente al otro. Los recuerdos de la noche anterior llegaban a mí, frescos, perfectos para torturarme hasta el fin de mis días.

—Siento mucho lo que pasó ayer —dije sin dejar de mirarla—. Lamento que conocieras algo de mi familia que hubiera preferido que no supieras nunca.

Habría dado todo lo que tenía por leerle la mente, ver lo asustada que estaba de mí y lo que me rodeaba, por qué había vuelto, por qué seguía allí.

—Sabías que íbamos a terapia —asumí, era la única razón que podía encontrar para que hubiera mencionado la ayuda de su madre la noche anterior.

—No sabía la razón —musitó, avergonzada.

—¿Tu madre te lo contó?

—Escuché lo que no debía.

No pude sonreír para fingir que todo estaba bien. En vez de eso, tomé su mano y le acaricié los dedos. Intenté concentrarme en ellos para hablar.

—Es mi culpa.

—No, Nika…

—Mi madre comenzó a beber por mi culpa.

Expresar lo que sentía no fue liberador, solo me recordó la realidad. No quería mirarla a los ojos cuando estaba a punto de mentir, pero necesitaba decir algo y la verdad, toda la verdad, era demasiado.

—Fue después del accidente de mi hermana.

Su silencio me dio tiempo para organizar mis ideas, para desahogarme y no explotar.

—Mi hermana murió con dos años. Un día Aksel tuvo una fiebre muy alta y mi madre lo llevó al hospital.

Podía recordar que me había advertido que no le quitara los ojos de encima y no lo hice, la dejé jugando sola en el rellano de la escalera.

—En ese entonces me importaba más mi música, tanto como para no cumplir las indicaciones de mi madre. —Respiré para mantener la calma y formar la verdad a medias—. Tenía que cuidarla. No estuve pendiente en el momento adecuado y tampoco escuché lo que pasaba.

—¿Cómo? —preguntó con voz temblorosa y los ojos llenos de lágrimas.

—La escalera era muy alta y ella muy pequeña.

Dolía y a la vez me alegraba tener el recuerdo de su existencia, no olvidar su sonrisa o su voz.

—Era pequeña, frágil y hermosa. Era la princesa de la casa y yo no pude cuidarla.

Todo había sido mi culpa, seguía siéndolo, incluso no haber tenido valor para matar a mi padre y ponerle fin a la tortura.

Tomó mi barbilla con la misma delicadeza con que me había tratado unas horas atrás.

—No es tu culpa —repitió con aquella voz que lograba hipnotizarme.

—Eso repiten siempre, pero no tienen ni idea de lo que hablan.

—No puedes buscar un culpable a todo.

—Pero los accidentes se pueden evitar.

—¡No! —Me obligó a mirarla—. No todos se pueden evitar y nada de lo que hagas cambiará el pasado.

—Es fácil disminuir lo que me pasa cuando se ve desde fuera.

Se acercó hasta que pude contar las pecas que le surcaban las mejillas.

—Puedo entender lo que sientes. Al menos puedo intentarlo, aunque no lo haya vivido. No tienes que culparte y para eso necesitas ayuda.

—¿De un psiquiatra como tu madre?

—De cualquiera que esté dispuesto a ayudar. —La ternura con que lo dijo fue una caricia para mi alma.

Me atormentaba abrirme a un psiquiatra y confesar la verdad. Recordaba que él también había necesitado ayuda después de que lo despidieran y se había negado a aceptarla. Éramos tan parecidos…

La dulce confianza que había en los ojos de Amaia me hizo pensar que ella también deseaba ayudarme. Saber que no quería irse calmó mi sufrimiento, la culpa y el dolor.

La vibración de su teléfono rompió nuestra conexión y, con darle una mirada, saltó hasta incorporarse en la cama. Se lamentó y maldijo con la vista fija en la pantalla.

—Tengo que irme.

Se abalanzó hacia sus zapatos, que estaban al borde del colchón, y se los puso a toda velocidad. Recogió su abrigo y salió corriendo. Ignoró mis preguntas y desapareció como si la persiguiera el diablo. Por el portazo y su desesperación, solo había una persona que pudiera haberla llamado: su madre.

Capítulo 27

Ver que se iba me recordó lo que había sentido unas horas antes. El mismo vacío. La necesidad de tenerla cerca fue abrumadora, pero se había pasado la noche fuera de su casa. Puede que terminara castigada y sería mi culpa.

Me dejé caer en la cama con la vista fija en las vigas de madera que sostenían la torre. Tenía que bajar, enfrentarme a la realidad y volver a poner el contador a cero. Tardé unos minutos en guardar el dolor, en aplastar mis ganas de quedarme encerrado toda la vida y aceptar el papel que me tocaba desempeñar.

Bajé la escalera y me apoyé en el marco de la puerta de la habitación de mi madre. Dormía plácidamente a pesar de la luz del día. Aksel intentaba no perder la consciencia, pero se le cerraban los ojos.

Me acerqué y se incorporó con un gesto brusco, digno de una unidad militar. Intentó lucir bien y atento cuando estaba destruido. Tenía los ojos rojos e hinchados de llorar y pasar la noche en vela. Sabía cómo se sentía.

—¿La despertamos? —preguntó con voz ronca.

—Tiene que hidratarse y comer.

Le toqué el hombro con suavidad y, al instante, se removió. Una mujer que había criado a tres hijos y que tenía la costumbre de vivir en constante vigilia podía despertarse con facilidad. Abrió los ojos desorientada. Me vio primero, luego al techo y, por último, a Aksel, que tomó una de sus manos entre las suyas.

Le costó unos segundos entender. Sus ojos se llenaron de lágrimas y empezó a gimotear, cubriéndose la cara por la vergüenza. Se lamentaba, pidiendo disculpas, llamándose mala madre y culpándose. Aksel trató de calmarla, pero las palabras no la ayudarían, no en ese momento, y yo lo sabía muy bien. Lo mejor era el silencio y nuestra rutina de siempre.

Me agaché a su lado para que nuestros rostros estuvieran a la misma altura y se desahogara, con los ojos fijos en los míos. Apenas tenía energía para llorar. Terminó negando con la cabeza y moviendo los labios sin emitir sonido alguno, enroscada en el lugar como un bebé.

Accedió a bajar y la sostuve por los brazos temblorosos. Necesitaba levantarse, comer y recuperar fuerzas. Aksel se encargó del desayuno y yo de acomodarla en la mesa.

Las lágrimas se deslizaban por su rostro. Intentaba ocultarlo mirando en dirección contraria o al vaso que había sobre la mesa. Apenas tomó un par de bocados y zumo de naranja. Cuando el desayuno acabó, el silencio se tornó aplastante, junto a las mentiras a medias y los secretos.

—Lo siento —dijo con la voz ronca y débil—. Siento hacerles pasar por esto, por no protegerlos y por…

—Mamá…

—Siento no haberlos sacado de esa casa la primera vez que llegó borracho y me golpeó —continuó, sin dejar que Aksel la interrumpiera—. Creí que lo superaría, que volvería a ser el hombre con el que me casé y juntos podríamos solucionarlo. —Hipó, pero no dejó que eso la detuviera—. Si lo hubiese hecho, Emma… Emma estaría viva y ustedes no serían tan infelices.

—Eso no es cierto —intervino Aksel—. Tenías miedo y fue él quien te hizo sentirlo.

—Yo podría haber sido valiente y…

—Soportaste lo que no merecías para no hacernos sufrir. No creo que evaluar tu valentía sea algo que discutir, mucho menos tu amor por nosotros. En todo caso, juzgaría la cobardía de nuestro padre.

Miré a Aksel. Estaba más orgulloso que nunca de tenerlo como hermano, de haberle contado la verdad. Mamá sollozó y se aferró a nuestros brazos por encima de la mesa. Me miró, esperando una opinión.

—Jamás será tu culpa. —Besé el dorso de su mano—. No intentes cargar con lo que no te pertenece.

Quise transmitirle la paz que necesitaba. Eran las palabras correctas para sostener lo que quedaba de ella. Debía ser fuerte y reprimir mi dolor para cuidarlos, me correspondía hacerlo. Por contradictorio que fuera hablar del tema y de cómo sobrellevarlo para seguir adelante. La culpa no es fácil de expiar. Silenciosa y escondida, podría vivir años dentro de ti, carcomerte y destruirte, disfrazada de ira, tristeza o desesperación. Cuando no la identificas como el origen de tus tormentos, terminas donde estaba yo: sin saber cómo gestionarla y con ganas de que todo acabe con tal de olvidar. No quería que mi madre llegara a ese oscuro lugar.

—Prometo que esta vez será distinto —aseguró, mirándonos.

—No lo prometas —le pedí—. Piensa que ahora tenemos ayuda de la doctora Favreau, no estamos solos. —Recordé las palabras de Amaia—. No te presiones con promesas.

—No quiero defraudarlos —murmuró.

—Nunca lo harías —aseguró Aksel.

—Eres la mujer más valiente que conozco. —Le dediqué una sonrisa, puede que no lo repitiera en voz alta las veces necesarias—. Sobrevivimos hasta ahora, no es momento de rendirse.

Volvió a llorar y nos levantamos para abrazarla hasta que se calmó. La ayudamos a subir para que descansara y nos quedamos en el pasillo, con la vista fija en su cama.

—¿No crees que sería más fácil si le contáramos la verdad a la doctora Favreau? —dije. Ya no tenía miedo a expresar en voz alta lo primero que se me pasaba por la mente, Aksel lo sabía todo.

—No.

—Contárselo a ella no es lo mismo que decírselo a la policía —insistí.

—¿Crees que la doctora no se verá obligada a denunciar?

En su mente estaba nuestro padre, sus gritos, lo que vio y lo que no. Estaba aterrado.

—Podría ayudar a mamá si supiera la verdad.

—Y si lo denuncian, nos encontrará antes de que la policía lo arreste —murmuró—. ¿Cuánto tiempo crees que le costará rastrearnos? ¿Cómo crees que nos ayudará eso?

No repetí la diferencia entre la doctora y la policía. Me asustaba por igual que la verdad saliera a la luz. Aunque lo negara, seguía temiéndole a Nikolai. No por lo que me haría o las maneras en que podría hacerme sufrir, sino por las represalias que tomaría contra ellos por haber huido.

—Tienes razón —acepté—. Ahora ve a dormir, yo me encargo.

Dio un paso, pero se detuvo, a mi lado, hombro con hombro.

—Siento haberte juzgado tantas veces y haberte dejado solo cuando lo necesitabas.

Lo miré de reojo.

—Eres mi hermano. Hagas lo que hagas y pase lo que pase, siempre lo serás. —Apretó los labios para contener las lágrimas—. Las disculpas están de más, Aksel.

Impedí que se fuera al tomarlo del brazo.

—Gracias por cuidarla, por hacerte cargo cuando no pude.

Miró por encima del hombro a la cama de nuestra madre.

—Agradéceselo a Mia. Fue ella quien la bañó, yo solo pude ayudar. Fui un inútil, igual que siempre. —Tragó saliva para mantener la compostura—. Prometo que sabré cómo responder si hay una próxima vez.

No era el momento de reconfortarlo con palabras, no serviría de nada. Lo dejé ir, necesitaba descansar, si es que lograba hacerlo.

Me pasé la mañana en la habitación de mi madre. Hubo un momento en que despertó y pidió que le contara lo que había sucedido. Le dije la verdad, incluyendo a Amaia y su ayuda. Lloró una vez más hasta quedarse dormida.

Supe que estaría bien y estuve el resto de la tarde en la azotea con el primer libro que encontré. Un par de veces miré el teléfono, esperando un mensaje suyo, y comprobé la casa vecina. Debía de estar durmiendo.

No pude evitarlo y le escribí. No obtuve respuesta. Horas después, lo volví a intentar y nada. La noche cayó y empecé a desesperarme. Pasaba frente a una de las ventanas de mi habitación, la que daba a su casa. No estaba en el salón donde acostumbraba a leer. Las luces del primer piso estaban encendidas, la primera planta estaba en total oscuridad.

Quería descansar y esperar al día siguiente, pero mi cerebro inventó mil excusas para ir a verla. Busqué el saco de dormir que tenía en una de las cajas de mi habitación y lo acomodé en la azotea, esperando que accediera a subir conmigo, aunque fuera para estar en silencio mirando el cielo.

Bajé y calculé la que creía que era la ventana de su habitación. Lancé diminutas piedras con los dedos cruzados para no estar llamando la atención de sus padres y tuve suerte. Un par de mensajes y unos minutos después salió a mi encuentro al borde de la carretera. Llevaba un abrigo largo sobre un pijama azul. Su pelo estaba recogido en una coleta que no lograba sostenerlo. Por primera vez, la vi usando gafas, eran redondas y algo grandes para su rostro. Hasta que no se detuvo a una corta distancia, no distinguí sus ojeras.

—¿Has dormido?

—Sí —murmuró, jugueteando con sus llaves—. ¿Cómo está tu madre?

—Mal. —No tenía sentido maquillar esa verdad—. Cada vez que recae pasa lo mismo.

Me observó con sus bonitos ojos azules, le brillaban detrás de las gafas.

—¿Tu madre se ha enfadado? —pregunté, evadiendo el tema y su mirada, su lástima.

—Me ha pedido que le avisara, incluso si pensaba asaltar el ayuntamiento.

—¿Puedes abandonar tu castillo o tienes hora de llegada? —pregunté en un pobre intento de bromear y relajar el ambiente.

—Dije que regresaría a dormir.

—Perfecto.

Le ofrecí la mano y accedió a tomarla hasta que llegamos a la azotea de la mansión.

—Supuse que pasarías frío —comenté mientras ella miraba el cielo.

Reparó en el cómodo saco de dormir y no dudó en meterse para buscar el calor. Me limité a acostarme encima, sin taparme. La noche era fresca y agradable para mí. Me sentí a salvo al tenerla a mi lado, a pesar de la oscuridad que nos envolvía.

Se ladeó y me observó durante un rato.

—Me gusta cómo te quedan las gafas —confesé sin mirarla.

—Son horrendas.

Se las quitó y tuve que reírme.

—Supongo que cada cual se ve de manera distinta. —La miré de reojo—. ¿Estarás a salvo sin ellas? ¿Ves algo desde ahí?

—Así no funciona la miopía, idiota —protestó adoptando el tono de siempre y eso me relajó, necesitaba hablar de lo que fuera, una tontería, olvidar lo que había sucedido.

—¿Y si me alejo? —insistí, agitando la mano frente a su rostro.

Puso los ojos en blanco.

—Tienes que alejarte lo suficiente para que vea borroso. Lo de no ver a un palmo más allá de mi nariz era una manera de hablar.

El silencio volvió a envolvernos.

—¿Tu madre sabe que yo…?

—Sí —contesté, sin necesidad de escuchar la pregunta—. Hace que se sienta peor. Supone que se lo has contado a tu madre y tendrá que enfrentarse a ella el lunes.

—Lo hice, pero…

—No tienes que justificarte. Si no lo hubieras hecho tú, lo habríamos hecho nosotros.

Se mordió el labio.

—Mi madre —murmuró muy despacio— ¿sabía de tu hermana?

—¿No hablaron de lo que pasó?

Tenía la vista pegada a mi hombro.

—Ella jamás me cuenta cosas de sus pacientes.

La doctora Favreau se ganaba mi respeto cada día.

—Sí. Sabe por qué comenzó todo. Se supone que es lo que está tratándole.

Otro corto silencio en el que ella escogía las palabras para hacer otra pregunta:

—¿Qué pasó con tu padre?

Se me puso la piel de gallina.

—Eso fue antes —murmuré. Supuse que ya sabía la mentira, la que Aksel debía de haber dicho, la que habíamos repetido desde que habíamos llegado a Soleil.

—Pero también influyó, ¿no?

—Digamos que fue el principio y mi hermana el detonante.

Tardó en volver a hablar.

—¿Cómo fue?

No abrí los ojos. Me centré en mi respiración y en las ganas que tenía de dejarlo salir, la batalla por protegerla y no dejarle saber lo que me había sucedido. La verdad era una manera de acercarla, de que terminara abrasada por mi oscuridad.

—Mi padre trabajaba para una empresa —dije, tratando de no mentir, pero tampoco pasarme de la raya y decir lo incorrecto—. Un día, decidieron que no era necesario y se deshicieron de él. No es fácil aceptar un despido para un hombre con tres hijos, una esposa ama de casa, una propiedad recién comprada y deudas.

Aparté el pelo de mi rostro y, para que fuera más fácil, traté de fingir que contaba una historia ajena.

—No fue un hombre valiente. —Fue su cobardía la que acabó con nuestras vidas, como había dicho Aksel—. Es más fácil deshacerse de las responsabilidades que enfrentarlas.

—¿Los abandonó?

—Eso habría sido menos cobarde.

Habría sido preferible.

—Él… Tu padre…

—Hay muchas maneras de ser cobarde.

La respiración de Amaia se volvió pesada, irregular.

—No creo que debas recordar a tu padre de esa forma. Terminar con tu vida no te hace cobarde.

—Abandonar a tu familia cuando más te necesita, sí.

Asumió la mentira del suicidio sin que yo pronunciara las palabras. Suponía que era un logro estarla engañando con tanta facilidad.

—Estaba sufriendo y no supo cómo llevarlo —insistió, ajena e inocente.

—Y no le importó el sufrimiento al que nos llevaría cuando decidió dejar de ser lo que era, cuando…

Me callé antes de decir la verdad. No podía dejarme vencer por el resentimiento que guardaba.

Puso una mano sobre mi pecho. Lo hizo del lado derecho, hacia donde apuntaba mi corazón y olvidé que debía respirar.

—Perdón por sacar el tema.

Tomé su mano y la envolví con la mía. Tragué en seco y me hundí en su voz, en su dulzura.

—No te disculpes sin necesidad, Amaia. Las disculpas tienen una carga muy fuerte para que las pidas por algo que no está mal.

Llevé su mano a mis labios y dejé un beso en su palma.

—No me molestan tus preguntas. Sé que no las haces con mala intención. —Imité su posición y nos quedamos de costado—. Soy yo quien siente que me vieras así, que te hicieras cargo de mi madre en el peor momento.

—No hice nada del otro mundo —aseguró, mirando nuestras manos.

Deslicé un dedo por el arco de su mandíbula hasta llegar a su barbilla para hacer que me mirara.

—Para mí lo es —dije, acercándome a sus labios—. Nunca le había contado tanto a alguien.

Tembló y supe que no era de frío, era por el beso que ansiábamos. Rocé sus labios. Enredé la mano en su pelo hasta desatar la coleta. Su sabor, la suavidad y el suspiro que exhaló cuando la abracé fueron la mejor medicina para mis pesares.

Necesité todo de ella. Tocarla y besarla de la cabeza a los pies. Se aferró a mi cuello y profundizó el beso. Fue su gemido lo que me hizo separarme. Sus mejillas sonrosadas y su respiración agitada la volvían irresistible, todo de ella lo era. No tenía la paciencia necesaria para ir despacio.

—Vamos dentro —dije sin despegar los labios de su piel.

—¿Para qué?

—Quiero quitarte la ropa y no te voy a hacer pasar frío.

Podía negarse, pero asintió. Me dio luz verde para cargarla y llevarla a mi habitación.

Me senté en el colchón y quedó sobre mis piernas. Nuestros besos iban subiendo de intensidad, sus manos acariciaban mi cuello y me despeinaban mientras me pegaba a su rostro y jadeaba en mis labios.

Me deshice de su abrigo y le acaricié la cintura. Su piel era tan suave que el pijama fue demasiado fácil de retirar. Su torso quedó desnudo, iluminado por la luz azul que se colaba por las ventanas.

Mis ojos estaban acostumbrados a la oscuridad. Rodeé su ombligo con el pulgar y subí, disfrutando de su calidez, de los pequeños lunares sobre la blanca piel. Sentí su corazón bajo mi tacto. Respiraba, agitada, con la vista en mi recorrido.

Por primera vez, la vi desnuda de cintura para arriba. Sus pechos eran lindos, redondos y llamativos contra su delgado cuerpo. Definitivamente me encantaban, todo de ella me enloquecía.

—¿Qué haces? —preguntó, nerviosa.

La oscuridad cubría la mitad de su rostro.

—Admiro la vista —murmuré, recordando el día en que nos conocimos.

Su piel se erizó y su cara tomó un color rojo que se extendió hasta sus hombros, pero no se tapó. No sentía vergüenza por estar semidesnuda y eso me hizo pensar que confiaba en mí.

Bajó las manos para deshacerse de mi sudadera. La ayudé y se entretuvo en devorarme con la mirada. Sus dedos curiosos recorrieron mi abdomen, subiendo por mi pecho hasta descansar en mis hombros. Me excitó que lo hiciera, que atrapara su labio entre los dientes y me observara con aquel brillo seductor en la mirada.

La giré hasta que su espalda quedó contra la cama y la besé. Sin aplastarla, alcé sus brazos y aprisioné sus muñecas sobre la cabeza mientras subía con mi otra mano, delineando el contorno de su cuerpo. Disfruté de tocarla, me deleité en la manera en que respondía a mis caricias.

Deslicé mis dedos, tracé círculos y dibujos sin sentido sobre su piel. Poco a poco, me fui acercando a sus pechos, pasando de uno a otro. Mojé mis dedos con saliva y la besé al tiempo que le di un suave pellizco a uno de sus pezones.

Fuimos un desorden de piernas enredadas cuando necesitó alivio para su sexo, presionándolo contra mi muslo. Jadeó mi nombre, provocando que un delicioso calambre viajara hasta mi entrepierna y me pusiera tan duro que la ropa interior me empezó a molestar.

—¿Qué quieres, Amaia? —pregunté sobre sus labios.

—Que dejes de jugar conmigo —protestó.

—Estamos divirtiéndonos.

Era gracioso que no supiera disfrutar lo que hacíamos sin desesperarse.

—Sabes lo que estás haciendo —masculló, frustrada.

Besé la línea de su mandíbula.

—No sé qué me pides, Pulgarcita.

—Sabes lo que quiero —insistió.

—Dilo.

Su voz me ponía más que nada. Quería escucharla hablar mientras le daba placer.

—Estás torturándome —gimoteó, revolviéndose en el lugar.

Intentó liberarse de mi agarre, yo seguí sosteniendo sus manos por encima de su cabeza.

—Estás disfrutándolo.

Le acaricié por encima del pijama y dejó de moverse. Me detuve antes llegar a su entrepierna.

—Dime lo que quieres y lo haré… Haré todo lo que me pidas.

—Eres un idiota.

Tuve que reírme.

—Eso me excita.

Busqué el adictivo olor de su piel rozando mi nariz por su clavícula.

—¿Que te diga idiota?

Volví a reír antes de tomarla de la cadera y pegarla a mi cuerpo. Quería que sintiera lo duro que me ponía.

—Que seas tan respondona.

Me moví contra ella, disfrutado el roce, el calor y el alivio. Gruñí por lo bajo, mordiendo con fuerza para no dejarme llevar por las ganas que tenía de arrancarle la ropa y hacer lo que mi cuerpo pedía mientras ella gemía mi nombre, suplicante.

—Desde aquella discusión en Filosofía, me pone tu actitud —confesé, jugueteando con el elástico de su pijama. Sentí el calor de su abdomen cuando mi mano estuvo dentro de su ropa interior—. Desde ese día, imagino cómo sería verte gemir mi nombre.

Mordí su cuello para relajarme y centrarme en darle placer, no en lo húmeda que estaba o lo excitante que resultaba mi nombre en su boca.

Se retorció, abriendo las piernas y dándome acceso total para que la estimulara en el lugar correcto, el que la hacía jadear y pedir más. Amaia era expresiva, con su respiración exponía si estaba a punto de tener un orgasmo y no habría sido divertido que sucediera tan rápido. Me entretuve en subir y bajar el ritmo, en descubrir qué la llevaba al límite. Disfruté de sus protestas, de besarla y morderla, de…

—¿Qué haces? —pregunté, alarmado y sosteniendo su muñeca cuando intentó deslizar su mano dentro de mi pijama—. Quedamos en no pasar de…

—Dijiste que había muchas maneras —susurró, sin aliento, antes de acercarse a mi oreja—. Solo tienes que mostrarme cómo.

La idea de que me tocara era más de lo que podía imaginar. Lo deseaba y era posible según nuestro trato, mientras ella quisiera hacerlo. Le solté la mano y no dudó en meterla en mi ropa interior. Acarició mi miembro. Estaba tan sensible que la falta de lubricación se sintió incómodo.

Le mostré cómo hacerlo sin lastimarme y captó al instante la presión que me gustaba. Al principio su mano temblaba, pero se fue acostumbrando y dejé de guiarla para disfrutar.

No pude evitar gemir y cerrar los ojos, tomarla del pelo y besarla. Le di a entender lo que provocaba en mí y supo cómo subir la velocidad de sus movimientos, con nuestras miradas conectadas y mi respiración errática. Estaba a punto de correrme cuando dejó de masturbarme con el ritmo ascendente y empezó a hacerlo con suavidad, dejándome en el punto máximo para que cayera en picado.

Encontré la diversión en su rostro ante mi frustración y me reí.

—Aprendes rápido, Pulgarcita —acepté, tirando de su ropa interior y dejándola a una distancia a la que tenía acceso a su entrepierna. Se atragantó con su propia saliva cuando deslicé los dedos por su sexo y terminé por estimular su clítoris—. Dos pueden jugar a la vez.

Fue exquisito el placer que podíamos darnos mutuamente. No supe si era yo quien guiaba o quien seguía. Solo era consciente de sus labios y sus jadeos ahogados, del calor de mi cuerpo mientras me masturbaba y de lo húmeda que estaba en mi mano.

Se balanceaba sobre mi palma mientras me entretenía en chupar y morder sus labios. Quería correrse y yo necesitaba dejarme ir con ella, disfrutarlo al mismo tiempo por primera vez.

Sentí sus músculos contraerse, cerró las piernas y gruñí cuando no paró de tocarme. Fueron escasos segundos en los que perdí el control de mi cuerpo. Un momento de lucidez seguido del alivio total.

Cuando yo había terminado, ella seguía gimiendo, contraída por lo que estaba sintiendo. Fue igual de placentero verla morderse el labio hasta que se relajó y apoyó su frente contra la mía.

Descansamos, agitados y con las piernas entrelazadas, con una mano dentro de la ropa del otro y una media sonrisa.

Lo entendí en ese momento, mientras su aliento golpeaba mi rostro. Con cada minuto que pasaba a su lado y con cada experiencia que descubríamos juntos, más nos acercábamos. Si antes necesitaba sus palabras o sus besos, al día siguiente necesitaría su abrazo, sus orgasmos y su tacto.

Tuve miedo al pensar cuánto dolería si la perdía.

Capítulo 28

—Nika —llamó la voz de la doctora Favreau.

La miré, sentada en el cómodo sillón frente al sofá que yo ocupaba. Me había distraído con la pintura colgada detrás de su escritorio, sin duda otra de las extrañas piezas de su hija pequeña.

—Llevas veinte minutos sin decir nada —agregó.

Era la primera terapia individual a la que me enfrentaba. Me preguntó cómo me sentía después de la recaída de mi madre, aparté la mirada para evitar los recuerdos y me perdí en el decorado del consultorio.

—Nos quedan diez minutos —insistió—. ¿Crees que me puedes contestar?

—Quizás no tengo nada que decir —murmuré, intentando no sonar irrespetuoso.

—De todos modos, me gustaría escucharte decir algo.

Me dedicó una sonrisa maternal.

—¿Como qué?

—¿Qué tal si empezamos por algo sencillo? Lo que se te ocurra.

Fue la primera vez que pude sostenerle la mirada sin sentirme inspeccionado. El azul de sus ojos me recordó a Amaia y trajo los recuerdos de la noche en que había creído perderla.

—Gracias por no castigar a Amaia.

Cerró el cuaderno donde acostumbraba a tomar notas y lo dejó a un lado.

—¿Por qué creíste que la castigaría?

—Por pasar la noche fuera de casa.

—¿Debería haberlo hecho?

No supe si era una pregunta trampa y decidí ser sincero.

—Pensé que lo haría. Los padres que crían a chicas como Amaia suelen enojarse cuando pasan la noche fuera.

—¿Chicas como Mia?

—No me malinterprete. —No me había expresado de la mejor manera.

—No lo estoy haciendo, Nika. Lo único que quiero es entenderte.

—Me refiero a quienes han crecido en una familia… ¿feliz? —No tenía idea de cómo explicarlo—. No es solo las chicas, sino los buenos hijos que crecieron tranquilos, con padres que se han encargado de mantenerlos… a salvo.

—¿Crees que la manera de disciplinar a un buen hijo es castigarlo cuando se equivoca?

Cuando lo decía de esa manera, sonaba ilógico.

—Es mejor que pegarle —alegué.

—¿A ti te han pegado?

—No —mentí.

—¿Te han castigado?

—Tampoco.

—¿Has sido un hijo modelo?

—Todo lo contrario. Me escapaba de casa desde los diez y un par de veces mamá me fue a buscar a la comisaría porque me metí en fiestas ilegales.

—Entonces…, ¿te consideras un mal hijo? —No supe qué decir, me consideraba una persona terrible—. Entiendo que si los padres castigan a los buenos hijos cuando cometen errores y a ti jamás te castigaron, te consideras…

—Sé lo que está haciendo —la interrumpí.

Alzó una ceja.

—¿Y qué es? —preguntó.

—Trata de llevar la conversación a un lugar donde termine hablando de mi madre y lo sucedido.

—¿Eso crees?

La doctora hizo girar el bolígrafo entre sus dedos y volvió a hablar.

—Eres inteligente, Nika, no tengo dudas. Tanto Aksel como tú son brillantes, pero lamento decir que estás equivocado. No tengo intención de manipular a un paciente. —Nos señaló a ambos con el dedo índice—. Esto no es para que me cuentes lo que yo quiero oír, es para que exteriorices lo que tú necesitas decir.

Por alguna razón, me enojaba que tuviera tanta paciencia.

—¿Y si no tengo nada que decir?

—Podemos conversar de cualquier tema. —Entrelazó las manos sobre su rodilla—. Pensé que eso hacíamos e intentaba que entendieras por ti mismo la razón por la cual no castigo a mis hijas.

Intenté relajarme, ella no me estaba atacando.

—¿Por qué no lo hace? —pregunté para seguir el hilo de la conversación.

—Sería muy hipócrita por mi parte sentarme en esta oficina para atender problemas debido a la falta de comunicación, para llegar a casa y no poner en práctica mis propios consejos —explicó—. Mentiría si digo que no han estado a punto de hacerme perder el control. —Sonrió de medio lado—. La primera vez que Emma pintó las paredes de la sala, quise hacer desaparecer toda herramienta de dibujo y mandarla a su habitación hasta que entendiera el mensaje.

Dejó salir un largo suspiro.

—No lo hice. Le expliqué lo mal que estaba y conversamos, aunque solo tuviera cuatro años. Logré que garabateara en hojas y no me hiciera pintar la casa cada mes. Gracias a eso, hoy tengo una hija que explota sus habilidades y es más talentosa cada día. La habría privado de un pasatiempo por un error acorde a su edad y habría creado un resentimiento innecesario. El domingo tuve ganas de gritarle a Mia cuando entró por la puerta y de prohibirle salir hasta que se fuera a la universidad.

—Esa habría sido una reacción normal.

Rio con naturalidad.

—Aunque habría resuelto poco después de escuchar lo que pasó en tu casa.

—Me mantuve lo más serio posible—. Nunca he castigado a mis hijas, porque relacionar un error con un castigo, o peor, con violencia física o verbal, es la manera de crear a un ser humano con miedo a equivocarse.

—Los errores tienen consecuencias —murmuré—, ¿un niño no debería aprender a entenderlo?

—Una mente que está formándose no sabe distinguir entre un error grave, una mala decisión o un simple fallo humano. Si vivimos con miedo a cometer errores, nos estamos centrado en lo equivocado. Lo importante es reconocerlos, analizarlos y aprender de ellos, no castigarnos eternamente. Un niño no debe crecer con miedo, mucho menos a sus padres. Hay que enseñarles a ser capaces de distinguir lo que está bien y mal. Busco que mis hijas entiendan las posibles consecuencias de sus actos, lo que las afecta a ellas y a otros. Eso no evitará que me hagan enojar, que vayan a equivocarse o que sean perfectas, pero confío en que las hará más fuertes y mejores personas.

—¿Cree que con eso basta? —Los ojos me escocieron porque es lo que yo habría deseado, lo que jamás tuve cuando despidieron a mi padre—. ¿Una conversación?

Recordaba los regaños de mi madre y las veces que, sabiendo la situación que había en casa, me volví a escapar con tal de sentir que mi realidad era un mal sueño. No siempre estuve a su lado, dedicado a cuidarlos, también había sido irresponsable y un mal hijo.

—Confío en ellas —contestó—. Sé que, a partir de ahora, Mia será sincera y avisará cuando piense llegar tarde o dormir fuera de casa.

La mirada que me dedicó hizo que contuviera la respiración. Sabía lo que pasaba entre nosotros. No supe si estaba aprobándolo o advirtiéndome de que no llevara a Amaia por el mal camino.

—En cualquier caso —continuó—, me gusta conversar en vez de castigar. Por eso no quiero forzarte a hablar, prefiero que tú escojas el tema.

—¿En qué le ayuda eso a mi madre y a su problema con el alcohol? —pregunté.

—No quiero ayudar solo a tu madre.

—Aksel y yo estamos bien.

—¿De verdad crees eso?

Hice hasta lo imposible para que mi rostro no mostrara expresión alguna. La comisura de sus labios se elevó por un instante y se puso de pie.

—El problema no es estar bien o mal —dijo al llegar a la estantería que había a nuestra derecha—. Digamos que estar bien es relativo y estar mal está bien.

No le encontré sentido a sus palabras. Volvió a su asiento con un cuaderno en la mano. Lo extendió para que lo tomara.

—Lo único que pido, como tu psicóloga, es que intentes expresar lo que te pasa. No tienes que hacerlo en voz alta.

Lo acepté. La cubierta era de cuero y tenía hojas gruesas, era un cuaderno perfecto para dibujar. Recordaba haber tenido uno similar cuando era pequeño y el dinero no era una preocupación para mi familia.

—Pensaba dárselo a Emma por su cumpleaños, pero puedo comprar otro.

—Es caro, no puedo aceptarlo.

Intenté devolverlo, pero se quedó de brazos cruzados.

—Considéralo los deberes que te mando para casa por no contarme lo que sientes.

—¿Quiere que lo escriba?

—Que lo hagas para ti, aunque nadie más lo vea. Suelta lo que llevas dentro, es la mejor manera de empezar.

—¿Quiere que lleve un diario? —ironicé.

—Guarda las bromas —advirtió con delicadeza—. Has entendido muy bien lo que te he pedido, no pienso repetirlo.

Me recordó a su hija. Era el mismo tono de regaño que empleaba, la diferencia es que Amaia me llamaba idiota.

Miró el reloj de pared y confirmó la hora con el de su muñeca.

—Hemos terminado. —Fue tras su escritorio para usar el teléfono—. Nos vemos el próximo viernes.

Recogí la mochila y me despedí con la mano para no interrumpir su llamada. Mamá y Aksel habían salido antes. Debían de estar llegando a casa en un taxi. Estaba desesperado por tomar la moto y aparecer en mi habitación por arte de magia. Tras la ducha posentrenamiento, había ido al consultorio. Llevaba una semana agitada entre el trabajo, el equipo de fútbol, las reparaciones y las preocupaciones con mamá. El cuerpo me pedía descanso.

Al salir a la calle, casi choco con una pareja. Reconocí a Rosie y a una chica de pelo negro. Sus ojos pasaron del consultorio a mí.

—¿Qué haces aquí? —preguntó, nerviosa.

Ambos habíamos sido sorprendidos, en el momento y lugar equivocado.

—Y tú, ¿qué haces aquí? —repliqué.

No logró armar una frase coherente.

—¿Puedes pedir una mesa en el café? —le dijo a la chica que iba a su lado—. Enseguida te alcanzo.

Su acompañante ignoró la evidente incomodidad de Rosie. Se despidió con amabilidad y entró al establecimiento de la esquina.

—¿Una cita?

—¿Una consulta con la psicóloga? —contrarrestó.

—No se lo digas a nadie —advertí.

—No soy cotilla —aclaró—. Tú también, mantén la boca cerrada.

—Soy un muerto.

—Más te vale.

Hablábamos como si fuera un partido de tenis de mesa. Miré al café en cuestión y a la mesa donde la cita de Rosie la esperaba.

—¿Victoria sabe esto?

—Nadie lo sabe, mucho menos ella.

—¿Por?

Apartó la mirada.

—No quiero que piense que soy lesbiana y que por eso me enamoré de ella.

—De tu orientación sexual no sé nada, pero lo segundo es verdad.

—No estoy enamorada, es… —Abrió y cerró la boca—. No estoy enamorada —concluyó de mal humor.

Me acerqué a su rostro y noté la diferencia de color entre sus ojos: tenía uno marrón y otro color avellana.

—Ahora dilo sin llorar —susurré.

Me pellizcó el brazo y me mordí la lengua para no protestar.

—Eres como un mosquito —espetó—. Apareces cuando menos te lo esperas, eres molesto y difícil de aplastar.

—Y tú eres una cobarde.

Me dedicó una mirada envenenada que reconocí de su pelea con Amaia en medio del pasillo. Leí sus ganas de golpearme.

—Soy realista y trato de seguir con mi vida —declaró.

—Intentas encontrar a alguien que te haga sentir lo que Victoria.

—No arruinaré nuestra amistad por un estúpido enamoramiento.

—Creí que no estabas enamorada.

—¡Sabes a lo que me refiero! —exclamó, perdió la paciencia y me golpeó en el hombro.

—Relájate, fiera. —Alcé las manos en son de paz para no terminar magullado—. Haz lo que te haga sentir mejor, nadie te juzga.

—Tú lo estás haciendo.

—No, tú te juzgas y por eso crees que el resto lo hace. —Palmeé su hombro para molestarla cuando pasé por su lado en dirección a la moto—. Suerte con tu cita.

Me observó con la misma frustración y ganas de degollarme.

—¿Vienes aquí por terapia o a clases de psicología?

Me encogí de hombros.

—Suerte —repetí a modo de despedida y escuché el carnaval de insultos que me dedicó al alejarse.

Estaba molesta con ella misma, no conmigo. Tomarse en serio lo que decía era un error.

Me subí a la moto e iba a ponerme el casco cuando recibí un mensaje.

Pulgarcita: Mis padres tienen una cita

y Emma una pijamada. Estaré sola

hasta media noche, ¿quieres venir?

El cansancio desapareció como si nunca hubiese estado allí.

Capítulo 29

Toqué la puerta por segunda vez y estaba a punto de llamarla por teléfono cuando abrió.

—Pensé que no vendrías.

—¿Por qué no lo haría?

—No respondiste.

Iba a decirle que no podía perder tiempo en eso para llegar antes, pero reparé en su aspecto. Pelo mojado, sobre los hombros llevaba lo que parecía un chubasquero y en la mano unas tijeras.

—¿Planeas descuartizar a alguien? —Se quedó perpleja ante mi pregunta—. Te recomiendo una sierra, con unas tijeras no terminarás ni cuando el cuerpo se descomponga.

Se percató de lo que llevaba en la mano y me dedicó una sonrisa forzada.

—Muy gracioso. —Hizo un sonido amenazante al abrir y cerrar las tijeras con fuerza—. Estaba a punto de cortarme el pelo.

—No lo hagas, por favor —solté, sin poder evitarlo—. Acabarás con él.

—¡No es cierto! —exclamó, insultada—. Me lo corté la última vez y me quedó genial.

—Definitivamente tu miopía está avanzando. —Bufé—. Cuando te conocí, tenías el flequillo demasiado corto y torcido. No hablaré del resto, pues parecía que te lo había cortado un carnicero.

—Mentira —masculló.

—Cualquiera con ojos lo vio, puedes preguntarles a tus amigos —me burlé.

—Deja de decir tonterías —espetó, pero me dejó pasar.

—Puedo hacerlo por ti —propuse al entrar al amplio y pulcro salón.

—¿El qué?

—Cortarte el pelo.

Chistó de incredulidad. Me dio la espalda y se dirigió a la escalera. La seguí hasta su habitación y no me sorprendió mucho lo que encontré, me la había imaginado similar. Era amplia, pero había tantos muebles que se veía pequeña: una cama con sábanas blancas, un armario gigante y dos estanterías repletas de libros. Divisé desde lomos modernos hasta otros gruesos y deteriorados.

Tenía una vitrina con pequeños objetos antiguos, algunos rotos. Localicé el juego de té que le regalamos por su cumpleaños, ocupaba un lugar privilegiado.

El escritorio era el único lugar desordenado, con libros y cuadernos de Matemáticas. Se sentó en el tocador, que tenía un amplio espejo y una silla delante. Parecía dispuesta a mutilarse con las tijeras en la mano, no era una broma.

—¿De verdad lo harás sola?

Solo por la mala iluminación, procedente de una lámpara que estaba sobre el escritorio, el corte de pelo sería un desastre. Entrecerró lo ojos, evaluándome.

—¿Estás seguro de que puedes hacerlo?

Me paré detrás de ella y le arrebaté las tijeras y el peine.

—Le corto el pelo a Aksel y a mi madre. ¿Te convence?

Contrajo el rostro como si valorara una propuesta de negocios con mucho riesgo. Seguramente intentaba recordar el corte de pelo de mis familiares.

—Si lo haces mal —dijo—, tendrás que raparte.

—Trato hecho. —Encendí la luz—. Ponte de pie. Si ya eres enana así, imagina sentada. Me dejaré la espalda.

Obedeció, no sin antes dedicarme una mirada de resentimiento. Apenas me llegaba al hombro, tendría que inclinarme de todos modos.

Empecé por la parte de atrás, partiendo las secciones de pelo y sosteniéndola con horquillas. Se veía nerviosa mientras seguía mis movimientos a su alrededor.

Pedí que me señalara el largo y se puso dos dedos bajo su barbilla. Cuando corté la primera sección, se estremeció. Contuve una sonrisa y decidí que era mejor entretenerla. Había un libro grueso de tapa dura en rojo y oro.

—¿De qué es? —pregunté.

—Leyendas sobre el origen del continente.

—¿Hay tantas como para armar un libro? —murmuré.

—Es como una novela de fantasía con muchas historias cortas —explicó.

—¿Cuál es tu favorita?

—¿Quieres que te la lea? —dijo, emocionada.

—No te muevas —la regañé, aunque acabara de lograr mi objetivo: hacerla pensar en algo más—. Prefiero que mires al frente y me narres alguna.

Se aclaró la garganta, como si fuera a dar un discurso. Me sorprendió que le gustara tanto la idea de contar una historia, era un descubrimiento.

—Cuenta la leyenda... —Me dedicó una sonrisa cómplice a través del espejo—. Cuenta la leyenda que hubo dos entes superiores cuando no existía nada de lo que conocemos hoy. Uno era oscuro y reservado, carente de emociones. Acostumbraba a pasar largos períodos en silencio, a encerrarse en sí mismo y a dejarse consumir por la tristeza.

Amaia tenía talento para contar historias.

—El otro era efusivo y alegre, pura luz. Siempre tenía palabras de apoyo para su compañero.

—¿Eran hombres?

—Eran entes…, dioses. No entendían de género ni sexo.

—Dos entes…, vale. ¿Qué más pasó?

—Seguiré si prometes no interrumpir. —Hice un gesto con los dedos sobre mis labios para prometer silencio.

—Los entes no tenían a nadie más —continuó—. A pesar de sus diferencias, eran el sostén del otro en medio de la soledad e, inevitablemente, se enamoraron.

—Casual —murmuré y logré que me insultara por lo bajo.

—El ser de luz ayudó al de oscuridad a mantenerse a flote y el de oscuridad fue la calma de la inquieta luz.

Me concentré en cortar y en lo hermosas que sonaban las palabras con su voz grave y seductora.

—Juntos decidieron construir lo más bello que pudieran imaginar al juntar sus poderes y así nació nuestro continente. El ser de luz creyó que así la tristeza de su compañero desaparecería por completo, pero por mucho que decoraba el continente con magníficos árboles, lagunas, cascadas y montañas, nada era suficiente. Entre altos y bajos, desesperado por no dejarlo ir, la luz convenció a la oscuridad de crear algo aún más hermoso: otro tipo de vida. Fue cuando los humanos poblaron el continente y se convirtieron en sus hijos.

»Por primera vez, el ser de oscuridad pareció feliz. La nueva creación le dio algo por lo que mantenerse en pie y todo pareció solucionado, pero la luz estaba equivocada. Los seres humanos eran complejos e impredecibles. No tardaron en encontrar conflictos por los que enfrentarse y aniquilarse. El ente de oscuridad padeció el dolor más intenso que jamás hubiese experimentado. Sin armas para salvar a sus hijos y, desconsolado, se refugió en la soledad.

»El ente de luz, decidido a no perderlo, intentó interferir, pero los seres humanos tenían libre albedrío y no existía poder divino que los forzara a actuar distinto. Ni siquiera sus creadores. Cada intento por frenar las guerras y la muerte falló y la desesperación de la luz aumentó.

»A escondidas de su amado, creó nuevos seres. Lucían como los humanos, pero eran solo sus hijos y tenían algo que los otros no. Vida eterna, poderes sobrenaturales y un único propósito: restaurar el orden y la paz entre los hombres. Lo intentaron durante siglos, pero jamás lo lograron.

»El ente de oscuridad vio los fracasos desde el exilio y sufrió más con cada uno. Decidió que no podría seguir con su existencia. Se apartó por completo, no volvió a compartir nada con su compañero, la luz, y solo contempló a sus hijos en las noches, cuando dormían y eran tan inocentes como al principio.

»El ser de luz no pudo aceptar la derrota y el abandono, se aferró a sus enviados. Guardaba la esperanza de que los humanos volvieran a ser como antes y de recuperar lo perdido. Los vigilaba cada día, retirándose cuando su amado aparecía.

La cadencia de su voz bajó, calmando el ambiente.

Terminé con los lados de su pelo y me paré frente a ella. Cerró los ojos y me dejó cortarle la parte frontal. Por un momento, perdí la concentración al detallar sus rasgos. Humedeció sus labios antes de hablar.

—Fue así como nacieron el día y la noche. —Me recordó que iba por la mitad de su flequillo y me centré—. El sol vigila persistente a sus enviados: los hijos del sol, y la luna intenta sobrevivir negando la realidad y viendo a sus hijos descansar. Jamás se ven o se tocan, viven eternamente separados.

Soplé su rostro y abrió los ojos.

—Me parece un bonito romance —concluí.

—Los romances deben terminar bien para considerarse como tales —objetó.

—No toda historia de amor tiene un final feliz y eso no quita su belleza.

Me inspeccionó cuando se sintió libre de alzar la vista. Arrugó la nariz, pensativa.

—Esta no me parece una historia de amor, sino más bien de una obsesión. Creo que por eso es mi preferida.

—¿Por qué lo dices?

—Una persona ansiando salvar y cambiar a otra.

Ladeé la cabeza.

—El ente de luz intentaba ayudar al de oscuridad. Su amor era incondicional.

—Empezó así, pero fue mutando hasta convertirse en un comportamiento obsesivo. La lucha constante por crear y darle todo lo que quisiera. La tristeza y la oscuridad eran parte él. Para mí es una alusión a la depresión y eso no se cura con regalos.

—Pero ¿no harías lo posible por ayudar a alguien que amas? —pregunté—. ¿No darías todo por tus padres o tu hermana?

—En una situación similar, haría todo lo que estuviera en mis manos si quieren ayuda.

—¿Por qué es diferente en la historia?

—Hablamos de un ser egoísta y dispuesto a dejarse consumir por su oscuridad y de otro capaz de crear lo que fuera por mantenerlo a su lado y no enfrentarse a quedarse solo. No le importó enviar seres sobrenaturales al continente ni alterar el balance de poder que habían creado. ¿No te parece obsesivo empecinarte en algo condenado al fracaso?

—Lo hacía por amor —insistí.

—Dependía de la oscuridad y esa dependencia convirtió su amor en obsesión. Sobrepasó todos los límites con tal de tener a alguien que no estaba interesado en recibir ni ayuda ni cariño. ¿No te parece enfermizo?

Le acaricié el pelo recién cortado y terminé alisando la pequeña arruga entre sus cejas con una caricia de mi pulgar.

Por alguna razón, recordé el modo en que mi mundo cambiaba solo al recibir un mensaje suyo y lo necesaria que Mia se hacía en mi vida para no dejarme ir. Se había convertido en otra razón por la que existir en aquel mundo asfixiante.

—Me parece que he terminado con tu pelo —dije, desviando el tema por miedo a lo que estaría dispuesto a dar con tal de verla feliz.

Se miró al espejo y sus ojos se abrieron por la sorpresa.

—Ha quedado genial. —Lo comprobó desde varios ángulos—. Demasiado. —Hizo un puchero—. Odio que todo se te dé tan bien.

Tuve que reírme porque me hacía sentir importante que lo creyera.

Se metió al baño y escuché el agua de la ducha correr.

Me entretuve revisando los títulos en el librero y la sinopsis de un par. Fue uno con portada oscura y detalles en sangre el que llamó mi atención. Leí las primeras páginas de lo que prometía ser un misterio con asesinatos de mujeres y un responsable sádico que las torturaba antes de deshacerse de ellas.

—Es de Sophie —dijo al salir y encontrarme en su escritorio con el libro entre las manos—. Si prometes cuidarlo, te lo puedo prestar.

—¿Policiaco?

—No precisamente. —Me fijé en el *short* corto que llevaba a juego con una ancha camiseta—. Es una novela negra, ¿te gustan?

Esperó una respuesta, pero yo solo veía lo atractiva que estaba recién duchada.

—Me gustas tú. —Se sonrojó—. Me gustas demasiado y tengo ganas de besarte.

Su respiración tembló.

—¿Por qué no estás haciéndolo? —preguntó, tomándome desprevenido.

Estuve frente a ella a una velocidad que la asustó. Retrocedió hasta quedar atrapada contra la pared.

Apoyé mi palma al lado de su rostro y me acerqué a sus labios. Estaba a punto de rozarlos, sentía su aliento, ansiosa por un beso. Sonreí al ver que tenía los ojos cerrados. Lo que hice fue apagar la luz y poner una distancia convencional entre nuestros rostros. Se quedó con la respiración errática y parecía decepcionada, bajo la tenue iluminación de la única lámpara que había en su escritorio.

—Tengo una idea, si quieres probar algo nuevo.

—¿Nuevo? —susurró.

—Pero tienes que escoger.

Asintió, esperando mi respuesta.

—¿Prefieres hacer todo lo que yo diga o que yo haga todo lo que tú digas?

Capítulo 30

Se mordió el labio.

—¿Quieres que te obedezca o quieres obedecer? —insistí.

Mi vista se fue a sus pezones, a través de la camiseta.

—Obedecer —murmuró—. Solo por esta vez.

Su media sonrisa me puso la piel de gallina y la tomé del cuello para atacar sus labios. La sorpresa evitó que respondiera. Esa vez no le permitiría que pudiera seguirme el ritmo, sería más fuerte y rápido que otras veces. Le mordí la boca, exploré y chupé.

—¿Te molesta? —pregunté, refiriéndome a mi mano sobre su garganta.

—No —dijo al momento.

Volví a besarla. Me pegué a su cuerpo, que quedó entre la pared y yo. Sentí cada parte de ella y me encargué de que sintiera cada parte de mí.

—Escúchame bien —dije sobre su boca—. Esto parece un juego, pero no lo es.

Asintió con la vista en mis labios y mis manos, que estaban entre nuestros pechos, apretando mi sudadera con tanta fuerza que me clavaba las uñas en la piel.

—Harás lo que te diga, todo lo que te diga, pero en el momento en que pida algo que no quieras hacer, tienes que decirlo.

Frunció el ceño.

—Lo que yo diga —repetí—, siempre que te guste o te apetezca. —Presioné el pulgar sobre su labio inferior—. Cuando empecemos, los dos seremos personas distintas, pero es un juego, ¿queda claro? —Asintió—. Di no si hay algo que no quieras.

—Entonces, no estaré haciendo todo lo que me dices —protestó.

—Imagina que es imposible decir no. Imagina que eres mi esclava. Lo divertido es que tu cerebro lo crea, no que sea real.

La besé cuando quiso decir algo y no me separé hasta sentirla agitada.

—¿Cuándo… sé… que empezamos a…?

—Cállate.

Apreté su cuello y volví a besarla. Al momento captó que habíamos empezado y gimió en mi boca. Le hice dar la vuelta, caminar de espaldas hasta el centro de la habitación, más cerca de la cama. Cuando me separé quiso más.

—Quítate la ropa —ordené.

Dudó por un momento.

—Primero la camiseta —especifiqué.

Sus manos se deslizaron a los bajos de la ropa y se deshizo de la prenda por encima de la cabeza. La tela rozó la piel de sus brazos antes de caer al suelo. No se cubrió, me dejó ver su torso desnudo, la curva de sus pechos…

—Lindos —dije con la vista en ellos—. ¿Sabes qué quiero hacer?

—¿Qué?

—¡Qué, Nika!

—Qué, Nika —se corrigió ante mi orden.

—Tocarlos —dije al mirarla a los ojos—. Chuparlos… Tenerlos en mi boca.

—Hazlo…, por favor.

Sonreí de medio lado cuando apretó las piernas. El anhelo y la necesidad la torturaban porque la impaciencia era su peor enemiga.

—No. —Su rostro se descompuso—. Quítate el *short*.

Sus manos se fueron al cierre y zafaron el botón. Me deleité en sus piernas blancas. Tenía un par de cicatrices, supuse que debió de ser una niña que se pasaba la mitad del tiempo en el suelo por correr a todos lados. Me encantaba y quería arrodillarme, besarlas para que me contara la historia de cada una de ellas.

Llevaba unas bragas de color negro, tan oscuras sobre su piel como su pelo. El contraste me hizo repensar mi estrategia porque no quería que se las quitara.

Su pecho subía y bajaba.

Me deshice de los zapatos, uno primero y después el otro.

—Querría follarte con ropa —dije y sus ojos se abrieron demasiado—. Sí, follarte, eso es lo que voy a hacer… Con mi mano o con mi boca, eso haré.

Su labio tembló y me mantuve impasible ante lo relleno de sus pechos bajo la excitación, la manera en que clavaba las uñas en sus palmas para mantenerse en el lugar como una buena chica.

—Quería que solo tú estuvieras desnuda mientras lo hacía —continué—, pero me pones demasiado, Amaia. —Era una manera muy pobre de decirlo—. Acércate.

Obedeció hasta que pude sentir el calor que emanaba de ella sin que nuestros cuerpos se tocaran.

—Quítame la sudadera.

Tomó aire antes de subir la prenda por el contorno de mi cuerpo, dejando que sus pequeñas manos me rozaran la piel en el camino. Estaban frías frente al calor de mi torso y fue exquisito. Las dejó sobre mi pecho una vez estuve semidesnudo.

—Pantalón —ordené.

No perdió oportunidad de que las yemas de sus dedos rozaran mi abdomen al bajar y tuvo que inclinarse para deslizarlo por mis piernas. Mil ideas pasaron por mi mente al ver su bonito trasero expuesto.

—No te levantes —dije cuando estaba a punto de hacerlo—. Te quiero de rodillas frente a mí.

Lo hizo, como si lo deseara, y eso arruinó mis planes. Con las rodillas sobre la alfombra y la mirada hacia arriba, olvidé lo que quería hacer. Solo podía pensar en que, debido a su estatura, su boca quedaba a la altura perfecta para poner mi polla en ella. De imaginarlo, más sangre bombeó a ese lugar y ella lo vio. Tragó en seco y sus ojos brillaron.

—Quítala.

Supo que me refería a la ropa interior y esa vez tardó en obedecer. Observó el elástico negro que apretaba mis caderas y sus manos temblaron al rozarlo. Atrapé sus muñecas.

—Amaia —la llamé y sus mejillas se encendieron—. He dicho que no debías hacer nada que no quisieras.

Su voz se apagó cuando abrió la boca para contestar.

—¿No quieres que estemos desnudos? —pregunté.

—Me… me hace sentir… rara.

Hice que se pusiera de pie y la tomé de la barbilla.

—¿Así estás bien?

Asintió.

—Entonces así nos quedamos.

Se le escapó un chillido cuando la hice girar sobre sus pies y aprisioné las manos sobre su pecho. Me amoldé a su espalda, mi polla estaba contra su trasero y su pelo mojado rozó mis labios cuando le hablé al oído:

—No sabes obedecer, Amaia. —Gimió cuando sus rodillas tocaron el borde de la cama e hice que se tumbara, de cara al colchón, conmigo encima, haciendo la presión necesaria para que se sintiera atrapada por mi cuerpo, sin aplastarla—. Voy a tener que tomar medidas porque tienes que aprender a decir que no.

—Sé decir que…

—Cállate.

Al instante se dio cuenta de que habíamos vuelto al juego y se tragó sus objeciones. Me incorporé y me quedé de rodillas sobre la cama, con ella acostada, dándome la espalda, con sus piernas entre las mías. Tuve que cerrar los ojos al tomarla de la cintura para que alzara las caderas y se sostuviera con las rodillas. Ver las suaves curvas de su cuerpo me haría perder el control. Con Amaia siempre tenía que ir muy despacio.

Quedó sobre las manos y las rodillas, apoyada en cuatro puntos, con su trasero contra mi entrepierna. Traté de no imaginar cómo sería tomarla desde esa posición. La manera en que el elástico de sus bragas se deslizaba entre sus nalgas era una visión deliciosa y tentadora. Ahogó un jadeo cuando clavé los dedos en su piel y froté mi erección contra su sexo.

—Más —suplicó cuando me detuve.

—¿Más qué?

Me miró por encima del hombro.

—Tócame más.

Hice a un lado sus bragas, sin dejar de mirarla. Deslicé dos dedos por su entrada, resbaladiza y caliente, hasta frotar su clítoris con suavidad. Su linda boca se abrió levemente.

—¿Así?

Cerró los ojos cuando moví los dedos en círculo.

—Más —suplicó con voz entrecortada—. Sigue, por favor.

La tomé de la nuca y pegué su cara a la almohada. Se le escapó un jadeo de sorpresa cuando se vio obligada a inclinarse, exponiendo su sexo al completo, todo para mí.

—Te voy a dar más, Amaia —gruñí con la mano sobre su clítoris, deslizando desde la palma hasta la punta de los dedos, humedeciéndola—. Tanto que no podrás aguantar los gritos.

Se controló cuando aceleré el movimiento y la presión sobre su centro. La tenté más, fui subiendo poco a poco y de igual forma, con la respiración hecha un desastre. Seguía mordiendo sus labios para no emitir sonido.

Fui más brusco para llevarla al límite, esa vez no jugaría con ella. Tuvo que esconder la cara contra la almohada para ahogar un grito de placer. Enredé una mano en su pelo y la obligué a girar la cara sin dejar de masturbarla.

—Déjalo salir —jadeé porque mi excitación crecía con la suya—. Quiero escucharte, Amaia, y si no lo haces, pienso torturarte durante mucho rato.

Un gemido se liberó al instante y la recompensé con más presión.

—Más alto —ordené.

Movió las caderas contra mi mano, acercándose al orgasmo y jadeando. Gimió más fuerte, se debía de escuchar por toda la casa y eso me gustaba. Me encantaba verla más libre que otras veces, sin vergüenza ni control.

—Estamos solos —mascullé, acelerando los movimientos de mi mano—. Quiero escucharte gritar cuando te corras para mí.

Y así lo hizo. No se cortó al gemir cuando sus piernas temblaron y sus rodillas apenas la pudieron sostener, cuando su espalda se arqueó para pegarse más a mi mano.

Su pelo disperso sobre la almohada, los labios semiabiertos y sus manos aferradas a las sábanas eran el mejor espectáculo que pudiera pedir. Le acaricié la espalda cuando tembló, a punto de desplomarse tras el pico de placer. Me incliné y dejé besos por su columna vertebral hasta sus caderas y le di un mordisco en la nalga que la hizo reír.

—¿Satisfecha?

Se giró para quedar sobre su espalda. La piel le brillaba con una fina capa de sudor perlado.

—Demasiado, tendré que ducharme de nuevo —se burló y me devoró con la mirada—, pero será después. —Todavía no había recuperado el aliento y me tomó del brazo para que cayera encima de ella—. Ahora es tu turno.

Me besó y entrelazó los dedos en mi pelo.

—¿Mi turno de qué? —bromeé.

—Tú me das un orgasmo —murmuró entre un beso y otro—, es mi deber hacer lo mismo, ¿no?

No fueron sus palabras lo que me hicieron tomar distancia, sino el tono que empleó.

—¿He dicho algo malo? —preguntó al notar el cambio en mi actitud.

—¿Es tu deber o quieres hacerlo?

Arrugó el entrecejo.

—¿Las dos?

Me acomodé a su lado y la observé durante un momento.

—No deberías considerarlo tu deber.

—Es una manera de decirlo.

—¿De decir qué?

—¿Que no solo puede ser sobre mí, que también tengo que ocuparme de ti? No tenemos sexo y eres tú quien más… hace… en esta… en esto. —Nos señaló a ambos con el índice, la distancia entre nuestros cuerpos casi desnudos era mínima—. Debería darte lo mismo que tú me das a mí.

Se mostraba contrariada por mi pregunta y yo lo estaba por las palabras que escogía.

—¿Has leído eso en algún lugar o has llegado a esa conclusión por otras razones?

Abrió la boca para contestar y no pudo. No sabía qué decir porque no me había entendido.

—¿Alguien te ha dicho lo que acabas de decirme?

Su rostro se relajó por completo, perdió algo de color, y bajó la vista.

—No sé a qué te refieres —murmuró.

Siempre había sabido que algo pasaba con ella. El miedo, su actitud antes el sexo y mi acercamiento eran las razones por las que avanzaba a paso lento con ella, cuidando cada reacción para entenderla. Puede que estuviera a punto de obtener respuestas.

Me acerqué más a ella y la abracé. Apoyó la mejilla en mi pecho y pasé una mano por detrás de su cabeza para acariciarle la espalda. Piel con piel, sus piernas entrelazadas con las mías.

—No tienes que contestar —dije sobre su pelo—, pero sé que esas no son tus palabras. Como aquel día en la azotea, en Navidad, cuando dijiste que alguien es fácil por tener sexo demasiado pronto. No eres tú, tú no piensas así… —Debía reformular la frase para que me entendiera—. Piensas así, pero no porque Amaia llegara a esa conclusión, sino por algo que escuchó y la hizo razonar de la manera equivocada.

Nos quedamos en silencio durante largo rato. Con el dedo trazó círculos continuos sobre mi pecho, a la altura de sus ojos.

—No dejé a Charles porque me fue infiel con Victoria. Cuando él dijo que era mentira, yo le creí.

Me tomó por sorpresa la manera en que sacó el tema y la relación que tendría con nuestra conversación.

—Lo dejé una semana después, por la noche… en su casa. —Cerró la mano sobre mi pecho, su cuerpo estaba tenso—. Nos quedamos solos, me iba a llevar a casa más tarde y…

No siguió y le aparté el flequillo de la frente para besarla. No iba a interrumpirla ni forzarla a hablar, solo quería que supiera que estaba ahí. Me importaba poco que decidiera cambiar de tema o se quedara dormida.

—Charles siempre repetía que en una relación ambas partes tenían que dar lo mismo y que yo nunca lo hacía, que llevábamos meses igual… Que…

Tomó aire con todas sus fuerzas.

—Esa noche estábamos en su habitación, nos estábamos besando y él me estaba… tocando. —Hizo una pausa—. Metió mi mano en su ropa interior. Le dije que no quería y me sostuvo por la muñeca, hizo que lo masturbara y me negué otra vez, pero él era más fuerte y…

Se le escapó un quejido y me di cuenta de que le estaba apretando el hombro con demasiada fuerza. La estaba lastimando porque el calor y la ira habían ido subiendo con cada palabra sin que me percatara.

—Lo siento —dije, masajeando la zona y volviendo a la realidad, le había marcado la piel por la presión—. Lo siento mucho, yo no…

—Se detuvo —dijo sin permitir que la culpa por lastimarla tomara protagonismo en la conversación—. Charles paró, no tuve que forcejear —agregó para tranquilizarme, pero no funcionó—. Fueron dos segundos de duda y estaba enojado cuando se separó.

Esa vez me mordí la lengua para calmar el enfado, hasta que el sabor metálico de la sangre inundó mi boca. Me concentré en el techo, estaba en penumbras, como toda la habitación.

—Me dijo que siempre le hacía lo mismo, que jugaba con él…, que lo tenía a la espera, que me escudaba en que no estaba preparada para tener sexo, pero la verdad era que no lo quería, que no lo haría sufrir de esa manera si lo hiciera. Lo mandé a la mierda, pero después de eso… Esas vacaciones. Sabía que Victoria y él empezarían a salir. Ella estaba enamorada de él y por momentos pensaba que no sucedería. Él me había asegurado que no me había puesto los cuernos y a la vez no sabía qué pensar porque, si estaban juntos, de algún lugar venía la relación. Me sentía traicionada y a la vez no, porque no tenía cómo comprobarlo… No quería que nadie viera lo que me pasaba, lo que sentía, quería creer que no me importaba, pero me estaba mintiendo. Me lo cuestioné todo… Pensé que yo era el problema, que estaba mal por no querer lo que todos querían a mi edad, por no poder tener sexo.

Hablaba en pasado, pero yo sabía que no era algo que hubiese dejado atrás, mucho de aquello vivía aún en ella. Aquella historia contestaba todas mis dudas sobre sus miedos. Venían de una mala experiencia, de Charles, del cretino al que le habría pateado la cara si lo hubiera tenido delante. Sin embargo, sabía que no podía hacerlo y valorar lo que acababa de contarme Amaia, su sinceridad y confianza eran más importantes que darle su merecido a ese hijo de puta.

La abracé con más fuerza.

—Sabes que…

—No quiero hablar del tema —me interrumpió—. No hablemos más de Charles ni de ese día. No me hace bien.

—¿Podemos hablar de tu errónea idea sobre el sexo?

—¿Qué quieres decir?

—Sé que piensas que lo que hacemos es «lo de antes» y que tener sexo es solo la penetración —dije sin rodeos—. Me ha quedado claro desde la primera vez que tocamos el tema y te dije que estabas equivocada, pero veo que sigues sin entenderlo.

—Nika, los dos sabemos que eso es tener sexo, es lo que las personas buscan para tener un orgasmo y sentirse bien y…

—El fin de tener sexo no es un orgasmo. —Me miró sin despegar la mejilla de mi pecho y bajé la vista para conectar nuestras miradas—. Tú y yo tenemos sexo, yo acabo de tener sexo contigo y me siento igual de satisfecho, con orgasmo o sin él. Se trata de pasarlo bien, de que sea entretenido, agradable y de compartir algo con otra persona que te atrae a distintos niveles. Podemos tener sexo sin que un pene termine en ningún agujero, sin orgasmos y sin tocarnos, estando frente a frente o en la distancia, con nosotros mismos… Puede ser una elección de palabras. A lo mejor estás acostumbrada a decirle así porque por muchos años esa ha sido la definición, pero el sexo es más que eso, mucho más.

Quería decir algo, lo supe por cómo se unieron sus cejas.

—¿De verdad te sientes bien ahora? ¿No necesitas nada más?

—Me gusta tener un orgasmo —aclaré—, lo que se siente…, pero no es lo único que me da placer y eso lo hace más divertido. —Rocé su labio con el pulgar—. Me da mucho placer ver cómo gimes, cómo reaccionas cuando te toco, ver que quieres más. Disfruto cada segundo, no el momento en que me corro. No es una carrera al orgasmo.

Se mordió el labio para controlar la sonrisa.

—Gracias, profe Nika —dijo con diversión y tuve que reír.

Creí que me imitaría, pero su rostro se transformó. Paso de la calma al miedo y no entendí la razón.

—Tienes que irte —espetó, apartándose de mi abrazo y pataleando para ponerse de pie.

—¿Qué…?

—Mis padres, están aquí.

—Dijiste que estarían fuera hasta tarde.

Me lanzó la ropa a la cara.

—Apresúrate —ordenó mientras se vestía y se acercaba a la puerta—. Tienes que salir sin que…

No tenía ni idea de cómo había escuchado la llegada de sus padres, porque fue ese el momento en que una llave sonó al abrir la puerta de la planta baja.

—Muy tarde —dijo. Nos encerramos en su habitación, pasó el pestillo para que nadie pudiera entrar—. No puedes salir por la puerta, tendrás que usar la ventana.

—¡¿Qué?!

Ya la estaba abriendo, la escasa luz del final del atardecer inundó la habitación. Yo estaba como idiota, tratando de meter ambas piernas en la misma pata del pantalón. Un momento estábamos tranquilos y al otro me tenía que convertir en un prófugo.

—No te pueden ver aquí, lo sabrán todo —se lamentó.

—Pero podemos decir que…

—Ventana —ordenó.

Me puse la sudadera con el cerebro a toda velocidad, con mil excusas creíbles de por qué estaba allí, pero la voz de la madre de Mia llamando desde el piso de abajo hizo que me temblaran las piernas. Era mi doctora, a la que tendría que verle la cara en una semana. No podría hacerlo si me encontraba saliendo despeinado de la habitación de su hija.

—Ventana —suplicó Amaia, dando saltos en el lugar para que me apresurara.

Se escuchó un llamado desde la planta baja.

—Ya voy, papá —gritó en dirección a la puerta.

Valoré la distancia que había desde la ventana de su habitación hasta el suelo. Era posible dejarme caer si me descolgaba por completo desde el alféizar, aunque no dejaba de ser una distancia considerable.

—Nika —rogó—, por la ventana.

Dudé un par de segundos. Estaba poniendo mi vida en peligro, pero podría decir que había valido la pena por pasar la tarde con Amaia. A fin de cuentas, una pierna rota no era nada del otro mundo.

Capítulo 31

Mi madre iba cada vez mejor. Por momentos me olvidaba del conteo de días que llevaba sobria y me dedicaba a disfrutar del buen semblante que tenía. Resultaba agradable poder relajarse. Aksel ayudaba y me sentía apoyado, la carga era más liviana.

En las sesiones de terapia, la doctora Favreau consiguió que habláramos de cualquier tema sin involucrar mi pasado. Al final de la media hora, me preguntaba por el cuaderno y yo mentía. Decía que lo usaba para escribir cuando en realidad estaba intacto en un cajón de mi escritorio.

Por otro lado, mi relación sin nombre con Amaia iba cada día mejor. Su madre sabía que teníamos algo y la mía lo sospechaba. Aksel no preguntaba o ignoraba la situación. Sophie lo descubrió al dar con unos mensajes comprometedores. No perdía la oportunidad para dejarnos tiempo a solas o provocarme con una broma al oído.

Por azares del destino y oportunidades bien aprovechadas, me convertí en el instructor de conducir de Amaia. Era una tarea sencilla y que me daría tiempo con ella. Lo que no preví fue lo mala conductora que era, las bromas sobre el tema se quedaban cortas. La primera clase, si se podía llamar así, fue un desastre.

No perdí la esperanza y me encargué de programar la segunda para el día de San Valentín. Quería que lo pasáramos juntos, aunque no entendiera de citas ni fechas románticas, pero tampoco sabía cómo proponerlo sin complicar la conversación.

Ese día la llevé a una carretera alejada pensando que estar frente a su casa podría ponerla nerviosa. A los veinte minutos, di por concluida la lección por su incapacidad de avanzar más de cien metros a la velocidad de una tortuga y con las manos pegadas al volante como si fuera un objeto mortal.

Protestó cuando la hice dejar el asiento del conductor, pero habíamos acordado que me llevaría a conocer un lugar cuando termináramos la clase y eso hizo que su estado de ánimo mejorara. Seguí sus instrucciones sin rechistar, aunque nos estuviéramos alejando demasiado de Soleil.

Nos adentramos en un estrecho camino de gravilla donde los agujeros se volvían más profundo conforme nos internábamos en el bosque. Llegamos al final, donde los árboles cerraban el paso. Escuché el agua correr y supe que estábamos cerca.

—Dijiste que no te gustaba el campo.

—No me gusta —aclaró—, pero este lugar es especial.

Había mencionado que sus abuelos la traían de niña y hacía mucho no iba.

—¿Qué hacías cuando venías? —pregunté mientras me quitaba la sudadera.

—Bañarme en el río, recoger piedras y comer los sándwiches de atún de la abuela. A veces pescaba con el abuelo.

Se centró en mí y la sonrisa soñadora desapareció, remplazada por un ceño fruncido.

—¿Qué haces?

Se refería a que me había quedado con una camiseta de manga corta.

—¿Esperas que me bañe con ropa? —bromeé.

—El agua está helada, no deberías meterte.

Si hubiera sabido que los veranos de Prakt eran más fríos que los días invernales de Soleil, no habría dicho lo mismo.

—Amaia, por favor —alardeé, dejando la sudadera dentro del coche—. Los dos sabemos que me has traído para verme sin ropa.

Se sonrojó. A pesar de la confianza que habíamos desarrollado en aquellas semanas, seguía sin poder controlar su reacción. A lo que había aprendido era a ignorarme y a fingir que no le molestaban o avergonzaban mis comentarios.

—Que a ti te guste tu cuerpo no significa que al resto de la gente le suceda lo mismo.

Caminó en dirección contraria y la seguí.

—Ni tú te crees eso, Pulgarcita.

Avanzamos menos de dos minutos. Salimos a un espacio abierto y sin árboles, el río estaba cerca. Lo primero que llamó mi atención fue una muralla destrozada. Estaba construida en piedra antigua e invadida por la hiedra que terminaría por devorarla y hacer que desapareciera.

—Ya entiendo lo que te gusta del lugar.

—¿Qué? —Arrugó la nariz como si no fuera obvio.

—Te llaman la atención las cosas viejas. Tienes una obsesión nada sana por lo que está a punto de caerse a pedazos.

—¿Quieres decir que estás cayéndote a pedazos? —me rebatió, pero se detuvo en seco al ser consciente de sus palabras.

Mi corazón latió tan fuerte que me dolió. Jamás me había dicho que le gustaba, no abiertamente. Cuando lo insinuaba, hacía que mi pecho se estremeciera de satisfacción. Me pegué a su espalda y conté su respiración al acercarme a su oreja y murmurar:

—A punto de colapsar para ti.

Su sonrisa me dio una satisfacción indescriptible y seguí avanzando hasta la orilla del río. No era lo que esperaba. El agua apenas me debía llegar al tobillo y los árboles bordeaban el cauce hasta que el recorrido se perdía entre las montañas. Un par de piedras gigantes adornaban el paisaje, encontré una cercana, perfecta para trepar y sentarme.

—¿Cuál es la historia de la muralla? —pregunté, mientras ella se quitaba las zapatillas y se subía los bajos del pantalón.

—Es un torreón de vigilancia.

—¿Para controlar a los lagartos? —supuse. Logré que riera por lo bajo con otra de mis terribles bromas.

—No. —Señaló a un lado y otro, por donde se movía el agua—. Hay varias torres por el borde del río, algunas más grandes y preparadas para que los soldados se asentaran en ellas.

—¿Soldados defensores de lagartos?

—Sigue burlándote —me reprendió—. Puede que los tatarabuelos de tus tatarabuelos mandaran construir esos torreones.

—Mi ancestral familia Bakker se caracteriza por la presencia de imbéciles, no me sorprendería.

Su risa se perdió en el espacio abierto. Caminó hasta que sus pies tocaron el agua, extendió los brazos y dirigió el rostro al cielo con los ojos cerrados. Respiró hondo y la brisa agitó su pelo en todas direcciones.

Estaba perdida en sus pensamientos y no quise interrumpirla, por varios minutos solo la contemplé. Volvió a mirarme como si el tiempo no hubiese pasado y nuestra conversación continuara.

—El río dividía el continente cuando tu familia ancestral se peleaba entre el norte y el sur. Son torres de vigilancia para avisar de posibles ataques. Hay cincuenta en total, desde Regen, al oeste, hasta La Laguna, en el este.

—¿La Laguna?

—Es el único lugar turístico que hay por aquí. Hay un campamento y una laguna —explicó—. No se pusieron creativos con el nombre. —Se agachó, sumergiendo una mano en el agua y buscando algo—. Lo conocerás. Antes de los exámenes de ingreso a la universidad, hacen una fiesta en la fortaleza abandonada. Suele ser divertida.

—¿Se van de fiesta cuando deberían estudiar? —pregunté, no le encontraba la lógica.

—Es un mes antes. Una última noche, para encerrarse sin remordimientos.

—Y tú tienes que encerrarte a estudiar el doble.

Se mordió el labio y, como siempre que el tema salía a la luz, lo evadió. Se concentró en agitar el fondo del río y sacar piedras. Descartaba las que no le gustaban y se guardaba en los bolsillos las que sí.

—¿Puedo preguntarte algo? ¿Por qué Contabilidad?

—Ya lo sabes, no quiero vivir en Soleil.

—Nunca me has dicho la razón, solo que quieres encontrar un buen trabajo y vivir en Prakt.

Me dio la espalda y se entretuvo en mirar al agua, a las piedras de todos los tamaño y colores que pisaba.

—No quiero terminar viviendo como mis padres —confesó en voz baja.

—¿Qué tiene de malo la vida de tus padres?

—Es aburrida y común.

Me pareció no haber escuchado bien. Revisé cada recuerdo de su familia y no hubo uno que me hiciera pensar así.

—Tus padres son felices y tienen dos hijas estupendas. ¿Por qué no querrías una vida así?

—¿Eso es todo? Casarte, tener hijos y vivir en una casa en medio de la nada. Trabajar de lunes a viernes y terminar agotado para ir de vacaciones a ver a los abuelos de vez en cuando.

—¿Te parece tan decadente?

—No es lo que quiero para mí.

Casarse y tener hijos era la elección de cada uno, pero la vida de sus padres, su vida, era demasiado hermosa como para verla de esa manera. Había mucho de Amaia que no entendía.

—Si fueras otro tipo de persona, te creería, pero conociéndote, no le encuentro sentido. No te gustan las fiestas ni los viajes largos. Prefieres la música a las conversaciones de quienes te rodean —enumeré, por mencionar algunas de sus preferencias—. Si fuera por ti, vivirías leyendo y no tendrías más amigos que Dax y Sophie. Cada vez que alguien planea algo, pones una excusa. Si aceptas hacer algo, es por compromiso. Si no fueras la clásica chica introvertida, quizás aceptaría que buscas la vida de ciudad y noches de fiesta. Entendería que no quieres una existencia tranquila y de costumbres.

—No busco noches de fiesta, tampoco una vida tranquila y de costumbres. Eso es irse a los extremos.

—Entonces, ¿qué quieres?

Abrió y cerró la boca sin poder responder.

—No lo sé —dijo tras unos segundos—, pero encerrada en Soleil jamás lo descubriré.

—Y por eso vas a estudiar algo que no te gusta, por descubrir lo que quieres en el camino.

—Es mejor opción que no descubrirlo nunca.

Tuve que reírme.

—Sí sabes lo que quieres.

Se cruzó de brazos, siempre era su primer movimiento cuando estaba a la defensiva.

—Parece que lo sabes mejor que yo.

—Amaia, cuando alguien habla como tú de las escaleras viejas y de los edificios a medio caer, es evidente que sabe lo que quiere. —Señalé las ruinas de la torre.

Negó varias veces.

—Son mi entretenimiento. Me gusta el arte, la arquitectura y las cosas antiguas.

—No te has escuchado hablar en clase o cuando te enojas porque alguien insinúa que un mosaico son simples azulejos. —Lo apasionada que se mostraba con esos temas era una de las tantas razones por las que me sentía tan atraído por Amaia y no pude evitar sonreír al recordarlo—. No ves el amor con que hablas de ello, la pasión que le pones. Sabes lo que quieres y tienes miedo a aceptarlo.

—Sé lo que me gusta y lo poco que podré hacer con esos conocimientos después de graduarme.

—Excusas. Vives en el futuro. Planificas lo que en teoría no podrás hacer dentro de cinco años. No tienes miedo a vivir la vida de tus padres. Tienes miedo a no tener control total de la tuya y la verdad es que jamás lo tendrás.

Refunfuñó por lo bajo.

—¿Y tú? —preguntó, señalándome con un gesto de la cabeza—. ¿No has pensado en ser el aprendiz de mi madre? A este paso tendré que pagarte por psicoanalizarme.

—Sugirió que podría estudiar Psicología.

—¿En serio?

—En la última consulta —acepté, recordando la sesión donde decidí hablar de mis compañeros de equipo y terminé analizándolos durante media hora.

Ladeó la cabeza para evaluarme.

—Estoy de acuerdo. Sería una carrera genial para ti. ¿No lo has valorado?

—No estudiaré nada. Aksel tiene que ir a la universidad y no voy a dejar a mi madre sola —concluí con determinación. El tema hizo que se me tensaran todos los músculos del cuerpo.

Cuando Aksel aprobara los exámenes, tendría que iniciar el papeleo para trasladarse a otra universidad. No podíamos arriesgarnos a que estuviera en la misma ciudad donde asumíamos que estaba nuestro padre.

Separarnos tampoco me daba tranquilidad, pero no había otra opción. Él debía estudiar y mamá necesitaba compañía. Siempre había sido consciente de mi destino y nunca me había costado aceptarlo… hasta ese momento.

Desde que estaba con Amaia, a veces me encontraba haciendo planes de vida con los que jamás había soñado. Imaginaba cómo sería estar atormentado por los exámenes de ingreso, experimentar la incertidumbre y el triunfo una vez los aprobara. Soñaba con tenerla a ella cerca y poder mudarnos a la misma ciudad.

La miré mientras ignoraba mi silencio y seguía recogiendo piedras. Ella se iría y yo me quedaría en Soleil. No soportaría su ausencia, verla solo cada varios meses o en fechas importantes. No sabía qué pasaría con nosotros, porque una relación a distancia era complicada.

Había un final para todo y una realidad que no podía negar. Yo no era una persona normal, no lo sería jamás mientras mi padre viviera. Mi única salida era matarlo para darnos paz, pero que mereciera el peor de los castigos no significaba que yo se lo pudiera dar.

Me había tocado una vida y tenía que aceptarla.

Capítulo 32

Si tuviera que definir los días que le siguieron a nuestra escapada al río, la palabra correcta habría sido «desastre». Si lo hubiese sabido, habría detenido el tiempo en el asiento trasero del coche mientras estaba con Amaia, desnudos, refugiándonos de la lluvia.

Primero Sophie llamó llorando al descubrir que su novio le había sido infiel durante meses. No fue lo peor del día, sino que fue a buscar a Dax, su mejor amigo de la infancia, y le pidió que tuviera sexo con ella para vengarse.

A su vez, Dax no lo hizo porque estaba enamorado de Sophie, se lo confesó en el peor de los momentos y la destrozó. Había una parte de la historia que desconocía, pero no tenía que ser la persona más inteligente del mundo para sospechar que Sophie sentía algo por Dax y lo había mantenido en secreto. Amaia no me dijo nada al respecto, pero lo supe por la forma en que su amiga se comportó en los días que le siguieron.

Como segundo plato, el mismo día discutí con Aksel y me confesó que estaba enamorado de Sophie. Sabía que le atraía, pero tenía mis dudas y nunca había sacado el tema para no invadir su privacidad… hasta ese momento. Se mostraba preocupado por lo mal que lo estaba pasando ella tras la ruptura, pero se veía que le alegraba tener a Julien fuera de la foto. Me preocupaba en qué podría terminar aquel extraño triángulo amoroso, si así se le podía llamar.

Por último, Amaia estaba hecha pedazos. Vivía el dolor de sus amigos como si fuera propio, a veces me parecía que incluso con más intensidad. Si hubiera sido su pesar, lo habría reprimido o ignorado, como hacía con el miedo a qué carrera escoger de una vez por todas.

Hablábamos, manteníamos la comunicación e hice lo que pude para ayudarla, pero no es que tuviera muchas herramientas. El tiempo nos ganaba entre sus estudios, apoyar a sus amigos que no se dirigían la palabra, mi trabajo y la terapia. Hasta en el instituto coincidíamos poco.

Solo por ella asistí a esa reunión en casa de Paul un sábado por la noche. Por verla me senté en el suelo alfombrado del salón, formando un círculo con el resto y jugando a lo que se les ocurriera.

Me puse de pie y me escudé en la excusa de ir al baño cuando el juego de

Yo nunca se volvió más aburrido que nunca y preguntaron si alguna vez había mentido jugándolo. Me recordó a los cientos de mentiras que había contado en mi vida y preferí alejarme antes de caer en un pozo oscuro que me llevaría a lugares a los que prefería no ir.

En el primer piso encontré el baño y me tomé más tiempo del necesario frente al espejo, aunque no precisamente para comprobar mi aspecto. Al darme por vencido y salir al pasillo, alguien se lanzó sobre mí. Me asusté cuando sus brazos se enredaron en mi cuello y unos labios atacaron los míos. Fue su inconfundible perfume lo que hizo que me relajara al reconocer a Amaia.

—¿Qué haces? —También olía a alcohol y soltó una risa desconocida.

—Besarte.

Se aferró a mi camisa y me obligó a entrar con ella a la habitación más cercana. Para ser pequeña, tenía demasiada fuerza. Apresé su cintura y cerré la puerta de una patada. Me dejé llevar hasta que cayó sobre la cama y me arrastró con ella. Entre un beso y otro sus manos viajaron a mi pantalón.

—¿Qué haces, Pulgarcita?

Me separé y descansé sobre mis codos, apoyados en el colchón para no alejarme demasiado. Sus mejillas estaban sonrosadas y su sonrisa gritaba que había bebido de más.

—Creía que era obvio y que era yo quien hacía esa pregunta.

Hablaba con claridad, eso me dejaba tranquilo. Borracha o no, podría salir por sus medios de la fiesta, si es que no seguía bebiendo.

—Vas a toda velocidad y este no es lugar para eso.

Hizo un puchero que la hacía ver adorable cuando sus intenciones no lo eran.

—Se supone que cualquier lugar es bueno para divertirse.

—No aquí.

Recorrió el lugar con la mirada.

—¿Una habitación?

—No hay privacidad —expliqué.

—Pensé que mientras menos curiosos, mejor.

Besé la comisura de sus labios y sonrió.

—No hay nada como la privacidad de una fiesta llena de personas.

Sus ojos brillaron y me recorrieron el rostro. Tragó con dificultad antes de volver a hablar:

—¿Y si te dijera que no es solo para divertirnos? —dijo con suavidad—. ¿Y si digo que el tipo de diversión de la que hablo sería algo más de lo que normalmente tenemos?

—Si fueras más directa, te entendería mejor.

—Cuando quieres ser lento, lo eres, ¿no? —se burló.

—Soy listo, Pulgarcita, no adivino.

Bajo los efectos del alcohol, era más difícil descifrar lo que había detrás de sus palabras, en especial si bajaba la vista y no me permitía mirarla a los ojos.

—¿Y si he cambiado de idea? ¿Y si quiero que lleguemos hasta el final, que no sea solo «lo de antes»?

Las palabras se me quedaron en la garganta. Por un par de segundos no pude procesar la información.

—Y quieres hacerlo en una habitación cualquiera en casa de Paul con seis personas esperándonos en el piso de abajo.

—Creí que lo importante era estar segura. Me ha costado mucho saberlo. —No dudó al sostenerme la mirada—. No me preocuparía que fuera aquí si es contigo.

La piel de mis hombros cosquilleó y la sensación se extendió por mis brazos hasta desaparecer. Mi corazón latía a un ritmo distinto con tan solo escuchar esas palabras.

—No creo que… —No podía expresar lo que sentía, lo que significaba para mí que ella se sintiera así—. No es el mejor lugar.

Sus cejas se volvieron una.

—Te parecía bien la habitación de los padres de Adrien hace unos meses.

—No es lo mismo.

—Claro que sí.

—No lo es, Amaia.

—¡Esto parece surrealista! —Tuve que taparle la boca para amortiguar el volumen de su voz—. De todas las situaciones en las que creí capaz de encontrarme contigo, suplicar por sexo no estaba en la lista —dijo sobre mi palma.

Apoyé la frente en su hombro. No tenía manera de explicarle que si eso sucedía quería que fuera especial para los dos. Ni siquiera estaba seguro de querer dar ese paso. Lo deseaba, pero me daba miedo.

—No estoy diciendo que no quiera.

—Estás diciendo que ahora no —se burló e iba a decir algo más cuando frunció los labios—. No tienes condones, ¿es eso?

—¿Qué?

—No llevas condones porque tú y yo… —No pudo terminar la frase—. ¿Por eso dices que aquí no?

Me incliné y rocé sus labios. Su ocasional inocencia era graciosa.

—Tengo condones, no es por eso.

—¿Por qué si nosotros no los usamos? —preguntó con el ceño fruncido.

Traté de no sonreír ante su desconfianza y le acaricié la nariz con la mía para hablar sobre sus labios:

—Porque la esperanza es lo último que se pierde, Pulgarcita.

Se le escapó una carcajada y tuve que volver a cubrirle la boca.

—Sigo sin entender por qué no puede ser aquí —dijo cuando se aburrió de reír.

—Porque estás borracha.

—No lo estoy —protestó con otro puchero.

Sus manos detallaron el borde de mi camisa y sus dedos rozaron la piel de mi pecho. No podía dejarme llevar.

—Estás consciente, pero borracha —repetí—. Si no, no estarías tan envalentonada.

—Solo he bebido un poco.

Acarició mi abdomen bajo y no detuvo el recorrido hacia el sur.

—Un poco —masculé—, pero eso te hace perder la cabeza.

—Mi cabeza está donde debe estar.

—¿Por eso tu mano está en mi polla?

—Justo por eso.

Deslizó la mano de arriba abajo, de la manera en que me enloquecía. Mi cuerpo se tensó en respuesta y controlé el impulso de mover las caderas contra ella.

—No va a pasar, Amaia.

Su expresión se tornó seria y alejó la mano de mi pantalón.

—¿No quieres que te toque? —preguntó, asustada.

Tuve que aguantar para no reírme de tal tontería.

—Siempre quiero que me toques.

Se mordió el labio con pura satisfacción en la mirada, la que no apartó cuando su mano se adentró en mi ropa interior. Mi polla palpitó en su mano cuando presionó la base.

—Quizás tengo que convencerte, Nika.

Volvió a masturbarme a un ritmo tan exquisito y seductor que me hizo temblar. Tenía que detenerlo. No pasaríamos de ese nivel, tenía un límite y podía controlarme, pero rechazar su toque era un pecado.

—Amaia… —masculé.

—Me encanta cuando dices mi nombre —me provocó, mordiéndome el labio inferior—, dilo de nuevo.

Gruñí y estaba a punto de besarla cuando alguien gritó su nombre desde el pasillo.

Todo pasó a una velocidad que no pude seguir. La puerta de la habitación sonó y, por instinto, me hice a un lado para no estar encima de ella. Pude arreglar mi pantalón, pero la camisa no tapaba por completo el bulto entre mis piernas. Amaia se sentó y descubrimos a mi hermano mirándonos con la boca abierta.

—Aksel —dijo ella con voz aguda y cargada de culpa—. ¿Está todo bien o…?

Mi hermano llegó a conclusiones en menos de un segundo y sus ojos se clavaron en mí.

—¿Puedo hablar contigo?

La buscaba a ella, pero, al descubrirnos, su objetivo cambió. La sorpresa se había convertido en enojo y me miraba como si tuviera ganas de pegarme.

—¿Nos das un momento, Amaia? —pedí antes de que mi hermano explotara, no había necesidad de montar un espectáculo.

Ella pasó la mirada de uno a otro y se dio cuenta de que lo mejor era retirarse. Estaba a punto de salir por la puerta cuando Aksel la tomó del brazo.

—Deberías hablar con Sophie —murmuró, cambiando el tono de voz y vi su mano temblar.

—¿Sophie?

—Está abajo. —Los músculos de su mandíbula se tensaron—. Ella… te necesita.

Amaia no dudo un segundo, ni siquiera hizo preguntas antes de salir a toda velocidad de la habitación. La seguridad de sus pasos por el pasillo me hizo dudar de si había bebido de verdad.

—¿Se puede saber qué estás haciendo? —preguntó Aksel cuando nos quedamos a solas.

—¿Tengo que explicarlo?

—Me refiero a qué haces con Mia —me reprochó, señalando a su espalda.

—Y tú, ¿qué haces buscándola? —Me crucé de brazos—. ¿Qué ha pasado con Sophie?

Apartó la mirada y se guardó las manos en los bolsillos del pantalón. Hacía el mismo movimiento cada vez que aparecía un juguete roto en nuestra niñez y era su culpa.

—¿Qué has hecho, Aksel?

—Algo que no debía —murmuró.

—Eso ya lo sé. Lo que quiero es saber qué.

Le costó mirarme a los ojos.

—Nos hemos besado.

—¡¿Qué?!

—Nos hemos quedado solos, ella bebió de más y…

—¿Has besado a Sophie?

—Ella también me ha besado a mí.

Bufé.

—No, Aksel, tú la has besado a ella. —Me puse de pie—. Si una persona está borracha y la otra no, queda claro quién tiene la responsabilidad de lo que sucede.

Su labio tembló y tuvo miedo, no porque yo representara una amenaza, sino porque sabía que mis palabras llevaban razón.

—No lo he visto así.

—Entonces, ¡¿cómo lo has visto?!

—¿Qué harías tú si la persona que te gusta quiere besarte? —replicó para protegerse—. ¿Qué harías si por primera vez sientes que es posible tener algo con ella?

—Si está borracha, espero a que esté en sus cabales.

—Y si…

—Si después no quiere lo mismo, significa que jamás quiso nada contigo —aclaré.

Cerró las manos en puños para evitar que le temblaran.

—No puedes forzar a alguien a sentir lo mismo que tú —expliqué con calma, sin ganas de lastimarlo—. Si te gusta, dile lo que sientes cuando sea el momento. Deja que rechace o acepte tus sentimientos, pero de frente, de la manera correcta. Es tu amiga y está pasando por una situación difícil. Ayúdala a no tomar decisiones de las que luego se pueda arrepentir o sufrirá más y tú tendrás parte de la culpa.

Se masajeó la cara repetidas veces y caminó de un lado a otro.

—Soy un imbécil.

Me dolió su desesperación.

—Podrás disculparte, tranquilo.

—No, no podré, porque Dax estaba viéndonos cuando pasó y yo no la detuve.

—¿Dax los vio? —repetí, convencido de haber escuchado mal—. ¿Sabías que los estaba viendo y has dejado que Sophie te besara?

Se recostó en la puerta y echó la cabeza hacia atrás, golpeándose intencionadamente con la madera para castigarse. Me puse de pie y acomodé mi ropa en lo que sopesaba mis palabras, pero no había muchas maneras de decir lo que estaba pensando:

—Tienes razón, eres un imbécil.

—¡Me he equivocado! —exclamó, abriendo mucho los ojos—. ¿Qué quieres que haga?

—Que lo arregles.

—Pues ahora no puedo y sí, he metido la pata, pero no soy el único que se equivoca.

—¿Qué quieres decir?

—Me refiero a ti —dijo, acerándose—. ¿Qué hacías con Mia?

—¿Esperas cagarla, venir a contármelo para que te ayude y luego hacerme sentir mal por algo que no tiene nada que ver contigo? —Me mantuve frente a él porque no estaba dispuesto a que se desquitara conmigo—. Reclamarme no cambiará lo que has hecho, ¿sabes?

—No, pero me recuerda que confié en ti, en que no eras el mismo de antes —espetó—. Pedí que te alejaras de ella y no lo hiciste. Quise mantenerme al margen, pensar que no la lastimarías.

—No lo estoy haciendo.

Me tomó del cuello de la camisa con demasiada fuerza.

—Pero lo harás —masculló.

Sentí el olor a alcohol. Sus ojos estaban rojos y sus labios, secos. Había bebido como nunca lo hacía y dudé entre quién estaba más borracho, si él o Sophie. Puede que ninguno de los dos supiera quién besó a quién o si ambos lo habían iniciado.

Debía tener calma con él.

—No eres adivino, Aksel, deja de jugar a ver mi destino.

—Entonces, ¿están saliendo? —No pude responder—. ¿Son novios?

—No —acepté.

Una sonrisa amarga se posó en sus labios.

—¿Piensas que lo serán o solo te revuelcas con ella hasta que te aburras?

Un escalofrío me recorrió la espalda y aparté su mano de mi camisa para poner distancia. Se tambaleó y tuve que sostenerlo para que no se fuera contra la puerta. Me dio lástima verlo tan débil, incapaz de contener unos sentimientos que antes no había experimentado.

—Solo dime que no le harás daño y no me meteré —musitó—. Dime que no la harás sufrir, por favor.

La apreciaba. Amaia era su amiga y quería protegerla.

—No puedo prometer que no sufrirá por mi culpa —confesé, aunque también temía que sucediera—. Siempre puedes herir a alguien sin intención. Sin embargo, puedo prometerte que pasaré cada minuto a su lado tratando de hacerla feliz.

—¿Por qué?

La abrumadora sensación regresó a mi pecho.

—Porque es tu amiga y porque estoy perdidamente enamorado de ella.

Sus ojos se abrieron de sorpresa y, en vez de sentirme libre, hubo más dolor en mi interior.

—Tú…

—Si tuviera que dar la vida por ella, lo haría sin dudar —confesé— y no preguntes cómo, cuándo o por qué sucedió… Yo tampoco lo sé.

Aceptarlo en voz alta era entender que estaba un paso más adentro del más oscuro y desconocido de los caminos.

Capítulo 33

Decir que el viaje de regreso fue incómodo no sería suficiente. Aksel mantenía la vista al frente; Sophie, con la cabeza pegada a la ventanilla, se recuperaba de la borrachera tras haber estado media hora vomitando. Un par de veces la escuché sorber por la nariz, contenía las lágrimas o las dejaba salir en silencio.

Amaia los vigilaba a través del espejo e intercambió un par de miradas conmigo. Estaba nerviosa, no paraba de arañar el forro del asiento del copiloto con el dedo índice. Intentó quedarse con Sophie, pero su amiga se negó. Entendía su conflicto y las ganas que tenía de estar sola.

La había traicionado alguien que creía conocer: su novio. A la vez, se enfrentaba a sentimientos pasados que seguían ahí. No tenía ni idea de qué le pasaba con mi hermano y, si no era cuidadosa, terminaría acumulando más conflictos. Era el momento de sanar; si no se tomaba el tiempo de hacerlo, terminaría lastimándose y lastimando a otros.

Amaia se sentía culpable, como siempre. A veces pensaba que éramos muy distintos por el entorno en que habíamos crecido y otras nos encontraba demasiadas similitudes.

Traté de ayudarla en la conversación que mantuvimos en el trayecto de vuelta, aunque las palabras no fueran suficientes. No podía dejarla sola esa noche y sabía que ella tampoco quería estarlo. La convencí de que se quedara conmigo, prometiendo un desayuno decente que prepararía mi madre.

Tomados de la mano y en silencio, llegamos al último piso de la mansión. Su ligero estado de embriaguez había pasado, ya fuera por la responsabilidad que había asumido al cuidar de Sophie o por lo estresante que resultó el final de la noche. Preparé el baño y me encargué de acomodar la cama mientras se duchaba.

Retomé el libro que llevaba dos noches leyendo. Lo había encontrado en la antigua biblioteca y era tan viejo que me daba miedo pasar las páginas y romperlas. Escuché sus pasos y supe que estaba en la puerta, inmóvil, en silencio. Le di tiempo a hacer lo que fuera que estuviera haciendo antes de mirar por encima de mi hombro. Iba con una de mis sudaderas. Le llegaba a la mitad del muslo y se veía hermosa.

—¿No marcas la página? —preguntó, señalando al libro cuando lo aparté.

Apagué la luz e hice espacio para ella.

—Si estás prestando atención, no necesitas hacerlo.

Imitó mi posición, de lado. Nos mirábamos en la penumbra azulada de mi habitación.

—Es la primera vez que vamos a dormir juntos —murmuró.

Recordé la noche en que yo perdí el control al ver a mi madre alcoholizada, Amaia había estado a mi lado a pesar de todo.

—Técnicamente, no —aclaré—. Dormimos aquí una vez.

—Yo no dormí.

Lo que me sorprendía era que se atreviera a volver al mismo lugar después de lo que había visto ese día.

—Hoy dormirás. —Le acomodé el flequillo desordenado y el pelo rebelde detrás de la oreja para despejarle el rostro. Acuné su mejilla con mi mano y se mostró complacida.

—Cuando dijiste que Sophie debía lidiar con lo que le sucedía, con su parte mala… —murmuró sin abrir los ojos y volviendo a la conversación que habíamos tenido en el coche—. ¿A qué te referías?

—No te entiendo.

—Ella no es la culpable. No engañó a Julien ni tiró por la ventana una relación de más de un año. ¿Por qué tendría que sentirse mal?

—Es común que nos culpemos por lo que sucede a nuestro alrededor.

Una fina línea apareció en su entrecejo. Ella no se daba cuenta de que le sucedía lo mismo, a diario, con sus amigos y la situación que estaban viviendo. Pasé el pulgar por su nariz para que relajara la expresión.

—Sophie pasará por varias etapas, tras una ruptura funciona así —expliqué—. La difícil es en la que tienes que perdonarte. Es más fácil perdonar que perdonarnos.

Negó con suavidad.

—¿Por qué tendría que perdonarse?

—Por haber confiado. Así como las culpas que la propia situación le estará haciendo creer que tiene.

—Tienes mucha experiencia en rupturas —dijo en un tono juguetón.

—Leo mucho —especifiqué— y no tiene que ser la experiencia en rupturas de ese tipo la que me haga entenderlo. El proceso de aceptar las peores situaciones que hemos vivido es complejo. —En mi caso era la vida que me había tocado y las perdidas familiares que jamás olvidaría—. Ni teniendo las herramientas para luchar resulta sencillo.

Intenté ver las pecas en sus mejillas, aunque estuviera oscuro, solo para ocupar mi mente. No quería recordar la pérdida de mi padre porque en el fondo la veía así, como una pérdida.

—¿Puedo preguntar algo? —Asentí, forzando una sonrisa—. ¿Con cuántas personas has estado?

—¿Estar? —El cambio de tema me confundió—. ¿Te refieres a sexo?

Bajó la vista a mi pecho y asintió.

—No las he contado —confesé.

—¿Tantas son?

No pudo ocultar la decepción en su voz.

—No podría decirte un número porque no ha sido tan relevante como para contarlo.

—¿Quieres decir que no recuerdas a las personas con las que has follado?

Su mirada cambió, se volvió desafiante y obstinada. Hacía mucho que no adoptaba esa actitud y me encantaba, por extraño que fuera encontrar atractivo lo malhumorada que era.

—Mi pequeña princesa feminista… —pronuncié y tampoco pareció divertirle el apodo—. Recuerdo a todas las personas con las que he tenido algo, incluso un beso, pero no tengo una lista. No te tomes mal todo lo que digo. —Me acerqué a sus labios—. Puedo contarlas, aunque no le veo sentido.

Valoró la propuesta y esperé que no me hiciera rememorar años de vida a media madrugada.

—¿Puedes decirme con cuántas ha sido algo serio?

Habían mencionado el tema durante el juego en la fiesta y en un principio no supe responder. No sabía a qué se le podía llamar una relación. Para mí, ella y yo teníamos una, pero también estaba Siala. Fueron años, ya fuera por el sexo casual o por la ayuda que necesitó tantas veces. ¿Cómo le podía llamar a lo que habíamos vivido?

—Ninguna —concluí, porque otra respuesta llevaría a conversaciones sobre mi pasado—. Con ninguna ha sido serio.

—¿Nunca has tenido… algo durante mucho tiempo?

Negué y acuné su rostro.

—Nunca he compartido tanto con alguien ni le he hablado de mí. No quiero culpar a las personas de poco atractivas, es que no me interesaban. No me permití cometer el error de observar con esos ojos. —Le acaricié el labio con el pulgar y me limité a decir lo más sencillo, lo más fácil, la verdad absoluta con respecto a ella y a nosotros—: Nunca he mirado a nadie como te miro a ti, Pulgarcita.

La envolví con los brazos y atrapé sus labios, para disfrutarlos como nunca antes, con el corazón resonando en mis oídos. Su aliento rozó mi rostro cuando nos separamos, sin cambiar la distancia ni el contacto perfecto, amoldados como si nuestros cuerpos se pertenecieran desde antes de nacer. Podría haberme quedado así toda la noche, toda la vida.

—En casa de Paul —murmuró sobre mis labios—, ¿por qué no quisiste hacerlo?

—Estabas borracha. —Había sido gracioso—. Prometí que podíamos divertirnos sin llegar ahí. No quiero que hagas algo de lo que te arrepientas.

Se mordió el labio y vaciló antes de volver a hablar:

—¿Y si sé que no me voy a arrepentir? ¿Y si te digo que no fue el alcohol, que hace semanas estoy segura de que quiero…? Quiero que mi primera vez sea contigo.

Me atraganté con mi propia saliva y traté de contener la tos, algo que me fue imposible. El corazón se me desbocó y la reacción fue desconocida. No estaba acostumbrado a ponerme nervioso cuando me pedían sexo.

Se acercó a mi oído al no obtener respuesta y el vello de la nuca se me erizó. Sus labios rozaron mi piel antes de susurrar:

—¿Y si te digo que quiero que me folles aquí y ahora?

Su voz disparó el calor a mi entrepierna y mi ropa interior se sintió algo ajustada.

—Sé lo que estás haciendo.

Una risa baja y suave sonó desde su garganta al darse cuenta de que sus provocaciones tenían el efecto que deseaba.

—Al final, no vas a resultar tan idiota.

Dejó un mordisco en mi oreja y no se detuvo ahí. Besó el arco de mi mandíbula y mi cuello. Sus labios húmedos me provocaban, hacían que me excitara más.

—No juegues conmigo, Amaia.

—Pensé que te gustaba la diversión.

Su mano descendió por mi abdomen. En esa ocasión no sentía la necesidad de controlarme ni de resistirme a lo que provocaban sus caricias. Masajeó el bulto en mi entrepierna antes de sumergir la mano en mi ropa interior.

—Parece que la más divertida eres tú —masculló cuando su mano apresó mi polla.

—Porque tú no estás disfrutando —se burló sin dejar de tocarme para que me pusiera más duro—. ¿Tengo que suplicarte que lo hagas?

Sonaba bien que rogara, pero no creía que el juego durara demasiado si ya quería estar entre sus piernas y besando cada centímetro de su piel. Gemí mientras me masturbaba y me conformé con besarle el cuello. Dijo algo, pero no lo escuché con claridad, estaba enfrascado en mis fantasías sobre todo lo que podríamos hacer. Solo capté el final de la frase:

—Quizás no te pone que lleve tu sudadera.

La hice girarse hasta apresar sus muñecas a los lados de su cara y quedé sobre ella. Solo verla me ponía peor y tuve que besarla, sin delicadeza, la desesperación no me permitía hacerlo de otra forma. Adoraba que me respondiera de la misma manera.

—Me gustas con mi sudadera, sin ella, en vestido, con la camiseta empapada y llena de barro —aclaré—. Necesito que jamás lo olvides.

—No se me olvidará —susurró al sonreír.

—Y necesito saber si estás segura. Si de verdad estás segura.

No era una decisión que pudiéramos tomar a la ligera. Sus ojos brillaron en la oscuridad.

—Totalmente —contestó sin dudar.

Me besó y abrazó mis caderas con sus piernas para pegarme a ella. Su cuerpo cálido me invitaba a tocarlo sin la ropa de por medio, pero tenía miedo. Si cruzábamos aquella línea, lo perdería todo. Le entregaría cada parte de mí: mi corazón fuera de lugar, mis demonios y mi tristeza; mis risas, mi calma y mi felicidad. Sería suyo, estaría en sus manos.

Tenía miedo y al mismo tiempo me moría por hacerlo. Mi lucha, si es que podía llamarse así, duró segundos antes de que me rindiera. Sus besos me seguían llamando y supe que estaba perdido cuando le di permiso a mi cuerpo para que actuara a voluntad.

No había dejado de besarme. Le acaricié el torso hasta que mi mano llegó a su sexo. Arqueó el cuerpo cuando deslicé los dedos, disfrutando de lo mojada que estaba y del calor de su piel. Cada vez que rozaba su clítoris, temblaba. Con dos dedos estimulé su entrada.

La ropa se interponía, quemaba mi piel, que gritaba por tocar la suya. Quedarnos en ropa interior fue un alivio, me permitió concentrarme en sus pechos, estimulando sus pezones mientras revolvía mi pelo, hasta que estuvo lista y deslicé un dedo en su interior.

Jadeó y movió las caderas, pidiendo más, invitándome a añadir un segundo. Lo hice y no dejé de prestar atención a su clítoris. Ella marcaba el ritmo y hubo un momento en que su cuerpo se movía contra mi mano con tanta fuerza que tuve que detenerme para que recuperara el aliento.

Me ayudó a deshacerme de la ropa interior. Hice lo mismo con la suya y, al besarla, mi erección se deslizó por su pierna. Alzó las caderas y no paró de moverse hasta que nuestros sexos se rozaron, recordándome lo húmeda que estaba y lo cálido que era su interior.

—Amaia… —la regañé, alejándome para evitar accidentes.

—Basta de juegos —suplicó entre jadeos.

Nunca había tenido sexo sin protección y la necesidad de hundirme en ella me quemaba de tal forma que lo más inteligente fue alcanzar un condón.

Me arrodillé entre sus piernas con su cuerpo tendido frente a mí. Me observaba, embelesada mientras me colocaba el condón y me masturbaba viendo sus pechos. No había nada de ella que no me invitara a pensar en follarla de todas las maneras posibles. Mi vista se fue hacia abajo, a sus piernas abiertas, expuesta para mí.

Masajeé su sexo y gimió cuando deslicé tres dedos en su interior. Se mordió el labio, entré y salí de ella varias veces antes de caer sobre su cuerpo. Podíamos subir de nivel. Nuestros pechos se rozaban, su respiración era errática. Mi miembro rozó su sexo, la punta tocó su entrada.

Tuve cuidado de no moverme, ella parecía más decidida que yo. Me besaba con ansias y me relajé cuando, sin que yo me moviera, logró que me adentrara, solo un poco, con facilidad. No dio muestra de incomodidad, sino que continuó balanceando las caderas suavemente. Estaba tan húmeda que me moví a su ritmo para disfrutar de un roce más profundo.

—Te juro que esta vez voy a ser delicado, Amaia —murmuré, decidido a controlarme—. La próxima, vas a perder la voz de gemir mi nombre.

Jadeó y aproveché para ganar terreno al penetrarla. No había llegado a la mitad y ella pedía más. Disfruté de la sensación; caliente y deliciosa. Dejé que se acostumbrara a mí y deslicé una mano entre nuestros cuerpos, estimulando su clítoris mientras saboreaba su piel. Con suavidad, fui moviéndome, haciendo que se centrara en las sensaciones.

Cuando clavó las uñas en mis brazos, la tomé de la cintura y con extrema facilidad me introduje en ella por completo. Se contrajo, pero la besé, despacio, con delicadeza y respondió, relajándose poco a poco.

Alzó las caderas, logrando que saliera de ella unos centímetros para volver a entrar. El roce fue exquisito y repitió el movimiento. No quise detenerla ni seguirle el ritmo. Deseaba que ella se acomodara a la nueva conexión que había entre nosotros, una tarea difícil cuando la sangre se acumulaba en mi polla, que estaba cada vez más dura.

La apresé por la cintura, inmovilizándola, para salir y entrar muy despacio. Se le escapó un jadeo de anhelo. Repetí el movimiento y contuvo la respiración, con los ojos cerrados y mordiéndose el labio. Esperé a que volviera en sí y me mirara.

Seguía sin creerme lo que estaba pasando, no quería detenerlo, la necesitaba. Era difícil: ir despacio, comprobar a cada segundo si estaba bien, controlarme cuando estaba sobre su cuerpo porque deseaba embestirla y no quería lastimarla.

La hice girar sin salir de ella y jadeó al encontrarse a horcajadas sobre mí. Abracé su cuerpo y sus pechos quedaron a la altura de mi boca. Los mordí y chupé mientras acomodaba mis piernas para que tomara el control. Si era ella quien guiaba, sabría hasta dónde llegar, decidiría cómo y cuánto quería.

—Yo no…

—Sí sabes.

Solo tenía que seguir su instinto, el movimiento que le mostré al tomar sus caderas. Gimió, asombrada, sin dar crédito al cambio de sensaciones al variar nuestra posición. Para mí también se sentía mejor, en especial porque la luz caía sobre su torso, y podía disfrutar de la vista.

Al tomar confianza, se apoyó en mis hombros y encontró sus propios movimientos. Me montaba como si lo hubiésemos hecho mil veces e iba subiendo la velocidad. Sus pechos se balanceaban frente a mi rostro y hubo un momento en que empezó a moverse hacia delante y hacia atrás, lento, más profundo. Tuve que detenerla al sentir el conocido cosquilleo que se apoderaba de mi abdomen bajo.

—Despacio.

No aguantaría mucho si seguía así y, aunque ella buscaba lo mismo, no quería que acabara tan rápido.

La dejé con la espalda sobre el colchón y me quedé entre sus piernas. La penetré y se arqueó. Comencé a estimular su clítoris, esa vez sin cuidado, entrando y saliendo de ella con todas las ganas que tenía, disfrutando de que gimiera y suplicara.

Atrapé su cintura y nuestros cuerpos chocaron con fuerza. Revolvió las sábanas, se aferró a ellas y contrajo el rostro. Conocía esa expresión, me enloquecía. Estaba a segundos de llegar a un orgasmo.

Sus piernas temblaron y no pude contenerme. Mi vientre palpitó y me corrí mientras seguía penetrándola. Una sensación caliente, de placer, de libertad.

La acuné contra mi pecho, disfrutando de aquellos segundos de paz, de su cercanía. Sonreí con los ojos cerrados y el rostro hacia el techo.

—Dime que no te ha dolido —murmuré cuando había recuperado el aliento.

No respondió. Estaba dormida, abrazándome y con la más dulce expresión de paz.

Capítulo 34

Al despertar, Amaia dormía plácidamente sobre su costado, cerca de mí. La suavidad de su piel invitaba a seguir durmiendo y a disfrutar del mejor despertar de mi existencia. Lo habría hecho si la idea de subirle el desayuno a la cama no hubiese saltado en mi mente.

Pegada a la nevera, encontré una nota de mi madre. Había ido al pueblo, y Aksel seguía durmiendo. Ahí estaba yo, el único miembro de la familia que no sabía hervir agua sin quemarla, en la cocina, solo. Me pasé veinte minutos mirando los huevos y calculando lo mal que podría resultar si decidía freír uno.

Me decidí a hacer un sándwich de queso porque se veía más bonito en el plato, pero al terminar me di cuenta de que yo jamás lo comía frío. Mi madre lo tostaba hasta que el exterior quedaba crujiente y dorado, mientras el queso se derretía y se estiraba con el primer mordisco. Tenía que calentarlo.

No fue buena idea hacer zumo de naranja y poner el pan a la plancha al mismo tiempo, pero me sentí satisfecho con el resultado. Acomodé el sándwich por la parte decente y subí el desayuno.

Amaia estaba despierta cuando entré, con el pelo hecho un desastre.

—Has arruinado la sorpresa —protesté mientras tomaba asiento a su lado.

Se puso una sudadera que estaba a su alcance y se incorporó en el lugar. Clavó los ojos en la bandeja que dejé sobre su regazo.

—Me alegra que tu madre haya hecho el desayuno.

—Lo he hecho yo —aclaré, nervioso.

—Pensé que la cocina se te daba mal y esto parece… —Le dio la vuelta al sándwich y encontró la parte quemada—. Retiro mis palabras, eres un asco.

Tuve que reírme.

—Juro que lo he vigilado.

Se encogió de hombros.

—Tranquilo, queda el zumo.

Se llevó el vaso a los labios y creí que se atragantaría cuando tomó el primer trago. Su expresión la delató, aunque intentó disimular.

—¿Tan malo está?

Le había puesto suficiente azúcar y agua.

—Sabe asqueroso.

Me cubrí la cara sin saber qué decir. Era la primera vez que nos despertábamos juntos y la estaba envenenando. No volvería a cocinar nada para ella en toda mi vida.

—No importa —aseguró, dándole un mordisco al sándwich para no herir mis sentimientos.

—No tienes que comértelo.

No me dejó quitárselo de la mano, lo protegió y se alejó de mí.

—Tengo hambre. —Le dio un segundo bocado—. No le quites comida a una Mia hambrienta.

Era lindo que se lo comiera solo por mí, pero me preocupaba que terminara vomitando. Sonrió al ver la parte quemada.

—Me alegra que algo se te dé mal —comentó, distraída—. Me molesta que seas tan perfecto.

—No lo soy.

—Todo lo haces bien —insistió.

—Las habilidades son para cubrir el montón de defectos —confesé con una sonrisa—. Intento emplearlas con la esperanza de que, cuando meta la pata, las personas recuerden que no todo está jodido conmigo.

Nunca lo había dicho en voz alta, pero llevaba años haciendo lo mismo de manera inconsciente. No sabía si era por miedo a terminar como mi padre o a que me rechazaran cuando actuara de la manera equivocada.

Me dedicó una de sus miradas, esas en las que sus ojos brillaban y sonreía sin darse cuenta. Adoraba solo haber visto esa expresión cuando me miraba a mí.

Puso la bandeja a un lado y, sin previo aviso, dejó sus labios sobre los míos. Mi corazón se agitó como pájaro enjaulado en mi pecho. Con Amaia me sentía vivo. Cada experiencia a su lado me transformaba y me hacía mejor persona. Tenía demasiados secretos oscuros, no quería mantener oculto lo que me hacía feliz y, si dejaba pasar esa oportunidad para ponerle un nombre a nuestra relación, me arrepentiría de por vida.

—Creo que hay algo que deberíamos hablar —dije, aprovechando el valor que me embargaba.

—¿Quieres clases de cocina? —bromeó—. Serán mejores que tus lecciones de conducir.

—Ya he asumido que la cocina no es lo mío. —Hice todo lo posible para que mi mano no temblara al acomodar su pelo—. Es de algo más…

Respiré hondo porque una vez hablara no habría vuelta atrás.

—Ya casi todo el mundo lo sabe. —Una voz al fondo de mi cabeza me ordenaba que corriera en dirección contraria con tal de no hacer el ridículo. Me obligué a seguir hablando—: Llevamos tres meses jugando al escondite y es divertido, pero…

—Pero… —insistió ante mi silencio.

Perdí la capacidad de articular palabra. No podía producir nada coherente y ella no dejaba de mirarme, esperando. Solté lo primero que mi cerebro logró enviar a mi boca:

—¿No sería más fácil si no tuviéramos que escondernos?

—¿Dices que todos sepan de nosotros?

—Sí, que sepan que tú y yo…

—Tú y yo ¿qué? —dijo en voz muy baja.

Una risa nerviosa se me escapó y una extraña sensación me revolvió el estómago.

—Joder, Mia —resoplé con los nervios a flor de piel—. Soy muy malo haciendo esto.

—¿Haciendo qué? —preguntó mientras se reía conmigo.

—No sé cómo tener esta conversación —acepté y un suave calor subió a mi rostro, algo que jamás había experimentado.

—¿Qué conversa…?

No siguió hablando. Miró sobre su hombro, hacia la puerta que daba a la azotea, que en ese momento estaba abierta.

—¿Tu madre ha salido en un coche? —preguntó con el ceño fruncido.

—No, salió en la moto. ¿Por qué preg…?

Escuché el motor, era potente. Salí a la azotea con Mia pisándome los talones. Mi respiración tembló cuando reconocí el coche verde que se aproximaba al garaje improvisado de la mansión. Era el de mis antiguos vecinos en Prakt: el padre de Siala, el mejor amigo de Nikolai.

Mi abdomen se contrajo y arañé la barandilla hasta que las uñas se quebraron. El dolor me trajo a la realidad.

—¿Qué sucede? —preguntó, preocupada.

—Vístete y vete a casa —ordené sin mirar atrás.

—¿Pasa algo? —insistió mientras me seguía a la habitación—. ¿Esperaban visita? Puedo ayudar si…

—No, Amaia. —Al girar la encontré terminando de vestirse y no supe cómo alejarla lo antes posible. Me costaba no temblar y estar pendiente de cualquier sonido—. Escúchame muy bien —le advertí—. Vístete, baja por la escalera de caracol y vete a casa sin que nadie te vea.

—¿Por qué…?

—¡Porque estoy diciendo que lo hagas! —grité—. ¡¿Estás sorda?!

Su rostro se tensó y dio un paso atrás.

—No tienes que ser tan desagradable.

Le acababa de gritar como mi padre le hacía a mi madre antes de golpearla. No tuve tiempo para castigarme por ello. Él estaba ahí… Ella… Aksel… El peor de mis miedos acababa de hacerse realidad y no sabía cómo pedirle a Amaia que se fuera sin maltratarla ni confesar que él podría matarla si la veía.

—Vete a casa —repetí—. Por una puta vez, haz lo que alguien te dice y desaparece.

Le di la espalda y rebusqué en la caja que había dejado junto a la puerta, donde guardaba la pistola de mi padre envuelta en una camiseta. Bajé corriendo, asegurándome de que el arma estaba cargada y escuchando los fuertes golpes que alguien daba contra la puerta de la entrada.

«Tienes que matarlo. No puedes dudar ni acobardarte, tienes que hacerlo».

No me daba tiempo a decirle a Aksel que huyera y mi madre podía llegar en cualquier momento. Esperaba tener el valor de hacer lo que debía antes de que alguno estuviera en peligro. Corrí hasta la puerta con el arma a mi espalda y ni siquiera miré a través del empañado cristal. Abrí, listo para apuntar, pero alguien me dio una bofetada antes de que pudiera hacerlo.

La adrenalina recorría mi sistema. Me quedé sin aire al ver a Siala frente a mí. Se había cambiado el pelo, tuve que comprobarlo varias veces para asegurarme de que no la estaba confundiendo. Lo llevaba muy corto en la nuca y los costados. La parte de arriba estaba un poco más larga y algunos mechones le caían sobre la frente.

—¿Estás sola? —pregunté.

—¿Eso quieres saber? —reprochó.

—¡Contesta!

Me aferré al arma que ocultaba en mi espalda y Siala tensó la mandíbula antes de contestar:

—Sí, he venido sola, ¿contento?

—¿Alguien sabe que estás aquí?

—¿Por qué lo preguntas…?

—¿Siala? —dijo la voz de Aksel y guardé el arma, aguantándola con el elástico de mi pijama.

Me puse la vieja camiseta para cubrirme el torso y esconderla mejor, pero fue demasiado tarde, Aksel había visto la pistola.

—Los hermanos Holten —masculló Siala sin moverse de la puerta—. Tan tranquilos en una casa vieja en medio de la nada.

Miró a mi hermano con el mismo rencor contenido.

—¿Todo bien, Aksy-Boo?

—¿Cómo demonios has llegado aquí? —exigí saber.

—En coche, después de un viaje de más de cinco horas —espetó con el mismo tono despectivo, el que llevaba tanto tiempo sin escuchar—. ¿Alguna otra pregunta? Yo tengo muchas para ustedes.

Pasó sin que se lo permitiera y revisé el exterior. El coche estaba apagado y no había nadie a la vista. Cerré la puerta y eché el seguro.

—Linda casa —se burló, mirando a su alrededor—. ¿Se divierten por aquí?

—Puedes ahorrarte el sarcasmo.

—Podría ahorrarme muchas cosas —rebatió al mirarme—, pero prefiero ser sincera y no escapar de los problemas.

Su mirada podría haberme atravesado si poseyera tal poder.

—Siala, ¿puedes escucharnos antes de sacar conclusiones? —le pidió Aksel.

—¿Conclusiones? —Pasó la mirada del uno al otro—. No sé de qué hablas si todo está muy claro.

—No lo está —insistí—, ni tiene que estarlo.

Me enfrentó con su escasa estatura, sin miedo, como siempre.

—Desaparecieron, dejaron a su padre y su casa atrás. —Le tembló el labio—. Se fueron sin decir nada.

—No te importa nuestra vida.

—¡Claro que me importa! —exclamó—. Que ustedes no tengan sentimientos no significa que el resto sea igual. —Sus ojos brillaron—. Llevo todo este tiempo buscándolos.

—¿Cómo nos encontraste? ¿Le dijiste a alguien dónde estábamos? —pregunté, pensando en Nikolai.

—¡Deja de hacer preguntas! —chilló—. ¡Es tu turno de contestar!

—Siala, si nos dejas…

—Quiero que acepten la mierda de personas que son para desaparecer en paz y olvidarme de que existen —interrumpió, sin mirar a mi hermano—. No he venido a escuchar excusas.

—No vienes a escucharlas, pero llegas haciendo preguntas. Pareces una niña pequeña —señalé—. Solo piensas en ti y no dejas hablar a otros.

—No juegues conmigo. —Tembló de la cabeza a los pies—. Tus artimañas mentales no funcionarán.

—¡Eres la única que juega, llegando así a mi casa! —espeté—. No entiendo la necesidad que hay de montar un espectáculo, ¡mucho menos por qué te pones en esa posición!

—¿Cómo quieres que reaccione, Nikolai? —preguntó con voz temblorosa—. ¡Más de un año que…!

—Habla bajo, Siala —la interrumpió Aksel—. No hay necesidad de gritar.

—Tú, cállate —zanjó con los ojos llenos de rabia—. No sé si eres peor que este.

Lo decía por la exnovia de Aksel, a la que había dejado atrás sin darle explicaciones.

—No tienes nada que hacer aquí —aclaré.

Gané su atención y una sonrisa ponzoñosa.

—Lo estúpido no te lo quita ni el tiempo.

—Parece que a ti tampoco. Dime, ¿cómo has sabido dónde estábamos?

—Buscando —masculló al comprobar que me importaba poco el resto de sus quejas—. Sabes que se me da bien investigar —continuó al ver de uno a otro—, pero no era la única que lo hacía. Teniendo en cuenta que…

Cerró la boca y se quedó mirando a mi espalda, consternada, antes de volver a mirarme. Torció los labios y dejó salir lo que debía de ser un bufido, una burla. Seguí su mirada y encontré a Amaia a mitad de la escalera, con el pelo igual de revuelto, la ropa arrugada y su abrigo entre los brazos.

—No puedo creerlo —murmuró Siala—. ¿Quién es ella, Nika? —interrogó—. No es la novia de Aksel, no es su tipo.

—No te importa —contesté sin dejar de mirar a Amaia.

Estaba congelada por la sorpresa. El miedo volvió a golpearme al imaginar que no hubiera sido Siala quien estuviera allí, sino mi padre, a lo que podría suceder si la tenía cerca, si sabía lo que ella significaba para mí.

—Bien. —Me apartó cuando intenté evitar que se acercara a Amaia—. Si el maleducado de Nikolai no me presenta, lo hago yo. —Le extendió la mano—. Me llamo Siala, soy la antigua vecina y novia de Nika. Al menos lo era hasta que él y su familia desaparecieron de Prakt sin decir nada.

Un frío glaciar bajó por mi pecho y el recibidor me dio vueltas, la escalera y las dos chicas fueron un borrón. No podía desmayarme.

«¿Mi novia? ¿Por qué demonios dice eso?».

Los ojos azules de Amaia se encontraron con los míos.

—Eso no es cierto —aseguré, moviendo apenas los labios.

—Claro que no —corroboró Siala—. En teoría, no era su novia porque jamás hablamos del tema, pero bien que le gustaba colarse en mi casa para follar cuando no tenía nada mejor que hacer.

—Deja de decir estupideces —replicó Nika—. Eso no fue lo que pasó entre nosotros y lo sabes muy bien. No le mientas.

—¿Qué más da si miento? —Miró sobre su hombro—. Tú eres el maestro de las mentiras, ¿o me equivoco?

—Estás hablando de algo que jamás pasó entre nosotros.

—¿Dices que jamás follamos?

—¿Tengo que recordarte cómo fueron los acontecimientos? —dije, entre dientes, aguantando para no desvelar sus secretos.

Amaia mantenía la vista fija en la mano que Siala le tendía y su expresión se volvió dura, impasible, antes de estrecharla.

—Amaia —murmuró—. La vecina de Nika.

—Mia, por favor…

Percibí el dolor en su voz. Ella no era mi vecina, no era solo eso. Si hubiera tenido que presentarla, habría usado palabras muy distintas.

Siala me enfrentó tras el formal saludo de Amaia.

—No me sorprende que buscaras un reemplazo con el que jugar. Es el estilo Holten, ¿no es cierto?

Me dedicó una mueca de asco.

—Desaparecieron sin decir nada —repitió—. Pensamos lo peor, buscamos por todos lados, fue…

—¡Cállate, Siala! —bramé antes de que siguiera hablando de más.

Giró sobre sus talones y se acercó a mí. Cada paso que daba era seguro, como si pudiera abalanzarse y acabar conmigo a pesar de su estatura.

—¿Me vas a gritar? —Palmeó mi pecho con toda su fuerza—. No te tengo miedo, estúpido, y voy a hablar delante de ella. Así entiende al desalmado que tiene al lado. —Me golpeó por segunda vez, pero le costó recomponerse para seguir hablando—. Todo el mundo debería saber lo que han hecho. —Tres, cuatro, cinco golpes y con cada uno perdió la fuerza, sucumbió a las lágrimas—. Eres un monstruo, Nikolai Holten.

—¡Sí, lo soy! —grité, haciendo que retrocediera, con tal de que parara de repetir mi verdadero apellido, mi nombre completo, el de mi padre—. ¡Soy un puto monstruo y, si lo sabes, deberías esfumarte!

La sangre golpeteaba en mis oídos y mi respiración era un desastre. Mi visión comenzaba a nublarse una vez más cuando el rostro de Aksel apareció frente a mí.

—No digas estupideces —murmuró.

—Vete de una puta vez —repetí, mirando a la rubia por encima del hombro de mi hermano.

—¿Por decir la verdad? —Su voz se quebró.

Miró a Amaia, que había retrocedido hasta pegar la espalda a la pared junto a la escalera.

—No te dejes engañar, no seas como yo —aconsejó—. Él siempre te va a mentir, disfrutará manipulándote, viendo que confías en la personalidad que se ha inventado, para hacerte caer a sus pies.

—¡Cállate!

—¡Nika! —gritó Aksel mientras me detenía.

Amaia temblaba al otro lado del recibidor y Siala controlaba los sollozos para mantener su fachada, a pesar de que las lágrimas no dejaban de correr por sus mejillas.

—No sé por qué me he molestado en venir. No valen un minuto de mi tiempo.

Aksel le cerró el paso.

—Deja que se vaya —escupí.

—No. —Impidió por segunda vez que se fuera—. No se puede ir.

Mi hermano tenía razón. Siala tenía que quedarse para explicarnos cómo había llegado hasta nosotros y quién más sabía de nuestro paradero. Amaia tenía que irse porque yo no iba a permitir que se enterara de nada más, pero no sabía cómo pedirle que se fuera sin darle una explicación.

—Mia, necesitamos que nos dejes solos —pidió Aksel, consciente de que yo no podría hacerlo.

—¿Soy yo la que tiene que irse? —preguntó, adelantándose, con voz temblorosa.

Me miraba como si estuviéramos solos. Era mi respuesta la que buscaba. Pude palpar la confianza que habíamos construido escurriéndose entre nuestros cuerpos por culpa de las mentiras que había dicho desde el inicio. Amaia estaba creando mil escenarios falsos en su cabeza y tenía todas las herramientas para hacerlo, y yo ninguna para impedirlo.

—Vete, Amaia —murmuré.

Contrajo los labios.

—¿Soy yo la que tiene que irse? —repitió y lo hizo porque una parte de ella quería darme la oportunidad de explicarme, aunque era algo imposible en ese momento.

—Te lo he dicho antes y no entiendo por qué sigues aquí —mascullé porque no tenía opción—. Haz lo que te dicen por una vez en tu vida.

Tragó saliva, se irguió en toda su estatura y pasó por nuestro lado. El portazo que dio al salir se expandió por mi cuerpo y cerré los ojos con ganas de no volver a abrirlos.

Capítulo 35

—No puede ser —fue lo primero que dijo Siala cuando terminamos de contarle la verdad que habíamos escondido por años.

Durante la conversación se mantuvo callada, pasando la mirada de uno a otro, dudando. Después se mostró sorprendida y finalmente se le llenaron los ojos de lágrimas al conectar cada historia con el pasado, cada mentira bien dicha que todos habían creído.

No era la única que nos buscaba, sino la primera que nos encontraba. Por suerte, había hecho el viaje sin decirle nada a nadie porque no estaba segura de que estuviéramos en Soleil. Nadie sabía que nos había descubierto gracias a la solicitud universitaria de Aksel y que solo había ido a comprobarlo porque el apellido y la edad no coincidían, pero estaba desesperada.

Gracias a ella nos enteramos de las mentiras que nuestro padre les había contado a los vecinos y amigos, en el instituto. Aseguraba que nuestra madre lo había engañado con otro hombre durante años y que finalmente lo había abandonado y, aunque estuviera dispuesto a respetar su decisión, no quería perder el contacto con sus hijos.

Su mentira era cruel y reafirmaba que se vengaría si algún día daba con nosotros. Su rencor debía de haber crecido en ese tiempo.

Siala estuvo durante horas llorando, pidiendo perdón, entrando y saliendo del shock provocado por la verdad. Mi madre fue la única que la pudo calmar, con sus palabras y un té, con su verdad.

Se disculpó, nos ofreció ayuda y nos suplicó que denunciáramos a nuestro padre, algo imposible. Si nos perseguía, denunciarlo era decir dónde estábamos. Tenía suficientes amigos en la policía que confiaban en su bondad para que lo pusieran al tanto de los cargos que hubiera en su contra, lo que le daría la oportunidad de huir y darnos alcance. Lo único que le pedimos fue silencio y aceptó, porque Siala era así.

Puede que fuera explosiva e infantil, pero no nos delataría jamás. Sin embargo, eso no cambiaba nuestra realidad. Si nunca me había sentido seguro desde que habíamos huido de Prakt, en ese momento estaba aterrado. El tiempo pasaba y los secretos se cerraban a nuestro alrededor, el círculo se volvía más pequeño y asfixiante.

Lo inteligente habría sido huir una vez más, pero no teníamos manera de empezar en un nuevo lugar. Al menos en Soleil teníamos donde vivir. En otro pueblo o ciudad no tendríamos trabajo, Aksel desaprovecharía otro año para empezar en la universidad, mamá perdería su tratamiento y lo que había avanzado desde la última recaída. Y Amaia…

Tenía una larga lista de razones para no dejar Soleil y ella era una de ellas. No quería abandonarla, alejarme. Sin embargo, esa tarde, cuando Siala se fue y nos quedamos en la oscura mansión, sentados a la mesa sin saber qué decir, me percaté de que existía la posibilidad de que, sin irme del pueblo, hubiese creado la mayor de las distancias entre nosotros. Cuando traté de llamarla, descubrí que me había bloqueado.

Esa noche no dormí.

• • •

El lunes Amaia no asistió a clase de Filosofía y tampoco la vi en la cafetería. Estaba seguro de que se había quedado en casa con tal de evitarme, pero entonces la localicé en el pasillo principal, cerca de la entrada. Estaba conversando con Dax.

Cuando su mejor amigo me vio al otro lado del pasillo, supo que estaba esperando para hablar con ella y me usó de excusa para despedirse.

Amaia me miró por encima del hombro, con una expresión glaciar. Respiró hondo y pasó por mi lado como si no me hubiera visto.

—Ayer intenté llamarte y…

—No quiero hablar. —Subió la escalera sin mirar atrás y la seguí—. Cuando te bloquean, el mensaje queda muy claro.

Llegamos al primer piso y traté de tomarla por el brazo para que me prestara atención, pero lo apartó apenas le rocé la piel.

—Ni se te ocurra tocarme —advirtió—. He dicho que no quiero hablar contigo, ¿estás sordo?

Tenía que darle su espacio, dejarla pensar y que la situación se enfriara, pero no podía esperar. La necesidad de explicarle y de que todo volviera a ser como el sábado por la noche no me permitían razonar.

—Estás molesta, tienes todo el derecho…

—Tú no decides el derecho que tengo a estar…

—Siala no era mi novia —le corté—. No es lo que supones.

—Me importa poco.

—Si no me das la oportunidad de explicártelo, puede que te hagas la idea equivocada y no quiero eso, no contigo.

Tomó aire y miró a ambos lados. Se dirigió a un aula vacía y no dudé en entrar detrás de ella.

—Te escucho —dijo al darse la vuelta.

—Siala era mi vecina en Prakt —expliqué con suavidad—. Crecimos juntos y sí, tuvimos algo durante varios años.

—Hace dos noches negaste haber tenido algo duradero con alguien.

—Nunca he tenido algo serio —especifiqué.

—¿Y qué es para ti tener algo por varios años con la misma persona?

No sabía cómo ponerlo en palabras. No podía contar mi pasado, tampoco los problemas de Siala ni lo que vivimos juntos.

—Era amiga de Aksel, nuestra amiga —continué para darle forma a una historia que la hiciera entender que los detalles eran innecesarios—. Un día las cosas se nos fueron de las manos tras una fiesta y seguimos acostándonos de vez en cuando. No éramos exclusivos.

Quedó boquiabierta.

—¿Era tu amiga y la trataste así?

—Sabíamos en lo que nos metíamos. No la obligué ni le mentí en ningún momento.

—Pero sabías que estaba enamorada de ti —me recriminó—. Sabías que ella quería algo más y seguiste a su lado. ¿No te parece una mala manera de tratar a una amiga?

—No siempre hago lo correcto, nadie lo hace, pero jamás le mentí.

—De todos modos, me parece algo que hay que contar cuando te pregunto.

Yo mismo había dudado aquella noche antes de responderle.

—No fue serio —repetí—. Y no siento nada por ella. No entiendo cómo puede afectarnos. No vi razón para contarlo ni para que te preocuparas.

—¿Crees que estoy celosa? —preguntó con los brazos cruzados.

—Podía habértelo dicho, lo sé, pero mi pasado no tiene nada que ver contigo.

Frunció los labios.

—No estoy celosa —espetó—. Me duele que mintieras, porque mentiste y lo sabes. Me fastidia que una vez hablaste de confianza y no sé cuántas patrañas, pero eso lo olvidaste para responder a una pregunta tan sencilla.

—No fue una mentira, simplemente no lo mencioné.

Se le escapó una risa floja.

—Para mí lo es y que digas lo contrario no va a cambiarlo. No confiaste en mí con algo tan pequeño y lo único que me hace pensar es cuánto me habrás ocultado durante este tiempo.

—Nada que pueda herirte.

—¿Yo debo confiar en ti para que todo funcione, pero tú escoges cómo y cuándo confiar en mí? ¿Qué clase de acuerdo es ese?

Se lo había pedido porque la había visto llena de inseguridades, porque la adoraba y quería algo con ella, algo sano, para entendernos. Había puesto sobre la mesa una oferta que no podía corresponder, yo solo tenía mentiras.

—Me echaste de tu casa sin explicaciones —continuó—, me hablaste de la peor manera y me dejaste en tu habitación para que saliera a escondidas mientras atendías a esa chica.

—No sabía que era ella.

—Entonces, ¿quién creías que era?

Al momento me arrepentí de haberlo dicho.

—No es relevante, Amaia.

—Perfecto, tú decides qué contar —soltó con sarcasmo.

Me acerqué e intenté calmarme y controlar la frustración que me provocaba no poder ser sincero.

—Necesito que me creas. Esto no es importante.

Sus ojos brillaron, pero no iba a llorar. Amaia no era de las que expresaban sus sentimientos de esa manera.

—Como quieras, pero no es todo —agregó. Supe que no había olvidado nada, solo tenía más razones para odiarme y pensaba sacarlas a la luz—. Cuando hice lo que me dijiste que no hiciera y me encuentro con tu ex.

—Siala no es mi ex.

—Con la amiga que te follabas —corrigió, entre dientes—. Resulta que cuando podías explicármelo, me echaste de tu casa. —Se le quebró la voz—. ¿También tengo que entenderlo?

—No podíamos dejar que Siala se fuera.

Asintió repetidas veces.

—Tiene sentido, le debían una explicación, pero ¿por qué tendría que irme yo?

Más mentiras que no quería decir. El cuerpo me temblaba por dentro y controlarme se hacía cada vez más difícil.

—Teníamos que aclarar un par de asuntos con ella —murmuré.

Apretó los brazos cruzados sobre su pecho y alzó la barbilla.

—¿Qué asuntos?

—No tiene que ver contigo —masculé.

—¿Y así quieres que te crea?

El dolor de su voz me rompió en mil pedazos. Todo era culpa de mi padre, de ese maldito. Por él no tenía vida, no la tendría nunca. Por ser lo que era, por haber heredado aquella puta maldición en la sangre que no me dejaba hablar sin miedo a perder el control y lastimar a Amaia, no sabía qué sucedería si me cegaba con ella delante.

—Que confíe en ti no significa que tenga que contarte todo mi pasado —espeté, perdiendo la compostura. Era incapaz de hacer desaparecer el rostro de mi padre que se dibujaba a mi alrededor, lo veía en cada esquina del aula, como un fantasma.

—No estás obligado, pero si quieres que entienda por qué me maltratas y me echas de tu casa, espero que al menos ahora me cuentes lo necesario para no creer que esto es otra mentira.

«No es él, es Amaia».

Escuchaba la risa de mi padre, su rostro se mezclaba con los rasgos de la chica que estaba frente a mí. Las ganas de aplastarle la cara no me dejaban pensar y a la vez era consciente de que, si le pegaba a alguien, no sería a él, porque Nikolai no estaba ahí.

Caminé de un lado a otro con el corazón latiéndome a toda velocidad. Quería ordenar mis ideas para explicárselo todo y hacerla entender la situación, pero estaban tan revueltas que no encontré forma de ponerlas en su lugar. Quería gritar para soltar la tensión, lanzar una mesa, empotrarla contra la estantería más cercana y seguir con el maldito salón hasta destrozarlo por completo.

Me deshice de la mochila con tal de sentirme libre y la miré, pero me mantuve lejos para no lastimarla si mi ira estallaba. No tenía a Aksel para controlarme.

—No puedo contarte mi pasado —murmuré, midiendo las palabras—. Cuando nos fuimos de Prakt, pensé que lo dejaríamos todo atrás. Resulta que la cabeza hueca de Siala decidió perseguirnos sin saber en los problemas en que se puede meter. No debería haber llegado hasta aquí, no tenía que irrumpir en mi vida ni mezclarse contigo.

—¿Qué esperabas que hiciera? —preguntó.

—Yo no tenía que darle explicaciones y nosotros teníamos que marcharnos.

—¿Eso es lo que valoras a tu amiga?

—Era lo que tenía que hacer por mi familia y lo haría de nuevo.

—Y volvería a ser un desconsiderado —espetó en el mismo tono de voz que yo, el cual había ido subiendo con cada palabra—. Te fuiste sin decirle nada y te justificas con que no le debías explicaciones, como a mí, ¿no?

—Contigo es distinto —aclaré.

—No veo por qué.

—Tú no significas lo mismo que ella.

—Si planeas hacerme sentir mejor degradando a tu amiga, lo tienes difícil. Si le hiciste eso a ella, a mí puedes lastimarme del mil maneras peores.

Iba a retorcer todo lo que yo dijera porque no me creía.

—Me refiero a que con ella jamás me sentí como contigo —confesé—. No había ningún compromiso.

—Como tú y yo —interrumpió—. Nunca hablamos de nada, ¿o me equivoco?

—Lo nuestro es distinto.

—No hay nada que se pueda llamar «lo nuestro».

Me pareció que acaba de darme un puñetazo y el dolor empezaba a expandirse desde mi cabeza al resto del cuerpo.

—Mia, por favor.

Me acerqué y se tensó, como si mi cercanía la intimidara. Mis manos temblaron al imaginar que jamás la volvería a abrazar, que ella no me lo permitiría.

—Estamos perdiendo el tiempo, no tenemos nada más que hablar —murmuró.

—Siala no es nada para mí —dije, sin armas para defenderme—, lo juro.

—Sigues sin entender que ese no es el problema.

—Entonces dime cuál es para solucionarlo —supliqué.

Sus ojos estaban llenos de lágrimas que no iba a derramar. Me observaba con la ira contenida, con dolor. Me destruía verla así.

—Me mentiste. —Su voz tembló por la impotencia—. Dijiste que hablara contigo, que te contara lo que me pasaba para entendernos y yo creí que hacías lo mismo.

—Ya te expliqué que…

—Ya sé que Siala y tú no tienen nada —dijo, sin apenas mover los labios—. Dime, ¿y si fuera al revés? ¿Qué pasaría si mi amigo con derechos apareciera? ¿Cómo te sentirías si te saco de mi casa para hablar con él y después lo único que digo es que lo olvides, porque no es relevante?

Quería explicaciones, ayuda para no malinterpretar la situación. Y yo no estaba dándoselas, no podía.

—Hablas mucho de confiar y cuentas lo que te conviene —continuó—. Me hace pensar que estás jugando conmigo, que lo estás haciendo de nuevo.

—¡Nunca he jugado contigo!

—Entonces, ¿qué hiciste en Halloween? —reclamó—. Me besaste, desapareciste, te fuiste con Chloe y decidiste ignorarme la semana siguiente. ¿No le llamas a eso jugar con alguien?

—Fue una estupidez por mi parte. No pasó nada más.

—¿Cómo quieres que te crea? No eres capaz de contarme por qué Siala tuvo que rastrearlos hasta Soleil o por qué desaparecieron de Prakt sin decirle nada a nadie. No fuiste sincero con una simple pregunta de tu pasado y, cuando te pido que me expliques, dices que no hace falta entrar en detalles. —Presionó los labios para que no le temblaran—. No puedo creer en ti si traicionas mi confianza.

Esperó una respuesta que no pude darle y se dio por vencida. Le bloqueé el paso cuando quiso acercarse a la puerta.

—No quiero dejarlo así. —Me importaba poco arrastrarme o rogar—. Por favor, déjame arreglarlo.

Bajó la vista y sus hombros se hundieron.

—Recuerda, Nika —murmuró—, nunca hubo un nosotros. No hay nada que arreglar.

Un escalofrío me recorrió el cuerpo y me escocieron los ojos.

—No digas eso. Eres lo único puro y sincero que he tenido en años. No puedes decir que no era real.

Ni si quiera se molestó en volver a mirarme.

—Olvida lo que ha pasado —concluyó con determinación—. Yo pienso hacer lo mismo.

Salió y con ella se fue la poca energía que me quedaba. Me dejé caer al suelo, me abracé las rodillas y dejé las lágrimas correr. Deseé que volviera como aquel día, que me abrazara y me dejara llorar en sus brazos mientras me repetía que todo estaría bien, pero esa vez no sucedió.

Capítulo 36

—Nika —llamó mi hermano, golpeando la puerta—. Sal de una vez.

—Ya voy —musité sin moverme de la cama ni apartar la vista del techo—. Todavía nos da tiempo a llegar temprano al instituto.

La puerta se abrió de golpe y Aksel entró, mirando a todos lados como si ingresara en un lugar desconocido.

—Es sábado.

Se quedó al pie del colchón. No tenía ni idea de cómo habían pasado tantos días.

—Déjame solo —me limité a decir, fingiendo que no era relevante desconocer el día en que vivíamos.

—¿Hoy tampoco has dormido? —preguntó.

—Sí.

—No, no lo has hecho. —Estaba enojado, no necesitaba ver su cara para saberlo—. Llevas días sin comer, bañarte o dormir. Pareces un vagabundo.

—He comido. De otra forma no podría seguir en pie.

—¡Comes lo indispensable para no desfallecer con los entrenamientos y el trabajo! —Bordeó la cama para entrar en mi campo de visión. Su rostro estaba contraído—. Eres un puto desastre, apestas y es casi imposible respirar aquí. —Hizo un gesto de asco—. Mamá está preocupada. Te niegas a conversar con nosotros y ayer no fuiste a terapia.

«Estoy seguro de que he ido, ¿por qué no lo recuerdo?».

Me di cuenta de que el día anterior había salido del instituto directo a la moto. No tenía claro si había algo en mi cabeza en ese momento, pero después de encender el motor, no recordaba nada. Había aparecido en mi cama, en la misma posición que estaba en ese momento, con la espalda sobre colchón, los brazos abiertos y la mente en blanco.

—No me sentía bien, estaba agotado, no pude —dije por decir algo.

Lo único que había experimentado en la última semana había sido el dolor permanente en el pecho. Algo me oprimía el corazón, las taquicardias ocasionales habían vuelto, así como los nervios asfixiantes que soportaba en silencio y el peso que sentía sobre los hombros.

Respiraba, era algo involuntario, pero mis pulmones no deseaban oxígeno. Cada actividad que me veía obligado a realizar la experimentaba como si otra persona la hiciera por mí. Mecánico, neutral y calmado. Mi cuerpo estaba donde debía estar. Mi yo, el verdadero, se apagaba con cada día que pasaba.

—Nika —insistió—, no puedes seguir así.

—No me pasa nada. —Me acosté de lado para darle la espalda—. En media hora bajo.

—Cuanto más lo niegues, menos avanzarás. —No respondí—. ¡Estás matándote!

Puede que estuviéramos mejor muertos, todos muertos.

—¿No vas a decir nada? —preguntó con voz aguda cuando mantuve el silencio—. ¿Piensas quedarte así hasta que te desmayes y terminemos en el hospital?

Tampoco respondí.

—¡Nika! —Su voz retumbó por el espacio cerrado—. Si tan mal estás por lo que pasó con Mia, ¿por qué no lo arreglas?

Me senté de un tirón.

—¡¿Crees que no lo he intentado?!

El mareo por el brusco movimiento y la falta de comida hizo que casi me cayera de lado. Me las ingenié para mantener la compostura.

—Lo he intentado, he hablado con ella —dije más despacio para no desperdiciar fuerzas—. He ido a su casa todos los días y se niega a hablar conmigo. No cree nada de lo que le digo.

—Pues sigue intentándolo hasta que te crea.

—¿Para qué? Solo le daría más mentiras cuando ella pide la verdad.

Aksel se masajeó el puente de la nariz.

—Solo tienes que decir que Siala es el pasado.

—Lo hice, pero dijo que le había mentido cuando preguntó si antes tuve algo serio con alguien.

—¿Le mentiste con algo tan tonto? ¿Por qué? —Arrugó el ceño.

—¡No le mentí!

Un dolor punzante me atravesó la sien y tuve que sostenerme la cabeza.

—Nika, durante años, ustedes…

—No significaba nada para mí. Me equivoqué, lo alargué. Sabía que ella quería más y me alejaba, pero después me buscaba y no solo lo hacía por el sexo, me necesitaba a su lado.

—¿Qué?

Me temblaban las manos y me costaba mantenerme erguido.

—¿Recuerdas que a los catorce años estábamos en esas fiestas ilegales? —Asintió, me había odiado durante mucho tiempo por haber estado metido en ese mundo—. Yo la llevé y por mí empezamos a consumir drogas.

Negó repetidas veces, convencido de que era una mentira, pero poco a poco se dio cuenta de que no tenía razón alguna para hacerlo. Debió de leer la sinceridad en mi rostro o en mi agotamiento, lo cual me habría impedido armar un engaño.

—No, ella no… —Se dejó caer sobre el colchón sin dar crédito a mis palabras—. Siala jamás…

—Yo las dejé, fue solo unos meses, ella no. Empezó a consumir drogas más… peligrosas. —Otra culpa que cargaba—. Las noches que me colaba por su ventana no estábamos follando. La cuidaba cada vez que estaba mal, era a mí a quien llamaba. Eso nos volvía a acercar y el ciclo iniciaba…, una y otra vez.

Aksel se miraba las manos, no se movía.

—No estoy seguro de que Siala estuviera enamorada de mí, si solo quería algo conmigo porque yo no quería ir de la mano por la calle o si me veía como su salvador… Tampoco sé si yo volvía a acercarme a ella porque ayudarla me hacía sentir útil.

Cerré los ojos y me recosté contra el colchón. Controlé mis temblores al respirar despacio, contando los segundos que tardaba en inspirar y espirar, extendiéndolos hasta que mi ritmo cardiaco se estabilizó.

—¿Por qué no me lo dijiste antes? —musitó.

—No es mi historia para contar.

—Pero…

—La vida de Siala es suya. Me pidió que no se lo dijera a nadie una vez dejó de consumir y está mal que falte a mi palabra. Espero que lo olvides, finge que no ha pasado.

—Pero…

—Por eso no le dije nada a Amaia cuando me preguntó si había tenido una relación. Para mí no lo era, no en el sentido convencional. —Me volví hacia él y cerré los ojos al darme cuenta de que todo se veía difuso—. Si decía que sí, tendría que darle una explicación, lo cual generaría más preguntas sobre mi vida en Prakt, mi casa, ustedes… ¿Cuántas mentiras tendría que decir?

La garganta me quemaba de no beber agua y de forzarme a hablar tanto cuando llevaba días pronunciando las palabras justas.

—Estoy cansado de decir mentiras —confesé—, de engañarla. Ella no se lo merece.

—Deberías contársela si quieres arreglarlo.

Me cubrí la cara con las manos.

—Esperas que le cuente sobre nuestra huida, papá, Emma, los maltratos, los golpes, las amenazas, los… —Mi voz se apagó—. No puedo decirlo en voz alta y frente a ti que lo sabes todo. No puedo hablarlo con la doctora Favreau y no soy capaz de analizarlo en mi mente sin tener ganas de…

No podía confesarle a mi hermano que, durante años, había valorado suicidarme.

—Quiero arreglarlo, pero no puedo.

Aksel me observó durante un largo rato hasta que se dio por vencido.

—Yo sí creo que puedes solucionarlo, que puedes decir la verdad. Ella no nos delatará, no será un problema ni nos pondrá en peligro. —Se puso de pie—. Pero no puedo obligarte a hacerlo.

No, no podía sincerarme. Me rechazaría, se asustaría, la perdería y la pondría en peligro si la dejaba entrar hasta ese lugar tan oscuro de mi pasado.

Aksel se alejó. Pensé que saldría de la habitación, pero se quedó con la mano sobre el pomo de la puerta, con la vista en el suelo.

—¿Te das cuenta de que ocultamos nuestro pasado como si fuéramos culpables cuando en realidad somos las víctimas?

Silencio.

Tomó una bocanada de aire y desapareció. Fui libre de mirar al techo y hundirme en la miseria.

Nada, eso era lo que tenía ganas de hacer. Habría agradecido no tener la capacidad de sentir, pero obtener lo que deseaba no era mi especialidad, sino perderlo.

El día avanzó sin que nadie volviera a interrumpir, lo supe por el sol. Se movía, molestándome desde distintos ángulos al colarse por las ventanas de la torre. No tenía ni idea de la hora que era cuando un par de toques débiles sonaron contra la puerta. No era mamá, tampoco Aksel, habría reconocido sus golpeteos. Un disparo de esperanza me hizo alzar la cabeza, pensando en ella.

—¿Puedo pasar? —preguntó la suave voz de Sophie mientras se asomaba.

La decepción logró que me escocieran los ojos.

Sophie entró cuando le di permiso y arrugó la nariz al dar dos pasos en mi dirección. Con cuidado, se sentó en la esquina del colchón, con las piernas cruzadas y las manos sobre las rodillas para no tocar más de lo debido. Forzó una sonrisa.

—¿Vienes a preguntar cómo estoy? —murmuré.

Se rascó la nariz un gesto nervioso.

—Es evidente cómo estás cuando entro a tu habitación y parece que acabo de cruzar las puertas de Mordor.

La sonrisa que provocó la referencia a *El señor de los anillos* hizo que me dolieran los músculos de la cara por la falta de uso. Era una comparación que a Mia se le habría ocurrido.

Su nombre activó las palabras que nos habíamos dicho en esa misma habitación antes de que todo cambiara. Tenerla entre mis brazos, besarla, dormir a

282

su lado… Miré en otra dirección para no permitir que los recuerdos me quebraran delante de Sophie.

—¿Aksel te ha pedido que vinieras? —pregunté para desviar el tema.

—He venido a ver a Aksel…, a aclarar… lo sucedido.

Se refería a la fiesta y el beso que Dax había presenciado. El suceso parecía lejano y confuso. Por el tono de su voz, supe que mi hermano estaría sufriendo el rechazo en ese mismo momento. Sophie no lo quería de la misma manera y era una chica demasiado noble para jugar con él.

—Espero que todo se arregle entre ustedes —fue lo único que pude decir.

—Yo también, pero es difícil —aceptó, cohibida—. Espero no perder la amistad de tu hermano, me parece que ya he perdido suficiente.

Estaba hecha pedazos. Al menos había tomado la decisión correcta al aclarar sus sentimientos. Dio un largo suspiro y cambió de expresión con un pestañeo. Acomodó el bolso en sus piernas y sacó un libro. La cubierta me resultó familiar cuando me lo dejó encima del pecho.

—Es la precuela del libro que te prestó Mia. Todavía no lo he leído, pero lo necesitas más que yo.

—No tengo ganas de leer. —Intenté devolvérselo—. Llévatelo y me cuentas si vale la pena.

Negó.

—No esperes que la opinión de otros te haga decidir lo que debes hacer con tu vida.

Miré del libro a ella.

—Una conclusión exagerada para hablar de un simple libro.

Bufó.

—No solo he venido a ver a Aksel —confesó—, también a ti.

—¿Por?

—Los dos sabemos por qué.

Le di vueltas al libro entre mis manos, la cubierta era similar al que había leído.

—Preferiría no hablar de eso —dije sin mirarla.

—Están destruidos —murmuró—. No digas que no quieres hablar cuando pareces a punto de desmayarte. Mia no para de estudiar, lavar, organizar y limpiar con tal de ignorar lo que siente. ¿Esperas que me quede tranquila?

—¿Mia está mal?

Por mi culpa estaba así y yo no tenía cómo arreglarlo.

—La definición de mal para alguien como Mia no es la misma que la tuya. —Miró a su alrededor—. Ella tiene su casa tan limpia que brilla y tú has dejado que la mugre te consuma. No puedes convertirte en un zombi.

Llevaba días sin ventilar la habitación. Llegaba, me quitaba la ropa y la tiraba al suelo. El escritorio estaba desordenado y las sábanas revueltas, ni le prestaba atención al estado de la cama antes de acostarme.

—No tengo ganas de hacer nada —dije para resumir.

—Pero puedes, porque siempre puedes escoger. —Señaló a su alrededor—. Si no te levantas y ordenas este desastre, ni saldrás del agujero en el que estás ni podrás arreglar nada.

Los regaños o el ceño fruncido no iban con sus dulces rasgos. Era poco común escucharla hablar con tal fuerza. Había dicho que Mia estaba mal y no quería que lo estuviera, que sufriera por mi culpa, pero... ¿estaría sufriendo porque me extrañaba o porque se sentía traicionada? ¿Existía la posibilidad de que a pesar de todo siguiera sintiendo algo por mí? Si así fuera, ¿estaría dispuesta a perdonarme si me esforzaba por tener su perdón?

—¿Crees que puedo arreglarlo? —Apenas podía hablar—. Con ella..., con Amaia.

—No lo sé, pero mi opinión al respecto no puede influir sobre tus decisiones. —Dio dos golpecitos al libro en mi mano—. Léelo y cuéntame qué te ha parecido, sin destripármelo. —Se puso de pie—. Yo me lo leeré de todas formas. Me da igual si lo odias, me gusta sacar mis propias conclusiones.

Imitó la retirada de mi hermano. Giró antes de llegar a la puerta, arrugó la nariz y torció los labios.

—En serio, limpia aquí. —Fingió una arcada—. Huele a orco.

Cuando desapareció, junté fuerzas para sentarme al borde del colchón, aprovechando la energía que me habían dado sus palabras. Se me revolvió el estómago tras el movimiento y esperé a que se me pasara el mareo para ponerme de pie.

Abrí el último cajón del escritorio con la intención de guardar el libro y encontré el cuaderno con cubierta de piel que la doctora Favreau me había regalado. Lo miré durante un largo rato, hasta que me senté con un bolígrafo en mano y la primera hoja frente a los ojos. Las palabras salieron por sí solas y garabatear fue lo único que hice durante el resto del día.

Capítulo 37

Arreglar mi habitación y ducharme era algo que podía hacer si me esforzaba. Enfrentar la realidad era más complicado.

Mis intentos por sobrevivir tenían una única razón: las palabras de Sophie. Me habían llenado de ideas y esperanzas. Quizás no lo arreglaría con una simple disculpa, pero había otras maneras. Estaba dispuesto a intentar lo que estuviera en mis manos.

Iba al instituto para observar a Amaia y esperar el momento en que pudiera acercarme. Nunca pasó. Si coincidíamos en el mismo espacio, desaparecía. En clase, miraba al frente y salía la primera.

Me pasaba las noches mirando a su casa, aunque estuviera a oscuras y todos durmieran. La observaba esperar el autobús y me encargaba de salir con Aksel un segundo después para seguirla en la moto. No podía existir sabiendo que estaba lejos y buscaba excusas para sentirla cerca, por tontas que fueran.

La única vez que pude acercarme fue un día después de los entrenamientos. Aksel me fue a buscar para que comiéramos juntos, pero yo sabía que Amaia y Sophie estaban en las gradas. Ni siquiera pude concentrarme en el juego por mirarla de vez en cuando. Convencí a mi hermano de que nos acercáramos a verlas junto a Dax.

Nuestras miradas se encontraron y enseguida apartó la suya. Tomamos asiento en las gradas del nivel inferior al suyo y se removió en el lugar. Tenía las manos entrelazadas entre las rodillas y las apretaba la una contra la otra con la vista perdida en la conversación del pequeño grupo.

No escuchaba lo que hablaban a mi alrededor, solo disfrutaba de la calma que experimentaba con tenerla cerca, añorando lo que habíamos tenido semanas antes. El aire se sentía liviano, real. Respirar era agradable y el dolor en mi pecho desaparecía. Era magia… Era ella.

—He olvidado decírtelo, Mia —dijo Aksel y la mención de su nombre me hizo despertar—. Mañana no podré ayudarte a estudiar.

Aksel tenía una entrevista para la universidad.

—Yo puedo hacerlo —dije al instante, imaginando un momento a solas, una conversación, la ocasión para que al menos me escuchara y dijera que iba a pensarlo, que quería entenderme—. Mañana no tengo trabajo y…

—No me hace falta tu ayuda, Bakker —espetó de mala gana.

Me miraba con una expresión distinta. Era odio, puede que una pizca de asco.

Creí que me diría más, que recibiría un par de insultos o me exigiría que jamás le volviera a dirigir la palabra. Sin embargo, miró a los lados, asustada, quizás percatándose de que no estábamos solos.

—Me voy —dijo sin más y se echó la mochila al hombro.

—Espera, Mia —la llamó Sophie, siguiéndole el paso.

No me iba a dar entrada de ningún tipo, no quería, y eso hizo que mi desesperación fuera en aumento. Cada vez que la veía, de cerca o de lejos, me comían los nervios. No sabía cómo arreglarlo, no tenía armas, nada, y tampoco me atrevía a aceptar que era el fin. No quería que lo fuera, no podía aguantar sin ella.

Los días se volvieron una tortura lenta, un ciclo del que no podía escapar. Los entrenamientos se hicieron más intensos y constantes porque pronto vendría el equipo de otra ciudad a jugar contra el nuestro. El trabajo me dejaba sin fuerza y cada viernes estaban las sesiones de terapia. Por desgracia, seguíamos alternando entre las grupales y las individuales.

—Nunca creí que fuera a decir esto —comentó la doctora Favreau uno de esos viernes—, pero estás más callado que de costumbre.

Ya ni se molestaba en tomar su cuaderno de notas. Se sentaba en su sillón y me dejaba acomodarme en el sofá y contarle lo que fuera o nada.

—No me siento bien —dije en voz baja.

—Por eso no viniste la sesión pasada.

—Debe de ser un resfriado —mentí al ojear el reloj en la pared.

Faltaban veintidós largos minutos.

—Seguro, un resfriado… —repitió, incrédula—. Por eso fumas como una chimenea, apenas duermes, solo trabajas y comes para sobrevivir.

Alcé la vista por primera vez.

—¿Aksel le dijo eso? —mascullé.

—Te tiemblan las manos, Nika —explicó y las escondí entre las piernas—. Tienes ojeras y tu cara me dice que llevas días sin hidratarte como es debido. —Me señaló de arriba abajo—. También has perdido peso.

Tuve ganas de fundirme con el sofá.

—Estudié Medicina, trabajo en esto desde hace mucho. No siempre necesito que mis pacientes hablen para saber lo que está pasando.

Tomó aire despacio, una costumbre que demostraba su paciencia infinita.

—Sí, Aksel me lo dijo, pero no necesitaba que lo hiciera. Me di cuenta cuando entraron por la puerta hace una hora —agregó con voz maternal—. Están preocupados por ti, ¿sabes? Tu hermano, tu madre, yo…

Tragué saliva.

—Es algo pasajero —murmuré—. Solo estoy estresado.

—¿Algo pasajero y relacionado con mi hija?

—No, yo…

—Mia lleva el mismo tiempo de mal humor y oculta más de lo que ya guardaba —interrumpió mi justificación—. Llega, se pone a estudiar, sube la cena a su habitación y no desayuna.

Me sentí peor al saberlo, no era solo lo que me había contado Sophie.

—No tengo ni idea de qué le pasa —aseguré, aunque no esperaba que me creyera.

—Tiene que ver con lo que sucedía entre ustedes —dijo sin más y señaló a su espalda, a la pared repleta de diplomas—. No hacen falta múltiples títulos universitarios y postgrados para saber que rompieron. Hasta Emma se ha dado cuenta de que pasa algo.

Las palabras de Amaia resonaron en mi mente y me dolieron el doble al recordar aquel día en el salón en que nos encerramos a conversar.

—No rompimos, no había nada que romper.

Decirlo en voz alta era peor.

—¿No tenían una relación o jamás hablaron de ella?

Aparté la mirada. Cada comentario iba directo a la herida y una punzada me atravesó la sien. Me sostuve la cabeza para aliviar la sensación.

—Supongo… que… —El dolor se extendió por la frente, no desaparecía como otras veces—. Fue demasiado tarde cuando…

No podía juntar las palabras. La oficina se oscureció. Me concentré en respirar con calma antes de que mi cuerpo tomara el control y volviera la sensación de asfixia que tan bien conocía y que hacía meses que no experimentaba.

Una capa de sudor me cubría la frente y el temblor en mis manos empeoró. Inspiré y espiré, contando en mi interior, concentrándome, y todo volvió a su lugar poco a poco. Estaba bien, aunque había perdido la visión durante unos segundos. Cuando alcé la vista, la doctora Favreau me observaba con tranquilidad. Me evaluó durante tanto tiempo que mi respiración se calmó antes de que volviera a hablar:

—¿Sabes que has estado a punto de tener un ataque de pánico?

No lo sabía, pero en los últimos años de mi vida ocurría con tanta frecuencia que había aprendido a aplastar las sensaciones. Solían empezar cuando tenía alguna experiencia relacionada con mi padre, pero esta vez fue distinto.

Observé la alfombra que se encontraba bajo los pies de la doctora y los zapatos negros de tacón fino, su forma, el brillo. Estaba al borde del abismo, ni siquiera entendía por qué me quemaba de aquella manera. Había sabido desde el principio que el final llegaría, que había miles de razones para que Amaia se alejara de mí.

—¿Alguna vez ha sentido que se muere? —dije cuando los zapatos se volvieron borrosos de tanto mirar a un mismo punto.

Me sentía tan mal porque no encontraba una manera de explicarlo y quería hacerlo, fingir que nadie me escuchaba, dejarlo salir para terminar de hundirme o entenderme. Ni siquiera sabía si lo que pensaba tenía sentido.

—No me refiero a querer morir —continué—. No se imagina cuántos años llevo deseando morir, maquinando las maneras de hacerlo por mis medios porque es evidente que mi castigo debe ser tan duro que la vida no me dejará ir fácilmente. No... no me refiero a tener ganas de morir.

Me ardían los ojos por no pestañear, por no cambiar la dirección de mi mirada.

—Desear morir es tan distinto... —Nunca lo había pensado de aquella forma—. Hay tantas vías... Las he averiguado todas, imaginado, soñado, estado a punto de llevarlas a cabo. Hay sencillas, dolorosas, indoloras, largas, instantáneas... Muchas a las que puedes sobrevivir, otras son más efectivas por si el instinto de supervivencia se dispara en el último momento y te arrepientes.

»Quiero morir —confesé, y fue en ese momento en el que me di cuenta de que en los últimos meses no lo había deseado y la razón era Amaia. Llevaba todo ese tiempo sin pensar en el final de mi vida—. Siempre que lo pensé supe que deseaba que fuera rápido —continué tras apartarla de mis pensamientos—. En ninguno de mis planes estaba sufrir antes de morir, suficiente he tenido para agregar más.

El pecho me dolía.

—He vivido deseando morir durante años y nunca me había sentido así.

Perderla no tenía comparación con ninguna experiencia. Me dolió el brazo derecho y tuve que abrazarme.

—Siento que estoy muriendo de la peor de las maneras. Es tan lento que no sé cuánto pasará hasta que llegue el momento. ¿Meses? ¿Años? —Negué y cerré los ojos. Todo me daba vueltas—. Puede que siempre me sienta así, muriendo. Puede que ese sea un pago justo a todos mis errores.

Volví a mirarla y fue como si hubiese salido de un trance. Tenía el estómago revuelto. Por suerte no vomitaría, no había nada para expulsar.

—¿Alguna vez lo ha sentido? —pregunté bajo su atenta mirada—. ¿Ha sentido que se está muriendo?

—Nunca, nada similar a lo que describes, no con esa intensidad, mucho menos lo compararía con morir —aceptó—. Tampoco he pensado en quitarme la vida.

Era imposible que alguien entendiera lo que no había vivido. Las personas acostumbraban a decir que sí, que podían ponerse en el lugar del otro, pero nunca serían conscientes del verdadero dolor. Me alivió que ella no dijera que lo comprendía, que tampoco me diera palabras de ánimo que se resumían en frases positivas que no ayudaban en nada. Se sintió bien no ser animado, sino escuchado.

—Desde ese día me siento igual.

—¿Desde que se separaron? —Asentí con la cabeza—. ¿Por qué lo dices?

—Me quitaron algo y no es ella, es algo dentro de mí —expliqué—. Siento como si me estuvieran torturando, pero no veo quién o desde dónde. Es la misma opresión en el pecho, el dolor, las ganas de que todo acabe y no lo hace.

Un frío intenso me recorrió los brazos.

—Sabía lo que pasaría si me acercaba a ella. —Hundí el rostro en mis manos—. No hubo ni un día a su lado en que no quisiera ser mejor para no volver a sentarme al borde de una barandilla, valorando cuántos segundos tardaría en morir si me lanzaba.

Intenté sonreír, fue imposible.

—Ella me miraba distinto, como si la carga que llevo fuera invisible, como si mis demonios no existieran. —Recordé la noche en que había llorado en su pecho—. Amaia los ahuyentó y me abrazó por ellos.

Las lágrimas me quemaron.

—Volvieron —confesé—. Los demonios.

En los últimos días, mi padre me hablaba más seguido a mi oído y las pesadillas aparecían en los ocasionales cabezazos que daba.

—Ahora estoy peor y, por mucho que pienso en Aksel y mi madre, no son suficiente para desear que me quede, no puedo. Quiero que el sentimiento acabe, que llegue a su fin, que si voy a morir sea ya… No aguanto…

Los ojos azules de la doctora no se despegaron de los míos. Apenas se había movido durante mi discurso. Me preguntaba si las palabras eran coherentes, si me había explicado bien, si tenía sentido para ella.

Se aclaró la garganta y ocupó el otro extremo del sofá, acortando la distancia que había entre nosotros.

—¿Sabes qué es la dependencia emocional?

—No es esto —aseguré y no insistió.

—¿Sabes por qué a los adictos a las drogas se los aleja de su familia y amigos durante la desintoxicación?

—Para que se centren en la recuperación —deduje sin entender el cambio de tema.

—Y para que el proceso no sea por alguien, que el peso no recaiga en el apoyo de otra persona. También se impide que creen lazos entre ellos porque la recaída de uno podría arrastrar al resto.

—¿Qué quiere decir?

—Has experimentado una vida más difícil de la que me han querido contar y es normal lo que te pasa. Cuando pierdes tanto, te aferras a cualquier esperanza. —No me gustaba al lugar al que se dirigía la conversación—. Con Mia sentiste lo que no conocías y te apegaste a ella con el miedo que cargas a todos lados, el de perder a alguien que quieres. ¿Me equivoco?

Negué, mordiéndome el labio para controlarme.

—No te sientas mal por sentirte así —continuó—. Es humano que te suceda, teniendo en cuenta que perdiste a tu padre y a tu hermana. Creciste solo, haciéndote responsable e intentando proteger al resto de tu familia por ese mismo miedo. Es comprensible que, cargando con todo eso, te encuentres en esta situación cuando aparezca alguien que te atraiga en cualquier plano, no solo el amoroso, y con quien logres conectar.

—¿Que me encuentre en una situación en la que siento que me estoy muriendo, pero jamás pasa?

—En una situación donde vives las consecuencias de haber dejado que tu estabilidad mental se sostenga gracias a otra persona.

—Eso no cambia nada —repliqué—. Me siento igual sin importar que acabe de explicarme la razón por la que estoy así.

Presionó los labios y se acomodó en el lugar.

—No podemos querer todo a la vez, hay que tener paciencia —continuó sin darle importancia a la aspereza que había en mi tono de voz—. Es normal conocer a alguien y desear una relación, cercanía, querer y ser querido. El problema es que, si estás pasando por un mal momento o trabajando en superar traumas que llevas años arrastrando, es muy difícil, diría que imposible, pero dejémoslo en no recomendado.

»Te puedes enamorar en cualquier momento —aclaró—. Las personas aparecen sin que las llamemos. —Mostró su mano izquierda en un puño, como si guardara algo en ella—. Pero también debes estar bien contigo mismo.

Alzó la mano derecha, cerrada de la misma manera. Creí que me haría escoger, como en los juegos de niños donde debías adivinar en cuál de las dos estaba el premio.

—No puedes concentrarte en una relación cuando no estás bien a nivel emocional —continuó, balanceando sus puños, los que identificaban las dos variables de las que hablaba—. Basarías el progreso y los fallos en esa persona. El apoyo es importante, pero la dependencia es distinta. No puedes trabajar por sanar y tener una relación. —Terminó por entrelazar sus dedos y descansar las manos sobre su regazo—. Necesitas concentrarte en ti, en la recuperación, en estas terapias, antes de pensar en algo más.

Me dolió entenderla tan bien, saber que tenía razón.

—Pensé que la terapia era para ayudar a mi madre —murmuré para evadir la realidad.

La doctora alzó una ceja.

—¿Crees que ella es la única que necesita ayuda?

Acomodé los codos sobre las rodillas y encorvé la espalda para pegar la vista al suelo alfombrado.

—Supongo que no. —No servía de nada mentir—. Yo también estoy roto.

—Todos estamos rotos, Nika. Solo hay que mirar desde el ángulo correcto para encontrar la fisura.

Descansó su palma sobre mi hombro.

—Poco a poco —murmuró con dulzura—. No quieras solucionar todos tus problemas en un abrir y cerrar de ojos. Debes aprender a tener paciencia, a entender cuándo hay que enfrentarse a algo y cuándo no. Las batallas se escogen.

Un cosquilleo me subió por la garganta.

—¿Cómo hago para que deje de doler? —susurré. Tenía ganas de que me escuchara y a la vez que no.

—¿Qué quieres que deje de doler?

—Todo.

No era solo Amaia, era mi pasado, mi vida.

—Expresándote, no faltando a terapia y poniendo en práctica lo que te recomiende. Esfuerzo, dedicación y tiempo.

Mantenía la sonrisa cuando alcé la vista.

—Llevamos meses con esto.

Se inclinó, acomodó mi pelo y me limpió una lágrima de la mejilla. No me había percatado de que estaba allí, de que mis ojos escocían.

—Llevamos meses, pero hoy, en menos de quince minutos, hemos avanzado más que en todas nuestras sesiones.

—¿Por qué lo dice?

—Es la primera vez que me cuentas lo que sientes.

Capítulo 38

—¿Crees que solucionarás algo garabateando en ese cuaderno, Nikolai? —preguntó una voz conocida a mi espalda.

Estaba inclinado sobre el escritorio, metido entre las páginas que se habían convertido en mi único consuelo.

—No arreglarás nada escribiendo mensajes de amor.

Me helaba la sangre escucharlo. Tenía el vello de la nuca erizado y me aterraba darle la cara, mirarlo a los ojos. No lo quería allí, en mi espacio, con la vista sobre mis pequeños dibujos y docenas de notas escritas en cada esquina. No podía permitir que se llevara algo más de mí.

—¿Por qué te lamentas? Sabías que ella te dejaría —continuó—. Nadie quiere a alguien como nosotros, nadie nos puede salvar, somos mejores que ellos, no lo soportan… Ustedes me dejaron a mí, ¿no es cierto?

Me encorvé en el sitio y arrugué las páginas del cuaderno para ocultar lo que había en ellas.

—A sus ojos no vales nada, no eres nada.

—No —mascullé. Las lágrimas me corrían por la nariz hasta caer sobre el papel.

—Demuéstrale quién manda, quien tiene el poder —insistió—. Dale lo que se merece y puede que la recuperes.

Me tembló el cuerpo.

—No.

—¿Por qué crees que tu madre estaba a mi lado? Ponla en su lugar, Nikolai.

Me tapé los oídos para que no me torturara más con mi nombre, su nombre.

—Por mucho que lo intentes, siempre seremos iguales —murmuró—. Un día tendrás que aceptarlo.

—No.

—Deja de jugar al dibujante y sé un hombre…

—No.

—No vales nada, eres un cobarde.

—No.

—Me das asco… Pero no tanto como a Amaia. A ella le resultas repulsivo… No te quiso, no te quiere, no te querrá jamás…

—¡Calla!

Lo empujé y cayó de espaldas, pero me petrifiqué al ver su rostro. No era mi padre, era yo mismo con una sonrisa ladina y satisfecha devolviéndome la mirada.

• • •

—¡No! —grité al despertar, agitado, sudoroso, envuelto entre las sábanas. Miré al escritorio. No había nadie allí, tampoco en la oscura habitación. Me relajé y el dolor de cabeza se deslizó como la brisa que entraba por la puerta abierta de la azotea. Se instaló sobre mi ojo, adormeciéndome la mitad de la cara. De igual forma, con el dolor, el miedo, mi corazón acelerado y la tensión en el cuerpo agarrotado, mis ojos pesaban demasiado, se cerraban y me invitaban a perder la consciencia una vez más.

La doctora Favreau me había recetado unas píldoras. Eran fuertes y en menos de quince minutos me sumían en un sueño profundo, pero tenía consecuencias. Cuando solo daba cabezadas breves para mantenerme en pie y sobrevivir, no soñaba, pero las pastillas atraían terribles pesadillas como aquella. Podía ser mi padre o la repetición de aquel día en que murió Emma y cómo la vi caer por la escalera sin poder hacer nada.

Había algo peor que esa tortura que mi cerebro se encargaba de moldear. A veces soñaba que Amaia aparecía, que estaba a mi lado, que todo volvía a ser como antes. Caminábamos juntos, de la mano. Ella lo sabía todo de mí y, de todos modos, me abrazaba, repetía que todo estaba bien, que nada cambiaría sus sentimientos por mí.

Cuando despertaba, la vuelta a la realidad era tan dura que una vez perdí el conocimiento mientras caminaba hacia la ventana para mirar a su casa en medio de la noche. Me desperté a la mañana siguiente tirado en el suelo con un golpe en la cabeza y los ojos llenos de lágrimas.

Habría dejado las pastillas con tal de no tener aquellos sueños, pero entonces no rendiría nada. El partido de fútbol contra la ciudad vecina estaba demasiado cerca. No me importaba perder, ganar o desmayarme en medio del campo. Pero para Dax era la última oportunidad de ganar antes de irse a la universidad, de escalar en la liga juvenil y competir en Prakt un mes después.

No lo había pasado bien las últimas semanas, después de ver a Sophie y a Aksel besándose. Era tan buena persona que se tragaba sus sentimientos. Fingía con tal de mantener la paz, para animar al grupo, pero era transparente y su dolor estaba ahí.

No podía hacer mucho para ayudarlo. Lo mínimo era luchar hombro con hombro en ese partido, estar en buenas condiciones para que todo saliera bien en el juego…, pero la magia no existía.

Nuestro equipo no era malo, jugábamos bien y nos esforzamos, a pesar de las discusiones en medio del juego y la individualidad de algunos. Los contrincantes fueron mejores. No importó el apoyo y los gritos de la multitud, tampoco el esfuerzo sobrehumano de Dax... Perdimos por tres goles contra dos en los últimos minutos del tiempo reglamentario.

Dax se fue antes de que nos mezcláramos con el equipo contrario para felicitarlos. Era una derrota que le costaría superar, no como al resto. Se vieron desanimados durante un rato, pero al salir del vestuario después de ducharse estaban más interesados en la fiesta y en las animadoras que estaban de visita.

Había música, bebida sin alcohol y profesores vigilando, aunque eran los mismos que no captaban el tráfico de vodka, tequila y ron. No quería estar ahí, Amaia estaba cerca. Por mucho que durante aquellos días me hubieran repetido que alguien como yo no la merecía, verla me hacía cambiar de opinión. Llegaban la desesperación, la asfixia y los deseos de acercarme cuando no debía.

La única razón por la que me quedé fue por Aksel, para no dejarlo solo, ya que nuestra madre se preocupaba cuando no estábamos juntos. Me senté en las gradas, en el nivel más bajo y cercano al campo, pero a la distancia suficiente para ser invisible. Veía a los fiesteros moverse de un lado a otro. Se mezclaban con los visitantes, emocionados de tener algo nuevo con lo que entretenerse.

El sol cayó y se hizo de noche. Las luces del campo se encendieron y la celebración no se detuvo. Me habría fundido en el asiento si no hubiera sido por el extraño movimiento de la multitud de adolescentes. Se congregaban hacia la derecha de la portería y llamaban la atención de más y más personas.

Me acerqué, despacio. Fui consciente de que era una discusión o una pelea. Todos se apiñaban, por lo que era imposible atravesar la multitud. Pedir permiso no servía y, al escuchar la voz de Amaia, todos los músculos de mi cuerpo se tensaron. Avancé a codazo limpio para poder llegar al pequeño círculo que rodeaba el conflicto.

Identifiqué al pelirrojo con el rostro contraído: el exnovio de Sophie. Estaba frente a Aksel y a unos centímetros de su rostro. El calor febril me subió por el pecho y el corazón se me puso en marcha con un golpeteo duro y violento. Las manos me temblaron al ver que Amaia y Sophie estaban un paso por detrás de mi hermano.

—Vete a otro lugar, amigo —dijo Aksel con calma, sin inmutarse por la mirada amenazadora del otro—. No vas a conseguir nada aquí.

Julien asintió con una sonrisa de asco.

—Sí, es evidente que quieres que te partan la cara.

Alzó la mano y mi cuerpo se movió por su propia voluntad. Lo tomé de la muñeca y lo empujé para interponerme entre ellos. Lo había pillado por sorpresa y le costó mantener el equilibrio para no caerse al suelo.

La adrenalina inundaba mi sistema. No había dolor, desapareció al ver amenazadas a las personas que me importaban, aunque fuera por un gusano como aquel. La idea de golpearlo me causaba una satisfacción indescriptible.

—Me parece que a quien le van a partir la cara es a otro —murmuré, preparándome para el espectáculo.

Julien frunció el ceño y miró de mi hermano a mí.

—¿Qué pasa contigo, Sophie? ¿Tienes un ejército de defensores? ¿Qué les has dicho que hice para…?

—Muchas palabras, imbécil —espeté—. Vete o te llevas un ojo morado de regalo.

—¿Quién te crees? —interrogó con prepotencia.

Sus preguntas me importaban poco.

—Como quieras. Pensaba dejarte inconsciente de un solo golpe, pero si sigues hablando puede que no sea tan caritativo.

Una mentira, no lo dejaría ir ni pidiendo perdón de rodillas. Ni siquiera sabía lo que había pasado, no me importaba. Lo empujé para provocarlo, deseando que diera el primer golpe.

—¿No querías partirle la cara a mi hermano? —lo insté—. Quiero verte.

—Basta, Nika. —Aksel impidió que volviera a ponerle la mano encima—. Julien se va. No hay que llamar la atención.

—Yo no me voy sin hablar con Sophie —declaró el pelirrojo, acercándose y levantando el brazo.

Aksel estaba en la trayectoria de su puño y lo empujé para ocupar su lugar. El impacto me alcanzó en la mandíbula, cerca de la barbilla. Tenía fuerza, pero no la suficiente para desestabilizarme.

Me incorporé mientras el sabor metálico me inundaba la boca. Me limpié el labio y vi el rojo oscuro de la sangre en el dorso de mi mano. El brillo que desprendía fue un golpe de energía. Por primera vez quise dejarme llevar, que lo peor que habitaba en mí saliera a la luz, pero sin que me cegara. Necesitaba ver la cara asustada de aquel hijo de puta cuando lo machacara.

Le pegué con el puño cerrado… Una, dos, tres veces… No dejé que se recompusiera. Lo pateé y cayó de espaldas. Iba a echarme encima él cuando mis brazos fueron apresados por dos personas que me obligaban a retroceder.

Casi logro soltarme y tocar a Julien, pero el maldito de Charles apareció para ayudarlo a ponerse de pie y sacarlo de mi vista. Me revolví y grité cuando alguien más apareció por mi espalda para contenerme, fueron demasiados contra mí. No importó cuánto me retorcí, insulté o pedí que me soltaran, me arrastraron en sentido contrario a la fiesta.

—¡Cálmate! —gritó Aksel, que sostenía uno de mis brazos, y me detuve. El pecho me dolía por la respiración agitada. Miré a un lado y a otro. Arthur me sostenía por la espalda. Paul mantenía mi otro brazo en una posición que me tenía punto de gritar de dolor. Sangraba por la nariz, yo lo había golpeado sin darme cuenta mientras me arrastraban hasta el medio del campo.

Tomé aire y me castañearon los dientes. La rabia no desaparecía. Había perdido mi oportunidad con Julien.

—No voy a salir corriendo —mascullé.

No se movieron y mantuve la vista en el césped para no seguir forcejeando. No servía de nada enojarme con ellos cuando a quien más odiaba, a quien deseaba pegarle con todas mis fuerzas, era a mí mismo.

Debieron de evaluar la relajación de mi cuerpo y considerar que estaban a salvo. Me soltaron y el dolor del hombro derecho me atravesó el brazo, apenas lo podía mover.

—Vamos a encargarnos de que esto no llegue a oídos del director —dijo Paul sin quitarme los ojos de encima, se limpió la nariz e hizo una mueca por el dolor—. ¿Crees que puedes solo?

Me habría gustado disculparme, pero la ira seguía recorriéndome el cuerpo a toda velocidad y no podía. Me acuclillé y enterré la cara entre las manos. Veía puntos blancos cuando cerré los ojos con fuerza.

Escuché la voz de Aksel, seguramente me estuviera reprendiendo, pero no lo entendí. Se me revolvió el estómago. Si él no se hubiese metido, yo habría obtenido lo que buscaba. Me levanté del tirón.

—No tenían que haberme sujetado —reproché en la cara de mi hermano—, ese imbécil…

—¡Cállate! —gritó una voz femenina que identifiqué como la de Amaia, estaba de pie, detrás de Aksel con la vista fija en nosotros—. No quiero escuchar lo mismo —agregó con voz temblorosa.

—¿Estás bi…?

—Estoy perfectamente —zanjó antes de mirar a Aksel—. Busca a Sophie y quédense con Victoria y Rosie —le dijo—. Dudo que Charles deje solo a Julien. No debe haber más problemas.

Escuchar aquellos nombres no ayudó. Quería pegarles. Si Adrien, Raphael o incluso Alexandre, el exnovio de Chloe, se unían a la fiesta, me daría igual estar en desventaja o terminar en el hospital, pues ellos se llevarían lo suyo. Podía imaginarme tenerlos a mi alcance y sentí ganas de buscarlos… Caminé de un lado a otro para relajarme. Había dicho que no correría, me dolían los músculos de las piernas por soportar la tensión.

—Ve con Sophie —dijo Amaia—. Yo me ocupo.

Aksel obedeció, como si ella fuera la encargada de la situación y Arthur,

Paul y él, sus herramientas para controlarla, nada más. Alzó la vista, con expresión severa, y me señaló con el dedo índice. Me sentí intimidado, aunque apenas me llegaba al hombro.

—Te quedarás en los vestuarios hasta que nos vayamos —advirtió sin casi mover los labios y en tono amenazador—. Da igual si tengo que encerrarte.

Pasó por mi lado y se encaminó al borde del campo. La miré avanzar con paso seguro hacia el túnel que se abría entre las gradas. Estaba enojada. Una vez más había visto todo lo malo en mí.

—Mia, yo…

—No digas que lo sientes.

No dejó de caminar ni yo de seguirla.

—¿Qué querías que hiciera? —pregunté, porque no era justo que me echara nada en cara por hacer lo correcto.

Se detuvo cuando estuvimos bajo las gradas.

—Que te comportes como una persona normal.

—Estaba amenazando a mi hermano y mira lo que le hizo a Sophie.

Se pasó los dedos por el pelo y el flequillo se fue hacia atrás. Abrió demasiado los ojos y soltó el aire que tenía en los pulmones.

—No estoy diciendo que Julien sea un santo —aclaró con el tono más duro que le había escuchado—. Da igual lo que hiciera, ¡la violencia jamás será la respuesta! No puedes golpear a alguien porque crees que se lo merece. —Señaló al campo con la mano, en dirección a la fiesta—. Él se portó mal, pero no es un hijo de puta. Vi su actitud y, por mucho que deteste lo que hizo, lo conozco. Sabe que la ha cagado y, como tú dices, ahora cargará con la gran culpa de haber arruinado lo que tenía con Sophie. Está desesperado y que lo golpees no resolverá nada. Te meterá en problemas a ti, puede que a Aksel y a nosotras, que muy pronto iremos a la universidad.

No había pensado en nada cuando lo vi dispuesto a atacar a mi hermano, solo me había sentido vivo ante la oportunidad de golpear a alguien para liberar lo que me aplastaba a diario. Eso no me hacía muy distinto a mi padre, que culpaba a mi madre por sus desdichas y le pegaba para sentirse mejor. La piel se me puso de gallina.

—Tienes razón.

Me costó trabajo tragar para ahogar los pensamientos y me sentí cansado. Un dolor me apareció súbitamente en el pecho y se me extendió por el brazo. Era el mismo que me había molestado unos segundos antes, pero no era muscular, era el corazón.

—¿Estás bien? —preguntó ella y me di cuenta de que me sostenía el brazo derecho para aliviar el dolor.

Sonaba muy preocupada y, a pesar de que estaba haciendo un esfuerzo para controlar mi respiración y calmar mi ritmo cardiaco, pude forzar una sonrisa para responderle sin palabras.

Tardó unos segundos en asentir y recomponerse, en adoptar aquella expresión tan seca e impropia.

—Ve a los vestuarios y quédate ahí hasta que te avisemos.

Me dio la espalda.

—Mia. —Se detuvo—. Lo siento.

Suspiró y fingí que una fuerza invisible no me seguía comprimiendo el pecho cuando giró sobre los talones.

—No vuelvas a pelear, ¿vale? —suplicó—. Los golpes no arreglan nada.

Descansé mi peso en la pared.

—Lo dice la que habría molido a Rosie en pleno pasillo.

Se cruzó de brazos.

—Que me equivocara de la misma manera significa que sé de lo que hablo —especificó—. Digamos que aprendí la lección y tuve la suerte de tenerte cerca para no meterme en problemas.

Recordar esos momentos hizo que me estremeciera. Parecía que habían pasado siglos desde el castigo en el laboratorio de Química. Había desperdiciado tanto tiempo con ella…

—Gracias —pude decir.

No quería ser una persona violenta que se siente con derecho a pegarle a quien tiene delante cuando lo desee. No quería ser mi padre, mucho menos que ella me viera como un monstruo, que me temiera, que me odiara. Necesitaba que volviera a verme como lo hacía antes, no con la desconfianza que demostraba en ese momento.

Los segundos pasaban y ella se iría. No soportaría ver cómo se alejaba una vez más. No me importaba lo que su madre hubiera dicho, lo que podía o no tener. La necesitaba para sobrevivir. La quería a mi lado y haría todo lo que estuviera en mis manos para…

—No lo hagas —susurró con tristeza, leyendo mi intención.

—Por favor.

—Nika, no. —Hundió los dientes en su labio para que no le temblara—. No quiero hablar de esto, no para terminar en el mismo lugar.

—Te juro que quiero respetar tu decisión y entender que se ha acabado. No quiero ser egoísta y sé que debo alejarme, pero te extraño. —Intenté que las palabras no se atascaran en mi garganta—. Te extraño demasiado para quedarme callado cuando veo la mínima oportunidad de arreglarlo.

—No hay nada que…

—Extraño todo de ti. —Me acerqué—. Niégalo, grítalo, pero teníamos algo y lo sabes.

Me sostuvo la mirada con la barbilla hacia arriba. La suave luz azulada del pasillo se reflejaba en sus ojos.

—Extraño tus mensajes —continué—, nuestras conversaciones, tus preguntas para saber cómo me ha ido en terapia. Extraño verte estudiar con Aksel, ayudarte y que me sonrías cuando hago un chiste malo. —El dolor en el pecho me hacía temblar y no quería ponerme mal frente a ella—. Extraño todo de ti, incluso que me llames idiota o malinterpretes lo que digo.

Respiré hondo, despacio, contando los segundos para que mi corazón se calmara de una vez y dejara de doler de aquella forma.

—Te necesito y cada día que pasa es más difícil soportar la distancia… —confesé—. Quizás me estoy engañando, pero quiero pensar que te sucede lo mismo.

Sus ojos se llenaron de lágrimas. Puede que me odiara, que no me quisiera ver, pero sentía algo por mí. Era sana, limpia, pura luz. No fingió lo que sentía mientras habíamos estado juntos y en ese momento podía leer los mismos sentimientos en su rostro.

—Me muero por besarte. —Quise acomodar su pelo, acariciar su mejilla, pero me controlé—. Daría lo que fuera para que quisieras lo mismo.

Su respiración tembló cuando tomó aire y tragó saliva con dificultad.

—¿Cómo sé que no estás mintiendo? —murmuró y esa vez no había filtros ni enojo. Por primera vez vi la puerta abierta, mi oportunidad.

—Pregunta lo que quieras. —Solo podía pensar en Aksel y en lo que había dicho, que le contara la verdad—. Te he dado mil razones para desconfiar y evito tus preguntas, lo sé, pero puedo intentarlo… Te juro que puedo.

Me daba igual decirle todo si con eso la recuperaba.

—¿Por qué tuve que irme para que hablaran con tu amiga?

La ilusión se derrumbó.

No, no podía decirle toda la verdad.

—No quería que supieras algunas cosas de mi pasado que teníamos que aclararle a Siala —dije en voz baja—. Las razones por las que nos fuimos de Prakt sin decir nada.

—Por favor, cuéntamelo. Necesito entender porque quiero confiar en ti y lo que sucedió me demuestra que no puedo.

Tomé su rostro entre mis manos.

—Quiero que confíes en mí.

Cerró los ojos. Sus largas pestañas húmedas le rozaron las mejillas. Sus pecas podrían haber sido constelaciones que admirar hasta el fin de mis días.

—Respóndeme —dijo—, ¿por qué huyeron de Prakt?

Si le decía la verdad, tendría que decirla toda y saldría corriendo. Si me negaba, daría marcha atrás. Si le mentía de nuevo, también la perdería. ¿Existía un camino en el que obtuviera lo que deseaba?

—Porque mi madre era la borracha del vecindario. —Opté por darle algo, lo que menos preguntas acarreara—. La mujer que dejó a su hija pequeña en manos de su hermano irresponsable y terminó rompiéndose el cuello por la escalera. La mala madre que no era capaz de hacerse cargo de sus hijos, hasta el punto de que uno intentó suicidarse.

Abrió demasiado los ojos, asustada.

—¿Aksel intentó suicidarse?

—No. Fue un accidente —mentí—. Yo me caí por la ventana del primer piso y terminé en el jardín con el brazo destrozado.

Las cicatrices que ocultaban mis tatuajes.

—Perdí un año en la recuperación y todos creyeron que había intentado suicidarme por lo que pasó con mi hermana… Lo de mi padre tampoco ayudó.

Me miró de arriba abajo con el ceño fruncido.

—¿Por eso se fueron?

—Mi madre lo intentó, pero no podía empezar de nuevo, no se lo permitían. Una y otra vez llegaban los comentarios, los recuerdos y la misma casa que nos asfixiaba. Decidimos dejar de existir para todo el que nos conocía. Nos fuimos con el tío Ibsen y él nos dio la oportunidad que buscábamos, venir aquí.

—¿Por eso no se lo contaste a tus amigos?

—No quería arrastrar lo que a mi madre le hacía mal. Quisimos borrar el pasado para que ella tuviera un futuro. —Era imposible detenerme, las mentiras salían por sí solas—. Teníamos miedo de lo que pudiera hacer. Por muy fuerte que sea, siempre hay un límite.

Me sentía sucio por usar hasta el último recurso con tal de recuperarla.

—¿No querías decirme que te fuiste de Prakt por proteger a tu madre? Hay algo más, ¿no es cierto?

Era demasiado inteligente. Negó repetidas veces cuando no contesté. La ventana que vi entreabierta para llegar a ella se cerró de golpe.

—Mia…

—Dime qué es —exigió.

—Es mi pasado, lo único que hay es oscuridad. No quiero que llegue hasta ti, no me lo perdonaría jamás.

—Pues yo quiero saberlo —insistió—. Necesito saberlo.

—No tiene sentido. Te juro que esa es la razón, dejarlo todo atrás.

—¿Qué más querían dejar atrás? —preguntó, sus palabras se atropellaban al hablar—. ¿Por qué tuvieron que huir? —Se me cortó la respiración al ver que podía estar tan cerca de la verdad—. ¿Qué hiciste en Prakt, Nika?

—Nada que cambie algo entre tú y yo.

—Sigues sin decírmelo ¿y esperas que te crea? —Su voz se tornó aguda.

—Mia, por favor…

—Contigo son puras verdades a medias —dijo, decepcionada—. ¿Cómo crees que alguien puede confiar en ti? —Se acercó tanto como pudo—. ¿Cómo esperas que esté tranquila y feliz al saber que me ocultas algo? —me reprochó, tocándome el pecho con el dedo índice—. Tú dijiste que confiáramos el uno en el otro. Tú dijiste que no eras adivino. Tú dijiste que si queríamos que funcionara teníamos que compartir lo que nos sucedía. Tú tiraste todo a la basura cuando mentiste esa noche. Lo peor es que sigues haciéndolo.

Cada acusación caló en mí. Tenía razón, no podía decirle lo contrario y eso la enojó más.

—¡Un día das todo y al siguiente nada! —explotó—. ¿Qué demonios está mal contigo?

—Todo —dije con una voz que no parecía la mía—. Todo está mal conmigo.

Puse su mano sobre mi pecho para que sintiera el golpeteo fuerte e irregular de mi corazón. Estaba muerto de miedo por perderla, por tenerla cerca, por no poder hacer nada que arreglara aquel desastre.

—Nada aquí dentro funciona bien. No sé actuar sin lastimar a otros o ayudar sin buscar más problemas. No sé proteger a quienes aprecio y ni siquiera sé quererlos de la manera adecuada. —Su mano estaba helada y de igual forma me brindaba calor, me calmaba sin importar la dolorosa situación—. Todo lo hago mal. Es como si mi corazón no estuviera en el lugar correcto.

Intenté forzar una sonrisa.

—O simplemente no estuviera —masculló con la mandíbula contraída.

Presioné su palma sobre mi pecho.

—Puede que no, pero nadie lo ha hecho latir así.

Mi mente se inundó de recuerdos sobre la feria de Halloween, el día que nos habíamos besado por primera vez.

—Puedo ser un desastre, pero nunca me han hecho sentir así. Solo tú, Amaia.

Se vio consternada por unos segundos, luego hipnotizada por la mano que yo acunaba contra mi pecho. Cerró los ojos y sus labios se tensaron.

—Las palabras bonitas no bastan —murmuró, finalmente—. Hace mucho que ya no bastan para hacerme caer. Acabas de dejar pasar la última oportunidad para ser sincero.

Rompió nuestro contacto y mis manos se quedaron vacías.

—No vuelvas a hablarme ni a mirarme ni a intentar nada. —Dio un paso atrás y su expresión volvió a ser aquella máscara indescifrable—. Respétame y déjame en paz de una vez por todas.

Sentí que me caía a pedazos cuando se alejó. Retrocedí hasta que mi espalda chocó con la pared. Aparecieron los temblores y las sudoraciones, hicieron que mis rodillas cedieran y me dejé caer al suelo.

Recordé a la doctora Favreau. Intenté respirar, calmarme, decirle a mi cerebro que la asfixia no era real, que había oxígeno en mis pulmones. No pude. Me pasé los brazos por los hombros y me encogí, buscando protección del mundo. Lo hice, hasta que mi cuerpo empezó a ceder a las órdenes que intentaba darle.

Poco a poco, pasó. La cabeza me dolía, era una punzada constante que se expandía desde mi entrecejo. Al menos podía respirar y, cuando escuché que alguien se acercaba, me puse de pie y pasé al lado de un pequeño grupo de estudiantes que se internaba entre las gradas.

Salí al campo y di vueltas sobre mis pies sin saber a dónde ir o qué hacer hasta que mi vista se detuvo en lo alto de las gradas.

Amaia estaba ahí sentada, con un chico. La desesperación que provocó imaginarla con alguien más me hizo recordar la última sesión de terapia. No, yo no estaba bien y dudaba que algún día pudiera estarlo. Era imposible tenerlo todo y, si seguía insistiendo en estar con ella, la lastimaría igual o peor de lo que mi pasado o mi padre podían hacerlo.

No podía fingir que quería protegerla cuando insistía en recuperarla. Quería tenerla conmigo porque la necesitaba, para sentirme mejor. Estaba pensando únicamente en mí. Si de verdad me preocupara por ella, habría entendido hacía mucho que lo mejor era dejarla ir.

Capítulo 39

La había perdido y no podía ni debía cambiar la situación. No era el único que sufría, ella también lo estaba pasando mal y había tomado una decisión. Por tiempo suficiente no la respeté y le infligiría más dolor si seguía insistiendo...

Solo un pensamiento me calmaba cuando estaba a punto de ahogarme en la desesperación. Llegó conversando con la doctora Favreau.

No había salvado a mi padre ni a Emma y tenía un miedo irracional a perder a las personas que amaba, de la manera que fuera. Si me obligaba a mirar la situación desde otro ángulo, podía ver que Amaia no estaba muerta por mi culpa y tampoco me había abandonado, como mi padre.

Ya no podía refugiarme en ella. Estaba lejos, ignorándome y escapando al verme, pero estaba ahí, viva y sana. No tenerla provocaba dolor, pero imaginarla muerta era insoportable. Refugiarme en la seguridad de que respiraba era más que suficiente para levantarme de la cama cada día, dormir un par de horas y comer bajo petición de mi madre.

Escribir y garabatear en el cuaderno ayudaba. Asistía al trabajo, atendía las reparaciones de la mansión e iba al instituto. Existía e ignoraba el entorno, estaba agotado todo el tiempo y apenas hablaba.

Iba camino a mi clase optativa de Historia del Arte, consciente de que ella estaría ahí, sentada delante de mí. No podía volver a faltar y a fin de cuentas era la prueba de fuego: recordar que debía estar lejos porque era lo justo para ambos.

Alguien me tiró del brazo con fuerza, provocando que la mochila se me cayera al suelo. Fue cuando me percaté de que no estaba solo. Tres personas me habían seguido por el aparcamiento que daba a la entrada trasera del instituto.

—¿Estás sordo o finges? —preguntó con altanería un chico alto y fornido, de pelo rubio y muy corto.

Tenía las orejas perforadas y no lo reconocí hasta ver a Raphael y Adrien cuatro pasos por detrás, espectadores de expresión temerosa. El que me sostenía el brazo y me cortaba la circulación no era otro que Alexandre, el exnovio de Chloe.

—Sordo, no —respondí, mirándolo de arriba abajo—. Quizás no tenía ganas de hablar contigo.

De un gesto brusco logré que me soltara y recogí la mochila para seguir mi camino. Tiró de ella, logrando que perdiera el equilibrio. No caí por mis buenos reflejos.

—Por tu culpa la puta esa me denunció y me pusieron una orden de alejamiento —me reprochó.

—¿Puedes soltar la mochila? —le pedí sin alterarme—. Es la única que tengo.

No se movió y fui yo quien lo hizo. No quería verme obligado a cargar mis pertenencias bajo el brazo.

—Diles a la puta y a su lesbiana que quiten la denuncia o sufrirán las consecuencias.

Lanzó la mochila a mis pies y la aparté porque el enfrentamiento no terminaría nada bien, era evidente.

—Si fuera tú, dejaría las amenazas. Tienes delitos suficientes, ¿quieres acumular más?

Se acercó, soberbio, hasta que se quedó a un palmo de mi rostro.

—Dile a Chloe que retire la denuncia —masculló.

Por alguna razón, me agradaba ver que estaba asustado. Detrás de aquella actitud, había alguien preocupado por la mancha que había en su expediente, una que podía hacerse más grande si no tenía cuidado.

—¡Ah! Ahora entiendo —murmuré, desinteresado y sin ceder terreno—. Te refieres a Chloe. —Sonreí—. Me alegra que por fin dijera en voz alta lo que eres: un abusador.

Me agarró del cuello de la sudadera y apretó, cortándome la respiración.

—Escucha bien, imbécil. Ella va a retirar la denuncia y tú serás la advertencia.

—Alexandre —dijo Raphael desde la misma posición—, suéltalo. Alguien se ha asomado por la puerta, ha visto lo que estaba pasando y ha vuelto a entrar. Nos meteremos en problemas si…

—¡Cállate!

—Si avisan a la policía, será peor —agregó Adrien y me pareció una idea genial, por lo que no me moví—. Déjalo en paz.

Alexandre me soltó y se giró hacia sus acompañantes.

—¡¿Se han vuelto maricas?! —gritó.

Estaban asustados y no respondieron. Se me escapó una risa floja y gané la atención de Alexandre.

—Ustedes son imbéciles y no valen ni un centavo —dije, señalando a mis compañeros de equipo—, pero tienen tiempo de cambiar. No terminen como este.

Antes de que pudiera verlo, mi mandíbula recibió el golpe de un puño. El derechazo me hizo caer al suelo. La sangre inundó mi boca. Me masajeé la zona y rodé sobre la espalda. Las piernas de Alexandre entraron en mi campo de visión.

—Deberías preocuparte por ti, no por los maricas.

No pude incorporarme, pero sus zapatos, blancos e impecables, me forzaron a responder de alguna forma. Escupí. Los manché de sangre y logré que diera un paso atrás. Maldijo y volvió a la carga, me dio dos patadas en el abdomen y me dejó sin aire.

Me sostuve las costillas, sin poder respirar, y rodé sobre mi cuerpo. Adrien y Raphael intentaron detenerlo, pero también los golpeó e insultó.

No pude levantarme. No comer y llevar mala vida me había quitado las fuerzas, pero… una satisfacción se apoderaba de mi cuerpo. Dolía y me sentía mejor. En cierta forma los golpes ¿ayudaban?

—Voy a dejarte tan magullado que Chloe va a recordar lo que se siente al desafiarme —declaró, centrándose en mí. Volvió a patearme, primero en las costillas y luego en el brazo.

Su agresión no era nada, ya había experimentado suficientes golpes gracias a mi padre y sabía que el verdadero dolor llegaría en unas horas. Dejé que tirara de mi sudadera hasta que me forzó a quedarme sentado en el suelo. Recibí dos derechazos y escupí sangre una vez más. Por alguna extraña razón, tuve ganas de reírme. Me merecía aquellos golpes.

No escuché lo que debían de ser insultos o más amenazas. Reí cuando me soltó y me apoyé en los codos. Alexandre daba vueltas a mi alrededor, como una leona sobre su presa, y su expresión provocaba más carcajadas en mí. Mi reacción lo hacía enojar. Iba a darme una patada en la cara, pero alguien se interpuso entre nosotros.

Reconocí el pelo castaño por debajo de los hombros. Rosie. Evitaba que pudiera ver a Alexandre, me ocultaba a su espalda en una pose protectora mientras yo seguía tirado en el suelo, riéndome.

El chico la miró con desprecio.

—¿Otra lesbiana? ¿Qué pasa en este pueblo que todas me persiguen?

Raphael y Adrien miraban de Rosie a mí sin saber qué hacer.

—Te conozco, Alexandre —declaró Rosie en voz baja—, vivimos a cinco casas de distancia. Vete antes de que te atrapen y tengas mucho para lamentar.

Se acercó a ella, quería intimidarla como había hecho conmigo. Rosie alzó la barbilla para encararlo sin atisbo de duda.

—¿Quieres ponerte en su lugar? —se burló.

Me incorporé con dificultad, la conversación subía de nivel y Rosie no se quedaría callada.

—¿Pretendes que salga corriendo por esa amenaza? —rebatió.

—Vete, Rosie, los maricones de tus padres te esperan en casa.

Ella se rio por lo bajo.

—¿Intentas insultarme al decir que mis padres son homosexuales? —Chasqueó la lengua—. Cuando llegabas del colegio y tu mamá te pegaba todos los días, yo estaba en la guardería aguantando que se burlaran de mí.

Se irguió en el lugar y Alexandre se vio más pequeño al contraer el rostro por las palabras de la castaña.

—Aprendí a lidiar con cretinos y tú te convertiste en uno —agregó—. Mami te hizo sentir tan poquito que empezaste a abusar de todos los que tenías alrededor. —Las aletas nasales del rubio se dilataron y cerró las manos en puño, vi el peligro acercarse—. No te tengo miedo, bonito. No le tengo miedo a un niño asustado.

Fallé al levantarme cuando Alexandre le cruzó la cara con un golpe. El sonido de la bofetada sobre la piel resonó por el aparcamiento. Logró que la cabeza de Rosie girara todo lo que le permitía el cuello por culpa del impacto. No dio muestra de dolor y volvió a mirarlo, sin protestar. Puso la otra mejilla para un segundo impacto que supe que sería con el puño.

Me puse de pie, pero no fui yo quien intervino.

—¡¿Qué se creen que hacen?! —bramó una voz autoritaria.

Alexandre no se asustó al ver al director acercarse con dos guardias de seguridad a su espalda. Escupió al suelo, nos dedicó una mirada de odio y se alejó a paso lento.

Rosie me ayudó mientras el director evaluaba el desastre sin parar de soltar maldiciones nada propias de un adulto a cargo del instituto de Soleil.

—Señorita Allard —dijo, refiriéndose a Rosie—, lleve a Bakker a la enfermería.

Se dirigió a Adrien y a Raphael, que no tuvieron valor ni para irse con Alexandre ni para huir. Uno sudaba y el otro iba tomando un tono verdoso que bien podía ser el preámbulo de un vómito.

—Ustedes dos vayan a mi despacho —espetó con voz áspera—, ¡ahora!

Nos echaron una ojeada al pasar, mientras Rosie pasaba uno de mis brazos por encima de sus hombros. Estaban aterrados, no eran como Alexandre. Me apoyé en la castaña y caminamos a mi ritmo.

El director les indicó a los guardias que informaran a la policía y deseé que aquel fuera el final del abusador de Alexandre; si no, la paliza no habría valido la pena.

Sentía el cuerpo entumecido mientras avanzamos a paso lento por los pasillos vacíos. La enfermera nos atendió al momento, alarmada, pero no hizo preguntas. No me dieron puntos, pero una vez más me había partido la ceja y mi labio no estaba mucho mejor. No me dolía, la adrenalina todavía me recorría el cuerpo y me mantenía en calor, pero no encontraba manera de acomodarme en la camilla. Terminé sentado, con los pies colgando.

La enfermera me revisó y descartó que tuviera las costillas rotas, aunque yo dudaba mucho que pudiera estar segura sin una radiografía.

Rosie tenía la mitad de la cara hinchada y roja. Tenía mal aspecto, pero no estaba conmocionada por los acontecimientos. Me miraba fijamente con los labios fruncidos y una expresión asesina.

Nos dieron bolsas heladas y la enfermera nos dejó descansar. La castaña se tapó la mitad de la cara para calmar el dolor y la hinchazón. Yo no sabía dónde aplicar el frío, me palpitaban varias partes de la cara. Era difícil escoger y mover los brazos para sostener la bolsa.

—Dame eso o terminarás con cara de rana. —Rosie me arrebató la bolsa y fue un alivio cuando se encargó de colocarla sobre mi pómulo, la piel me ardía en esa zona. Chasqueó la lengua—. Eres un imbécil. ¿Por qué no te has defendido?

No respondí y eso la irritó. La tolerancia de Rosie era baja o inexistente.

—Habla o desaparezco y te vuelves Frankenstein —advirtió.

—Si te refieres al monstruo que creó el doctor Frankenstein, utilizas mal el insulto.

Arrugó la nariz.

—Te odio.

Los músculos de mi rostro chillaron cuando sonreí. Tendría la cara destrozada al día siguiente.

—Hay cámaras en el aparcamiento. —Lo había recordado cuando Adrien mencionó a la policía—. Si lo golpeaba, no habría pruebas de lo peligroso que es Alexandre y yo sería igual de culpable.

—Si él atacaba primero, no.

—Y si yo respondía, no lo estaría golpeando solamente por lo que le hizo a Chloe… —Me miró sin apartar las bolsas de hielo de mi cara ni de la suya—. Si lo hubiese tocado, habría ido a parar a un hospital durante meses y pasaría a ser la víctima.

—¿Por eso te dejaste golpear?

—La violencia no es la respuesta correcta. —Recordé las palabras de Amaia—. Nunca debería serlo.

—Ese desgraciado merece que le peguen hasta que se olvide de su nombre —reprochó.

—Pero ni tú ni yo podemos meternos en problemas por hacerlo.

—Claro, mejor dejarse golpear. —Su dominio de la ironía era admirable—. La próxima vez, no pienso llamar al director y salvarte el culo.

—Confío en que lo harás.

Bufó porque tenía razón. Era de las personas que veían una injusticia y les resultaba imposible quedarse calladas.

—Podías haberlo golpeado —murmuró—, solo un poquito.

Traté de no contraer el rostro al reír.

—Con lo que está grabado, tu testimonio, el mío y, posiblemente, el de Adrien y Raphael, habrá suficiente evidencia para que lo manden a la cárcel. Todo respaldará la denuncia de Chloe.

Frunció el ceño.

—Espero que tengas razón, porque si no te voy a odiar por haber dejado que se fuera sin su merecido.

Nos quedamos en silencio y Rosie fue moviendo la bolsa de hielo por mi rostro. Reflexioné sobre todo y nada. El encuentro con Alexandre era tan familiar... Los recuerdos violentos de mi pasado se repetían frente a mis ojos, los golpes mientras estaba en el piso, el verme al espejo con la cara golpeada...

—Cuando dijiste que si lo golpeabas no lo estarías haciendo solo por Chloe, ¿a qué te referías? —preguntó tras unos minutos

Si lo hubiese tocado, me habría cegado hasta destrozarlo. No quería ser mi padre. Deseaba tener la oportunidad de escoger.

—¿Le constaste a Victoria cómo te sientes?

—Es hermosa la sutileza con que cambias de tema.

—¿Lo hiciste?

Se quitó la bolsa de hielo de la cara. Su rostro estaba más rojo por culpa del frío.

—No lo he hecho y no lo pienso hacer —dijo en voz baja.

—Hazlo antes de que sea tarde o te arrepentirás toda la vida.

—¿Por qué lo dices?

—Nunca sabes lo que va a suceder al día siguiente.

Apartó la bolsa de mi rostro y sus manos cayeron a los lados de su cuerpo.

—Tú... Tú y Mia... —Había genuina preocupación en sus rasgos, algo nuevo en nuestra extraña relación de amistad, si es que se le podía llamar así—. ¿Necesitas mi ayu...?

—Haz lo que debes hacer y deja de suponer sobre mi vida.

Su expresión cambió de un segundo a otro. Me entregó la bolsa helada con más fuerza de la necesaria y tomó asiento al otro extremo de la camilla. Aplicó la ley del silencio hasta que la enfermera volvió con indicaciones del director. Debíamos incorporarnos a clase y pasar por su oficina después de la comida. Fue conveniente que nuestras aulas estuvieran en direcciones opuestas, porque Rosie volvía a ser la huraña de siempre y prefería que fuera así a sus preguntas.

Fui descubriendo los dolores que me torturarían durante las siguientes semanas mientras caminaba a mi clase de Historia del Arte. Reuní valor para empujar la puerta. Gané la atención de todos, en especial del profesor Boucher, que no estaba nada contento.

—¿Puedo saber por qué se presenta a esta hora, Bakker? —preguntó.

Mantuve la vista baja para que no me viera la cara.

—Estaba en la enfermería, señor.

—Hable alto y míreme a los ojos —exigió.

Obedecí y escuché la reacción nada disimulada del aula, el murmullo del alumnado.

—Vengo de la enfermería, señor —repetí—. Tuve un problema fuera del instituto y el director me dijo que fuera antes de entrar a clase.

—Pues si decide meterse en problemas antes de mi asignatura, espero que sepa recuperar lo perdido. —Era el único que parecía tranquilo con mi mal aspecto—. El lunes quiero un informe completo sobre esta clase y la anterior, ya que ha decidido ausentarse sin justificación.

No tenía ni idea de cómo haría un trabajo sobre una clase en la que no había estado, pero busqué mi asiento. Encontré la mirada de Amaia por un segundo, aparté la vista y me senté detrás de ella. Contemplé mis manos, sin pensar en nada, tratando de no alzar la vista para ver su pelo y respirando lo necesario para no oler su perfume cuando la brisa soplaba en la dirección incorrecta.

Cuando el timbre sonó anunciando el almuerzo, esperé a que saliera corriendo como hacía en el resto de las clases que compartíamos. La sorpresa fue que estampara un cuaderno sobre mi mesa.

Sus ojos azules estaban llenos de preguntas. Eran los mismos que aparecían cada vez que cerraba los míos y la opresión en el pecho empezaba. Me escrutó una y otra vez, debía de lucir terrible.

—Lo necesitas —dijo sin más y creí haber escuchado mal, producto de una contusión.

—Tú no prestas estos…

—Es para que hagas el informe que te ha pedido Boucher —me cortó.

Me estaba hablando, no era mi imaginación. Miré de ella al cuaderno varias veces.

—Asegúrate de devolverlo antes del lunes.

Se levantó y se fue. Me quedé pegado al asiento sin saber qué pensar o las razones que habría detrás de su amabilidad.

Capítulo 40

El cuaderno con los apuntes de Amaia fue mi salvación, aunque me costó avanzar más tiempo del debido porque encontrar detalles graciosos en su caligrafía me distraía constantemente. También había garabatos en las esquinas, dibujos raros y anotaciones por los márgenes.

Cuando terminé, no sabía qué hacer con él. Lo único que se me ocurrió fue pedirle a Aksel que se lo diera. Los Favreau vendrían el domingo a la cena de cumpleaños de mi madre, así que tendría la oportunidad de devolvérselo.

No tenía ánimo para formar parte de la celebración. Con la paliza, Alexandre se había asegurado de que no fuera mi interior lo único que estuviera roto. Respirar dolía, pero negarme a asistir no era una opción.

Nuestra madre estaba de buen humor, mejor que nunca, tanto que no recordaba haberla visto así desde que era niño. Le iba bien con la terapia y los medicamentos, brillaba como siempre quise que lo hiciera. No me perdería su cumpleaños por nada del mundo, sabía lo que mi presencia significaba para ella.

Eran las nueve de la noche cuando llegaron los invitados con regalos y felicitaciones. Me escabullí a la cocina para terminar de servir en las fuentes de comida, preparar la mesa del comedor y evitar conversaciones triviales.

Era una extraña tortura estar frente a Amaia como la primera vez que habían cenado en la mansión. Brindamos, conversaron y traté de no alzar la vista del plato para no incomodarla. Lo único que hacía era desordenar la comida para fingir que estaba comiendo y asentir con la cabeza cuando era necesario o dibujar el indicio de una sonrisa si mi madre me hablaba.

En ocasiones seguía la conversación. En ese momento, hablaban del ingreso a la universidad y la fiesta que habría en La Laguna, un tema que había flotado a mi alrededor durante toda la semana. Aksel se veía emocionado y no se la perdería, pero ese era un lugar al que no lo acompañaría por mucho que mi madre insistiera.

—Y hay quienes tendrán que estudiar por dos —dijo la madre de Amaia.

Me tomó desprevenido y unos segundos fue lo que me llevó entender de lo que hablaba. Alcé la vista y miré a Amaia, que me observaba con los ojos muy abiertos, puede que asustada… Les había contado la verdad a sus padres.

El orgullo que me dio saberlo hizo que tuviera ganas de sonreír, de decirle lo que me alegraba ver que se había enfrentado a uno de sus miedos. Me hubiera gustado recordarle que, por grande o pequeño que considerara cada paso, la veía avanzando cada día hacia ser una mejor persona. La Amaia que estaba sentada frente a mí no era la misma de aquella cena que se había celebrado seis meses atrás.

En esa ocasión, yo había creído que estaba en una relación con Charles y buscaba incordiarla, había fingido que expondría su secreto con tal de tener una pizca de su atención. En ese momento no podría hacerlo, no había secreto. Amaia no me prestaría atención y, de hacerlo, me conocía lo suficiente para saber cuándo quería fastidiarla.

Bajé la vista y volví a mi estado anterior, pero no pude acallar las voces, al menos no la de ella. Empezó una conversación en voz muy baja con Emma y fue subiendo de tono con cada frase. En ese sentido, seguía siendo la misma, su paciencia era del tamaño de un grano de sal. Cuando su hermana le aseguró que tenía la vida planeada con Aksel y que sería su novia a los quince años para casarse y tener hijos a los dieciocho, supe que estaba a punto de explotar y que la cena terminaría en desastre.

La situación me recordó a Emma. A mi Emma, mi hermana, que en ese momento habría tenido un par de años menos que la pequeña de cabello color miel que estaba sentada junto a Amaia. Pensé cómo habría sido tenerla cerca con esos problemas de niña que necesitaba apoyo para entender el mundo.

Habría dado todo por no haberla perdido, por ser el hermano mayor que la aconsejara, pero tenía frente a mí a la hermana de Amaia. Ayudarla mientras pudiera era lo mejor que podía hacer para recordar a mi hermana con una sonrisa y no con pesar.

• • •

—Gracias por lo que has hecho —dijo Amaia a mi espalda—. Emma necesita asistencia y yo no lo iba a manejar bien.

Había huido del comedor cuando su hermana, demasiado inteligente a pesar de las locas ideas que tenía sobre su amor hacia Aksel, había entendido que no podía basar su vida en la de otra persona. Cuando la conversación terminó, Amaia se quedó mirándome y no lo pude soportar. Aproveché la primera excusa: buscar los platos para el postre, pero ella me había seguido.

—No es nada —dije para quitarle importancia.

Saqué el resto de los platos de la alacena. Mantener las manos ocupadas me ayudó a que no me temblaran.

—Pensé que hoy me devolverías el cuaderno que te presté —murmuró al pararse a mi lado.

No me moví ni un centímetro. Sentía su presencia y no era por verla de reojo o escuchar su voz, era la fuerza invisible que me atraía hacia ella.

—Se lo di a Aksel. Te lo dará antes de que te vayas… No te preocupes.

—Lo podías haber llevado a mi casa —comentó al acercarse, pero solo un paso.

—No iba a molestar sin necesidad. He intentado cumplir lo que me pediste. He perdido la cuenta de las veces que he llamado a la puerta de tu casa y tu padre me ha dicho que no querías verme.

No servía de nada mentir, ella sabía cómo me sentía. Fingir que estaba bien era… lo que había aprendido a hacer a la perfección durante años, pero con Amaia se había convertido en algo imposible. Mi dolor y mis sentimientos estaban expuestos, las paredes se habían derrumbado.

—Si me hubieses avisado, yo podría haber venido a buscarlo —dijo.

—Me tienes bloqueado, ¿recuerdas?

—No, ya no.

Estuve a punto de pedirle que repitiera lo que acababa de decir, pero avanzó hacia mí. Resistí el instinto de retroceder porque había creado una distancia invisible entre nosotros, la que mantenía hasta en los pasillos del instituto cuando caminaba por el lado opuesto al suyo.

Un segundo paso hizo que me clavara en el lugar. No… No podía ser cierto. Estaba soñando. Ella no estaba ahí. Había vivido ese mismo momento en la azotea de la mansión, en el laboratorio de Química y en la entrada del instituto… Todo en sueños. Me despertaba agitado, llorando o pegándole a la almohada porque hasta mi subconsciente me hacía sufrir la pérdida.

Cuando alzó la mano y sus dedos me tocaron la cara, me estremecí. Seguramente había cerrado los ojos por un segundo durante la cena o me había desmayado en la cocina. Así aprovechaban las fantasías para entrar en mi mente.

—No eres real —musité.

—¿Qué? —preguntó, con la mano sobre mi mejilla, tan cálida y suave como podía recordar.

—Tú, el sueño.

El olor de su perfume, el calor de su cuerpo tan cerca del mío, todo era falso, pero se sentía tan bien… Habría dado lo que fuera por quedarme en aquel estúpido delirio por toda la eternidad.

—No estás soñando, Nika —dijo con voz fuerte y decidida.

Había tomado mi rostro con ambas manos y me obligaba a mirarla. Fue difícil enfocar sus facciones, todo estaba borroso. Iba y venía como su voz, como la mía. Ella me quería lejos. Temía despertar, volver a la realidad, no quería…

—¿Y si ya no te quiero lejos? —dijo en la distancia.

Las palabras hicieron eco en mi mente. Me trajeron a la penumbra de la cocina, a su rostro marcado por la preocupación.

—Este es el sueño más real de todos. —Mi imaginación era cada vez mejor y más cruel—. Huelo tu perfume y tu voz suena igual.

—Nika.

Sostuvo mi cara con más fuerza y me recordó los golpes que había recibido días antes. El dolor era algo nuevo porque en ninguna de mis fantasías sentía nada más que esa atracción desenfrenada por Mia, todo giraba en torno a ella.

—No es un sueño, es real —insistió—. Soy yo. Necesitamos hablar, pero no estoy segura de que estés en condiciones de hacerlo.

El corazón me empezó a bombear demasiado fuerte y mi respiración se agitó.

—¿Has dormido los últimos días?

—No demasiado —musité.

Me esforcé para controlar el reverbero de sensaciones que subía por mi cuerpo.

—¿Estás bien? —preguntó, palpando mis hombros y terminando con las manos sobre mi pecho. Sus ojos se abrieron por la sorpresa—. Nika, ¿te siente mal?

Todo se oscureció una vez más. Tenía taquicardias, las rodillas me iban a fallar y, a ciegas, me sostuve en la encimera que estaba a mi lado. Esa Amaia era real, estaba ahí, quería hablar…

—Tengo que llamar a tu madre —dijo, aterrada y dispuesta a correr hacia el comedor.

Se lo impedí y sostuve sus manos sobre mi pecho. Las atrapé para que fuera mi ancla.

—Estoy bien —dije con una voz que no parecía la mía.

—Estás temblando —balbuceó, asustada.

—Puedo controlarlo —aseguré.

Si ella se quedaba. Si me seguía mirando con esos ojos azules que extrañaba día y noche. Si me daba tiempo para convencerme de que no desvariaba, que estaba conmigo, podría hacerlo.

Respiré una y otra vez, contando. Me esforcé por enfocar a Amaia cada vez que mi visión se nublaba. Logré respirar con normalidad y mi corazón fue bajando su ritmo.

—Estoy bien —repetí para calmarla. Su expresión me decía que aún quería correr en busca de mi madre—. Es el agotamiento y…

No pude continuar, estaba exhausto. Quería pedirle que se sentara conmigo en el suelo y me permitiera abrazarla. Las piernas me cosquilleaban, dispuestas a ceder cuando les diera una oportunidad.

—¿Qué ha sido eso? —preguntó—. ¿Estás enfermo?

—¿Te preocupa?

—Mucho. —El estómago me dio un vuelco—. Todo lo que tenga que ver contigo me preocupa.

Yo le interesaba. Toqué su rostro con la yema de los dedos, temeroso de que fuera a desvanecerse. Cuando no pasó, supe que todo estaría bien, que yo estaría bien si ella estaba ahí.

—Tenerte cerca no es algo para lo que estuviera preparado —confesé.

Abrió la boca para decir algo, pero la voz de mi madre desde el comedor lo impidió. Dio un paso atrás y temí que corriera, que se arrepintiera o peor, que me despertara en mi cama, sudado y gritando su nombre.

—Más tarde —murmuró.

—Más tarde —coincidí.

Mi corazón no dejaba de revolotear como un pájaro enjaulado cuando volvimos a sentarnos en el comedor. Amaia y yo no habíamos cambiado de posición. Seguíamos el uno frente al otro, con la mesa, los platos y copas de por medio, incluido el pastel servido que jamás tocamos. Ella porque no le gustaba, yo porque no podía probar bocado. Lo único que había cambiado era que nuestras miradas se encontraban. Lo que se movía entre nosotros, invisible e impalpable, se volvía más pesado con cada segundo transcurrido.

Luché por aplastar la esperanza que crecía en mi interior. Lo hice hasta que se puso de pie y con la vista en mí dijo que iba al baño. Nadie la miró, solo yo porque estaba perdido en ella, en su espalda alejándose hacia el pasillo que conducía a la escalera de caracol y al baño del primer piso. Miró sobre su hombro una última vez antes de desaparecer.

No supe qué hacer. Quería seguirla, pero ¿y si lo hacía y volvía a quedar como un acosador? ¿Y si estaba leyendo mal las señales? ¿Y si no había ninguna intención en aquella mirada? ¿Deseaba tanto que el «más tarde» fuera en ese momento que me estaba dejando llevar por la imaginación? Y a pesar de la incertidumbre me dejé llevar.

Abandoné la mesa y subí los escalones de dos en dos. La puerta del baño estaba abierta. Era la única fuente de luz en la oscura planta, la cual se reflejaba en las paredes lisas y brillantes de mosaico. Me paralicé en lo más alto de la escalera al encontrarla en la pared opuesta del amplio descansillo que había entre un piso y otro.

—¿De verdad quieres hablar? —pregunté en voz baja, con la mirada en el suelo.

Esperé una respuesta y no fueron palabras lo que me dio, sino un abrazo inesperado. Hundió su rostro en mi cuello y respiró hondo.

—Abrázame, idiota —suplicó.

Me hormigueaban las manos, no podía reaccionar. Era su olor, su calor, la diminuta figura que se acoplaba a mi cuerpo, donde había dejado su marca y se mantendría allí hasta el último de mis días. Ella, Amaia, mi Amaia.

Apresé su cintura y la levanté. Le acaricié el pelo, la deliciosa textura que tan bien recordaba cuando se escurría entre mis dedos. Su aroma me recibió, sentí la suavidad de la piel de su cuello bajo mis labios. Por unos segundos, sentí que todo volvía a su lugar. Habría dado lo que fuera por quedarme ahí, por detener el tiempo.

Me abrazaba con fuerza, como si me hubiese necesitado de la misma forma en que yo la había anhelado a ella. Solo imaginarlo era la cura para aquellas penosas semanas… Fue entonces cuando recordé las palabras de la doctora Favreau y lo mal que estaba sentirme así, que mi tranquilidad, mi felicidad o mi tristeza dependieran de ella.

—¿Has estado con alguien mientras nos veíamos? —preguntó, sacándome de mis pensamientos.

Impidió que me separara cuando quise mirarla a los ojos para contestar, le avergonzaba la pregunta.

—Nadie, solo tú.

Siempre sería solo ella.

—¿Y Chloe?

El dolor en su voz fue evidente, aunque trató de ocultarlo. Esa vez hice que me soltara. Era una respuesta que le quería dar cara a cara.

—Entre Chloe y yo no sucedió nada, ni siquiera un beso. Ni antes de nosotros y mucho menos después. Créeme que…

—Te creo —me interrumpió—. Estoy preguntando para que me digas la verdad. No me vas a mentir, ¿cierto?

—No he tenido nada con nadie desde que llegué a Soleil —confesé.

—¿Nada? —Negué, concentrado en sus rasgos, en lo hermosa que era y lo que había extrañado mirarla a tan corta distancia—. ¿Ni siquiera un beso?

—Digamos que a un par le dije que no estaba de humor. —Ocultó una sonrisa que hizo que mi corazón se desbocara—. Desde mucho antes de Halloween, solo he estado interesado en una persona… De verdad, no hubo nada que…

—Lo entiendo —me interrumpió por segunda vez—. Igual que entiendo que tengas historias en tu pasado que no estés preparado para contarme.

Removió las manos entre las mías, le sudaban.

—Para mí fue como una puñalada —confesó y no estaba cómoda al hacerlo—. Todos los miedos que tuve en un principio se volvieron reales. Creía que me habías traicionado y que habías jugado conmigo. No supe qué pensar y sigo sin saberlo. Me costó entenderlo. —Tomó aire con fuerza—. No puedo obligarte a que compartas lo que no quieres compartir, lo sé. Siento no haberlo entendido antes. Que yo esté dispuesta a hacerlo no te obliga a comportarte de la misma manera.

—No es que no quiera abrirme a ti —confesé, era más complicado que eso—. Yo no soy lo que piensas. —Me tembló la voz—. Cada vez que he mostrado cómo soy, me has rechazado y tienes razón para hacerlo. Soy un idiota y alguien como tú sabe notarlo y alejarse. El problema es que yo no quería que te fueras y fui un egoísta. Sigo siéndolo.

Necesitarla de la manera en que lo hacía era enfermizo. Nadie se merecía cargar con alguien como yo.

—Lo juro. Me gustaría que tu vida fuera la de antes y que jamás te hubieses cruzado conmigo. Las decisiones que tomo para protegerte terminan siendo un arma de doble filo.

—Porque las tomas solo.

Negué. No tenía ni idea de lo que hablaba.

—Porque soy un desastre.

—No te veo así —dijo con seguridad—, pero supongo que cada cual se ve de manera distinta.

Escucharla repetir mis palabras resultó irónico, hasta gracioso. No era una mentira, pero solamente alguien que pudiera verlo desde fuera podría llegar a esa conclusión.

Tomé un mechón de su pelo, que se deslizó entre mis dedos, negro y sedoso.

—Quiero ser mejor —murmuré, y en muchos sueños había dicho las mismas palabras—. No hay nada que no quiera compartir contigo, porque eres lo único bueno que me ha pasado en muchos años. —Tomé su rostro entre mis manos—. No tienes ni idea de lo que significas para mí, Amaia, de lo que sería capaz de hacer por ti.

»Mi vida ha sido una mierda desde hace mucho —dije sin saber qué más darle sin revelar nuestros secretos—. Es la primera vez que algo funciona y me gusta, a pesar de todo; me siento bien con quien soy gracias a ti. No quiero traer fantasmas del pasado o que mi oscuridad se mezcle contigo. No quiero que…

—No estás preparado y siento mucho haberte presionado —me cortó cuando mi voz empezaba a flaquear—. No volveré a juzgarte —continuó al ver que no tenía cómo responder—, pero solo quiero pedirte algo.

—Lo que sea —dije al instante.

—No mientas, no obvies información. —Cerró los ojos por unos segundos antes de continuar—: No creas que tapar lo que pasa me protegerá. Dime que no quieres o que no estás listo para hablar y prometo que lo entenderé.

El miedo a que fuera un sueño volvió. Le acaricié las mejillas y no se desvaneció. Se mantuvo allí, con la piel tersa y los ojos brillantes, llenos de una paz en la que deseaba embriagarme.

—Necesito que lo sepas, si es que no lo sabes ya —dijo sin más—. Nada de tu pasado cambiará lo que pienso de ti ni lo que siento.

—No sabes de lo que hablas.

La culpa me invadió y el dolor en el pecho regresó. Me alejé de ella hasta que mi espalda encontró una pared en la que descansar el peso demoledor que regresó con la misma facilidad con que ella lo había espantado.

No permitió que la distancia se mantuviera. Se acercó y tomó mis manos, que colgaban sin fuerza a los lados de mi cuerpo.

—Y no lo sabré si no me lo cuentas, pero tú no estás listo y es lo que importa —declaró sin prestar atención a mi evidente derrota—. Mi problema es con el futuro, el tuyo con el pasado. Ninguno se puede manejar y los dos estamos aquí y ahora. Empecemos por eso.

No la merecía, nunca estaría a su altura. Amaia no era perfecta, todo lo contrario, pero tenía lo que más valoraba en una persona. Era la misma razón por la que perdonaba a Aksel hiciera lo que hiciera, por la que consideraba a mi madre la persona más valiente que había conocido. Los tres tenían un gran corazón, bondad. Eran capaces de amar y dar por quienes amaban.

—Perdóname, por favor —fue todo lo que pude decir—. Jamás quise lastimarte, quería dejarlo atrás.

—¿No crees que ya lo estoy haciendo al estar aquí? —Sonrió con timidez—. Por suerte, la única manera de demostrar lo que sientes no es con palabras.

Mi piel se puso de gallina y no pude evitarlo, la besé y se sintió divino. Lo hice como en cada uno de mis sueños y traté de calmar las ansias que había acumulado durante semanas. Había extrañado la calidez de su diminuto cuerpo, sus labios, la manera en que podíamos besarnos como si lo hubiésemos hecho cada día de nuestras cortas vidas.

Descansé mi frente sobre la suya, respirando el mismo aire, agitados.

—¿Algún día me lo podrás contar? —preguntó en voz muy baja—. No tienes que hacerlo hoy ni mañana, tampoco el mes que viene —agregó—. Solo quiero saber que algún día pasará, cuando estés preparado.

Delineé su labio con el pulgar. Estaba derrotado, hundido hasta el cuello y consciente de que mi corazón le pertenecía de todas las maneras posibles.

—Eres la única persona a la que le confiaría todo sobre mí.

Capítulo 41

La doctora Favreau hojeó el cuaderno. No había usado más que las primeras páginas y estaban repletas de anotaciones, tinta y dibujos pequeños, dudaba que entendiera algo. Era un caos…, como yo. Lo giró en todas direcciones para intentar leer. Muchas veces escribía sin mirar, con la frente sobre el escritorio o cuando estaba al revés junto a mi colchón.

—No sabía que dibujaras —comentó sin alzar la vista.

—Fue solo por llenar espacio.

—Algo agresivo —dijo, mostrando la diminuta figura en una esquina, rodeada de oscuridad y trazos hechos con fuerza.

—Iba con el momento —murmuré.

Arrugó el ceño.

—«Si hubiese sabido que estar sin ti era esto, jamás habría pensado que estaba solo». —Leyó la oración que bordeaba el dibujo y me miró—. Sigo sin saber por qué me lo muestras. Dudo que sea para informarme de que utilizas lo que te regalé.

—Dijo que debía expresar mis sentimientos. —Me encogí de hombros—. Ahí están, léalos.

Se le escapó una risa baja.

—Aquí no hay nada que sea para ti ni para mí. Es evidente que es para alguien más, en especial este dibujo. —Mostró la última página—. No hay ira ni dolor en este, hay paz.

Era una interpretación de «El beso», una de las pinturas favoritas de Mia. Me recordaba a aquella noche en la mansión después de que encontráramos a mi madre inconsciente, cuando Amaia vio lo peor de mí, regresó a consolarme. Me acunó en sus brazos y me beso la frente.

—Es un recuerdo especial.

—¿Por qué lo dibujaste?

Sabía la respuesta, como casi siempre, y tenía la amabilidad de permitirme darla si lo deseaba.

—Mia y yo nos arreglamos. Conversamos y llegamos a un acuerdo hace unos días.

Sus ojos analizaron la hoja en la que estaba el dibujo. Puede que no estuviera viendo nada, solo valorando la manera en la que tratar el tema siendo la madre de la persona involucrada y a la vez mi doctora.

—¿Han vuelto a ser amigos?

—No precisamente.

Entrecerró los ojos y me evaluó.

—¿Tienen una relación?

Mentirle era una tontería.

—Me gustaría, pero seguimos sin hablar del tema —confesé—. No hemos tenido tiempo.

Torció los labios. Tenía las piernas cruzadas, una pose que podía mantener por mucho tiempo. Dejó el cuaderno a un lado.

—¿Recuerdas la conversación que tuvimos hace unas semanas? —Asentí—. Y aun así crees que tener una relación es una buena idea.

—Lo sé y no es que esté ignorando su consejo. —Alzó las cejas porque era obvio que lo hacía—. Sé que usted tiene razón, que no estoy bien, que estuve muy mal en estas semanas, pero quiero probar que puedo estar a su lado y que mi tranquilidad no dependa de ella. —Traté de organizar las palabras para que me entendiera—. No tiene por qué ser así siempre, puedo cambiarlo, puedo ser distinto. Quiero ser feliz y hacerla feliz.

—¿Quieres o necesitas?

No pude contestar al instante, un nudo me selló la garganta.

—Quiero. —Evité recordar los momentos que habíamos pasado separados o la angustia que sentía al pensar que podía volver a suceder—. Quiero estar con ella ahora que lo hemos aclarado todo, que me entiende y está dispuesta a tener paciencia conmigo. Vamos a intentarlo y a lograrlo. Puede que no sea sencillo, pero estamos hechos el uno para el otro, no hay nada que pueda romper eso. No voy a permitir que una tontería se vuelva a interponer. —El corazón me iba a toda velocidad—. La quiero y me quiere. Dedicaré lo que sea necesario para que todo salga bien.

Mi respiración estaba agitada y tenía una sonrisa en los labios. La doctora me miró durante un largo rato antes de hablar:

—Nika, ¿te estás escuchando?

Me había emocionado al hablar. Estaba al borde del asiento, con las manos entrelazadas sobre las rodillas, presionando una contra la otra, tan fuerte que me dolieron los dedos al relajarlas.

—No es sano el desenfreno con que te acabas de expresar —continuó— o lo que sientes por esta reconciliación.

La felicidad que cargaba era inverosímil. Una semana atrás me consumía en la pena y, desde aquella noche en la mansión, todo había cambiado. No era normal, pero era como me sentía y no podía evitarlo. Me levantaba con ganas de vivir, ¿qué más podía pedir? ¿Cómo esperaba que estuviera si era feliz?

La doctora suspiró. En ocasiones sentía que veía más allá de mis palabras o las expresiones porque cada respuesta que daba seguía el hilo de mis pensamientos.

—Lo explicaré de la manera más… extrema —dijo—. No le permites a un drogadicto seguir consumiendo sustancias para que aprenda a lidiar con ellas. No se recuperaría jamás, sería un engaño.

—No es lo mismo que una sustancia. Es una persona y yo quiero estar con ella —insistí, no tenía otro argumento para convencerla.

—Una persona que dentro de unos meses se irá a la universidad mientras tú te quedarás aquí.

Tragué saliva. Lo había pensado por las noches.

—Más razón para aprovechar el tiempo.

—¿Qué crees que pasará cuando Mia se vaya?

—Será una separación temporal —dije sin estar muy seguro de lo que hablaba porque ella y yo jamás habíamos tocado el tema.

—No me refería a ustedes como pareja. Te preguntaba sobre ti. ¿Qué crees que pasará contigo cuando ella se vaya?

Imaginarlo dolía.

—Estaré bien —mentí—. Puede que tengamos que separarnos, pero será distinto.

—No lo será porque estando en el mismo espacio, viéndose a diario y separados, pasaste semanas sentado frente a mí como si te estuvieras muriendo en vida. —Se enderezó en el lugar—. Tú mismo me dijiste lo que estabas sintiendo.

—No es lo…

Alzó una mano para que la dejara continuar.

—¿Me estás diciendo que estarán juntos los meses que quedan y después mantendrán una relación a distancia?

—No lo sé, no lo hemos hablado.

—Dices que no te afectará verla partir sin saber cuándo será la próxima vez que estén cara a cara, que no te obsesionarás con una relación a distancia, que su ausencia esta vez no te llevará al mismo estado en que te he visto cada viernes.

Llevaba toda la semana pensando en lo que acababa de decir.

—No será igual —dije sin saber si mentía o hablaba por hablar—. Esta vez saldrá bien. Aprenderé cómo, usted me ayudará y la tendré a ella para ayudarme.

—Entonces…, ¿por qué no le muestras esto? —Señaló al cuaderno que descansaba en la mesa a su lado—. ¿Por qué no le cuentas lo que te pasa…, de lo que hablamos aquí?

Negué repetidas veces.

—No quiero que me vea como un loco obsesionado que no sabe cómo sostenerse sin estar con ella, que piense lo peor de mí…, que se sienta obligada a estar a mi lado para que yo esté bien.

—Me alegra que reconozcas lo que te sucede. Es el primer paso, pero ¿crees que el único problema aquí es tu dependencia hacia Mia, hacia la relación que tienen?

Entrelazó las manos sobre la rodilla con extrema delicadeza. La tranquilidad que proyectaba era todo lo contrario a lo que sucedía en mi interior. Mi corazón iba a toda máquina, habría podido correr un estadio diez veces, todo por liberar la energía contenida.

—Te lo expliqué una vez —continuó—, lo que te sucede es el resultado de tu experiencia, el reflejo de tus traumas. Si quieres solucionar esa tendencia, debes ir a la causa.

Los dientes me castañearon. Si quería arreglar mis conflictos, tenía que llegar a mi padre.

—Tiempo —dije—, solo necesito tiempo. Quiero pasar estos meses con ella y después enfrentarme a lo que venga.

—Y a decir la verdad —acotó.

Alcé la vista y me dio miedo la manera en que sus ojos me analizaban. La doctora Favreau lo sabía. No lo que yo ocultaba, pero era consciente de que me guardaba algo para mí y esperaba a que tuviera el valor de exponerlo. Temía, más que nada, enfrentarme a ese momento, si es que algún día llegaba.

La alarma sonó, indicando el final de nuestra sesión.

—Esto es todo por hoy —dijo sin más—. ¿Puedes pedirle a Aksel que entre?

Recogí mis pertenencias y estaba dispuesto a salir cuando me llamó.

—¿Mañana por la mañana salen a La Laguna? —preguntó.

Aquella mujer lo sabía todo o mi madre tenía la lengua muy larga.

—No le diga nada a Amaia. —Me avergonzaba que habláramos de ella fuera de la consulta—. Se supone que llegaremos más tarde. Es una sorpresa.

Asintió con una sonrisa cómplice. Se comportaba muy distinto cuando era la doctora Favreau, que me analizaba y confrontaba, a cuando era la madre de Mia.

Intercambié lugar con Aksel y tomé asiento en la pequeña sala de espera. Mi madre se ocupaba del papeleo y quedaba poco que hacer para matar el tiempo. Saqué el teléfono, busqué su contacto y le envié un mensaje que contestó al momento. Era agradable no estar bloqueado.

• • •

La Laguna no era nada del otro mundo. Un paraje turístico, agradable y apartado, con cabañas rústicas cerca de una hermosa laguna. Sophie y sus amigos se quedaban en la casa de su padre, una bonita propiedad con suelos de madera, un amplio porche en la entrada, el río a una distancia aceptable y suficientes habitaciones para tantas personas.

Algunas se compartían entre dos o tres, pero la que Amaia reservó para nosotros era una de las más cómodas, era uno de los privilegios de ser la mejor amiga de la anfitriona. Había luchado por el lugar con uñas y dientes para que estuviéramos solos, aunque usar la habitación fue algo que nos vimos obligados a posponer.

Primero fue el desayuno, después la resaca de Sophie. Más tarde la comida y por la noche la cena antes de irnos a la fiesta: el atractivo principal del fin de semana. Me habría aburrido estar allí de no ser porque ella se veía feliz de aprovechar su último respiro antes de centrarse en los estudios a tiempo completo. En un mes estaría haciendo ambos exámenes de ingreso a la universidad.

Aksel, a diferencia de la mayoría, estaba por estar. Ni siquiera tenía una razón, como yo. No se preocupaba ni necesitaba distracción porque sabía muy bien que aprobaría su examen de aptitud; dibujar era su mundo. Lo que le atormentaba era Sophie.

—No tengo ganas de hablar del tema —dijo cuando lo arrastré fuera de la fiesta para dar un paseo por los alrededores.

Lejos de la casa de Sophie y de La Laguna, había una fortaleza abandonada cerca de otro pedazo del río. Sabía que era de las que Amaia me había hablado una vez, no un torreón. En otro tiempo, debió de ser imponente, pero en ese ya no era más que unas paredes que a duras penas se mantenían en pie. Alrededor, el bosque crecía a sus anchas y había un par de caminos por los que seguramente los turistas hacían senderismo y exploraban la zona. La noche era lo bastante clara bajo la luz de la luna llena como para deambular por ellos sin dificultad.

—No te he traído para hablar de nada —dije mientras caminaba detrás de él—. Te he sacado de ahí para que no siguieras bebiendo y mirando a Sophie y a Dax, empezabas a asustarme.

No se tomó la molestia de negarlo, solo me encaró.

—¿Qué quieres?

Tampoco se veía enojado, sino… triste. Nunca lo había visto así por alguien. Aksel siempre había sido callado, no le gustaba llamar la atención y la única amiga que había tenido fue Siala. Después de que ella se distanciara, jamás hizo amigos. No porque no tuviera suficientes personas a su alrededor interesadas en acercarse, sino porque no quería.

Siempre fue popular, estaba en boca de todos. No había día en que no me preguntara por él, si le interesaba salir con alguien y por qué estaba tan alejado de mí. Solo había tenido una relación, una novia que apenas le duró tres meses porque coincidió con nuestra huida de Prakt.

Desde que habíamos puesto un pie en Soleil, después de estar casi un año encerrados con el tío Ibsen, Aksel había cambiado. Venía hambriento de compañía. Puede que pensara que estábamos a salvo y nosotros le hicimos creer que así era. Amaia, Sophie y Dax le dieron la bienvenida con los brazos abiertos a su pequeño grupo y supuse que en algún momento ella había llamado su atención.

—Quiero ayudarte —dije, al fin—, si me dejas hacerlo.

—No hay mucho que puedas hacer. —Una sonrisa amarga—. Sophie me dejó claro que solo me veía como su amigo después de confesarle lo que sentía. Me dijo que siempre sería mi amiga.

—No estás obligado a mantenerte cerca de Sophie. Si no te hace bien, aléjate hasta que tus sentimientos cambien.

—Eso intento.

—¿Mirándola de lejos como un asesino en serie?

Me dio la espalda. Lo seguí en silencio, atento al camino para no pisar en el lugar incorrecto. Nos internamos cada vez más en el bosque.

—Creo que le gusta —dijo después de un rato—. A Sophie —aclaró sin mirar atrás—. No es solo Dax, ella también siente algo por él.

No tenía confirmación, pero todas las señales indicaban que era verdad.

—Espero que algún día puedan estar juntos —murmuró y, en tal silencio, donde la fiesta y la música había quedado tan atrás, lo escuché—. Se lo merecen.

Tomé su brazo e hice que frenara.

—Si piensas así, ¿por qué no te das cuenta de que no puedes guardar esperanzas?

—No guardo nada.

—Lo haces y, si no aceptas que jamás sucederá, seguirás con esa cara hasta el fin de los días. Teniendo en cuenta que estarán en la misma universidad, aunque en distintas facultades, es muy posible que se encuentren seguido, sin importar que no sigan siendo amigos.

Ladeó la cabeza.

—Lo dice el que parecía un fantasma cuando Mia lo dejó.

—No dije que tuvieras que estar bien, dije que tenías que aceptarlo. Si quieres tener cara de funeral, adelante, es tu cara. —Me encogí de hombros—. Yo estaba muriéndome, era un desastre, pero en un punto me di cuenta de que tenía que dejarla en paz y decidí atormentarme solo. Lo último que quería era alargar su sufrimiento.

Se lamió los labios y me examinó por un momento.

—Nika, te quiero. Te quiero con todas mis fuerzas —dijo de la nada—. Me has cuidado, defendido y amado de todas las maneras posibles. Lamento no haber visto lo buen hermano que eras durante tanto tiempo, lo que sacrificaste por mí, lo que sigues haciendo cada día. Lamento no haberme dado cuenta de lo que sufrías para ayudarte y te prometí que sería distinto, pero eso no quita que vaya a ser sincero contigo.

»No eres egoísta, de hecho, deberías serlo un poco más. Piensas mucho en las personas que amas y te olvidas de ti, pero en esta ocasión estás haciendo que mi problema sea tuyo. No soy tú y lo que te pasó no tiene nada que ver con esto.

—Quiero ayudarte.

—Lo sé —dijo al momento—. No digo que tu intención sea mala ni que no lo intentes, es una de las razones por las que te quiero… —Cerró los ojos y presionó sus labios con fuerza—. Pero yo no soy como tú. No puedo serlo, aunque muchas veces lo haya deseado.

—No he dicho que tengas que tomar las mismas decisiones.

—También lo sé —aclaró con serenidad—. Pero es distinto y puede que no lo entiendas.

—Aksel…

—Tú tienes a la chica —me interrumpió—. Lejos o cerca, siendo un fantasma o dejándola ir. No digo que haya sido más fácil para ti, pero Mia te quiere. Siempre te ha querido, sin importar que yo le dijera una estupidez para que se alejara de ti. Estaban separados, pero ni un momento dudaste de sus sentimientos, ¿me equivoco?

—Nunca.

Me dolió verla sufrir por esos sentimientos, pero jamás dudé de lo que ella sentía. Saberlo me dio fuerza cuando no la tenía, aunque hasta ese momento no lo había notado.

—Puede que lo veas como una tontería —continuó—, pero para mí no lo es. Si Sophie sintiera algo por mí, yo no estaría así. Preferiría mil veces mantenerme lejos de alguien que amo y que me ama a saber que soy yo el único que siente esto. Duele que no te quieran. —Señaló a su pecho—. Para ti puede que sea mejor. Algo me dice que preferirías que Mia no sintiera nada por ti, que te diera la espalda por mucho que doliera y que siguiera su vida, pero en el fondo estás agradecido porque no es así, ¿me equivoco?

Sonrió al ver que no podía contradecirlo.

—Me alegra que con algo seas egoísta —confesó—. Mereces que Mia te quiera. Yo daría cualquier cosa solo por eso, sin importar lo lejos que estuviera Sophie, que me quisiera como yo a ella.

De nada servía decir que tenía la razón. Lo abracé y me devolvió el gesto. Lo había estado esperando, lo necesitaba.

—Pon las caras que quieras —dije cerca de su oreja—. Yo estoy aquí para tragármelas.

Rio por lo bajo. Se separó y me palmeó el hombro.

—Más te vale.

Pasó por mi lado y se encaminó de regreso a la fiesta. Apenas dio diez pasos y giró sobre sus pies. Me señaló con el dedo índice y supe que no venían más muestras gratuitas de cariño.

—Otro detalle —dijo—. Espero que no le hagas daño a Mia. Si vuelves a cagarla, juro que te pegaré mientras duermes para que no tengas oportunidad de inmovilizarme antes de recibir un par de golpes.

Contuve la sonrisa cuando retomó el avance, me gustaba que la cuidara.

Iba a seguirlo cuando algo llamó mi atención: el camino se dividía. Había un sendero más estrecho que pasaba desapercibido. A lo lejos se veía una construcción de piedra.

—Tranquilo, hermanito —dije a pesar de que no pudiera escucharme—. Esta vez no seré un idiota.

• • •

—¿A dónde me llevas? —preguntó Amaia después de que la raptara.

Por tercera vez no respondí y me interné por el camino estrecho y de hierba alta que conducía a lo que resultó ser una pequeña casa clausurada y olvidada entre los árboles. La había traído porque quería estar lejos de todo y de todos para conversar, para ser sincero de una vez.

—¿Y este lugar? —preguntó, mirando alrededor, fijándose en la casita.

—Lo encontré para nosotros.

—¿Has caminado por el bosque de noche y has encontrado esto? —Se estremeció—. ¿De qué película de terror te has escapado?

—De una donde asesinan a una pareja para desencadenar la trama.

Hizo una mueca que me dijo que estaba algo asustada, aunque no fuera a aceptarlo.

—Muy gracioso.

Me acerqué a ella y tomé sus manos para no perder tiempo ni valor. Se asustó por el brusco cambio y me miró con los ojos muy abiertos, sorprendida. El corazón se me saldría del pecho si seguía conteniendo el discurso que me había preparado el día anterior y en el viaje a La Laguna. Me lo repetí varias veces mientras caminábamos hacia ese lugar.

—No le voy a dar vueltas porque me cuesta. No quiero posponerlo y hace meses que teníamos que hablar. —No había pensado ir tan deprisa, pero el discurso planeado se desvanecía—. No cuando nos arreglamos o cuando ocurrió lo de Siala. Debimos hacerlo mucho antes, porque desde que nos besamos en la carretera el día de tu cumpleaños, para mí había algo especial entre tú y yo.

Estaba nervioso. Seguía sin saber cómo declarar mis sentimientos. No era el único inquieto y eso, irónicamente, me calmaba porque ya no sabía qué venía después de las palabras iniciales. Su expresión expectante me había robado los pensamientos coherentes. Era hermosa de todas las maneras posibles y, como Aksel había dicho, sentía algo por mí, brillaba en sus ojos cada vez que me miraba.

Delineé la forma de su labio inferior y sentí el valor llenando mi cuerpo.

—Desde que nos besamos, supe que si me acercaba a ti todo cambiaría. Desde que empezamos a vernos, aquella noche bajo la lluvia, tú has sido lo único que me ha dado fuerzas. Sigo sin entender por qué no te pedí al día siguiente que saliéramos juntos. —Había perdido tanto tiempo…—. Supongo que temía que no quisieras lo mismo o te sintieras abrumada y salieras huyendo. No quise apresurar nada y la verdad era que no tenía ni idea de cómo hacerlo bien. —Mordí mi labio para que no se me escapara una risa nerviosa—. Ahora tampoco la tengo.

—¿Hacer qué? —preguntó con una sonrisa.

Respiré hondo sin saber por qué me había costado tanto decir algo tan simple.

—Quiero pedirte que seas mi novia.

Abrió la boca en un intento por hablar, pero la volvió a cerrar, al igual que sus ojos. Trataba de organizar sus ideas.

—¿Qué cambiaría? —preguntó.

—Nada.

—Entonces, ¿para qué me pides que sea tu novia?

La tomé de la barbilla.

—Porque quiero que exista un nosotros. Para mí lo hubo desde el día en que prometí que jamás volvería a lastimarte. —Sonrió—. Sé que el compromiso es de dos, pero yo me comprometí contigo hace mucho.

Se mostró divertida con mis palabras.

—¿Quiere decir que eras mi novio sin que lo supiera? —bromeó.

—Quiere decir que me tienes a tus pies desde mucho antes de que yo pudiera notar que lo estaba.

Su respiración se cortó cuando le acaricié la mejilla y me perdí en la suavidad de su piel.

—Tengo miedo —susurró.

—Mataré a cualquiera que te haga sentir miedo.

Tragó con dificultad.

—La única vez que tuve un novio, terminó mal y me tocó aguantar las habladurías. No quiero pasar por lo mismo.

—Somos tú y yo, el resto puede irse a la mierda —aseguré—. Además, ¿crees que me parezco al Principito Valiente?

—No. No tienes nada que ver con Charles…, por suerte.

—Me alegra que pienses así. —No pude controlar las ganas de besarla, aunque fuera un suave roce de labios—. Y tú no eres la misma Mia de hace un año.

—Entonces…, serías mi novia, ¿sí o no? —insistí.

—¿Qué más da? —Puso los ojos en blanco—. Para mí el compromiso es el mismo sin esa palabra.

—Tienes que responder —recalqué.

Arrugó el entrecejo.

—¿Por qué?

—Porque quiero decir algo y, si no respondes, no puedo hacerlo.

—¿Qué vas a…?

Atrapé sus labios y se los mordí por sorpresa. Un simple beso me hizo hervir la sangre. La deseaba tanto que lo único que me detuvo fue la necesidad de cerrar la conversación, no dejar huecos ni dudas.

—Tú responde —repetí ante su mirada de pocos amigos cuando me separé de improviso, dejándola a medias de un beso que deseaba tanto como yo—. ¿Quieres o no ser mi novia?

La pregunta sonaba infantil. Los segundos de silencio se sintieron los más largos de mi vida.

—Sí, quiero ser tu novia.

Su respuesta me excitó más de lo que había previsto y lamí sus labios mientras pegaba su cuerpo al mío.

—Ahora puedo, oficialmente, decir que quiero follar con mi novia aquí y ahora.

Capítulo 42

Giré por la cama, buscando el calor de Amaia para abrazarla. No la encontré y eso hizo que no pudiera seguir durmiendo, a pesar de que quería hacerlo. La enorme cama no tenía nada que ver con mi colchón viejo. Descansé tan bien que el sueño se sintió como un pestañeo. Sin ninguna molesta claridad que entrara por las ventanas, pude abrir los ojos poco a poco. La encontré en el otro extremo, despierta, tapada hasta la barbilla y mirándome.

—¿Estás valorando cómo matarme? —pregunté con voz ronca.

—No.

—Entonces, ¿por qué me miras dormir? —Me froté la cara con la mano—. Es espeluznante.

—Te ves bonito durmiendo. Nadie diría que despierto eres un idiota —bromeó.

Se me escapó un bostezo y no encontré una réplica ingeniosa para molestarla. Estaba agotado tras días de trabajo, el viaje, la fiesta, lo que hicimos en el bosque y lo que volvimos a hacer cuando llegamos a la habitación. Debíamos de haber dormido dos o tres horas, no más. Quería seguir allí hasta el día siguiente y no moverme.

—¿Cuánto tiempo llevas despierta? —pregunté al notar su pelo mojado.

—Lo suficiente.

Esbozó una media sonrisa que me hizo dudar.

—¿Tanto como para ducharte?

Levantó la sábana para mostrar su cuerpo desnudo. Me atraganté al tiempo que toda mi sangre se iba a donde no debía.

—Estaba esperando por ti. —Volvió a cubrirse—. Duermes demasiado.

Mi mente dejó de funcionar de la manera correcta. Solo pensaba en mi erección y en todas las maneras en que podía frotarla contra su cuerpo. Ya no tenía sueño, no recordaba ni lo que era estar cansado y las ganas de quedarme en la cama no desaparecieron, pero lo que deseaba era hacer otras cosas.

—Decidiste esperarme desnuda —dije, mirando la sábana y con la fresca imagen de lo que había debajo.

—Quería despertarte de cierta forma —confesó—, pero no estaba segura de si querías que te manoseara mientras dormías y no iba a interrumpir tu sueño para preguntar.

—¿Manosear? —Su voz me excitaba con cada sílaba—. ¿A qué te refieres?

—A tocarte —murmuró—, a follarte hasta que pidieras un descanso.

Contuve la risa. Aprendió bien y rápido. Las palabras eran el primer estimulante indispensable para nosotros. Sin tocarnos ni vernos desnudos, podíamos estar listos para el otro, aprendimos a conocernos de esa manera.

—Permiso concedido. Puedes manosearme todo lo que quieras y, la próxima vez, exijo que me despiertes así. Tienes carta blanca conmigo, Pulgarcita.

Se mordió el labio complacida. La sábana se le resbaló del cuerpo mientras se acercaba a mí. Dejó expuestos sus pechos y controlé el sonido que se quiso escapar de mi garganta por el deseo. Los quería en mi boca, morderlos y pellizcarlos sin tocar nada más porque me encantaba esa parte de ella y lo sensibles que eran ante mis caricias.

No permitió que me moviera, estuvo a horcajadas sobre mí y me quedé absorto en su desnudez. Su sexo quedó sobre mi erección, que se mantenía contenida por la ropa interior y que palpitó ante la cercanía. Mis deseos cambiaron y quise estar dentro de ella, siendo abrazado por su calor hasta correrme.

Mi mente se volvía primitiva a esa hora de la mañana. Lo único que quería era terminar rápido ese tormento y después podríamos dedicarnos a jugar todo lo que quisiéramos, de las maneras que tanto nos gustaban.

Se inclinó sobre mí. Sus pezones duros rozaron mi pecho y tomó mi labio inferior entre sus dientes. Gruñí ante la avalancha de sensaciones que me recorrieron el cuerpo.

—Gracias por el consentimiento, idiota —murmuró sobre mi boca antes de besarme la barbilla—. La próxima vez te despertaré haciendo esto.

Sus mordiscos se deslizaron por mi cuello y sus manos, por mi torso. Los besos y chupetones descendieron. Primero en el pecho, luego en mi abdomen y en el tatuaje que empezaba en mi ombligo. Jugueteó con el elástico de mi ropa interior y me dedicó una sonrisa.

—Si me despiertas así —dije, sin poder apartar la mirada de sus movimientos—, exijo que duermas conmigo todos los días.

Su expresión era traviesa y seductora.

Se relamió los labios mientras me desnudaba. El movimiento de la sábana al dejarme expuesto trajo su aroma: flores y coco. Su piel se veía suave y brillante. Quería tocarla, enterrar los dedos en ella y ver cómo se enrojecía si la tomaba de las caderas, pero estaba lejos.

Se acomodó entre mis piernas. Su mirada me enloquecía, y sus manos subieron acercándose a mi entrepierna. Estaba tan excitado que dolía.

—¿Quieres divertirte, Nika? —preguntó con voz coqueta, apoyándose sobre sus rodillas y sus manos.

Temblé cuando se inclinó para lamer el interior de mis muslos y tuve una vista privilegiada de su espalda arqueada y su trasero. Impidió que me incorporara para tocarla, plantando una palma sobre mi pecho.

—Si quieres un bonito despertar, tienes que quedarte tranquilo —advirtió.

Me tensé cuando su lengua subió lentamente por mi miembro hasta llegar a la punta. Me dedicó una sonrisa antes de lamer ese lugar tan sensible.

Tuve que mirar al techo cuando la tomó con la mano. Su saliva permitió que me acariciara de arriba abajo con facilidad. Cuanto más tocaba, más ganas tenía de atrapar sus brazos, de ponerla a mi altura y de follarla.

Me contuve, dejando que tomara el control, y gruñí ante el calor de sus labios sobre la zona. Quise disfrutar de las sensaciones. Se la metió en la boca, percibí el toque de su garganta y, aunque no pudo abrazarla por completo, no dudó en usar sus manos para estimularme. La presión y el ritmo que iba tomando me desesperaban y no quería acabar tan rápido.

Intentar detenerla fue peor, porque tuve que mirarla y la visión me hipnotizó. Lo hacía bien y lo disfrutaba. Utilizaba su mano mientras lamía y chupaba la punta, cada vez más rápido y con mayor seguridad.

Mis gruñidos la provocaban y alzó la vista, sonriente y masturbándome. Mi polla estaba a la altura de su cara, se mordió el labio, agitada, pero no tanto como yo, que estaba a punto de explotar.

Los músculos de mi vientre se contrajeron e intenté aguantar, pero no lo permitió. La avisé de que iba a correrme y no se apartó. Mis piernas sufrieron pequeños espasmos y una deliciosa sensación me embargó a la velocidad de un tornado. Primero tensión, luego la calma y la satisfacción.

Apenas podía respirar. Ni una gota se había derramado. Se relamió los labios y me dejó sin habla.

—¿Lo he hecho bien? —preguntó con una voz dulce e inocente.

Rio cuando dejé caer la cabeza sobre la almohada y supo que la respuesta era un rotundo sí. Me había dejado sin la habilidad de responder. Se irguió y observó mi cuerpo. Mi erección iba desapareciendo y había sudado. Amaia estaba tan limpia y fresca como al inicio. Le divertía verme hecho un desastre.

—Me gustaría saber dónde aprendiste a hacer eso —dije cuando mi respiración se normalizó y ella estaba acostada a mi lado.

Torció los labios y palmeó mi pecho.

—Mejor preocúpate por buscar algo para desayunar.

Se levantó en dirección al baño y deseé su cuerpo. No quería permitir que el despertar quedara ahí, pero necesitaba combustible. Me mareé al sentarme al borde de la cama para encontrar algo de ropa y bajar.

—Asegúrate de traer algo que no cocines tú —advirtió desde el baño.

Salí al pasillo con una sonrisa. Comería algo antes de subir y me uniría a ella en la ducha. Dos podían jugar a la sorpresa matutina, y después la dejaría desayunar. Me metería entre sus piernas, de rodillas, con su sexo en mi boca mientras el agua corría por su cuerpo. Sí, se mostraba como una interesante manera de culminar la primera comida del día.

Tanto los pasillos como la escalera estaban vacíos. Eran las ocho de la mañana y la mayoría no se levantarían hasta la tarde debido a la resaca. Me sorprendió encontrar a Rosie en la cocina. Tenía un bol lleno de leche y una caja de cereales que vació encima.

—¿Qué demonios haces? —pregunté al pararme frente a ella al otro lado de la encimera.

Se estremeció bajo el sonido de mi voz.

—¿Podrías hablar más bajo? —Se sostuvo la frente con una mano—. Me duele la vida.

—¿Te encontraste con osos en tu incursión por el bosque?

—No, me peleé con una botella de ginebra. —Iba ojerosa, con el maquillaje corrido y el pelo revuelto—. Ganó ella y mira cómo quedé.

—Endemoniada. —Señalé el bol—. ¿Leche antes del cereal? Irás al infierno.

Me pegó dos cachetadas con la mirada, era su especialidad.

—¿Por qué no regresas con Mia a que te haga gemir como hace un momento? —espetó—. Podrían cortarse un poco, me despertaron.

—Anoche escuché los gemidos que venían de tu habitación y no estoy protestando —reproché.

Torció los labios y devolvió la atención al desayuno.

—Eran de Victoria con el estúpido de turno, que se escapó de la casa en cuanto terminó de follársela. —Masticó como un camionero resentido con la vida—. Tuve que dormir en otra habitación y me duele el cuello.

Rebusqué en la nevera hasta dar con una caja de zumo y unos emparedados. La miré de reojo.

—¿Te das cuenta de que siempre terminamos hablando de Victoria?

—Mentira, hablamos de lo cobarde que fuiste cuando el imbécil de Alexandre te golpeó en el aparcamiento. —Dio golpecitos en su barbilla con la cuchara y fingió analizar sus recuerdos—. También te llamé cara de rana… dos veces, si contamos ayer por la noche.

—Nuestras conversaciones son memorables —me burlé.

Su ruidoso masticar llenó el silencio mientras yo servía café en un par de tazas.

—Pienso decírselo —comentó con la vista al frente—. Estoy cansada de fingir y, si quiere dejar de ser mi amiga, me tocará aceptarlo.

Tomé la bandeja en la que había acomodado el desayuno y, al pasar por su lado, me detuve.

—Genial, así iremos al cine cuando nos volvamos a ver. Podríamos conversar de algo más que de tu cobardía.

Soltó un cóctel de insultos, como siempre, y me golpeó la espalda con la cuchara. Me alegró que estuviese dispuesta a confesar sus sentimientos, pero no estaba seguro de la respuesta que obtendría. Recordé a Aksel y lo que dolía no ser correspondido. Quizás, la próxima vez que Rosie y yo nos viéramos, sería para comernos un litro de helado.

Capítulo 43

La recta final de estudio después de la fiesta desenfrenada no era una mentira. Todos mis conocidos se encerraron y se olvidaron del mundo. Apagaron los teléfonos, pusieron horarios de comunicación y asistieron a los últimos días de instituto por compromiso, algunos ni eso.

Las dos semanas antes de las primeras pruebas, pues cada facultad tenía una fecha diferente, apenas vi a mi hermano y eso que vivíamos juntos. Amaia estudiaba Matemáticas por su cuenta. Solo iba a mi casa para que Aksel le revisara lo que había estado resolviendo o si se dedicaba a repasar Historia del Arte. Me forzaba a lanzarle preguntas del programa de estudios y recitaba las respuestas dando vueltas por la habitación. Si una no le alcanzaba para hablar durante más de dos minutos, se sentaba a leer sobre el tema.

Me sentía excluido, los envidiaba. Quería estar en la misma situación, aunque tuviera la seguridad de que podría aprobar sin mirar muchos libros. Mi capacidad de retención era más alta que la media, quizás era por ser mentalmente inestable. Los genios están todos locos, o eso dicen.

La doctora Favreau insistía en que no bromeara con mi salud mental y que no lo instalara como mecanismo de defensa. Intentaba trabajar en ello, pero era difícil silenciar a mi cerebro.

Lo positivo era que me sentía mejor. No por Amaia, mi madre o Aksel, tampoco por lo felices que se veían en los últimos días. Logré reemplazar mi pesimismo por la aceptación de que estaba hecho mierda y que estar mal no estaba tan mal.

Me encargaría de mejorar y comenzaba a creer en las palabras de la doctora porque quería hacerlo.

Por la misma razón, una idea no paraba de rondarme la cabeza: decir toda la verdad, ¿no sería un avance real?

—¿En qué piensas? —preguntó Amaia.

Yo estaba acostado en el colchón con el libro que en teoría estaba leyendo, pero la verdad era que estaba perdido en mis pensamientos. Ella estaba sentada en la puerta que comunicaba mi habitación con la azotea.

—En que tu vestido parece un mantel de pícnic —dije, lo primero que se me vino a la cabeza cuando la miré.

—Si no te gusta, te aguantas. A mí sí.

—Nunca he dicho que no me gustara —murmuré antes de regresar la atención a mi libro.

Terminé la página sin tener la mínima idea de lo que acababa de leer y tuve que volver al inicio. Me aburrí y lo aparté.

Amaia no parecía sufrir del mismo problema. Su vista alternaba entre el programa de estudios con sus miles de preguntas y el libro de turno. Se acariciaba el labio inferior, distraída, y el pelo le caía sobre el rostro. Se le movía de vez en cuando debido a la brisa que entraba desde su espalda. La luz del atardecer resaltaba su figura a contraluz.

El vestido mostraba sus bonitas piernas e imaginé cómo sería acercarme y deslizar mis manos por ellas. Me regañé, siempre la interrumpía y en cuarenta y ocho horas se iría a Prakt para hacer su primer examen. Me reclamaba por iniciar lo que llamaba «interrupciones sexuales» y la única forma que tenía de librarme de la culpa era si ella tomaba la iniciativa.

Me quité la camiseta, me quedé solo con el *short* y el torso desnudo. No lo notó, por mucho que me moví y me acomodé para llamar su atención. Me levanté con toda la inocencia que pude fingir y me quedé en ropa interior. Me miró de arriba abajo.

—¿Qué haces?

—Tengo calor. El verano aquí es un asco.

Adoptó la cara de «no te creo nada» mientras yo volvía a acostarme en el colchón.

—Sé lo que estás haciendo —canturreó.

—¿Y eso es? —pregunté sin mirarla.

—Quieres provocarme y tengo que estudiar.

—Tengo calor —repetí—. ¿Por qué querría provocarte? —Miré por encima de mi libro—. ¿Qué eres, una adicta al sexo? ¿No puedes verme en ropa interior sin ponerte a pensar en lo que no debes?

Entrecerró los ojos.

—¿No me estás provocando? —preguntó, incrédula.

—Claro que no.

—¿No quieres que vaya hasta ahí y me siente encima de ti?

—En tus sueños —mentí—. Estudia o suspenderás.

Iba a volver a mi falsa lectura cuando descruzó las piernas y me atraganté.

—Bueno, si dices que no me estás provocando, te creo.

No llevaba ropa interior y su voz sonaba juguetona cuando sus piernas volvieron a la posición anterior y me privó de la exquisita visión.

—Cla… claro que no. —Era más difícil mentir con aquella imagen mental—. Deberías seguir con lo tuyo.

Soltó una risa floja.

—Sería más fácil creerte si no la tuvieras así.

Apuntaba con el índice a mi ropa interior, que parecía una tienda de campaña. Él no sabía mentir.

Solté el libro y me apoyé en los codos con un encogimiento de hombros.

—Quizás quieras ocuparte de esto.

Señalé mi entrepierna con un gesto de la cabeza.

—Quizás debas hacerte cargo tú.

Hojeó su programa de estudios, pero no despegó los ojos de mí. Estaba jugando y me encantaba cuando lo hacía.

—¿Te molesta que lo haga aquí? —Negó, despacio—. ¿Te molesta que lo haga mirándote?

—Para nada, será divertido.

Abrió las piernas y deseé abalanzarme sobre ella, follarla contra la puerta, pero escogí el camino de la paz al deshacerme de la ropa interior. Me acaricié, disfrutando de la sensación del primer toque al estar tan excitado. Su inspección nada disimulada me invitaba a más. Me apoyé en un codo mientras me masturbaba, sin prisa.

Se relamió los labios, dándose por vencida. Se quitó los zapatos, avanzó y se quedó sobre mí, con los pies a los lados de mis caderas, mirándome desde arriba. No paré de tocarme y me deleité con el cambio de su respiración cuando lo hice con más ganas.

Verla desde abajo me provocaba, porque el vestido corto me dejaba disfrutar de la ausencia de ropa interior.

—Baja antes de que te baje —advertí.

Obedeció y se sentó a horcajadas sobre mis piernas. Mi pene seguía igual de duro entre nosotros.

—¿Vas a seguir dándome órdenes? —preguntó con una sonrisa ladeada.

—¿Quieres órdenes?

Asintió, bajando la vista a mi mano, yo no paraba de masturbarme. Aparté la suya cuando quiso tocar mi polla.

—Busca un condón —indiqué con seriedad y sonrió.

Lo hizo, gateando por la cama. Me mostró su trasero y su sexo desnudo bajo el corto vestido de cuadros blancos y rojos. Tuve ganas de levantarme, arrebatarle el condón y follarla en esa posición, pero una vez más controlé mis impulsos. Quería al menos diez minutos de diversión para no distraerla demasiado, pero tampoco quería que nos quedáramos con ganas de más y que termináramos en una segunda o tercera ronda.

Regresó a su posición anterior y fue traviesa, rozó su sexo por todo mi miembro antes de tomar asiento sobre mis piernas.

—Dámelo —demandé al extender la mano.

Se vio decepcionada al perder el condón.

—¿Puedo tocar o lo tengo prohibido? —preguntó, acariciándome las caderas y acercándose a mi entrepierna.

—A mí no, a ti sí... Tócate —le ordené—. Tócate porque tú te preparas para ser follada.

Se mordió el labio para ahogar un jadeo.

—Ya estoy más que lista para eso.

Mi entrepierna se contrajo y lo ignoré para céntrame en ella.

—Pero de todos modos te vas a masturbar para mí. —La manera en que su pecho subía y bajaba me decía lo que le excitaban mis palabras—. Lo harás porque yo digo que lo hagas, ¿entendido?

No protestó. Se lamió los dedos, haciendo que un cosquilleo me tensara la ingle, y bajó la mano hasta hacerla desaparecer. Soltó un gemido de placer. Subí su vestido hasta la cintura para ver cómo se estimulaba el clítoris.

—Más despacio.

Protestó porque iba deprisa y mi orden cortaba su inspiración.

Le acaricié el cuerpo mientras ella seguía dándose placer. Le bajé los tirantes de su vestido y dejé sus pechos al descubierto. Pellizqué sus pezones, duros por la excitación. Gimió alto, con la confianza de que estábamos solos en la mansión.

—Quieres que te folle duro —dije al incorporarme un poco para chupar sus pechos.

—Quiero que lo hagas ahora —suplicó.

La forcé a girar hasta que quedó de cara al colchón y su trasero acabó entre mis piernas. Le aprisioné los brazos por encima de la cabeza. Me incliné, asegurándome de rozar mi erección entre sus glúteos. Lamí su oreja y se removió. No podía escapar de esa posición, la había inmovilizado por completo.

—Sigues estando muy desesperada —susurré, dejando suaves besos por su mejilla. No podía girarse para verme—. ¿Siempre serás así o aprenderás a tomártelo con calma?

—Tengo que estudiar —masculló contra el colchón—. Pensé que sería rápido.

—Entonces, así será. —Alcancé mi camiseta—. Te amarraré para que estés quieta por una vez en tu vida —advertí, juntándole las muñecas—, es momento de protestar si no quieres.

—¿Me follarás duro?

Su voz era mi kryptonita.

—Te follaré tan duro que esta vez gritarás mi nombre.

—Entonces átame lo que quieras y donde quieras —accedió.

Coloqué mi rodilla entre sus piernas, la presioné contra su sexo y gimió. Se removió, dejándome saber lo húmeda que estaba, buscando alivio mientras me ocupaba de atar sus manos.

La hice girar y de nuevo tuve la vista de sus pechos desnudos. El vestido estaba hecho un desastre y el pelo revuelto por los abruptos cambios de posición. Me coloqué entre sus piernas y me puse el condón.

—Si sigues moviéndote, no hay trato —advertí.

Asintió y le acaricié la entrada con la punta. Hice que se deslizara entre sus labios y la hiciera jadear al frotarla contra su clítoris. Repetí la acción tantas veces que terminó protestando y tuve que dedicarle una mirada amenazante para que mantuviera la compostura.

Hasta que no se calmó no le alcé las caderas y la penetré de una vez, disfrutando de la gloriosa sensación. Arqueó su cuerpo y la tomé por la cintura, hundiéndome en ella hasta la base. Entré y salí un par de veces antes de embestirla con fuerza. Sus gemidos iban en ascenso, junto al sonido de nuestros cuerpos golpeando el uno contra el otro, una sinfonía que me llevaría al límite en pocos segundos.

Salí de ella cuando más desbocada estaba y trató de incorporarse para protestar. Le fue imposible con las manos atadas, y al ponerla boca abajo me senté sobre su trasero.

—Dijiste que sería rápido —protestó.

Se refería a la frustración de negarle el orgasmo a la primera oportunidad. Acomodé sus manos sobre la cabeza y le acaricié la espalda.

—Así te gustará más —murmuré, deslizando mi polla entre sus glúteos hasta encontrar su entrada y penetrarla con delicadeza.

Se le escapó un sonido de sorpresa.

—¿Te gusta? —pregunté, sacando y metiendo solo la punta. Suspiró en respuesta—. Si mantienes las manos donde debes, puede que te enseñe algo entretenido.

Seguí balanceándome suavemente, dejando que se acostumbrara a mí desde una posición distinta, donde podía lastimarla si iba muy profundo. Poco a poco sus jadeos pidieron más.

—Tienes las piernas juntas —dije, amasando su trasero, en ese momento rojo, con mis manos marcadas—. Si las mueves la una contra la otra te gustará más.

Lo hizo y aproveché para penetrarla al completo. Soltó un gemido que ahogó al enterrar la cara en el colchón y no paró de removerse mientras la embestía.

Se sentía apretada y cada vez más húmeda. La opresión intermitente de los músculos de su vagina por el movimiento de sus piernas era demasiado. Nos íbamos desesperando, mi vientre se contrajo y las ganas de correrme hicieron que bajara la velocidad.

—No, Nika —gimoteó, agitada—. Sigue, por favor, sigue.

Quería lo mismo y con gusto cedí a sus deseos. La tomé de la nuca y fui tan salvaje como me pedía a gritos, pronunciando mi nombre. Me volví loco hasta que ambos llegamos al clímax.

Me dejé caer sobre ella, intentando no aplastarla, con mi pecho sobre su espalda. Los dos parecíamos incapaces de recuperar el aliento. Nuestros cuerpos estaban sudados, agotados, y sentía que aquellos minutos habían sido horas.

—Ha estado… ha estado bien —jadeó e intenté apartarle el pelo del rostro—. Muy bien.

Sonreí y la besé en la mejilla.

—Ya puedes seguir estudiando.

Se le escapó una risa floja.

—Creo que necesito cinco minutos.

•••

El mismo viernes que Amaia salía a Prakt para tomar su examen por la tarde, yo empezaba a trabajar en la carpintería del padre de Sophie. No es que fuera mi primer día, llevaba semanas yendo ocasionalmente para entender cómo funcionaba el lugar, pero ese era el comienzo oficial, cuando me convertía en uno de los supervisores en prácticas.

Estaba inquieto, no por mí, sino por ella.

Confiaba en que tendría la calificación máxima, pero sabía que estaba nerviosa y me habría gustado verla antes de que se fuera. Quería llamarla y saber cómo se sentía, pero era una idea terrible. Era momento de que se enfrentara a la realidad y gestionara sus emociones.

Iba caminando por la carpintería, dándole vueltas a la situación, cuando mi teléfono vibró en el bolsillo del uniforme. Lo ignoré porque estaba prohibido usarlo en horas de trabajo. Segundos después volvieron a llamar y miré por miedo a que fuera mi madre o que hubiese pasado algo. Al ver «Pulgarcita» en la pantalla me preocupé de la misma manera.

Sonaba alterada. Había perdido el autobús y solo tenía una oportunidad de tomar el tren a Prakt para llegar a tiempo. No lo pensé dos veces y pedí permiso por la emergencia a mi superior, que se mostró más comprensivo de lo que pensé. Mientras subía a la moto y conducía a la mayor velocidad posible, hacía cálculos de cuánta gasolina tendría que usar para llevarla a la ciudad si el tren fallaba o no llegábamos a tiempo.

Al arribar a la estación de autobuses, esta estaba desolada como si fuera parte de un pueblo fantasma. Amaia corrió en mi dirección con la mochila al hombro, tan pálida que temí que se desmayara. No había tiempo para hablar, solo para exceder el límite de velocidad mientras ella se aferraba a mi cintura como si su vida dependiera de ello.

Aparqué en la entrada de la terminal de trenes, una construcción más antigua e igual de vacía, cuando faltaban nueve minutos para las diez de la mañana, la hora de salida del tren. Corrimos por la entrada hacia las taquillas. Solo una de las diez estaba ocupada por una señora que no se vio nada contenta al ver que tenía dos jóvenes frente a ella, sudados y con dificultad para respirar.

Amaia no podía hablar, tenía un tono verdoso en la cara que empezaba a asustarme y me hice cargo de la situación. Por suerte, el tren llevaba cinco minutos de retraso y el billete llegó a manos de una Amaia que respiró con calma. Sus hombros se relajaron y se fue al andén sin mirar atrás.

Saber que todo estaría bien me tranquilizó de la misma manera y la carrera contrarreloj pasó de ser preocupante a ser divertida. La seguí al andén y me detuve a su lado.

—No te rías —advirtió.

—No iba a hacerlo. —Me dirigió una mirada asesina—. De verdad que no —insistí, pero no me creería, así que me di por vencido—. Solo tengo una pregunta, ¿dónde estabas para no ver el autobús?

Bajó la mirada y los músculos de su mandíbula se tensaron.

—Lo vi cuando salía del baño —murmuró. Su rostro, que empezaba a tomar un color normal, mostró un suave rosa en las mejillas—. Comí demasiado y estaba vomitando.

Se me escapó una carcajada por mucho que intenté controlarla, hasta que me di cuenta de lo avergonzada que estaba. Le pasé una mano por los hombros, aunque mostró resistencia por mi burla.

—Lo siento. —Comprobé su ritmo cardiaco al masajearle el cuello y le besé la sien para sentir su temperatura corporal—. ¿Necesitas algo? ¿Te sientes bien?

Me pasó una mano por la cintura.

—Ahora que podré hacer tomar el examen, sí. Creía que me iba a morir cuando vi imposible llegar a Prakt.

—Oh, Pulgarcita... —La abracé para calmarla—. Tranquila, llegarás a tiempo.

Recostó la mejilla en mi pecho y me apretó con sus pequeños brazos.

—Perdón por molestar —murmuró sobre mi sudadera.

—No me... —El espantoso sonido del tren me interrumpió—. No me molestas, Amaia, tú nunca molestarías.

—Tendrás problemas en tu nuevo trabajo —insistió sin soltarme.

—Repondré las horas. Al final no tardaré tanto.

Alzó la vista.

—¿Tanto?

—Pensé que tendría que llevarte a Prakt.

Tuve que gritar para que me entendiera porque el ruido del tren se mezcló con los chirridos del freno, a pesar de que todavía no se veía por ningún lado.

—¿Me habrías llevado en moto hasta la ciudad? —preguntó casi gritando.

La tomé de la barbilla. Me extrañaba que a esas alturas dudara de lo que estaba dispuesto a hacer por ella.

—Te habría llevado en brazos y corriendo.

Me dedicó aquella mirada que solo tenía para mí, la que me hacía sentir especial y digno. Tener su cariño y compañía era lo más hermoso que me había sucedido en la vida.

El tren dio un último frenazo. Era casi tan antiguo como la estación, no tenía idea de que todavía existieran ese tipo de transportes y mucho menos que aún circularan.

Amaia se puso de puntillas y me besó en la mejilla, cosa que me pilló por sorpresa.

—Gracias —murmuró y su aliento me rozó la piel. Dejé un beso en sus labios como respuesta.

—Siempre que me necesites.

Sonrió ampliamente al volver a estar sobre sus pies.

—¿Sabes algo? —Ladeó la cabeza—. Nunca pensé que pudieras ser tan tierno.

Sacaba lo mejor de mí y me alegraba que fuera evidente. Era una de las razones por las que me había enamorado de ella.

—Jamás pensé que existiera alguien como tú —confesé, besándole la frente.

Suspiró y caminó de espaldas en dirección al tren.

—Deséame suerte —pidió con otra sonrisa.

—No te hace falta.

Me sacó la lengua y prestó atención a la escalerilla.

Aquel era un adiós temporal, un día sin vernos y a kilómetros de distancia, no muy distinto al que tendría lugar en un par de meses. Ella se iría a la universidad y yo me quedaría. Sin importar la distancia, Amaia seguiría ocupando ese lugar especial en mi corazón.

—¿Todo bien, idiota? —se burló, alzando la voz por encima del primer aviso que indicaba la inminente partida—. Deberías irte a menos que vayas a perseguir el tren como en las novelas románticas.

Por alguna razón, no me sentí mal al imaginarla lejos. No apareció la opresión en el pecho, las sudoraciones ni los temblores. Un cosquilleo en el estómago me gritó lo mucho que la extrañaría y lo feliz que me haría ver que estaba cumpliendo sus sueños.

Mi mente viajó en el tiempo e imaginé el futuro. Yo en Soleil, ella en Prakt. No estar juntos era posible mientras ambos estuviéramos bien. No importaba seguir juntos como pareja o cortar por lo sano para que ambos pudiéramos seguir nuestros caminos, aunque no fuera fácil.

Mi cuerpo se movió por sí solo y subí al tren, los tres pasos de la escalerilla.

—¿Estás loco? Bájate. —Abrió demasiados los ojos y se acomodó en el pequeño espacio para hacerme lugar—. Si quieres ir a Prakt conmigo es muy bonito, más romántico que perseguir el tren, pero ni siquiera tienes billete y…

—No quiero ir contigo.

Se llevó la mano al pecho, un gesto que repetía cuando quería fingir que interpretaba una dramática obra de teatro.

—Qué decepción…

La tomé de la barbilla para que prestara atención. No teníamos demasiado tiempo y no dejaría pasar la oportunidad.

—Hay algo que quiero decir.

—Has escogido mal momento —gritó para que la escuchara por encima del segundo aviso del tren.

—Nunca es mal momento —respondí al mismo volumen.

—Tengo mis dudas, chico listo. Tienes que…

La callé con un beso, profundo y suave. La tomé de la cintura, la despeiné y deseé fundirme con ella durante un par de segundos, en los que me respondió con la misma ternura.

El tren comenzaba a moverse con el tercer aviso y me separé.

—Te amo —murmuré sobre sus labios.

Contuvo la respiración y se mostró atónita.

Le rocé los labios una última vez y bajé de un salto para caer al andén mientras el tren iba tomando velocidad. No dejó de mirarme y yo tampoco lo hice hasta que desapareció. Lo reconfortante fue que la calma no se marchó con ella, se quedó marcada por el cosquilleo que sentía en mi estómago y el latido emocionado de mi corazón.

La amaba desde hacía mucho y hasta ese momento no estuve preparado para decirlo. La amaba por quien era y no por lo seguro que me sentía a su lado.

Capítulo 44

Salí del trabajo más tarde de lo común por cubrir el par de horas que tardé en llevar a Amaia a la estación de tren. La dulce satisfacción de haber dicho que la amaba no se iba, me mantenía con una sonrisa de estúpido. Me pasé el día en las nubes y deseando que le fuera bien en el examen, contando los minutos para poder llamarla por la noche.

Cuando salía de la carpintería en busca de la moto, una figura se atravesó en mi camino y me tomó de los hombros para zarandearme con fuerza. Casi le pego creyendo que era Alexandre o un peligro inminente, pero reconocí a Rosie y recordé que el exnovio de Chloe estaba bajo arresto domiciliario y esperando juicio.

—Pensé que no te encontraría —se lamentó.

Estaba sudada, agitada y pálida. Parecía una corredora inexperta después de una maratón.

—Todo… mal —jadeó, asustada, antes de que pudiera preguntar qué había pasado.

La tomé del brazo y cruzamos la calle hasta el parque que ocupaba el centro de Soleil. Elegimos el banco más alejado, el preferido de las parejas para meterse mano en las noches. La senté y no volvió a hablar, se miraba las manos sin expresión alguna, algo preocupante.

No hice preguntas, esperé pacientemente y, ante tanto silencio, decidí cruzar la calle y comprarle un helado y dos botellas de agua. Seguía igual cuando regresé.

—¿Puedes decirme qué ha pasado? —pregunté cuando dio muestra de vida al aceptar el barquillo.

—Lo he hecho —murmuró—, se lo he dicho a Victoria. Estábamos en su casa y le he dicho que teníamos que hablar. —Su mirada estaba perdida y el helado empezó a derretirse—. Primero le he contado que me gustaban las chicas y se ha sorprendido tanto que me he acobardado.

—¿Por eso estás así?

Negó.

—Me ha hecho muchas preguntas hasta llegar a cuándo me había dado cuenta. Le he confesado que empecé a cuestionármelo después del trío con Charles y ella. —Tragó saliva—. También le he dicho que salí con un par de chicas y que ya lo sé… Estoy segura de que soy lesbiana.

Sus ojos se llenaron de lágrimas.

—Ella… ella se ha enojado… Hemos discutido, me ha reprochado por no habérselo contado antes, yo le he echado en cara que pasara de chico a chico y se olvidara de mí…

El helado le embarraba la mano y le goteaba al suelo.

—Nos hemos dicho cosas horribles —susurró—. Jamás habíamos discutido.

No sabía cómo ayudar. Consolar a alguien no era una de mis virtudes. Además, me sentía culpable por incitarla a sincerarse.

—Lo siento mucho —fue todo lo que pude decir.

Le arrebaté el barquillo y lo tiré en la papelera más cercana. Limpiar el desastre del helado intacto era la única manera de sentir que hacía algo por ella. Me encargué de enjuagar su mano con una botella de agua.

—Eso no fue todo —agregó—. Mientras discutíamos lo he dicho, lo he gritado, que estoy enamorada de ella.

Nos miramos sin decir nada.

—Quedamos así mismo —confesó, señalándonos—. Puro silencio… Me quería morir.

—¿Por eso has salido corriendo?

—No, ella me ha besado.

La frase se repitió varias veces en mi mente y no podía aceptar el haberla escuchado.

—¿Te ha besado?

—Lo ha hecho con ganas y yo no le he respondido.

Le solté la mano y la botella de agua cayó al suelo.

—¿Eres estúpida?

—¡Me puse nerviosa! —chilló.

Hundí la cara en mis manos.

—¿Qué le has dicho? —pregunté con esperanzas de que lo hubiese solucionado.

—Nada. —La comisura de sus labios cayó. Sus ojos brillaron—. He salido corriendo a buscarte.

Cerré los ojos para fingir que no había dicho esas palabras, pero tuve que volver a abrirlos. Rosie asintió despacio para confirmar que no era mi imaginación, sus palabras eran ciertas.

—Creí que era torpe para lidiar con mis sentimientos hasta que te conocí.

Su expresión cambió y la castaña malhumorada regresó a su cuerpo.

—No he venido a que te burlaras de mí.

—No me burlo —rebatí—, te llamo estúpida.

—Estúpido tu culo.

—Es que lo eres. —Tuve ganas de darle un coscorrón—. La chica por la que llevas meses sufriendo acaba de besarte ¿y sales corriendo?

Contrajo el rostro hasta que, poco a poco, el enojo se convirtió en tristeza.

—Soy estúpida —se lamentó, escondiendo la cara entre las rodillas.

Lloriqueó a su manera, murmurando insultos para ella y para mí. La gente que pasaba nos miraba de reojo. Parecíamos una pareja en plena ruptura, como si yo acabara de hacerle pedazos el corazón. Estuvo así durante demasiado tiempo.

—Rosie —llamé sin obtener respuesta y le pinché en el hombro—. ¿Vas a quedarte ahí toda la tarde?

—¿Qué hago? —musitó sin levantar la cabeza.

—¿Qué haces de qué?

Apoyó las manos sobre las rodillas. Sus ojos hinchados y llenos de lágrimas me desafiaron.

—De desayuno. ¿No te jode?

—Para empezar, dejar de pedirme consejo. No soy la persona adecuada, créeme.

Se despeinó para despejar las ideas y miró con mala cara a una mujer que pasó frente a nosotros y que nos observaba sin disimulo.

—No. Sé. Qué. Hacer. —Bufó— ¿A quién quieres que le pida consejo? No tengo a nadie más.

—¡Llevamos medio curso en lo mismo! —exclamé—. Yo te digo la mejor opción y tú haces lo que quieres cuando quieres.

—No es tan fácil —protestó.

—¿Piensas que no lo sé? —Tuve que reírme—. Yo no puedo ni seguir los consejos que te doy y mi vida es un desastre.

—No creo que ni la mitad que la mía —reprochó.

—¿Quieres competir?

Me miró con tristeza.

—Soy adoptada, mis padres son homosexuales y me han menospreciado, atacado y odiado por eso —murmuró—. Además, ellos se están divorciando y en malos términos. Estoy en el puto medio. Para este pueblo de mierda seré la lesbiana hija de los dos maricas —continuó, señalando alrededor—, la que se enamoró de su mejor amiga. No voy a contar la estupidez que acabo de hacer al huir de Victoria sin decir ni una palabra.

Respiré para encontrar la mejor manera de hablarle. Estaba en un momento en que no veía una luz sin importar que se la mostrara.

—No podemos competir —acepté—. No hay competencia entre los problemas porque todos son relevantes. Los tuyos son tu infierno y los míos…, pues son los míos. Cada cual tiene su mierda encima.

No me contradijo, pero supe que tenía ganas de hacerlo.

Me sorprendió la naturalidad con que resumió su vida y conflictos. Tuve ganas de hacer lo mismo, hasta los enumeré en mi mente. Se veía tan sencillo contarlos de esa forma, dentro de mi cabeza... Dos meses antes no habría podido hacerlo.

Le puse una mano en el hombro.

—Vete a casa —aconsejé—. Toma una ducha y haz lo que debes hacer.

Una línea marcó su entrecejo.

—¿Y eso es?

—Lo sabes perfectamente, no voy a decirlo.

Le palmeé el hombro y le di la espalda. Murmuró un par de insultos mientras me alejaba. No me importó, buscarme e insultarme era su manera de decir que confiaba en mí y, sin darse cuenta, ella también me había ayudado. Nadie tenía que aconsejarme lo que debía hacer, yo también lo sabía desde hacía mucho, pero no había tenido el valor de aceptarlo.

• • •

—Aksel —llamé en voz alta al entrar en la mansión.

A esa hora de la noche siempre estaba en el segundo piso. No obtuve su respuesta, pero sí la de mi madre desde muy lejos. Estaban en la cocina y los encontré terminando la cena, juntos y divertidos, felices por verme llegar.

Por un segundo, dudé si arruinar el ambiente, pero suficiente tiempo habíamos extendido ya lo de enfrentarnos a la realidad. Los llamé al comedor y se miraron, preocupados. Me siguieron y ocuparon sus puestos de siempre, el uno frente al otro, ella a la derecha y él a la izquierda de la mesa de caoba. Mi lugar debía estar junto a mi madre, porque siempre dejábamos la cabecera desocupada.

Puede que ninguno de los tres hubiese notado la costumbre de la silla vacía, la de nuestro padre, pero yo llevaba días mirándola, tratando de entender por qué dejábamos un espacio para alguien como él. Vivíamos con un fantasma. Estábamos lejos, pero no habíamos cortado la correa con la que nos había torturado durante años. La silla vacía era muestra de ello y no estaba dispuesto a seguirle dando espacio en nuestra mesa, así que tomé asiento en la cabecera.

—Creo que es hora de contar la verdad sobre nuestro padre, Emma, Prakt, todo...

Se miraron entre sí, preocupados y sorprendidos, no sé si por mis palabras o el cambio de lugar en la mesa.

—¿Pasó algo? —Mi madre puso su mano sobre la mía—. ¿Siala dijo algo de... tu padre?

—No pasó nada. —Miré a Aksel—. Tenías razón… la tienes. Somos las víctimas y llevamos años cubriendo al culpable.

—Aceptarlo y decirlo no es…

—Nika —lo interrumpió ella y Aksel no pudo continuar—. Sabes que si vamos a la policía el proceso será eterno y él puede encontrarnos antes, por eso…

—No podemos seguir huyendo.

—Llevamos aquí casi un año —dijo Aksel—. No tenemos que huir.

—La universidad a la que aplicas es en Prakt. No me lo has dicho, pero lo averigüé. Tendrás que hacer un semestre antes de trasladarte a otra ciudad para seguir estudiando. —Presionó los labios y se convirtieron en una línea—. ¿Crees que estarás seguro esos meses?

Nuestra madre se cubrió el rostro con las manos.

—Nunca sabremos si estás a salvo, jamás lo estaremos mientras él esté vivo o libre.

—No podemos —murmuró ella—. Si lo hacemos, él los lastimará.

—No te das cuenta de que eso fue lo que nos metió en la cabeza, que no podíamos. Nos chantajeó, nos extorsionó prometiendo dañar a Aksel como lo hizo con Emma. Si no hacemos algo, seguiremos dándole rienda suelta y la verdadera oportunidad para lastimarnos.

Sus ojos verdes se llenaron de lágrimas y, cuando rodaron por sus mejillas, Aksel se tensó.

—No quiero seguir huyendo —confesé—, no merecemos…

Me interrumpió el sonido de unos golpes sobre el cristal de la puerta principal.

—Yo voy —dijo Aksel, poniéndose de pie. Me hizo una señal para que me ocupara de calmar a nuestra madre, que empezaba a sollozar por lo bajo.

La obligué a mirarme cuando estuvimos solos y le limpié las lágrimas.

—No puedo permitir que les suceda algo —gimoteó—. Son mis bebés, tengo que protegerlos. No quiero que los toque, no soportaría que…

—No va a pasar nada.

No lo sabía y estaba igual de asustado, pero era una decisión tomada.

—La policía no —suplicó.

—Podemos empezar por algo más sencillo. —Negó repetidas veces—. ¿Qué tal si le contamos a la doctora Favreau?

Se cubrió la boca para contener un hipido.

—Sabrá que llevamos todo este tiempo mintiendo —dijo con voz ahogada.

—Sabe que lo hacemos, desde el principio.

—¿Cómo…?

—No es tonta y lleva meses hablando con nosotros, en privado y sin comentar lo que cada uno expresa en su tiempo. ¿Piensas que no se ha dado cuenta de que hemos sufrido violencia física y psicológica?

Le tembló el labio.

—Podemos contárselo a ella y ver cómo avanzamos antes de…

—¡Qué linda familia! —proclamó una voz ronca—. ¿Haciendo planes sin papá?

El aire se me escapó de los pulmones cuando alcé la vista. Tenía la barba más canosa, el pelo le había crecido y mantenía la misma mirada amenazante con la que aparecía en mis pesadillas…

—Estás en mi sitio, Nikolai —comentó con una sonrisa socarrona y un afilado cuchillo sobre el cuello de Aksel.

Capítulo 45

—No imaginan el tiempo que llevo esperando este momento —declaró. Con suavidad, le clavó algo en el cuello a Aksel. Me puse de pie y mi madre gritó cuando las piernas de mi hermano flaquearon y sus ojos se cerraron.

—Un sedante —confesó Nikolai, al tiempo que la cabeza de Aksel tocaba el suelo—. No se preocupen, esto será muy lento.

Su vista se clavó en mi madre.

—Ven, Anette, no tengas miedo.

Extendió la mano al aire para que la tomara a pesar de que estaba a varios metros de nosotros. Ella negó varias veces. Puede que no estuviera segura de que lo estaba viendo, si era real.

—No finjas que no lo harás —murmuró y, al no obtener lo que quería, su expresión se tornó amenazadora—. O vienes o le rajo el cuello a este.

Pateó el cuerpo de mi hermano inconsciente y mi madre se apresuró a obedecer sin que yo pudiera impedirlo. Una sonrisa se extendió por sus labios al tocarla.

—Siempre tan hermosa —dijo antes de tomar una jeringa de su bolsillo y destapar la aguja.

Mis piernas eran de plomo. Solo pude ver que la sedaba y caía en sus brazos. La dejó en el suelo junto a Aksel.

Sus pasos resonaron por el comedor mientras yo temblaba. Me sentí el mismo niño de trece años que había descubierto que su padre era un monstruo. No había cambiado mucho. Tenía la piel más maltratada y los labios resecos, los ojos inyectados en sangre y el olor a alcohol que siempre lo acompañaba.

—Dime, Nikolai, ¿dónde escondes mi pistola? —El miedo me impedía hablar—. ¿Tengo que amenazarte o harás el juego más fácil?

—Mi… mi habitación… —balbuceé, pasando la vista por los cuerpos en el suelo—. Último piso… Hay unas cajas…

Sonrió de medio lado.

—Eso era lo que necesitaba.

Sentí una punzada en el hombro y su rostro se fue oscureciendo hasta desaparecer.

•••

—¿Quieres dormir eternamente? —preguntó una voz lejana y áspera.

Me pesaban los párpados y tenía ganas de vomitar.

—Tu madre y tu hermano se han despertado hace mucho. —La mención hizo que recordara lo que había sucedido—. Tuvimos una bonita charla.

Logré alzar la cabeza a pesar del dolor en el cuello y me costó entender que estaba en mi habitación. Me obligué a volver a la realidad. Me había atado las piernas a la silla y las manos a la espalda para inmovilizarme por completo. Incluso lo había reforzado todo con una cuerda que rodeaba mi pecho.

—Pensé que podríamos conversar. —Estaba en la esquina de mi colchón, cómodo, con la pistola desarmada, limpiándola a conciencia—. He extrañado nuestras charlas.

Mi visión iba y venía. Todo daba vueltas y no pude hablar cuando lo intenté.

—Es el sedante —explicó sin alzar la vista—. Durará menos de veinticuatro horas.

Era de noche y no pude calcular cuánto tiempo había estado inconsciente. La luz de la luna se colaba por las ventanas.

—Mal trabajo, ¿sabes? —dijo al terminar con el arma—. Está descuidada y sucia, eso no fue lo que te enseñé. —Verificó que estaba preparada para disparar—. Lo bueno es que no la has usado.

De mi garganta salió un sonido ronco e irreconocible.

Todo se volvió oscuro y su voz desapareció. Al recobrar la consciencia en lo que debieron de ser segundos, él caminaba de un lado a otro. Seguía hablando, pero yo no entendía sus palabras. Nos insultaba, llamándonos desagradecidos y culpables de los peores momentos de su vida. No podía pensar con claridad.

Dos bofetadas me espabilaron.

—¡Despierta! —espetó cerca de mi cara—. ¡¿O es que prefieres dormir la siesta?!

Me pegó una tercera vez e hice lo imposible por atenderlo y mantener los ojos abiertos.

—¿No quieres saber nada del resto de tu familia? —Logró que algo de fuerza regresara a mi cuerpo—. Tu madre no ha dejado de llorar, es normal en ella. Tu hermano está distinto, más valiente, pero en el fondo es el mismo niño mimado.

—De… déjalos.

La lengua me pesaba y no podía articular bien.

—¿Y tú, Nikolai, en qué has cambiado? —Se inclinó hasta mi altura—. ¿Te olvidaste de mí? ¿Dejaste atrás todo lo que pasó en Prakt? —Su dentadura se expuso más de lo que exigía una simple sonrisa—. ¿Olvidaste lo que le hiciste a Emma? —Sus palabras me quemaban—. Espero que no —añadió—. Los asesinos son siempre asesinos. —Su aliento etílico quedó a mi alrededor—. Espero que no olvidaras que tú y yo somos iguales, eso no cambiará por mucho que huyas de mí.

Caminó a mi alrededor, provocando que me mareara.

—Dolió tanto que me dejaran solo… —Se le escapó un suspiro de falsa decepción—. Supongo que esta ya no es una familia y que tendré que hacer algo al respecto. No me dejan otra opción.

Un golpe en mi nuca fue lo último que sentí.

•••

El agua helada golpeó mi cuerpo. Temblé y quise incorporarme. Alguien lo impidió, aplastándome el pecho. Tenía atados los pies y las muñecas y estaba tendido en el suelo.

Nikolai lanzó a una esquina el cubo con que me había tirado el agua y me apuntó con la pistola.

—¿Has tenido lindos sueños?

Seguíamos en mi habitación. El sol estaba tan alto que se colaba perpendicular por las ventanas: era mediodía.

—Mi madre —dije con voz ronca, débil—, Aksel… ¿Dónde…?

—Atados, sedados y durmiendo plácidamente —dijo como si fuera una excelente noticia que fuéramos sus prisioneros.

Salió de mi campo de visión y regresó con unas llaves en la mano.

—¿De quién es el coche que hay abajo? —Mi garganta se selló—. ¿Es de la chica que fuiste a buscar a la estación de autobuses?

No poder controlar mi respiración le dio la respuesta. Hizo sonar el llavero entre sus manos, admirándolo con una sonrisa malintencionada.

—¿Crees en el destino, Nikolai? —Me miró con la misma expresión—. Le saqué poca información al adorado tío Ibsen, pero algo con tu amiguita Siala me dio una pista. Regresó de un viaje y se comportaba diferente, me miraba con miedo. Su padre dijo que estuvo en Indaba y creí que los encontraría si viajaba al sur. Estaba en la estación cuando esa chica apareció. Iba al lugar equivocado hasta que me miró con esos ojos de «presta atención». —Entrecerró los suyos y acarició la letra M en el llavero—. Lo sentí, supe que debía estar atento y de repente ahí estabas tú, ayudándola…

Volvió a aplastarme, pisándome como si fuera menos que un insecto.

—¿Es tu novia? —interrogó.

—No —contesté con dificultad.

—Pero tienes su coche.

—Pidió… Tengo que buscarla por la tarde, es un trabajo.

—Un trabajo —repitió—. ¿Por eso vas corriendo a encontrarla cuando te llama?

—Es una amiga —mascullé.

La presión sobre mi pecho desapareció cuando caminó hacia mi escritorio. Tosí varias veces para recuperar el aliento.

—Una amiga especial —canturreó al alzar el cuaderno con la cubierta de cuero que me había regalado la doctora Favreau.

Lo analizó desde fuera durante más tiempo del necesario, dándole vueltas en la mano.

Rebuscó en su bolsillo y reconocí mi teléfono. Me tensé. Tenía que haberlo leído todo. Lo conocía lo suficientemente bien para saber que mostrarme esos dos objetos era una amenaza sutil, un juego mental para desestabilizarme.

—Te… tenemos algo, nada del otro mundo —confesé, porque si iba a mentir debía ser algo creíble.

No podía permitir que supiera lo que significaba para mí. Iría a por ella con más fuerza, directo a lastimarla de la peor manera si eso me hacía infeliz.

—Interesante —musitó—. ¿Puedes decirle que no irás a buscarla?

Podía, era una manera de alejarla, pero sabía muy bien que no sería suficiente.

—¿Te ha comido la lengua el gato o hay algo que no me estás diciendo? —insistió.

—Querrá saber por qué no voy —confesé, esperando que temiera ser descubierto—. Vendrá. Sabrá que estás aquí.

Se acercó a la ventana y miró hacia abajo.

—Cierto. Es la vecina. —Me observó por encima del hombro—. Bonita familia, por cierto. Han salido muy temprano. Tienen una hija pequeña preciosa, me recordó a Emma.

—Déjalos fuera de esto —gruñí, revolviéndome, aunque el esfuerzo fuera en vano por culpa de las ataduras.

—¿Cómo podría si ahora tengo nuera? —Abrió los brazos al techo y dio vueltas sobre sus pies—. Un nuevo miembro en la familia.

—¡No significa nada para mí!

Bajó la vista y arrugó las cejas.

—¿Quieres deshacerte de ella? ¿Tan fácil es dejar a las personas que amas? Eso no fue lo que te enseñamos.

—No es nada para mí —mascullé.

—Sé que mientes, pero te daré una oportunidad. —Se agachó para estar más cerca—. Si rompes con ella, no haré que termine como nosotros, ¿qué te parece?

—¿Qué quieres decir?

—Los Holten harán un viaje sin retorno —confesó con una sonrisa perturbadora y descansando la punta de la pistola sobre su sien—. Imagina los titulares: «Familia comete suicidio colectivo en la antigua mansión Bakker». —Soltó una risa que me heló la sangre—. Saldremos por la puerta grande.

—Estás loco.

—Sí. —Abrió mucho más los ojos—. Pero tú también, Nikolai.

Me estremecí.

—Déjalos en paz y haré lo que quieras.

Ladeó la cabeza, valorando mi propuesta.

—Siempre logras conmoverme, te aprovechas de mí porque sabes que eres mi preferido. —Estaba disfrutando burlarse de mí—. Solo por eso te concederé una oportunidad. Puedes salvar a…

—¿Solo puedo salvar a uno?

—No soy tan retorcido —aclaró, mostrándose dolido—. Tu madre y Aksel nos acompañarán hasta el final, no puedes hacer nada por ellos. Pero tu novia tiene un boleto de escape.

Me dio un par de palmadas en la mejilla.

—Si no forma parte de la familia, no le pasará nada y tendrá su final feliz… A menos que ella sea tan importante que no puedas mandarla a la mierda.

—Puedo hacerlo —dije al instante porque haría lo que fuera por mantenerla lejos de él y de aquella casa.

—Perfecto, pero iremos juntos a recogerla. Si veo que se quieren de verdad, no tendré más opción que aceptarla en la familia. —Hizo un falso puchero—. No quiero verte sufrir por amor.

Se puso de pie.

—¿Tenemos un trato?

Tragué con la garganta dolorida.

—Sí.

—Entonces vístete bien. No querrás dar una mala imagen ante tu futura exnovia.

•••

Conduje con las manos aferradas al volante hasta que terminaron entumecidas. Nikolai me seguía en un coche que de seguro había robado, un taxi. Podía imaginar la sonrisa de satisfacción que tendría por llevarme camino a la situación más angustiosa de mi vida. Lo hacía para eso, para verme sufrir.

«Salvarás a Mia».

A mi madre y a Aksel… Él había repetido varias veces lo de encontrar nuestro final, sus planes.

«¿Tendrá valor para matarnos y suicidarse?».

De lo primero estaba convencido, de lo segundo… Era un cobarde, puede que huyera dejando nuestros cadáveres atrás y nadie sabría la verdad.

«Mia. Piensa en ella. Solo tienes que quitarla del camino y hacer un trato con él para dejar a mi madre y Aksel fuera del juego».

Sabía que salvarlos a todos era imposible, pero quería alimentar la esperanza.

Cuando llegamos a la estación de autobuses no me atreví a bajar del coche. Aparcó y se acercó a mi ventanilla.

—Atiéndeme bien, Nikolai. —El nombre y el olor a bebida me golpearon—. Si le dices lo que no debes a tu novia, la mato delante de ti. Me da igual el espectáculo porque después haré lo mismo con tu madre y tu hermano. Muertos todos no importa la policía o la cárcel, no me importa nada.

Su determinación me hizo temblar.

—Te estoy dando una oportunidad —murmuró—. Puedes tomarla o hacer como le hiciste a Emma: matarla.

Miró el reloj e ignoró el temblor de mis manos.

Los recuerdos de aquella tarde regresaban a mí junto al llanto de mi hermana pequeña.

—Falta poco, Romeo. Prepárate para el teatro. —Me tomó por la nuca e hizo que saliera—. Tienes diez minutos —advirtió.

Me soltó y no tuve coraje para mirarlo. Me paré frente a la entrada y, cuando mis piernas empezaron a fallar, caminé de un lado a otro. Encendí un cigarrillo de los que seguían en mi bolsillo. Nikolai había vuelto al taxi y no me quitaba los ojos de encima.

El ajetreo de la estación y el sonido de los altavoces indicaron la llegada del autobús. Mis dientes castañearon y el cigarrillo casi se me cae de la mano cuando Amaia apareció. Dejó su mochila en el suelo y corrió a mi encuentro. Me pasó los brazos por los hombros y dejó un reguero de besos en mi rostro. Tuve ganas de derrumbarme al sentir el contacto de sus labios. Mientras él viera lo que me importaba, lo que ella causaba en mí, la pondría en peligro, así que la alejé cuando intentó besarme en la boca.

—Si estás cansado, tengo una noticia que te animará —dijo con una sonrisa radiante, ajena a lo que sucedía.

Era imposible que lo supiera, nunca le había dicho la verdad. Si tenía suerte, yo desaparecería de su vida sin que jamás la descubriera...

—Tenemos que hablar, Amaia.

Capítulo 46

Sus ojos se abrieron demasiado y dio un paso hacia mí.

—Tu madre. ¿Ha pasado algo que…?

—Mi madre está bien —mentí con sequedad—. Es sobre nosotros.

—Puedes hablarme bien —rebatió, dolida—. No hay necesidad de que me trates como a una empleada de hace tres siglos.

Me iba a costar hacer aquello, pero mientras más distante fuera, más fácil sería. Tenía que lograr que me creyera y jamás quisiera volver a verme.

—Lo siento. No es fácil lo que voy a decir.

Convincente, tenía que sonar convincente. El Nika que ella conocía no la dejaría de un día a otro sin razones. Tendría que usar todo lo que tuviera a mi alcance, por duro que fuera.

—Quiero que terminemos nuestra relación.

Primero no se dio por aludida, poco a poco la confusión marcó su entrecejo. Se le escapó una risa nerviosa.

—Disculpa. ¿Qué has dicho?

Saqué otro cigarrillo para ocupar las manos.

—Quiero que rompamos.

—¿Se puede saber por qué? —preguntó con los ojos entrecerrados, sin creer en mis palabras.

—He estado pensando, ¿sabes? —Le di una calada al cigarrillo y aparté la mirada—. No tiene sentido, nada de esto lo tiene.

—Habla claro, Nikolai.

La aspereza en su voz no fue nada comparado con que usara mi nombre completo. Fue un recordatorio más de que él estaba allí, cerca, acechando, a la espera de verme flaquear para lastimarla.

—He estado pensando en esta mierda de relación. —Espeté, levantando las barreras que solo ella había logrado derrumbar. Volví a ser el hijo de mi padre, el imbécil que podía hacerla sufrir—. He estado pensando en que irás a Prakt y yo me quedaré aquí.

—Ayer me amabas y ahora, ¿tenemos una relación de mierda?

—Supongo que debía tenerte lejos para ver la realidad.

—¿Un día te parece estar lejos? —Miró a su alrededor sin creer lo que escuchaba—. ¿De qué realidad hablas?

—Dentro de dos meses estarás en una ciudad llena de distracciones y con tu cabeza en una sintonía distinta.

Un poco de verdad y otro de mentira.

—Eso es una justificación barata —reclamó.

—Hay fecha de caducidad —mascullé— y no tengo ganas de verla llegar sin hacer nada.

Una sonrisa amagó con formarse en sus labios, desapareció y volvió.

—Estás burlándote de mí, ¿no es cierto?

—¿Tengo cara de estar haciéndolo?

Negó varias veces mientras daba un paso atrás.

—Tienes miedo. —Que estuviera tan cerca de la realidad me asustó—. ¿Piensas que no te conozco, que no sé cuándo mientes?

—Crees conocerme. —Si no era lo suficientemente rápido para terminar aquella conversación, todo saldría mal—. En el fondo, tienes miles de dudas de lo que soy o de lo que he hecho. Dudas de qué haré al día siguiente o cómo cambiará mi estado de ánimo.

Contuvo la respiración y sus labios se tensaron.

—Sabes que tengo razón. Hay un final y está cada vez más cerca.

—No es cierto.

—¿Dirás que no lo has considerado? —Escruté su rostro contraído—. Lo has hecho.

—¿Por eso dijiste que me amas? —preguntó—. Me amas, pero quieres cortar conmigo.

—Decirlo me hizo ver lo demás.

—¿De qué hablas, Nika? ¿Te estás volviendo loco?

El corazón me golpeaba contra las costillas. No estaba yendo a ningún lugar, no avanzaba, y el tiempo se me escurría entre las manos. Nikolai aparecería en cualquier momento, había dicho diez minutos, solo diez.

—Responde —exigió chasqueando los dedos delante de mis ojos—. ¿Me amas?

—Más que a nada en el mundo —confesé sin oportunidad alguna de mentir ante esa pregunta.

Se acercó y puso una mano sobre mi pecho, un movimiento que me calmó a pesar de todo.

—¿A qué le tienes miedo? —dijo con una dulzura indescriptible—. Dime qué te ha llevado a pensar que separarnos es la mejor opción.

Un poco de la verdad…

—Te vas a ir.

—Nada tiene que cambiar. —Sonrió—. Podemos seguir juntos, no importa la distancia.

—No lo entiendes porque no lo has vivido.

—¿Y tú sí?

—Sé de lo que hablo. —Negué un par de veces—. Ahora tus intereses son unos y al mudarte serán otros. Cuando llegues a la universidad, tus prioridades y tus amistades cambiarán. Te replantearás cada aspecto de tu vida y está bien que lo hagas, se supone que es así como tiene que ser. Querrás hacer otras cosas que no me incluirán. Estaré muy lejos y me será imposible formar parte de tu cambio. Has visto las consecuencias.

—No somos Julien y Sophie —dijo con seguridad—. Somos Mia y Nika. Si queremos estar juntos, lo estaremos, da igual la distancia. —Tomó mi rostro entre sus manos y temblé porque él nos estaba viendo—. Entiendo que confesar que me amas fuera difícil y esperas a que yo lo diga también. No puedo decirlo, pero no significa que no seas lo único que quiero en mi vida. Si te hace sentir inseguro, por favor, dímelo. No hay razón para que lo estés. Tú y yo funcionaremos. Lejos o cerca, funcionará.

—¿Cómo estás tan segura?

—Solo tienes que confiar en nosotros, confiar en mí.

El sonido de un claxon, de mi padre desde el taxi, me devolvió a la realidad.

Confiar… Ella me había dado las armas al hacerlo y la única manera de alejarla definitivamente era usar la información que tenía sobre ella, sus miedos, sus más profundos tormentos. Traté de no pensar en que estaba a punto de clavarle un puñal en la espalda.

—Dime, Amaia. ¿Cómo quieres que confíe en ti si no sabes lo que sientes?

Le aparté la mano y se estremeció.

—¿Cómo esperas que mantenga una relación con alguien que no es capaz de decir que me ama?

Abrió y cerró la boca varias veces.

—Yo… Yo solo necesito tiempo. —Le tembló la voz, no sabía cómo lidiar con la situación—. Yo quisiera… —musitó—. Necesito tiempo. No es que no esté segura de mis sentimientos —continuó, tratando de justificar lo que no tenía que justificar—, es solo que no estoy lista.

Odié que suplicara, que estuviera rompiéndose. La estaba llevando a la misma posición que Charles la había llevado hacía meses. La estaba chantajeando al decir que no me quería lo suficiente para que hiciera algo para lo que no estaba preparada. Era la mejor manera de anularla, recordándole lo que tanto daño le había hecho.

—No puedo confiar en nada que venga de ti por mucho que quiera hacerlo. No quiero perder a más personas ni sufrir una ruptura por extender lo inevitable. No soy tan masoquista.

—No tiene que terminar así —suplicó—. No tenemos que separarnos. Podemos...

—No puedo confiar cuando ni siquiera estás segura de lo que quieres para ti. —Sabía muy bien las palabras que debía usar para aplastarla por completo—. Tus mayores problemas son los conflictos amorosos de tus amigos, quejarte de lo molestos que son los adolescentes o no leer los clichés románticos de moda para no ser una más. No te das cuenta, pero vives en una burbuja de niña mimada que es incapaz de valorar lo que tiene. Te has dedicado a jugar con tus padres y a mentirles. Te has escondido tras el miedo a decepcionarlos o lastimarlos porque sabes, desde el principio, que tu indecisión es pura inmadurez.

Fingí una mirada de desprecio, para que calara más el mensaje.

—No quieres tener la vida de tus padres, esos que te aman y siempre han estado para ti, porque la consideras poca cosa. Eres una egoísta y crees que te mereces más de lo que tienes. Ni siquiera valoras lo que te apasiona y me estás pidiendo que confíe en esa niña, que olvide mis miedos por ella.

—Yo confié en ti cuando todos me gritaban que no debía hacerlo —musitó tras unos segundos sin saber cómo reaccionar.

Acababa de destrozarla de todas las maneras posibles, lo supe porque su dolor era el mío.

—Es mejor dejarlo aquí y ahora, Amaia.

Le ofrecí la llave y me temblaron los brazos. Me controlé mientras la dejaba en sus manos y escondía la mía en los bolsillos.

—Es mejor no vernos más. —Amaia solo podía mirar la llave—. No te acerques ni a mi casa, ni a Aksel ni a mi madre.

—Pero...

—Una vez me pediste distancia. Lo hice, aunque me costó —la interrumpí sin contemplaciones—. Haz lo mismo y sufriremos menos.

Sus ojos estaban llenos de lágrimas.

—En menos de dos meses estarás en Prakt. En unas semanas olvidarás lo que ha pasado y seguirás con tu vida. —dije y en el fondo deseaba que así fuera—. No te preocupes, yo también lo haré.

Me tomó del brazo e impidió que me fuera.

—No puedes dejarme aquí —dijo, desesperada—. No sé conducir. No podré llegar a casa.

Estaba poniendo el orgullo que la caracterizaba a un lado. La Amaia testaruda que odiaba razonar o permitirse sentir no estaba por ninguna parte. Había crecido de todas las maneras posibles y estaba orgulloso de ella, pero no lo estaba de mí por ser el verdugo. Yo era el causante de su dolor, quien iba a ejecutarla sin contemplaciones.

—No tengo que hacer nada por ti, Amaia. No te lo debo y es hora de que te valgas por ti misma.

Me odié más que nunca mientras caminaba hacia el taxi. Morir era poco para lo que merecía después de tratarla de esa manera, daba igual que estuviera salvándola. Lo que aquella conversación marcaría no podía llamarse salvación… Ella no la olvidaría nunca.

Subí al asiento del copiloto sin mirar atrás y Nikolai no tardó en arrancar.

—¿Todo solucionado? —preguntó y supe que me miraba de reojo.

—Dije que sería rápido y que no era importante para mí. ¿Quieres más datos? Rio por lo bajo.

La carretera se nubló frente a mí. La había lastimado. Había roto mi promesa una vez más y lo peor era que no podría mantener la otra. Nikolai mataría a Aksel y a mi madre, volvería a dañar a quienes amaba… Todo era mi culpa. Era un cobarde, lo fui cuando mató a mi hermanita, durante los años que le siguieron y cuando huimos.

—Pareces tenso, Nikolai —dijo mi padre sin dejar de mirar al frente—. Recuerda que no debes alterarte.

El corazón me latía en los oídos. Estaba sudando y no podía hablar. Tenía la lengua pegada al paladar y la boca, seca.

—Tranquilo, hijo —dijo al alargar una mano y ponerla sobre mi hombro.

Algo me pinchó por detrás de la clavícula, me había vuelto a inyectar.

—No es tan fuerte, no te preocupes. Te necesito despierto en una hora.

—Los párpados se volvieron tan pesados que no pude mantenerlos abiertos—. Descansa, Nikolai.

• • •

—Nika —llamó la voz de alguien conocido—. Nika, ¿estás bien?

—¡Cállate, Aksel! —espetó la inconfundible voz de mi padre.

Un pitido resonaba en mis oídos, no veía nada. Todo me daba vueltas y me costó unos minutos entender que estaba sentado a la mesa del comedor de la mansión, inclinado y con la cara pegada a la madera.

Me había traído sedado y me debió de dejar allí. La droga que había utilizado era más suave que la del día anterior. Estaba aturdido, pero iba recobrando los sentidos poco a poco.

A mi lado estaba mi madre. Tenía la cabeza baja, los ojos llenos de lágrimas, las manos sobre la mesa y las palmas hacia arriba. Me miró de reojo mientras yo me incorporaba. Aksel estaba en la misma pose.

—¿Ven como podemos ser una linda familia? —declaró mi padre, dando vueltas a nuestro alrededor hasta tomar el lugar a la cabeza de la mesa—. Es cuestión de educarlos.

El sonido al plantar la pistola contra la mesa nos sobresaltó. Bajé la vista como los otros dos, como hacíamos en el pasado cuando él estaba molesto y nos obligaba a sentarnos a la mesa de aquella manera.

—Manos sobre la mesa —señaló— y palmas hacia arriba.

Se refería a mí y me sentí impotente al saber que debía hacerlo.

—Has tardado mucho en despertarte, Nikolai y tenemos una larga…

Lo interrumpió el sonido de un par de golpes contra el cristal de la entrada, lo mismo que había sucedido el día anterior antes de que él apareciera.

—¿Visitas? —No me atreví a comprobar si su rostro expresaba la sorpresa de su voz—. Pensé que no vendría nadie.

Se puso de pie, comprobando que el arma estuviera lista para disparar.

—Si se mueven, disparo al primero que vea —advirtió—. Saben que no miento y que tengo excelente puntería.

Tuve que descansar un codo sobre la mesa para no caerme de lado, el estómago se me revolvió.

—Nika —llamó Aksel de nuevo—. ¿Qué te ha hecho?

Estaba sudando, con las pupilas dilatadas y le costaba respirar. No era el único que se encontraba bajo los efectos de alguna sustancia. Aun así, me podía mover; no es que fuera a presentar una pelea digna, pero podía intentarlo, aunque ninguno de los tres daba signos de querer hacerlo. Eran las correas invisibles, el miedo regresando a nosotros.

—Huir —dije, aunque no supiera cómo hacerlo—. Tenemos que huir.

—Lo ha cerrado todo. —Aksel apenas podía hablar—. Las ventanas, todas las entradas. Estamos enjaulados.

Además de desgastados, hambrientos y pasando los efectos de uno o varios sedantes. Estábamos a su merced.

—¡Nikolai! —gritó mi padre desde la entrada, y su voz resonó por la planta baja—. ¡Aquí y ahora!

Supe que debía obedecer, a pesar de los sollozos de mi madre, de la debilidad en mis piernas y el peso que me atraía a la silla.

Atravesé el recibidor con dificultad. Él estaba de espaldas, sosteniendo la puerta. Había alguien fuera y quise creer que era otra de mis pesadillas cuando me paré junto a mi padre.

Amaia estaba ahí.

Capítulo 47

Nikolai me apretó el hombro con fuerza. Dijo algo que no escuché. Solo podía ver a Amaia, con los ojos hinchados y sin dar crédito a lo que veía.

—Te he dicho que no me buscaras —murmuré.

—Parece que tu novia no es tan inteligente como creías —se burló mi padre.

Lo miré a los ojos. Me daba igual arrastrarme a sus pies con tal de que la dejara en paz, a ella y a mi familia. Quería pedirle que hiciera conmigo lo que quisiera, que tomara mi vida a cambio de las suyas. A fin de cuentas, no valía nada.

—Tienes que dejar que se vaya —supliqué.

Negó muy despacio.

—Mi nuera no se va.

—Prometiste que…

—Dejé claro que te daba una oportunidad para dejarla atrás.

Desenfundó el arma que escondía en la parte trasera del pantalón y Amaia dejó salir un extraño sonido.

—Si no cayó en tu teatro de ruptura y sus pies la han traído aquí, se queda con nosotros —añadió—. A fin de cuentas, ella también es parte de la familia, ¿o no?

Pasó su mirada del uno al otro y supe lo que pensaba: a cuál de los dos amenazar. Apuntó a mi sien y ella dio un paso hacia nosotros para protegerme. Le advertí con la mirada que no lo hiciera, era justo lo que él buscaba.

—Es hora de entrar a casa, ¿no te parece, Amaia?

Se hizo a un lado para dejarla pasar.

—Hora de una cena familiar —anunció—, una bonita cena familiar.

No podía moverse.

—¡Atardece, niña! —gritó él e hizo que ella se encogiera en el lugar.

Cerré los ojos para no verla cruzar el umbral al infierno.

—Camina.

Amaia apenas podía poner un pie delante del otro. Todo estaba perdido. Él había ganado y, en el fondo, siempre supe que así sería.

Cuando nos sentamos a la mesa, comenzó a hablar y regodearse con discursos que ya había escuchado antes. Contaba su versión de los hechos, la que nos repetía desde que lo habían despedido, en la que nosotros éramos los culpables. Con cada segundo que pasaba, más pequeño me sentía. Los insultos a mi madre y a mi hermano me llenaban de una rabia que el miedo no me dejaba exteriorizar.

Mi visión se nublaba por momentos y me sentía débil. No sabía si podría resistir, controlar mi respiración y el agitado ritmo de mi corazón. Hablaban de Emma y de su muerte, iba a derrumbarme en cualquier momento… Traté de mantenerme erguido cuando su atención cayó sobre mí.

—Es momento de escuchar la versión del responsable —dijo, mirándome a los ojos. A pesar de las palabras, no estuve seguro de que se dirigiera a mí.

—Por favor, Ni…

—¡Cállate! —le graznó a mi madre.

Volvió a prestarme atención.

—Estamos esperando tu historia —insistió—. ¿Necesitas un incentivo?

Levantó el arma y la apuntó a la cara de Amaia. Los labios le temblaron y se pegó al respaldo de la silla al verse amenazada. Quería hacerme sufrir al rememorar la muerte de mi hermana en voz alta.

—Mi madre había salido con Aksel —murmuré, cediendo y con la piel de gallina—. Tenía fiebre, necesitaba llevarlo a un hospital.

—Así me gusta. —Se mostró complacido.

—Me dejó cuidando a Emma y yo puse el seguro de la escalera para volver a mi habitación y dejarla jugando en el pasillo. —Tuve que tomar aire para seguir, se me había cortado la voz—: Yo tenía los auriculares, estaba escuchando música.

—Como siempre. —Miró a Amaia—. ¿Sabías que mi hijo habría sido un músico prodigioso, nuera? En eso ha salido a su madre. Tienen un refinado don para crear y destruir todo lo que tocan.

El veneno que destilaba cuando hablaba de ella era el peor.

—Continúa —ladró y me percaté de lo tenso que estaba, de lo que me dolían los músculos de la espalda.

—Él no solía venir a casa a menudo —masculló—. Habían pasado dos días desde su última visita.

Bajó el arma y puso los ojos en blanco. Cualquiera hubiera dicho que le aburría la situación, pero era parte del juego mental con el que disfrutaba torturándonos.

—Verás, pequeña Amaia… Cuando perdí mi trabajo y mi mujer quiso que dejáramos nuestro hogar, supe que no era lo correcto, deliraba. Tomé nuestros ahorros y pagué la deuda. Nadie me iba a quitar la casa después de lo que me había costado conseguir el préstamo.

—Nos quedamos sin nada por tu culpa. —Las palabras se me escaparon de los labios—. Si hubiésemos dejado Prakt…

—¿Irnos con mi dinero a llorar migajas a un pueblo como este? —dijo con asco.

—Tuvimos peores problemas con casa propia y sin un centavo con el que comer.

—Habrías trabajado en vez de protestar.

—¡Tenía diez años y lo hice!

—Caridad era lo que recibían, no dinero.

—Al menos no estábamos como tú, llorando un empleo que no te iban a devolver, emborrachándote y pegándole a nuestra madre cuando no te veíamos —dije sin inmutarme, ni por el golpetazo que dejó sobre la mesa ni por el rostro crispado de ira.

—¡Lo que pase entre tu madre y yo no es de tu incumbencia! —vociferó.

—Lo soportó durante años para protegernos —le recriminé—. Ella intentaba luchar cuando lo único que hacías era culparnos.

Alzó el arma y volvió a dirigirla a la cara de Amaia. Me encogí en el asiento.

—Sabemos en qué terminó esta discusión la vez pasada, Nikolai —siseó—. Tenemos visita y no quieres salir volando por la ventana, no de nuevo. —El miedo y los recuerdos se apoderaron de mí una vez más—. Dudo que puedas volver a cubrir las marcas con tatuajes.

Tragué saliva con dificultad cuando dirigió su vista hacia Amaia, apuntándole aún.

—Una interrupción —continuó él—. Lo malcriamos demasiado y, cuando quise imponer orden, no había otra manera de hacerlo que con medidas extremas.

Sonrió.

—Verás, querida nuera. Yo solía irme durante algunos días, pero se me acabó el dinero. Creí que no había nadie en casa cuando regresé. —El corazón empezó latirme con fuerza—. La mocosa tenía el primer piso lleno de juguetes. Al verme, empezó a llorar.

Podía escuchar la voz de Emma pidiéndome que jugara con ella, que no la dejara sola. Puede que sus instintos le dijeran que él vendría.

Podía imaginar que era él, ponerme en sus zapatos y recrear la escena desde su punto de vista. Había subido la escalera, con el alcohol en las venas y un leve dolor de cabeza que pedía ser acallado con más bebida. Sintió asco al llegar al primer piso y encontrar los juguetes, abrió la puerta de seguridad y encontró a su hija allí.

—Emma chillaba, aunque le gritara para que cerrara la boca —continuó y dejé su cuerpo, sus recuerdos, porque para lo que seguía tenía los míos—. Entonces el señorito Nikolai apareció.

—Quería cogerla en brazos y llevármela —me lamenté.

—¿Y permitir que saliera tan insubordinada como tú?

—Estaría viva si me hubieses dejado.

Me estremecí con cada chasquido de su lengua al negar.

—Estaría viva si tú le hubieses prestado atención —dijo con suavidad.

—No es cierto. —Se me revolvió el estómago y contuve la respiración—. Yo no la maté.

—Lo hiciste y lo sabes.

Algo caliente se deslizaba por mis mejillas. Estaba llorando frente a él, como aquel día, cuando bajé corriendo la escalera para evitar la caída de mi hermana y llegué tarde. Lo único que tuve en mis brazos fue su pequeño cuerpo sin vida.

—Tú dejaste abierta la puerta de seguridad de la escalera —balbuceé—. La golpeaste y la hiciste caer.

«Pero yo podría haberlo evitado».

Las palabras se repetían en mi mente.

—No habría tenido que golpearla si ella no hubiera llorado, necesitaba disciplina. La muerte de tu hermana es tu culpa, Nikolai.

Mi madre empezó a llorar y las manos me temblaban tanto que sonaban contra la mesa.

—No es su culpa —dijo Amaia con voz rasposa—. ¡Usted mató a su hija! —Había fuerza en sus palabras y miraba a mi padre sin ningún miedo—. ¡Usted es el culpable!

Él ladeó la cabeza y tuve miedo. Imaginé una bala en su entrecejo y quise lanzarme sobre ella para evitarlo…

—Tienes más agallas de las que aparentas o eres más estúpida de lo que creía —dijo Nikolai con tranquilidad.

—Puede decir lo que quiera e intimidarlos, pero sé lo que está haciendo. —Se irguió en su lugar—. Su culpa no desaparecerá por lanzársela a ellos. Su culpa es solo suya.

El rostro de mi padre se contrajo y un tic nervioso que conocía hizo que su cabeza se moviera varias veces a voluntad.

—Eres muy estúpida —dijo—. Quizás eso fue lo que le llamó la atención a Nikolai. —Me miró de reojo—. No me sorprende.

Se movió con la velocidad que lo caracterizaba y el chirrido de la silla contra el suelo me hizo volver a la realidad. Cuando él se ponía de pie, no venía nada bueno, solía deambular por la mesa y nos pegaba al azar. Bajé la vista con la esperanza de que eso no sucediera. Lo peor era que nunca lastimaba a quien se atrevía a enfrentarlo, sino a los otros.

—No ha sido una reunión familiar productiva si el suegro no te agrada. —Seguía en el lugar y eso me ponía de los nervios—. Piensas que debían haberse deshecho de mí. Los habrías apoyado en su plan de huir y abandonarme.

—Lo que no entiendo es cómo no lo denunciaron —replicó ella y esa vez le tembló la voz.

Nikolai soltó una risa falsa y grave.

—Verás, pequeña Amaia, todos tenemos un punto débil. Aksel era un debilucho ignorante y el talón de Aquiles de estos dos. Un paso en falso y sabían lo que pasaría. Cada uno es la debilidad del otro y ahora tú eres una nueva para Nikolai. —No me atreví a levantar la vista para comprobar que me estaba mirando—. Él es una de las tuyas y por eso son fáciles de manipular.

El sonido de sus botas sobre el mármol me obligó a cerrar los ojos.

—No me denunciaron, pero reunieron el valor del que jamás los consideré capaces. —Se detuvo detrás de mi madre—. No sé cómo lo hicieron, el día antes de que huyeran le había roto un par de costillas.

La tocó, su mano sobre el hombro de mi madre, y me odié por no tener el coraje de apartarlo. Había vuelto a ser aquel niño asustado, el que callaba y recibía golpes. El que había dado una declaración falsa a la policía cuando Emma murió y años después cuando él me lanzó por la ventana.

Seguía hablando, soltando otro de sus discursos, pero mi mente volvía a nublarse. Estaba lejos de allí hasta que lo volví a sentir a mi espalda, entre mi madre y yo.

—Desde que estos ingratos decidieron abandonarme, no hubo familia. Me quedé solo y tuve suficiente tiempo para pensar, para reconocer el momento en que habíamos dejado de serlo y lo encontré: la muerte de Emma… Ella se fue en paz, tranquila. Está donde todos deberíamos para volver a estar juntos por siempre.

»Iba a dejarlos ir, pero lo entendí. Tenía que encontrarlos para darle fin a lo que se habían encargado de destruir poco a poco desde antes de que me despidieran. La muerte. La muerte es lo único que puede salvarnos.

El silencio que le precedió me heló la sangre, lo conocía, iba a hacer algo y yo no podía moverme.

—Es hora de que los Holten digan adiós —dijo en voz baja.

Cerré los ojos porque esperé recibir un balazo y que todo terminara, en cambio, percibí el movimiento a mi espalda y tuve que mirar. Tenía el busto de mármol en las manos, el que habíamos desmontado de la mesa unos días antes. Lo levantó por encima de su hombro y cada nervio de mi cuerpo se activó al calcular la trayectoria.

—Bienvenida a la familia, pequeña Amaia —proclamó, teatralmente, y golpeó a mi madre en la cabeza.

Capítulo 48

Al ver la sangre de mi madre salpicar el suelo, me puse de pie y le di un codazo a Nikolai. Le acerté en la cara cuando intentaba recuperar el equilibrio.

—¡Corran! —grité mientras forcejeábamos hasta que soltó el busto de mármol.

Mia obedeció y Aksel arrastró a nuestra madre para alejarla de Nikolai. Mi padre logró patearme la rodilla y hacerme caer antes de apuntar a mi madre. Disparó tres veces, pero no acertó y giró sobre sus pies para atacarme antes de que yo lo hiciera.

Aksel se abalanzó sobre él y me dio tiempo a ponerme de pie. Fue el momento en que él disparó por cuarta vez y Aksel chilló de dolor. La bala había dado en el blanco: la pierna. Le fallaron las rodillas y Nikolai aprovechó para golpearlo con la culata del arma. Me apuntó a la cara cuando quise acercarme a mi hermano.

—Esto no se acaba —murmuró—. Voy a encontrar primero a tu novia y los voy a matar uno a uno. Haz lo que quieras con esos dos, pero de aquí no escapa nadie.

—Escóndete, Mia —bramé cuando nuestro atacante me dio la espalda con una media sonrisa y se fue en su búsqueda—. ¡Corre!

Me giré hacia Aksel y le palmeé la mejilla con fuerza para que volviera en sí. Mientras se quejaba e intentaba alcanzar a nuestra madre, rasgué un pedazo de mi camisa y le hice un torniquete en lo más alto de la pierna. El disparo le había atravesado la carne unos centímetros por encima de la rodilla.

—Necesito que te encierres con mi madre en la habitación que estaba clausurada cuando llegamos. —La miré de reojo. Respiraba y el sangrado estaba controlándose—. Busca algo mejor que esto —dije, refiriéndome a la fina tela que le había puesto en la pierna— y amárralo a la misma altura, lo más fuerte que puedas. —Le di un par de cachetadas para que abriera los ojos—. Tienes que mantenerte despierto. Necesito encontrar a Mia y acabar con Nikolai, ¿entiendes? Te necesito.

Lo ayudé a ponerse de pie y que se apoyara en la mesa. Alcancé a nuestra madre. Su herida era superficial a pesar de lo fuerte que la había golpeado y, aunque estaba inconsciente, respiraba con normalidad.

—La cocina —balbuceó Aksel. Estaba pálido, pero dispuesto a cargar a mi madre. Se nos acercó cojeando—. Escondió... el teléfono de mi madre..., lo escondió... ayer..., lo vi.

Corrí, no necesitaba escuchar más. Revisé cajones y estantes hasta que di con él. Al regresar al comedor, Aksel arrastraba a mi madre.

—Busca a Mia —espetó cuando quise ayudarlo—. No puedes dejar que le haga algo. Yo me ocupo.

—Policía —dije poniéndole el teléfono en la mano. Luego corrí hacia la escalera de caracol.

«Ella conoce la casa, ella conoce la casa, ella conoce la casa».

Repetirlo me obligaba a calmar el golpeteo de mi corazón contra las costillas, la falta de fuerzas de mi cuerpo para subir cada escalón producto del último sedante y el agotamiento. Lo escuchaba hablar y atemorizarla a la distancia, pero no identificaba en qué piso estaban.

«Conoce cada rincón de la casa. Si alguien puede esconderse, es ella».

Llegué a la azotea. No había nadie. Bajé al segundo piso y fue cuando escuché los pasos en la escalera principal, demasiado ruidosos para ser de Amaia. La estaba persiguiendo, ella estaba abajo. Me colé en la habitación más cercana al llegar al primer piso y tuve un vistazo fugaz de Amaia, escondida en el espacio que utilizábamos como taller y estudio. Tenía que llegar a ella.

Escuchar los pasos de mi padre en el mismo piso me entumeció el cuerpo.

Miré a mi alrededor, evaluando la situación. Si salía al pasillo, me vería. Fue la puerta del baño, clausurado hasta el día de antes, lo que se mostró como la única oportunidad. Comunicaba la habitación vacía donde estaba con la que Amaia había adoptado como escondite.

Me apresuré y traté de no hacer ruido, de pasar el baño y abrir la siguiente puerta para mirar por la rendija. Amaia estaba acurrucada en el suelo cerca de la puerta, abrazándose las rodillas y temblando. Abrió demasiado los ojos al verme y me puse un dedo sobre los labios para que no se atreviera a hacer ningún sonido. Mi padre estaba a punto de entrar. Se acercó con sigilo y cerré la puerta a nuestra espalda.

La tomé de la mano y avanzamos hasta detenernos en la habitación contigua. Nos miramos, conscientes de que podía vernos si nos arriesgábamos a poner un pie en el pasillo.

—No podemos dejar la casa —susurró—. Todo está cerrado.

—Nos esconderemos hasta que llegue la policía.

Le eché un vistazo al pasillo con el mayor sigilo posible e ignoré que me preguntaba cómo se iba a enterar la policía de nuestra situación. Cruzamos el pasillo y la escondí en el armario de la limpieza que había junto a la escalera de caracol.

—Pude darle un teléfono a Aksel —expliqué, controlando mi respiración—, está herido, pero a salvo con mi madre. No puede faltar mucho para que llegue ayuda.

Estaba pálida y temblorosa. La abracé y me sentí peor. Yo la había metido en aquel problema. Por mi culpa estaba sufriendo algo que no estaba en su destino, que no se merecía.

—Juro que no te pasará nada —murmuré contra su frente—. Lo siento. Juro que lo arreglaré.

—Este no es un lugar seguro. —Puso las manos sobre mi pecho y me miró a los ojos—. No lograremos bajar, pero si subimos a la azotea, podemos cerrar la puerta y la de tu habitación hasta que llegue la policía.

Tenía sentido.

—¿Estás seguro de que tu mamá y tu hermano estarán bien?

—Se han encerrado en la habitación de la planta baja, donde guardaban todo lo valioso que quedaba en la mansión. Él no podrá entrar ahí.

No fueron necesarias más palabras para saber que el tiempo acechaba tanto como mi padre. Salimos al pasillo tras cerciorarnos de que no se escuchaba nada. La seguí y, al mismo tiempo que ella quedaba a la vista, Nikolai apareció listo para disparar.

Tiré de su vestido y la hice retroceder antes de que el disparo resonara. La protegí con mi cuerpo, esperando el segundo disparo. La pistola debió de encasquillarse porque mi padre maldijo mientras intentaba solucionarlo.

Arrastré a Amaia por el brazo para que subiera la escalera conmigo y Nikolai no tardó mucho en seguirnos. Disparó tres veces. Una bala impactó contra la pared, otra en el escalón que estaba bajo nuestros pies y una tercera en el pasamanos revestido de mosaicos que explotó, soltando pedazos en todas direcciones. No permití que ella se resbalara cuando se cubrió la cara y la impulsé para que no dejara de luchar hasta que llegamos a la azotea.

Sentía sus pasos a unos metros de distancia. Empujé la puerta de metal para cerrarla y una fuerza descomunal me lo impidió.

—No tienes tanta suerte, Nikolai —se burló desde el otro lado.

Amaia se unió para ayudarme. Luchamos contra él hasta que no pudimos más. El borde de la puerta me golpeó en la frente y caí sentado. Ella salió disparada y se arrastró hacia atrás cuando mi padre puso un pie en la azotea. Apuntó la pistola a mi cara.

—¡De pie! —gritó para que obedeciéramos.

Una bala. Era un cartucho de nueve, había disparado ocho. Si lograba que lo hiciera de nuevo, se quedaría sin nada porque yo no le daría tiempo a recargar y tendría la única oportunidad de luchar con él mano a mano.

—¡No te muevas de donde estás! —advirtió cuando di dos pasos hacia Amaia.

Me detuve porque le apuntó a la cabeza. No podría pelear contra él si ella estaba muerta.

—Un paso en falso —murmuró— y le vuelo los sesos. ¿Quieres como recuerdo un disparo al corazón o a la cabeza? —Rio al ver el miedo que emanaba de mí—. Tú escoges, Nikolai. Pienso matarla antes para que mueras con la culpa. Después me ocupo de Aksel y la perra de tu madre, yo seré el último. ¡Ojos en mí! —bramó cuando Amaia quiso mirarme.

Mi padre había perdido totalmente la cabeza. Puede que nuestra partida lo hubiera trastornado hasta ese punto o que finalmente su parte más retorcida hubiese tomado el control por completo.

—Hora de decir adiós —dijo con los ojos en ella—. ¿Algunas palabras finales, pequeña Amaia?

No podía hablar, temblaba de miedo con los puños a los lados de su cuerpo.

—Nada —se burló él—. Qué decepción… —Me miró con lo que debía de ser una expresión preocupada—. Y tú, Nikolai, ¿últimas palabras para tu amada?

Lloraba en silencio. Las lágrimas le rodaban hasta la barbilla y se perdían con el viento que le agitaba el pelo en todas direcciones. Incluso en ese momento no pude dejar de ver lo hermosa que era, lo que deseaba contemplarla por el resto de mi existencia y lo que habría dado por ver una sonrisa en su rostro en vez de miedo.

Desde el primer día que la vi, lo supe. Y aun así lo ignoré.

Siempre me resultó inquietante la manera en que el destino nos engaña para que estemos cerca de lo que sabemos que es mejor mantener lejos.

Cuando entendí que no debía enamorarme de Mia, fue el mismo momento en que descubrí que lo estaba. Ni siquiera me avisé. Mi cerebro no disparó una advertencia, no dijo nada porque quería arrastrarme con él.

Quise estar cerca de ella desde que escuché su voz, la vi hablar con amor a su hermana y encontré lo que no sabía que necesitaba. Mia me hizo pensar que no era como mi padre, que podía ser el Nika que yo escogiera. Sin saberlo, me guio en un viaje en el que entendí que era mi elección, no del destino, la genética o…

Mi garganta se selló cuando vi a Aksel entrar en la azotea, sigiloso, con el busto de mármol en la mano. Traté de mostrarme impasible porque el cruce de nuestras miradas fue suficiente para saber lo que debíamos hacer.

Nikolai no había notado lo que sucedía, estaba absorto en el miedo de Amaia, en apuntarla con la pistola, no en lo que sucedía a su espalda ni en que yo me movía despacio hacia ella para protegerla.

Una bala, solo le quedaba una.

—Todo va a salir bien, Mia.

Podía ser tarde para mí, pero no para ella.

—Te juro que vas a salir viva de aquí. Confía en mí.

—No creo que puedas cumplir esa promesa —dijo Nikolai, divertido y ajeno a lo que estaba por suceder.

Aksel alzó el busto, pero el disparo era inminente. En un paso estuve frente a Amaia para interponerme y mi hermano logró golpearlo en la cabeza. El disparo se desvió y resonó en el espacio abierto. Nikolai cayó al suelo, inconsciente y en una posición antinatural.

Respiré con fuerza. Escuché sirenas a lo lejos y miré a Aksel. No podía creer que fuéramos a sobrevivir y esperé ver la dicha o la sorpresa en sus ojos. Su expresión era de terror y no entendí por qué.

Seguí la dirección de su mirada y lo vi. En mi pecho, una mancha oscura se expandía, empapándome la camisa. Me costó entender que era sangre y una desconocida sensación se esparció por mi cuerpo desde aquel punto. El disparo no se había desviado. El dolor me abrasó como una quemadura de cigarrillo, pero mil veces más intenso. Mi pecho y mi espalda estaban empapados...

Las rodillas me fallaron y caí encima de algo, sin que el golpe contra el suelo llegara.

—Mírame, Nika —suplicó una voz conocida.

Acunó mi rostro y me obligó a alzar la vista. Amaia me sostenía sobre sus piernas.

Toda preocupación o molestia desapareció... Estaba a salvo...

Mis párpados pesaban demasiado, pero ya no había dolor, solo la calidez de su cuerpo...

Amaia.

La sonrisa que mi madre me había dedicado la mañana anterior pasó frente a mis ojos. Aksel, su rostro molesto, el día que intenté enseñarle a usar un monopatín a sus ocho años y terminó en el suelo con la barbilla partida. Emma siendo un bebé, aquella vez que la tuve en mis brazos y por primera vez apretó mi pulgar con su diminuta mano.

Amaia. Ella. Tenía un recuerdo perfecto. Su cara, su blanca piel, su mejilla manchada de barro y el pelo empapado. Sus ojos azules, curiosos e hipnóticos. Un gnomo insoportable y gritón desde el primer día.

Sonreí y, por alguna razón, logré abrir los ojos y encontré el mismo rostro; cubierto de sangre y lleno de lágrimas.

—Vas a estar bien —sollozó—. Verás que todo va a estar bien, lo prometo.

Yo ya estaba bien porque ellos lo estaban.

Su mano sobre mi pecho hacía que el dolor desapareciera. Siempre tuvo el mismo efecto en mí, era mi calma, mi lugar seguro.

—Pregúntame… —me costaba hablar, me ardieron los pulmones al hacerlo—. Pregúntame qué hago…

—Yo… Todo… Lo juro…

—Solo pregunta —repetí, perdido en su rostro y en nuestros recuerdos.

—¿Qué… qué haces, Nika?

Jamás pude decidir cuándo era más hermosa, pero me conformaba con verla y pensar que lo sería por el resto de su vida.

—Admiro la vista, Pulgarcita. —Intenté tocar su rostro por última vez—. Siempre… contigo… admiro la vista…

La fuerza restante se apagó y la calma invadió mi mente. Podía irme en paz… Las personas que amaba estaban a salvo.

Capítulo 49

Un pitido constante y lejano resonaba mientras yo flotaba en la oscuridad. Nada, no había absolutamente nada a mi alrededor. El sonido tenía un ritmo. Era molesto y no podía localizarlo, me desesperaba.

Un murmullo aplacó la molestia y algo me escoció en la nariz.

Era difícil respirar con aquel olor en el ambiente… Olía a… No supe identificarlo ni tampoco logré frotarme la nariz. Mi cuerpo no se movía, no podía verme, aunque sentía cada músculo en su lugar.

Al pitido y el murmullo se le unieron unos golpes suaves. Unos pasos y unas voces resonaban en mi cabeza.

—¿Cuánto tiempo lleva así?

No supe quién era, captaba las palabras distorsionadas. Iban y venían.

—Más de una semana —contestó otra persona—. Se baña, come y duerme aquí. No importa si hay un familiar presente…

La voz desapareció.

«¿Qué está pasando?».

—¿Crees que lo hará?

«¿Hacer qué? ¿Estoy soñando?».

—Hicimos lo posible. —Cada vez escuchaba menos—. La bala lo atravesó y no tocó el corazón.

—No se puede hacer más.

«¿De qué hablan?».

La oscuridad me envolvió y todo sonido desapreció.

• • •

—Jamás hice el examen de Contabilidad —susurró una tierna voz a la distancia—. No por lo que pasó, fue porque no quería. Iba a decírtelo ese día…

Venía de una radio antigua que captaba mal la señal. El mismo pitido apareció de la nada.

—Conseguí una excelente beca —dijo la voz, apagada e irregular—. Mis padres no gastarán mucho en la matrícula de la universidad…

Creí que había caído en la oscuridad por segunda vez, pero las palabras no se detuvieron.

—Me encantaría que fueras conmigo y nos mudáramos juntos.

Los sonidos iban desapareciendo y supe que volvería a sumergirme en la nada, no sin antes escuchar una súplica:

—Por favor, despierta.

• • •

La tercera vez que tuve la oscuridad ante mis ojos, no fue desconocida. Reconocía el pitido que comenzaba a ser mi ancla con aquella realidad, si es que había una.

No podía moverme. Una de mis manos no respondía por mucho que lo intentara, la otra estaba atrapada por algo. Tampoco sentía las piernas.

«¿Por qué no veo nada?».

Tenía los ojos abiertos, o eso creía.

Me relajé, rememorando mi vida, haciendo un esfuerzo para recordar quién era y cómo había llegado hasta allí.

Mi nombre era Nika Holten. Mi madre era Anette y mi padre, Nikolai. Tenía dos hermanos: Aksel y Emma. No. Solo uno. Emma estaba muerta y Nikolai la había matado.

Mi deseo por volver a la luz creció.

Nikolai había cambiado y todo se había vuelto lo que tenía en ese momento, pura oscuridad. Fue tanta que habíamos huido, pero no recordaba a dónde.

«¿Estuvimos con el tío Ibsen? ¿Nos regaló las escrituras de una casa? ¿Cómo se llamaba el lugar?».

Sol… Soleil.

Mis párpados se tornaron livianos y algo en el pecho me calentó el resto del cuerpo. Soleil era distinto. La luz que jamás tuve. Los amigos, la sonrisa de mi madre, el crecimiento de Aksel, un abrazo cálido y reconfortante de un rostro que no podía recordar.

«¿Quién le habrá dado tanta calma a mi agitado corazón roto?».

La incertidumbre me permitió abrir los ojos. El techo blanco, el pitido intermitente, la luz azulada que se colaba desde la derecha. Era molesto, estaba acostumbrado a la oscuridad absoluta.

Me costó entender por qué estaba en un hospital. Mi cerebro iba lento, le costaba encajar las piezas y quise levantarme, pero no tenía fuerzas.

Recorrí la habitación con la mirada, solo mis ojos se podían mover. Era de noche. Capté una mancha negra sobre mi mano. No podía identificar qué era, estaba demasiado cerca. Mi visión era poco confiable.

Lo que se escurría sobre mi brazo y contrastaba con las blancas sábanas era un mechón de pelo. Una persona dormitaba con mi mano entre las suyas. La piel se me puso de gallina y comprobé que mi cuerpo seguía vivo. Necesité mover la mano apresada, despertar a quien estuviera a mi lado para preguntarle por mi familia.

No podía hablar ni concentrarme en mis dedos para moverlos. Me llevó tiempo y apenas logré rozar la yema del índice por el dorso de su mano. Un par de intentos y la persona se revolvió.

Alzó la vista. Estaba adormilada, pero unos enormes ojos azules se abrieron de sorpresa.

Los recuerdos llegaron como una avalancha y vi su rostro desde todos los ángulos posibles. Sonrisas, carcajadas, lágrimas… Su tacto, sus palabras, sus abrazos…

Amaia.

—Por favor, que no sea un sueño —susurró con voz ronca—. No de nuevo… Que esta vez no sea un sueño —suplicó.

Recordé la azotea y a mi padre, el disparo y ella. Estaba a salvo y quise moverme para comprobar que aquello no era producto de mi imaginación. La simple idea me agotaba y volvía a provocar que mis párpados quisieran cerrarse.

No dejaba de mirarme y de acariciarme la mano.

—¿Es real?

Quise pestañear para asentir, pero si lo hacía volvería a perder el conocimiento.

—Es real —afirmó con los ojos llenos de lágrimas, asintiendo una y otra vez.

Su respiración tembló y me soltó la mano para lanzarse a la cabecera de la cama.

—Solo espera un momento —suplicó—. Mantente despierto, llamaré al doctor.

El olor a coco que la acompañaba me invitó a dormir.

—Quédate conmigo, Nika —pidió—. Tu madre y Aksel están bien. —Me reconfortó escucharlo—. Estarán muy felices de verte.

Quise sonreír cuando mi consciencia se arrastró a la oscuridad. Lo último que capté fueron unos pasos apresurados.

• • •

—¿De verdad ha despertado?

La voz era conocida.

—Está fuera de peligro —aseguró un hombre—. Pueden estar tranquilos.

—¿Podrá tener una vida normal?

De nuevo esa familiar voz masculina.

—La recuperación será lenta, pero podrá tenerla tomando las medidas necesarias. —El hombre desconocido debía de ser un médico—. Es imprescindible llevar un seguimiento de su dextrocardia.

Hubo un silencio que me hizo dudar si seguían a mi alrededor o había vuelto a perder la consciencia.

—Mia —dijo la primera voz que había escuchado, reconocí a mi madre—. ¿Quieres ir a casa? Aksel puede quedarse.

La otra voz era de Aksel. Ambos estaban ahí. Saberlo encendió una chispa en mi pecho que me llenó de calor y me dejó sentir mi cuerpo hasta las extremidades.

—No hace falta —aseguró Amaia y sentí mi mano presa, la que sostenía cuando había despertado la vez anterior—. Mamá me traerá ropa y puedo ducharme aquí. Esperaré a que despierte.

—Mia, llevas…

—No hay problema —mi madre interrumpió a Aksel.

Cada vez estaba más despierto. Las voces ya no salían de una radio descompuesta.

Unos pasos se alejaron y una puerta sonó al cerrarse.

—Apagaré la luz —comentó la voz entusiasta de Amaia—. Si despiertas y hay mucha claridad, te pondrás de mal humor.

Me hablaba como si estuviera consciente. Se movió y mi mano se sintió helada hasta que regresó y volvió a tomarla entre las suyas. Descansó la mejilla sobre mi brazo sin aplastarme y deseé verla, hablarle.

Tragué saliva, comprobando que tenía la garganta inflamada y la lengua me pesaba una tonelada. Me mojé los labios como pude, dispuesto a hablar o emitir algún sonido.

—Sí… —Mis oídos lo detectaron a duras penas, quizás en realidad ella no estaba hablando en voz alta—. Contigo no… despertaría… de mal humor.

Fue agotador pronunciar las palabras y Amaia dio un respingo. No lo vi, pero lo sentí.

—Has hablado —dijo, fue una pregunta y la vez no—. Dime que has hablado.

Me hizo gracia que lo pidiera cuando ya no podía pronunciar otra palabra. A cambio, puse mi empeño en abrir los ojos. Me encontré con su rostro, expectante y a unos centímetros del mío.

—Has hablado —repitió con una sonrisa—. ¿Quieres que llame a los médicos? ¿A Aksel o a tu madre? Acaban de irse.

Apenas podía enfocarla.

—Cierto —continuó—, no podrás hablar mucho. —Los nervios y la excitación la devoraban—. Pestañea una vez si es sí y dos si es no, ¿te parece?

Iba a pestañear una vez para acordar el modo de comunicación cuando volvió a hablar:

—Espera, quizás era al revés. ¿Dos es sí y uno es no? —Me miró, esperando una respuesta que no podía darle—. Claro, no puedes responderme. —Soltaba las palabras atropelladas—. Mejor inventemos un código propio de pestañeo. Cuatro es no y dos es sí, ¿te parece?

Quise pestañear dos veces cuando volvió a interrumpir:

—Pero te cansarás de pestañear —observó, amasándose el labio inferior con los dedos temblorosos—. El doctor dijo que estarías agotado, mejor lo dejamos en lo simple. Uno es sí y dos es no. ¿Estás de acuerdo?

Me habría gustado reírme de su nerviosismo; en cambio, pestañeé una vez antes de que se le ocurriera otra descabellada idea.

—Perfecto. —Entrelazó los dedos y juntó las manos bajo la barbilla, llena de emoción—. ¿Te duele algo?

Dos pestañeos. No.

—Es normal —explicó con voz temblorosa—, te han puesto tantos sedantes que apenas sentirás el cuerpo. El médico dice que la recuperación de una herida de bala es peor que el disparo. —Abrió los ojos como si acabara de decir lo que no debía—. No te preocupes por eso —dijo al instante—, podrás recuperarte igual.

Quise reírme. Nunca la había visto tan nerviosa.

—¿Estás sonriendo? —preguntó, mirando mi boca.

Un pestañeo. Sí.

—¿Te burlas de mí?

Un pestañeo. Sí.

—¿Finges que no te puedes mover para dejarme como tonta?

Dos pestañeos. No.

Entrecerró los ojos.

—Más te vale o me vengaré cuando estés de pie.

Sonrió y supuse que lo hizo porque mis labios le daban indicios de que yo lo hacía. Me observó durante un largo rato. Poco a poco sus ojos se tornaron brillantes, se llenaron de lágrimas. Tragó con dificultad y se inclinó hacia mí.

—¿Recuerdas lo que pasó?

Un pestañeo. Sí.

—¿Recuerdas lo que hiciste?

Un pestañeo. Sí.

—Casi mueres. —Su voz se apagó y una lágrima se deslizó por su mejilla—. Estuve segura durante horas de que te había perdido.

Podía sentir su dolor, estaba conectado a ella de alguna manera.

—¿Era eso lo que temías contarme?

Un pestañeo. Sí.

—¿No podías contarme que tu padre los había lastimado?

Un pestañeo. Sí.

—¿Intentabas protegerme?

Un pestañeo. Sí.

—¿Pensaste que si lo sabía me alejaría de ti?

Me costó volver a abrir los ojos tras darle una respuesta afirmativa.

Se mojó los labios y me regaló una de sus miradas especiales, las que eran solo para mí. Se acercó a mi frente y dejó un suave beso.

—Te lo dije una vez. No hubo, no hay y no habrá nada en tu pasado que me haga alejarme de ti —susurró muy cerca de mi rostro—. Nunca lo olvides.

Y esa vez no fue un sueño, era real. Era ella reafirmando sus palabras cuando sabía todo de mí.

$$\bullet\bullet\bullet$$

—Nika —dijo la tierna voz de mi madre—. ¿Estás despierto?

—Quizás lo está y no quiere hablarte —comentó Amaia con resentimiento—. A veces nos escucha y no lo dice. Cada vez que se despierta, tengo que volver a explicarle lo del pestañeo. Creo que el disparo lo ha vuelto más idiota.

Reí para mí, pero el sonido, aunque débil, se escuchó.

Una silla chirrió contra el suelo.

—¡Ves, Anette! —exclamó Amaia—. ¡Lo hace a propósito!

Mi madre siseó y Amaia, a juzgar por el sonido de la silla, tomó asiento sin dejar de refunfuñar.

—¿Puedes abrir los ojos? —preguntó mi madre y esa vez fue más fácil hacerlo.

Encontré su sonrisa y no pude corresponderle al ver que tenía la cabeza vendada. Los recuerdos del golpe y su cuerpo en el suelo…

—Estoy bien —aclaró, leyendo mi preocupación. Me puso una mano sobre la frente y fue la mejor medicina—. Te han hecho todas las pruebas necesarias y no hay de qué preocuparse.

Me acarició el pelo y mi cuerpo se relajó.

—Quisiera decir lo mismo de mí —comentó Aksel, logrando que dirigiera la vista al pie de la cama. Usaba muletas y me miraba, preocupado—. Dicen que volveré a caminar bien después de la fisioterapia, pero esto duele demasiado. —Se refería al disparo en el muslo—. No para de quemar en ningún momento.

—A mí… no me duele.

Todos sonrieron al escucharme. Formar tan pocas palabras fue un logro, tenía la garganta adormecida.

—No duele porque estás drogado —aclaró Aksel—. Deja que vayan eliminando los sedantes y sabrás lo que es sufrir.

—No asustes a tu hermano —le regañó mi madre.

—Es un llorón —murmuré.

Ellas se rieron, Aksel me insultó por lo bajo y se acomodó sobre las muletas.

No podía creer que estuvieran ahí, vivos. Miré a mi madre y no tuve que decir las palabras para que respondiera.

—Está bajo custodia y declararemos cuando estemos en condiciones. Esta vez no escapará de todo lo que ha hecho, lo prometo.

Esperaba que tuviera razón, que la pesadilla acabara algún día y fuera pronto. Escucharla tan decidida y segura me dio fuerza.

—¿Cuánto…? ¿Cuánto ha pasado desde…?

—Dos semanas.

Era demasiado y el cansancio volvía a invadirme.

—Allá va de nuevo —dijo Aksel y su voz se fue apagando—. Yo quiero que me den de lo que le inyectan a él —protestó—. Llevó cinco días sin dormir bien por el dolor.

—Descansa —dijo mi madre y me besó la frente antes de que se me cerraran los ojos—. Todo estará bien.

● ● ●

—Pon de tu parte —reclamó Amaia mientras me ayudaba a que me sentara para comer—. Soy una enana, no puedo contigo.

—Estoy poniendo de mi parte —mentí mientras ella se esforzaba por alzarme sin tocarme el pecho—. Deberías hacer ejercicio.

—Prefería cuando no podías hablar y nos comunicábamos por pestañeos —murmuró.

Cinco días después, ya lograba mantenerme despierto durante algunas horas y podía hablar. Me apoyé en las manos para quedarme en la posición adecuada. El dolor en el pecho me dio un latigazo.

Aksel tenía razón. Según iban eliminando los medicamentos, sentía las consecuencias del disparo. La recuperación sería un camino largo.

Amaia rodó la bandeja hasta que quedó frente a mí. Se sentó al otro lado y organizó la comida que los médicos me permitían tomar.

—Abre la boca —indicó al elevar la primera cucharada de sopa.

No dudé en obedecer, me moría de hambre.

—A partir de mañana, comes solo —declaró.

—¿Por? —pregunté después de tragar—. Apenas me puedo mover.

Entrecerró los ojos mientras me daba otra cucharada.

—Sé que te puedes mover y finges conmigo. El médico me lo dijo.

—Se supone que es tu manera de pagarme. Casi muero por ti.

Sus manos se detuvieron sobre el plato. Entendí que me había pasado con la broma. Llevábamos unos días felices por mi recuperación, por estar vivos, protegiéndonos del pesar con humor. Era un aliciente momentáneo a una experiencia traumática, pero el tema saldría a la luz en algún momento.

—Sabes que no pienso darte las gracias por eso —murmuró con la vista en la comida.

—No tienes que dármelas, lo hice…

—No voy a darte las gracias porque es lo más irresponsable que has hecho en tu vida. —Movió la sopa con una mano temblorosa—. Podrías haber muerto.

El recuerdo me ponía la piel de gallina y sabía que la única razón por la que no tenía pesadillas en las que se repetía lo vivido era por los calmantes que me ponían en vena para dormir.

—Tú también podrías haber muerto y por mi culpa —dije como única defensa.

—Eso no te daba derecho a interponerte —reclamó, mirándome—. Casi mueres. —Sus ojos se llenaron de lágrimas—. ¿Crees que habría podido seguir con mi vida si hubieses muerto para salvarme? ¿Crees que…?

Se limpió la cara con fuerza para apartar las lágrimas.

—Lo siento. —Se aclaró la garganta y recompuso la expresión—. Hablemos de otra cosa, esto no tiene sentido. Perdón. —Tomó la cuchara en la mano y la alzó, rebosante de sopa—. Mejor abre la boca y disfruta de que soy tu criada.

Ni ella se creyó el tono que había empleado para volver al juego inicial que nos hacía sonreír en cada comida.

—Sí, habrías seguido con tu vida —aseguré sin dudar, y eso era lo que me hacía sentir en paz y feliz—. Lo habrías hecho porque eres más fuerte de lo que crees.

Tensó los labios y bajó el cubierto.

—Habría sido difícil —continué—, pero lo habrías hecho y tu vida sería genial… Tu vida será todo lo que alguna vez soñaste y lo que no. —Recorrí su rostro con la mirada—. Naciste para el éxito Mia, naciste para convertirte en una gran mujer y cada día das un paso más para llegar ahí.

Sus lágrimas volvieron a brotar y se controló para no moverse ni pestañear.

—Habrías seguido adelante porque es tu destino y yo habría dado mi vida y más por verte cumplirlo. Créeme, te habría visto, habría estado a tu lado… siempre.

—No tienes derecho a tomar esa decisión por mí… No tenías que haberte…

—Si tú, mi madre o Aksel hubieran muerto —la interrumpí—, yo habría sido incapaz de seguir viviendo.

Se mordió el labio, era consciente de que tenía razón. Vi su lucha interna. No quería seguir con el tema, ni llorar más ni alterarse ni alterarme.

—De todos modos, no pienso darte las gracias —dijo, al fin.

—No quería que lo hicieras.

Ignoró mis palabras y continuó alimentándome. Las lágrimas le corrían por las mejillas. Supe que no debía decir nada, que ella también necesitaba desahogarse o estar en silencio. Sabía que en algún momento esa conversación volvería a salir, pero habría que esperar.

Cuando me terminé la comida, se quedó mirando la bandeja vacía. Esperé a que se recompusiera y se limpiara el rostro con una servilleta.

—Yo también lo habría hecho. —Alzó la vista—. También daría mi vida por ti, una y mil veces.

Me inquietó saber que no mentía.

Amaia era distinta en muchos sentidos, sobre todo en su manera de expresar sentimientos…, en las palabras que no decía y quedaban implícitas con sus acciones. Podría no haber dicho «te amo» ni una sola vez, pero estaba convencido de que me amaba con la misma intensidad que yo a ella.

Epílogo

Dos meses después

—¡Suelta eso, idiota!

Amaia me pegó una patada en el trasero e hizo que la maleta se me resbalara de las manos antes de que pudiera cargarla.

—No me pegues —protesté—, estoy convaleciente.

Puso los brazos en jarras y me dedicó una mirada asesina que había aprendido de Rosie.

—Sí, estás convaleciente, pero quieres cargar mi equipaje.

—Hay mucho que he querido hacer desde hace dos meses y nadie me deja —refunfuñé.

—Pues tampoco cargarás mis maletas.

Con torpeza, logró guardar la última en el maletero y cerrarlo, algo casi imposible por la cantidad de equipaje que se llevaba a Prakt.

—Jamás te perdonaré lo que me has hecho —murmuré mientras volvíamos por el camino de piedra hacia la entrada de su casa.

—¿Por no dejarte cargar una maleta? —se burló.

—No. Que me tuvieras dos meses sin sexo.

Giró sobre sus pies y me dio un coscorrón.

—El médico dijo que no podías ni pensar en eso.

—Es una indicación absurda, nadie lo podría cumplir —bromeé—. Estoy más caliente que el puto verano de Soleil y eso es mucho decir.

—Pues deberías seguir centrado en recuperarte y no en hacer que la sangre se te vaya al lugar equivocado.

—¿Cómo podría hacer eso si te has pasado todo el verano a mi alrededor? —protesté, señalándola de arriba abajo—. Toda enana y Pulgarcita, con esa cara, esa boca y esas te…

Se puso de puntillas, me tomó del cuello de la camiseta y me plantó un beso en los labios para callarme.

—Compórtate y ayúdame.

Resoplé mientras me alcanzaba la maleta más pequeña y su familia salía a despedirla. Su padre me la arrebató y la guardó en el asiento trasero. Todos me cuidaban tanto que resultaba abrumador.

Amaia abrazó a su madre con fuerza mientras intercambiaban palabras en voz baja. Su padre la besó en la frente antes de pasarle una hoja con la famosa receta de las arepas Favreau. No paró de darle indicaciones hasta que ella descansó el rostro sobre su pecho y le pidió un abrazo.

Emma, que había crecido más en dos meses y le sacaba un par de centímetros a su hermana, estaba muy seria cuando llegó su turno. No había nada en ella de la niña que había cruzado la puerta de la mansión con los brazos alrededor de la cintura de su hermana.

Creí que sería la despedida más veloz por lo distante que había estado de Amaia en las últimas semanas, pues se creía una adulta solo por estar a punto de entrar al instituto. Sin embargo, terminó sumida en un mar de lágrimas que solo la señora Favreau pudo detener con un abrazo para que se calmara. Si Amaia se seguía demorando, haría la última hora de carretera por la noche y no era aconsejable, ya que era su primer viaje largo y sola.

Cuando se giró para mirarme, su familia se alejó para darnos intimidad. Nos quedamos en silencio frente a la temida despedida. Los segundos pasaban y ninguno de los dos hacía nada.

Tomé una profunda inhalación, me dirigí a la puerta del conductor y la mantuve abierta para ella. Le costó un par de segundos dar el primer paso, pero se subió y se puso al volante. Me incliné y apoyé los brazos en la ventanilla.

—Deberías haber ido con Dax, Aksel y Sophie. Es más cómodo si conduces acompañada.

—No puedo depender de nadie. No pienso esperar a que ellos vengan a Soleil para hacerlo.

Una punzada de dolor y anhelo me atravesó, justo por donde la bala lo había hecho.

—¿Vendrás a menudo?

—Si puedo, sí.

La tristeza descansaba en su mirada y el silencio se alargó más de lo debido.

La conversación sobre aquel momento había tenido lugar cuando salí del hospital. Llegamos al acuerdo de disfrutar del verano juntos, como pudiéramos, y después tocaría enfrentarse al adiós. No había nada que agregar, teníamos un trato.

—Te extrañaré —musitó.

—Yo también.

Haría más que eso.

—Me alegro —dijo con un repentino desinterés antes de encender el coche y meter primera—. Ahora largo, tengo que irme.

La sorpresa impidió que me apartara a tiempo cuando aceleró. Frenó en seco tras avanzar cinco metros. Capté su sonrisa en el retrovisor y caminé hasta ella. Puso el coche en movimiento, despacio, permitiéndome avanzar a su lado.

—¿Te diviertes? —pregunté.

—Mucho, aunque me divertiría más que te arrodillaras y me pidieras que no me fuera.

—No puedo hacerlo, soy un hombre en recuperación. Una bala me atravesó el pecho, ¿sabes? —Mantenía una expresión escéptica—. Pero tengo un regalo para ti.

Frenó con delicadeza y me miró con los ojos muy abiertos.

—¿Un regalo? —preguntó con curiosidad.

—De despedida, pero… —Me encogí de hombros para molestarla—. Si estás tan apresurada, mejor no.

Extendió la mano sin prestar atención a mis palabras.

El pelo le llegaba a los hombros y el flequillo le había crecido, le rozaba los pómulos. Se veía distinta, pero su mirada me seguía provocando la misma sensación que aquella primera vez en el patio trasero de su casa.

Saqué el cuaderno que guardaba en mi bolsillo y una línea apareció entre sus cejas al tenerlo en las manos. Observó una de las primeras páginas, cubierta en tinta, garabatos en todas direcciones y frases curvadas escritas en una letra diminuta.

Evité que leyera cuando le dio la vuelta.

—Hazlo en Prakt, cuando tengas tiempo.

Deslizó las hojas a toda velocidad entre sus dedos.

—Está casi vacío —murmuró.

—Tiene lo que escribí cuando estuvimos separados y… algunas cosas de estos últimos meses.

Se mordió el labio. No importaba la conversación que habíamos tenido cuando salí del hospital ni las veces que le expliqué que nada de lo sucedido era su culpa, ella seguía pensándolo.

—Quería proponerte algo —dije, volviendo a ponerme a su altura, con los codos en la ventanilla—. Cambiémoslo de manos cada vez que estemos separados.

Hundió más los dientes en el labio.

—Serán demasiadas veces.

—No puedes usar más de cinco hojas —advertí, dando dos golpecitos en la tapa sin prestarle atención al dolor que había en su voz—. Ahorra espacio.

Acarició la cubierta de cuero hasta que nuestras manos se rozaron y me recorrió la sensación de una suave corriente eléctrica. Sus ojos estaban llenos de dolor.

—Y si conocemos a alguien más —preguntó—, ¿deberíamos escribirlo?

—Podemos contarnos lo que deseemos. Si quieres hacerlo, hazlo.

—No quiero que pase —murmuró.

—Pero si pasa, no será un problema… Todo estará bien.

Sorbió por la nariz.

—Pues pasc lo que pase, deberías saber que te amo. —Se le escapó una lágrima—. Te amo y pensé que te había perdido sin que lo supieras. —Me acarició el rostro y no pude hacer más que sonreír—. Te amo.

—Lo sé.

—Jamás me había sentido así.

—También lo sé.

—¿Cómo?

Me acerqué y la besé, saboreando lo salado de sus lágrimas.

—Una vez te dije que las palabras no son la única manera de expresarse —murmuré sobre sus labios.

—Por suerte para mí —concluyó, supuse que recordando también esa conversación que habíamos tenido en el porche de la mansión cuando habíamos estado a punto de besarnos por primera vez.

Deslicé la nariz por su mejilla, dejando uno y otro beso, apreciando su olor, la calidez y suavidad de su piel.

No era el momento, quizás nunca lo fuera y no estaba en nuestras manos decidirlo. Ella debía marcharse y yo tenía otro camino por recorrer si quería sanar algo más que una herida de bala.

—Tienes que irte —musité.

—No quiero.

—Pero debes hacerlo, y espero que lo hagas sin estropear el coche en el camino.

Se rio, nerviosa. Aproveché para alejarme de la ventanilla. Tras una sonrisa amarga, sus labios formaron un «te amo» y se puso en marcha, apartando la vista y sin mirar atrás.

El coche se alejó y desapareció en la carretera que habíamos recorrido en todas las situaciones posibles. Desde vecinos que se peleaban en su primera clase, a amigos que se besaban e ignoraban, a chicos que se entendían y se acariciaban en silencio, a amantes, a extraños, a novios y, finalmente…, a un adiós en el que habíamos acordado no tener expectativas y vivir lo que debíamos, sin importar que significara un final o un nuevo comienzo.

Me aterraba la idea de lo desconocido, lo que vendría, el dolor que crearía la distancia o la necesidad de correr hacia ella. No estaba seguro de nada. Solo tenía algo claro: lo que mi corazón averiado y fuera de lugar me había dicho desde aquel primer beso en la noche de Halloween.

Amaia era y siempre sería la única persona a la que amaría de aquella manera.

Este cuaderno le
pertenece a Nika Bakker

y ~~en ocasiones~~ a
Amaia Favreau
~~alias el gnomo gruñón~~

ERES IDIOTA!!!

Para alguien que lee
tanto no sabes escribir
muy bien.

Una vez alguien me preguntó. Fue en clase, estas que te hacen pasar, cuando eres pequeño para saber qué harás con tu futuro. Me preguntaron qué quería ser cuando creciera y respondí que pianista, pero que era muy difícil ~~que~~ porque mi madre estudió música y me lo había dicho varias ~~v~~ veces. Pensaba que quizás no era para mí.

El hombre que impartía la clase nos ~~dero~~ dijo que si queríamos algo teníamos que obsesionarnos con eso, ~~ponerle todo el~~, decirle ~~a no~~ a nuestro cerebro que teníamos que ser los mejores. No voy a decir que sea ~~la~~ la manera correcta de motivar a alguien de siete años, pero con el tiempo lo entendí.

No, no se puede ser el mejor, no hay que perseguirlo o ansiarlo. ~~Nada~~ No va a llenar tu vida, al contrario, te sentirás eternamente vacío pq no lo obtendrás. Sin embargo, si eres constante, si das todo de ti...

¿Lo he dado todo contigo, Amara?

No quiero hacer nada, no sé en qué día estoy y cuando logro pensar solo puedo recordar la última vez que hablamos, cuando dijiste que no hay un nosotros.

Ya no sé si me hablo a mí o a ti, o de ti, solo sé que te extraño y ~~ese día, esa vez~~ Me lastimaste, me dolió y ~~que~~ quiero culparte, pero cómo podría hacerlo? No sabes nada de mí porque solo te he dejado ver una parte, la que no te hará salir corriendo.

No lo he dado todo contigo y quiero hacerlo, te quiero de nuevo conmigo porque te juro que respirar sabiendo que no estamos juntos se hace cada vez más difícil. Si estábamos juntos, lo estaremos. Si teníamos algo y lo seguiremos teniendo. No voy a dejarte ir y sé que es egoísta, pero cambiaré lo que sea necesario.

Por ti lo daré todo.

~~El tío que~~ Una madrugada llegué a casa después del trabajo. Hacía turnos en una gasolinera cuando me llamaban, pagaban bien, pero estaba muy lejos y tardaba una hora en ir y regresar.

Cuando abrí la puerta él estaba ahí, mi padre. Aksel en el piso, mi madre de rodillas pidiendo que no lo golpeara. Supuse que ya lo había hecho. Me quedé paralizado, como un imbécil y eso le dio tiempo a ~~no~~

Le dio una cachetada a mi madre antes de que yo pudiera intervenir y recibir la descarga de su ~~odio~~ rabia, lo que fuera ~~la~~ ▨▨▨▨ ▨ ▨

Acabó ~~con~~ conmigo, no me podía mover y de todas formas seguía ¿eufórico? le pegó a mi madre, lo hizo delante de mis ojos, de los de Aksel, cuando no nos ~~podíamos~~ podíamos mover o ~~ay~~ ayudar. Fue peor que nunca y no paró hasta que estuvo agotado y sin ~~de~~ aliento.

Se fue, nos dejó ahí, tirados, vació mis bolsillos y se llevó el dinero que yo había ganado esa noche.

Te juro que en ese momento, si hubiera tenido fuerza, lo habría matado, pero ~~apen~~ solo pude aceptar la ayuda de Aksel y entre los dos cargar a mi madre.

Le ~~par~~ partió tres costillas, perdió un diente y tenía un tobillo lastimado. Todo eso lo supimos después de diez horas de viaje hasta el pueblo donde vive el tío Ibsen, porque esa noche los tres entendimos que no podíamos seguir en Prakt.

Nos fuimos sin decir nada, esa misma madrugada y sin mirar atrás.

El resto de la historia la conoces, al ~~no~~ menos la parte que le hemos hecho creer a todos. Lo dejamos todo porque entendimos que era eso o morir. ~~Para mí~~ ~~habría sido~~ Morir no me da miedo, pero ellos ~~a~~ Mi madre y Aksel no pueden morir y menos en sus manos, no de nuevo, no otra de las personas que amo.

No quiero que sepas esto, no te quiero dar la verdad.

Puede sonar estúpido, que no lo entiendas, que nadie lo entienda.

Pasé ~~una~~ ~~days~~ no sé, años, mirando ~~la~~ la puerta de mi casa y esperando a que él entrara, repitiendo la caída de Emma por la escalera. Tengo pesadillas, lo veo en todos lados, me habla al oído. A veces pienso que estoy loco.

Tengo miedo, todo el tiempo estoy ate~~rra~~rrado y no soy el único. Veo a mi madre y mi hermano sufrirlo a su manera, en silencio, evitando su nombre, sus ~~com~~ comidas favoritas, limpiando y ordenando a diario porque el desorden les recuerda a él. ~~Hay~~ Hay tantas cosas pequeñas que demuestran nuestro **MIEDO**...

No quiero ~~que tengas~~ que sepas la verdad y te alejes, ~~pero~~ más que nada, no quiero que tengas ~~que~~ miedo, que vivas como yo, como nosotros.

Eres lo mejor que me ha pasado en la vida y no sé cómo cuidarte. Pero también te tengo miedo.

¿Sabes por qué te digo Pulgarcita?

Al principio lo dije por decir, no recuerdo cuándo. Tampoco me lo pregunté hasta días después de Halloween, cuando usaste esa diadema de flores de papel.

La primera película que Emma vio se llama Pulgarcita, ¿creo que es de 1993 o 1994? Tiene muchas cosas cuestionables que en ese momento yo no entendía y ella menos, por suerte.

Emma ~~que~~ con tres años no paraba de hablar. Por alguna razón, aunque a veces se enredaba al contar algo, articulaba muy bien. ~~Debe haber salido~~

La veía una y otra ~~vez~~ y no paraba de hacer preguntas. ¿Por qué el de las alas raras la hace sentir fea? ¿Por qué todos quieren obligarla a casarse? ¿Por qué el pájaro no la lleva volando con las hadas? Era ~~inteligente~~ inteligente, demasiado, y no me ~~dejaba~~ estudiar con tantas ~~preguntas~~.

Un día me senté a su lado y estaba viendo la bendita película de nuevo. ~~tenía~~ Ese día me hizo prometer que si yo encontraba a una ~~a~~ Pulgarcita no podía permitir que ~~el~~ nadie se la llevara o que la hicieran sentir mal, que me temía que casar con ella ~~se~~ o le pasarían cosas malas y ella no quería eso para mi novia. También me obligó a prometer que no forzaría a nadie a casarse.

Ya sabes de dónde viene el mote. No lo hice a consciencia, pero ahí estabas tú y Emma ~~en~~ algún lugar sabiendo ~~que eras~~ a quién acababa de encontrar cuando te conocí.

Suena tonto y dirás que no es por ti, pero gracias a ti he recordado a mi hermana con una sonrisa.

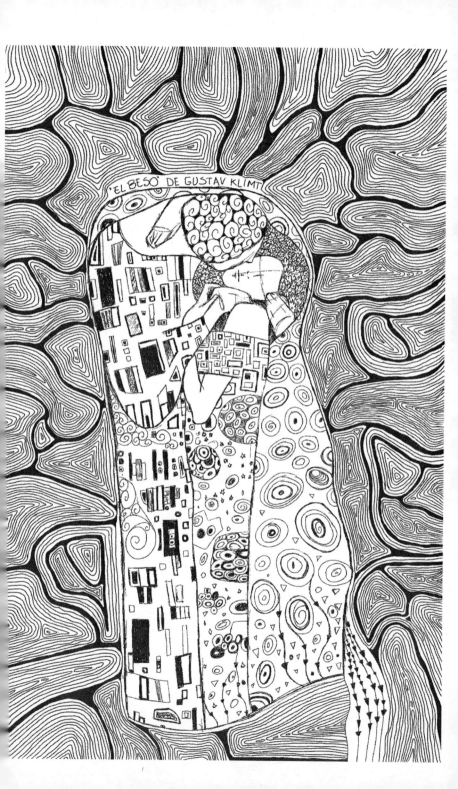

Una última nota porque mañana te vas ~~yyo~~ y estoy preocupado. La mitad de lo que encontrarás aquí no tiene sentido y la otra mitad... Digamos que la he debatido ~~en~~ con tu madre en consulta y juro que esto no es una broma para cubrir mis problemas reales.

No solo me preocupan los errores que encontrarás, porque la mayor parte de lo que hay aquí lo hice sin dormir, con un pie en la tierra y el otro quién sabe dónde. No obstante, no he dudado ni un segundo, quiero que me leas. Si algo aprendí en estos meses contigo es que no te asustas con facilidad, te has quedado conmigo a pesar de todo... A veces dudo de tu ~~nte~~ inteligencia.

Sin importar lo que veas, puedo estar tranquilo, me conoces como nadie lo ha hecho y por eso sabrás que esta no es una conmovedora carta de despedida para hacerte llorar.
~~Si lloras hasta una foto para reírme~~

Quiero dejar unas últimas palabras porque me parece que no te he dicho nunca lo agradecido que estoy. Puede que yo me quede con una cicatriz en el pecho hasta el final de mis días por ~~haberme metido entre~~ haber recibido una bala que era para ti, pero tú también me salvaste, aunque no te quede una marca visible.

No, no me salvaste porque sea tu trabajo y tampoco debí apoyarme en ti, pero da igual, estuviste a mi lado cuando más te necesité y sin que lo supieras, me estabas rescatando de un tormento con cada minuto que pasamos juntos. Estamos a mano, Pulgarcita. Yo me robo tu botella de vodka, tú me la tiras en la cara.

Decir más sería mentir porque tengo mil maneras de explicar que te extrañaré y sé que no debo decirlo. Lo dejaré en "quiero que seas muy feliz", quiero que los dos seamos felices y confío en que encontraremos nuestros caminos.

Para quien no tuvo voz o fuerza para contar por lo
que estaba pasando en su vida... Te dejamos una
página en blanco, porque tu lucha importa, sea la
que sea, tú importas y nosotros también queremos
leerte. Con cariño,
Mia, Nika y Meera. ♡